一触即发

张勇 著

一触即发

张勇 著

朝夕相处的父母，骨肉相连的兄弟，
美丽邂逅的爱情谁能相信？
杀机、危机、生机潜流汹涌
揭开阴谋背后的面纱……

人民日报出版社

图书在版编目（CIP）数据

一触即发 / 张勇著 . —北京：人民日报出版社，
2017.5
ISBN 978-7-5115-4694-4

Ⅰ．①一… Ⅱ．①张… Ⅲ．①长篇小说－中国－当代
Ⅳ．① I247.5

中国版本图书馆 CIP 数据核字（2017）第 103863 号

书　　　名：	一触即发
作　　　者：	张　勇

出 版 人：	董　伟	
责任编辑：	陈　丹　　马苏娜	
特约编辑：	默媛静	
封面设计：	陈微微　　刘龄蔓	

出版发行：	人民日报出版社
社　　址：	北京金台西路 2 号
邮政编码：	100733
发行热线：	（010）65369527　65369846　65369509　65369510
邮购热线：	（010）65369530　65363527
编辑热线：	（010）65369518
网　　址：	www.peopledailypress.com
经　　销：	新华书店
印　　刷：	大厂回族自治县彩虹印刷有限公司

开　　本：	710mm×1000mm　　1/16
字　　数：	457 千字
印　　张：	29
印　　次：	2017 年 6 月第 1 版　　2018 年 5 月第 2 次印刷

书　　号：	ISBN 978-7-5115-4694-4
定　　价：	56.00 元

目 录

楔　子		/ 001
第一章	草木摇落露为霜	/ 003
第二章	朝生春晖暮留霭	/ 010
第三章	同林春鸟各自飞	/ 024
第四章	阴差阳错难提防	/ 032
第五章	时人不识凌云木	/ 040
第六章	宫花旋落已成尘	/ 048
第七章	却疑春色在邻家	/ 065
第八章	前度杨郎今又来	/ 075
第九章	开门人即闭门人	/ 086
第十章	误剪同心一片花	/ 095

第十一章	平生际遇似萍飘	/ 104
第十二章	何日归家洗客袍	/ 117
第十三章	琵琶声泣血泪仇	/ 129
第十四章	去时血漫桃源路	/ 138
第十五章	到底方知出处高	/ 157
第十六章	山回路转又逢君	/ 174
第十七章	各有经纬一片天	/ 194
第十八章	牵丝攀藤一条线	/ 212
第十九章	梅花一夜漏春工	/ 221
第二十章	一笑相逢哪易得	/ 234
第二十一章	千钧一发箭在弦	/ 248
第二十二章	截断众流大气魄	/ 260
第二十三章	恶氛弥天血火焚	/ 278
第二十四章	风雨未肯收余寒	/ 290
第二十五章	退步原来是向前	/ 303
第二十六章	白云可杀不可留	/ 318
第二十七章	踏破冰火九重天	/ 333
第二十八章	间不容发生死际	/ 346
第二十九章	欲披荒草访疑尘	/ 356
第三十章	同生共死亲兄弟	/ 368
第三十一章	游鱼见食不见钩	/ 382

第三十二章　醇酒美人鸳鸯剑　　/ 394

第三十三章　假做真时真亦假　　/ 405

第三十四章　反客为主深造次　　/ 417

第三十五章　一举锄奸雁归行　　/ 430

第三十六章　冷风热血洗乾坤　　/ 444

万里长城万里长,
长城万里是故乡。
血肉筑成长城长,
我以我血荐家邦。

——杨慕次狱中绝笔

楔　子

中国，上海。

宣统二年，1910年，初春。

明朗的天空下，绿油油的草坪伸展出幽雅的双翼包揽着梨花庭院，一只五彩斑斓的蝴蝶飞到了雅致的裙摆上，贪婪地流连在绣工精美的牡丹花蕊底，素纨团扇随红袖扬起来，意在扑蝶——

"嘭"的一声，随着老式相机被按下快门的一瞬间，一股白烟升起来。

一张美丽的相片定格在烟雾中。

日本，东京。

1910年，春。

昏暗的壁灯映射在灰白的墙上，一群穿着白大褂的人围在一个包着满头纱布的人的床前。

没有任何一个人讲话，寂静无声的气氛几欲令人窒息，就是细微的声响，仿佛也会震动在场每一个人的神经。

纱布在一层层揭开——一层层的神秘被分剥——答案揭晓了。

有人惊叫。

中国，上海。

宣统二年，1910年，春。

深夜。

没有月亮的庭院显得异常幽暗。

半支不明不灭的蜡烛在黑色的空气中游走，粉红色的鞋帮陷在泥土里，软玉般的足从泥里拔了出来，烛光斜映过来，清晰地照在鞋帮上，鞋帮上绣的一朵金莲被泥浸污了。

一阵可怖的铁锹声传来。

刚刚扶正的半支蜡烛迎着铁锹声投射而去——虽然心中充满了恐怖感，但是，粉红色的鞋依旧沿着蜿蜒的石子路向铁锹声推进。

她终于看到了。一个男人和一个女人正在梨树下掩埋尸体，这具尸体的脚还露在泥土外，她一眼就认清这是父亲的脚，因为父亲的脚是天生的六趾！！

就在她惊噩万状之际，一只手突然从背后伸过来，死死地捂住她已经张开的嘴——

据说，这一年，上海金融界杨家的梨花开得异常妖艳。

第一章　草木摇落露为霜

> 她站在烛光下，主动地迎着荣老爷惊艳的目光走过去，荣老爷的血液凝固了，突然间把新人抱起来。
>
> 夜底，灯花结了双蕊。

宣统三年，1911年。

上海药业首富旗人荣家正被铺天盖地的红色所笼罩。

"新人的轿子什么时候到啊？"荣老太太仰面看了看窗外的天色。此刻，天灰蒙蒙的、云冷淡淡的，没有生气。

"就快来了，新人是书香门弟，规矩多是自然的。"大太太温和地笑着。

三太太撇了撇嘴。

"不会出什么岔子吧？"荣老太太有点不放心，"这半道上结的姻缘，没根没底的，总是不踏实。"

大太太扶着荣老太太穿过花厅。"妈您放心，我早就打听好了。他们一家三口是从山东到上海来谋事的，偏偏那男人在途中得了急病，死了。只剩下母女俩，孤苦无依的，那女人身上的钱都花光了，想把女儿嫁了，凑足路费，扶柩回籍。"

三太太终于按捺不住了，"哼"了一声，说："这哪里是在嫁女儿，分明就是卖——"三太太话还没说完，大太太回过头来狠狠地瞪了她两眼，三太太知趣地闭上嘴。大太太依旧和气春风地跟荣老太太说话。"新人呢，我也看过了，知书达理，又体面、又大方，听说还上过洋学堂……"

"我瞅着你比瑜儿还满意。"荣老太太说。

"是媳妇亲自挑的嘛。不过,总要老太太看了说好,那才是真好呢。"婆媳们正说着话,"噼里啪啦"的鞭炮声骤然响起,荣老太太和大太太的脸上都绽开了笑容。

"花轿到了——花轿到了——"丫头们一叠声地叫进来。八岁的荣大少穿得整整齐齐地站在走廊上看热闹,他的小妹妹荣华静静地贴在他身边,大妹妹荣荣跟在当新郎倌的父亲身后欢蹦乱跳地乱窜。夜色来临了,天被柔和的月色照亮了。

新房里蜡炬如火,放射出温柔的光芒,照着用金线绣成的鸳鸯图案,色泽明亮可爱。新人纤秀而美貌,腰肢袅袅,可惜了,是一双天足。

偏偏新人的名字叫"金莲"。

不过荣老爷也算新派绅士,对于缠足的陋习是持批评态度的。满面春风的荣老爷,对他的第四次婚姻充满了希望。

荣老爷的大太太是名门闺秀,嫁到荣家,头一年就给荣家添了个男丁,取名荣升。可是这位荣大少生来多病,身子羸弱,性格又比较孤僻。而大太太自从生了儿子后,气血两亏,再无动静。那时候,荣老太爷还健在,一门心思盼着荣家能兴旺发达、子孙满堂,于是二太太顺理成章地过了门。

二太太是米铺老板的女儿,精明强干,又不乏温柔体贴,荣老爷自得了这二太太,就像鱼儿得了水,花朵见了阳光,连人也变得精神抖擞、青春焕发。二太太持宠生娇,独霸专房,全不把大太太放在眼里,竟和荣老爷过起一夫一妻的小日子。偏偏这二太太肚皮不争气,过门两年,连屁也没有放一个,荣老太太对此颇多怨言。没多久,荣老太爷得了肺疾,一病呜呼了。荣老爷是孝子,自然要循例守三年的孝。那年月,讲究守孝的孝子不能住得太舒适,越简朴越能体现出孝子的诚心。所以,大太太把旧柴房收拾干净,让荣老爷自己搬进去住,守孝期间是必须禁欲的,两位太太都不能在柴房留宿。大太太倒无所谓,反正冷宫住惯了,还乐得看二太太的笑话,这就独苦了二太太了。二太太仿佛从热腾腾的鸳鸯锅底翻了一个身,一不留神翻成"冷锅鱼"了。耐不住寂寞的二太太总是打着给荣老爷送茶添衣的招牌,偷偷摸摸地和丈夫私会,大太太睁一只眼,闭一只眼,只当没看见。说来也怪,荣老爷和二太太正大光明地同居时,始终没有"开花结果",可是,这两三个月的偷欢,二太太却怀上了孩子,这就犯了祖宗的大忌讳,守孝独居的孝子,居然守出孩子来了。丧中有孕,服内产子,这种事情要是发生在前清,二太太会被处以极刑,家产一律没收,归其族人所有。晚清虽然律法有所松动,但是,保不住谁拿来做文章,荣家的产业谁见了不眼红?谁能保证族人不去告发?况且纸是包不住火的。于是,荣老爷和二太太到荣老太太那里去自首,荣老太太气急攻心,竟昏厥过去。最后,还是请大太太来主持家政,大太太一面派人给老太太治病,一面叫人雇了顶青缎小轿,把二太太给请出府去,说是二太太的属相和荣老太太犯冲,先打发到乡下去守祖坟。二太太哑巴吃黄连,有苦说不得,只得哭哭啼啼地走了。

二太太搬到乡下去了以后,成天守着坟山,凄风苦雨的,得了抑郁症,生下儿子后,给儿子取了一个"归"字,盼着荣老爷早日来接她母子。可是,家里托人传话说,这个孩子是丧居所产,是个不折不扣的"丧门星",不能接回去,就在坟山养着,由他自生自灭。二太太听了这话,就发了痴心症。一天夜里,在坟山的枯树上吊死了。乡下人都说是野鬼找二太太做了替身,也有人说,是大太太嫉妒二太太得宠,乘机把她除掉了。不管怎样,二太太就这样没了。荣老爷知道后,整整哭了三天三夜,着实比死了父亲还哭得惨!熬过了丧期,荣老爷第一件事,就是赶到乡下去,在二太太的坟头上大哭了一场,并将荣归托给了一户可靠的人家,就让他在乡下安身立命了。

二太太死后,荣老爷又回到了那种没有生气的婚姻生活里,接着,在母亲的劝说下,又娶了第三房太太。

三太太是个裁缝的女儿,没什么文化,也没什么涵养,但有几分姿色,会撒娇。两年后,给荣老爷添了一对千金,取名荣荣和荣华。荣老爷很会赚钱,生意打理得井井有条,不仅扩大了中药行,还经营了皮草、西药店,商场上做得轰轰烈烈的,却只哀叹后嗣单薄。大儿子荣升体弱多病;二儿子荣归又见不得光;荣荣和荣华都是女孩子,总归要嫁人的。自己这一辈子辛辛苦苦挣来的这份天大家私,总得后继有人。所以荣老爷娶小妾的心思,几年来从没有断过。他一直期盼着"二太太"能回来,或者,等到一个与"二太太"性情相仿的人,哪怕是能挂一点相呢!

"砰"的一声,喜房的门被撞开了,荣荣和荣华跌了进来,把荣老爷的思绪拉了回来。

"哎呀,小心啊,大小姐。"伺候两位小姐的保姆阿桂笑着把两个小家伙扶起来。

"我要吃果子。"荣荣刚刚站稳,就去抓果盘,果盘被掀翻。果子纷纷落在地上,荣荣立马就爬在地上去捡果子。

荣老爷最喜欢这个女儿,胖胖乎乎的,不讲道理的,有些任性的,在荣老爷眼里,这些都是优点。

荣老爷俯下身去,帮荣荣一起捡果子,替她把两个小兜装满,然后,抱起荣荣,荣荣嘴里嚼着果子,小脸贴着荣老爷,嘴角上流的果汁溅在荣老爷的新衣裳上。

阿桂说:"给我抱吧,瞧,把老爷的新衣都给糟践了。"

荣老爷笑着说:"没事,没事。"

荣华站在那里不动。

荣老爷问:"你为什么不吃果子啊?"

荣华瞥着小嘴说:"脏。"

"擦干净就不脏了。"新人不知什么时候走了过来。她掏出手娟,把果子擦干净,递给荣华,她动作轻盈,和颜悦色,仿佛她不是初来乍到,而是这里真正的主人。

荣老爷的眼里放出希望的光来。

"我不吃!"荣华说完,就跑出去了。

"二小姐!"阿桂赶紧抱着荣荣去追荣华。

"二小姐不肯吃我送的果子。不知道,老爷愿不愿意吃?"新人问。还是那样的镇定自如,还是那样的从容不迫。包裹着青春和美丽的大红色的喜服被新人脱下来,姿态优雅得体,没有一丝一毫的犹豫。她站在烛光下,主动地迎着荣老爷惊艳的目光走过去,荣老爷的血液凝固了,他突然间把新人抱起来。

夜底,灯花结了双蕊。

一年后,一个新生命诞生了。

四太太说,这个初生的婴儿象征着初生的太阳,象征着荣家的兴旺发达。所以,她建议荣老爷给这个孩子取名"初"。

荣老爷欣欣然接受了四太太的建议。

1914年，冬。

薄雪覆盖着上海的洋灰马路，一辆黄包车停在了"刘记珠宝行"的门口，一个金装玉裹的小男孩一下滑出了母亲的怀抱，"噌"地蹿出去。

"慢着点。慢着点。"荣家四太太急忙从黄包车上走下来，小丫头冬儿过来扶着她。

"仔细路滑，四太太。"

"看着初少爷，别摔着了。"

冬儿跑过去，想把初少爷抱起来，初少爷挣扎着不肯让她得逞。

四太太走过来，从衣兜里摸出一个彩色斑斓的小皮球，俯下身和他协商。拿到小皮球的初少爷不再闹意见了，扑进妈妈的怀抱。

"好儿子，让妈妈再抱抱。"

四太太亲吻着儿子那红扑扑的脸蛋，再一次用身体去感受母亲的甜蜜。"走吧。"四太太牵着宝贝儿子的小手，跨进了"刘记珠宝行"的大门。

此时，一个披着黑纱的妇人从远处蹒跚而来，而那辆黄包车依旧停在原处，仿佛等待着下一位主顾的光临。

时间开始一分一秒地过去——

黄包车夫耐心地等待着。

披着黑纱的妇人一步一步走近了"刘记珠宝行"的门口。

一个色彩斑斓的小皮球滚出了"刘记珠宝行"的门坎，正好滚到黑纱妇人的脚下。脖子上挂了金锁，笑得"咯咯"的小少爷从里面跑出来，后面是小丫头追逐的脚步声。

黑纱妇人突然以迅雷不及掩耳之势，出手挟起初少爷，迅速登上黄包车，绝尘而去。

"初少爷！"走到门口的冬儿被眼前惊人的一幕吓得瞠目结舌。

"初少爷！初少爷！四……太太，四太太——"冬儿跌跌撞撞地往回跑，"四太太——"

"怎么了？"正全神贯注倾听老板讲解珠宝的四太太问。

"初少爷——"

"初少爷？少爷呢？"

"初少爷——就、就在刚才，刚才，初少爷被人、被人给掳走了。"话音未落，四太太就像西风里的黄叶一样，枯萎了。

四太太昏死过去了。

一切的一切来得过于突然。

一切的一切做得干脆，干净。

一切的一切又似早已注定。

四太太被人抬回来的时候，仿佛只剩下一口气，唯一使人感到她还活着的是——那一双直瞪瞪的死鱼眼。

早已吓得魂不附体的冬儿，此时只有嚎啕大哭的份。

"为什么不看好小少爷？"大太太铁青的脸泛着前所未有的寒光。

"为什么？为什么要选择在初三去'刘记'？初三是他们'刘记'休息的日子，只有两三个小伙计打理铺子，连个守门的都没有。你们不是不知道。"

大太太像一只受了重创的豹子，在房间里来回踱步。

"还有，家里有司机，可以派车出去，为什么要去雇一个来历不明的黄包车？！"

"为什么要选择老爷出门的时候，出去买金锁？家里的金锁还不嫌多吗？"

"你们叫我怎么去跟老太太说？"

"为什么不回答我！"

"一定要查，一查到底，查个水落石出！"

"马上打电话到警署报案！还有，给吴次长家打电话，要他们限期破案！"

大太太的气势越来越大，冬儿的哭声越来越低，最后，连冬儿也是被拖出来的，据医生说，冬儿被吓破了胆。

日子一天一天过去，四太太一天比一天憔悴，三太太一天比一天滋润，大太太一天比一天泄气。

在经堂为小孙子祈祷的荣老太太终于累倒了。

荣老爷回家了。

迎接他的第一个坏消息是：四太太失踪了。

华灯初上。

疲惫不堪的荣老爷和大太太坐在院子里，开始商量如何寻找这失踪的母子。

"太蹊跷了。"荣老爷说。

"不但蹊跷，而且，不合情理。"大太太叹了口气，"原以为，荣家会就此人丁兴旺的，谁知半个月发生了这么多的事。"

"是谁跟我们荣家过不去呢？"

"这正是问题的症结所在。按说，有人绑了小少爷去，总有个目的。什么目的呢？我想不过是为了钱。可是，为什么绑匪不打电话来索要钱财呢？"

"会不会，已经——"荣老爷把"撕票"两个字生生吞回肚子里。

大太太却已会意，说："不至于吧。这也不合情理。"

"四太太年轻。"荣老爷突然又冒出一句不明不白的话。

大太太听出弦外之音，有些冒火。"你从老三那里听了些什么混账话！人已经这样了，还想落井下石。"

"可是，可是，这人会到哪里去呢？"

正当他们焦虑不安的时候，丫头翠儿从月亮门一路小跑地过来，上气不接下气地说："大太太……大太太……四太太、四太太回来了。"荣老爷和大太太听了这话，不亚于天上掉下一块"宝"来，四只眼睛齐刷刷投向月亮门。一阵清脆悦耳的足音踏着青石飘来，只见四太太满面春风，牵着一个五六岁的小男孩，迈着碎步，迎着大太太、荣老爷，一边笑，一边说："这是阿初……阿初……我的初少爷。"四太太眼里闪着泪光，大太太感动得一阵阵鼻酸。

看着喜气洋洋的四太太带着那小男孩离去的背影，荣老爷完全不知所措。

"怎么会是这样呢？"

"一定是受了刺激，自己没法子面对现实，赶巧碰上这孩子。"大太太揩着泪说。

"怎么办？"

"养着呗。"

"怎么养？"

"让他跟着升儿吧。"

"对，让他跟着升儿。"

就这样，一个与阿初少爷同名的小男孩正式进入了荣家，成了荣家大少爷的陪读，同时，也顺理成章地成为了四太太的干儿子。因为捡到阿初的日子是3月16日，于是，这一天就成了阿初的生日。

第二章　朝生春晖暮留霭

阿初还没有跑到港口,就已经听到了海轮起航的汽笛声。他没有因此停止奔跑的速度,他需要这艘船,他需要惠,他需要离开这里,他需要获得自由的新生。

1931 年,英国,卡迪芙。

清晨的阳光洒满了幽静的竹林,阿初和惠骑着脚踏车穿过沾染了春色的小径。两个人恣意的笑声回荡在春风里。

阿初和惠是两年前在英国皇家医学院霍尔曼先生的研究室里相识的。惠第一眼看到阿初时,就不自觉地喜欢上了他,阿初淡淡而有神的眸子,聪明又谦逊的语言,甚至略显羞怯的微笑,都深深吸引着惠。而惠的出现,也使阿初平淡的生活平添了一层斑斓有趣的色彩。

阿初知道,自己和惠的差距很大,惠是当地富商的独生女,祖上是华侨。而自己既没有地位,也没有上流社会的身份。他只是荣家四太太十几年前从大街上捡回来的孤儿,从小就负责照料着荣家大少爷荣升的生活,说好听一点,他是荣家的养子,说露骨一点,不过是荣家的一个特殊家奴。这个家奴之所以特殊,是因为他受到了良好的教育。

阿初先是陪着大少爷上完了四年私塾的课程,又被四太太送到洋学堂续读了五年的书,其间,选学了西医学。1924 年,由于大少爷新娶的大少奶奶意外辞世,受到打击的荣升执意要离开上海,说要去海外发展,在四太太的努力下,

16岁的阿初跟随荣升来到了英国伦敦。

两年后，荣升在英国不但没有丝毫地发展，反而花光了身上所有的钱。就在荣升一筹莫展之际，阿初以优异的成绩考取了英国皇家医学院，并获得当年的全额奖学金。在荣升朋友的资助下，阿初和荣升来到了卡迪芙。阿初一边学习，一边打工，在学习和工作中，阿初找到了自信和自尊。荣升不肯回国，他蜷缩在一个租借的阁楼里，消磨着岁月和光阴。

惠并不知道阿初的过去，她只看到了阿初的未来。惠是一个富于同情心，有正义感的女孩，阿初和她在一起的时候，常常得到精神上和心理上的双重愉悦。

"初同学，您会继续留在医学院霍尔曼先生的研究室里深造吗？"惠很关心初毕业后的去留问题。

"我想，我还没有做出最后的决定。"

"我很好奇，是什么阻扰您前进的步伐？"惠问。

阿初无法回答。"我想尽快结束校园生活，并很快就业。"

"钱对您很重要吗？"

"是的。我需要钱。"阿初简洁地说。

"我想到您家里去做客。"惠提出了一个新要求，"我想，一个绅士是没有理由拒绝一个女子合情合理的要求的。对吗，初同学？"

"只怕您去了以后，会受到一些刺激。"

"我喜欢刺激。"惠的脚踏车回过头来，刹住。

阿初的脚踏车头和惠的脚踏车头靠在一起。

"瞧，你的车向我的车发出了诚挚的邀请。"惠得意地笑。

初也笑了。"那么，请您的车随着我的车来吧。"初的脚踏车一下冲出去，惠笑着去追。天空底一片朝霞沿着高云飞去。

初和惠刚刚走进一条狭窄的小巷，就听见一阵强烈、刺耳的尖叫声，接着就是玻璃器皿所发出的尖锐的粉碎声。初知道发生了什么事，他迅速骑车冲进院门，房东太太站在楼梯口，张大着嘴，叫着阿初的名字。阿初把脚踏车往院子里一扔，从房东太太身边掠过，大跨步冲上楼去。惠很诧异地架好车，跟随

着阿初的脚步,走上楼去。

楼上一片狼籍。荣升是粗暴的,粗暴得令人憎恶。

他发疯似的撕咬一切可以撕咬的东西,不断地撞击一切可以摧毁的家具。他像狼一样地嚎叫。对一切试图阻止他行动的人进行谩骂,甚至攻击。

"冷静一点。"阿初将荣升拦腰抱住,"冷静一点。"

"你是个贼!"荣升暴跳如雷地用手上的一管箫袭击阿初,"你是个贼!我的烟枪呢?烟枪呢?你想害死我!你这个忘恩负义的贼!"

"他怎么了?"惠想援助阿初,制止荣升的疯狂。可是,在靠近荣升的一霎那,险些遭到荣升手上武器的迎头痛击。

"小心一点,惠。"阿初强有力的手暂时制服住荣升,"我需要您帮忙。书房的抽屉里有针药,我得给他打一针吗啡。让他安静下来。"

"为什么不杀了我!这对你来说很容易!我为什么要你做医生,因为,杀人对医生来讲很简单。"荣升在挣扎。但是,荣升很清楚地知道,他需要针药的帮助。

"他在侮辱我们的职业,阿初。"惠大声叫着,"他是个瘾君子!初,你不该留着他。他太危险。"惠一边说,一边照着阿初的吩咐去做,她很快拿到了针药,"您应该把他送到戒毒所去,或者,是监狱。"她把灌好药的针递到阿初的手上,"我竟不知道,这就是你在卡迪芙的家庭生活。"

"你这个恶毒的女人!你给我滚出去!"喘息未定的荣升,试图再次咆哮。

"小心针!"阿初将针药全部注入了荣升体内。荣升嚎叫了一声,他似乎已失去了部分战斗力。可是,当他的眼睛扫到惠的身上时,依旧喘着气地骂:"滚出去!恶毒的女人!你……你根本不配做医生。"荣升将手上的箫掷过去。

强弩之末。箫掉在惠的脚尖。

"初,你是不是对这种场面已经司空见惯了?"惠问。阿初却一心一意地将荣升扶上床,"他需要休息。"初说。

当阿初回过头来时,惠已经离开了。

"请等一等!"阿初从里面追到楼梯口,"请您原谅他的过失,惠同学。"

"很抱歉,初。我不能原谅他的粗暴和无礼。"

"他是病人。他需要我们的帮助。"

丛惠小姐摇了摇头。"不,阿初。需要帮助的不是他,而是您自己。您不应该这样无条件地服从一个精神濒临崩溃的人。不是吗,初同学?"

"丛惠同学,他不仅仅是一个病人,他也是我们荣家的少主人。"

"您说的是您的家庭?他是您家庭的主人?"

"可以这样理解,惠同学。"

"初同学,不,初先生,我想直率地告诉您,您所谓的家庭,正是您急需摆脱的枷锁。我感觉得到,您的家庭虽然远隔万里,却依然有强大的力量束缚着您的心灵。这非常可怕。您的服从、您的温和、您的忍让,甚至您所有的情性都是在您所谓的家庭里养成的,所以,您还没有意识到这种制度的黑暗!您受过高等教育,您的所见所闻,难道还不足以使您觉醒吗?"惠很激动,"我为此感到非常遗憾。"

"丛惠同学,您不必过于激动,我家少爷是一个很可怜的人,背井离乡,孤独无趣,毒瘾缠身。深思其故,也是为情所害。"

"为情所害?"

"是的。六年前,少爷曾经有过一次短暂而甜蜜的婚姻生活,少奶奶聪慧美丽,是世间少有的才女。他们非常相爱,爱到不能没有彼此。"

"想必,那个女子离开了他。"

"对。"

"为什么?"

"疾病。"

丛惠小姐停住了脚步,说:"我可以理解他的心情。但是,不能原谅他的做法。自暴自弃,毕竟是懦夫的表现。你认为呢,初?"

"我没有爱过,丛惠同学。"阿初答得很认真。

丛惠笑了,说:"我可以预先告诉你答案。有没有兴趣听?"

"丛惠同学,不瞒你说,我也想有缠绵婉转的恋爱;我也想有温柔断肠的相思。可是,我只要一想到少爷的痛苦和自残,自己对'爱情'的憧憬就打了一个很大的折扣。自怜的悲哀胜过了'爱'的喜悦。"

"初,我今天才真正了解了你的内心。"惠说,"我相信,'爱'的喜悦一定

会赐予一颗善良的心。"

阿初送走了惠,就像送走了心底的一片彩云,自己是不是对惠萌发了爱意呢?当他回到阁楼上时,房间里弥漫着的"死气",又将自己拉回到现实中,荣升蜷曲着身体,低缓地呻吟。

阿初打扫完"战场",将荣升的箫拾起来,这是荣升心爱之物,在八年异国的生活里,几乎每一夜,阿初是在这无穷无尽、缠绵悱恻的箫声中进入梦乡的。他把箫小心翼翼地挂上墙。

阿初削了一个苹果,放在果盘上。"您好点了吗?"

荣升冷冰冰地说:"还没有被你害死。"

阿初知道,荣升态度的优劣与他身体的优劣是呈正比的,显然,他的精神状态已得到了一个适当的缓冲。

"您吃一点苹果吧,这对您的睡眠有帮助。"阿初扶起荣升,荣升挣扎着撑起来,张开略为干燥的嘴唇,咀嚼着苹果片,"她跟你讲什么?"

"谁?"阿初问。

"你的同学。"

"她……她说您的身体正在康复中。"

"撒谎。"

阿初看着少爷的脸色已逐渐好转,言语之间似乎也显得温和。于是说:"少爷自己难道感觉不到吗?"

"感觉到什么?"

"现在你毒瘾发作的时间越来越少,而且,得到了很有效地控制,这是一个良好的开端。"

"你是不是已经决定继续跟着霍尔曼教授工作?"荣升问得很突然。但是,阿初并不回避这个问题,"是,霍尔曼先生建议我继续留在学院里工作。"

"你的态度呢?"

阿初迟疑了片刻。"说实话,我还没有具体的想法。"

"你,觉得人生很快乐吗?"

"我想,是的,少爷。"

荣升鄙夷不屑地"哼"了一声:"人间哀乐,实不可测。"

阿初很快回应了一句:"怨天尤人,亦不可取。"

"你以为现在你功成名就,就可以嚣嚣于人前了?"

阿初平静地说:"阿初正像阳光下的春草,不断地发荣滋长。而少爷是已然经历过醺春艳阳的夏花。所以,您对秋霜怀着巨大的恐惧和忧疑。其实,阿初和少爷一样,对前途茫然不可知。唯一的一点坚强,来自于我积极向上的精神。因为,我知道,寒冬过后,会有明媚的春光。"

"诡辩!"不过,荣升讲这句话的时候,脸上居然有了一丝笑容。

寒冬过后,真的会有明媚的春光吗?

惠知道自己的真实身份后,会怎样对待自己?

阿初想。

一个月后,阿初收到了惠的邀请函。

惠热忱地邀请阿初作为自己的舞伴,参加医学院的礼拜日舞会。当大红请柬落在荣升的书桌上时,已经是晚上八点钟了,那浓郁的香气和粉红色的信笺,使荣升感到阿初即将恋爱。

荣升站在落地窗前,看着阿初在路灯下洗衣服,看着他帮着怀孕十个月的邻居玛丽亚搬木盆,看着他和房东太太讲闲话,听着他爽朗地笑声,突然,他开始羡慕阿初了。他羡慕他的自由,羡慕他的健康,羡慕他即将拥有的人生。

荣升有节奏地敲了敲落地窗,阿初抬起头来,荣升离开了窗子。阿初知道,少爷在叫自己,他有事吩咐。

当阿初走进房间时,惊奇地发现荣升居然自己整理了书房。

"您叫我?"

"怎么,你还不打算去吗?"

"我,还在考虑。"

"考虑?什么意思?"

"听说她家里人,也在被邀请的范围内。"

荣升瞥了阿初一眼。"你不想对她负责任吗?"

"不是,我不想让她有压力。"

"没有压力,哪来的动力。你过来。"荣升从衣柜里拿出一套黑色毛料礼服,

那是荣升当年穿过的结婚礼服,在当时的上海是最时髦、最昂贵的,就是在巴黎,也算是服装业的精品。

"穿给我看看。"

"不太好吧。"阿初有些受宠若惊的感觉,这套礼服象征着荣升的过去,所有美丽的回忆都镶嵌在礼服的扣子里、领子里、袖子里,阿初觉得自己承受不起。更怕自己穿上这件礼服勾起少爷的伤心事,那就得不偿失了。

"我叫你穿你就穿,搁着也是搁着。难道等虫蚀了、毛翻了,再拿出去扔?"

阿初穿上礼服,显得英俊挺拔。

"你瞧这衣服,既合身又贴身,倒像是专门为你订做的。既然惠小姐邀请你做她的舞伴,总不能显得太寒酸,今天晚上,也许是你人生新的起点,玩得开心点。"荣升的脸上透出无名的哀愁。

"谢谢。"阿初尽量掩饰自己内心的兴奋。

"去吧,去享受你的人生。"荣升说,"不必为我担心。"说完,他转身上楼去了。

阿初望着荣升的背影消逝在楼梯的尽头,才感觉原先自己的顾虑有些多余,而此时,时钟指向八点二十分,自己的命运应该由自己掌握。于是,他转过身,迅速走出门,跑步穿过小院,控制不住情绪地大喊了一声,不,不是控制不住情绪,而是有意放纵自己,放纵自由的灵魂。当阿初像旋风一样卷到院门时,正好给房东太太撞了个满怀。

"So handsome, guy。"房东太太由衷地发出赞美声,"You must will be the focus of all the women's attention tonight。"

"Thanks!"阿初由于兴奋,脸上泛出红色的光彩,他就势和房东太太拥抱,迎着晚霞,迈着欢快的步伐,哼着悠扬的舞曲,向医学院走去。在阿初的眼里,今天的空气格外新鲜,今夜的星空格外灿烂。

当阿初走进灯火辉煌的舞池时,才知道,这是一个由中国留学生主办的晚会,全体到场人员一律用中文交谈,舞曲也是以中国音乐为主,所以,每一个到场的中国人都会有一种亲切感,仿佛这里不是异国他乡,而是在自己的祖国。

惠用最亲切的话语和最迷人的仪态出现阿初面前。他们像情侣一样在舞池里徜徉，一曲又一曲，从快三步跳到慢三步，他们在情意绵绵中第一次亲密接触到对方的肢体，两个人似乎都有些忘我地陶醉。

惠挽着阿初的胳膊从舞池里走出来，穿梭在一群衣冠楚楚的绅士和淑女们中间。看着那些陌生的面孔，听着他们嘴里讲一些新鲜的论题，阿初就有一种莫名的兴奋。

"走，我带你去认识认识我的朋友。"惠拉着阿初，挤进一群新锐贵族打扮的人群中。

此刻，丛锋占据着发言的有利位置，正慷慨激昂地说："1848年2月在伦敦出版的《共产党宣言》就是一篇极富战斗力的政治檄文！它甚至比法国大革命的《人权宣言》更具备号召力！"

"很遗憾，我没有读过这本书。"韩禹说。

"我手上有一本1888年的英文版《共产党宣言》，可以借给你阅读。"丛锋接着说，"资本主义已成病树沉舟……"

"不，我不同意你的观点。"夏跃春打断了丛锋的发言，"私有制是不可能被消灭的！"

"先生们，先生们，请原谅我冒昧地打扰了你们的清谈。"有着非常亲和力的惠将阿初推到了社交的前台，"认识一下，我最亲密的朋友阿初！他也是我今夜的舞伴！"

夏跃春笑着伸出手来和阿初握手。"只要你不是她今夜的新郎，就证明我还有机会。"大家不约而同地笑起来。

"我叫丛锋，是丛惠的堂兄。早就听说过你的名字，初先生，您是唯一一个连续四年获得英国皇家医学院全额奖学金的中国人。我们为你感到骄傲和自豪。"

热烈的掌声毫不吝啬地响了起来，这突如其来的荣耀感，令阿初有些无所适从。惠察觉到阿初的窘态，于是，开始转移目标："我的兄长们，刚才在谈论什么话题？"

"我们谈论的话题是：社会主义和资本主义的利弊。"韩禹答。"惠小姐，有什么高论？请赐教。"

"这个题目对我而言,实在是太大了。我现在最感兴趣的是如何在中国建立一个民主的制度,使个人价值得到充分的尊重,从而实现对人权的保护。"惠一边说,一边用眼角的余光去探测阿初的表情。

丛锋已经看出其中端倪,说:"这个题目,应该是针对初先生提出来的。舍妹认为初先生不应该屈服于大家庭的权威。不知道,初先生是否同意舍妹的观点?"

阿初支吾了一下,说:"我已经习惯,甚至依赖着大家庭的权威。如果说,这种权威轰然倒地,我不知道,自己会走向何方?"

丛锋大声地说:"先生们,有人说,我们这个世纪的主要知识活动之一,就是质疑权威!"

"你说的权威,是否针对传统的权威?"有人高声问。

"对!"丛锋铿锵有力地回答。

"是否包括上帝?"

"对!也包括上帝!"丛锋极具煽动性的肢体语言令阿初的心底激起了从未有过的波澜和强大的震撼。

那一夜,初在荣升的箫声中失眠了。

初和惠很快恋爱了。就像天空中的彩云追月,又像俗人们口中常说的干柴烈火,在彼此"爱情"的初级阶段,惠是积极主动的。每当惠提起要和阿初到巴黎去开一家诊所,阿初就会借故推脱,可是,惠是不死心的,她不遗余力地鼓动阿初,要他随自己而去,去开创美好的未来和新的生活。可是,每当阿初要下决心时,眼前就会浮现出四太太的影子。四太太的殷殷嘱托,四太太的慈爱关怀,四太太的希望,甚至四太太的眼泪,都会牵制住阿初那跃跃欲试的越轨之心。

阿初可以背叛荣家,但是,不能背叛四太太。哪怕是思想上的背叛。

可是,该来的总要来。就在阿初举棋不定的时候,丽水小姐从伦敦来到了卡迪芙。

江丽水是荣家大太太的远房侄女,少年时父母双亡,大太太极为怜惜,将她留在荣家抚养。丽水自认是林黛玉的苦命,贾探春的才情,薛宝钗的心眼,史湘云的气度。在家里长辈面前总是小心翼翼，在下人面前颐指气使，在姐妹面前尖酸刻薄，比荣荣和荣华两个正二八经的主子还难伺候。阿初从认识她第一天起，就认定她是晴雯的嘴，司棋的德行，袭人的面孔，鸳鸯的傲气。所以，当阿初走下楼梯，在院子里看见风尘仆仆的丽水时，居然有些手足无措了。

"想不到我会来吧？"丽水放下手中的皮箱，"去，替我把车钱付了。"她用手指了指门外停着的一辆汽车。

"你怎么来的？"阿初也不知道自己会问出这样一句话。

"你怕啦？"丽水冷冷地说，"你们一到伦敦，就像泥牛入海，八年没有音讯。要不是我在最新的医学杂志上找到你初先生的博士论文，恐怕我现在还在伦敦街头讨饭！"

阿初替丽水付了车费，过来帮她拎皮箱。"你也不怕是同名同姓。"

"要是有名有姓，我还真不敢相信您初先生已经是赫赫有名的英国皇家医学院的博士了。想必，再过两年，您就是一位十足的英国绅士了。忘恩负义的东西！你吃着我们荣家、喝着我们荣家，花着我们荣家的钱，居然不肯冠上我们荣家的姓氏——"丽水义愤填膺地说着，"我不用想，闻也闻到您初先生厚颜无耻的味道了。"

阿初并不生气，只是轻描淡写地说："我从来没有怀疑过您的嗅觉，它甚至比猎犬还灵。"

阿初快步走上楼。

"你给我站住。"丽水赶上去，要发作。就听得阿初大声喊着："少爷，江姑娘来了。"

荣升手里攥着一管箫，转过身。"表姐？"

丽水此刻看见荣升，千种委屈爬上心尖，她嘴唇蠕动，一跺脚、一拍胸、一扬脖，大哭起来。"表弟啊！我的表弟啊！我总算找到你了。可怜我那姑父啊，可怜哪！"

荣升的脸色变得苍白。"我父亲怎么了？"

"可怜我那姑父，三年前病故了！"

荣升手上的箫落地了。

姐弟俩抱头痛哭。

阿初下意识地明白了，自己可以离开了。

原来，自从荣升和阿初离开伦敦后，就如断线的风筝，与家庭断绝了音信。大太太在家如坐针毡，时刻不安。丽水于是自告奋勇到英国来寻找荣升，不料，丽水所认识的荣升好友，移民去了加拿大。丽水不甘失败，到处登报，四处刊登寻人启示，可是，徒劳无功。而荣家又传来了荣老爷病故的噩耗，使丽水觉得自己有辱使命，无颜以对荣家。于是，在英国报馆找了个差事干，继续留在英国找荣升。三年来的辛苦，她并没有扑捉到荣升的影子，却又遇到经济大萧条，报馆裁员，丢了饭碗。就在丽水徘徊在饥寒交迫的边缘时，转机来了。她的一个朋友在英国皇家医学院的杂志上，发现了她要寻找的线索，于是，她通过英国皇家医学院博士通讯录，顺利地找到了这里。

丽水来了。她给死气沉沉的阁楼带来了勃勃生气，也给阿初带来了麻烦。首先是她无休无止地对阿初呼来唤去，其次，是她大手大脚地花费金钱，令阿初不能忍受。阿初的出诊费几乎被她挥霍尽了，丽水还觉得理所当然。不过，阿初对丽水还是心存感谢，至少，她坚定了阿初离开的决心。荣升身边有人照顾，阿初也不必背负忘恩负义的恶名，他甚至感激苍天的安排，总要自己走得心安理得。

阿初决定和惠远走高飞。

阿初和惠买了去巴黎的船票，他们购置了新衣物，出发前一天，他们请丛锋、夏跃春等人吃了一席酒，阿初执意由自己付钱。

阿初给荣升写了一封信，并将自己存在银行里的一笔款子取出来，连同信一起放进了一个大信封。他把这封厚厚的信放进了书房的抽屉里。他希望自己走后，丽水和荣升好好利用这笔钱，或者是，尽快回国。

为了不引起丽水的怀疑，阿初提前把整理好的行李放到了房东太太的屋里，这样，无论什么时候，他都可以不引人注目的离开。

可是，正当他一切都安排好以后，却发生了一件意想不到的事。

荣升病了。病得很严重。

荣升连续发烧，可能是因为父亲的死，使他感到内疚和痛苦，他曾连续在风雨中一整夜一整夜地吹箫，直到他倒下。

丽水为荣升的病焦虑不安,阿初却没有时间再纠缠下去了。

"我已经给少爷打了退烧针,等他醒了,你给他熬点粥喝。明天,夏先生会来复诊。我跟他讲好了,他不收你费用。"阿初穿上外套,准备离开。

丽水冲到门口,挡住门。"不行!今天你哪里都不许去。"

"没事的。"阿初并不想和她发生争执。

"我说不行就不行!他在发高烧,你居然要出去。"

"这里又不是监狱,我为什么不能出去。你不要自己吓自己,少爷不会有事的。我是医生,我向你保证。"

"你能保证什么?"

突然,院子里传来奔跑声。

"Chew! Chew! Maria is feeling bad, she is dying! Come on, let's go to see what's happening!"房东太太涨红了脸大喊大叫。

"玛丽亚要生了。"阿初马上反应过来。

"谁?谁要生了?"就在丽水一愣神之际,阿初推开她,走出房门,此时,天上下起了小雨,房东太太为阿初披上一件雨衣,他们一起走进了玛丽亚的房间。

"Help! Help me! I'm dying!"玛丽亚脸色苍白,在床上痛苦地呻吟。血从褥子里渗出来,阿初什么杂念都没有了,他打开行李箱,拿出医疗器械,戴上消毒手套,为玛丽亚接生。

当新生婴儿的啼哭声划破夜空时,阿初开始在雨地里拼命地狂奔——他甚至连玛丽亚一句感谢的话也没听,他现在需要的是时间,他需要时间停下来,哪怕是一分一秒,自己的世界都会被改变。

阿初还没有跑到港口,就已经听到了海轮起航的汽笛声。他没有因此停止奔跑的速度,他需要这艘船,他需要惠,他需要离开这里,他需要获得自由的新生。

他跑得精疲力竭,最后摔倒在泥水中,他感到自己永远爬不起来了。

"初先生,你很不守时。"丛锋提着一盏马灯,出现在阿初面前。

"惠呢?"阿初站起来,用手抹去脸上的水。

"她走了,她是一个讲信用、守时间的人。"丛锋说。

阿初突然觉得惠和丛锋的冷酷。"为什么不等我?今天走不了,还有明天。"

"是我要她走的。"

"为什么?"

"因为你根本不爱她!"

"不!我爱她!"阿初大声地吼叫。

"不,你不爱她!"丛锋的音频在提高。

"我爱她!!"阿初几乎疯狂地喊叫。

"你不爱她!"丛锋的眼睛里透着寒光,"你不爱她,你爱的是平等和自由!不是吗?尊敬的初先生,我没有说错吧。"

阿初被彻底打哑了。

丛锋并没有就此放过他的打算,而是再次发动攻击:"初先生,您能告诉我,您贵姓吗?"

初不回答。

"如果我没有记错,您应该姓荣。可是为什么你不肯让人称呼你荣先生呢?因为你自卑!你是荣家的家奴!"

"不!"阿初此刻想逃。

"你虽然受过高等教育,却无法摆脱寄人篱下的阴影。极度的自卑造成你极度的自尊!你骨子里恨透了自己的地位和出身,所以,你不愿意让人称呼你真实的姓氏,你更愿意让人称呼你为初先生。表面上你对我们这些贵族子弟谦虚和蔼,心底下不知道怎样地嘲笑和轻蔑我们。你很自私!你之所以'爱'上惠,是因为惠给了你平等的观念,惠给了你自由的空间,惠让你感受到了幸福。她把一切都给了你,可是,你为她做过什么?你守着那行尸走肉的少爷,过着清教徒一样的生活,你困守在该死的感恩报恩的儒家思想里,断送掉自己的宝贵的青春。你还想让惠也陪着你消耗掉她的一生吗?"

初流泪了。"您无权指责我,尊贵的先生。我承认,我爱自由!爱平等!我也爱惠!惠给了我许多美丽的幻想,我在她的身上,甚至看到了未来家庭的和睦,个人奋斗的目标。但是,我不是一个自私的人,坦率地讲,我在国外待了八年,这八年来,我所接受的教育,带给了我思想上的光明,这不是一时一刻能做到的。也不是令妹所赐予的！我之所以有所彷徨、有所顾虑，是因为我觉得，人在实现个人价值的同时，还需要——有他必须承担的义务和责任！也许，有一点您说对了，我的确是一个家奴，我的出身，使我今生无法和惠真正地结合。"

丛锋说："你错了，惠和我，从来没有轻视过你。"

"这句话就说对了。"阿初平静了，"为什么说'从来没有轻视过我'，难道我应该被人轻视吗？如果我不是这样的出身，您恐怕一辈子都不会有轻视我的念头。你们有意无意地淡化彼此的阶级，但是，无形的压力无所不在。"

雨还在下，人却已经麻木了。

"阿初，如果我刚才的话，对你造成了伤害，请您原谅我。"丛锋将马灯递到了阿初手上，"她会给你写信的。"丛锋说，"如果你们真正相爱，海是隔不断恋人的。"

天快亮了。

被荣升的病折腾了一宿的丽水，恨不得把阿初千刀万剐了。敲门声响起来，丽水怕是夏医生来复诊了。她急急忙忙对着镜子拢了拢头发，搽搽口红，整理整理衣襟，优优雅雅地去把门打开。"是夏先生吗？"

第三章　同林春鸟各自飞

"……也许，在不久的将来，在不远的地方，就有一位纯洁的女子，踏着月光，踩着露水，吹着哀伤的箫，等待你去唤醒她的心灵。'生命'对人来说，只有一次。珍惜'生命'就是珍惜'爱'。"

"……也许，在不久的将来，在不远的地方，就有一位纯洁的女子，踏着月光，踩着露水，吹着哀伤的箫，等待你去唤醒她的心灵。'生命'对人来说，只有一次。珍惜'生命'就是珍惜'爱'。"

门开了。阿初一脸憔悴地站在门口。湿漉漉的头发搭在他笔直的鼻尖上，手里拎着一盏半明不灭的马灯，裤筒里浸泡的雨往鞋底里灌，鞋底里积存的水往外冒，浑身上下没有一处是干的。

本来疲惫不堪的丽水一看见阿初，就像看见了五百年前的冤家，郁积在她胸中的火星团子一下子被点燃了，她"噌"地一下窜起来，冲到门口，对准阿初的面孔扬手就是一记耳光，打得水花四溅。

阿初一动不动，连最基本的本能反应都没有，只是两眼直勾勾地盯着丽水，眼光里闪动着与生俱来的倔强，以至于丽水不得不心怯。阿初面无表情地径直从丽水身边走过去，等丽水反应过来，他已经走到屋子中间，丽水紧跟着他身后。

"你知道回来了？你怎么不死在外面？"

阿初毫不理会地扯开了拖泥带水的外套扣子，把脱下来的外套扔在脚下。

"他今天晚上要死了，你怎么办？"

阿初毫不理睬，继续解开黑色绒衣领扣。

"你回答我！"丽水一把拽住阿初的衣领。

"放手。"阿初冷冰冰地说。

丽水不放。

"放手啊！"阿初粗暴地大吼。

丽水的手不由自主地松开，由于过度气愤，丽水的脸庞变得青紫。阿初却突然之间想到自己留给少爷的那封信，心想："糟糕！"不假思索，他飞快地向书房跑去。

丽水瞬间回过神来，追着他，两个人几乎同时闯进书房。阿初迅速地打开抽屉，脸色陡变，回过头来质问丽水。"你拿了我东西？"

丽水气得瞠目结舌。"你混账！"

"你把东西还我。"阿初的口气强硬。

丽水气得说不出话，两只手捂着胸喘气。

"把东西还我。"阿初说。

"你说我偷你东西？"丽水的自尊心受到有生以来最大的打击，而施行这种打击的仅仅是荣家的一个家奴，这是丽水最不能容忍的事。丽水勃然大怒。"混账奴才！你给我跪下！跪下！"

阿初冷笑，转身就走。

"你给我站住！"丽水直冲过来，"你以为现在你身份不同了，就可以肆无忌惮地欺负主子了！"丽水扬起手来就要打，阿初一伸手捏紧她手腕，对着她的脸，咬金嚼铁地说："你再打我，我就要还手了。"

"你敢！"

"你看我敢不敢！"阿初猛地一松手，把丽水闪了一个踉跄。

"把东西还我。"阿初还是那句话。

丽水蔑视地看了他一眼。"你说，这家里哪一样东西是你的？你说！"

"这里哪一样东西是你的？你以为你来度假？你从伦敦到卡迪芙，连车马费都没有了。到了这，你吃的、穿的、用的，哪一样是你自己掏的钱？少爷的情

形你也看到了，坐吃山空。我的出诊费、代课费还不够这的房钱、饭钱、你的衣服钱、少爷的药钱……"

"原来我们姐弟一直靠初先生养活。"一句冷冰冰的话直直地抛过来，荣升咳嗽了两声扶着扶梯站在楼梯口。丽水"哎呀"了一声，顾不得和阿初恶吵，慌不迭地上去扶他下楼。阿初没敢抬头，往后退了几步，虽然隔着楼梯，阿初低着头也能看见少爷手中拿着那沉甸甸的信。荣升走下楼，回头看了阿初一眼，说："跪下。"

阿初跪下了。

荣升由于身体虚弱，扶着椅子坐下，轻言细语地对丽水说："表姐，你大呼小叫的，不怕人笑话。"丽水不吭声了，"表姐，我想喝杯咖啡。麻烦你。"

丽水赶紧地说好，端着咖啡器具到外面厨房去了。支开丽水，荣升的态度开始缓和。

"知道为什么要你跪？"

"是我说错话。"

"不，你没说错话，你说的都是事实。你不满意、不开心，可以跟我讲。丽水到底是姑娘家，远来是客。你明不明白？"

阿初点头。"你明白就好。"荣升向阿初指了指紧闭的落地窗帘。阿初立即去拉开窗帘，清晨的阳光照射进来，窗外的花枝在阳光的浸润下，显得生机盎然。

荣升不说话，靠在椅子上，感觉到惬意。阿初了解荣升，彼此之间默契很深。他知道荣升等他开口解释，可是这一次自己没法开口辩解，因为自己抛下病中的荣升，总觉得自己理亏。

"到底什么事？你不想解释？那好，也许我看了这封信，就用不着听你解释了。"荣升动手去拆信。

"Please trust me！"阿初情急。

荣升隐隐约约地猜到这封信里装的是什么了。

"少爷，请你相信我。如果我们之间的信任还在，请你把信还给我。"阿初走近荣升，恳切地说："我现在站在这里，这封信就失去了存在的意义，请相信我！"阿初伸出手去。

荣升淡淡一笑，握着信的手舒展开来。

"别信他！"门"砰"的一声被撞开，丽水费劲地拖着一口打开的黑皮箱进来，双手一放一掀，皮箱里装的阿初的随身衣物、医疗器械、书本等东西杂乱无章地洒了一地。荣升看了一眼，就知道发生了什么事。

"他想逃！"丽水大声地吼，"要不是房东太太把他的箱子还回来，我们还被他蒙在鼓里。"

"表姐，你出去。"

"表弟……"

"这是我和他之间的事，你先出去。"荣升坚持。

丽水出是出去了，不过踩得地板震天响。

"什么时候的事？"荣升问。

阿初话到嘴边，又咽回去。

"说话呀！"

阿初踌躇地："昨天晚上。"

"是她辜负了你？"

"不，是我辜负了她。"

荣升颇感意外，这是他事先没有想到的。"为什么？"他问。阿初很痛苦，不知道如何讲清楚这一夜之间的逆转。荣升却突然想起昨夜自己恍恍惚惚听见的婴儿啼哭声。"你，为了那孩子？为了玛丽亚？"

"是。"阿初答。

荣升突然感到遗憾。但是，说出来的话却是另一种。"你知不知道，在上海，'私奔'是一件十分可耻的事。要是在乡下，'私奔'就是犯罪。罪犯是要被沉塘的。"

"这里不是乡下，这里是英国。少爷也不是封建家长，所以，阿初不会死。"

"这么肯定？"

"是。"阿初十分肯定。

"我曾经为了'爱情'一度想放弃自己的生命。想不到，你却为了一条'生命'而放弃'爱情'，值得吗？"

"值得。"

"为什么?"

"'爱情'是生命中的点缀。"

"是真的吗?"

阿初点头。

"你真的是这样认为的?"

"是。"

"也许,这是你我最大的不同,我以为'爱情'是'生命'的全部。"

"少爷你失去了'爱情',但是,你还活着。人活着,就有希望。包括'爱情'。也许,在不久的将来,在不远的地方,就有一位纯洁的女子,踏着月光,踩着露水,吹着哀伤的箫,等待你去唤醒她的心灵。'生命'对人来说,只有一次。珍惜'生命'就是珍惜'爱'。"

荣升感慨地说:"八年来,我一直为了失去的'爱'而困扰,以至于不能自拔。今天恍恍惚惚地又觉得自己还有希望。"

"少爷你这八年来并没有病。"阿初说。

"你说什么?"荣升瞪大了眼睛。

阿初迎着少爷的目光说:"你没病!"

荣升瘫软地倒在椅子上,眼里有泪。

"自从少奶奶死了之后,你就把自己的心和她一起埋葬了。你埋葬了自己的心还不算,你连自己的身子也想毁掉,你不够勇敢,你没勇气杀死自己,你就病。你身子弱,全家上下都知道,要说大少爷装病,全家人没有人会相信。你明知道:虚不受补,越补越虚。你就不停地给自己灌补药,灌到自己吐血不止。"

荣升开始剧烈咳嗽。

"到了英国,我以为事过境迁,你会停止对自己的折磨。可是我错了,少爷你不但不想重新开始新生活,反而变本加厉。你吸鸦片,吸上了瘾。"

"够了!"荣升大声断喝,"够了……已经太晚了……"

"不晚。少爷你还可以回头。"阿初平静地说。

"你说什么?"荣升霍地站起来。

阿初指着衣柜上镶嵌的大镜子,说:"少爷你看,你目光清澈如水,身子虽然虚弱，但是精神状态良好。其实你已经在戒毒了。"

"从什么时候起？"

"三年前。我就开始让你戒毒了。我先试着减少你鸦片的用量，然后我用在医学院研制的戒毒膏化成水给你用药。我给你用了适当的镇定剂，让你睡眠多一些。"

荣升恍然大悟。"怪不得这几年我老是睡不醒。"

"但是你对鸦片的心理依赖依然故我，于是，我就……"阿初不知道该不该让他知道真相。

"说下去。"荣升在鼓励他。

"于是，我就用罂粟壳熬成水冒充鸦片汁给你用。在你不知不觉中，把你染上的毒瘾降到最低限度。还记得你的金烟枪吗？"

"不是不翼而飞了吗？"

"我拿去卖了。"阿初说。

"你当自己是什么？"荣升板着脸。

"我当自己是医生。"阿初坦然自若地说。

二人对着镜子都不禁莞尔一笑。

"少爷，我们回国吧。"阿初认真地说。

"回国？你以为我没想过吗？路费呢？难道我们插翅飞过海去？"

"少爷手上不就拿着路费吗？"阿初的眼光指向荣升手中的信。

"你是预谋已久。"荣升说。

门外边稀哩哗啦地一片响，阿初推开门，看见丽水把煮好的咖啡洒了一地。丽水气得一边跺脚，一边躬下身去用抹布擦拭地板。

"我来吧。"阿初从丽水手中接过抹布。丽水端着咖啡，乜斜着眼在他身上晃了晃，看见荣升悠闲地往楼上走，丽水喊了一嗓了："表弟，你就这样算了？"

荣升回过头来看了他们一下，说："他不好好地在这吗？你们好好相处吧，就快回国了。"

"回国？"丽水端着咖啡欢天喜地地跟过去："真的吗？"

"真的……"姐弟二人有说有笑地上楼去了。擦拭地板的阿初把抹布扔掉，

接着，仰面朝天地躺在地板上，心里想着："惠，去了哪里？你回国了吗？"

这一夜没有了箫声。

一个月后，荣升和阿初结束了在威尔逊卡迪芙的客居生活，准备回国。

启程的那一天，阿初早上依旧去出诊，在中午回来的路上，依旧绕道去了一趟卡迪芙邮电局，依然是一无所获。阿初在邮电局给上海的荣家发了封即将回国的电报，然后他在镇上要了一辆四人乘坐的马车，坐着马车赶回旅店。

丽水把整理好的行李堆放在门口，等马车一到，就招呼荣升出门。阿初从马车上跳下来，先服侍荣升、丽水上了马车，然后把行李一件件搬上去。等他搬完最后一个旅行包，回头的一瞬间，他看见全院的人都出来了，房东太太噙着泪朝自己招手，玛丽亚抱着刚满月的婴儿站在风口上，大家纷纷走过来和阿初拥抱。

"Have a good journey！"

"Take care！"在祝福和保重声中，阿初的眼睛渐渐模糊。

"他在磨蹭什么？"丽水在马车上嘀咕了一句。

"他赢得了人们的尊重。"荣升悄然地放下车帘。

阿初上了车，马车开始向前奔驰。玛丽亚把孩子交给木匠约翰，沿着马车奔跑……

阿初发觉后，朝玛丽亚喊："Go back！"

只听得玛丽亚那嘶哑的声音："Have a good journey……"那声音在马蹄声中渐渐逝去。

下午三点三十分，离开船还有十五分钟，马车停在了一家钟表店的门口。

"在车上等我。"荣升单独下了车，走进钟表店。

"Welcome！"钟表店老板从柜台里站起来。

"Afternoon！"荣升走近柜台。他记得几年前，自己刚到卡迪芙的时候，曾经光顾过这家钟表店，当时阿初极力怂恿他买一块古典的怀表，自己没有答应。几年来，这家钟表店没有任何变化，只是当年的古式的怀表已经没有了。

"What can I do for you？"老板眯着眼睛揣摩着顾客的心思。

荣升隔着玻璃看中了一块雅致的金表，他用手指隔着玻璃轻轻叩击了那块表。"Can I have a look at this watch？"

"Well, there are only two watches of this style left, it's really good。"老板从柜台里取出金表。

荣升把表搁在耳边，听了听。又把它放在手心上，表壳十分的精致，表链泛着金光。荣升非常满意地示意老板把表包装起来。

马车上，丽水开始烦躁起来："就快开船了，他不会又变卦了吧？"又催着阿初下去看看。阿初掀起车帘，正看见少爷从钟表店里走出来。"Thank you, see you。"钟表店老板谦恭地送客。

荣升登车，三个人重新坐好。

荣升从口袋里摸出包装好的金表，递给阿初，说："Happy Birthday！"

"谢谢少爷。"阿初接过包装盒，小心翼翼地打开盒子，一块色泽明亮的金表呈现在阿初面前。"谢谢少爷！"阿初把表戴在手腕上，金光闪闪。

"哇！好漂亮的表！"丽水由衷地发出惊叹声，"表弟，你偏心。"丽水和荣升闹。

"等你过生日的时候再说。"荣升笑着对付丽水的胡搅蛮缠。

马车继续前进。

另一辆马车驶来，与他们的马车擦肩而过。那辆马车停在钟表店门口，披着披风的惠走下了车。

"Welcome！"钟表店老板热情接待。

"Afternoon！"惠漫不经心地答应着，隔着玻璃看中了一块金表，恰恰和荣升看中的是同一款式。她用手指了指表，老板立即替她取出来。

"不知道他喜不喜欢。"她喃喃自语。

惠买下了表，用光了身上所有的钱。当她疲惫地拖着一口皮箱出现在阿初住过的旅店时，才知道一切的一切都晚了。

也许，今生已经错过了。惠这样想。

那一刻，是1931年3月16日下午三点四十五分。

第四章　阴差阳错难提防

> 赫然入目的哪里是什么油印机，而是一台崭新的美国造发报机。做为掩护的一大叠油墨印刷的小报铺盖在上面，依然散发出浓郁的墨香……

中国，上海，1931年3月16日。

"兰心西餐厅"的时钟指向下午三点四十五分。

杨慕次仔细观察了一下左右，轻轻推开了雅间301室的房门。一股浓郁的奶茶香气扑面而来。

老余看见他进来，笑着放下手中的"新闻报"，说："还以为你不来了。"

"我为什么不来？难得你'铁公鸡'肯出血。"杨慕次靠着玻璃窗坐下。

"丰汇银行的少东家呀，还不趁机巴结巴结。"

"那你可要赶紧了。"

侍者送上一个大蛋糕，躬身请客人享用，然后，有礼貌地退出房间。

老余将水果刀递给杨慕次，说："生日快乐！"

"谢谢。"

杨慕次，上海金融界大亨杨羽柏的长公子，中共地下党党员，中共特科情报员，代号"飘风"。曾留学日本，以优异的成绩毕业于日本东京大学金融管理系，现在在一家英国银行工作。老余，公开身份是"财经新闻报"记者，中共地下党党员，中共上海站交通员，代号"时雨"。

"为什么你家里从来不为你举办生日宴会？"老余边吃边问。

"很重要吗？这好像是我的个人隐私。"

"感兴趣而已。你不愿意回答可以拒绝回答。"

"我有个哥哥，我和他是孪生兄弟。"杨慕次并不避讳家事，"他死了。"

"看来，你父母很爱你这位死去的哥哥。"

"所以，我一直不讨他们喜欢。记得很小很小的时候，母亲总是牵着我的手，在走廊上喊我哥哥。'阿初，阿初，回房了。'我母亲那个时候很疼我们。"

"现在不疼了？"

"不知道！"杨慕次埋头吃蛋糕。

"你今天几点钟上班？"

"四点半。"

"今天晚上可能会有暴风雨。"

"什么意思？"杨慕次用餐巾揩净了嘴。

一阵刺耳的警车声掠过两人的耳膜。

杨慕次下意识地抬头看了看窗外。

"生日礼物。"老余将一封信放在桌上。

"什么？"

"拆开看看。"老余神秘地笑了笑。

"让我猜猜是什么。"

"你可能猜不到。"

"去苏区的船票？……需要印发的传单？……新密码？……急需兑现的过期汇票？"慕次一边说话，一边审视着老余闪烁不定的眼神，他突然笑起来，不过笑得很含蓄。"让我来看看谜底是什么？"慕次打开信封，从里面拿出一页纸来，随着目光的锁定，慕次的笑容僵住了。显然，这是他事前毫无预见的。这张纸上写的是：中央警官学校特种警察人员训练班录取通知。

"什么意思？特种警察人员？"慕次非常紧张，自己也不知道为什么会有这种反应。因为他知道所谓中央警官学校特种警察人员训练班，实际上就是军统特务培训班。一旦进入军统，意味着慕次将以军统特务的身份长期潜伏在敌人的内部，从而失去到苏区的机会，想到这里，慕次有些按捺不住了。"这不太合

适,老余,我们……我们再商量商量。"慕次恳求地说,"我希望去前线。"

"那里是最前线。"老余平静地说,"这件事是组织上经过深思熟虑后,研究决定的。通过内线直接将你录取,希望你尽快到校报到。到校以后,你必须遵守校规,争取以最优异的成绩毕业。组织上希望你能够由此路进军敌人的心脏,长期潜伏在他们的核心部门,获取更多更准确的情报。在校期间,你不要和任何人联系,包括你的家人。我们将伪造一份你去英国银行总行实习的文件寄给你父母。所以,为避免节外生枝,你不可以写信、打电话给他们。你听明白了吗?"

"明白。"慕次回答。

"你还有什么想法吗?"老余很关切地看着他。慕次知道,他希望自己能表个态。于是严肃地郑重地说:"我一定完成任务。争取早日毕业回来,和你并肩战斗。"

老余满意地露出微笑。

"毕业后怎么联系?"慕次问。

"登寻人启示,口号是林潭先生。我们看到寻人启示后,会主动和你联系。你重复一遍。"

"毕业后,登寻人启示,口号是林潭先生。"

"好,祝你一路顺风。"老余站起来,"我先走。"

老余打开门,随手关上了门。

慕次看着这关闭起来的一扇门,仿佛看见自己陷入了一片沼泽,这片沼泽无边无际,最糟糕的是,没有一扇可以夺路而逃的门。

黑暗,黑暗的巷道里没有光亮。慕次耐心地走在狭窄而蜿蜒的黑色巷道里,他小心翼翼地寻找光明,一层一层厚厚的墙壁从他的视线里延伸出去,一圈一圈奇异的黑影包围在他的左右,他很窒息,很恐惧,他想挣脱这一切黑色的枷锁。于是,他开始奔跑,狂奔,呐喊,直到冲向黑色的罗网。那网子很高、很厚,他无法穿越,他求救,没有人答应,他意识到这个空间只有自己一个人存在,他开始感到恐怖,他发现高空中有一把巨型剪刀从网子的空隙处狠狠地朝自己戳下来——他惊叫了一声,从睡梦中醒来。

汗,顺着额角淌下来。

原来自己在一家小旅馆的房间里不知不觉地睡着了。他想起来了，为了避免麻烦，他昨天没有回家，直接在街上买了些日用品，按规定入住这家不起眼的小旅馆，等待命令。由于身心疲倦，他睡得很死，做了噩梦。

不可以这样。慕次狠狠地在心底骂自己。决不能这样。他需要尽快调整心态。慕次从床上起来，到洗手间用冷水洗了洗脸，使自己清醒了一下。

军统特务？

中央警官学校特种警察人员训练班？

新的战场，也是最前线。

慕次的眼睛停留在茶几的日历牌上，今天是3月17日。

电话铃声响起。

慕次接听电话，是旅馆服务生打来的，说楼下有人给自己留了一封信。他穿好衣服，迅速跑下楼梯，拿到信后，返回自己的房间。

他打开信封，里面是一张去杭州的船票和杭州警察学校的地址，他看了看船票上的时间，时间所剩无多，他必须马上出发。

一刻钟后，一身学生装束的杨慕次离开了小旅馆。

站在接待处的服务生从玻璃窗中看见慕次离开后，拨通了一个电话，说："商船启程。请求护航。"

电话中传来一个沉稳的女人声音："护航舰已经出港。一切正常。"

双方同时挂了电话。

码头上，汽笛长鸣。

杨慕次在熙熙攘攘的旅客人流中有序地行进，站口处仿佛一个打开了的闷肉罐头，空气因不流通而让人感到污浊和窒息。

一个孟浪的大汉猛地从人堆中冲出来，直直地撞在慕次怀里，慕次因为全无提防，被撞得七荤八素地甩出人群，手里的箱子落了地，整个人又压在了另一个旅客的腿上，那旅客略打了个踉跄，就稳住了身形。

"你怎么样？"被自己碰到的旅客是个身穿洋装的绅士，大约三十岁左右，正伸手去扶慕次。慕次眼冒金星地爬起来，样子十分狼狈。

"谢谢。"慕次把箱子重新提起来，所幸箱子牢固，没有散架。

"你看看身上少了什么东西没有？"旅客关心地问。

"我？"慕次一摸胸口，脸色大变，"我的钱包没了。"

"钱多吗？"

"钱没关系，不过有很重要的东西夹在里面。"

"船票？"

"还有身份证、报名表……"

"你等着，替我看着行李。"那人不等慕次答应，就朝站口检查处跑去，很快消失在慕次的视线里。

时间一分一秒地过去，慕次不时拿出怀表来看……

在无聊的等待中，慕次开始观察那人留下的行李，这是一个捆扎结实的大木箱，有一股浓浓的油墨味道从箱子里弥漫开来。

这时，检票口已成蜿蜒的长龙，弯曲的人行向蛇一样向前蠕动。慕次用力将大木箱拎起来，自己的皮箱就拖着向前滑，他一边排队一边等待那位仁兄再次出现。

"是这个吗？"那人满头大汗地跑出来，手里扬着一个黑皮夹子。

慕次喜出望外地说："是的。谢谢你。"

那人顺手把木箱接过去，说："不好意思，让你帮我拿行李，你可以把这个箱子推着走嘛，省力啊。"

"那不行，这么贵重的油印机器，弄坏了，岂不可惜。"慕次笑着说。

那人突然停下脚步，问："你怎么知道是油印机？"

"闻一下味道就知道了。"

"你真行。"那人又提醒地说，"你不看看，你皮夹里少了什么没有？"

"哦，对。"慕次打开皮夹，眼光一暗。什么都在，独独少了那张：中央警官学校特种警察人员训练班录取通知书。

"怎么了？少了很要紧的东西吗？"

"没、没什么。"慕次掩饰地笑笑，"你从哪里找到的？"

"我有一个同乡在站台做警察，我请他帮的忙。"

"谢谢啊。你贵姓？在哪里发财？"

"我姓杜，杜旅宁，在报馆工作，你呢？"

"杨慕次,失业人员。"

"去哪里?"

"到杭州找工作。"

"巧了,我也是去杭州出差的。"

两个人边走边谈,径直走上了船。

杜旅宁的船票订的是中等舱,慕次的船票是上等舱,杜旅宁的行李根本挤不进去,慕次提出跟他换舱位,他又不好意思答应。两人找到船上一位管事的,慕次给了些钱,把两人的舱位都换到头等舱六号房间。

头等舱六号房是一个三人间,里面已经住进了一个青年人,此人是一个十分英俊帅气的男人,他叫荣初,自称是上海药业首富旗人荣家的小公子。他面色红润,充满朝气,说话简洁明快,笑起来像一个涉世未深的孩子。杜旅宁和慕次进门的时候,他就上窜下跳地帮忙,活像个"人来疯"。慕次和他在一起,感觉自己就像是湿润的空气里渗进了新鲜的水,兴奋起来。像这样的短途旅行,遇到言语投机的旅伴,也是一件愉快的事。

到了傍晚时分,船到嘉兴靠岸,大约要在嘉兴停留一夜,三个人上岸去吃饭,找了家物美价廉的小餐馆坐下,彼此看看新闻报纸,讨论一下时局,说说笑话,开开玩笑,让可口的美味佳肴充分消化开来。

"杜先生,在哪家报馆做事?"荣初问。

"说来惭愧。是一家小型报馆,主办'星期天的午餐'杂志。"

"星期天的午餐"杂志是一本类似黄色小说的杂志。所以,当杜旅宁自报家门后,慕次和荣初都有点意外。杜旅宁显然发现了二人的面目表情,于是说:"想哪里去了?我是这家期刊的'特级校对',只管刻钢板,其余,一概不问。"

荣初不依不饶地说:"是'情色'刊物的'特级校对'吧?"

"你这样讲话太不厚道。应该叫:准不良刊物。"慕次帮杜旅宁说话。偏偏杜旅宁不买帐,"不良刊物怎么了?你敢说你从来没有看过?"杜旅宁理直气壮地说,"这'情色'二字,犹如电光火石,难写难描。真正地源自生活,源自生活的本色魅力。"

看报的荣初突然大喊起来:"无独有偶,无独有偶。我告诉你们啊,今天报

纸的头条是：公开不等于透明。哈哈……"随着荣初的大笑，慕次侧过身子和荣初抢报纸，杜旅宁笑得眼睛眯成一条缝。

"嗳，这是什么？"慕次突然被报纸的另一则消息吸引住了，"上海药业首富旗人荣家的大公子荣升，即将回国。据可靠消息称，荣家另一位神秘公子荣初，已在英国获得医学博士学位，不久，将随其兄一道回国……将随其兄一道回国？"慕次和杜旅宁的目光不约而同地转向了荣初。

荣初笑笑，说："这不是什么秘密。"

"你不会告诉我，荣家有两位小公子都叫荣初吧？"慕次半开玩笑地说。

荣初一仰脖，说："算你说对了，正是有两位小公子都叫荣初。"

"去你的吧。"慕次把报纸当武器砸过去。

一场欢宴在喧闹中结束。

第二天清晨，风和日丽。

慕次站在甲板上抽烟，杜旅宁走过来，慕次散给他一支烟，并替他打燃打火机。杜旅宁护着火苗，就火点燃香烟。

"想什么呢？"杜旅宁问。

"你说，一个学生要是丢了录取通知书，应该怎么办？"

"很重要吗？"

"很棘手。"

"那就把它找回来。"

"找不到怎么办？"

"你认为呢？"

慕次促狭地一笑："守着金矿，怕没有钱花？"

"什么意思？"

"不过就是一张油印的纸，杜兄刻张钢板应该不成问题。"

"你想伪造一张录取通知书？"

"行不行？"

"不行！"

"为什么？"

杜旅宁笑笑。"犯法的事我不做。"

"什么事情这么严重啊？"荣初不知什么时候蹦了出来。杜旅宁不搭腔，向船尾走去，慕次走近荣初说："你能不能替我拖住他半个小时？"

"为什么？"

"你不需要知道原因。"

"三百块。"荣初说。

"五十块。"

"两百块。"

"一百块，不加了，干就干，不干就……"

"成交。"荣初一边说一边向船尾跑去，"老杜！我有事找你！"

慕次用最快的速度回到船舱，他把装有油印机的大木箱拖出来，木箱是上了锁的。他从口袋里掏出一个回形针，把回形针伸到锁孔里，慢慢地捻动，可是被弹簧顶住了，他使力气压了压，不成功。他把回形针从锁孔中拿出来，又掏出一只发卡，将发卡伸到锁孔里捻动，这一次，轻而易举地，锁开了。

当慕次小心翼翼打开箱盖时，他惊呆了。

赫然入目的哪里是什么油印机，而是一台崭新的美国造发报机。做为掩护的一大叠油墨印刷的小报铺盖在上面，依然散发出浓郁的墨香……

第五章　时人不识凌云木

> 卡车里全是学生模样的人,大家都不大讲话,慕次趁着这个空隙,仔仔细细把这两天来所发生的人和事想了一遍,认真梳理每一个与自己密切相关的环节,到底哪一个环节出了错?

完全出人意料。

慕次意识到自己正在犯着一个严重的错误。不可饶恕的错误。

不能节外生枝!

半分钟的考虑后,他戴上了手套,让自己冷静下来。他先把木箱四方左右的边沿擦拭了一遍,然后井井有条地放置好一大叠油墨印刷的报纸,关上箱盖,最后上锁。再让木箱归位。刚刚做完这些事,他就听见了门外的脚步声和荣初的说话声。

"老杜,我跟你说,我这块怀表是真金的,你买了绝对不亏。老杜,老杜……你等一下。等一等。"

门开了,慕次悠闲地躺在床上看报纸。

"回来了?"慕次很客气地打招呼。

杜旅宁扫视了全舱上下,冷冷地说:"快到目的地了,早点准备吧。"

慕次点头。

"大家有缘同坐一条船,好聚好散。"荣初不知怎的,觉得屋里的情形很诡异,突然从嘴里冒出这句话来。

杜旅宁的嘴角露出一丝不易察觉的笑容。"怎么？看报纸还戴着手套啊？"

慕次不说话了，懒洋洋地伸了个懒腰，索性把报纸盖在脸上，睡了。

船到杭州，三个人在杭州站分手，互相握手道别，总算是"好聚好散"。

杨慕次根据手上的地址，很快找到了杭州警察学校，他在校门口咨询了警卫，警卫请他到第三大道警戒处去报到。

第三大道警戒处停着两辆蒙着黑油布的大卡车，到处是持枪的警卫，有许多和慕次一样的新生在依次进行登记，并回答老师的询问。慕次看见凡通过报到处老师审查过的学生，纷纷登上那两辆蒙着黑油布的大卡车，谁也不知道车里面装了多少人，这些人将往何处去？

杨慕次加入到了排队的行列，他前面站着一个女子，大约二十岁出头，容貌秀丽，亭亭玉立。很快，他们靠近了负责报到的老师。

"姓名？"老师问。

"辛丽丽。"那女子答。

"录取通知书？"

"我是七分校转调过来的。"

"七分校，哪个班？"

"电讯班。"

"证件和介绍信。"

辛丽丽出示了她的证件和介绍信，慕次看见老师审核完毕后，递给辛丽丽一个盖过钢印的特别通行证，告诉她："第二辆车，情报组。"

辛丽丽拖着行李，顺利通过关卡。轮到了杨慕次。

"姓名？"

"杨慕次。"

"证件。"

慕次递上证件。

"你的录取通知书？"

"我……我的录取通知书在半道上遗失了，真的很抱歉。"

"那么，在你的录取通知书还没有找到之前，我不能放你进去，非常抱歉。"

下一位。"

"老师!"慕次的手按在了桌面。

"你想干什么?"

一刹那,左右四周围上来荷枪实弹的四五个警卫。慕次的手收了回来。"我无意冒犯。"慕次解释说,"我的的确确遗失了那份表格,如果我今天不能如期报到,我将露宿街头,因为我口袋里已经没有钱了。请您务必帮助。"

这时,岗亭里电话铃声响起来,有警卫叫负责报到的老师去门口拿一份文件,那位老师走出了岗亭,过了一会儿,老师回来了。

"你叫杨慕次。"

"对。"慕次回答。

"你的录取通知书已经送过来了。"老师手上的文件正是杨慕次的录取通知书,这的确让慕次吃了一惊,细心看去,的确是自己曾经遗失的那张表格,于是,心中更是云里雾中,昏腾腾地看着老师发给自己一张特别通行证。

"你上第一辆车,行动组。"

"谢谢老师。"慕次拖着自己的行李经过了关卡,在上卡车前,他的行李被告知暂时由学校监管,等于暂时没收。单手利脚的慕次被人送上了第一辆卡车。

卡车里全是学生模样的人,大家都不大讲话,慕次趁着这个空隙,仔仔细细把这两天来所发生的人和事想了一遍,认真梳理每一个与自己密切相关的环节,到底哪一个环节出了错?

是老余的人一直在暗中保护自己?替自己找到了这张"录取通知书"吗?不会。自己自从拿到这张表格,跟老余的上下线关系就算暂时结束了,没有极特别的特殊情况,自己和老余是不能有任何接触的,这是纪律。

是上海站台处的警察帮的忙吗?也不大可能,因为如果是警察得到这张表格,会直接放到"旅客失物招领处",至多替自己寄过来,而这张"录取通知书"是和自己同时抵达杭州的。

是荣初吗?没有理由,因为自己遇到他时,这张表格就已经遗失了,换句话说,荣初根本不知道这张表格的存在。

是杜旅宁?一个曾经遗失的皮夹,一个同船的旅客,一台崭新的美国造发报机,甚至是一张高深莫测的脸?模糊的线条已经勾勒出了清晰的画面……

两个小时后，载满学生的大卡车缓缓驶出了杭州警察学校的大门，命运会将他们送往何方？大家都不得而知，只有慕次知道，他正往自己作战的最前线开拔。

中央警官学校特种警察人员训练班的真正校址在一片丛林密布的山野，学校活像一个洗澡盆，四面环山。两辆大卡车一路颠簸而来，进入学校后，慕次等人纷纷跳下卡车，主动帮助女同学下车，多半连抱带拉，有些同学因渐渐认识而开始嬉笑，气氛活跃了许多。慕次注意到同车的学生中，有两人像是一对情侣关系，他们寸步不离地走在一起，脸色很凝重，没有一丝笑容。

慕次观察了学校内外的布置，这里岗哨分散在校园四周，每一个岗哨都占据着制高点，警卫荷枪实弹，戒备森严。学校的墙外密布着铁丝网，乍一看上去，这里更像一个监狱。他们这群手无寸铁的学生，就像是一群戴上隐形手铐脚镣的"旅客"。但愿，他们的旅程不要太长。

"请诸位新同学到教导处领取军装，半个小时后在操场集合待命。请诸位新同学到教导处领取军装，半个小时后在操场集合待命……"学校的广播不断重复着同样的内容，同学们在领队老师的带领下，前往教导处。

半个小时后，两个小组大约一百多人着装整齐地站在了空旷的操场上，教官们也列队以示欢迎。

在一声"立正！"的口令中，杨慕次看见了杜旅宁。

他站在学校操场现搭就的讲台上，高昂着头，穿一身笔挺的军装，戴一双雪白的手套，眼睛很冷，脸上显得很严肃，没有多余的表情。

面对突如其来的变故，杨慕次的头脑突然变得异常清醒了。

"欢迎新同学，来到我们中央警官学校特种警察人员训练班。"杜旅宁带头鼓起掌来，操场上响起一片附和的掌声。

"子曰：学而时习之，不亦悦乎？有朋自远方来，不亦乐乎？人不知而不愠，不亦君子乎？这是什么意思呢？就是两个字：学习！你们到这里来的目的是学习。学习的宗旨是为了将来更好地工作，更好地服务于社会。有朋自远方来，人不知而不生气。也就是说，在这里，不需要任何知名度。越是默默无闻，越是善于渗透和隐蔽。"杜旅宁阴沉的目光在扫荡全场，"不过，我要提醒大家，

这里不是一所普普通通的学校,它也不是一般的军校,它是一个秘密的全封闭的'谍报'学校!"人群中有人发出不安的惊呼。"我就是这所学校里的最高执行长官,军统局情报处少将处长杜旅宁!在这里,我的命令就是铁的纪律,你们必须无条件地执行。戴局长授权本人,在这里,一切手段均可使用,以维护一切铁的秩序,这里一切的一切我说了算!"杜旅宁看见了杨慕次。"当然,这需要你们全面的配合。我要提醒一些居心叵测的人,不要试图挑战我的权威,干扰同学们的学习。任何对我的命令阴奉阳违的行为都将受到严惩!不管他是谁,无论他的后台有多硬。鉴于这是一所学校,大家也都是学生,所以,在这里,所有的教官、包括我,都是你们的老师,你们以后直接称我为老师就可以了。我的话完了。大家如果有什么不清楚的地方,下来以后可以找任何一个教官谈话,包括我在内。解散。"

解散后十分钟,慕次被一位李教官直接带到了学校训导处,慕次被告知,杜旅宁要见自己。

慕次心里做好了最坏的准备和最佳的应对,但是,当他真正走到杜旅宁的办公室的时候,他意识到也许自己要寻求新的途径来脱困,因为这个房间太黑暗,那厚重的落地窗帘关住了所有的春光,慕次可以近距离感觉到杜旅宁身上的杀气,杀气太重了。

"报告!行动组学员杨慕次奉命前来,请老师训示。"

"什么时候到的?"杜旅宁问。

这是明知故问。"我跟老师您同船到岸。"

杜旅宁甩手一拳,结结实实地招呼到慕次脸上,慕次脚步不稳,整个人被摔在地上,但是他的身子却像受到弹簧反弹一样,一跃而起,纹丝不动地站在杜旅宁面前。

"什么时候到的?"杜旅宁再问。

"今天中午十二点。"慕次答。

"没有去看看街景?"

"没有。"

"没有去逛逛印刷厂?"

"没有。"

"没有去伪造文件？"

慕次没有回答。

"说话呀。"

"犯法的事我不做。"

杜旅宁笑起来。"读过《曾子语录》没有？"

"读过。"

"学而时习之。"

"传不习乎？"

"有朋自远方来。"

"与朋友交而不信乎？"

"人不知而不愠。"

"为人谋而不忠乎？"

杜旅宁轻轻鼓了鼓掌，以示欣赏。"知不知道，你与其他学员的不同之处在哪里？学而时习之，他们是来学习的；传不习乎？你是来温故而知新的。不是吗？"

"不是！"慕次坚决否定。

"不是？你是什么专业毕业的？"

"日本东京大学金融管理系。"

"什么专业？"

"金融管理。"

杜旅宁毫不客气地迎面又给了慕次一次重击，这一次不等慕次反应过来，又补了一拳，慕次再次被打翻在地。

慕次这一次没有逞强，他停顿片刻，才慢慢爬起来。"对不起。"慕次说。

"什么？"

"对不起。老师。我无意触犯您的尊严。"

"可是你已经做了。"

"不知者不罪！"

"说得好！"杜旅宁顺着桌子走过去，"但是，有一件事情我还没有想通。你说你是日本东京大学金融管理系毕业的，我们也有足够的证据证明你是日本

东京大学金融管理系毕业的,那么,问题来了,难道财经专业也教人钮门撬锁?回答我!"

慕次没有回答。

"为什么不回答?是不能回答?还是根本就无法回答?我们这一行你已经学过了?那你为什么还要来?"

"没有!"

"你驾轻就熟!"

"没有!"

"有!"

"你诬陷我!"

"我为什么要诬陷你?你初来乍到,我跟你还很陌生,我为什么不诬陷别人,而偏偏要诬陷你?你给我一个理由。"

"因为我会开锁。我私自动了您的私人物品。"

"避重就轻。"

"我在日本读书的时候,曾经在一家锁具厂勤工俭学。我不仅学会了开普通的家用锁,而且会开保险柜。"

"一个上海大银行家的少爷,也会勤工俭学?"

"信不信由你。"

"你姑且言之,我姑妄听之。也许我们要等你新一轮调查报告回来以后,才会有第二次真正的谈话。"杜旅宁头也不回地把手一抬,指着门说,"出去!"

"是!"慕次出去了,顺手关上了门。

与此同时,通往杜旅宁办公室的另一道门被推开,军统局少校女特务俞晓江手里拿着一本卷宗走了进来。她相貌平常,眉宇间透着精明,是那一种喜怒哀乐都不会被人轻易察觉的人,也是那种一扎进人堆里就找不到踪影的人。

"都听见了?"杜旅宁问。

"是的,处座。"

"你怎么看?"

"应该说他有完美的涵养和坚强的毅力。"

"评价很高。"杜旅宁点燃了一支烟,"手里拿着什么?"

"是'上海7号'所提供的杨慕次家庭材料，我已经委托我们在日本东京的线人替我们调查杨慕次在国外的所有材料。大约一个星期后，我们会得到一份有关杨慕次身份的完整分析报告。"

此刻，窗外隐隐有雷声传来，杜旅宁猛地拉开窗帘，天空阴云密布，大有山雨欲来风满楼之势。

远处山涧高大的翠木几乎要遮住杜旅宁远眺的视线。

"时人不识凌云木，直到凌云始道高。"杜旅宁说，"杨慕次如果没有问题，那么，这个学生，我亲自带。"

"是，处座。"

暴风雨真的来了。

在特训班为时一星期的超负荷急训中，有许多学生体力不支病倒了，问题是在这里受训的学生没有资格享受病假，于是，有一名女学生在即将结束的残酷军训中溺水身亡了。

一石激起千层浪。学生们的愤怒是可想而知的，他们冲击了学校的教导处，教师和学生双方发生激烈冲突，闹到最后，由枪声来解决事态。

而杨慕次却丝毫没有参与这次过激行为，他在军训之余，一心一意地跟着俞晓江学习接收密码和拆卸、组装电台。直到有一天，他无意中听见了一对情侣同学的对话……

第六章　宫花旋落已成尘

> "这是一首新诗,老师。看不见天空的颜色,是因为同学们很悲观。"慕次突然抬起头来,直视着杜旅宁。"看不见花和树的自然姿态,是因为花和树的生长被扭曲了。"

那是一个天气很闷的下午。

慕次奉命到李教官的办公室去拿最新一期的《电讯技术》杂志,因为俞晓江叫他对有关电讯的新技术都要有所了解。从教官室出来,他径直向学校操场的后楼走去,那里虽然僻静,却是一个读书的好场所。

学校操场的后楼底有几株褪了色的梅花树,在婀娜的春风中显得十分衰落,慕次正打算到平日里坐惯了的圆形木椅上去读书,却看见两个抱头痛哭的情侣挤坐在圆形木椅里。这两个人他都认识,男的叫郭宇琼,是从电讯学校临时招募来的,女的叫和雅姗,据说是满清遗老遗少的子孙,平日里内向、矜持、缄默,大家都叫她"和格格",以示她姓氏曾有的辉煌。她是从新学堂直接来报考的,目的很简单,就是为了逃避家庭为其安排的封建婚姻,选择自由恋爱,义无返顾地追随郭宇琼而来,并一心一意要嫁给他。

这一对情侣在学校里早已不是什么秘密,从第一天到校起,他们几乎形影不离,听同学议论,夜深人静,两个人经常在这稀疏的梅林里约会,也从不怕别人看见,比结了婚的人还要理直气壮。教官们也似乎默认他们这种关系,并无人出来干涉,所以,慕次在这里看见他们也不足为奇。奇怪的是两个人好端端地哭作一团，慕次真的很佩服他们在时间上的空闲和感情上的丰富。

慕次迎着风在后楼的过道台阶上坐了下来，他虽然无意偷听他们的谈话，但是，他自己也不否认他顺风在听他们的谈话。

"我感觉非常痛苦，好像一觉醒来，自己已经置身于汪洋大海中随浊浪翻滚，而不能自救，不能脱离苦海。这实在是与我离家出走的初衷相差太远，我几乎丧失了所有抵抗的能力，我甚至不知道明天会怎样？"和雅姗一边述说心中的苦闷，一边流泪。

"难道你认为嫁一个不认识的人，会比跟着我幸福？"

"至少不会有生存的危机。我现在非常害怕……整日整夜地栖惶不定。"

"姗？"郭宇琼显然在尽力安抚她。

"我为了情窦初开的爱情不变成一种可以馈赠亲朋好友的礼物，跟你来到这里，我以为这里是一所培养警察人才的学校，我万万没有想到这里是一所间谍学校。我不想做这种充满了恐怖和血腥的行业。我们到底要学什么？暗杀？爆破？阴谋？我觉得自己不能这样堕落下去，我们不能这样被动地等待下去，再这样下去，我们会死，就算人不死，精神也会死。"

"你冷静点，冷静点，姗。"

"我不能冷静了，我没办法再冷静。我有孩子了！"

"什么？"郭宇琼大为惊讶。"是真的吗？"

"是。我不知道怎样面对这个小生命？带我走吧！我们逃吧！中国这么大，我们哪里不能去？为了孩子，不，救救孩子！"

"救救孩子？"

"琼！我恳求你！"和雅姗炙热的爱火此刻化为无穷的力量，她要挽救自己的家庭，让这个即将诞生的三人世界永远远离硝烟，她要一个安静的环境，为未出生的宝宝去迎接美丽新世界。

"姗，我答应你。为了孩子，也为了你，一有机会，我们就逃！"

"你有办法吗？"

"夜间岗哨林立，不易冒险，何况你肚子里还有孩子，一不小心走进沼泽，就永远留在这里看风景了。我们寻找一个适当的时机，争取白天出去。只要避开岗哨，穿过铁丝网，外面就是公路了，白天容易搭顺风车，到那时，我们就

可以开始我们真正的幸福生活了。"

两个对幸福和未来充满信心和憧憬的年轻人紧紧拥抱在一起，仿佛天堂的门已经向他们开启……

避开岗哨？穿过铁丝网？搭上顺风车？哪有那么容易！慕次想。不过，为了孩子，实在是应该拼一拼，慕次并不反对他们冒险的决定。因为，慕次认为他们毕竟还是学生，涉世未深的孩子，他相信，没有人会忍心将他们置之死地。

可是，他错了。

第二天上午的刑侦课上，杜旅宁讲述了怎样用最简便的方式向犯人刑讯，他说，在公园里、在旅馆里、在家里，都会有"水"的存在，常言道：水火无情。如果你想让被自己抓住的犯人立刻讲话，那么，打开"水龙头"，让水直接从受刑者的鼻腔里灌到肺里，受刑者会非常痛苦，很多意志薄弱的人会当场就范。为了演示刑求的过程，杜旅宁用学生做了一次示范。他选中了郭字琼！郭字琼被他弄得当场晕厥，当然，同时晕厥的还有他的心上人和雅姗。

"你们要学会熬刑！"杜旅宁说，"就像是在江河里游泳一样，你们失去了目标，暂时无法上岸，那么，多喝几口水也没有什么关系，最大的危险是呛水！"

这时，昏厥过去的郭字琼又醒来了，他不断地喘气、咳嗽。

"水一旦呛入人的肺部，人的生命就会有危险，就会因咳嗽而使呼吸更加混乱，严重的肺部会慢性出血。"杜旅宁走近郭字琼，近乎残酷地说，"郭同学，我们再试一次。这一次，希望你能坚持久一点……"

没有人敢站出来说话，谁都怕惹祸上身。

郭字琼咳得很厉害，几乎不能说话。他无法拒绝和反抗，任由杜旅宁把自己拖到水池边，准备接受第二次非人折磨。

"等一下。"慕次从人群中走了出来，"老师，让我来。"他言简意赅，也不管杜旅宁的反应，自己先脱了军装，把衬衣领子卷进去，深呼吸后，一头扎到水池里。

学生们情不自禁鼓起掌来。

"你们沉下去后，不要着急，一定要顺其自然。一两分钟不呼吸，不会伤及内脏，你也毫发无伤。但是，时间长了……"杜旅宁目不转睛地盯着水池，一分钟、一秒钟、两分钟、十秒钟、三分钟、三十秒……他突然出手，将慕次拉了上来。慕次大声咳嗽起来。杜旅宁冷冷地说："时间长了，水浸到肺部，会死人的！"

杨慕次在同学们的帮扶下站起来，先去看郭字琼怎样了，此刻，醒来不久的和雅姗正陪着郭字琼，两个人低声向他道谢。慕次看他们并无大恙，于是，甩了甩湿润的头发，拎起自己的军装，头也不回地往前走。

"到哪里去？"杜旅宁问。

"去透透气。"慕次大声说。

"什么意思？"

"意思是我快被这里污浊的空气给窒息死了。"杨慕次大跨步离开课堂。

杜旅宁破天荒地没有任何反应，只淡淡地说了一句："那么，我们继续……"杜旅宁的心里越来越欣赏慕次的桀骜不驯了。

午休的时候，俞晓江打电话来叫慕次去她办公室，有一些文件需要他帮忙清理。慕次二话没说，马上答应。

当慕次从俞晓江手中拿到这些所谓的"文件"时，才知道，所谓"文件"不过是班上同学们写给亲人、同学的一些私人信件。慕次觉得很犯难，毕竟是别人的隐私，干吗要津津乐道地去读呢？

"有这个必要吗？"慕次问俞晓江，他认为晓江是一个比较通情达理的人，"这些都是别人的隐私，我们无权过问。"

"在这里没有隐私。"俞晓江头也不抬地吩咐，"有一部分，我已经处理完了，你帮我把这些没处理完的先分分类。"

"怎么分？"

"给父母的家书一类，给老婆孩子的一类，情书一类，给朋友同学的一类，写给电影明星的大众情书，不用分类，直接撕掉。明白吗？"

"好的。"

慕次把一封封信件拿出来，仔细地阅读，阅读后分类。突然，他闻到一股浓郁香水气息，这令人迷醉的香气来自一封寄往上海虹霞女子贵族学校的信件。

他用小刀顺着信封口小心翼翼地拆开,这将有利于迅速将信件还原。

他读到了一封充满歉意、同时又对未来满怀希望的信,写信的人是和雅姗,信是写给她妹妹和雅淑的。信是这样写的:

雅淑,我亲爱的妹妹:

你好!

不知不觉我们分别已有一个月了,我非常想念和你在一起的日子。无忧无虑,活泼开朗。父亲虽然整日沉睡在无愁无欲的烟天雾海中,却并不影响你和我在一个幽静安适的环境中成长,那个时候的家园是我最为怀念的,我怀念那"日高窗下枕书眠"的优雅,更思念那"千年月色照我床"的浪漫。可是,我万万没有想到,这些浪漫的青春岁月会像流水一样无情的远逝。父母居然拿我的爱情来换取舒适生活的筹码,他们居然要把我嫁到一个对我来说完全陌生的家庭里去。据说,新郎生性风流,在家里霸占丫鬟,在外面还养着妓女。我是无论如何不能答应这门亲事的!于是,我选择了逃婚。

我在读新学堂的时候认识了郭君,他是一个非常善良的人,但是,他是一个很贫苦的出身,他读书的钱一半是靠他父亲跑船挣来的,一半是他勤工俭学得来的。他知道我不幸的遭遇后,就向我倾诉了他对我的爱慕之情。为了我自己的终身幸福,我选择了郭君。为了逃避家人的纠缠,我和郭君同时报考了警察学校,希望能凭借这学校的特权,逃过所有的厄运。可是,我忘了,还有你,我亲爱的妹妹,你是孤立无援的,我不敢想象自私自利的父母亲会不会让你去顶替我嫁人。如果是那样,我就是个罪人了。我决不能坐视这种事情的发生,我会一生一世受到良心的谴责和折磨。所以,我亲爱的妹妹,你一定要想办法拖住时间,等我回来带你一起走。

我和郭君在这个学校里,生活得很愉快,我们已经有了一个即将出世的小宝宝。为了孩子,我们决定离开学校,回上海去工作,以保证孩子将来成长在一个安静和平的环境里。我们的归期就定在这个月,我相信,不过一星期,我们就会见面了。

未来的日子里,我们可以自由而幸福地生活在一起,希望雅淑你和我一样,企盼光明的到来。

接下去,就是和雅姗的署名和年月日的落款。雅姗万万想不到她已经投递到邮局信箱里的私人信件,此刻,又辗转回到学校里来。更想不到,有人已经拆看了她全部内心的秘密。慕次想了约半分钟,将信重新放入一个不起眼的新信封里,自己掏出钢笔来,重新抄写了新的地址,只不过把收信人的称呼改了改,改成和雅淑女士亲启。然后,将信放进给老婆孩子的一类信中。他希望,真能像和雅姗信中所写,他们会有一个美好的未来,也希望她的妹妹能及时收到这封信,不至于陷入生活的泥潭。

就在他埋头工作时,他听见了杜旅宁的声音。

杜旅宁好像刚从自己的办公室过来,他一进门,就叫晓江把"新7号资料"拿给她,不过,他看见闻声起立的慕次,还是颇感意外。

"坐。"他向慕次摆了摆手,回头问晓江,"怎么,你忙不过来啊?"

"是啊。"晓江说,"学生们晚上缺少娱乐,几乎每个人都写信,写什么的都有,五花八门,我真是应接不暇,疲于奔命。"

"几乎每个人都写信?杨慕次,你写了没有?"

慕次立正答:"没有!"

"大家都写家信啊、情书啊,聊以消遣寂寞,你为什么不写,连一封报平安的家信也没有?"

"因为我没有时间消遣寂寞。"慕次趁机发泄不满。杜旅宁不答话,他随意抽取一封信件来读,不过读得很认真,也很动情。"……我看不见天空的颜色,看不见花和树的自然姿态,我像一个空气中的彩色肥皂泡……这是什么乱七八糟的东西?"杜旅宁把信放下。

"这是一首新诗,老师。看不见天空的颜色,是因为同学们很悲观。"慕次突然抬起头来,直视着杜旅宁,"看不见花和树的自然姿态,是因为花和树的生长被扭曲了。"

"花和树代表什么?"

"爱情。"

"爱情是什么？"

"爱情是人类最珍贵、最真挚、最炙热、最朴素的情感。"

"爱情能够维持多久？"

"天长地久。"

杜旅宁大笑起来。"我有时候真是搞不清楚，你是太幼稚，还是太深沉？"

"他应该是对爱还很幼稚，用情却很深沉。"俞晓江打趣说。紧接着，她把一份密封的档案交给杜旅宁，说，"处座，这是您要的材料。"

杜旅宁接过档案，说："这些信件，特别是给父母、老婆孩子的平安家书，如果不涉及党国机密，检查完后，就尽快替他们寄出去，其余的信件和情书一律销毁。"杜旅宁走到门边，突然折回来，说，"晓江，你刚才说缺少娱乐？"

"是。"

"我们应该立即调整一下学生的课程，比如，交际舞和音乐。"杜旅宁说到这里，又对慕次说，"这应该是你的强项，你不是出身名门吗？"不等慕次作答，他就转身去了。

交际舞的音乐很快在校园里响起来，这是一个阳光明媚的早晨，光秃秃的操场成了学生们娱乐的重要场所，经过了长时间残酷训练的同学们，突然身心放松地走进了一个美妙的音乐世界，多多少少有些兴奋，在教官的辅导下，他们的舞姿越来越规范，动作越来越娴熟。但是，教官们摇头的多，点头的少，因为，学生们缺少了一样在舞蹈中必不可缺的东西，那就是高雅的气质。

杜旅宁观察了许久学生的舞姿，自己也有些技痒，于是，他请俞晓江跳一曲"华尔兹"。学生们纷纷让路，大家围成一个大圆圈，以便都有好的角度来观赏老师的舞蹈。

慕次发现，郭宇琼与和雅姗不见了。

四周的岗哨都在远距离观看舞蹈，戒备的确松懈了，慕次希望他们能够全身而退，为了孩子，他们确实应该走了。

梦幻般的音乐响起，由几对教官组成的"华尔兹"舞蹈，吸引了众人的眼球，杜旅宁和俞晓江配合优美，快速旋转，如陀螺般美妙，犹如春藤绕树般温柔。不论是圆的旋转，还是顺畅的前进，多姿的舞步始终牵系着音乐的节拍。

一曲终了，掌声四起。

慕次在观舞的学生队伍中，保持着他一如既往的孤傲，他心中盘算着自己应该为那一对情侣做一点力所能及的事，也就是再次分散警卫的注意力，为这对鸳鸯提供宝贵的"脱逃"时间。于是他故意嘴唇微微上翘，做出一副不屑的神态。杜旅宁注意到了他的这种天生傲慢的情绪，于是，向慕次走过来。"你好像对我的舞蹈非常排斥。"

"谈不上排斥。因为老师您不太了解'华尔兹'。您神采飞扬的风格和铿锵有力的步伐，更适合跳'探戈'。"

"据我所知，'华尔兹'也是刚柔并济的。"

"对，所谓柔能克刚，有柔才会有刚的气势。这正是老师所缺乏的。"

"那么，你来给大家做一个完美的示范。"

留声机再次响起，泻出温馨流畅又动人的旋律。杨慕次走到操场中间，很客气地问："请问各位女同学，有没有从上海虹霞女子学校或者是圣玛利亚女子学校就读过的？如果有，请上前一步。"

这两所学校都是上海贵族小姐首选的名校，所以，操场上根本就没有女声回答。就在慕次略感失望之际，寂静的操场上，突然，有一个女生自告奋勇地站出来了。"我叫辛丽丽。我是上海明晨女子学校培养的淑女。愿效微劳。"

"不胜荣幸之至。"慕次优雅地发出邀请。两个人虽然穿着整齐的军装，但是，举手投足之间渗透出的那一份属于贵族的高傲感，征服了全场。所有人同一时间行注目礼。

杨慕次和辛丽丽开始在美妙动听的音乐中舞蹈，他们漂亮的反身，流畅的旋转，灵活的姿态把所有人都带进了一个充满诗情画意的境界。

他们尽善尽美的表演，让整个空旷的广场变成花香满地、酒香四溢的繁华世界。让所有的人悠然神往。

就在这风光旖旎的时刻，清脆的枪声响了……

所有的人都为之一震。学生们反应不一，有叫的，有跑的，也有观望的。大多数自动散开，以保证自己的安全。

"谁在开枪？"杜旅宁大吼了一声。

"不能开枪！她肚子里有孩子！"慕次知道，这对鸳鸯也许走不成了。

"你知道是谁！我也知道她是谁了！"杜旅宁气愤地推了慕次一把，"难怪今天你要抢着出风头！你以为你在帮她？你正在杀人！"

这时，俞晓江将一个临时话筒递给了杜旅宁。

杜旅宁高声问："刚才什么情况？"

岗哨里执勤的警卫用话筒回答："报告处座，有学生触电了！他们企图翻越铁丝网，被电给打死了！弟兄们已经补过枪了。"

被电击过，又被补了枪。显然，他们已经离开了这个美丽世界。慕次眼前一黑，身子直直地跪了下去。他不能想像和雅姗苍白的脸和冰凉的身体，他感觉鲜血在自己的四周弥漫，血淋淋地扑面而来。

杜旅宁面无表情地对俞晓江说："带杨慕次去看看尸体。我希望他永远记住他们临死的样子。当然，也包括在场的所有学生，下午两点钟，全体集合。"

杜旅宁走了。慕次陷入了悲哀。

岗亭狭小的过道里，慕次看见了郭字琼与和雅姗的尸体，他们的表情很痛苦。警卫说，他们两个企图穿越铁丝网，但是，很不幸，铁丝网是通了电的。郭字琼触电身亡了，和雅姗看见心爱的人横尸当场，悲痛欲绝。警卫们鸣枪示警，和雅姗决然不肯离去，于是毅然相随。

花落人亡。

慕次觉得自己成了杀人的帮凶。他应该阻止他们逃跑，而不是帮助。他与他们并无任何瓜葛，可是，他的内心却很悲伤。俞晓江全程没有说一句话，只是剪了两只蝴蝶，放到两人依然未冷的尸体上。

"他们会再生吗？"慕次问。

"相爱的人永远不会死。"俞晓江淡淡地说，"我们走吧。他们也许并不愿意让人打扰他们的安宁。你，还需要去面对更残酷的现实。"

不知怎地，慕次一直对俞晓江心存好感，此时此刻，他很感激俞晓江的提醒，自己还有任务没有完成，自己必须以优异的成绩毕业，从而达到预期的目的。

这里是"战场"，不是"情场"。

慕次决定重头来过，他要收拾好自己的心情，他必须获得杜旅宁的信任，必须从这里活着走出去。

杜旅宁回到办公室后，心情格外好，他对杨慕次心存的怀疑，在今天总算告一段落了。不，不只是告一段落，而是结束了，是尾声。

原先，杜旅宁对慕次来校的意图和动机做了多种猜测，最危险的一种猜测就是，慕次是共产党派来的卧底。自己就曾经破获过他们多次类似"掺沙子"的计划。所以，这一次，杜旅宁没有对任何人掉以轻心。

学生们任何一次盲目的行动，都会导致学校对他们历史的深入调查，是国民党？还是共产党？左倾？还是右倾？

如果杨慕次是共产党，他绝不会这样做！这种帮助同学逃跑的愚蠢行为，会让他陷入另一种绝境。如果他是共产党，那么，他需要长期潜伏，长期作战。他必须要以优秀的成绩从这里毕业，而后像钢刀一样插入对手的心脏。这才是他应该做的，而不是和学校作对！

杨慕次几乎没有想过事发后，自己有被淘汰、被暗杀的危险，这证明了他对"组织"还不了解，他无所畏惧，又恰恰证明了他身家清白，却无可疑之处。

第一次学生们因为有学员溺水身亡而闹事，慕次没有参加，使自己非常疑惑，他为什么不冲动？现在看起来，他是这批学生里最冲动的一个。

还有最重要的一点，促使杜旅宁做出了解除对杨慕次怀疑的决定，因为，他已经看完了情报机关从日本东京大学抄录回来的有关杨慕次的全部学籍档案，证实了慕次所说的全部都是事实。

伯乐总算遇到了千里马。

就在杜旅宁怡然自得时，杨慕次来了。慕次脸色苍白，眼睛湿润，灰暗的表情和此时杜旅宁的心境相差甚远。

"去看过你所帮助的同学了？"

"是。"慕次答。

"你好像很不适应。"

"是。"

"没有见过死人？"

"是。"

"你心里很害怕？还是很难过？"

"我很内疚。"慕次的眼泪夺眶而出。

"他们的死，是咎由自取！跟你没有任何关系。"

"我情愿死的人是我。"

杜旅宁摇了摇头。"不……"

"是我杀了他们，杀了他们一家三口！我请求您！立即枪毙我！我的内心实在是太痛苦了，我难以承受这种蚀骨钻心之痛悔。"

"我们这一行的痛苦，远远不是外行人所能体味的。不过，你做了这一行，会源源不断地发现这一行的魅力。"

"杀人的魅力？"

"浅薄的观点。"杜旅宁反驳。

"我想退出。"

"为什么？"

"因为您让我感到恐惧，我跟您之间根本无法沟通。抑或是，您从心底蔑视我？"

"我为什么要蔑视你？你是一个可以被蔑视的人吗？"

"可是您一直在排挤我，不，不止排挤，是排斥。您怀疑我，不信任，甚至想借机除掉我……我不明白我到底犯了什么错？"

"你所犯的最大错误，就是喜欢意气用事，以点盖面，以偏概全。不，不过最重要的原因还不止这些。我跟你一路上过来，觉得你情绪波动太大，太不稳定。要么显山露水，要么少言寡语……"

"老师……"慕次想分辩。

"不用在我的面前粉饰自己的言行，太不明智。换言之，你要学会在任何人面前将自己所有言行控制自如，哭也好，笑也好，都是你运用的武器。你很优秀，在这一批学生里你非常优秀，鹤立鸡群。你有敏锐的观察力，卓越的智力，高才生嘛。唯一使我怀疑的是，你为什么到这里来？是什么原因让你选择这个危险的职业？为什么要截然背离过去的生活？"

"我想为国家做点力所能及的事。"

"在金融界一样为国家做事。"

"我好奇。"慕次直截了当地说。这一次，杜旅宁的表情却开始轻松起来。他点上一只烟，说："接着往下说。"

"我真的很好奇。我很想给自己换个环境。"慕次第一次感到自己心里一团糟，"我的父母，我跟我父母的关系一直不太好。我很孤独，我从小到大，没有得到过他们真心的关怀。我说的都是真的，说出去人家一定不相信，一个大银行家的少爷可以穷到一天只吃一个苹果充饥的地步……"慕次开始哽咽。

"从什么时候开始？"杜旅宁问。

"从我记事的时候。"

"太不幸了。"杜旅宁看着慕次的眼睛说，"你难道没有尝试过去改变彼此双方的感情吗？"

"我尝试过，不过，彼此隔阂太深。再说我也大了，他们毕竟是我的亲生父母，在教育方面，他们没有亏待我。只不过，我不想在父亲的银行里做事。"

"所以，你一直在一家英国银行做营业部副经理？"

"是的。我不喜欢这种枯燥无味的工作，整天看报纸、等客户、陪笑脸、看账本、炒股票，甚至傻子一样坐在咖啡馆里看风景，太无聊，又无趣。我不想过这种平淡的生活。我想寻求刺激，想选择一种前所未有的惊险刺激的生活。所以，我今天走到了这里。"

"后悔了？"

"是。"

"所以想退出？"

"是。"

"可是这一行有这一行的规矩！这一行有一句严厉的门规，叫：站着进来，躺着出去。我想，你也知道，这句话不是恐吓，也不是威胁，这句话是规矩，规矩是不容破坏的。我想你是聪明人，你会做出最明智的选择。"

"我知道退出是一种美好的奢望，所以，我更加痛苦！老师。我不想再伪装自己的心情，我活得真的很累。"

杜旅宁脸上居然有了一丝笑容。"这就对了。我是你的老师，你不需要在我面前隐瞒你的思想。从现在开始，我需要你真诚地回答我的一切疑问，而不是例行公事的敷衍。"

杨慕次知道，现在自己和杜旅宁之间的信任开始真正建立。"我尽力，老师。"

"尽力？尽力是什么意思？尽力不说谎，还是尽力去圆谎？"话虽然尖锐，不过杜旅宁的语气很温和。

"我不习惯。"

"习惯什么？"

"老师您对我说话的态度和行为上的粗暴。"

"你希望我怎样做？和蔼可亲？还是推心置腹？我是你的老师……"

"老师是授业解惑的，您不是。您让我无时无刻不感到压抑。"

杜旅宁漫不经心地说："尊师重道是中国人的传统，传统很难形成，但却异常脆弱，很容易被人破坏。我不希望看到你是第一个在这里破坏传统的人。"杜旅宁转过身去，用强硬的口吻命令说："鉴于你今天所有鲁莽的行为，我要关你的禁闭。在关禁闭这段期间里，你不能和任何人说任何一句话！包括自言自语，也不行！直到你愿意听从我的一切指令。换句话说，直到你看见我不再有任何压抑。我需要你在学习中释放你的聪明智慧，而不是在任何教官面前逞强好胜。你听懂我的话了吗？"

"是，老师。"

这时，紧急集合的铃声响起……

时钟指向下午两点。

"先去操场集合。等待我的命令。"

"是。"慕次走出杜旅宁的办公室，长长地出了一口气。

早上还是春光明媚的操场，因为横陈着两具年轻的尸体而变得异常阴森，他们的血在春风中凝固了，生命在无限春色中结束了，两只纸蝴蝶陪伴着他们，提示在场所有的学生，他们是殉了情，他们是自己放弃了生命，放弃了春天。

"令人难以置信，难以置信啊，青春年华，如花岁月，就这样轻而易举地葬送在这里！怪谁呢？谁都不怪，怪他们自己，自以为是，不知天高地厚！诚然，殉情是诗意的，我不否认。可是，诗意的东西太过缥缈、虚无。所以，我们要做一件事情，就是忘却，忘却诗意、忘却那些所谓美好的、不切实际的所有人和事，专心致志地回到现实中来，现实是残酷的！姑且这样认为。你们走到这里来，无论出于何种目的，报国也好，求知也好，找一个稳定的饭碗也好，你们来了，首先要学会生存。为了达到目的而不择手段！所谓爱情，你们可以在幻想中保留。"杜旅宁居高临下地审视着现场上每一个学生的表情，他看见了学生们心里的恐惧和脸上的震惊，他达到了目的。"他们死得很难看，死得非常没有价值。这是一个悲剧，无可挽回的悲剧。但是，这个悲剧的发生，是为了不再发生任何类似于此的悲剧！大家都看到了，与其做一个可耻的逃兵被处死，不如做一个光荣的烈士！从现在开始，我要看到你们整齐划一的步伐，看到你们千锤百炼的生存技巧，看到你们生死关头的从容不迫。"

操场上没有声音，安静得不能再安静，学生们站在风中，每一个人都忍受着某种难以名状的煎熬。

"如果大家都同意我的观点，那么今天，死去的人就算没有白死。杨慕次出列。"随着杜旅宁一声令下，慕次大跨步向前一步走，立正。

"由于你善意的鲁莽帮助，造成了无可挽回的错误。所以，你必须受到惩罚。从现在开始，我要关你一个星期的禁闭，立即执行。我希望你利用这一个星期的时间好好反省你过去的言行。一个星期后，我要看到另一个脱胎换骨的你！能做到吗？"

"能。"

"大声一点，我听不见。"

"我能做到！"慕次高声回答。

"好。现在全体解散。"

学生们迅速散去，这操场的血腥味令他们感到厌倦和恐惧。慕次被警卫带走的瞬间，他决定再次对杜旅宁表明一下自己的诚恳态度。他叫住了杜旅宁。

"老师，我请求您的原谅。"

杜旅宁轻描淡写地说："话虽然说晚了点，不过，还来得及。"

"从今以后，学生唯老师马首是瞻！"

看着英姿飒爽的杨慕次，杜旅宁的心情终于多云转晴了。"这句话说早了点，不过，我很爱听。"

当天晚上，郭宇琼与和雅姗被草草埋葬于学校的梅树底，有关他们的一切

资料都被销毁了,他们从这个世界里彻底消失了。

经过将近一个月的海上颠簸,阿初和荣升、丽水总算回到了久别的家乡——上海。荣升这次回家,意义非凡。经过长达数年的孤单岁月,他对于过去曾经拥有的美好爱情做了一个永远的结束。

因为,他不能再这样盲目又凄惨地生活下去。由于他感情上的极端自私,他失去了自己慈爱的父亲,他没有尽到一个做儿子的基本义务,没有给父亲养老送终。他自己失去爱人的痛苦远不如他的母亲为他所承受的痛苦的万分之一。荣升一想到这里,就恨不得立即插翅飞到母亲的身边,彼此互相安慰,好减轻彼此的痛苦和悲哀。

阿初的心境是平和的,他已经默认了命运对自己的安排,无论将来怎样,他都不会舍弃四太太对自己的关怀和爱护,他现在唯一想做的一件事,就是回家。一个不属于自己的家庭,却能让自己魂牵梦绕、充满温馨回忆的家。

阿初和荣升各有心事,丽水却是个例外,这次回来,总算没有辜负姑妈的嘱托,将荣升完好无损地找了回来,不觉志得意满,春光满面。

他们三人一出港口,就听到有人喊:"大少爷!大少爷!"紧接着,一大群记者围追堵截而来,闪光灯此起彼落,大伙儿扎到一堆,拼命抢镜头。

原来,荣家自从收到荣升即将回国的电报后,就派人每天到港口来等,新闻界知道后,也是大动干戈,各家报馆都派记者蹲点,就在港口设伏,都想第一个拍到荣家掌门人的尊容。因为三个人都是洋装打扮,特别抢眼,所以,荣家的司机阿福一眼就把他们逮到了,他激动的大嗓门一吼,惊动了所有的记者,一时间,人欢灯闪,煞是热闹。

"荣少爷,请问您这次回国是否将全面接手家族生意,成为新一代的药业掌门人?"

"请问您当年是为了什么出国的?您的妻子病故,是否是您离家出走的重要原因?"

"荣少爷?荣少爷,请问跟你同船回国的小姐是否是您的未婚妻?"

"荣少爷,您的健康情况怎么样?"

"荣少爷,您在国外是否已经结婚了?"

"您是荣家的小公子吧？您能让我们拍一张照片吗？"

"您做为一名医学博士，放弃国外高薪工作，回到祖国，为国家效力。请问您内心真实的想法是什么？"

"这位小姐，我们是妇女先锋杂志社的，你能接受我们的专访吗？"

荣升显然不适应这种强烈的光的刺激，他在阿初和丽水的掩护下，低着头往前走，司机阿福早被记者的人潮给挤出去了，急得在人群外直跳脚。

"请大家安静！安静！请大家不要挤、不要乱、不要慌。"阿初为了保证荣升和丽水的安全，不得不站出来控制局面了，"我们刚刚回来，脚跟还没立定，诸位过量的热情，会把我们再掀回大海去的。"大家笑了。"诸位的问题，我们现在都不方便回答。国有国法，家有家规。我们风尘仆仆，喘息未定，还没有去拜见高堂，就在这里大肆张狂地开记者招待会，于礼不合！各位，各位，辛苦，我们非常感激。等我们回去见了长辈，我们会给大家一个满意的答复。现在，请各位让一条道路，阿初领情了！领情了！"阿初笑容可掬地给大家作了一个长揖，记者中有人抓拍到这个镜头。

突然，一个被裹挟在人群中央的一名女子被一名记者笨重的照相机砸倒，从人群中跌出来，正好摔在阿初和荣升的脚下。

众人惊呼起来。

阿初急忙蹲下身子，把那女子的头放平，替她略做检查。那女子的额头上渗着血丝，春葱一样的手指苍白无力地伸展开来……

荣升仿佛看见一朵美丽的花正在眼前旋落、枯萎。

"我认识这个人。"一名记者指着地上的女子说。"这个人每天都到这里来等她的姐姐，每天都要等到最后一班船靠岸她才走。"

"她怎么样？"荣升问。

"没什么，她严重贫血，缺乏营养……"没等阿初把话讲完，荣升不知哪里来的力气，居然一下子把那女子抱了起来，对阿初说，"我送她去医院，你先回去。"

有人立即帮忙叫了辆黄包车，荣升抱着那女子登上黄包车，根本就不顾阿初和丽水的劝阻，扬长而去。

记者们纷纷抓拍，各路人马浩浩荡荡地跟去。

　　阿福因为暂时挤不进包围圈，就找了个公用电话报平安。"大太太，恭喜大太太，贺喜大太太。大少爷回来了。大少爷回来了。少爷精神着呢。身体啊，好。四太太？四太太放心，阿初少爷也回来了，我都看见了。丽水小姐没事，全回来了。少爷？少爷被包围啊，好些个记者，不知从哪个土地庙里冒出来的，多得数不清……大少爷？大少爷？"阿福突然看见荣升和一个女子坐黄包车打从眼前经过，这一下非同小可，他大声叫起来："大少爷！大少爷！我在这呢。"话筒那边大太太急了，问："怎么一回事啊？大少爷怎么了？""大太太，大少爷抱着个女的，坐黄包车走了。""那，那你快去追啊！""好呐。"阿福把电话给挂了。一转身出来，迎面就看见阿初和丽水。

　　"阿福哥！"阿初虽然有几年没见过阿福了，但是，凭阿福那浑圆的身材，他一眼就能把他从人堆里给拎出来。

　　"阿初少爷！"阿福很激动，一下就把阿初给抱起来甩了个圈。丽水也笑起来。三个人有说有笑地把行李放好，坐上了汽车。阿福这才又想起大少爷来。"大少爷呢？我们走了，大少爷怎么办？"

　　"你还怕他在上海走丢了？"阿初说，"我们先回去，给太太们报个平安，等少爷办完了事，他自己会回去。不用担心。"

　　车子开动了。

　　丽水突然说："阿初，你说明天的报纸会怎么写？"

　　"怎么写？"

　　"荣大少上海滩英雄救美！"

　　阿初摇头。

　　"那会写什么？"丽水问。

　　"荣大少与一神秘女子入住同一家病房……"话音未落，即遭丽水迎头痛击，阿初大笑不止，汽车绝尘而去。

第七章　却疑春色在邻家

> 天气仿佛还是早春，冷飕飕的。窗外的空气特别新鲜，一大片郁郁葱葱的绿叶在窗沿外招摇，春烟润着绿油油的叶子，系恋着生命的趣味。

荣家大门口，张灯结彩，布置得喜气洋洋。台阶上下的青石条被水冲洗得能照见人影子，朱漆大门上铜钉金灿灿的眩目。随着时间的推移，主人昔日赫赫的权势已不复存在，可是荣府门前那两个娇慵的石狮子依然荡漾着华贵的风采。那种从骨子里浸透出来的贵族气息弥漫着十足的优越感。

昂首痴望的佣人们分散站在两边街口，连隔壁的街道也打扫得干干净净。

低眉凝注的丫鬟们穿着一色的新春装，莲花条子的坎肩，碎花布的长裤，红扑扑的脸，齐眉的刘海，一条松软软的大辫子，个个都像年画上贴了统一标签的广告女孩。她们整整齐齐站了一排，迎候着即将回府的少爷。容光焕发的大太太和盛装以待的四太太在府门前徘徊了好一阵子了。

三太太推说自己肚子痛，躲在屋里不出来，懒得看他们上演"母子大团圆"的活话剧。谁叫自己不争气，没给荣家生一个儿子。两个女儿，没有一个是省心的。

荣荣大学毕业后，眼高手低，一直没找着一个好婆家，成天没心没肺地和一帮少爷、小姐们吃喝玩乐，过着纸醉金迷的"夜生活"。说她一句不好听的话，她有十句话等着回你，夹枪带棒地说："大太太还没厌弃我呢，关三太太什

么事？我吃的、喝的都是荣家的钱，败光了，也轮不到姨奶奶教训。可怜我没从大太太屋里出来，不然，何至于二十多岁了还窝在家里碍眼。"言下之意，自己如果不是庶出的，早嫁到豪门去当少奶奶了。这些话没有一句不戳到三太太心窝里的痛处，气得三太太再也不管她。

荣华的性格很内敛，大学还没毕业就跟大太太商量着自己要筹办一个小书局，大太太也舍得钱拿给她去折腾，折腾来折腾去，小书局改办了两层楼的书店。荣华隔三岔五地不回家，就在书店里睡。三太太要找她说个话，也不容易，更别说替她找婆家了。

还好，三太太身边有个伶俐的使唤丫头，叫杏儿，干活手脚麻利，心眼也多。不过，此刻杏儿的心也不在三太太这里，她也惦记着到前面去看热闹呢。

三太太也看出来了，拿话挤兑她，说："你要想去外面看那红头发、绿眉毛的西洋景，我也不拦你。只是，不要痴心妄想谁给你好脸子看。"

杏儿说："我才不指望谁给我好脸子看，我只想看看大少爷长什么样，还有那个阿初少爷。我呀，不是个男孩子，我要是大少爷的书童，跟着大少爷留洋，没准现在也是个什么博士了。哪像跟着您啊，做到死也是个丫头。"

"哟，哟，哟。委屈死你了。那你怎么不去啊？去啊！"三太太说，"我不稀罕你伺候。"

"算了吧。"杏儿笑着说，"等我去了，你还不哭天抹泪地难过。你不稀罕我伺候，我稀罕伺候您啊。"说得三太太也笑了。

正说话间，就听见外面放鞭炮，炸响炸响，三太太想，一定是大少爷到家了。

阿福的汽车一驶进弄堂，就听得一串鞭炮声炸响。阿初略向外一看，冷不防地吃了一惊，他看见大太太和四太太都站在外面迎接。这可使不得，礼遇太过隆重。他连忙叫阿福停车。

车直开到丫鬟们的面前，还没停稳，阿初就下来了。

"大少爷您好！"丫鬟们异口同声地鞠躬问安。

阿初笑着解释说："姐姐们误会了，我不是大少爷，我是阿初。大少爷还没到……"

他还没解释完，丫鬟们又齐刷刷地鞠躬，说："阿初少爷，你好！"

阿初还没答话，四太太已经含着泪奔过来了。"阿初！"

"干娘。"阿初本打算见了四太太，好好地给她行个大礼，没想到四太太一走过来，就把他紧紧抱住，大哭起来。阿初劝也不是，不劝也不是，只好跟着四太太难过。

这时，丽水兴高采烈地迎着大太太跑去，抱着大太太又哭又笑，一五一十地跟大太太讲荣升的事情。说荣升在码头遇见一个晕倒的姑娘，执意送她去了医院。说荣升的脾气大家都是知道的，谁也拘束不了他，大约要等一会才能回家，叫大太太不必担心。大太太这才略舒了一口气。

四太太哭了一会，猛想起大太太来，自觉有失礼数，赶紧叫阿初给大太太磕头。阿初到大太太跟前行礼，大太太笑着说："现在不同从前了，好歹阿初也是一个留洋的博士了，旧规矩不用因循了。"四太太揩了揩泪，说："大太太慈悲，没有大太太，哪有我们阿初今天的出人头地，旧规矩不用因循，恩情须是要铭记的。"说着说着，四太太自己先跪了下去，阿初赶紧随四太太跪了，一同给大太太磕头。"罢了，罢了。我知道你们的心。"大太太一把将四太太扶了，吩咐阿初起来，说等大少爷回来，一家人给祖宗上香去。

一场热热闹闹的迎归大戏，因为主角的缺席，而显得虎头蛇尾。直到掌灯时分，荣升才回来。大太太自然也免不了喜极而泣的俗套，母子二人一阵欢喜、一阵伤心。给祖宗上了香后，母子二人促膝长谈，说不完几年来的悲欢离合，人世沧桑。大太太见荣升声音清朗，形容也不憔悴了，暗暗感谢上苍，总算是合浦珠还，称心如意。

天气仿佛还是早春，冷飕飕的。窗外的空气特别新鲜，一大片郁郁葱葱的绿叶在窗沿外招摇，春烟润着绿油油的叶子，系恋着生命的趣味。

和雅淑醒来的时候，既恍惚，又迷茫。她睁着一双忧惧的眼睛，先是痴望着头顶上粉白粉白的天花板，然后，目光缓缓移动到输液瓶上。她不敢轻举妄动，她觉得身体很疼，浑身乏力。她看见有一个清瘦的男子正坐在病房里的椅子上看报纸，那人的头发梳得一丝不苟，穿着一件蓝缎子长衫，身上弥漫着淡淡的茉莉花茶的香气，虽然报纸挡住了那人的面目，她从那人的坐姿和穿着上也能感觉到这个人的温文尔雅，格调不俗。

她想着自己百事乖违，落魄无靠，珠泪儿滚滚而下，哽咽了起来。

"你醒了？"她的悲伤，换来了荣升的问候。荣升也不知道为什么，自己看见和雅淑晕倒的一瞬间，身体上反而有了重生一次的幻觉。

"你感觉怎么样？你已经昏睡了三天了。"

"我感觉很难……"和雅淑难过得说不下去。

"很难受吗？"

"很难，活下去。"雅淑说。

荣升沉默了。

面对一个不想活下去的人，使他想起从前的自己。

他温柔地看着躺在床上脸色苍白的雅淑，说："你失去了你一生中最心爱的人吗？"

雅淑摇头。

"那，你为什么不想活？"

"我家里人逼我嫁人。"

"你宁死也不肯嫁？"

"是。"

"为什么？"

"我们没有感情。"

"感情是可以培养的。"荣升说。当年他和妻子结婚的时候，也是互不相识的。

"他在外面养小妾。"雅淑的声音有些激动，"他好逸恶劳，他还抽鸦片。"

荣升的脸阴沉起来，他突然站直了身子，脸冲着墙，不说话。雅淑感觉到了他的不快，问他："你怎么了？"

"我也吸过鸦片。"荣升的声音很沉很冷。

雅淑长叹了一口气，说："戒了吧。"

"已经戒了。"荣升说，"但是，很想再抽。精神上很不容易控制。"

"是先生救了我。"雅淑突然把话岔开，"我却没有偿还先生恩情的能力。"

"我没有救你。"荣升淡淡地说，"你不必偿还。"他走到病房门口，又转过身，说："你的医药费我已经提前预付了，等你身体康复了，你就自行出院吧。"

"等一下。"雅淑支撑着坐起来,"先生您还来吗?"

"如果,我来,不带给你任何压力的话……"

"那么,先生请再来。"雅淑表明了态度。

"好,那么,再会。"荣升走出病房,关上了门。

雅淑看见椅子上翻落的《上海白话报》上一张引人触目的大照片,那是自己昏倒在地的惨象和一条消息:上海药业大家族掌门人荣升大少爷与一神秘女子于三天前秘密入住同一家病房。该女子疑为荣大少的秘密情人……

"梨云阁"的雕花栏杆下,荣府的丫鬟蝉儿和杏儿正给红嘴绿鹦鹉喂食,阳光暖暖地映在鹦鹉架上,特别惬意。两个人一边嬉笑,一边说着闲话。

"大少爷还歇在大太太房里吗?"杏儿问。

"可不。大太太想了这么多年儿子,眼泪集了几大筐。好容易盼到大少爷完好无损地回来,那还不得宝贝似的供着。"

"算算大少爷回来有大半个月了吧?"

"是啊。"蝉儿的手被鹦鹉啄了一下,"哎呀,真该打。饿死鬼投胎啊你。"蝉儿用金匙敲了敲它的头。

鹦鹉叫起来:"少爷回来了,少爷回来了。"

"少爷回来了,一样打你。"蝉儿傲气地说。

"你没听说吗?二少爷也来了。"

"还不是来伸手要钱的,大太太烦着他呢。"

"听府里老人说,老爷在世的时候,最疼二太太。"

"胡说。老爷最疼的是四太太。"蝉儿说,"不然,阿初少爷能出国?"

"也是。"杏儿想想,说,"阿初少爷真是前世修来的好福气,一个沿街乞讨的小叫化子硬叫四太太拣回来做了干儿子。怎么没有人认我回家去做大小姐。"

"同人不同命嘛。"蝉儿忽然神秘地笑起来,"你知道吗?大太太想给大少爷纳妾呢。"

"纳妾?为什么不给大少爷娶妻呢?"

"大少爷眼界高着呢,可这香火得续吧。不知哪个丫头命好,能飞上枝头当凤凰。"

"你看着我干吗?"杏儿被蝉儿看得心慌。

"你不就盼着嫁个少爷吗?"

"得分是谁。要是大少爷,八抬大轿抬我进门,我还不肯呢。"

"你失心疯了。大少爷都不肯嫁,想嫁谁?"

"嫁阿初。"杏儿欢快地笑起来。

"做梦吧你。"蝉儿推攘着杏儿,赶巧阿初从侧门进来,杏儿刚好撞到他怀里。阿初抱歉地往后退了几步,蝉儿大笑起来,杏儿不服气地赶过去打蝉儿,蝉儿趁机跑到阿初背后,说:"杏儿丫头想嫁人想疯了,阿初少爷替她找个婆家吧。"

"你还嚼舌头!"杏儿叉了腰示威。

阿初笑着说:"开玩笑呢。姐姐们看我面子吧,不要闹了。"

"她正是要看你的面子呢。"蝉儿还在笑。

杏儿真有些生气了,掉转了头要走,阿初忙叫住她:"杏儿姐姐,我正有事找你呢。"杏儿停住脚步,心下有点得意,问:"什么事啊?"

"我回来这么久了,一直没瞧见二位小姐,我想,总要打个招呼才好。烦姐姐费心替我留意,哪天她们回来了,叫我一声。"

"大小姐是个夜猫子,白天见不着。二小姐成天泡在书店里,不爱回家,你要去她的书店,准能遇见她。"

"哪家书店?"阿初问。

"华美书店。"杏儿答。

"阿初少爷,你这会就去吗?"蝉儿问,"你要去呀,把杏儿也带去,她做梦也想跟少爷们一同出去满大街逛……"

杏儿把头仰起来。"你以为我不敢啊,只要阿初少爷愿意。"

十八九岁的丫鬟们最是纯情的,她们急于表达自己的爱慕之情,取悦于自己心仪的男子,却没有丝毫的"杂念"和"媚态",这让阿初感觉到她们朴素的美丽。

"我不急。我来看看大少爷在不在大太太屋里?"阿初说。

"大少爷,一大早又出去了。这会子二少爷正在大太太屋里呢。"蝉儿做了个鬼脸。

"二少爷来了？"阿初准备进去。蝉儿一把拖住阿初。"不要进去。大太太不喜欢二少爷，你现在进去，自讨没趣。"

"那我先回书房去。"阿初知道这些丫鬟是最能揣摩主人心思的，依着她们的话做，没错。

不过，不相见要碰见的事是常有的。

阿初回自己住的"墨菊斋"没多久，就发现院子里站着一个人，东张西望地四处看。这个人二十多岁年纪，穿了一身洗得发白的青布衫，头发梳得很整齐，脚上穿着一双质量较好的布鞋，浑身上下收拾得很干净。阿初第一个反应就是二少爷荣归来了。

"是二少爷吗？"阿初问。

"是。"荣归有些拘谨地回答。

得到肯定答案后的阿初，赶紧笑着出来，说："您来了，也不知会我一声，您请进来坐吧。"

阿初内穿着崭新的衬衣，外套一件熨贴的西背，金色的领带夹泛着光，足下是一双雪亮的皮鞋。荣归很是自惭形秽，低着头，还没讲话，脸先红了。"我，我找我大哥。"

"他一大早出去了，您进来坐吧。"

"怕、怕打扰你了。"荣归的脖子不由自主地往后缩了缩。

"打扰什么？"阿初笑得十分阳光，"我一个人正无聊呢。您来了，正好说说话。大少爷昨天还跟我提起二少爷。"

"我大哥提起我了？"

"是啊，还说过了清明节，专程去看您。"

荣归突然有些感动。"大哥真这么说？"

"我骗您做什么？"阿初心底自始至终都很同情这位二少爷，"您还是进来等吧，他就快回来了。"

荣归在阿初热情地邀请下，局促地走进了大哥的书房。

书房摆设异常雅致，虽然布置得简单明了，但是，明眼人一看就知道，这间房子里所有的东西都"价值不菲"。所谓富贵人家，"富贵"逼人。

"您喝什么？咖啡，还是茶？"阿初问。

"不,不麻烦你了。随便,喝杯水就行了。"

"麻烦什么?您来了就是客人。"说到这,阿初的话突然打住了。阿初觉得自己的话有些唐突,他如果是客人,自己算什么人?自己也不是主人,倒说他是客人?于是,敷衍地笑笑。

一杯香浓可口的咖啡端了上来。

"二少爷在哪里公干?"

"在乡下教书。"

"教哪门课?"

"中国历史。"荣归坐得很规矩,答得很认真,"听说,初,初先生是留洋的博士?"

阿初点点头。

荣归十分羡慕地说:"可惜,我没有出国深造的机会。"

"二少奶奶身体怎么样?"阿初巧妙地把话题拉开。

"还好,她最近快生了。我、我就是为了这件事来找大哥的。想……想……"

阿初望着他。荣归的额头上冒出汗来,他掏出手绢来擦了擦汗,"我想找大哥要点奶粉钱。"话终于说出口了,荣归反而不紧张了。"就是这件事。"

"您跟太太讲过了吧?"

"是。"

"太太怎么说?"

"太太说,毕竟是一家子骨肉,原也应该帮忙的。只是,大家子有大家子的难处,要等到秋后收了乡下的租子,才有现钱呢。我……我想,我是可以等,但是孩子不等人啊。所以,所以到大哥这里来,碰碰运气。"

"您需要多少钱?"

"三百块。"

"您请等一下。"阿初转身进了里屋,过了一会,阿初从里面拿了钱和一支装潢精美的钢笔出来,"三百块钱您先收着。这支笔是大少爷从英国带回来,送给二少爷的礼物。"

"怎么好拿你的钱?"

"权当我孝敬二少爷和二少奶奶的。改天得了空,我去府上给二少奶奶请安。"

荣归真的感动了,满口的谢谢,就差给阿初作揖了。目的达到了,荣归又急着回去,怕出门晚了,赶不上回去的末班车。阿初也不强留了,于是,送出门来。荣归又反复地千恩万谢,急急地去了。

晚上,荣升回来,阿初淡淡地跟他提了几句荣归的事,荣升漠不关心地"哼"了几声,倒是丽水过来,唠唠叨叨说荣归缺钱,问荣升手上有没有现钱,毕竟是一家人。荣升只淡淡说了一句:"我这里住着一个观音菩萨,惯会修桥铺路,你还怕他空着手回去?"

四月的天气,有些阴冷。不过,对阿初来说,工作的热情远胜过天气的冷淡。回国不久,他就在"同济"医院找到了一份工作,本来,大太太和四太太要阿初留在荣家药行里干,可是阿初说,先到外面去历练历练,对将来更好地为荣家工作有帮助,大太太也就顺水推舟地同意了。

清风如许,皓月当空。在四太太居住的"红梨阁"里,传来阵阵优雅的外国古典音乐,那是阿初在摆弄从英国带回来的留声机,四太太情不自禁地跟着音乐哼了起来,阿初十分好奇地问:"四太太也会跳舞?"

"你小看我吧?想当年我跟着太后老佛爷……"四太太突然不说话了。

"是啊,您是谁啊?您是阿初的干娘啊。"阿初背对着她拨弄唱片,看不见四太太的脸,美妙的音乐划过四太太的耳膜。"有什么能难倒您的?"阿初转过身子,和着音乐的节奏做出一个无比优雅地邀请姿势,说:"尊贵的夫人,我谨以诚挚的心,邀您月下共舞一曲——"四太太不知不觉地被阿初牵引到中庭,阿初笑盈盈揽着四太太的腰,四太太轻盈盈扶着阿初的肩,踏着温柔的节拍,翩翩起舞。月光下,阿初的面容更加清晰,四太太甚至不敢平视他的眼睛,可是她紧紧贴近他的胸膛,一瞬间,眼中蕴含的泪珠像无数钻沙的爬虫,很快冲破眼眶的最后防线,四太太哭了。

"干娘。"阿初试探性地问,"您,是不是我亲娘?"

四太太惊愕。"为什么会有这种想法?"

"您,只需要回答'是'还是'不是'。"阿初认真地看着四太太的表情。

"不是!"四太太回答。

阿初的舞步戛然而止。他看得出四太太讲的是真话,因为是真话,反而使阿初有些失望。

"我虽然不是你的亲娘,但是,我可以肯定地告诉你,我是你的亲人。"四太太把头再一次埋到阿初的胸口上,让泪水尽情地淌下来。

阿初再次迈开舞步,引领着四太太进入曼妙的音乐世界。阿初觉得只有在这个音乐的幻想世界,自己可以拥有那一份失去的母爱。

"呸!什么东西!"三太太隔着雕花窗子狠狠地唾了一口,"横竖都是两个来历不明的贼王八!"

"三太太,不要这样讲嘛。"杏儿皱着眉头说。

"为什么不讲?一个男的、一个女的,也不想想是什么辈份、什么身份?主子、奴才就这样搂着转圈圈……"

"什么搂着转圈圈,那是交际舞,我听大小姐说过,现在外面最流行、最时髦的莫过于此,你不懂就不要讲嘛。"杏儿的眼光始终没有离开雕花窗子。

"你还看!"三太太恶声恶气地拉着杏儿走过回廊。

第八章　前度杨郎今又来

> 有一种冲动，莫名其妙的冲动，促使阿初盲目地向"秘密"的边缘走过去。随着梦中常见的景物一步一步推进，他控制不住兴奋的血液在身体中潜滋暗长。

红色的地板，红得直让人感到晕眩。一双素花蝴蝶结的高跟鞋不停地走在红漆楼板上，发出沉闷的脚步声。

乳白色的灯泡发出柔和的光亮，投射在整齐的书架上。

"华美书店"的霓虹灯招牌在夜色中分外耀眼。

荣华穿着一身粉红色的旗袍，站在窗帘内不断地窥视着街面上的情况。也许是站久的缘故，她感觉自己有些吃力，于是，她点燃一支烟，深吸了一口，稳定自己焦虑的情绪。

墙角处放着一口箱子，里面装的是一台简易发报机，她正等待组织上最后的结果，随时准备转移。

时钟指向九点钟，荣华不再犹豫了，她掐灭了手中的烟，拎起皮箱，向楼下走去。此刻，电话铃声大振。

荣华迟疑了两三秒，还是拿起了电话听筒。

"喂。"荣华的声音刚传过去，电话里就传来了她最熟悉的声音。"喂，林表妹啊……大表哥出车祸了，已经……被送进医院了，幸亏……抢救及时，不然就……惨了，你不用来了，就在家里看家吧。"

"先生，你打错了。"荣华挂了电话，长长地出了口气，上级暂时脱险了，自己的联络站得以保全。她回身放下皮箱，脱了外套。窗外划过刺耳的警笛声……

荣华，中共特科联络员，代号：浮尘，专门负责建立上海与延安的空中通讯，为了掩护自己的秘密工作，她利用家族资金，开办了一家中型书店，设为地下党的秘密联络站。上个星期，由于特科的一个机要员被俘叛变，组织遭受了重创，她的上级老余也被迫暴露了身份，由于荣华直接受老余的领导，她和组织上的其他人没有任何横向关系，所以，只要老余安全，她就绝对安全。不过，老余现在究竟在哪里？荣华想。自己能否帮他彻底脱险呢？

夜幕笼罩着长街，星光底行人稀落，老余今夜会在哪里藏身呢？荣华突然灵光一闪，他会不会躲在"财经新闻报"报社的地下室里？那里是"灯下黑"。一想到这里，荣华决定冒险去试试，她快速披上外套，带着手电筒，拎着一个小巧玲珑的皮包，匆匆走下楼去。

她有一辆私家车，是大太太送给她的生日礼物，平常停在车库里，她不常用，今天，她把车开了出来，趁着月色，沿着马路，向城西开去。

三太太和杏儿绕着回廊，走到"梨云阁"大太太的居所。蝉儿正端着盆"兰草"到院子里放下，大太太亲自站在雕花栏下弯着腰浇花，三太太两步并做一步走，拉开细鸭嗓子就咋呼起来了。

"哟，大太太，您可真清闲，在这里浇花养草的，修身养性。您可没有瞧见那西洋景，真该去开开眼呢。"

"什么西洋景？"大太太气质悠闲地问。

"您自己去瞧瞧啊。四太太院里可热闹了，又是西洋乐，又是抱着跳舞，还脸对着脸。嗬哟，说出来都丢人。"

"四太太从来就喜欢这些洋玩意，何况阿初刚回来，他们母子跳跳舞，说说话，有什么稀罕。"大太太风平浪静地说，"你呀，你跟我都是抱残守缺的人，你看不惯他们的做派，你就眼不见为静嘛。何必去干涉他们，讨人厌呢？"

"是呀。"蝉儿接话，说，"又要骂，又想看。"

三太太正想骂蝉儿，被大太太截了话。"蝉儿，说话怎么没有规矩。"大太太回头对三太太笑笑。"你来得正好,帮我一起整理整理花圃。"

三太太把话噎下去,陪了笑说:"我哪里懂这些,横竖陪着大太太乐呗。"

"你有这个心就不错了。"大太太说。

"不过大太太,有句话我不知当讲不当讲。"

杏儿知道三太太要说些不入耳的话,直扯她衣袖。三太太拿眼瞪她。"干吗不让我说话?"

杏儿陪笑说:"大太太正忙着修剪花草,三太太一唠叨,大太太该剪错了。"

"花草剪错了有什么要紧,人要是看错了,麻烦可就大了。"

"有话就说吧,不必拐弯抹角的。"大太太说。

"我说的是这个阿初,到底是个来路不明的人。他现在吃的、喝的、用的,哪一样不跟大少爷一样?他还有个博士头衔。我们大少爷是什么人啊?大少爷心地善良,不争这个名啊利的。有朝一日,他阿初得了志,还不把荣家给活生生地硬吞了?"

大太太不说话,眼瞅着花草,微微一笑。

"大太太,您笑什么?"三太太很是诧异。

大太太说:"花再俗气,那也是花。草再名贵,终究是草。人常说:花草花草,花永远都排在草前面。你懂吗?"

"懂?懂,懂!可不是这个理吗!"三太太笑得脸上的肉都颤起来。

杏儿和蝉儿都低了头,再不吭气了。

"红梨阁"里的阿初和四太太并没有听见大太太的高论,他们坐在院子里喝茶,茶水是新沏的"龙井",四太太的贴身丫鬟红儿站在檐前伺候。

四太太告诉阿初,清明节去"慈云寺"烧香,要阿初一道去寺庙谢菩萨、敬祖宗,阿初虽然不迷信,不过,四太太要自己去,自己一定是去的。正说话间,忽听一阵爽朗的笑声,四太太知道谁来了,稀罕地说:"大小姐今天怎么没出门?"

"哟,我还没进门,四姨娘就打算往外撵我了。我是不速之客,闻茶香一路追踪而来,这么好的茶,四姨娘怎么没准备我一份?"荣荣一边说,一边走进来。红儿立即替她拿了帽子和披肩。

"大小姐好。"阿初站起来给荣荣请安。

"民国了,都民国了。"荣荣嚷嚷着,"没什么可拘礼的。你还以为是前清啊?让我细瞧瞧,我们家也能出个博士?"

阿初被她说得不好意思,倒也不回避她挑剔的目光,站直了说:"大小姐,几年没见了,还这么急风暴雨的?"

"天生的脾气,改不了。"荣荣笑得很灿烂,"简直不敢相信,阿初活像是洋画里的绅士。就算我告诉别人,他是荣家大少爷,别人也会信的!"

"大小姐,这种话可不能乱讲。被人听去,添油加醋地告诉大太太,我日子就难过了。"

"我还以为你闻风相悦呢,这么没胆色?亏你还留洋呢。"荣荣奚落阿初。

"一码归一码。"阿初坐下来说,"狸猫换不了太子。"

"还说,你自己就是个狸猫换太子的典故。"此言一出口,荣荣立马掌了一下自己的嘴,说,"该死,该死。四姨娘,我无心提及你的伤心事。"

四太太淡然一笑。"过去的事情,我忘得差不多了。你难得露面,今天为什么有兴趣过来?"

"没事还不许我串串门啊?"荣荣靠在四太太椅背上坐下。

"一定有事。说吧,看我能不能帮忙。"

"当然能帮忙。明天晚上,我要去参加一个豪华舞会。我想借四姨娘的洋装礼服穿,还有,你的那双水晶舞鞋。"

四太太打趣地说:"你想当'灰姑娘'啊?"

"我原本就是贵族小姐,不,是尊贵的王子殿下。'灰姑娘'嘛,就由阿初来扮吧。"

"干吗?拉我一起疯?"阿初抗议。

"你敢说,你从小到大没和我疯过吗?"荣荣不依。

"你不是有好几个舞伴吗?要阿初去做什么?他又不习惯那种场合。"四太太帮阿初推脱。

"舞伴嘛,多多益善。"荣荣开始跟四太太撒娇。

"去吧,去吧。我怕了你了。"四太太松了口,叫丫鬟去拿礼服和舞鞋。红儿应声去了。

"到底是哪一家举行豪华舞会啊?我认不认识?"阿初问。

"你听说过上海金融界的杨家吗？"

"杨家？好像是开银行的吧？"阿初的话还没说完，只听见"啪"的一声，四太太手里的茶碗盖摔碎了。茶水直扑到素袍上，水淋漓地浸染着袍上绣的莲花。

红儿胳膊上挂着礼服，手里拎着一双华丽的水晶鞋，满面愕然地站在院子里。

"怎么了？"阿初上前问四太太，"您不舒服吗？或者，明天我不去了？留在家陪您。"

四太太缓过神来，说："为什么不去？我已经病怏怏二十几年了，现在也该换换别人不舒服了。"

阿初和荣荣没听懂四太太的话，只当她累了，需要好好地休息。

荣华的汽车在一片柳荫底熄了火，这里离《财经新闻报》报社不到一百米。她下了车，锁好车门，低着头从报社后门穿了进去。

"财经新闻报"的报社是和几家报馆联租的一座大楼，楼层不高，但空间宽阔。由于报馆人多嘴杂，又没什么特值钱的东西，所以，整栋大楼只请了两个护卫人员，一个白班，一个夜班。基本上他们都待在一楼护卫室休息，不大轻易走动。荣华熟门熟路地摸进去，没有惊动护卫员，她很快进入到大楼的地下室，她和老余曾经利用这里发过报。

她娴熟地启动了密门，打开手电筒，轻轻地走了进去。潮湿阴暗的空气蕴含着腐草的气味，她顺着弯曲的巷道前行，她闻到了血腥味……

荣华停住了脚步，辨别了一下方向，从精致的提包里取出了手枪，并熟练地将子弹上了膛。

"是谁？"一个及其虚弱的声音问。

"老余？"荣华准确地判断出老余的声音。她跑过去，"你怎么样？"

老余浑身是血躺在地上。

荣华把枪收起来，把手电筒高置在墙的夹缝中，然后将老余扶起来。

"你能走吗？"

"能。"

"怎么中枪的?"

"我去通知特科坐机关的同志撤退,正撞在敌人枪口上。幸亏机关有一条暗道,通往闹市。我不敢回家,直接到这里来避一避。"

"为什么不直接到我的书店去?"

"慌不择路。"

"我的车在外面。"

"多少路?"

"一百多米。"荣华将手电筒含在嘴里。

"你干什么?"

荣华将老余背了起来,老余没有挣扎。大家都知道,"灯下黑"也不保险,争取时间,就是争取生命。

荣华借着夜色的遮掩,顺利穿过柳荫地,将老余移到汽车后座上平躺下,然后,发动汽车,风驰电掣般而去。

三分钟后,几辆上海警备司令部的汽车驶向《财经新闻报》报社。

荣华和老余幸运地与"死神"擦肩而过。

荣华的车在路上奔驶,老余身体里的热量,却一分一分地流失。这样不行!荣华想。"老余,你可不能睡。坚持一下。"

"如果我死了,你把我扔出去,千万不要带着尸体到处兜风。"老余幽默地说。

荣华猛踩油门,把车直接开往荣家。她知道,她现在需要一个出色的外科医生来挽救老余的生命。

阿福是荣家的司机,一直管着荣家的车库。当他看见二小姐驾车回府后,就立即赶过来迎接。荣华吩咐阿福把车上的"客人"直接送到自己居住的"醉菊榭",阿福背老余出来时,吓了一大跳,也不知他是人是鬼。阿福没敢问,怕是二小姐出门不小心,开车把人给撞倒了。

荣华匆匆赶到"墨菊斋"时,正好是夜里十一点。"墨菊斋"的灯还亮着,荣华借着光亮隐隐约约地看到阿初在洗漱,她略为整理了一下头发,从容镇定地敲响了"墨菊斋"的房门。

"是谁啊?"阿初问。

"是我，荣华。"

"二小姐？"

荣华听得屋里揪毛巾的声音，一会儿，门开了，阿初十分惊奇地看着荣华。

"怎么，我脸上不干净？"荣华问。

"不，我看您浑身是汗。二小姐找大少爷吗？他在大太太屋里住着……"

"我找你！"荣华说，"我求您帮忙。"

阿初笑了。"二小姐，您骂我？有事您吩咐。"

"我有位朋友受了伤，他在我房里，我希望您……"荣华话音未落，阿初折回房去了，他提着一个医用急救箱出来。

"走吧。"阿初说。

不过，当阿初第一眼看到老余的伤势后，他才知道，治疗的困难比想象中难度大得多，这个病人正面临死亡的巨大威胁。

由于阿初戴着医用口罩，老余并没有察觉到什么异样，只是觉得这个人的身影十分熟悉。

分明在哪里见过。

"对不起，我帮不了你，二小姐。"阿初把口罩取了下来。失血过多的老余迷迷糊糊地有些幻想出现。他看见，杨慕次站在他面前，他惊讶。

"病人必须马上送医院抢救。"

"他不能去医院。"荣华口气坚决地说。

"为什么？现在时间宝贵，对病人来讲，分秒必争。"

"你行的！你帮帮我！"荣华恳求阿初。

"我是医生，但我不是神！病人受的是枪伤，伤势十分严重。他身体里有两颗子弹，一颗射入肩部，嵌在他锁骨里。另一颗更麻烦，射在他颈部，好在射入时没有直接打破他的血管，所以没有引发大出血。不过，取出来风险很大，因为子弹压迫着他的动脉，一取就可能因动脉破裂造成病人大出血而导致死亡。你懂吗？他现在需要马上去医院动手术。"

"如果他去医院，他一定会死！我也会死！"荣华神情严峻地说，"你懂了吗？"

阿初有生以来，第一次看到一个女性如此从容地谈论死亡。

"现在分秒必争！请您工作吧。"荣华在下命令。

"我怕有意外……"

"不会有意外，相信你自己！"荣华鼓励阿初，"开始吧。"

"我需要你协助。"阿初说。

"从现在开始，在这间屋子里，你说了算。"

"好。准备麻醉剂、止血针、白药、棉球、酒精，恐怕医用酒精不够用，你去小厨房，拿些白酒来……你什么血型？"

"我不知道。"

"一会我替你验，希望你的血能用，他需要血浆。"

一个小时后，两颗子弹头都被顺利地夹了出来，随着医用手术镊子轻轻一松，第二颗子弹跳进白色弯盘里所发出的悦耳的"咣当"声，宣告了手术的成功。

阿初将老余的伤口清洗之后，洒上白药，然后替他包扎起来。

"他需要静养。"阿初说。

"谢谢您！"荣华因为替老余输了血，所以显得有气无力，脸色苍白。

"是您救了他！没有血液提供，他必死无疑！"

"是啊，幸亏我是O型血。"荣华脸上有了笑容，"这件事，希望你尽快忘记。"

"有什么事发生吗？我不记得了。"阿初笑着否决了曾发生过的一切，本来这件事太过荒谬。自己居然会在一个毫无医疗措施保障的屋里，给垂危病人动手术。

"阿……"老余的嘴里发出含糊不清的句子。

荣华走过去，俯耳倾听。过了一会，荣华满脸狐疑地站直了，默默看着阿初。

"他说什么？"阿初有几分好奇。

"他说，谢谢你，阿次，你不该出现在这里！"

"我一点也听不懂。"

"我想，他也许认错人了。"荣华平静地说。

当清晨第一缕阳光洒满庭院的时候，老余彻底脱离了生命危险。而另一个潜伏已久的秘密和危险，却已悄悄向阿初的四周袭来。就像人们口中常说的那样：该来的迟早要来。

上海金融界大亨杨羽柏的公馆坐落在愚园路的花街上，在寸土寸金的上海，拥有如此豪华的建筑，更显示出他主人的背景和奢侈的生活。

今夜，是杨羽柏为她的女儿、千金小姐杨思桐举办的生日宴会，邀请了各路名流和杨思桐的同学、好友，整个公馆被霓虹灯包裹得喜气洋洋，可谓火树银花不夜天。

阿初开车，载着荣荣开进杨公馆的一霎那，他感觉到一种诡异的熟悉，那宽广的绿油油的草坪，空气中弥散着雅致裙摆上的气息，端庄、华美的住宅，匀称整齐的柱石和阶梯，最显眼的就是那充当天然走廊的弯曲阳台，阳台上站着三三两两的贵族淑女和绅士，洋装和东洋伞成了装点夜色的明星。

阿初在侍应生的指挥下，将车停在草坪侧边，他下来，亲自替荣荣打开车门，一只华贵的水晶鞋先探了出来，荣荣弯腰走出车门，她主动挽住阿初的胳膊，两个人向主楼走去。

主楼的阳台上，有人用精致小巧的望远镜朝下看，小姐们开始议论纷纷。

"你们看，杨少爷！"汤少棋小姐先喊了出来，"思桐，你哥哥今天真帅。"

"我哥哥？"

杨思桐端着半杯鸡尾酒半信半疑地将身子俯在阳台上，她的眼光突然凝固住了。她的手指开始顺着楼下阿初的身影移动。

"怎么样？"汤少棋问，"我没看错吧？"

"令人不可思议。"杨思桐的目光几乎锁定了阿初的一举一动，"这个人不是我哥哥！"

"你说什么？你仔细看看。"

"不用看就知道。我哥哥走路从不低头，也不会在女孩子面前陪小心。"

"万一他喜欢那女孩呢？嗨，是荣荣！真令人难以相信。你哥哥喜欢荣荣。"

"我哥哥根本不认识她！"杨思桐说，"何况我哥哥现在在国外。"不知为什么，她底气不足地补充了一句。

"他应该受过良好的西方教育，你看，他的举手投足都表现出了他良好的修

养和绅士风度。可是……"汤少棋远距离欣赏着阿初。

"可是荣荣对他颐指气使,似乎彼此身份不同。"杨思桐显然在暗示。

汤少棋不以为然。"荣荣最喜欢在社交场合炫耀她爱情的成功,她本身就是个自恋狂的典范。不幸的是她天生的傲慢所衍生的往往是其他女人的妒嫉和男人的厌恶。"

"包括你?你妒嫉她?你不是暗示我你喜欢……喜欢我哥哥那种类型?"

汤少棋不回答。

"你真的确定他不是你哥哥?可不容置疑的是,你哥哥和他的确很相像。"

"是啊,这种看见哥哥的感觉,让我感到恐惧和不安。"杨思桐喝完了杯中酒。

"你不打算下去看看?"

"不……为什么不?"瞬间改变主意的思桐,把高脚酒杯放到了阳台的扶手上。

杨家主楼内通道迂回,上下贯通,室内富丽堂皇,雕塑、彩绘一样不缺。门窗拉手也全用紫铜开模制作,空铸梨花窗栏。

阿初顺着扶梯往前走,忽觉头昏目眩,脚步漂浮起来。高悬在大厅顶上华丽的吊灯,散发出令阿初感到恐惧的光芒。

"你怎么了?"荣荣问。

"不清楚,可能是昨天晚上没休息好。"

"你昨天晚上做贼去了?"荣荣嗔怪了一句。

"荣荣!你今天打扮得好漂亮啊。"杨思桐和汤少棋在楼梯口恭迎。

"不敢劳动寿星。"荣荣欢快地跑上去,她们叽叽喳喳地议论彼此最新潮的服饰。阿初索性一个人靠窗户站了,远眺外面花园的风景。

他看见远处一大片翠森森的竹道,朦胧中心里仿佛一片空白,无限悲哀从心底深处涌来,难道自己的内心隐藏着什么不为人知的秘密吗?

"荣荣,你今天的舞伴真帅,你从哪里挖到的金矿?"汤少棋问。

荣荣抿着嘴笑。"是秘密。"

"荣荣,你的鞋子很精美啊,这种样式真不常见。"思桐暗讽荣荣穿的鞋子样式土气。

"怎么,你也对我的鞋子感兴趣?这可是真水晶制作的。"

"与其说我对你的鞋感兴趣,不如说我对你的舞伴更感兴趣。你不觉得你应该介绍给我们认识认识?"

"这好办,阿初……"等荣荣回头叫阿初的时候,阿初不见了。失踪了。

有一种冲动,莫名其妙的冲动,促使阿初盲目地向"秘密"的边缘走过去。随着梦中常见的景物一步一步推进,他控制不住兴奋的血液在身体中潜滋暗长。他穿过狭窄的竹道,看到一座年久失修的佛堂。黑色的两扇门虚掩着,门上长满了青苔,门环被露水润湿了。这里有一种独特的幽静,是任何喜气的氛围都渲染不到之处。阿初不知为什么,有一种强烈的好奇心迎面袭来,驱使自己去推开这两扇门。不,不仅仅是好奇心,仿佛是一种欲望,是他一踏进杨家大门就想要知道的一种不可思议的欲望。他想要知道些什么呢?或是得到些什么?他不知道。他推开了门——

门里面等待他的会是什么呢?

第九章　开门人即闭门人

> 这奇异的照片和诡诈的灵牌使阿初莫名其妙地感到恐惧，仿佛自己就是那死去的婴儿，他的手情不自禁地想去触摸那婴儿平滑光洁的脸。

门被推开了。

奇怪的是佛堂里面没有供佛，供了一张发黄的大照片。照片上是一个美丽又可爱的小婴孩，手里举着摇铃，睁着一双清澈的大眼睛。香果和鲜花堆积在这里，一个黑色的灵牌竖在这婴儿照片的底下，提示着婴儿的不幸早夭。阿初不自觉地走近香案，仰起头凝视这婴儿，当他的目光从上到下扫视到灵牌时，他的心禁不住一阵紧缩。灵牌上赫然写着几个烫金字："杨慕初之灵位"。这奇异的照片和诡诈的灵牌使阿初莫名其妙地感到恐惧，仿佛自己就是那死去的婴儿，他的手情不自禁地想去触摸那婴儿平滑光洁的脸。

"别碰他！"仿佛从地狱里传来一声女人的冷喝。阿初本能地打了一个冷颤。阿初回过头去，看见一个黑衣裹身、黑纱披头的女人站在自己面前。那女人四十岁上下，一张冷冰冰的脸，叫人怎么看怎么不舒服。

"你是谁？"女人在看清阿初的容貌后，也不自觉地打了一个冷颤。

"对不起，我走错路了。"阿初尽量在脸上挤出一丝笑容，以示礼貌。

"我问你是谁？"

"我是杨家的客人。"阿初解释道："我是来参加杨小姐生日宴会的。我……

我一时没注意，走岔了路，府上的确太大了……"那女人不说话，眼珠子一直围着阿初上下乱转，阿初觉得自己很尴尬，后悔自己不该凭着感觉走。"您？您是府上的……？"阿初希望她能主动作答。

"我是杨太太。"

"杨太太？"阿初以为自己听错了。下意识地又问了一句："您是杨思桐小姐的母亲？"

"是。"

"那……今天不是您女儿的生日吗？您怎么……穿成这样？"

杨太太沉默不语。

阿初觉得自己话多了，勉强笑着说："对不起，我唐突了。"

"你一定很好奇吧，自己女儿的生日，母亲却穿得像个鬼。"杨太太从烟匣子里抽出一支烟来，问阿初："你抽烟吗？抽就来一支。"

"不，谢谢，我不吸烟。"杨太太把烟衔在嘴上，正准备掏打火机，阿初习惯成自然地抢先从口袋里摸出打火机替杨太太点燃了烟。

杨太太斜着眼看着打火机，说："英国货。"

"是。"阿初应声。

"你去过英国？"

"是，在英国待了八年。"

"那你还回来？"

"家在上海。"阿初说到"家"的时候，杨太太抬了抬头。

"你不抽烟，却随身携带打火机？"

阿初笑笑，不作回应。

杨太太吸了口烟，幽幽地叹了口气，说："今天是我儿子的祭日。"她说完这句话，突然笑起来，仰面看着婴儿的照片，"你看，他多漂亮。"

这是一个伤心的母亲，阿初想。女儿的生日居然是儿子的祭日，这种生日，不过也罢。偏偏杨家摆出天大的气势来替女儿过生日，难道就没有一个人顾虑母亲的感受吗？

"逝者已逝，您不要太难过。"

"你是哪家府上的公子？思桐的朋友没有我不知道的，怎么以前从来没有见

过你？"

　　阿初并不正面回答，他随手取出自己刚印的名片，双手奉上。并用他游刃有余的社交手段来迂回变幻。"我叫阿初，刚从英国回来。我是医生，在同济医院工作。是第一次到府上来，很高兴认识杨太太。"

　　阿初和杨太太做了简短的交谈后，有礼貌地跟杨太太告辞。他离开阴森的佛堂后，俨如一个被缚多年的囚犯挣脱了身上枷锁，觉得异常轻松。

　　太不正常了。阿初在想。

　　自己仿佛熟悉这里的一切，但是，一接近、一触摸，他就会有沉重感，自己的思想也呈迷失状，他并不想在黑夜中去寻觅"真相"，他害怕背负着漆黑的死亡，就像那照片上的婴儿。

　　他要回到现实中去。真实的生活场景会使自己感到安全，因为那里洋溢着"生"的温暖。当阿初走着捷径，熟门熟路地走回灯火辉煌的大厅时，令他感到十分意外的事发生了。

　　一个浑身酒气的少爷强行拉着荣荣的手，满嘴的胡言乱语，荣荣在惊叫，大厅里的人在纷纷劝解，包括杨思桐也在气急败坏地喝止。

　　原来，这借酒撒疯的主，不是别人，就是跟满清遗老遗少和家的大小姐和雅姗订了亲事，又泡了汤的少爷，汤少棋的哥哥汤少礼。此人，原是个"五毒"俱全的花花公子，仗着父辈的福荫，靠几家古董铺子讨生活。是圈子里出了名的纨绔，他还以"怡红公子"自居，自作多情。

　　旗人和家原先也是高不可攀的皇室贵胄，可是，时过境迁，和家的经济地位受政治地位的直接冲击，整个成了一个破落户。还好，饿死的骆驼比马大，有一个"家族地位"保驾护航，又生得两个如花似玉的女儿，不愁不嫁个有钱人家。

　　所以，汤家去和家提亲，水到渠成。

　　没曾想，大小姐和雅姗不同意，半夜里跟个穷学生私奔了。和家丢了个大活人，汤家丢了个大面子。

　　为了挽回两家的名声，和家决定由二小姐和雅淑代嫁，和家与汤家仍是亲家。可是，"好事多磨"，这二小姐死活不肯嫁到汤家去，说是汤大少恶名远扬，风流成性。况且，他是和姐姐订的婚事，就是姐夫了。小姨子怎么能去嫁姐夫呢？乱了伦常。二小姐说得振振有词，堵得汤家哑口无言。本来，汤大少对这对木头姊妹花没什么大兴趣，可是，自从报纸上大炒特炒药业首富公子荣升回国邂逅和雅淑一幕，写得活灵活现，什么地下情人，什么深情拥抱，还把汤少求亲失败拿来大肆渲染，弄得汤大少灰头土脸，发誓要把和家的丫头娶回来做老婆，不为别的，就咽不下这口气！

不巧，今天在这里看见荣荣，汤少礼就借酒滋事，汤少棋怕把事情闹大，于是首先去拉架。

"哥哥，你放手啊。"汤少棋死命地拽着汤少礼的领子。

"放手？凭什么放手？应该叫她哥哥放手，叫荣大少放手，他凭什么霸占我的女人？他是比我有钱，还是比我有势？"汤少礼在吼。

"你干什么！"阿初上前，护住荣荣。

"他喝醉了。"思桐在解释。

荣荣总算盼到了救星，大声叫着阿初。

"英雄救美？啊？英雄救美！阿初？我知道你是谁！我汤大少爷知道你的底细！"汤少礼讥笑地用手指戳了戳自己的脑门，又醉醺醺地指向阿初，"我知道你是谁，荣家小公子，我在报纸上看过你，看穿了你。要不要我在大家面前揭穿你的真面目？"

阿初冷笑："你想说什么？尽管说。"

"好，这是你说的。大家都来看看，看呀，这个冒牌货！这个冒充贵族的下等人。他是荣家大少爷的听佣，一个冒充贵族的可怜虫，居然敢冠冕堂皇地走进来，不，是混进来，荣荣，你真会'玩'，玩得够出格。你哥哥抢我老婆，你呢，跟下人厮混……"话音未落，荣荣举手给了他一记耳光。"跟你这种粗浅鄙陋的人说话，简直就是对我的侮辱！我现在知道那和家两姊妹为什么死也不肯嫁你了，像你这种人渣，根本不配拥有家庭。"

"荣荣你太过分了。"汤少棋开始维护自己的哥哥了，"你带一个下等人来参加上流社会的晚会，本身就是对主人的不尊重，是对上流社会的集体污辱。你还口不择言……"

"你住嘴！"阿初生平第一次在女人面前发火了，"小心你的假牙掉出来。"

"你敢讽刺我，取笑我。"汤少棋尖叫起来。在一群女人面前讽刺一个女人

的容貌,是极其刻薄的行为,"思桐,这个下等人居然敢当众侮辱我!"

"先生,请注意你的言行。"杨思桐的心情十分恶劣,自己的生日宴会被这群疯子搞得一塌糊涂。

"小姐,到现在为止,我还没有一句不敬之词奉上。不过,人的忍耐是有限度的。来参加今天的晚会,对我来说,并非什么殊荣,如果是由于我导致了今天的不愉快,我向您道歉,小姐,毕竟今天是您的生日。但是,对于这位先生种种可恶的言行,我觉得,他应该向荣小姐道歉。"阿初说。

"可是,汤少本身就是一个叛逆。对于一个叛逆者而言,他古怪的言行是可以原谅的。"杨思桐显然在偏袒汤家。

"没有善恶观念的人,根本不配做个'叛逆'!"阿初轻蔑地说,"小姐,对于您的刻意偏袒,我感到非常遗憾。我们走吧,荣荣,不需要为了别人的庸俗和堕落而感到丝毫抱歉和内疚。"

"你们别想走!"汤少礼恶虎扑食般向荣荣扑过来。

"放手!"阿初大声呵斥。

"欲望……不是善恶的问题。欲壑难填你没听过吗?"汤少礼不但没放手,反而全身压了上来,"欲望驱使人作恶。欲望没有错,为什么每个女人都妄想占有自己男人的全部灵魂,不,是肉体。自私,不肯分享爱情。于是,女人们得到了男人无情的背叛、抛弃。爱为什么不能有瑕疵呢?残缺的爱才是最美丽的。"

"你神经病!"荣荣开始大骂起来。

阿初用力将汤少礼的手从荣荣身上拉开。汤少礼的酒色身子一软,被阿初摔倒在地。"太不文明了!"汤少礼就地坐直了身。"粗暴!下等人!不要以为我失去了和家两姊妹,我就会还原一步,降格以求。不,决不可能。我汤少礼就是化了风,挫成了灰,长成青苔,变了种,那也是上等人,在你面前,那也是参天大树!"

"什么是上等人?现在还有贵族吗?爱新觉罗也改姓金了。你算哪棵葱?"阿初的话很平和,但是很尖酸,"你汤少礼就是化了风,挫成了灰,长成青苔,变了种,那也是个暴发户,温室里的草,阳光尚且不能见,谈何参天大树?荣荣,我们走,再多待一分钟,我都觉得厌恶。诸位失陪。"阿初拉着荣荣径直向门外走去,他高昂着头,活像一个骑士带走了自己心爱的姑娘。

"真是丢人丢到家了。"杨思桐气冲冲上楼去了。

"思桐,等等我。"汤少棋紧跟上去陪不是,华丽的大厅里,空留下一群扫兴无趣的宾客。

荣荣几乎是被阿初连拉带拖地走出来的,阿初还嫌她动作慢,索性将她抱起来,走到停车坪,侍应生替他打开车门,阿初直接把荣荣扔到副驾上,自己上车,发动了车子。荣荣看他脸若冰霜,也不敢搭腔讲笑话。一路上,两个人都不说话。等他们回到家,才发现荣荣脚上的水晶鞋少了一只。

"怎么办?"荣荣苦着脸说,"怎么跟四姨娘讲?她最喜欢这双鞋子了。"

"我去跟干娘说。"阿初说。

阿初硬着头皮,拿了一只水晶鞋子去见四太太,他委婉地讲述了失鞋的过程。总之,是自己不小心,是自己不对,下次,他想办法把鞋子找回来,求四太太原谅等等。

"当真是在杨家遗失的吗?"四太太反复地询问同一个问题,她似乎对鞋子的遗失并不在意,她关心的是鞋子所遗之处。

"是在杨家。"阿初肯定地说。

"你保证?"

"绝对是。"

"好极了。"四太太脸上绽放出一种令人难以捉摸的笑容,"比我想象的还要好。谢谢你,阿初。"

阿初觉得四太太的话,匪夷所思,令他如坠五里云中……

杨羽柏,一个地地道道的冒险家,一个经历了晚清崩溃时代的商人,一个处于列强瓜分中国危险时代的银行家,一个极具深厚文化涵养的人。他自认能洞识世界经济的潮流,当这个国家陷入困境和衰弱,当日本人的经济和军事威胁迫于眉际时,他依然能从容不迫地应付自如,一跃而成为经济舞台上的台柱,这是他生平最得意的地方。

他的卧房布置得古香古色,充满了与他年龄极不相仿的浪漫色彩。

他已经不习惯大厅里高朋满座,语喧声腾了。所以,他躲在自己狭小的私

人空间里寻找一些缥缈的幻影,那是他喜欢的女人的影子。来自内心的敏感和虚弱,时时困扰着他幽密不宣的世界。

正在杨羽柏享受宁静的时刻,杨太太来了。她穿了套薄薄的春衫,脸上涂了厚厚的粉,脚下汲了两只木屐。

"先生,我来了。"她谦卑地九十度鞠躬,杨羽柏能清晰地看见她盘踞在头发上红色绒花的金丝线。那是二十多年前,他买给她的。

"你不用这样卑躬屈膝。"杨羽柏说。

"我想用我特殊的方式表达对先生的爱。"她的声音柔媚,不像年近五十的人。但是,杨羽柏听到耳里,很不舒服。

"我讨厌你鞠躬的姿势。"杨羽柏很不客气。

"我以为你喜欢。"

"那是从前。英子。"

"终于肯叫我的名字了。"杨太太异常激动,"我等这一天,等得太久了。我们不要再相互折磨了,忘记吧,忘记所谓的怨恨。怨恨,会让你变得自私、狭隘、丑陋。"

"我还不够自私、狭隘和丑陋吗?二十年前我们做了什么?伤天害理啊!这二十几年来,我一直在痛苦的深渊里辗转,我、我连自己养了二十几年的儿子都不敢正面相对,我还能做什么?我还能为你做什么?"

"你可以做我的男人。"

"你的脸!你的脸一直在提醒我、告诉我,我是个作恶多端的罪人。"

"我的脸,是为了你牺牲的。"她冲动地拉过杨羽柏的手,让他的手抚摸自己苍白的面颊。"我的脸,一直努力地在帮你掩盖事实的真相。不是吗?"

"事实是无法掩盖的。"杨羽柏抽回了自己的手。

"事实上,你已经十几年没有碰过我了,我是个女人!"她声嘶力竭地叫喊着,"我是你的女人!"

"我从来没有否认过。"杨羽柏冷淡地回应。

"那你证明给我看!"杨太太猛地把睡衣脱掉,她虽然青春已逝,但是过度地保养,使她的皮肤依旧光滑细腻。可是,在杨羽柏眼里,白色毛孔里总会溢出猩红的血,很多年了,他从来没告诉过她,他现在已经不能碰女人了。

他只要一看到女人的身体,他就会看见血,他唯恐自己会得神经分裂症。
"我不需要用爱去证明对你的忠诚,我已经为你付出了人世间最惨痛的代价!你以为,我让你寂寞孤独地活着,是利用你的身体对你进行谴责和清算。你错了,我不碰你,是怕自己伤害你。"

"你说得很动听,可是我,不相信。我知道,你爱她!"

"不!"

"你从来没有得到过她!是你杀了她!"

"不是的!"杨羽柏像困兽一样红了眼。

"我告诉你,告诉你一个秘密,一个你梦寐以求的好消息。她们没有死!她们一直都活着!"杨太太的脸仿佛刹那间被撕裂了,露出极不协调的狰狞面目。

"你胡说!"杨羽柏咆哮。

"我看见他了。"

"他?他是谁?"

"你的另一个'儿子'。二十年来不断带给你梦魇的'儿子',那个你曾经告诉我已经死了的孩子。我看见他了,亲眼目睹,我真不敢相信……"

"不,不会的……"

"没有这样逼真的画面,活脱脱就是他父亲!"

杨羽柏浑身瘫软地坐在了沙发上,他的额头在冒汗。

"他们都活着,他们像地沟里的老鼠,一直潜藏在阴暗的角落,等待时机,撕嚼我们的肉,痛饮我们的血,他们等了二十多年,你认为他们会善罢甘休吗?"

"你危言耸听。"

"这个人必须死。"

"我们还不知道他是谁。"

"我这里有他的名片,你要不相信我的话,自己亲自去看看病。也许,能把顽疾给根除了。"

杨羽柏没有了丝毫斗志,他接过了英子手上的名片。

"还有一件东西,我想你一定会感兴趣。"杨太太不知什么时候,手中拎起了一只鞋子,当杨羽柏看见这只鞋子的时候,脸色大变,仓皇至极,恐惧万分。

那是一只漂亮的水晶鞋。

"你记性很好,还认得此物。"

"你从哪里得来的?"

"家里的草坪上。"

"鬼使神差,鬼使神差。"杨羽柏喃喃自语。

"鬼蜮伎俩!是鬼蜮伎俩。"

"她来了?"杨羽柏的瞳孔几乎要鼓爆了。

"应该是,'鬼'来了。"杨太太说得阴森又暧昧,她充满鬼气的眼睛里闪着鬼火般的磷光。

第十章　误剪同心一片花

> 阿初微微叹息了一声，心想：人虽然纤尘不染，然而这只碧绿纯色的镯子却轻佻地代表了人心的挑逗意味。
>
> 很快，荣升在"墨菊斋"里发现了这只镯子。

绯红的晨霞在晴朗的天空底绽放，雨后的庭院里是一片翠润的草地，同济医院宽阔的走廊上，站着一些等待医生的病患者，他们短暂的呻吟和叹息，混合着早晨的阳光，组成一组组反差极大的画面。

健康与疾病，生命与阳光。

和雅淑就是处在一种极其混乱的情绪中，来到医院复诊的。

她平躺在检查室的床上，不停地调整自己的呼吸。阿初轻轻移动听诊器，温和地说："您放松，没事的……您的身体恢复得很好，恭喜你和小姐，我想，再过一阵子，您可以打篮球了。"

和雅淑坐起来的瞬间，她看见阿初谦逊的微笑。

"我全好了吗，初医生？"

"没大碍了。不过，现在的天气正是'乍暖还寒，最难将息'的时候，您体质弱，要注意养生。您住的房间要保持室内通风，中午可以多晒晒太阳，夜间适度保温。"

雅淑问："还开药吗？"

"我替您开了些温补的药，您在这等我一下。我去替您把药拿了。"阿初把

处方整整齐齐地撕下来。

"那怎么好意思，每次都麻烦您。"雅淑低着头说。

"您跟我客气什么？"阿初笑着走了。

阿初对雅淑特别尊重和客气，那是因为他知道荣升救了雅淑，并且，荣升最近行踪神秘，也许，就跟眼前这位和小姐有关，她到同济医院来看病，一定是荣升极力推荐的。说不准，哪天这位落难"公主"摇身一变，成为荣家新大少奶奶。

和雅淑可不这么想，她认为初医生心里一定爱慕自己，不然，为什么她每次来看病，他都格外用心呢？

"爱情"的种子在苦难的泥潭里浸泡得太久了，很难冲破沼泽再次萌芽。就算是外力所助，让爱复活，强行挣扎突破冻土的嫩芽，也带着畸形的媚态，蕴涵着无奈的苦涩，在微风中展露出一线生机。

和雅淑日渐麻木的心灵，早已感觉不到爱的甜蜜和痛楚了。她在学堂里原有个要好的男朋友，交往了两年后，那个负心人居然跟自己同寝室最要好女生结婚了。临走，也没忘了拿走她积攒很久的私房钱。她的姐姐在一个月黑风高的夜晚，跟一个男人私奔了。后来，给她寄来一封信，说不久就回家来，接她一起走。她永远都铭记信的末尾写着：未来的日子里，我们可以自由而幸福地生活在一起，希望雅淑你和我一样，企盼光明的到来。

可是，她没有等到一丝一毫的光明，她认为，最亲的姐姐选择抛弃了她。

和雅淑其实是一个爱走极端的人。在她的世界里，所有的人只分成两类，一类是"爱"她的人，一类是"害"她的人。

她对自己婚姻的前景始终有着朦胧的担忧。"情投意合"的人无情地欺骗了她纯真的感情；"父母做主，媒妁之言"的汤大少，是个烟鬼加流氓；"邂逅相遇"的荣升，虽然关怀体贴，诸事周到，但终究也是一个曾经吸食鸦片的神经质，心理和生理也许都不健康。将来如果有缘结成夫妻，不知道婚姻幸福到底能维持多久。何况，荣升心里始终都有前妻的影子存在，这种挥之不去的阴霾，本身就是婚姻幸福的"定时炸弹"，对自己的情感也是极其不公平的。和雅淑实在不想得到一个循环往复"悲剧婚姻"的结果。

认识阿初医生以后，她感觉自己在感情上有了新的收获。

阿初是个留学生，医学博士。他和蔼可亲，正直，有同情心。最关键的是：他健康。而且，阿初对自己格外关心照顾，每次看病开方，他都替自己排队、拿药，他殷勤体贴的笑容远远超出了医生对病人的关爱。这是为什么？或许他悄悄爱上了自己？和雅淑反复地想这个萦绕在脑海里很久的问题。

于是，她也刻意多去医院走动，常常"无意"地在医院的走廊上遇见他。

她开始欣赏他纯净的脸庞和圣洁的笑容，属于她的，独特的温馨问候。她为此陶醉，难以自拔。

可是，她现在又不愿意冒冒失失地跟荣升摊牌，结束这段"奇遇"。如果，她理想中的阿初不能走进她的现实生活，所有"爱"的感觉，都来自幻想，那么，她是不会放弃荣升这棵参天大树的。

"婚姻"比"爱情"更重要。一个女人，无论她的智慧有多高，无论她的容貌有多美，一旦在婚姻的选择上"脚踏两只船"，她就会变得疑神疑鬼、患得患失、难以取舍，甚至寝食不安。

和雅淑清楚地知道，如果自己踩踏的两船平行平速，那么，她可以从容选择收哪一只脚；可是，如果两只船在风急浪险的时候突然分道扬镳，那么，自己很可能失足落水，跌入万丈深潭。

自己现在所得到的、所拥有的全部被"牺牲"掉，而且，永远失去复活的"机会"，那就太不划算了。

就在她胡思乱想的时候，阿初拿了药进来了。他不厌其烦地讲述煎药的方法，处处替雅淑着想。而雅淑此刻根本听不见他在讲什么，她的眼睛里闪烁着另一种暧昧的光芒。

"您自己叫车来的吗？"阿初问。

"是的。"

"你家住在……"

"祥和里。"

"那您回府的时候，叫黄包车不要穿小弄堂。昨天晚上下雨，路上积了不少水，怕车轮打滑。您叫他走洋灰马路，保险。"阿初的形象光一般耀眼，水一样清澈。和雅淑的心为此狂跳不止，她真真切切地感受到什么是美的感官享受。

而阿初对此一无所知。

和雅淑感觉自己一会儿在火里、一会儿在水里。欲念越来越清晰，心里就越来越焦灼，离开诊室的脚步也因此缓慢而犹疑起来。

"您还有什么吩咐吗？"

"你能替我叫辆车吗？"她怯生生试探了一句。话一出口，她就后悔了，不该这样讲。万一，他拒绝呢？他一定拒绝的，这个要求确实过分了。

她没想到，阿初只是很短地愣了一下，随即脱下白大褂，挂在衣服架子上，说："没问题，您稍待。"

阿初出去叫黄包车了。

和雅淑自己都弄不清楚自己要做什么，她神使鬼差地将自己的玉镯抹下来，留在了阿初白大褂的衣兜里。

她猜测阿初看见自己留下的玉镯，一定会欣喜若狂。

在医院门口，阿初送走了和小姐。他走回诊室过道的时候，有护士小姐冲他做鬼脸。

"我关心病人，有错吗？"阿初说。

"那你怎么不关心关心我呢？我昨天就重感冒了。"护士小姐端着医用瓷盘从他身边走过去。

阿初走进自己的诊室，穿上医生的白大褂，无意中摸到一只玉镯。

他记得，这是和雅淑手上常戴的装饰物件。

她想干什么？

阿初微微叹息了一声，心想：人虽然纤尘不染，然而这只碧绿纯色的镯子却轻佻地代表了人心的挑逗意味。

很快，荣升在"墨菊斋"里发现了这只镯子。

镯子放在书桌上最显眼的红绒布里，绿得华丽而优美，像它的主人。

可是这只镯子，怎么会在这里出现呢？荣升想不明白。一时间，纸墨昏淡，脑海里呈现出"袅娜多情春尽"的无聊句子。

他看看时钟，今天正好约了和雅淑到"法国公园"去喝下午茶，该走了。他把玉镯揣进兜里，从"墨菊斋"出来，沿着回廊到"梨云阁"去。

白云漾空，绿荫如幄。荣升还没走到"梨云阁"的院门，就听见里面一片欢声笑语。玻璃窗户上倩影频闪，绛红娇紫，暗香浮动。小丫鬟云儿身靠着院门，眼睛瞅着院子里掩着嘴笑。荣升走过来问："里面做什么？大太太出门了，你们就造反啊？"

云儿笑着说："今天丽水表小姐约了男朋友见面，她给未来的表姑爷买了几条领带，叫阿初少爷帮他选呢。"

"选领带罢了，哪值得你们这么开心？"

"不是啊。表小姐不会打领带，叫阿初少爷教她，结果，院子里的姐姐们都来凑热闹，跟着学。"

荣升抬眼望去，丫鬟们众星捧月似的围着阿初，听他妙语高论，看他捷手灵活地在丽水脖子上系领带。不时由于阿初的幽默解释，而引起莺欢燕笑，场面异常香浓花艳。

"选领带呢，最好是真丝的。真丝的色彩光泽，色调柔和，手感细腻。仿真丝的就差点。色彩发亮，色调刺眼，手感挺刮的。"阿初一边说，一边拿起一条银灰色领带。"这条就很好。表面光洁，花色清晰。拼接处的花纹也很一致。"他把丽水的高领子竖起来，亲手给丽水示范打领带，"如果表姑爷穿黑色西服，你就给他配这种银灰色，或者蓝色，显得庄重大方，优雅内敛。"

"如果表姑爷穿白色西服呢？"杏儿问。

"那就配虹色或褐色的领带，彬彬有礼，光彩夺目。"

"米色西服呢？"红儿问。

"配海蓝色。"阿初打了一个漂亮的"温莎结"，"怎么样？"

"好看。"丫鬟们捧场。

"这个结和刚才打的那个结不一样。"丽水说。

"当然不一样，刚才打的是'浪漫结'，现在打的是'温莎结'。"

"什么是'温莎结'？"有人问。

"这种结形比较宽，最适合这种浪漫柔雅的真丝领带搭配。"阿初耐心地解答，"你们知道温莎公爵的爱情故事吗？"

"不知道。"丫鬟们异口同声地答。

"长话短说。在国外，有一位王子，他爱上了一个平民。懂吗？"

"就是少爷爱上了丫鬟呗。"杏儿说。

"对。但是，如果王子娶了'灰姑娘'以后，就必须放弃王位继承权。他为

了自己的爱情，放弃了江山。"

"他真伟大。"杏儿的口吻充满了艳羡。

"所以啊，你们要把眼界放开。不要把钦羡的眼光停留在少爷、小姐的身上。就拿丽水表小姐来说，她出身清寒，刻苦自励，勇敢地选择自己所爱……"

"你夸我还是损我？"丽水不依了。

"我当然是夸赞你了。"阿初说。

丽水的眼睛瞄见了荣升，她故意问："我和表哥的那位和小姐比，哪一个更好？"

阿初想也不想地说："你比她可爱多了。"

"真的？"

"真的。"

"那为什么，表哥选她不选我？"丽水的问题越来越刁钻。

"那是因为，他失落了许多美好的东西，在漫长的人生旅途中，他选择逃避，逃避跟过去有关的一切美好回忆。他想做一个寂寞的智者，却不防被扭曲的情感误剪了同心，做了个看热闹的庸人。"阿初说，"所以，我们不要随意去涂抹自己的心灵，因为最初每个人的心灵都是美丽的。在这个世界里，地位虽然有悬殊，但是，每个人的情感思想是绝对平等的。以后呢，你们不必叫我阿初少爷，叫我阿初就行了。"

"我们可不敢。"丫鬟们互相推搡着笑。

丽水怂恿阿初说："你不是天天把平等、自由挂在嘴边上嘛。为什么不从自己做起呢？你从今天起，直接称呼大少爷的名字，我保证，这些丫鬟们明天就改口叫你阿初。"

"你厉害。"阿初笑起来，"你知道打蛇打七寸。"

丫鬟们和丽水都哄笑着让开一条路，阿初看见了荣升。阿初有些不好意思，随意发挥的激情自然而然地烟消云散。

"忙着呢？"荣升问。

"闲着呢。"阿初回着少爷的话。

"今天不用上班吗？"

"我轮休。"

"正好，我要出去，阿福陪太太出去进货了，你来开车。"荣升吩咐完了，回头不经意地扫了一眼丽水，笑起来，"今天表姐很漂亮。"

"是吗？"丽水开心地笑了，"表弟，你不是信口恭维我吧？"

"有点自信心嘛！"荣升说。

荣升一踏出门，阿初就指了指丽水和丫鬟们，说："回头找你们算账。"大家笑成一团。

"回来。"丽水忍着笑，把阿初拉回来，"你没系领带，我送你一条。"一边说，一边亲自动手给阿初打领带，她替阿初打了一个"浪漫结"，为他整理好衣领。

阿初借着丽水靠近自己时，悄悄地说："我情愿少爷娶你不娶她。"说完，他就走了。

一句话说得丽水一天也高兴不起来。

法国公园门口，游人熙熙攘攘，因为天气格外好的缘故，所以游客的心情也很好。

阿初把车停下，透过车边镜看见和雅淑打着遮阳伞，站在公园门口。阿初明白过来。"怪不得急着催我走，原来佳人有约。"

荣升笑骂道："这么多话，滚远点。"

阿初替荣升打开车门，并友好地与和雅淑打招呼。阿初的出现，令和雅淑措手不及，甚至有些狼狈。

阿初问："什么时候来接你们？"

荣升说："晚上吧。"

"几点？"

"九点吧。"

阿初开动车子，对和雅淑说："和小姐，改天我请你喝茶。"

荣升与雅淑在公园里请专业摄影师拍了两张照片。姿态是由摄影师帮忙设计的，两个人在花丛中笑得很甜美，像新婚不久的夫妇。然后，他们亲亲热热坐在露天花园的茶座里品茶。小餐桌上摆放着细长脖子的玻璃花瓶，花瓶上斜插了一枝红色的玫瑰。

荣升以为自己"恋爱"了。他很久没有这种感觉了，有些不习惯。

他第一眼看到雅淑的时候，有些朦胧的冲动，他救了雅淑后，自己的精神世界也仿佛"复活"了，有生气了。他甚至想过跟雅淑闪电结婚，然后另租房子搬出去住，像所有讨生活的夫妻一样，自己每天早上去上班，太太隔着窗子目送自己下楼。住的房子也不大，五六十平方，要有凉台，上面放一些自己种的花草。有一个属于自己的孩子，孩子最好是个女儿，整天缠着自己，让自己爱她、宠她。每逢周末，一家三口出门旅行，迎着阳光，踏着朝露，和和睦睦地过着属于自己的幸福生活。

是雅淑救了自己，而不是自己救了她。荣升想。阿初说得对，自己失落了许多美好的东西，他一直都在逃避跟过去有关的一切美好回忆。他跟雅淑在一起，没有任何压力，雅淑不了解他的过去，她在他眼里是一个单纯的女孩。每次他告诉她一些海外奇闻，她都会做出惊奇的表情，并提出一些迷惑不解的问题让自己解答，满足了他作为一个男人的虚荣心。就算是他讲出来最平凡、最无趣的故事，她也会专心聆听，从来没有不耐烦和不愿意。分手的时候，她总是恋恋不舍，主动地上前留给他一个情意缠绵的吻。荣升在她带有暗示性的举动中，看到了美好的未来。既然自己不能做一个寂寞的智者，那么，做一个平凡的庸人也不错。

"你认识初先生？"和雅淑的问话打破了彼此的沉寂。

"不止认识。"

"你跟他很熟？"

"很熟。"

"你们很早就认识了？"

"怎么，你不看报吗？"

"看报？"雅淑诧异，"他经常上报吗？我从来没有留意过。"

"有人说，他是我们荣家的'私生子'。"

雅淑的茶泼了些出来。"不好意思。"她拿出手绢来擦袖口。

"阿初是我们家四姨娘的干儿子，二十年前从大街上拣回来的一个孤儿。他从小就跟着我，我父亲爱屋及乌，很喜欢他，让他跟我一样上学堂，他功课好，人品不错。我在英国这几年多亏他事事照顾，我才没有客死他乡。我说真的。"

荣升娓娓道来，雅淑的脸色一阵青、一阵红。

"新闻杂志，总是捕风捉影，津津乐道别人的隐私。"荣升说。

"这样说来，他只是荣家的一个下人？"雅淑问。

"现在不是了。"

"曾经是？"

"重要吗？"荣升反问了一句，"时代不同了。他有学识，有能力，也有一定的经济基础，有社会地位。谁会去追究他的身世？英雄莫问出处嘛。你跟我的地位也在变啊，以前女人是没有社会地位的，现在不一样出来做事？女人可以融进男人的社会，男人同样可以成为女人的陪衬。"

"时代没什么不一样。"雅淑的心里有一股酸酸的怪味，阿初的形象就像是黑夜底突然腾空的烟花，绽放以后，就只剩下灰了。

和雅淑恨自己的愚蠢，为什么会留下玉镯给一个荣家的下人呢？如果，自己有朝一日做了荣家大少奶奶，这只镯子就是自己给自己种下的心病。

怎么办？

她心乱如麻。

这时，荣升忽然想起了什么，他从怀里取出了一只玉镯，放到雅淑面前。雅淑的脸色变得异常难看，内心的疼痛再度袭来。

是阿初"举发"了自己吗？

第十一章　平生际遇似萍飘

> 他选择"沉默"。"沉默"代表无声的抗议。
> 殊不知这种简单而又直接的防御手段,像一根尖锐的刺扎在荣升眼睛里,有一种不除不快的感觉。

雅淑以为天上的云彩是瞬息万变的,想不到人世间的情爱也是瞬息万变的。雅淑觉得这只碧绿的镯子还从来没有如此刺眼过,简直令人芒刺在背。

阿初把自己送他的玉镯转瞬之间给了荣升,为什么?他完全可以用另一种委婉的方式退还给她,为什么要选择"出卖"她?自己爱他,他却不珍惜自己。

这只镯子色泽圆润,光华柔媚,像是在嘲讽自己,抑或是威胁,是取笑,还是鞭挞?其实这些想法都不重要,重要的是荣升的心里怎么想她,荣升的眼里怎么看她?和雅淑决定以不变应万变。

"这只镯子你从哪里得来的?"雅淑气定神闲地问。

"在我书房里。"

"可是,如果我没有记错的话,你从来没有邀请我去过你家。"

"我也很奇怪。"荣升想起来,原本在来的路上他想询问阿初的,可是他忘记问了。他笑了笑说:"阿初……也许知道……"

雅淑的心被尖锐的刺扎了一下,牵动肠胃也开始痉挛。她果断地截断了荣升的话。"他是一个没有自知之明的人。"

"谁?你说谁,阿初?"荣升十分意外,因为雅淑是一个从不在背后议论和批评旁人的贤惠女人。

"关于这只镯子……我想没有比这更严重、更糟糕的事了,事关我名誉。"雅淑说得异常焦虑和诚恳。

"什么意思,难道一只镯子还代表着什么企图?"

"你说企图?啊,是了。其实,我早就该告诉你一些真相。"

荣升开始迷惑了,有什么事情如此严重,严重到她急于表白,急于撇清自己?她做了什么?

"你推荐我到同济医院看病,你告诉我初医生的医德很好,医术也是一流的。所以,我去他的诊室看过病。这个人表面纯良,热情周到,对于我更是殷勤倍至,体贴入微。说老实话,有一段时间,我几乎认为他是天底下最好的医生。"

"其实呢?"

"其实他居心不良。他是一个极不道德的人。请原谅我的直言不讳。他的行为真是伪善极了。他总是借故让我去他的诊室,单独和我相处,说一些不着边际的话语,试图打动我的心。他每次都替我叫车,付车钱,处处都陪着小心,讨我的欢心,他还曾经冲动地提出一些非分的要求。"

"也许你言过其实了。"荣升在努力克制自己狂躁的情绪,"刻意讨好你,我相信,其他的,我不信。"

"你应该相信我,而不是相信他。那只镯子就是他偷去的。"

"他偷去的?"

"是的。就在上星期,我去他诊室复查身体,他借口诊脉,叫我把玉镯抹去,放到皮包里。可是,我回家的时候,才发现那玉镯不见了。现在看起来,分明就是他窃取的,他想以此要挟我。"

"他要挟你什么?"

"放弃你,而跟他苟合。"雅淑用手紧紧按住自己的心房,说,"这种事情,提及不堪,令人汗颜。"

"你是说,他一直主动追求你?"

"是的。可是我早已明确拒绝他了。你知道吗,我的内心是如此眷念着你,根本无法兼容他所谓的'热情'。"

"他为什么要这样做？"

"可能是因为我对他的深情表白无动于衷，漠然置之。他把我对他的体谅和'宽容'当成了默许。于是，生出许多欲念来。可是，这是我无法控制的，我不能限制他的行动和改变他的想法。"

尽管雅淑的"自白"杂乱无序，但是，荣升轻而易举地从她辞不达意的话语中识破了雅淑内心的隐秘。

"可是他，明明知道我们在交往。"荣升说。

"他一定错以为我是个用情不专的女子，又或许是他想挑战你在大家庭里的权威？"

"雅淑，我今天很痛心。本来我准备今天正式向你求婚的。"荣升自嘲地笑了，"你知道吗，雅淑，有时候颠倒乾坤，不一定就会混淆视听。"

"阿升！我是爱你的！"雅淑脸色惨白，她不知道以自己的聪明机智，怎么会牵制不住一个养在深宅大院的少爷。

"你知道自己错在哪里吗？你太不了解阿初，你也不了解我！真的非常遗憾。"荣升"腾"地站起来。"我们完了。"

"为什么？"雅淑惊慌失措，完全失去了应有的仪态，"为什么？你告诉我，阿初他到底跟你讲了些什么？他的话，你不能相信，他造谣。你告诉我，告诉我他说了我什么，我可以做出必要的解释。"

"他一个字也没说。"荣升突然发现雅淑很可怜，"所有的话都是你一个人说的。"

和雅淑茫然无助地看着荣升，凄恻逼人地说："你居然要抛弃我？"

"爱情需要真诚，投机的人往往与'真爱'失之交臂。为什么当你生命之火即将熄灭的瞬间，你是如此的美丽动人？为什么当所有的困难都逐渐克服，乃至消失的时候，你却变得如此俗不可耐。我原以为，你会从我所有的幻象中脱颖而出，我错了。雅淑，人生苦短，浮云朝露而已，善待自己，保重自己。"

当雅淑看到荣升决然而去的瞬间，她晕倒了。

仿佛只是一瞬之间，一瞬之间自己所营造出来的美丽新世界，化做了五彩缤纷的泡沫。荣升和雅淑的希望都彻底幻灭了。

夕阳灿烂，美丽光华的色彩均匀洒在"墨菊斋"的书桌上。杏儿、蝉儿、红儿、云儿等丫鬟们聚集在"墨菊斋"，吵着要阿初教国画，阿初说自己都是个门外汉，跟少爷学了点中国画的皮毛而已，不敢胜任"老师"一职。但是，双拳难抵四手，终究拗不过丫鬟们的热情怂恿，于是，他从国画的"散点取景、平面造型"讲起，一直谈到荣升的画中的贤愚冷暖，以及荣升心中的幽怨累积。他说："少爷做事，中规中矩，以致于构图僵硬；他胸中大千世界，过于黯淡忧郁，所以他画的瘦石寒山冷得没有生气。"

"阿初少爷，反正少爷的画我们都看不懂，你画几张我们一眼就能看懂的画好吗？"蝉儿说。

"好啊，我就画你们。就画一样，看看，你们认不认得？"阿初从笔架上取下一支短而细的羊毫，笔尖饱蘸了红色的染料，滴在雪白的宣纸上，勾画出一张微微上翘、"桀骜不驯"的红色嘴唇。

"这是杏儿。"丫鬟们异口同声地指认。

"嗬，这样都看得出来啊。"阿初笑盈盈地把宣纸递给杏儿，"送给你。"

"谢谢阿初少爷。"杏儿乐滋滋地接了过来。

阿初又画了一双灵巧活泼的手。问："这是谁？"没等丫鬟们讲话，蝉儿满脸绯红地抢了画，说："阿初少爷，你什么时候盯着人家的手看，没正经。"

丫鬟们哄笑起来。

"再画一个。"阿初画上了瘾，他换了支又长又粗的毛笔，画了一条油松松的麻花辫子，在辫梢上，系了一条蝴蝶丝带。

"这是谁啊？"丫鬟们开始猜。

阿初笑而不答。

"是谁啊？"杏儿不依，要阿初说出来。

"是不是阿初少爷的相好啊？"红儿捉狭地问。

阿初说："猜不到吧，再添几样。"他又画了红色的指甲、涂了金粉的唇、蓝色的眼睫等等，各具姿态，异常招摇。

"到底是谁啊？"丫鬟们的好奇心全被勾上来，一起逼阿初讲出来。阿初忍着笑说："这是大光明电影院门口招揽生意的姑娘。"一句话出口，险遭丫鬟们"群殴"。大家不依不饶，要他再正正经经画一张。

"画什么呢？"阿初广泛征求丫鬟们的意见，一副礼贤下士的诚恳样子。

"画一下那位和小姐吧。"蝉儿说，"我们都还没见过这位未来的少奶奶呢。"

"是呀。"杏儿附和，"人家说，看看眉眼就知道人怎么样了。"

阿初说，服从各位姐姐的命令，不过要保密，少爷最不喜欢别人谈论自己的私生活。他拿起笔，画了雅淑的眉毛和僵硬的鼻子、苍白无力的嘴唇。

"为什么没有眼睛啊？"杏儿问。

"因为眼睛是心灵的窗户，没有读懂她心灵的人，是画不出她的眼睛的。"

"少爷呢？"蝉儿说，"少爷应该读得懂她的心，应该留给少爷画。"

大家一致叫好。

只有阿初淡然一笑，说："那也未必。不识庐山真面目，只因身在此山中。"话音未落，"墨菊斋"书房的门被重重地撞开了。

他们看见了冷脸寒颜的荣升。空气一下沉静了。

"少爷，您怎么回来了？我正打算九点钟去接你。"阿初替他接过礼帽。

"不必了。"荣升脱了外套，走到书桌前，看了看画。说："画得不错。拿我的精神世界做故事背景，不错啊……不过，选题不佳！"他把宣纸抓起来揉成团，顺手丢进废纸篓。回头对丫鬟们说："都出去。"

丫鬟们屏声敛气纷纷退下。

阿初察言观色，觉得少爷情绪异常。他想把话题岔开，故而他对少爷的冷漠，有意"视而不见"。

"您吃晚饭了吗？"阿初问，"要不要我通知厨房……"

"不必了，我今天吃得很饱，估计一个星期都不想再吃。"

"你和雅淑小姐，没什么吧？"

"我们会有什么？哦，我们去看了一部电影，故事很精彩，大家都看得很投入。"荣升说。

"什么电影？"

"片名不记得了。不过，都是一些看客和记者们'喜闻乐见'的场面，富有创意的台词，自作多情的表演。爱情、阴谋、中伤、谣言。"荣升一口气说下来，显然有些力不从心，他长舒了一口憋在胸中的闷气，说："她真是太傻了，傻得令人难过，不，不是难过，是好笑，真好笑。一个恋爱中的女人傻到要把自己的灵魂、内心深处的隐私，都全部裸露在一个历尽沧桑的男人眼里。这个男人虚伪、自私、阴险，这个男人其实不爱她，只是想解脱，想用她的'爱'解脱自己的'痛'。所以这个男人注定得不到女人的'爱'，不过，这个女人不仅傻，而且蠢，她依然想留住这个男人的眷恋。"

阿初很紧张，很久没有看到荣升这样狂躁了。

"结局呢？"

"结局通常都是悲剧。往往只有悲剧才能打动人的心灵，引发人们的共鸣。'但愿墓门旁边，活跃青春的生命。'"荣升喃喃吟诵着普希金的名句，"本来以为自己找到了一根救命稻草……"

"少爷，你……你和雅淑小姐到底怎么了？"阿初问。

"你问我们怎么了？谢幕了。"荣升笑起来，笑得有几许无奈和苍凉，"我很投入地演出，是因为我原以为自己是一个大主角，一个多情才子。演到中途，突然发现自己是一个与剧情毫不相关的小配角，一个跳梁小丑。我这个人不喜欢做配角，不喜欢被别人嘲笑，所以，我提前谢幕了。"

"雅淑小姐一定很难过。"阿初可以想象到雅淑的失望和伤心，当然，不是为了"爱情"，只是为了"生计"。

"你好像很同情这位小姐？"荣升终于开始进攻主题了。

"没有。"阿初答。

"没有？那么，你是很讨厌这位小姐？"

"我跟她没有任何关系。"阿初觉得自己必须分辨一句了。

"没有任何关系？她的镯子怎么会出现在我的书房？"荣升问。

"这无关紧要。"

"对我很重要。"

"和小姐怎么说？"

"我想听你怎么说？"

"我没话说。"阿初不想在继续这种无谓的话题，"她怎么说怎么是。"

"她说你偷的。"

"如果她是这样认为的，我就承认。"阿初终于知道荣升为什么火药味十足了。

"你很喜欢替女孩子背黑锅吗?"

"我以为少爷会对这只镯子感兴趣……"

"你为什么总是让我生活在谎言里?"荣升的气势咄咄逼人,"为什么?你看不起雅淑,对不对?你也看不起我。"

"少爷?"

"我们这些所谓的社会名流、绅士淑女,在你眼里一钱不值、俗不可耐?"

"少爷,感情是不能勉强的,遭受失恋痛苦的不止你一人,也许雅淑小姐比您更痛苦。"

"你指责我?明知道是一场游戏,还要大惊小怪?"

"不是一场游戏。"阿初说,"您爱上她了,少爷。不然,何必生气呢?你起初只是想捞一根救命稻草,可是,你不知道,感情是在不知不觉中培养起来的,你为此付出了时间、精力。爱情,不是游戏,在里面做游戏的人,很可能被游戏束缚。雅淑小姐很聪明,很实际,她知道一个女人应该怎样去面对残酷的生活。她无非是想多一些选择而已。无可厚非。"

"你很得意是吧?他选择了你,而不是我。"

"她谁也没有选。少爷。你已经剥夺了她选择的权利。你有浓烈的怀旧情结,你允许你自己的心灵同时拥有两个女人的精神世界。但是,你不允许雅淑小姐的行为有任何偏差,这本身也是不公平的。"

"你暗示我歧视女性?"荣升忍无可忍地往前逼近了一步。

阿初不自觉地往后退却,他低下头,说:"我对事不对人。"

"你教训我?"荣升冷笑,"我已经放弃了做一个寂寞的智者,选择做一个平凡的庸人。你却轻而易举地把我美好的梦想给打破了,当我变成一个歧路徘徊的懦夫时,你就来振振有词地教训我。你以为你是谁?荣家的主人?"荣升狂怒地砸翻了砚台和笔架,满地狼籍。

荣升最后一句话严重的伤害到阿初的自尊。阿初很难过,他在不断克制自己的心绪,调整自己的心态,因为"争论"不能升级,他要顾及荣家的颜面。

他选择"沉默"。"沉默"代表无声的抗议。

殊不知这种简单而又直接的防御手段,像一根尖锐的刺扎在荣升眼睛里,有一种不除不快的感觉。

"你怎么不说话了？你应该继续发表你的高论啊。你不是字玑句珠吗？你的浅德幽光足以照亮整个荣家大院了。你不屑跟我讲话是吧？巧得很，我也不想再聆听你的'教诲'。"荣升转过头去，指了指自己的心口，突然又指向阿初说："掌嘴。"

荣升发难了。

"少爷？"阿初以为自己听错了。

"你要跟我讲平等、自由是吧？我不跟你讲。我跟你讲专制、讲身份。"荣升的话异常刻薄起来，"我歧视雅淑这类女人，我讨厌你虚伪的宽容和忍让，我憎恨情感，厌恶你这种看上去委屈，实际上张狂的眼光。你无非就是用'沉默'来告诉我……你很阳光，我很阴暗。"

阿初对荣升如此大的情绪波动，始料不及。

"我叫你掌嘴！你没听见吗？打呀！"荣升像一头受了伤的猎豹，他想撕裂一切他可以撕裂的面具。

不是第一次，忍受"家法"，但是，阿初第一次感到难过和难堪。他们之间永远不可能有平等。一个是高高在上施恩的人，一个是感激涕零受人恩惠的人，怎么可能平等？平等只是偶然的，不平等是必然的。

阿初仿佛回到了一个自己完全陌生的国度。荣升的面庞此刻变得十分陌生，不，不是陌生，而是逐渐清晰，逐渐熟悉。这八年来，荣升并没有丝毫的改变。改变的是自己！自己的思维和心灵已经改变，这种改变促使他不愿意回到从前。像少爷手中的标尺一样，任意由人调整刻度、拉伸卷曲。

如果大家不能安然共处，那么，夺门而去，拂袖就走，并非难事。

可是，四太太怎么办呢？自己走得爽快，要回头也就难了。四太太的家庭地位，二十年来的殷殷期盼，化为乌有。自己在大太太面前不是信誓旦旦地要报荣家的栽培之恩吗？怎么能出尔反尔呢？

荣升的居高临下，是因为他坚实的家长地位。就算他自己放弃荣氏家族的权利，他也不会丧失家人的尊重。他的只言片语，也同样可以撼动荣氏家族的地基。而自己只是一个赝品，就算自己拥有了社会地位、金钱、名誉，在荣家他依然没有自我。表面上自己是驶在海上的一艘豪华游艇，实际上这只是从水中看到的"倒影"罢了，自己的人生犹如水中一叶浮萍。阿初强迫自己用现实

地位和感恩的情感去遮蔽住自由的思想，平等的观念，尽量减低自己内心所承受的被奴役的痛苦感觉。

想着雅淑的眼泪、四太太的恩情……他扬起手狠狠地打了自己。压抑已久的情绪，却在近乎自虐中释放出来。他打得极重，没有停手，他想着自己平生的际遇，犹似萍飘，眼前甚至出现父母双亲的幻影，这来自天外的模糊幻影，不断地重叠放映。他流泪了，血从嘴角处缓缓渗出。

阿初听见了哭声。不是幻觉，真的有人在哭泣。是为我哭吗？阿初想。

的确不是阿初的幻觉，荣升也听见了哭声。

"呜呜咽咽"的声音是从窗外传来的，是杏儿和蝉儿等人在用她们特殊的方式为阿初抱屈，她们觉得大少爷太过无情，"量刑过重"了。

她们的哭声削弱了荣升强硬的态度和"病态"的心理。同时，也减轻了阿初心中的愤怨，他感到了人与人之间平等的关怀，所谓贤愚冷暖，尽在这哭声中融化了。

"够了！"荣升喝住阿初的同时，也给了自己台阶下，"以后做人做事，中规中矩。不要再给我擅作威福的借口。"荣升说完，摔门而去。

丫鬟们不提防他突然冲出来，怯怯然纷纷后退。

"哭什么？"荣升冷若冰霜地说，"该怜悯的人，得不到怜悯！珍贵的眼泪，应该留给你们将来所爱的人。而不是轻狂地、廉价地抛售给一个在你们爱情旅程里毫不相关的路人。"

丫鬟们听不懂，一味地低头退让少爷。

阿初懂了。

他可怜荣升对"爱"的狭隘和自私，他也怜悯荣升在爱情旅途里不幸的遭遇。他想到了惠，自己回国，对惠也许是一种伤害。

他听见荣升离去的脚步声和丫鬟们纷纷进屋的声音。

她们谁都没有说话，她们替阿初倒水、擦洗嘴角上的血污，她们悄无声息地打扫房间，扶正笔架，铺好宣纸。

"阿初，阿初……我的初。你怎么样了？"闻讯而来的四太太在红儿的陪伴下，气喘吁吁地冲进来。阿初赶紧笑着迎过去，说："这是做什么？好像我得了一场大病似的。"

"你还胡说。"四太太凑近了来看他,心疼地说,"你干吗要惹他?生出这无妄之灾。"

"谁敢惹他,他不讲理罢了。"阿初说,"又不是第一次。"

"我保证,阿初。"四太太含着眼泪说,"我保证,这是最后一次,以后,再也不会了,阿初,再也没有下一次了,绝对没有。"

阿初看着四太太,心生感动,他很想告诉四太太,她像极了自己幻境中的母亲。

傍晚时分,荣华到"墨菊斋"来给老余拿消炎药。原来阿初事先跟她约好的,今天送药过去,偏偏阿初今天忘了这件事。所以,他一看见荣华就恍然有所悟地说:"该死,该死,我一点也记不起来了。害二小姐跑一趟。"

"那有什么,我跑你跑,还不都是一样。"

"他还住您那里吗?"

"我叫阿福给他找了个安静的地方。阿福一直以为是我开车撞了人,比我还担心呢。"荣华笑着说。

阿初把药递给荣华,说:"他现在不发烧了吧?"

"略有些低烧。你脸上怎么了?"荣华关心地问。

"不好意思。"阿初有些尴尬。

"是我大哥吗?"荣华试探地说,"我一直听说他脾气不大好,有暴力倾向。"

"没有这么严重。"阿初笑起来,"这件事说起来,也是我自作聪明,自作自受。"

"为什么呢?"

阿初不好明说其事,他想着替雅淑留点薄面,毕竟自己还要面对雅淑,当然,也许面对的是她的唾弃。

"权当是自己的错,该当家法吧。"阿初自言自语地笑笑。

"家法?法字怎么写?"荣华问。

阿初提起笔来,在宣纸上写了一个大大的"法"字,示意荣华看。

"古体怎么写?"荣华继续问。

"古体?"阿初想想,提起笔,写了更大的一个"灋"字。

"灋",古体的"法"字。

"怎么解?"荣华的眼睛里不自觉地泛起一丝钦羡才华的光泽。

"灋,刑也。水字旁寓意公平,平之如水嘛。"

"那么廌呢?做何解?"荣华故意巧妙地提笔把"廌"字圈起来。

阿初没有荣华的机心,他老老实实地回答,说:"廌是中古代时期传说中的独角兽,生性正直勇猛,遇到不公平的事情,它会用角去顶,所以,它的下面是一个去字。"阿初接过荣华手中的笔,在"去"字头上画了一个向上顶的小箭头。

"去顶!很形象。"荣华说,"可是,你为什么不顶?"

"什么?"阿初冷不防被荣华射了一箭。

"你也遇到了不公平的待遇,为什么不顶?"

"他是少爷。"

"这不公平。"荣华严肃起来。

"世上没有绝对的公平。"阿初把羊毫笔轻轻投掷到砚台上,溅起黑色的墨珠。

"你看这些四溅的墨珠,本来它们在砚台里沉睡着,像一滩死水,你的笔无意中搅动了它们,墨水不平了,有了些许波澜。事物'不平则鸣',所以它们肆意地飞溅,随意绽放在桌面。"荣华把羊毫笔挂上笔架,说:"墨珠尚且要争,你为什么不去争取你应有的合法权益和地位?你为荣家付出了很多辛劳,为什么从不想到索取应有的劳动报酬?你牺牲了很多属于自己的利益,甚至是自尊。你一味忍让我哥哥蛮横的行为,其实是'害'他。一个不出去工作,根本不知道辛劳为何事的人,本身就是社会的'沉渣'。"

"二小姐!"阿初打断了荣华慷慨激昂的讲话,"二小姐,对不起,我知道您是哪一种人,我很敬佩您。不过,我的人生经历跟您相差太远。如果没有过世的老爷栽培,没有少爷在经济上给我的资助,我是无法顺利完成全部的学业,也不会有今天的成绩。我跟您不一样,我欠荣家的。"阿初的态度异常诚恳,反让荣华局促起来。

"你很宽容。"荣华说。

"To err is human, to forgive divine."阿初说。这句话引自蒲柏的诗歌,犯错

人难免，宽恕最可贵。

"看来，我枉做小人了。"荣华说。

"您很关心我。"阿初立即把话拉回来，"我感激在心。"

"真的？"

"点点滴滴。"阿初指心。

荣华开心了。"你这张嘴，很会哄女人。"

"您这是褒还是贬啊？"

"自己猜。"

两个人都会心地笑起来，美丽动人的剪影在粉红色的灯光照耀下，显得分外光明。此刻，蝉儿端着燕窝银耳羹敲响了书房的门。

"阿初少爷，大少爷在大太太房里歇了，您不用替他等门了。还有啊，我到厨房替你熬了一小壶燕窝银耳羹，你趁热吃。"

阿初称谢，叫荣华一起吃了。

又到清明了。

四太太想着，今年的清明节应该不同往年了。

她活着，没有爱情，只有亲情。

"复仇"的使命感维系着她的生命，她一生中唯一的向往就是"回家"，堂堂正正地"回家"。她为此不断地透支着自己的青春年华，二十多年来，她"画地为牢""深居简出"，任由无情的岁月像流水一样从自己的身边匆匆划过，美丽的风华像自己手中的春沙，从白皙的指缝间慢慢渗漏。春红谢尽了，她依然在等待，她的生命在等待中延伸……

父亲死了二十多年了，他的音容笑貌还停留在二十多年前那最后一餐的晚宴上。为了父亲的遗骸能早日迁葬，为了剥开隐瞒了二十年的血腥真相，她忍受了一生的"孤独"，耗去了毕生的"幸福"，她从来没有放弃过等待，等待揭开"真相"的那一刻，那一瞬间。

那一瞬间就快来临了。

慈云寺的钟声响起来。

阿初着装严谨，他专程陪着一身素服的四太太到慈云寺来焚香祭祖。

  阿初的情绪虽然不高，但也没有四太太那浓郁的愁结。他沿着弯曲的石阶向上走，看着到处用红漆涂写的"佛"字墙壁，感觉到空气中也泛起了藏香的气味。寺院里的佛钟敲响了，满地落红缤纷，阿初的魂魄里宛如行云流动，心境美好，有一种身在世外，清新宁静的感悟。

  他们在佛前许过愿后，四太太叫阿初在佛前抽了一支签。此时，一个身披黑纱长相丑陋的老尼，主动来给阿初解签。

  她递给阿初一张皱巴巴的小纸片，说上面写的都是解签的话。

  阿初虽然不相信，还是展开来看，上面写了四句话：平生际遇似萍飘，荣华富贵烟云罩。错认它乡是故乡，何日归家洗客袍？

  "何日归家洗客袍？"阿初不自觉地重复了一句，什么意思呢？

第十二章　何日归家洗客袍

> 他要给她写信，请求她的原谅，希望惠再给自己一次机会，重续情缘。巴黎并不遥远，"幸福"就在眼前。

"施主，此签暗藏玄机，施主近日有大喜、有大悲。可洗二十年来浮尘恶运；骨肉团聚、家业复兴。"满脸伤疤的老尼一脸虔诚地说。

"会有什么奇遇呢？"阿初笑笑，不置可否，"师傅可否告知其中玄机所在？"

"书不尽言，言不尽意。贫尼也不敢妄自揣测。先生天资聪慧，当解其意。"

"脑无积墨，难以贯通。"阿初恭恭敬敬地回答，"不过……"

"不过怎样？"老尼问。

"不过，午夜梦回，时常会听到一阵阵铁锹声，非常可怖。冥冥中总觉得和我的身世有关。特别是，有一次我去参加一个朋友的生日宴会，走进她家的瞬间，仿佛处处似曾相识，步步熟悉。"

"我怎么从来也没有听你提到过此事？"四太太满脸惊讶。

"我不想令您担心。"

"那么，今日为何又吐露出隐衷来？"老尼平和地问。

"因为，我和师傅……"阿初略作停顿，说，"我和您似曾相识。"

"阿弥陀佛。施主如能洞悉过去，一定可以了悟未来。"老尼微笑地说，"我送施主八个字吧。'福祸相依，否极泰来'，阿弥陀佛，善哉，善哉。"

当阿初和四太太结束了短暂的佛门参禅后,他们又从空门幻影中回到了纷纷扰扰的尘世。

一路上,阿初的脑海里起伏不定,那纸片上的四句话令他惶惑不解。"平生际遇似萍飘,荣华富贵烟云罩。错认它乡是故乡,何日归家洗客袍?"

凭直觉,他觉得自己和老尼之间一定存在着一层神秘的关系,四太太和老尼那不寻常的目光交流,也同样提示着自己,四太太、老尼和自己之间似乎也存在一张无形的网,这张网到底是什么呢?

四太太曾经亲口承认过,自己是他的亲人。那么,那个老尼会是四太太的亲人吗?

自己的前程、命运,难道仅凭一张纸片就可以左右,可以决定的吗?阿初开始不相信了,怀疑的思绪占了上风。

触手可及的大约不是"命定"的真相,也许是迷信的烟雾弹。什么骨肉团聚、家业复兴。也许是算命人讨好、讨吉利的空话罢了。老尼也许同一天,要面对无数人,说同样的话,无数次。阿初凭空悬想至此,不觉哑然失笑。

自己"解签算卦"、咬文嚼字的背后,本身就是荒唐。

阿初并不知道,自己在无知无觉中已经被命运的旋涡卷到了枪口刀尖……

杨羽柏静静地坐在同济医院阿初博士的诊室里,他特意挂的专家号,他是专程来拜访这位素未谋面,却又令他近日来心惊胆战的人。二十几年的痛苦煎熬,促使他的心智苍老,他早已疲惫不堪了。

他存在吗?他应该存在。二十年前没有找到他的尸体。

杨慕初的孩提影像无所不在,无时无刻地影响到他极其敏感、极其脆弱的神经。他宁愿相信英子是在"子虚乌有"地捏造事实,也不愿意再次面对杀戮。

但是,当他看见阿初满面春风地走进诊室的瞬间,他不寒而栗了。

他惊叹造物主的鬼斧神工,自己亲手毁灭过的"灿烂笑容",现在又重新展现在自己面前,脑海里无数次穷形尽念那孩子纯真的模样,都在这一瞬间证实。自己二十年来的梦魇,莫不源自这张熟悉的脸。

"您好,初医生。我跟您预约过,鄙人杨羽柏。"杨羽柏站起来,表示对医生的尊重,他脸上挂满笑痕,心中却已经没有了丝毫笑意。

"久仰高名。"阿初说,"请坐,杨先生。杨先生哪里不舒服?"

"我近来,由于天气变化多端,生意上也不太顺利,心情烦躁,心律也不大正常。恐是大病来临前的不祥预兆吧?"

这段口气和蔼、言语怪诞的话,并没有引起阿初的注意。

"我替您看看。"阿初依照程序为杨羽柏检查,"您舌面干燥,皮肤弹性减弱。您长期患有很严重的鼻炎,所以感觉呼吸不畅;张口呼吸的习惯,导致您口腔内津液缺乏。您的睡眠怎么样?"

"不怎么样,总是噩梦缠身。"

"所以您吸烟?大量吸烟,会影响您身体的健康。确切地说,您应该注意肺部的保养。"阿初做完初步诊断,替杨羽柏开了几种西药。

"冒昧地问一句,您夫妻生活协调吗?"

"这跟身体有关吗?"杨羽柏问。

"当然。感性的压抑最终会导致理性的暴力。"阿初说到此处,两个人都不约而同地笑起来,"虽然是陈词滥调,不过值得您考虑。哪怕是为了您夫人的身体健康。"阿初说。

"我妻子身体不太好,所以我们,你也了解,我们也上了年纪……不可能像年轻人一样狂欢纵欲。"

"纵欲固然不善,不过,禁欲对身体来说,也是一种伤害。"

"果然是从国外回来的医生,既开放又有趣。其实,我对医学养生诸如此类的常识是盲目无知的,不过有一点我知道,中国传统的医生是不会这样告诫病人的。"

阿初笑了。"那是您不了解传统。"

"也许是。"

"您下个星期来复诊吧。"阿初在轻松愉快的气氛中结束了和病人的谈话。

"今日一叙,所得颇多。谢谢您,初医生,我们再会。"杨羽柏静静地观察完阿初的一举一动后,阴森森的杀气流布全身,他很礼貌地告辞而去。

当杨羽柏跨出同济医院的大门时,他加速了走向"地狱"的步伐。二十年了,也不在乎多杀一个或少杀一个无辜,何况,这个人未必就是"无辜"。

他必须死。

因为"危机"一旦降临,他可能无法随意控制局面。

杨羽柏在瞬间下定了决心。

杨羽柏刚刚离开阿初的诊室，就有人敲响了门诊室的大门。

"可以进来吗，初医生？"荣华领着化了装的老余走进了阿初的诊室，阿初非常意外，他连忙站起来，热情地迎接两位稀客的到来，同时，机警地把门口的一张"急症检查，请勿打扰"的牌子挂上，反手锁上诊室的门。

"你们怎么来了？"阿初问。

"我的这位朋友一定要亲自来谢谢你的救命之恩。"荣华放下一只皮箱。

"您要走吗，二小姐？"

"不是我要走，是我这位朋友要走。"

"鄙人即将北上，离开上海。特地前来与恩人辞行。"老余笑着拱手。

"不敢，不敢。举手之劳，略尽绵力而已。先生要谢，应该谢我们家二小姐才是。没有二小姐为先生输血续命，我纵有通天本领，只怕也回天乏术。"

"是呀，是呀。鄙人经意外之变，临危之际，幸逢二位援手，得以重生，没有两位的同心协力，我现在不要说是北上，只怕早已'西行'了。"老余言毕，从怀中取出一张数额不菲的支票，说，"鄙人经商数载，略有积蓄，礼轻意重，望初先生笑纳。将来我们也许还会有烦劳先生之事，借助先生之处。"

阿初看看老余，又看看荣华，老余一脸真诚，荣华意含勉励，他不觉委婉一笑，说："治病救人，医生天职。没有什么可炫耀、可索取的。"

"我不是这个意思……"老余要解释。

"先生，行贿者夺人操守，行善者独享精神'富贵'。先生只要成全阿初的操守，同时也就成全了阿初的'富贵'。从此两不相欠，先生何乐而不为呢？"

老余听完阿初的话，感慨万千。"相逢浊世，居然还有初先生这样质朴无华、纤尘不染的人，实属难能可贵。初先生不仅做人做得光明磊落，而且做事也做得堂皇潇洒。使鄙人徒增一分可佩可敬之心。"老余收回了支票。一瞬间他对阿初增添了不少的好感。不再是因为他酷似阿次的缘故，而是因为阿初的确是一个很优秀的青年。这时，老余猛然想起刚才在医院的走廊上看见阿次的父亲杨羽柏匆匆离去的背影，顿生疑窦之心，故而向阿初询问其事——

"冒昧地问一句。刚才，我看见金融界的大亨杨羽柏先生从这里出去，他也是来看病的？"

"到我这里来，不看病，看什么？"阿初略带幽默感地说。

"看你啊。"

"我有什么好看的？一只眼睛三条腿？"阿初爽朗地笑起来。

"他没有告诉你，你和某人很相像吗？"

"没有。"

老余很意外。

"我跟谁很像？"阿初自己也很好奇。

"我的一个朋友。"老余不便深说。

"我们应该走了。"荣华提醒老余不能在此过久寒暄。

"你们这就去车站吗？"阿初问。

"是的，下午一点钟的火车。"老余回答。

"我送你去吧，今天阿福去乡下了，我开了车来上班的。"阿初说。

这个提议，使荣华很意外。接下来老余的反应，更让荣华吃惊。

"好啊，一客不烦二主，我就坐你的车走。"老余答应地干脆利落。

等阿初去把车开来的瞬间，荣华和老余做了简单的告别。

"此人绝非泛泛之辈，我有预感，将来他可能会做出一些惊世骇俗之举，成为上海滩呼风唤雨的新势力。"老余对阿初做了一个简短的评价，"我虽然走了，但是'时雨'不能走。"老余接着对荣华说，"从今天开始，你就是'时雨'，'浮尘'已经随风而逝了。"

"我的任务呢？"

"等候'飘风'归来。"老余说。

荣华和老余在同济医院门口分了手，老余上了阿初的汽车，径直向火车站开去。在车上，老余和阿初聊了聊国内外的政治局势，老余觉得阿初是一个表面上看去温煦柔和，实际上骨子里很傲气的人。他的性格和杨慕次也非常相似，当真是纯属"巧合"吗？

车开到半途，遭遇了英租界巡警的"临检"，这次英租界巡警的"临检"是配合沪中警备司令部捉拿中共特科落网之鱼的一次统一行动。盘查严谨，规模

很广，拉网式地搜索，接受检查的人群中，不断有所谓"共产党"嫌疑的人被滞留、询问、审查，甚至当场被捕。

老余虽然化了装，但是，脖子上的弹痕依然清晰可辨，而在四月天气里紧围脖，本身就是"不打自招"。

"怎么办？"老余在想。

就在老余思考的瞬间，阿初已经把方向盘甩了回来，掉头开去。

"天有不测风云，我们走小路吧。"阿初说。

"能行吗？"

"试一试。"

"你知道吗，你很勇敢。你是一个处变不惊的人。你可以在短时间内依靠自己的智慧救下一个生命垂危的人，而不问他是谁。"

"我不想知道得太多。老先生，您看我什么都好，那是因为我们仅有一面之缘、寥寥数语的交情，贵远贱近嘛。我在我们家少爷面前，一无是处，处处都错。"

"初先生，不必贵人贱己，将来云路鹏程，前景……"

正说话间，后面两辆警用三轮摩托车呼啸而来，显然，目标明确，为首的一人，几乎从摩托上要站起来喊话。

阿初猛踩油门，老余的手暗暗握紧了手枪。

千钧一发之际，阿初突然发现了什么，他减慢车速，对老余说："误会，是我的朋友。"老余的神经并没有放松，他没有任何表示，但是，他信任阿初。

车子被两辆警用三轮摩托贴身逼停，阿初先发制人。他摇下窗，用责骂的口气说："姓韩的，你不要命了！"

韩禹"哈哈"大笑地从摩托车上跳下来。"我就说嘛，我的眼睛准没看错。阿初！呵呵，你和阿惠怎么样了？喜酒摆了没有？什么时候回国的？"

原来，来人正是阿初在英国留学时认识的韩禹。韩禹是学法医的，他跟丛锋和夏跃春是世交，阿初和惠恋爱时，曾经跟他们在一起聚会。

"我啊，孤家寡人一个，喜酒嘛，短时间是没指望了。"阿初说，"哎，你怎么回事？你一个学法医的，怎么当警官了？"

"一言难尽，一言难尽。"韩禹的一手压低帽檐，一手攀上车窗，一脸的无奈，偏偏这种无可奈何的神态挂在他脸上，显得十分滑稽。

"什么时候在警局'正名循礼'了?"阿初打趣地说。

"父命难违,父命难违,家父一再催促,逼我回国就范。他认为,当法医没前途,成天和死人打交道,晦气。逼着我做这一行。没办法,子承父业。中国人的传统嘛。"

"那你学的专业岂不荒废了?"

"现在只要能挣钱,能风光,无所谓专业不专业,荒废的岂止是我们这些荒田枯荷?偌大一个上海滩,卖的卖、租的租,不也一样在大清国手里给荒废了。嗳,你知道丛锋的事吗?"

"丛锋怎么了,回国了吗?"阿初嘴里提着丛锋,心中又想起了阿惠。

韩禹神秘地说:"回国,回得了吗?他去了苏联,并且,参加了第三共产国际。"

"那不就是共产党?"阿初说。

"可不是。他说他要在东方贫瘠的精神土壤上嫁接革命的火种,拯救中华民族。你听听,这口气,活像法国大革命中第一个冲进巴士底狱点燃复仇火焰的烈士。他一直渴望成为一个英雄。"

"他一定会成为一个英雄,我对此深信不疑。"

"你好像很崇拜他?你小心一点。"韩禹说,"现在上海到处都在抓赤色分子,每个局子里面都有限定的名额,抓不够数,就拿你们这些没背景、有嫌疑的充数。"

"去你的。"阿初用胳膊把韩禹扶在车窗上的手顶开。韩禹笑起来,举手略带诙谐地敬礼向老余致歉。"不好意思,我跟他开玩笑,对老先生不敬了。"

老余含笑点头,算是回了礼。

"你有阿惠的消息吗?"阿初试探地问。

"我不知道,你去问问夏跃春,也许他知道。"

"夏先生也回国了?"

"上个星期,从伦敦回来的。他父亲去世了,他回来是继承家业的。惠民医院就是他们夏家开的,好像是在……在法租界。"

"改天我们聚聚吧。今天,我还有事。"阿初示意他要送老先生走。

"你们这是去哪啊?"

"我送先生去火车站。"阿初说。

"火车站?往北?还是往南?"

"往北怎么说,往南怎么讲?"老余插话了。

"往南好说,一路顺风;往北嘛,检查手续就麻烦点。现在,不光是警局里抽调人手在查,就是警备司令部都压在这片上了。"

"到底查什么?"阿初问。

"共产党。"

"查到了吗?"

"查是查到了,反正每天七八个,真的假的我不知道,不过,听说光枪毙的就不止这个数。"韩禹伸出四个指头。

"那与宰白鸭何异?"

"可不是吗。现在是火车站检查的高峰期,你们过去,光排队就得两三个小时。你看,现在路堵得水泄不通,太阳又烈,晒也把你们晒死了。干脆,我开警车给你们开路,直接送你们进站吧。"

"好啊,哎呀,这才是我的救星呢。"阿初笑起来。

"晚上请客啊。"韩禹跳上摩托车,说声:"走。"风驰电掣在前开路。阿初倒车,紧随其后。老余的枪放回了原处。

这一路顺风顺水,安全无忧。

晚上,阿初在"万家灯火"做东请客,来的人有韩禹和他的警察兄弟们以及夏跃春和他的几名医学界朋友。席间,呼朋唤友,交新叙旧,热闹非凡。

阿初从夏跃春嘴里得知,阿惠去了法国巴黎。夏跃春给了阿初一张阿惠从法国巴黎寄来的明信片,上面有阿惠的地址。

这张明信片对阿初来讲,无疑是一剂醒脾明目的良方。感情的潜流默默感染到全身每一个细胞,激情占据了他的思想。

他要给她写信,请求她的原谅,希望惠再给自己一次机会,重续情缘。巴黎并不遥远,"幸福"就在眼前。

不知道什么时候,四太太对评弹产生了极大的兴趣,她甚至专门到"墨菊斋"来请教大少爷对评弹说唱的技巧和弹奏艺术。

"教唱评弹"于是成了荣升在平凡琐碎、静如止水和枯燥乏味的生活中寻找到的一种新乐趣。四太太悟性很高,几经点拨,一曲琵琶弹得有模有样。死沉沉的"墨菊斋"因为有了雅乐香韵迷漫在一片相思怀旧的气氛中。唯独苦了阿初和红儿，两个人素来都不喜欢这绵绵断肠的酸涩情味，偏偏又得勉为其难地伺候在他们左右，很荣幸地当他们的听众，"欣赏"他们的音乐"才华"。

"梨花落，杏花开，梦绕长安十二街。夜深和露立苍苔，到晚来辗转书斋外。纸儿、笔儿、墨儿、砚儿，件件般般都是郎君在，泪洒空斋，只落得望穿秋水不见一书来。"

不知怎的，阿初每当听到四太太唱到此处，都会"冷"得毛骨悚然。

"四太太唱的什么啊？"红儿蹲在台阶上问。

"鬼话。"阿初说。

"啊？"红儿乖巧玲珑的身子又缩短了半截。

"你这打不醒的奴才！又开始嚼舌头了！"丽水不知什么时候窜了出来，用力敲响阿初的额头。阿初呼"痛"，说丽水犯神经。

"四太太的雅韵我是听不懂，不过，也不会是'鬼话'吧？"丽水说。

"怎么不是鬼话？敫桂英是不是鬼？'情探'不是鬼话是什么？"阿初最烦丽水动不动就摆"主子"的谱。

"敫桂英是鬼，难道四太太也是鬼？我告诉四太太去，看不活撕了你的嘴。"丽水趁势要进房去，被阿初一把拽下来。"得了吧你，神经病又犯了。"阿初说。"你不会又失恋了吧？不然，怎么有空闲跑过来跟我斗嘴？"

丽水直直地盯着阿初，趁他不防备，狠狠掐了他的嘴。红儿喊着："表小姐，你干吗？"

"哎呀。"这次是真疼了，阿初用力把丽水甩开，丽水大笑，"活该！谁叫你这张嘴这么歹毒！我的婚事多半就是被你这张乌鸦嘴给咒没的！"

红儿急着要替阿初揉揉，阿初不让。

"法西斯！"阿初骂丽水，"你这脾气不改，谁家男人敢娶你呀。"

"我不稀罕。"丽水把一个包装得很洋气很漂亮的小盒子扔给阿初，"赏你了。"

那是一条价格不菲的领带。

"干吗？"阿初问。

"婚事没了。"

"为什么？他对你不满意？"

"他倒是挺满意,可是他老婆不答应!"

"他、他有老婆啊?"阿初真的觉得丽水很冤枉,"你不知道他有老婆啊?"

"你这么大声干什么?你怕全天下的人听不到啊?"丽水突然很伤心、很难过地哭起来,弄得阿初反而有些手足无措了。

"算了,你自己不遵守交通规则,横穿马路。没有被汽车撞死,就该偷笑了,哭什么呢?下次过马路,看准了才走。"阿初含蓄地说。他一边劝丽水,一边支使红儿走开。

"我都三十多岁了,还嫁不出去,难道在荣家赖一生一世不成?"

"是那些男人不识货嘛。"

"听说表弟跟和小姐分手了?"

"是啊。还连累我受了无妄之灾。"

"谁叫你不知好歹,少爷的老婆你也敢抢。"

"真是天大冤枉……"

宁静的夜色中,四太太和大少爷的雅兴伴着阿初和丽水的闲情,令月华显得格外悠然。

炎热的夏季悄无声息地降临了,荣升和四太太对评弹艺术的热情随着温度的高涨,也逐渐升温。这天,荣升要去书场听书,叫阿初一起去,阿初推说要开一个医学会议,不能奉陪了。荣升并不勉强,逍逍遥遥地自己去了。

阿初在医院上班,有护士小姐说,大门口有人找他,说是四太太病了。阿初心里一急,慌慌忙忙地跑出来,正看见一身华丽的四太太跟一个二十岁出头的青年人上了同一辆黄包车。阿初喊了几声,不见四太太回头,他觉得事有蹊跷,于是,叫了辆黄包车尾随而去。

阿初远远地看见四太太和那个年轻人在东方饭店下了车,他也就叫"停"。他付了车钱,看了看东方饭店的招牌,迟疑片刻,还是决定追进去。

东方饭店门口有两名侍应生躬身向阿初致意,并引领他入内,一进大厅,迎面是两座电梯,都已载客上升,阿初不知道该跟哪一座,站在大厅中央发愣。

四太太到此是住宿?还是会客?还是其他?

"先生需要我帮忙吗?"侍应生见他有些茫然,主动上前帮助。

"这里除了电梯外,还有没有其他的门可以出入?"阿初问。

"有,大厅右边有招待室,电梯后面是书场。"

"东方书场?"

"对。先生是来听书的吗?"

"是……是!谢谢你。"阿初想:今天邪门,让我来听书,我不肯,这会自己大老远地跑来。有名堂!

"阿初,你不是今天有事不能来吗?"

阿初回头一看,荣升站在他身后,奇怪地看着他。

"医学会议临时取消了,我就过来了。"阿初说。

荣升说那行,那就进去吧。他径直向前走,阿初跟在他身后走进书场。东方书场非常宽敞,有两三百个座位,此刻离开场还有十分钟,观众陆陆续续在进场了,不一会,已经坐了一大半的观众了。

荣升坐在贵宾席上,跑堂的忙过来问要什么茶。阿初说:"龙井。"片刻,茶房就恭恭敬敬地端了茶上来。荣升掏出香烟盒,打开,里面只剩一支烟了。荣升拿烟在手,与此同时,阿初打着了打火机,替他点燃火。

"你出去再给我买包烟。"荣升对阿初说。

"少爷,你不能少抽点……"

"叫你去你就去,你还真管我?"

"好,我去,我去——"阿初顺着座位往外走,刚走到拐弯处,书场的铃声大响。书场内声音也有些混乱,正在此时,布帘子一挑,走出一对俊男靓女,让所有的人眼前一亮,让阿初大吃一惊。那个男人不是别人,正是让阿初跟踪而来陪伴四太太的青年人。只见那女子身穿粉红色薄绫紧身衣,月白色罗纺宽腿裤,一双粉红色鞋面上绣着莲花;那男子穿的是清水蓝衫,胸襟上别着一枚金色莲花,这朵莲花的图案,正是四太太衣襟上常绣的图案。一对金童玉女开始调音整弦,书场中的嘈杂声渐止,阿初忽然想到要替少爷买烟,反正这个男人又跑不了,有什么疑问等散了场再说。阿初转身刚要走,就听得一句穿云裂石的清亮女声。"平生际遇似萍飘……"阿初蓦地转过身来,"荣华富贵烟云罩。错认它乡是故乡……"那男子用手一指台下,"阿初啊,何日归家洗客袍?"

头一段定场诗一出口,把个阿初直愣愣地定在那里。

女问:"阿初?阿初是谁呀?"

男说:"阿初就是我们这部书的主人……公啊!"

女说:"哦,阿初就是我们的主人……公啊!"

"先生,这里坐。"一个机灵的跑堂立即引领阿初坐下。

女唱:"宣统元年金陵城,莺歌燕舞三月春。江南望族杨家门,世代经商家业盛。老爷名叫……"

男问:"叫什么?"

女唱:"老爷名叫杨羽柏,娶妻金氏恩爱深。膝下一子名阿初,父母爱如掌上珍。还有个小妾……徐玉真。"

男唱:"是一个天姿国色美佳人。啊呀,美佳人。"

女唱:"适逢杨家二老爷,从日本留学归来学有成。香满珠帘酒满樽,合家欢聚祸临门。"

男说:"莺歌燕舞之天,合家欢聚之时,怎说大祸临门?"

女说:"皆因杨家二老爷杨羽桦,乃是一个风流的书生,孤身独宿,夜来凄凉。偏偏遇着一个美貌的小嫂嫂徐玉真啊……"接唱,"她是生如夏花美如玉,喜看牵牛织女星。杨羽柏年华已随风吹去,怎比得杨羽桦青春又多情。我不想,美玉良金;我不要,状元及第;我只盼,与知心同枕共衾……"

男唱:"正所谓:男有心,女有心,就在那月下花前把情话提。"

女唱:"情话提。整衣襟,笑盈盈,万种妖娆,千般可人。哎呀,叔叔啊……"

"嫂嫂!"

"良宵苦短,流水无情。谁陪我啊,花底闻香、月下吹笙、枕边低语、席上消魂?"

男说:"诸位看官,须知奸邪无耻事,翻做血海大冤情。预知后事,且听下回分解。"

小三弦一拨一纵,满堂彩声。

阿初站了起来。他需要知道全部真相。而此刻,"真相"就在他背后。

四太太从最末一排观众席上站起来,她的目光冷若冰霜。

祭奠亡灵的熊熊篝火已经点燃了。

第十三章　琵琶声泣血泪仇

> 门被推开了,迎接阿初的正是书场上年轻的说书男子,他是一个容貌英俊,十分帅气的大男孩。

我是谁?

阿初曾经千百次地问过自己。

我是一个弃儿。

阿初不厌其烦地告诉自己。

被谁所弃?

二十年来,阿初的心头总也滤不尽这被"抛弃"的阴影。抛弃自己的人是谁?父亲,还是母亲?是万般无奈?还是有心刻意?

二十年了,没有任何一个人给自己满意的答复,对于血缘、对于亲情,他已经彻底丧失了信心,隐藏已久的疼痛,迫使自己面对现实,完全放弃寻根究底的疑心。

可是,为什么?今天有人煞费苦心地安排自己到书场来,来倾听一段残缺不全的隐秘。所有的台词说唱,无一不是旁敲侧击的暗语。

阿初知道,有人刻意为他布置好了一切序幕,就等自己粉墨登场了。虽然此人布局的手法幼稚,都是"三国志"里用滥了、用腻的诡计,但是,"戏"的演出效果极佳,布局的人已经达到了她的预期目的,这个人就是荣四太太。

她要告诉自己一段尘封的往事，或许就是自己不为人知的身世之谜。

阿初突然感到心情压抑，当他越接近所谓的"真相"，自己就越感到莫名的惶恐和难熬的焦虑。

书场内琵琶声再次响起，那位美丽的说书女子，如泣如诉地唱起了一段"探晴雯"。那男子已经谢幕下台去了，阿初觉得四太太要跟自己摊牌了。既然如此，自己就主动出击，至少不要被人牵着鼻子走。

阿初走到东方饭店的大厅，很客气地询问服务生。"我想问一下，有没有一位荣太太在这里预定了客房？"

"请您等一下。"服务生从柜台下拿出房客名单寻找，"很抱歉，荣太太没有在这里预定房间。"

"那么，姓荣的呢？有没有姓荣的客人？"

"姓荣的客人？好像有，有一位。"服务生核对名单，"有一位叫荣初的先生，预定了202号房间。"

"荣初？"阿初完全懵了，这个房间是自己订的？他把名单顺势拿过来，上面果然清晰地写着荣初的名字。有没有搞错？

"谢谢你。"阿初转身向电梯走去。

"202号房间。"阿初登上电梯，吩咐侍者。

侍者微笑地点头，拉紧电梯的门，载客上升。

202号房间的门口站着两名穿短衫的汉子，他们看见阿初后，恭恭敬敬地哈腰请阿初进门，仿佛阿初身上有一种无声无息的威慑。

门被推开了，迎接阿初的正是书场上年轻的说书男子，他是一个容貌英俊、十分帅气的大男孩。

"我还以为自己会枯坐到底，没想到，您果真来了。"他言语谦逊，礼貌恭敬。

"等了多久？"阿初单刀直入地问。

"不长不短，二十年。"

"二十年？"阿初用审视的眼光威逼着眼前这个素昧平生的年轻人，他言语轻蔑地说，"二十年？二十年前你多大？如果你想在我面前讲一些荒诞不经的故事，来这里招摇撞骗，那你就选错对象了。"

青年男子笑起来。

"笑什么？我不觉得有什么可笑之处？"阿初回头扫视整个房间的布局，客房简朴，只有两椅一桌，桌面上放着琵琶和小三弦，显然是梨园子弟休息、用功的所在。另外，他发现套房里还有一扇门。"这房间是你预定的？"

"是。"

"你贵姓？"

"小侄荣初。"

阿初"哈"的一声冷哼。"你是荣初，那么，我是谁？"

"您是谁，难道您全忘了吗？大抵应该有些模糊的记忆吧？"

"你不要行险侥幸，以为可以截取我内心的伤疤，挖出什么有关我身世的隐秘，从而进一步猎取钱财……"

"您误会了。"荣初示意阿初不要激动，"请您来，原是家母之意。家母与您乃是骨肉至亲，难道您就不想见一见家母，问一问端倪？"他看见阿初情绪略有和缓，于是，双手抱拳，说声："您请上座。"

"主客有别。我是客人，你是主人。"阿初说。

"长幼有序。山高高不过太阳，您请上座。"荣初讲话不卑不亢，坚持中谦逊有礼。

"好吧。"阿初不再推辞，既来之，则安之，"适才在书场只听得前半段故事，残缺不全，且阴云密布，似乎下半段故事……"

"下半段故事，自然是杀气腾腾。不知您想听哪一段？"荣初居然文雅地抱起了琵琶，指尖轻拨，琵琶弦动，发出清亮之音色。

"我知道你要讲什么，无非是'叔嫂通奸''谋嫂杀兄'，当然，外带'孤星血泪'。你知道，那些不道德的非法行为，往往是看客们所感兴趣的。但是，我对此没有任何兴趣。我要见你的母亲，我要听她讲这一段杀气腾腾的故事。"阿初说，"而不是听什么'哈姆雷特'的外传。"

"那么，恭敬不如从命。"荣初高喊一声，"开龙门！"

套房里的一扇门大开。

里面怪异的景象令阿初手足冰凉。

　　白色的孝幡飘扬，素白的花朵堆积于尘。四个穿重孝的男子躬身肃立两侧，正中间坐着披麻戴孝、怀抱琵琶、神情哀婉的四太太，还有那个神秘的老尼，她身披黑纱，捧着黑色的灵位，站在四太太的身后。

　　太诡异了。

　　阿初不由自主地跨进了这道神秘的门槛，他的身心都迁移到这座幽灵栖居的灵堂。就在他彷徨迟疑之刻，身后的门被荣初关上了，仿佛没有了退路。

　　四太太纤指重划，琵琶发出削金斩铁之声。她泪水婆娑、声嘶音裂地唱起来："杨慕莲披麻戴重孝！可怜呀，我杨门血海冤仇山样高！！我为你，忍辱含垢去做小，我为你，亲生骨肉当作路边草。我等你呀，等你长成等了二十年，直等到，春残花落斜阳照……"

　　阿初魂魄无主地问："你到底是我的什么人？"

　　"我是你嫡嫡亲亲的亲姐姐，一母同胞！"四太太唱到此处，弦断音绝。她双眼红肿，指着桌面上的灵牌，声音嘶哑地说："杨慕初！父母亡灵在此！还不跪下！"

　　第一次，第一次被人全名全姓地叫出来，第一次，第一次知道自己是谁。太突然，反而令阿初难以置信。"不可能。"阿初想逃，"您和我开玩笑？"

　　"如果是玩笑，人世间没有比这再残忍的玩笑了。"四太太自己先跪了下来，对灵位哭了一声，"父亲，我把阿初毫发无伤地带回来了。父亲！您这二十年来的沉冤血债，就要大白于天下了！父亲！您亡灵保佑，保佑阿初，斩杀仇人，光复门楣，重振杨家！"

　　阿初面对灵位跪下，他清晰地看见灵位上写着"先父杨羽柏之灵位"，他震惊！怵目惊心！他的父亲如果是杨羽柏，那么，曾经来他诊室看过病的杨羽柏，又是谁？

　　同名同姓吗？纯属巧合吗？阿初心中的谜团化做汹涌的浪涛鼓噪起来。

　　"告诉我真相吧，我的……姐姐……我迷离颠倒地活了二十年，您隐藏躲闪了二十年。为什么？告诉我吧。"

　　追溯悲哀的往事需要的不仅仅是勇气。

　　"你有开径独行的勇气吗？你有唯我独尊的霸气吗？你有没有？"四太太问。

"我不知道。但是，我知道，我有自己身世的知情权。请您告诉我，不要再隐瞒真相。那真相到底是什么？"

真相？

四太太惨然一笑。

"我告诉你，所有的真相。"四太太的声音很阴柔，"可是，你知道吗？一旦真相大白，你再也不能从容闲雅地度过此生。你会恨我，会怨我，我是一个丧心病狂的女人。为了达到目的，我可以牺牲一切，我没有选择，你也无路可逃，因为，命运主宰了我们的生活……"

四太太开始讲述一个隐藏了二十年的秘密。

我们的父亲是一个晚清的红顶商人，母亲却是当时上海滩"金龙帮会"老大的独生女儿。他们是在法国的神学院里相识相恋的，他们的结合充满了戏剧性和诸多浪漫色彩。那个时候，父亲和母亲非常恩爱，我们的家庭因袭了祖辈的优良传统，喜欢学习各类新学科，热爱古典音乐，热爱生活。

幼年的我特别喜欢各式各样的洋装娃娃，我会替她们穿上最华丽的小礼服和豪华晚装，带她们去参加宫廷舞会。

皇太后很喜欢洋人的舞蹈，宫里的太监和宫女们为了迎合老佛爷的口味，都穿上洋装为太后表演"华尔兹"，滑稽的是，他们的西服背领上总是拖着一条长长的大辫子，活像一条甩不掉的尾巴。我们的父亲因为精通洋务，很受太后的赏识和宠爱，所以，我曾蒙恩诏在金门献舞。我十六岁那年，母亲生下了一对双胞胎，我亲爱的弟弟们，你和阿次……来到了这个充满光明又暗藏黑暗的世界。

还是那一年，太后心血来潮，赐给父亲一个十八岁的宫女做小妾，父亲不能拒绝太后的美意盛情，就将这个宫女领回了杨家，给了她偏房的名分，使她成为了我们杨家的新姨娘。她初来时，非常本分，也很活泼开朗，我和她因为年龄相近，很快成了最要好的朋友。我们彼此分享父亲不同的宠爱，同时也承担起照顾多病母亲的责任。

直到有一次，父亲从德国经商回来，他送给姨娘一双美丽的水晶

鞋。我很嫉妒，我几次向她讨要，她却不肯给我，她说这是"爱"的礼物，她说她要永远珍藏。

我们的感情和友谊有了嫌隙。

母亲去世了，由于疾病。父亲虽然很痛苦，但是他身边依然有一个如花似玉的姨娘陪伴。不像我们，我和你彻底感到了孤独和无助。不过，你才两岁，初绽的花蕾还不知道失去花蓬的忧伤。

母亲像一颗华丽的流星从我们生活的世界里彻底消失了，而另一个阴险狡诈的毒狼出现了，他就是我们的叔父杨羽桦。

杨羽桦是庶出之子，在门第显赫的杨氏家族里没有地位。他的青年生活放荡不羁，沉迷于声色犬马。父亲怕他不走正道，花费了一大笔钱送他出国读书，他用父亲资助的金钱周游列国，最后他选择了日本的财经学院就读。我很诧异他，一个游手好闲、不学无术的浪子，居然能够顺利完成学业，并且载誉回国。

他回来了，仿佛一个弃邪归正的孩子，一个"浪子回头金不换"的典范。他很巴结父亲，兄弟俩经常促膝畅谈，从父亲的经营管理到社团的组建始末，从父亲的好友到父亲手下的重要的职员，他都摸得一清二楚。他不爱招摇，喜欢把自己包裹起来藏在家里。他从不去参加社交活动，避免和外人有过多的接触。他唯一的爱好就是喜欢收集西洋画。起初，我以为他很善于自我保护，不炫耀自己的成功。后来我才知道，他这样做是有明确目的的！

他精通三国语言，说话非常风趣、幽默。他非凡的口才深深地吸引了我们，也轻而易举地捕获了姨娘那颗蠢蠢欲动的春心。

我再也不想描绘"西门庆与潘金莲"苟合的龌龊故事，尽管，它就发生在我们的家庭。叔父和姨娘撕下了伪装的面具，干柴烈火，欲火焚身。

姨娘为了讨好我，居然把那一双水晶鞋送给了我。她忘了自己曾经爱过的一切。她丢弃这双鞋子的同时，也丢掉了父亲给予她的"爱"。

父亲太善良了。他相信自己的弟弟、自己的宠妾永远不会背叛自己。他不知道，他们除了背叛，还酝酿了一个更大更残酷的惊天大阴谋！他们要取而代之！他们不惜双手沾满亲人的血，也要获取财富和占有他人的人生。

父亲不相信女儿的推断，他认为，我是由于失去了母亲，而嫉妒姨娘。我们开始争吵，彼此很不开心。

我开始厌恶这个家庭，我下决心要离开这个家。带给我信心和勇气的人，就是我所爱的男人，他叫韩正齐。

他是军旅出身，也是"金龙帮"的成员，他在社团里很有威望。他很爱我，可是父亲不同意，因为，他曾经是杨家的司机，在父亲眼中，他只是一个微不足道的下人。

我们真挚的爱，得不到长辈的承认，同时，也不可能得到长辈的祝福。

我们决定去寻求自己的快乐，离开家，去追求自己幸福的人生。

宣统二年的一个春夜，那天安静极了。天上没有月亮，我和正齐约好了在花园里见面，商量出走的大计。可是，我在草坪上，听见了非常可怖的铁锹声，我很疑惑，家里的花匠是不会半夜三更种植花草的，我决定去看个究竟。

你知道，我看见了什么？

我看见了父亲的尸体，他躺在阴冷的泥地里。我们的叔父和姨娘正在梨花树下掩埋他们的罪恶！

他们杀了我们的父亲！

他们让我们变成孤儿！

他们的手上滴着父亲的血！

他们下一步就是要杀了我和你！

因为当时，你就被他们放置在摇篮里，离父亲的尸体不到十米远。你睡意香甜，以至于很久以来，我都不敢问你，你可曾听见过那恐怖的铁锹声？他们原打算把你们一同埋葬。他们唯一失算的是，没有算到我的到来。

是韩正齐救了我！也救了你！

他第一时间,赶到我身边,用他强有力的臂膀扼制住我惊恐的喊叫。

他告诉我,"金龙帮"完了,我的外公和他的社团在一个宁静的下午被一群不明身份的日本人给剿灭了。他们死了,像一群吃了毒药的鱼,翻白了鱼肚,被人下锅煎了。

为了活命,我们带着你逃了。当他们专心致志替父亲刨坑的时候,我们把你从摇篮里抱走了。你很乖巧,在整个逃亡的时间里,你没有哭过一声。当时,我没有时间找阿次,对于他,我只有听天由命了。

我们走后不到半小时,我们的住所遭到了焚毁。残梁断柱下,还有没来得及逃走的佣人们的骸骨和幽魂。

我的嬷嬷阿岳,我的乳母,她就是这场大火中的幸存者,但是,她的脸被无情的毒焰给毁了。她亲眼看见姨娘抱走了我们的弟弟,阿次。因为,我们不能全死掉,他们需要有一个孩子来做掩护,他们要组建一个完整的家。这样,他们才能让腥风血雨以最快的速度风平浪静。

他来的时候就已经打算好了。

一切都在他的股掌之中。

他们派人追杀我们,我们无处藏身,无路可逃。

我们被韩正齐安置在一个小旅馆里,嬷嬷照顾着你,你很饿,你非常需要营养。我们却没有钱。

接下来,韩正齐失踪了。

我不知道他是死是活,也不知道他是否临阵退缩,不知道他到底在哪里。他没有留下一句话,像一阵风一样消失在我的视线里。

与此同时,报纸上刊登了杨家因佣人用火不慎,华宅失火的消息,并称:杨家二爷杨羽桦、杨家小姐和大公子都在火灾中不幸遇难。老爷杨羽柏异常悲痛,故而他偕同夫人和小公子,一起到欧洲旅行,希望尽快从失去亲人的悲哀中解脱,杨氏家宅将于半年内修复等等。

我终于想通了整个来龙去脉。

叔父和父亲容貌非常相似，家中遇此大劫难，男主人的容颜势必枯损，杨羽桦面颊偏瘦，正好李代桃僵。全家去欧洲旅行，过个一年半载回来，杨羽桦就正大光明地过渡成杨羽柏了。

而我们已经成了活死人！

有人想要我们死！

我们曾几度遭人追杀，几度死里逃生。我们需要活下去，更需要钱，需要保住你的命。

当嬷嬷得知上海荣家的老爷正要讨一房小妾，我们就动了心思，我们需要一个避风港，需要一个良好的生活环境。否则，我们无法负担生活的重担。那时侯，我甚至想到为奴、为仆、为娼！我也要活下来，把你养大成人！我放弃做人的尊严，为了有一天能够讨还血债！

我们冒充从山东到上海来谋事的一家人，偏偏男主人在途中得了急病，死了。只剩下我们母女俩，孤苦无依的，我们身上的钱都花光了，所以想就地给女儿找个婆家，要一笔彩礼钱，好凑足路费，扶柩回籍。

谎言和泪水赢来了同情和帮助。

我按照计划嫁到了荣家。

嬷嬷和你，因为有了一笔可观的生活费，暂时隐居起来。

三年后，我生下了荣初。我为了让你能够顺利地进入荣家，我精心布置了一个局。我让嬷嬷把荣初抱走，我假装遭遇失子之痛，显得神智不清。然后，我顺理成章地把你领进了荣家的大门。

我为什么要处心积虑的这样做呢？因为，我要报复！我要你亲手杀死他们！亲手杀死他们！！我要和你，看着他们这对狗男女在眼前化为泡沫，挫成灰烬。

而让你成为一个成功的复仇者的前提是……你必须接受良好的教育。荣家可以做到这一点，而且，目前看来做得很好。

"金龙帮"虽然遭遇重创，但是，散兵游勇仍在。他们随时随地听从你的召唤。你是杨家真正的主人，你是社团的新领袖。杨慕初！

这二十年来，我牺牲了一切属于自己的美好世界。二十年，我等待你来，唤醒噩梦，血洗前耻，报仇申冤。

你能做到吗？

第十四章　去时血漫桃源路

> 二十年前的旧帐如何来算？二十年前为什么不报官？为什么？为什么呢？二十年来，他们和仇人生活在一个城市里，相隔不远，比邻而居。是什么原因让仇恨的火焰"偃旗息鼓"了整整二十年呢？

阿初没有想到，在四太太温文而雅的外表下、涵意幽怨的字里行间投射出的竟是无限怨毒的杀气。

她在等阿初做出回应。强烈的也好、懦弱的也罢、甚至恐惧的也行，他必须表明自己的态度。

四太太在等答案。

"做不到！"阿初站了起来，"我做不到。"

"为什么？"

因为，这将是一场杀戮，血肉横飞的杀戮。阿初知道，自己一旦深陷"复仇"的泥潭，加入所谓的帮派社团，自己将永远无法上岸。

"我从小就被残酷的生活所左右，我是一个被您、被荣家四太太收养的弃儿，是荣家大少爷身边的一个卑微的奴才。没有依靠，没有能力养活自己。是主子的恩养和怜悯，把我塑造成大海里流浪的一叶浮萍。这一叶可怜的、没有根基的浮萍，远跨重洋，吸收西学，努力做人，又被命运塑造成一朵完美的、出泥不染的荷花。这朵花虽然身体仍被禁锢在水渊湖泥，可是，他的思想和灵魂是完全自由的、干净的、美好的。我从来就不肯认命，不向命运低头，我自信可以排除万难，去争取自己自由的人生和幸福的家庭。我全心全意地、真诚地去爱，爱社会，爱民众，爱人生，我的生命中充溢着阳光和温馨。现在，您要无情地打破我所拥有的世界，您要夺走我善良的本性。为什么？为了一个我根本不认识的'父亲'？您要我去讨还血债，您想过没有，我会不会答应您？"

"会的，你会答应。不错，是我，是我把你带到了荣家，是我强加给你一个非主非仆的难堪身份。可是，你知道吗？无论你在何处、无论你置身何地，你都处在强势。你像极了我们的父亲！阿初，世上有太多的事情，无法从正常渠道解决。如果，二十年前我们就能将有罪的人绳之以法，那么，我也何必寻此迂道，牺牲自尊？"

"我不想萎缩在一个阴暗的角落里，去布置谋杀的陷阱。我会因此而堕落，堕落成罪人。您懂吗？"

"那么，你将我弃子养弟的恩情，放在哪里？"

"我可以回报恩情，但是，我不会臣服于恩情。"

"有什么不同？"

"含义完全不同。您在诱导我杀人，您知道吗？"阿初显然很激动，他的情绪已经无法自控了，"我可以忍受歧视、疾病、痛苦，甚至死亡。但是，我不会、永远不会去杀人。这是我所固守的道德底线。我不可能去杀人，决不可能。我是医生，医生是治病救人的。您忘了我的职业吗？您叫我把这二十几年来所学到的知识、文化、道德、良知全部抛荒，您叫我放下柳叶刀，拿起屠刀，去杀戮。而二十年前家业凋零、父亲遇害的一场灾难就是逼我去杀戮的唯一动因！我不能接受，接受这种恶性循环！"

"那么，你想怎样，你要怎样？你把我这二十来含辛茹苦、忍辱偷生的亲姐姐放在何处？我们的父亲，他的遗骨被草草掩埋在阴暗的泥土里，他的魂魄在废墟中、在烟尘里飘荡，他做了二十年的孤魂野鬼，不得馨享子孙后代的香火。你作为父亲的儿子，你不汗颜吗？这二十年来我什么都想到了，唯独没有想到你是如此的自私和懦弱。我以为杨氏男儿的血性一直隐藏在你内心深处，维系着你的尊严和生命，我没有料到随着你身世秘密的揭开，湮灭已久的'真相'反倒成了隔绝'复仇'火焰的屏障。要说道德瓦解了仇恨，不如说是你还不了解仇恨，你没有切身体会，没有切肤之痛，你只关心你的切身利益，你要保持

信仰、维护名誉，父仇母恨在你的眼里不过是雾霭烟尘。您说我的话对不对，荣先生？您骨子里已经浸泡了太久的'救世渡人'，是我自不量力，是我枉费心机。"四太太尖锐地说着。她显然已经清醒地意识到，她所面对的阿初，并不是她想象中的关键"棋子"，阿初原本就是一个超然的"棋手"，而自己才是一颗即将被遗弃的"残子"。

"姐姐，我需要时间考虑。"阿初神色黯淡地说。

"我不逼你！"四太太眼睛里流露出恨意。

阿初不知道自己是如何回到荣家的，他的脑海里一片空白，内心深处陷入无限的恐慌，他的精神状态也因突如其来的"真相"，而变得异常颓废。

杨家的真正主人，社团的新领袖。在阿初眼里不过是杨氏长门的遗孤们借尸还魂的把戏。冤冤相报、颠覆财富的行为，无疑更接近于一场骨肉相残的悲剧。杨羽桦的确该死！他杀死了自己的亲哥哥，霸占了自己哥哥的妻子，侵吞了他的财产，还要杀死哥哥的孩子。他的确丧尽天良！有罪的人应该得到法律的制裁！但是，自己不是法律，自己如果去杀人，就是挑战法律。

二十年前的旧账如何来算？二十年前为什么不报官？为什么？为什么呢？二十年来，他们和仇人生活在一个城市里，相隔不远，比邻而居。是什么原因让仇恨的火焰"偃旗息鼓"了整整二十年呢？

阿初反反复复回味着过去四太太种种古怪的言行，重新咀嚼四太太那一段充满仇恨的话，"我要报复！我要你亲手杀死他们！亲手杀死他们！！我要和你，看着他们这对狗男女在眼前化为泡沫，挫成灰烬。"这才是四太太隐忍了多年仇恨的原因。她要自己亲手除去这一对狗男女，以泄切齿之恨。

姐姐"以恩挟报"，逼弟弟"以暴制暴"。

阿初心里很难过，他不想违背自己多年做人的原则。他知道自己无法兼善天下，唯求独善其身。现在，连独善其身也即将成为空花泡影。

他为自己的处境感到深度的压抑。

"什么时候回来的？"荣升不知何时走到了阿初身边。

"哦。"阿初惊醒过来，才发现自己站在院子里发呆，"少爷，您的烟，我忘了。"

"想什么呢？魂不守舍的。"荣升感到奇怪地问。

"少爷，您说，有罪的人会反省、会自责吗？"

"你在说我吗？"荣升的嘴角挂起了淡淡的笑容。

"不，不是。"

"如果每一个有罪的人都会反省、会自责，那么，这个世界一定很美好。"

"如果有一个人有目的、有预谋地去杀一个有罪的人，他是否有罪？"阿初问。

"你如何确定被杀的人一定有罪？"荣升反问，"有罪的人和无罪的人都在同一个平面上，'罪孽'是可以转让、嫁祸的。谋杀是邪恶的！无论你是否假借'正义'之名。"

"如果为了'报恩'去杀人呢？"

"愚蠢的行为。"

"那么，为了父仇母恨去杀人呢？"

"荒唐的行为。"

"中国人有句话：'杀父之仇不共戴天'。"

"你很想杀人吗？"

"不想。"

"有人逼你杀人吗？"

"没有。"

"你有没有坚守如一的信仰？"

"有。"

"是什么？"

"救世渡人。"

"杀人和渡人是两条截然相反的道路。"

"对。我现在就站在这两条路的分界口，迷失了做人的方向。少爷，我很痛苦。我需要您的帮助。"

"路，是自己走的；方向，是自己选择的。自己的一生应该掌握在自己的手里。人应该活在光明里，而不是仇恨中。如果，你一旦选择仇恨，你的心底会永远丧失光明。你在荣家，是唯一一个光明烛照的人，希望你光明的盈余可以

多分我一杯羹。"荣升言即此处，居然眼含泪光，"保持善良的本性，做一个真诚的人。永远保持住，不要像我一样堕落，成为黑暗的玩偶，你不了解，只有在黑夜里行走过的人，才知道光明的可贵。"

"可是我无法逃避。"阿初十分矛盾。

"我跟你在一起，生活了二十年，从未看见过你如此惶恐惊骇。我不知道在你身上发生了什么可怕的事情，但我确定，你很痛苦。如果现实残酷到让你不能逃避，那就设法远遁吧。"荣升说。

"少爷，您赶我走？"

"对。你应该走，走得越远越好。不要顾忌，不要犹豫，不要回头。"荣升说完后，昂头背手而去。

阿初此时此刻忽然冷静了许多，他强迫自己在理性的屏障下，展开感性的思考。

自己可以远走高飞，惠在法国等着自己。

四太太呢？她的复仇计划将毁于一旦。

"恩情"和"爱情"这两种情感在阿初的脑海里、内心深处进行了一场厮杀、一场殊死搏斗。

他要肃清体内潜在的血腥欲望，从"爱"的精神出发，考虑到人性的尊严。不可以去"杀人"，杀人的行径无疑是卑鄙和无耻的，无论出于何种借口。

四太太用自己忧伤的一生、凄艳的一生来酝酿对"仇恨"的反击。她用亲情和眼泪要求自己回馈，回馈的代价是牺牲自己的宁静祥和的一生，去选择"死亡"和"动乱"。自己一旦背负起"报仇雪恨""光复家业"的重任，自己的人生就不可避免的发生一场混乱的"裂变"，一步一步走向泥沼，不能自拔。

少爷说得对，走吧，走得越远越好。不要顾忌，不要犹豫，不要回头。

自己有权利选择自己要走的路。

情势危急，势如山倒。

在阿初回国以前，阿初对四太太来讲是杨氏家族新生的希望，是复仇的火种。但是，现在她不得不承认，她失败了。逐渐浓烈的仇恨情绪，愈益增强了她对阿初的失望和怨气，命运对自己太过苛酷无情。她快要崩溃了。

四太太两眼无助地看着案上的琵琶，猛地将乐器扫荡至尘埃。

"小姐。"嬷嬷惊呼。

"我失败了。"四太太喃喃自语，"他急于想摆脱我，是吧？他太有头脑，这一点他像极了我们的父亲。他又太过阴柔有度，这一点，像极了他的母亲。也许是我们，我们编造的故事粗糙了一点，破绽太多，使他无法相信。"

"不，小姐。据老奴看来，他对您深信不疑。"嬷嬷说。

"我想用二十年的'恩情'来束缚住他的灵魂，利用他的智慧，去掐断那恶魔的咽喉。我刻意对前尘往事滥加篡改，希望他能亲手杀死那个贱人，以消我心头之恨！可是，可是我盲目地封闭了他仇恨的心窗，没有在他心灵深处种下邪恶的种子。这是我失败的关键原因。"

"小姐，那是因为您太善良了。"

"我没有想到培植'恩情'是如此的有害！"

"小姐，大少爷要是真的不肯做，我们去找二少爷。"

"一个自己亲手扶持了二十年的人都不肯为我所用，我还能指望另一个在仇人家里养了二十年的孩子吗？"

"母亲。"内室的门被推开了，荣初走了进来。他虽然对生母没有什么深厚的情感，但是他知道，这个历尽沧桑的女人，受尽了人世的折磨。他是她的儿子，为什么，她不肯让自己来完成家族复仇的大业呢？

"母亲，我们为什么不能自己做，而偏要假手于人呢？"

"我要肯自己做，二十年前就做了。"

"为什么？"

"杨家的事情，一定要杨家的血脉来完成。他不能拒绝我，他没有资格拒绝我。如果我不能驾驭他，不能用亲情来羁绊他，那我就用自己的血去挽留他……"

阿初夜来做了一个很恐怖的梦，他梦见自己跌入了一个喷毒噬血的蜘蛛巢穴。蜘蛛的脸不断变换着方向和诡异的笑容，那张脸的模样有来诊室看过病的"杨羽柏"，有站在佛堂里的黑衣女人，有抱着琵琶的四太太，甚至还有自己。脸模不断地伸缩，仿佛黏性十足的泥浆，白白的、浓浓的，流化开去，又变

成血。

死亡的阴影在心头纠缠,始终萦绕不去。

不,不行。

阿初决定迅速离开这里,不能在此泥足深陷。

他很快联络到了夏跃春,并决定在出国前先搬到夏家去住一段时间。他几近匆忙地到政府的外务部办理出国手续,同时,又给阿惠寄去了一封情意绵绵的书信。阿初已经想好了,无论阿惠对自己的态度如何,自己也要当面去给她解释清楚。

荣升知道阿初决定出国,他没有询问确实的原因,他只是给予阿初支持和鼓励,他没有改变自己的生活规律,依然是闲散、悠然,朝看落花,晚对流星。

事情办得异常顺利,四太太自始至终没再找过阿初谈话,意外的宁静,让阿初深深地感到不安。

大约过了两个多星期,夏日的清风开始偷袭晚春的燥热,阿初的出国签证已经下发了,他住在夏家也有将近半个月。半个月来,阿初很嗜睡,很少讲话,很忧郁。令他没有想到的是,在一个晴朗的下午,他在夏家与仇人的女儿、自己的堂妹杨思桐不期而遇了。

杨思桐和夏跃春是通过汤家兄妹认识的。

汤家和夏家是世交,汤少礼和夏跃春是少年同窗,两家关系密切,常有往来。夏跃春年轻有为,有形有款,又是一个留过洋、镀过金的钻石王老五,回国后,很受贵族小姐们的青睐。

杨思桐是在汤家举办的舞会上认识夏跃春的,夏跃春对她颇有好感,大家言语投机,一来二去,杨思桐也成了夏家的常客。

当阿初在夏家花园里与他们邂逅时,彼此的眼神里都充满了惊讶。

"看啊,这是谁?"汤少笑着说,"我们英勇无敌的现代骑士!啊!无可挑剔的英俊剑客!刷!刷!"汤少模仿着古代骑士舞剑的姿势,"你心爱的女人呢?哦,小可怜,你是不是被荣家的小姐给甩了?"

"您还活着?您还没有在女人们的唾骂声中淹死吗?真是奇迹。"阿初彬彬有礼地回应。

"初先生，您说错了。不是女人们的唾骂，而是女人们的唾液。"汤少油滑的言语中透着春色。

"我为爱过你的女人们感到悲哀。"阿初说，"您家里一定积攒了很多'爱'的墓碑。"

"恰恰相反。我家里积攒了无数'爱'的回忆。"

"残缺的？"

"对！美妙的。得不到的往往是最好的。"

"你不怕作孽太多，有一天因为您的'滥爱'要了自己的性命？"

"你这句话说得实在。性命，性命，有性才有命呢。"汤少放肆地大笑起来。

"您这样点化评析中国文字，我真是无话可说。"

"我就喜欢你这种人。你知道吗？你尺竞寸进般的垂死挣扎，令我十分开心。"汤少笑嘻嘻地说，"听说，荣家大少爷把和家小妖精当成一双破袜子给扔了？真是解恨啊。改天我和他见了面，一准谢谢他。"

"您真是无耻到了极点，别人的痛苦也可以当作自己开心的佐料。"

毫无预见的相会，使大家都有了即兴突发的攻击性语言和充满杀伤力的反攻击。夏跃春对此十分意外。"原来你们认识？"

"这一位应该是熟人了。"杨思桐语气骄横地说，"我们上次见过面，在我的家里。"

不知为什么，阿初感到杨思桐的话特别刺耳，他故意重复了一句："对，在家里！您父亲的身体怎么样？他曾经去我的诊室看过病，但是，他并没有依约复诊。"

"是吗？"杨思桐认为阿初在跟自己套近乎，"我可从来没有听他提起过您。我父亲有私人医生，是德国大夫。"杨思桐骄傲地微笑。她对阿初视而不见，反而充满了热情地对夏跃春说："你不知道，我的父亲因袭了太多的传统观念，他生怕一不留神就丢掉了传统，总是活在死气沉沉的空间里，封闭自己的思想，完全不理解我们年轻人的世界，他认为我们太过肤浅和张狂。"

"那是因为令尊的自我保护意识太强！一个思想意识曾经洋化过的人，要想化装成一个学识渊博又古板的商人，的确很难。他生怕被人一眼识破，他是一个黄皮白心的'冒牌货'。"阿初冷冰冰地插言。

"你这个人真无耻,你怎么可以出言侮辱一个高尚的人,而且,还是当着他女儿的面。我真的不知道你的企图何在。"杨思桐的脸色由于过度气愤,而显得血液贲张。

"您说企图,当然是想剥去这世界上一切伪善的包装,以正义的名义,施行暴力的反抗。"

汤少哈哈大笑起来。

"精辟,精辟。"汤少礼说,"初先生完全是一个另类,因为他敢于公开向道德和法律挑战。"

杨思桐在汤少的狂笑声中,冷却了激动的情绪,她轻蔑地说:"原来初先生根本不懂法律,我跟一个还没有开化过的野蛮人较什么真?"

"法律意味着维持公平和秩序,不过,公平、秩序有时候显得苍白无力,特别是面对强权的时候。杨小姐,你为什么不反思一下,你自己所享受的、所积累的巨大财富,是否来自你自己的合法劳动呢?"阿初说。

"这个论调很危险,初先生,您像一个共产主义者。"夏跃春微笑着说。

汤少棋似乎抓住了阿初的一个把柄,开始帮杨思桐进行反攻:"现在有些人把共产主义挂在嘴边上,以为很时髦。但是,实际行动起来,又很盲目,总是自以为是。胸中也没有什么改善社会的宏图,只是逞一时口舌之快罢了。"

"法国巴黎的大革命也是逞一时口舌之快吗?苏联的革命难道不值得借鉴吗?"

"如果路易十六不迷恋他的宫廷舞蹈,法国大革命是完全可以避免的。"

"如何避免?您幼稚的言谈,使我们的谈话无法继续。"

"您指责我一无可取?"汤少棋怪叫起来。

"我不否认。"

"您真虚伪!听说你离开荣家了,初先生。您真是一个忘恩负义的人。"

"一个欲求苟活的人。"阿初替她补充了一句。

汤少大惊小怪地惊呼:"了不得!初先生和舍妹的论战表情,简直就是一幅绝妙的油画啊,题目就叫:妥协,还是对抗?"

夏跃春笑着说:"你就不要再煽阴风点鬼火了。再争执下去,不是相映成趣,倒成了两败俱伤。"

阿初和汤少他们在夏跃春善意的调解下，暂息硝烟。但是，杨思桐对阿初的反感却深植于心。

晚上，汤少他们留在夏家吃晚饭，阿初借口要回荣家去辞行，有礼貌地离开了夏家。

阿初在回荣家的路上，心里一直在盘算，如何找一个适当的时机和四太太再谈一次话，他希望能够找到一条"光明"的途径来伸张正义，而不是利用"阴谋"来制造另一个"悲剧"。不过，阿初知道，愿望始终是愿望，现在他和四太太所面对的是"分离"。离别是最令人伤心和忧郁的，他无法用语言和行动去抹平四太太心灵上的创伤，他只有祈求她的原谅。

荣府"梨云阁"的小客厅里，笑语喧哗。大太太、三太太、四太太和荣升正在"砌长城"，丽水和蝉儿陪着大太太看牌，红儿打起帘子，让阿初进来的瞬间，本来热气腾腾的牌局，顿时变得鸦雀无声。

"哟，我还以为是谁呢，原来是初先生回来了。"三太太挖苦地笑着说，"听说初先生要出国了？翅膀硬了，可以远走高飞了。"

阿初并不在意三太太的话，他只是关切地看着四太太，四太太的脸明显衰老了。大太太不说话，一门心思地和丽水研究牌局。

"打算到哪里去呢？"四太太问。

"去巴黎。"阿初小心翼翼地回着话。

"以后还回来吗？"

"当然。"阿初回答得很勉强，连自己也觉得对不起四太太，又补了一句，"我会回来看您的。"

"不用了。"四太太阴阴地笑笑，"我是一个失魂落魄的病人，你却不是一个有割股之心的医生。你既然看不好我的病，就不用再回头了。"四太太优雅地抬起头，对三太太说："看起来，养儿养女是不如积攒真金白银的，将来，我也只能靠漫长的回忆来排遣忧虑和释放我一生的悲哀了。"

三太太得意忘形地笑。

阿初低着头，特殊环境下孕育出的真挚"亲情"是让人很难割舍的。

"我知道，与其粗暴地干涉你的生活，不如放你远行。如果，你能快乐，你

就走吧。到时候，我去送你。送你振翼高飞！"四太太幽掩美色，凄凉动人。

大太太的心里有些替四太太酸痛，她冷着脸对阿初说："你要走，我们也不拦着你。可是你不声不响从家里搬出去住，到底是什么意思呢？难道我们荣家薄待了初先生？四太太现在病得不轻，你倒好，说走就走。做人呢，第一要讲良心，第二要有孝心。人心不可太狠，人情不能做绝。"

阿初未敢答话，他知道，自己现在荣家人的眼里，无疑是一个忘恩负义的人。丽水斜着眼睛看他，心里骂他是小人。

荣升不想让阿初出国的事在家里掀起轩然大波，于是淡淡地说："没什么事，你就去吧，改天我叫阿福给你送些东西过去。"

"不用了。"阿初说，"我什么也不缺。"

"什么也不缺？"丽水插话了，"缺点责任感。姑妈你是不知道。"丽水凑近大太太说："初先生在英国的时候，想怎么样就怎么样。表弟躺在床上发高烧，烧得快死了，他不仅不管不问，居然还要跟一个女人私奔！"

"丽水！"荣升大声断喝。

晚了，已经晚了。丽水张着的大嘴收不回来了。大太太眼光锐利地逼视过来，她板着脸，一字一顿地问："她说的是不是真的？"

没有人回答。

大太太厉声地问："是不是真的？"

依旧没有人回答，无法作答。大太太肚中雪亮了，每一个人的表情都已经作了最好的回答。大太太脸色铁青，她一步一步走近阿初。冷笑了一声："初先生贵人多忘事吧？您忘了八年前，您出国的时候，跟我这个老婆子签过一张'为荣家服役十年'的文书吧？"

阿初脸色苍白。他真的"忘记"了。

四太太的心底泛起了波澜，阿初走不成了。

荣升大为震惊，问："这是什么时候的事？我怎么不知道？"

"你知道什么？我的傻儿子。"大太太说，"你的母亲如果没有些手段，怎么能支撑这么大的家业，怎么能应对上上下下这些'白眼狼'。我算是看透了，什么是'感恩戴德'，什么是'上楼抽梯'。初先生，您的运气很不好，遇见我这个做事精细的女人。我不防君子，但是防着小人。"

"大太太。"阿初恭敬地说,"我在国外已经服侍大少爷八年了。我并没有爽约,我会兑现承诺,但不是现在。请您理解。"

"理解?你要我理解一个把我儿子的死活完全不放在心上的奴才?你要我理解一个把养育恩情弃之如粪土的不孝之子?对不起,我不可能理解。因为你犯了不可原谅的错!你要付出代价!"

"大太太……"阿初要分辩。

"阿初!"荣升厉声喝止了阿初。荣升知道母亲说一不二的脾气,这个时候需要时间来缓冲彼此的情绪,而不是继续争执。"出去!"荣升对阿初说。

"阿初!"四太太拖住了他,满脸是泪,"对不起。我完全不知情。"

"不关你事。"阿初安慰她,转身出去了。

大太太的怨气未平,四太太却从绝望中生出希望来……

也许大太太会阻止阿初出国,也许阿初会留下来,只要留下来,复仇就有指望,死灰就会复燃。

不知道从什么时候起,四太太对生活开始厌倦,她幻想死亡能给自己带来解脱的快感,她一度沉迷于死亡后的超升。

她对死亡的迷恋超越了对死亡的恐惧。

如果自己的生命陨落,可以换来阿初的"复仇"行动,她就会义无返顾地去死。她甚至祈求苍天可怜自己,给自己一次痛快的了断。

"畸形的复仇"心理,让四太太夜来难眠,她披上外套,沿着蜿蜒的幽径,向"墨菊斋"走去。

"墨菊斋"的灯依然亮着,四太太呆呆地伫立在黑夜里,遥望着一线光明。

她在祈求,这一线光明,一定要延续下去,永不可灭。

"墨菊斋"中,阿初正给荣升续茶,清新的茶香,翠绿的嫩叶,飘浮在精致的茶杯里,溢出清新的气息,透着满室的静谧。

宁静的夜晚,安静的书斋,朝夕相处了二十年的宾主,此刻都平静地享受着清茶所赐予的洗心养气。很难想象,今夜的话题就是"分别"二字,不过,他们二人的脸上都没有一丝即将分别的难舍情绪,相反,他们仿佛期待着彼此的人生帆船都能早日起航。

"我母亲心理负重太多。"荣升微微地咳嗽了一下,"她活得很痛苦。在我的

记忆里，她很坚强、精明、能干。在这腐败的'妻妾成群'的大宅院里，她始终坚守住了她的阵营。为了维护自己在家庭里的地位和荣誉，她曾经亲手酿成了无可挽回的悲剧。她对你这样做，在我看来，也许并不过分。"

"我能理解。"阿初说，"我从来没有埋怨过大太太。直到现在，我还是很感激她。是我，无止尽的欲望，渴求苟活于乱世的心理，导致了今天大太太和四太太的不谅解。"

"你什么时候走？"

"明天。明天早上我先去趟医院，处理一下私人文件。中午，夏先生替我饯行，下午四点钟我就得启程了。"

"走得了无牵挂？"荣升问。

"没办法。我想这一次，无论任何事情都无法阻扰我前进的步伐。"

"为了你的理想和自由？"

"也为了四太太。"

"我听不懂。"

"我想，我走了之后，她会想通一个道理，人应该为自己活，活得轻松一点，愉快一点。"

"你有没有想过，这样的结局，对她很残忍？"

"希望我的'背叛'带给她'妥协'，我想，她会原谅我的。因为她善良。"

"你认为，我的母亲会轻易放过你吗？"荣升含蓄地笑着。

"我和大太太签的文书，并没有第三人在场，没有公证人，也就缺乏了法律的依据。"

"白眼狼！"荣升笑骂了一句，"看来我母亲没有看错你，你太狡猾了。不，不仅仅是狡猾，是狡诈。是狡赖。"

"少爷，一个人处在劣势，孤军奋战，他必须得有头脑。"

"你知道吗？我以为自己在关键时刻，一定会帮上你的忙。所以，我叫蝉儿偷偷地把你的这张'卖身文书'给拿来了。"荣升从口袋里取出了那薄如蝉翼的纸，"其实，我很傻。原来这只不过是一张毫无法律效力的废纸。看来我做了件蠢事，而不是什么义举。"他把阿初的"卖身文书"伸到阿初面前，示意他点燃。

"我今天很感动。"阿初并没有去掏打火机，"我想留下来，做个纪念。"他把那张文书折起来。

荣升莞尔一笑。"纪念什么？二十年来的勤苦？八年来的忍耐？"

"二十年来的友谊，八年来的心灵成长！"阿初说，"无论何时何地，荣家需要我回来，我一定回来。"

"四太太那里呢？她最需要你的关怀。"

"如果，四太太平平安安，我会来接她离开这里，我希望她有一个全新的生活，生活在全新的世界。如果，她有什么不测，也许我会履行自己的使命！用一生去偿还她所付出的一切。"这一段耐人寻味地话，荣升并不理解。可是，在窗外伫立的四太太，眼眶湿润了，四太太想，原来错在自己，自己不能自私地毁掉他的前程，自己不能做出那种血腥的事来。因为，阿初是善良的。

二十年前的决定也许错了。

但是，自己已经不能回头了。

她在微风里哭着，在花荫下哽咽着，在黑夜里行走着，无人知晓她的隐衷，她是一个脖子上套着绞索的舞蹈者。她跳不远了，舞不久了，她累了，她想睡了……

回到"红梨阁"的四太太，情绪渐渐有所好转，她幻想自己还是二十年前的小姐杨慕莲。而不是什么荣家四太太。

失败的苦果，自己早就应该有所准备。沉重的代价，也许就来源于自己二十年前那一刹那错误的决定。自己玩了命地要将所谓血腥的复仇计划付诸于实践，造成今天自己无可挽回的人生悲剧。

违心的"狠毒"在真诚的"善良"面前，丧失了强悍和勇气，不得不"丢盔卸甲"。

唯一使自己欣慰的是，阿初的善良，没有辱没杨氏家族的门风。

他是自己的弟弟。

他是父亲的儿子。

他不是自己复仇的工具。

自己没有权利毁掉他的幸福、前程，乃至生命。

她想着阿初明天下午即将扬帆远航了，明天上午，自己一定要到医院去送

送他。她打开灯,她想连夜给阿初赶制一个香袋,让弟弟对姐姐留下一个永远美好回忆。

当精神的羁绊一旦释去,四太太反而一身轻松,二十年来第一次感到身心的轻松和亲情的美好。

离罪恶远一点,靠幸福多一分。

她把这句话绣在了香袋上,又把二十年前父亲从德国带回来的纯钢制的"护身符"放进了香袋,这是父亲的遗物,应该会保佑阿初,希望这个"护身符"能带给阿初永远幸福的人生。

清晨,同济医院的走廊上,护士和病人都寥寥无几,阿初特意早来处理一些私人物件,譬如他的医学论文、病例检查报告、临床药理等书籍,小护士一直在给他帮忙,打捆文件,还有一些医生不停地过来询问一些由阿初曾经处置过的病例。阿初就这样忙忙碌碌的工作到早上十点钟左右,四太太和荣荣来了,她们是专程来送别阿初的。

阿初看见她们挽着手进来,颇有些意外,四太太脸上荡漾出的女儿情态,让阿初摸不透她此时此刻的心态,她的脸上已经杜绝了悲哀,她的眼睛清纯,已经没有丝毫的沉渣泛滥了。一夜之间的改变,却使阿初有了不祥的预感。

"您来了?"阿初谦恭地礼让着四太太和大小姐。

"你还说,你不知道四太太最近病得很厉害吗?"荣荣跨进阿初的诊室,就教训阿初,"也只有这里,这里才是她滋心润肺的好去处。"

"喝茶吗?我去打瓶开水。"阿初说。

"不用了,我们来就是看看你。"四太太脸上挂着笑容。"我有东西送给你,你好好收着,这是长辈的遗物。"四太太语带双关。"长辈的遗物"想必就是"父亲"的遗物。阿初规规矩矩地伸双手接了过来。香袋浸出了玫瑰花的香气,细细密密的针脚绣成一句话:离罪恶远一点,靠幸福多一分。阿初的眼眶湿润了,四太太用行动原谅了他的背叛。他从香袋里取出那十公分厚的钢制"护身符",感到遥远的父爱向自己展开了宽容的怀抱。阿初止不住涕泪飘零……此刻,任何语言都不足以表达阿初对四太太的感恩之情,他第一次向四太太伸开双臂,紧紧地拥抱他的亲人。

荣荣也忍不住鼻酸，对四太太说："好好地来看看他，干吗做出生离死别的样子来？好像这一辈子都见不着面了似的。"

"你这张嘴真是晦气。"四太太说，"把一屋子的人都咒了，多不吉利。"

"您啊，您就不该带我来。"荣荣说，"我要是今天不送他，我就专程赶到巴黎去送他，到时候，我叫大太太和您给我报车马费，直接出国旅游。偏偏您今天把我拽来，这倒好，出国的借口也没了。"

阿初破涕为笑。说："下次吧，下次我请你们一块去巴黎。"

这时，走廊上突然人声杂乱，有人在高喊："初医生，有急症病人。初医生。"阿初对荣荣说："替我照顾一下四太太，你们先坐一坐。"紧接着，阿初来到走廊上。"怎么回事？"

一副担架上躺着一个女子，头发散乱，脸色苍白。一个纨绔少爷打扮的人正跟医护人员解释。"我完全懵了，这，这是一个不要命的。原本好说好商量的事，她就这样了……"阿初认出来人是汤少，他到担架前细看那女子，这女子不是别人，正是和雅淑小姐。

"脉搏怎么样？"阿初询问护士。

"脉搏很弱。"

"血压？"

"很低。"

"有意识吗？"

"有。"护士扶着担架往"急救处"去了。

"你对她到底做了什么？"阿初在质问汤少。

汤少心慌意乱地说："我什么也没做。她是疯子，你知道吗？玩自杀。我只是……"

"只是嘲笑？讥讽？挖苦？"

"对。"汤少的跋扈气焰已经荡然无存了，"对不起。我简直，简直不知所措。我不想看见她这样。"

"她已经这样了。"

"对。可是，我以为她不会太认真。你知道吗？朝秦暮楚的女人应该不在乎男人们嘲讽的目光。"汤少一边走，一边说。

　　阿初停下脚步，目光凶恶地瞪着汤少。汤少大为不满。"我没有，没有对她有任何侮辱性质的语言。我向耶稣起誓。你当时不在场，要知道受害者其实是我。"汤少挽起衣袖，露出受伤的胳膊。"这是我拼命阻止她干蠢事的代价！她像一只愤怒的海燕，我才是一个过路的天使，是我救了她。"

　　"令我遗憾的事，她为什么不变成一只愤怒的海豹，那样就可以轻而易举地掐断你的脖子。"阿初继续往前走。

　　汤少耸了耸肩，他没有继续跟着阿初走，而是摊开双手，大声地说："再次抱歉。"

　　和雅淑平躺在担架上，她恨，自己为什么没有死掉。她还在继续吐清水，她恨这些无情的水为什么独独对她有情，沉下去，居然不死。居然被汤少像捞鱼一样捞上来，自己蠢啊，蠢到在阿初面前来丢人显眼！

　　阿初赶上几步，握住她的手，虽然阿初没有说话，雅淑心里却百感交集，万千只情虫从她的肚腹里爬出来，停留在心房搅动。

　　突然，"轰"的一声巨响，浓烟滚滚笼罩在医院上空，只听得一片惨烈的叫声……恐惧的声音撕裂了晴空，天幕仿佛被人狠狠揭开，乌云塌下了来。满地是血……

　　阿初和抬担架的人一起被震飞。

　　一只带血的胳膊炸飞在雅淑的担架上，雅淑没有气力去阻挡，任由这只手臂安静地靠在自己身上。

　　医院里一片鬼哭狼嚎。

　　阿初不敢回头。

　　惨剧，是从他的诊室里传出来的，他怕，怕四太太和荣荣有什么不测。可是，他看见了荣荣的手臂。

　　阿初从残肢的衣袖上就看见了他最怕看见的悲剧。"荣荣？"阿初的嘴角在颤栗。

　　"阿初！是我救了你！"汤少满面黑灰地站在阿初身后，阿初回过头去……满目凄惨！自己的诊室霎时间灰飞烟灭，断壁残桓间他仿佛看见四太太和荣荣满身是血地向自己走过来。

　　"是我救了你。"汤少说，"你看，你的诊室，里面的人全完了，不是我，你也完了。你得罪谁了，青红帮？"

"是雅淑救了我，不是你。"阿初冷冷地说，他机械地向前走，雅淑想说话，却又说不出声。她突然伸手抓住了阿初的腿。

阿初松开雅淑的手，向自己的诊室走去。

他的耳边响起此起彼伏的警笛声，他的眼前到处都是医院里医生、护士和病人忧伤的神情，他知道这是谁干的，一个二十年前就想要自己命的人，现在，终于来索命了。

这不是什么偶发的"意外凶杀"。四太太在替自己"驱凶避祸"的同时，有人把她送到死亡的深渊。

恐怖的祸事还株连了荣荣。一个青春少女美丽的躯体此刻就残缺不全地躺在冰凉黑暗的泥土上……

"你不能进去。"有人拦腰抱住阿初，"里面危险。"

"房梁会断裂的。"医院的医生和护工拼命地拦住阿初。

阿初不说话，往前冲。

"不行啊！初医生。"

"你疯了吗？那里是火场中心地带。小心。"

"冷静点，冷静点。"汤少也死拽住阿初不放。

"啊！！！"被困住的阿初如野兽般的咆哮回荡在医院上空。阿初抱着汤少嚎啕大哭，汤少的酒色身子根本撑不住，两个人一块倒下去，滚在黑泥里。

阿初暂时失去了知觉。

茫茫血色中，四太太、荣荣、小护士等人面色从容地向自己走过来，她们优雅、雍容、飘逸，她们从自己身边走过去，不跟自己说话，阿初看见她们白皙的毛孔里滴着伤心的泪和冤屈的血……小护士的脸上带着天真的稚气；荣荣像一朵刚刚绽放就在眼前凋谢的昙花；四太太在笑，也许她枯萎得太久了，死亡反而让她解脱了血色的阴霾。阿初的腿像灌满了铅，一动也不能动，就这样痴痴地站着，眼睁睁地看着她们渐行渐远。

倒在地上的阿初慢慢睁开了蒙眬的泪眼，他在心底发下了血誓。"苍天在上，父母亡灵在上！姐姐幽冥路上！荣荣！我阿初对天发誓！不杀杨羽桦我杨慕初誓不为人！！"

　　人生价值观在终决对垒的最后一瞬间，发生了质变。血腥占领了正义的舞台，眼泪淹没了宽容和善良，他要换一种活法了，他被逼到了悬崖深渊。没有路可逃，没有路可以选择，没有人可以救自己。他要自救，他要复仇，他要脱胎换骨地蜕变。杨家的新主人、金龙帮的新帮主在血火中诞生了。

　　四太太没有预计到今日之死，也不知黄泉路上她是否如愿以偿？

　　杨慕初的认祖归宗，预告了一个"死亡"的秋天。

第十五章　到底方知出处高

> 可是，既然有一线希望，何不去碰碰运气？
> 他在想。
> 也许，他真的是那个失踪已久，差点做了自己姐夫的人呢？

　　灯光幽暗，同济医院的太平间里清冷而宁静。死去的人安详地躺着，像熟睡的婴儿。这是往生者在人世间的最后一个驿站。四太太、荣荣、小护士她们将在此处洗净红尘中的风雨尘沙，听着感伤离乱的悲歌，踏进另一个世界的门槛。

　　阿初不知道到底有没有天堂和地狱，另一个世界到底存在不存在，这些他都不去想了。他只想在凌晨前补给她们一个完整的身体、美丽的容颜。她们毕竟都是女人，哪一个女人不爱美丽和尊严？

　　已经半夜三点了，阿初仍然无声地站在冷却了的尸体面前工作。他一针一针地缝制着她们的残肢。浩荡的忧愁，一寸一寸地挤到阿初的肺腑深处；血浸的苍凉，一点一点地腐蚀了阿初烈性男儿铁铸的钢肠。

　　阿初痛心疾首。

　　夏跃春、韩禹、汤少礼在停尸房的门口陪着阿初。

　　夏跃春和韩禹是在事发之后，第一时间赶来的现场，他们原想帮着阿初一起动手的，但是，阿初不肯。他们走也不是，留也不是，干脆在门口坐一宿。汤少受不了这罪，躺在长凳上，头枕着夏跃春的腿，睡得死沉沉的，嘴角不时

流着口涎,弄得夏跃春前膝的西裤上湿辘辘的。

韩禹抽着烟,一根接一根,来回踱着步。

大约凌晨五点钟,疲惫的阿初走了出来。

"你怎么样?"韩禹问。

阿初惨然一笑。"漏网之鱼,不知道是不是应该开香槟庆贺重生呢。"说着,他看见了疲倦的夏跃春和沉睡的汤少。阿初迅即脱了上身的西装,折叠了成枕头状,然后轻轻地把汤少的头移到"西服"枕上,解放了夏跃春。

夏跃春站起来,差点栽下去,腿麻了。他自己使劲揉了揉腿。

"我就怕他醒了,要吸。"夏跃春对阿初说。

"我们出去说吧。"阿初领头走出阴森森的停尸房甬道。乍一出来,看见晨曦微吐的鱼白色天空,阿初心生寒意。如果,昨天雅淑不投河,那么,今天自己就和这朗朗青天永诀了。

"有烟吗?"阿初问。

韩禹二话不说,立马将烟递了过去。

阿初嘴衔着香烟,韩禹把打火机凑过去,阿初点燃烟。他刚吸了一口,呛得咳嗽了一声,接着再吸,再咳。

"行不行啊?"韩禹担心地说,"不行,别逞能。这玩意不是什么好东西,当不了灵丹妙药。"

"你知道是谁干的吗?"夏跃春问。

"知道又怎么样?"阿初继续咳嗽。

"杀人偿命!"韩禹说。

"他们一定会偿命的!不过,不是现在。"阿初说。

"什么意思?"夏跃春疑惑起来,"你不会蠢到自己去解决吧?"

"你怕他们有后台是不是?"韩禹拍了拍自己的胸脯,说,"不是我吹!在上海滩谁敢不给我家老爷子三分薄面?"

"韩禹的父亲是上海警察局的副局长韩正齐。"夏跃春补充了一句,"你的事,他一定会帮忙的。"

阿初猛烈地咳嗽起来,烟吞到咽喉里,灼逼得眼泪直流,呛到无法说话。

"慢点,慢点。"夏跃春替他拍着背。"抽什么烟啊。"他顺势把阿初手上的烟抢过来，丢在地上，猛踩了一脚。

韩正齐？当这个名字灌输到阿初耳膜的时候，阿初的心弦为之一颤。不过，同名同姓也是不可避免的。

可是，既然有一线希望，何不去碰碰运气？他在想。

也许，他真的是那个失踪已久，差点做了自己姐夫的人呢？

四太太和荣荣"回家"了。她们的尸体放在了灵堂里的棺椁中。

常言道："死者为大。"

荣府大门敞开，白色的灯笼高挂，暗示着四太太和荣荣可以从荣家大门里出殡。

四太太是荣家的姨太太，新婚抬进门时，走的是偏门，显得鬼鬼祟祟的。没想到，死后可以风风光光地从大门抬出去。

丫鬟和仆人们都穿着麻布丧服，一个个哭丧着脸。也有一两个不识趣的仆人站在院子里暗地里嚷嚷，说：同济医院的爆炸案，是因为四太太暗地里曾经放过高利贷，想必是有人寻仇；还有大小姐荣荣，今天换一个男朋友，明天换一个小明星，后天换个小老板。准知道会不会是哪个男人想不通呢？

三太太彻底垮了。

自打四太太在同济医院被炸的消息传来，她就有点兔死狐悲，正伤心呢，才听得荣荣出事了！三太太简直就像晴空里被劈了炸雷，懵了。哭也哭不出来，脸上直抽筋，一下就昏厥过去了。人事不知！

等她醒来的时候，听得满屋子的哭声。荣华和荣升都在床前陪着她，杏儿凄风苦雨地站在门边。

"荣荣？我的荣荣呢？"三太太挣扎着起来，"荣荣，刚才叫我呢。我的儿！荣荣！"她鞋也没穿，就往外走。荣华抱着她，说："妈，荣荣不在了。"

"不在了？这么大一个活人啊！"三太太跺着脚，跳起来，"不可能！我的荣荣啊……"三太太顺势坐下来哭。杏儿替她穿了鞋，要扶她起来。三太太想了想，荣荣呢？还没见着面呢？三太太不知哪里来的力气，一下就冲了出去。杏儿扶着门大哭不止。

荣升和荣华赶紧一同跟出来，一直追到灵堂。

　　灵堂上分左右放置着两副棺椁。左边写：慈母西归；右边是：仙姬回航。三太太也是读过书的人，大抵知道女儿的方向。她呆呆地站在荣荣的棺椁面前，猛地推开棺材盖子，一只手哆哆嗦嗦地去揭荣荣脸上的白布。

　　大家都屏息敛气地站着。

　　白布揭开了，是荣荣。

　　香脂腻粉扑在荣荣青春无忧的脸颊上，显得十分凄惨，简直惨不忍睹！三太太嚎哭起来，这是实实在在的痛！剜了心尖七寸肉的惨痛！绝望的哀嚎，嚎叫！

　　三太太此时此刻看到了阿初。

　　阿初很平静，几乎是引颈以待。

　　怒火焚烧着三太太的心！她挣开荣华的手，恶狠狠地扑到阿初身上，去撕咬阿初的肉，去扯扯阿初的头发。

　　"是你！是你害死了我的荣荣！你为什么要无缘无故搬出去住。你要在家里，荣荣怎么会去医院看你？荣荣不去医院，怎么会没了？是你啊，刽子手！你还我荣荣啊！"

　　荣华和荣升拼命地将三太太从阿初身边拉开。但是，三太太的疯劲上来了，谁也拦不住。三太太的手指向了荣升，尖声大叫："你们，你们沆瀣一气，沆瀣一气，害死了我的荣荣！你们开心了，得意了。你们，你们不得好死。"

　　"我要杀了你！杀死你！我要你们陪葬！全陪葬！！你们一个也别想活着。"

　　"别以为我不知道，二太太是怎么死的？四太太好端端的怎么也死了？下一个轮到谁？轮到我了。"

　　"住口！"大太太正颜厉色地呵斥三太太。三太太的眼睛都绿了，可是她的腿不争气，突然身子倾斜下去，荣华伸手架住母亲。

　　丽水陪着大太太走到灵堂中央。

　　"简直成了人间地狱了。"大太太目光灼人，紧绷着脸，直逼荣升和荣华。"像什么样子？当我是死人啊！一个家里，死了个姨太太，死了一个女孩子，天就塌了吗？地陷了吗？老爷死的时候，怎么不见这么伤心？啊！老爷死的时候，老太太死的时候，你们谁来帮过忙？你们谁来嚎过丧？对，哪怕是虚情假意的泪水，你们都各啬地存放起来。"大太太气度雍容，严词毒句，字字诛心。在漫长的家族权利的斗争中，大太太从未放弃过正妻的尊严和刚毅。荣老爷死的时候，正值荣升在国外为"情"羁留，家里没有孝子，作为儿子的荣升对此感到惭愧。

"谁家里没有死过人？指桑骂槐，搅得家宅不宁。我知道，有人是过腻了锦衣玉食、四平八稳的日子。不想过好日子，就趁早给我从荣家滚出去！滚出这个家！如果，还想在荣家讨生活，就给我老老实实地把不干不净的嘴巴缝起来。"

三太太迟钝无力地靠在荣华身上，在大太太强势的压迫下，她把剩余的怨毒全化作滔滔泪水。

聪慧的女儿夹在嫡母与生母之间，竭力分担着生母所承受的痛楚和羞辱，敏感地感受着生母在这一刻泪水里的慈爱。荣华无声地把生母揽进怀中，有意低回的目光和嫡母凌厉的目光交接。

"姨奶奶刚刚失去了孩子，母亲。"荣华回大太太的话，很干净、很简短、很含蓄。

"丧失理智的人，应该待在病床上，而不是出来闹丧、谩骂。"大太太说，"有些人以为，可以借着四太太的死来生事，借题发挥，说几句令人隐晦难懂的话，借以浇注心中块垒。那就大错特错了！"大太太走到阿初跟前，说，"四太太和大小姐是死在你的诊室里的，死于非命。我希望你有所解释，或是澄清。我已经派人去请警察局的韩局长了，这件事，我一定要查个水落石出，决不授人口实。"大太太来到四太太的棺椁前，轻轻叹息了一声，哽咽了一声。

想着四太太刚进门的样子，姣美动人；

想着四太太被炸得血肉横飞，惨状毕呈；

想着二十年前的荣家，华灯烟火、鲜衣美食、雨丝风片、鸳鸯蝴蝶；于今，人死黄泉，子嗣单薄，生意艰难，现状堪忧。

仿佛冥冥中有一阵悲风袭来，不由得心中百念丛生，伤心难忍，怆然涕下。她说："妹妹，可怜你的命太薄。就这样不明不白地没了……"

大太太此刻的悲哀湮没了肃杀之气，她抽泣着回头吩咐荣华说："四太太和荣荣的丧事，就由你来操办吧，不要委屈了她们。"

"是的，母亲。"荣华答应着。

"可惜啊,妹妹你跟前连一个披麻带孝的人都没有。"大太太这句话是有的放矢,递给阿初一个暗示,他应该出来做孝子。

可是,阿初不吭声。

大太太脸上有些薄怒,说:"阿初,你说说看,谁该出来做孝子?"

阿初说:"大太太,孝子,应该由荣家的人来做。"

大太太冷笑了一声。"你很聪明啊。孝子,应该由荣家的人来做。你是想让大少爷给姨奶奶披麻带孝呢,还是你自己想做荣家的少爷呢?"

阿初还没来得及应声,红儿上气不接下气地跑进来,一边喘气一边喊:"大太太,大太太!"

"怎么了?"大太太大声呵斥着她。

"有、有个人,说是小少爷。"

"什么?什么小少爷?"

"说是荣家小少爷回来了!"

大太太的头"嗡"的一声震响。

阿初知道谁来了。

三太太突然把头伸出来,嘻嘻哼笑起来,"分家产的回来了,分、分家产的。"荣华把她的头轻轻地带回怀里。

大太太立定身形,问:"在哪里?"

"在、在院子里。"红儿战兢兢指着灵堂外。

"来得不巧啊。"大太太冷哼一声,对众人说,"跟我来。"

院子中间,一字排开六个穿短褂的汉子,荣初一身缟素,肃立中央。大家看见荣初的时候,都暗地吸了一口凉气,这个年轻人的眉眼的确很像四太太。

"你是谁?"大太太站在阶前,仰面质问。

"不孝子荣初,给母亲请安!"荣初就地跪下,给大太太磕头。

"慢着!"大太太高声喝止,"先生您弄错了吧?这里是荣府!可不是大杂院,菜市场。您要认母亲,得看准了地方。不要以为道听途说的故事,就可以作为登堂入室的理由。"

"我的生母,的的确确是府上的姨奶奶。儿子不是来滋事的,也不是来谋家业的。一个姨奶奶有什么私产可以交待的?所以,请母亲不要赶儿子走,儿子就跪在这里，给姨奶奶守灵。姨奶奶出殡之日，就是儿子离家之时。丧母之痛，乞母亲宽恩，容儿子略尽孝道。惊扰之处，请母亲见谅。"荣初说完，结结实实给大太太磕了三个响头，血滴在青砖上。

"分家产的，一点不错，他长得像四太太。分家产的来了。"三太太喃喃地说，"我们荣荣也要分一份，现在就分，出了门，就不认了。"

大太太感觉空气中都染着血腥味，她实在是待不下去了，转身就走。走之前冷冰冰地抛下一句话。"七日后出殡。以后，我再也不要见到来路不明的人！"

一语双关，阿初知道，最后一句话，大太太是说给自己听的。

"梨花落，杏花开，梦绕长安十二街。夜深和露立苍苔，到晚来辗转书斋外。纸儿、笔儿、墨儿、砚儿，件件般般都是郎君在，泪洒空斋，只落得望穿秋水不见一书来。"灵堂里的留声机里放着四太太爱听、爱唱的评弹段子。清风朗月过滤着凄凄惶惶的雅韵，院子里，模糊的炉火掩映着阿初的脸，看不清他此时此刻的表情，不过，从纸蝶漫飞的火盆里，大抵知道他的思绪是不平静的。

荣初依然一动不动地跪在青砖上。

"到我身边来。"阿初面无表情地招呼着自己的亲侄。

荣初膝行了几步，安静地跪在阿初身边，火盆里的纸钱烧卷了，烟和灰飘起来，杨慕初顺手把手里厚厚的一叠纸钱分了些给他，荣初没有伸手接。

"为什么？"阿初问。

"我母亲不需要。她在黄泉路上，不是等钱用，她在等仇人的血。"

阿初默默放下纸钱，徐徐站立。"你多大？"

"二十岁。"

"读过书吗？"

"读过一点点。"

"读了些什么书？"

"忠孝节义的书。"荣初咬着牙，黑着脸说。

"你恨我吗？"阿初问得直截了当。

"谈不上。我，其实心里怨恨母亲，怨她为什么把我扔在外面二十年；恨她，恨她没给我尽孝的机会。子欲养而亲不在！"

第十五章　到底方知出处高

"是啊,仇恨,使她放弃了一切,善良,又使她挽回了一切。但是,杀戮却仍然发生了……"

"是你,你没有勇气承担责任!"

阿初心中的隐痛又被勾了起来。"你的母亲就像是绿呢赌桌前的一个大赌徒,她把一生的积蓄都押在了我的身上。她要的是'双',开的是'单'。滚动的骰子没有按照规定的路线去执行,去贯彻。她输得很惨。可能是老天怜悯她的付出,老天爷偷了懒,老天让那个坐庄的人去让她赢!虽然赢的代价更惨烈。终究是她赢了!她要的并不是死后备极哀荣,而是堂堂正正的回'家'!她赢了!"

当阿初说完这番话后,荣初知道,母亲的付出终有了回报。他把脸埋在孝衣里,开始哽咽。

"哭出来吧。"阿初说,"你应该让你的母亲听到你的声音,这样,她走得会安心。"

荣初大哭起来,像个大孩子。

荣华默默地站在灵堂上,听着老唱片夹杂着男子哀鸣的悲声。"悲哀!你看他绿窗灯火照楼台,哪还记凄风苦雨卧倒长街!人生莫做亏心事,处处风声是祸胎。孽火如雷,拉入阴阳界,索还命债。"

不死的魂魄,即将重返人间。

荣家的灵堂,祭奠亡灵的人络绎不绝,大多数是荣家生意场上的朋友,由荣华支应着,其余的吊客由阿初出面应酬。

大太太推病不至,大家心里有数,毕竟死的是姨太太和庶出的女儿。

上海药业的同行来了;

上海各报社的记者来了;

同济医院的同事们来了;

汤少和夏跃春来了;

上海警察局副局长韩正齐来了。

由于,韩禹提前给阿初打过招呼,所以,阿初是整装以待。

韩正齐是以一个标准的军人形象出现的。他性格坚忍,行事果决。每于濒临绝境处，得以死里求生。二十年来的奋斗，使自己的生命没有虚掷在残破的情爱里。他是一个把现实和幻想分得很清楚的一个人。在寒夜的陋室里，自己坚忍不拔的精神像一盏明灯自信地投射出光明。自己走到今天，唯一愧对的人，是自己心爱的女人。

他到荣家，一是吊丧，二来是荣家大太太亲自给自己打了电话，请自己一定过府来一趟。荣家毕竟是名门望族，家人无端死于非命，的确应该彻查起因，深窥底奥。

韩正齐在韩禹的引领下，走到了阿初面前。他看见阿初的表情先是很惊愕，继而就有些模糊的影像隐约而现，熟悉的面孔，亲切的笑容，居然令韩正齐从骨子里对阿初生出几分敬畏之心。

阿初穿了一件雪青色长袍，这件袍子的绣工，是源于四太太绘就的莲花，蕴含着旧时代的色彩，又像是一件蓄含着旧情事的器皿，散发着四太太温柔的鼻息和香醇的春意。

阿初是故意穿出来见韩正齐的，他虽然不知道对面人是否是故人，但是，一旦是故人，看见这件寄寓所思、深怀所念的袍子，就该对他礼让三分。

其实，阿初忘了，不仅仅是这件袍子能揭示自己的身份，自己的容貌，也是一张堂皇的名片。

风生萍末，斗转星移，二十年来什么都在变。唯一没变的是血缘。

阿初看到了他所希望看到的一幕。

韩正齐居然不等韩禹介绍，主动迎上阿初，说："这位想必就是荣家的初先生吧？听小儿常常谈及您。哦，忘了自我介绍了，敝人韩正齐。"接着，他屈尊俯就地伸出手来。阿初不卑不亢地伸出手来握紧韩局长的手，说："小弟杨慕初。"

韩禹是第一次听到这个名字，很奇怪。

韩正齐显然不是第一次听到这个名字，"您，知道我是谁吗？"韩正齐试探地问。

阿初似笑非笑地说："正如您知道我是谁。"阿初具有穿透力的目光让韩正齐感到"金龙帮"复活了，自己在这个年轻人眼里，难以隐匿任何秘密。

"多情儿女江湖老，二十年风霜雪雨，甘饴苦涩，一路上备尝艰辛吧？"

"不,不。"阿初温文尔雅地说,"尝鼎一脔,初领其味。"

"哦?"阿初的回答,令韩正齐颇感意外,继而问,"其味如何?"

阿初笑了,说:"白刃在前,烈火在后。"

"杨先生可否借一步说话?"这是单方面邀请密谈。

阿初说:"正合我意。请……"

韩禹傻痴痴地看着父亲和阿初并肩而去,一脑子浆糊。汤少和夏跃春过来问他,你们家老爷子,平常不是很难讲话吗?今天变了天了?礼贤下士?

"我还二丈金刚摸不着头脑呢。"韩禹说。

"他们讲什么?"夏跃春好奇地问。

"什么白刃、烈火吧。"

"坏了,坏了。"汤少笑嘻嘻地说,"阿初调唆你们家老爷子杀人放火。"

"正经点。"韩禹推了汤少一把,突然想起来了,"对了,你们知道阿初姓什么吗?"

"姓什么?"二人几乎异口同声地问。

"姓杨!"韩禹很有把握地说,"对,姓杨,没错!"

阿初并没有把韩正齐领进"墨菊斋",而是别有用心地把他引进了四太太生前的居所"红梨阁"。

"红梨阁",院子不大,但是很精致,很别致。窗明几净,疏草淡花。悠然的环境,迎面送给人一片清新的空气和舒适的宁静。静得可以听见"草"的唏嘘,漾开了阿初和韩正齐的怀旧情愫。

一花一草,都是阿初童年记忆的回眸。

寸草、花瓣都浸含着韩正齐"爱"的残迹。

他们走进房间,阿初吩咐小丫鬟沏茶。韩正齐趁机审视了房间的装潢、摆设,的确像极了当年小姐的香闺。

她一直活在回忆里。

不知是她的不幸,还是自己的不幸?

如果她不任性,如果她肯听自己一句话,如果当年她放弃,也许,今天,他们正快乐地生活在一起,而不是像现在一样,天人永诀。

仿佛一切都是静止的，四太太还活着，没有什么刻意要扫除的伤心痕迹。只有丫鬟红儿发髻两头上，带着纸扎的素花，提醒着阿初，斯人已乘黄鹤去，此地唯余恨悠悠。

房间正中挂着四太太盛装艳饰的相片，她笑得很含蓄。虽然韩正齐看见阿初的时候就有了一定的思想准备，进得房来，又有了旧感情回眸般的铺垫，但是，冷不防看见故人柔谐婉媚的遗照，还是感到震惊。

他强自镇定，脸上没有多余的表情。

"您一点也不伤心。"阿初站在他背后说着不冷不热的话。显然，韩正齐看见四太太遗照的瞬间感觉，离阿初的想象，有很大的距离。

"我很伤感。"韩正齐说。

"您是不是，早已遗忘了她的存在？"

"是的。我不否认。"

"您很坦率。"阿初不想再做徒劳的辨别了。这个人的确是韩正齐，是四太太的情人。阿初索性单刀直入了，"您曾真心爱过我姐姐吗？"

"也曾刻骨铭心。"

"您为什么要抛弃她，不告而别？二十年来您没有想过，您的所作所为，对她造成的伤害吗？"

"当年，我不能选择。没得选。"韩正齐喃喃地说。

"为什么？"

"您对我不了解，少爷。就是小姐，她对我的过去，也是一无所知。我是一个乡下人，十六岁那年，就在乡下讨了老婆，后来，还有了个儿子。也就是韩禹。"

阿初蓦地坐下，轻轻地说："我猜到了，韩禹比我还大一岁。"

"乡下日子难熬，逢旱遇涝的，没个吃饱饭的日子。那时侯，我年纪轻，血气方刚，就去吃了军粮。我在连绵不断的军阀混战中度过了自己的军旅生涯，我十分厌倦无休无止的征伐和血腥，便退役来到上海。刚到上海的时候，举目无亲，四处碰壁。后来，遇见你、你的母亲，是她救了我，把我带进了杨家。你父亲知道我会些拳脚功夫，就介绍我加入了你外公组建的社团'金龙帮'，还雇我做了你家的司机。那时候，你姐姐才十七岁。"

"您欺骗了她，不是吗？"

"没有。我想她一定是知道的。那个年代，在我当时的年纪，不可能还是独身。只是，她和我都不愿意去捅破这层窗户纸罢了。我当时真的很爱她，爱得很深。"

"有多深？"

"肯为她去死！"韩正齐毫不犹豫地表态。

"可是您现在活着，活得很滋润。她却死了，死得很悲惨。"

"少爷！"

"不！这个称呼太别扭了。"阿初居然笑起来，"我听着十分恶心。您是什么身份？我是什么地位？今非昔比！"

"少爷！"韩正齐突然摘下帽子，平放在手，跪倒尘埃。

房间里的气氛一下子紧张起来，空气里像掺了凝固剂，阿初没有动，他用衣袖轻拂了一下四太太的梳妆匣子，吹了一口气上去，用手指抹去一丝雾气。说："您曾经救过我的命，不必行此大礼。"

韩正齐没有动，他说："您的母亲曾经救过我的命，少爷。可是，我没有出手救过您。从来没有。"

杨慕初略为倾斜的身子，缓缓伸直。"您说什么？"

"二十年前，你们东躲西藏的时候，岳嬷嬷找到了我，是她告诉我老爷遇害的消息。我连夜把小姐安全地送出了城区。可是，小姐她不肯走了，她意志很坚决，她要复仇，用极端的方式，用、用你来作饵，用你来执行人世间最残酷的刑罚……我想竭力阻止她的盲动，可是，我失败了。"

简直不可思议！

杨慕初似乎又坠入了另一个迷雾重重的迷宫。韩正齐和四太太所叙述的故事完全不同。当然，是细节不同。可是，细节往往是决定成败和虚实的。

有人在说谎，或是想掩盖"真相"。

"真相"是什么？

或许，他只是为自己辩护，以求良心的解放。

"那天，我经过内心的挣扎，终于答应了小姐的要求。我把你们安置在小旅馆后，我就去想办法联络社团里的兄弟。在半路上，我被人跟踪了。我被一群日本浪人给围攻了。他们肆意地殴打我，他们把我关在一个隐秘的地窖里，那感觉就像是被人给活埋了。没有人知道我的存在。我喝阴沟里的水，吃香灰。我原以为，就此和人间诀别了。可是，天无绝人之路，就在我奄奄一息的时候，有人发现了我。是当地的农民发现了我，他们救了我。等我醒来的时候，身无分文，衣衫褴褛。半个月后，当我重新走到上海滩的洋灰马路上，再没有人知道我是谁了。那个小旅馆，也被人砸了。我和你们彻底失去了联系。后来，我回到乡下，隐居了。"

"隐居了多久？"

"大约两年。一次偶然的机会，我和当年在军队中认识的朋友相遇了。因为战场上我曾经救过他的命，而他当时已升任上海龙华分局的局长了。他很同情我的处境，于是，他介绍我加入了警界。"

"于是，就有了您今天的富贵荣华？"杨慕初说。

"是的。"

"您为什么二十年来，对杨家的灭门惨案一直保持缄默呢？您有权利将凶手绳之以法！可是，您什么都没有做。为什么？"

韩正齐无法回答。因为他知道，如果自己将所有"真相"和盘托出，大小姐的冤魂将永生不得安宁。但是，现在少爷在逼自己回答，那就不如成全了故人吧。

"大小姐曾经亲口对我说过，杨家的事，一定要由杨家的人来完成。我知道，你们一定都活着，二十年来你们一定朝着预定的轨迹在行走，我没有权利去干预你们的复仇计划。"

"这个理由，太过牵强。"阿初从四太太的梳妆匣子里取出一朵银白色的珠花，他仔细地看着珠花的结构，"你看，珠花很漂亮，结构巧妙，状貌雅致。在太阳底下看它，银色的一簇枝蔓会焕发出金黄色的光泽。穿珠子的链子很讲究，不能有偏差，一有偏差，它就散了。就像记忆的链条，不能断，断章取义，故事也就不合情理了。"说着说着，阿初把珠花的链子给扯断了，一颗颗圆润、饱满的珠子跳跃似的四处飞溅，有一颗甚至直接弹到了韩正齐的面颊。"明明是'死'的物件，给它一点生命的活力，它就会以艺术生命的态势复活。同样，明明是脉络分明的事情，你给它设置一点障碍，哪怕是一点点，它就真伪

莫辨了。"

"现实很残酷。少爷,我希望您不要道听途说。"

"您认为是我道听途说,导致歧义横生吗?那么,我姐姐的杀身之祸呢,怎么算?他们想要我死。知道吗?您二十年前安闲地从灭顶之灾中全身而退,二十年来对我们姐弟不闻不问。恕我坦率直言,您根本不配让我姐姐怀念了二十年。"

"可是这二十年来精神的折磨胜过了肉体上的痛苦。苦不堪言。"

"您为此自责,忏悔?"

"是的。"

"一个有勇气自责的人,也就是一个还有救的人。"阿初从梳妆匣子里扔出一张发黄的"拜师帖",那帖子落在韩正齐的膝前,"我给您三条路走,第一条路,很简单,拿了你二十年前的'拜师帖',转身就走,我也免了你的三刀六洞。从此之后,彼此路人。第二条路,你现在就把枪掏出来,毙了我。以你现在的地位,你有一万个理由来解释'枪击案'发生的过程。您可以合情、合理、合法地杀了我。从此以后,再没有人来打搅您平静而美满的生活。第三条路,您把这张帖子拣起来,重新交到我手上。从此,听候我的调遣。三选其一。"

韩正齐选了第三条路,不是因为阿初,而是为了大小姐。他想替她达成所愿,以赎前愆。他把"拜师帖"恭恭敬敬地送回到阿初手上,阿初接过来,说:"过去的事,一笔勾销。你起来吧。"

韩正齐站起来,听候阿初的吩咐。

"你到外面替我寻一处宅子,不要大,尽量隐秘些。我姐姐出殡后,我就搬过去住。其他的事,以后再说。"

"好的。"韩正齐应声,又说,"要不要预备几个丫鬟?"

"不用了。"阿初说,"我习惯自己动手。"

"听小儿说,您在英国很勤勉,很用功。他们这些留学生都以你为荣。"这倒不是奉承话,的确是韩禹说的。阿初也不否认。"对,我很勤勉。我不像韩禹,有人供养。我得自己养活自己。"

一句话,切中要害,韩正齐很尴尬。

"你去吧,大太太还等着你呢。时间久了,大家都要起疑心。"

"是的，少爷。"

"以后不要叫我少爷，我们循规蹈矩吧，按帮里的规矩，叫我先生。"

"好的，先生。"

韩正齐躬身退出门去。小丫鬟红儿一直在院门口候着他，然后，引领他去见大太太。韩正齐回首看去，院内寂寂无声，他叹了一口气，想着：昧良心出于无奈，只为红颜。他希望少爷不要深究过去，但是，为时已晚。

阿初此刻仰面看着四太太的遗像，他想问四太太，当年是谁救了自己？自己见韩正齐是经过了精心准备的，谈话内容也是提前酝酿的。韩正齐是没有任何防范的，他的话，不像有假。

阿初相信自己的判断力。

玄机，不是不可破。

需要时间。

七天后，出殡的日子到了。

荣初以孝子的身份捧着四太太的灵，阿初和韩禹、夏跃春和汤少礼等四人穿着清一色的黑色丧服扶着四太太的棺，荣升和荣华扶着荣荣的棺，一同起灵。整个出殡的队伍，没有旗杆挂灵，没有唢呐吹丧，没有纸人纸马，却显得异常整齐肃穆，引得路人注目。

一行人安安静静扶棺走过长街……

一路上都有巡警在维持秩序……

韩正齐默默地跟在最后，目送曾经心爱的女人，走完她人生最后一程。

阿初要走了，真正地离开荣家。

荣升冷眼看着这几天来，家里出来进去的这些人的颜色，这些人都不是等闲之辈。他问都不必问，闻一闻就知道这些人来自江湖。

他在等，等阿初来辞行。

阿初来了，他穿着中式长袍，手腕上翻卷着整齐、雪白的袖口，头发梳理得一丝不苟，脚下是一双布鞋。气度闲雅，气韵如虹。

"出息了？"荣升半带嘲讽、半含惋惜地说。

阿初陪了笑，说："哪里话，少爷。"

"少爷？"荣升不轻不重地甩了一句话出来，"我看你比我还像少爷。前呼后拥的，连警察局局长都抢着替你开车门。"

阿初低了头，不说话。

"这就走了，是吧？"

"是。"

"可惜了。"

"少爷，人在江湖，身不由己。"

"哦，你还知道此去难以回头啊。我平素教导你的话，你还记得多少？"

"句句在耳，字字存心。"

"为人之道？"

"为人之道，择善而从。养浩然正气，树松柏节操。不可蔑弃廉耻，媚世随俗。"

"还有呢？"

"没有了。"

"人禽之界呢？"

"少爷……"

"人禽之界，至关大要！"

"少爷，你就当自己从来没有教导过阿初，放阿初和光同尘去吧。"阿初诚心诚意地跪下，给荣升磕了一个头，"从此得失成毁，均与荣家无干。"当他站起身形时，荣升从他眼睛里看到了久违的锐气和锋芒。

"我知道留你不住，我的话，你也未必肯听。指望你出去后，安分守己，不要为非作歹。这把扇子，是我昨天晚上替你写的，留着做个纪念吧。"

"谢谢少爷。"阿初双手接过扇子，说，"阿初告辞了。少爷珍重。"他回转身去，一脸寒霜，步履坚定，衣袂飘扬，如风过柳，走出了"墨菊斋"的大门。

手下人等，依次相随，小丫鬟们静静无声地看着，就像阿初刚回国的那一天。

荣家大门口，来了九辆汽车，其中三辆是警察局的，一辆是韩正齐的私车，三辆是"金龙帮"的，另外，两辆是社团的"友帮"，专门给"金龙帮"新掌门来捧场面的。

仆人阿福看得目瞪口呆。

阿初上了韩正齐的车。他把少爷送给自己的扇子打开，扇面上写了一首诗。那是一首唐代香严閒禅师咏"瀑布"的名句："千岩万壑不辞劳，远看方知出处高，溪涧岂能留得住，终归大海作波涛。"

阿初想了想，问韩正齐，有没有纸墨笔砚？

韩正齐吩咐手下去找，一会儿，从卖字摊上全搬来了。阿初把自己随身的扇子展开，写了一首诗，叫阿福给荣升送去。然后，头也不回地说声：走。九辆车首尾相连、风驰电掣而去……

"墨菊斋"里，荣升打开了阿福送来的扇子，扇面上是阿初回赠荣升的一首诗："一落千丈身飘摇，到底方知出处高。非是溪涧留不住，洗涤乾坤化怒涛。"

第十六章　山回路转又逢君

> 他走进客房，拉开窗帘。突然，他觉得房间里气氛有些异常。纯粹是第六感。
> 他听见洗手间里水流如注……
> 他猛地推开门。

"阳光照耀着大地，云彩以自由的姿态飞翔在湛蓝的天际。那是属于它的领域，云霞和天光在天幕上上演着动人的爱情。"杨慕次嘴里念念有词，手上的枪却是"弹无虚发"，他听见耳后"中枪"者唧唧歪歪的"咒骂"声。

"谁也不能阻挡我前进的步伐……"杨慕次警觉地返身回手，枪口对准了楼梯下迎面而上的辛丽丽。看到来人，他把枪迅速收回。

"你能不能配合一下我的个人情绪。"辛丽丽紧贴着墙根，说，"我负伤了。"

"严重吗？"

"子弹打在小腹上。"辛丽丽举起一个空心弹壳。"感谢上帝！幸亏不是在战场上中枪。"

"演习和战场，没什么区别。"杨慕次说。

这是杨慕次在学校参加的最后一场"实战演习"考试。如果，他今天能顺利地在规定时间内，把象征着他们行动小组的旗帜插到教学主楼的楼顶，并同时"消灭"守军，端掉"敌方"指挥部，他就可以以最优异的成绩毕业了。换句话说，他给自己"买"了一张漂亮的"通行证"，他可以堂而皇之地成功"越狱"了。半年来的残酷集训，不亚于身困"地狱"，心锁囚牢，现在，曙光在即，容不得自己有一丝松懈，半点马虎。否则，前功尽弃。

"你知道我为什么选你做搭档吗？"慕次说。"小心！"说时迟，那时快，丽丽发现头顶有人，还没等她出声，慕次一枪解决了危机。丽丽和慕次脸靠着脸，彼此都能感觉到对方略带沉重的鼻息。丽丽说："谢谢。"

"隐藏在黑暗里的陷阱并不可怕，可怕的是，陷阱是流动的。"

一条钢丝飞送人影，从空晃过，"不幸被你言中了！"辛丽丽连发两枪，"救"了暴露在枪口下的慕次。钢丝绳落在慕次手上。"极度和谐。"慕次笑着说，"这就是我挑你的理由。"

杨慕次把钢丝系在腰间，腾空而跃，飞上一层楼，动作凶猛，势如破竹。双脚螺旋式地甩翻"对手"。辛丽丽率人直冲上来，一枪一个。

"都别动！"走廊上传来一声暴烈的吼声，"动，我就打死人质！"

杨慕次等人闪到墙后，以墙作为掩体，霎时停止了"进攻"。

东南角的组员，给慕次手语。他用手卡住自己的脖子，然后，用食指由下向上，向右，向下再向左做出一个闭合矩形的手势。

"人质在窗户底下。"慕次告诉丽丽。

"你不觉得很安静吗？"丽丽说。原本狭窄单一的过道显得更加像一个"死亡"陷阱。"这是无声的警告。我们不能蛮干，再想想。"

"我不需要你致思取径，我需要的是立竿见影。"慕次说完话，有目的地看了看辛丽丽的胸前丘壑。

"别做梦，小心我敲碎你眼珠子。"辛丽丽骂归骂，口气里却含着骄矜和得意。

慕次贴着墙的身子顺过来，很自然地贴近丽丽，小声说："关键时刻，将相一心才好。"

"你这样利用我，不怕我临阵倒戈。"辛丽丽的枪指向慕次。

"那才有新鲜感呢。"慕次手执一个弹夹，举到头顶高度，缓慢地左右摆动。同组跟进的同学立即检查弹药，都是演习用的空心弹。

检查完毕，杨慕次弯曲手肘，前臂指地，手指紧闭，从身后向前方摆动。大家听从命令，全速向前推进。

"我数一、二、三！"慕次话音落地，辛丽丽箭一样"嗖"地弹出去，"啊

呀！"一声，滚到走廊中间，"别开枪！"辛丽丽说，"我没带武器，我来交换人质。"

"想交换人质啊？可以，把衣服脱了，走过来。"

"好。"辛丽丽答应得非常爽快，空气中仿佛有撕裂衣服的声音，紧接着，"噗"的一声，扮"敌人"的教官只觉眼前一花，胸口中弹。杨慕次指挥小组成员占领了整楼的制高点。人质被解救了，扮"人质"的是俞晓江教官。

"我带你们去指挥部。"俞晓江说。

杨慕次头也不回地往前走。

"这样你们可以节省时间，完成任务。"俞晓江紧随慕次其后。

"你闭嘴！"慕次喝止晓江。

"你要想出奇制胜，就得听我的。不然，你……"

杨慕次回手就是一枪，击中俞晓江的"要害"。

"你疯了？"辛丽丽尖叫起来，"你把人质杀了，我们会被扣分的。"

"为什么要这样做？"俞晓江质问慕次。

"老师，您已经死了。死人应该没问题。"杨慕次冷静地又在俞晓江身上补了一枪。俞晓江没防备，意外地受到"弹壳"的冲击，滑倒在地。"走。"杨慕次带头从俞晓江身上跨了过去。

"你为什么要杀人质？她可以领我们走捷径。"辛丽丽追着慕次的步伐。慕次突然停住，又到了相互交叉的道口。

"你不觉得一反常情吗？"慕次说。

"什么？"

"我们愈是接近终点，路就愈加清晰。以我对老师的了解，他是不会轻而易举地让我们在他的眼皮底下横着走的。"

"你到底想告诉我什么？"

"我琢磨出来这么一个真理，你要谁都不信，那你就连自己都不要相信。"

"什么意思？"丽丽很紧张。

"我们过关斩将、拔营夺寨，太顺利了。"

"你是说？我们的路一开始就走错了？"

杨慕次的脑中猛地电闪灯明，豁然开朗。"你说对了。指挥部不在楼里，在楼外。应该在、在我们眼皮底下，在那里！"慕次锐利的眼光投射到了和教学楼相连的医务所。"走……"慕次转过身来，命令行动小组编成两个分队。其中一支小队，直取楼顶插旗。自己带领另一支小队向医务所楼顶开始纵深。

"你冷静点。"辛丽丽说。

"非同一般的冷静。"

"你在破坏演习规则。"

"是'潜规则'，不是真理。"

"没有规矩，不成方圆。军演保持秩序是必须的。"

"无秩序是破解秩序最有效的手段。"慕次准备下令进攻了。

"你要错了呢，怎么办？"

慕次看了丽丽一眼，故作深情地说："我杨慕次蹈海以谢辛丽丽！"

"蹈海以谢，不如以身相许。"辛丽丽闪让杨慕次，慕次把手举到头上，弯曲手肘，掌心盖住天灵盖。

"注意掩护。"辛丽丽向小队成员发布命令，掩护慕次前行。

慕次借用钢丝绳，顺墙而下，他的四肢在风中舒展开来，呈飞翔状接近了半掩的窗户。他斜踩着墙面，往里窥视，他看见了杜旅宁。杨慕次侧过身子，他的食指、中指、无名指并排伸直，横放在另一手臂上，告诉参加演习的同学，指挥官就在眼前。

杜旅宁就在这里，指挥着他的"部队"。

"豁出去了，干！"辛丽丽接近粗鲁地突然站起来，率小分队从楼顶往下冲。霎时间，小分队所有的火力都对准了"指挥部"的门。

慕次"猛"地从窗子外扎进去，强大的冲击力席卷整个"指挥部"。满地碎玻璃溅出几丈远。

中间没有任何过渡，没有半秒的迟疑，杨慕次连眨眼的工夫都没有留给杜旅宁。就在杜旅宁刚刚稳住身形的同时，慕次用枪托对准杜旅宁的脸，给予他强劲有力的一击。

众目睽睽之下，一个学员把一个"指挥官"打倒在地，在学校尚属首例。杜旅宁清晰地听到拉枪栓的机械声，但是，他根本动不了，爬不起来了。

杜旅宁从来没有输过这种"规范"的演习，因为"医务所"不在军演范围

内。所以,"指挥部"没有守军,更没有援军。只有少数几个"兵"在场,已经被破门而入的小分队打成了"筛子"。

杨慕次赢了。

一个弥漫着又腻又俗的桂花香气的宁静下午,一个幽静而又神秘的书房里,汤少正在给荣初讲课,内容大约是一个男人如何去征服女人们的爱。书房外的藩篱下,光影在人影上奇妙地晃动,杨慕初和夏跃春在优雅和煦的光芒下散着步,作娓娓谈。

尘梦云烟,仿佛此际不是全悉散尽,而是纷至沓来,像桂花的香气,愈久愈腻。夏跃春对杨慕初请汤少给荣初做家教,很是意外,虽然他不理解,也不深究,他只奇怪以汤少的脾气怎么会答应阿初这个"怪异"的要求。

"你是怎么做到的?"夏跃春问。

"你说汤少?我跟他赌沙蟹,他输了。"

此刻,从书窗里传来汤少矫情粉饰的声音。"求爱,是人类精神世界最美好的追求,充溢、笼罩着圣洁的光环。求欲,是人的身体本能的需求。愉悦的性爱,可以令你身心陶醉,欲仙欲死。做为一个男人,一定要懂得如何去培植那些稀有的、清新的、含着处女芳香的情花爱草。这是情欲的精髓所在。"

杨慕初隔着窗子,微笑地对夏跃春说:"汤少的最大优点,就是他可以把不堪入耳的污言秽语,点染、净化成淳朴自然的色彩,继而升华到文明、高雅,白璧无瑕。"

"我还以为,你们永远都是敌对的呢。"夏跃春说,"汤少之所以是汤少,并不只是一个会玩弄女性的恶棍,他还算是一个大众的情人。"

"女人也分很多种。"汤少说,"有一类女人,她们醉心于男子所拥有的财富、权利,当然,不排除还有欣赏男子的才华,或者是容貌,譬如她们会爱上某个贵族公子、某些电影明星,等等。我们就可以利用了,利用她们的虚荣心和占有欲,去摄取她们花一样的年纪、水一般的柔情,而不需要负上任何的责任。"汤少深吸了一口气,他的瘾快上来了。

"那不是很无耻吗?"荣初说。

"你说无耻?也许你是对的。不过,金钱和美色的糅合,不是灵与肉的结合，不是，绝对不是。"汤少擤了擤喷发的鼻涕，说，"注意你对女人的态度。不要过于殷勤，也不要冷若冰霜，你要，恰如其分，恰如其分……若即若离。女人最乐意听男人赞美她们的容颜，可惜，锦心绣口的女人往往相貌平平；美丽的女人，又往往得不到男人的真爱。"

"为什么？"

"因为男人缺乏自信心的缘故。"汤少笑得很狡猾，"你记住了，男人始终是带着兽性的，而女人身上通常有魔性。"

"这个我知道。"荣初总算找到发挥知识面的感觉了。

"你知道什么？"

荣初小声哼唱起来："则为他临去秋波那一转，风魔了张解元。"

"你唱的什么？"

"西厢记，弹词啊。哎哟！"估计荣初被汤少给"教训"了一下。

"告诉你多少次了，不要张口弹词，闭口弹词。你是在欧风美雨里'长成的新贵'！言必希腊，诗出沙翁！你是泛爱的情种，懂吗？"

"你很泛爱吗？你的爱，会不会导致始乱终弃的悲剧？"荣初问。

"事为实有。"

杨慕初和夏跃春都禁不住一笑。

"他倒不失男子风度。"夏跃春说。

"那，你有没有难忘的旧情呢？"荣初继续问。

"旧情？没有。要无情，自古无情最动人。"

"这是违心之语。"夏跃春应有所指。

"鸿爪留痕，怕是有的。"杨慕初说。

夏跃春很感慨。"汤少一生，浸淫女色、古籍、赌局。泛情以至于滥情、无情。我不明白，你要你的侄儿，在他身上学什么？"

"我要在短期内，把他训练成一个享有特权的、受人尊敬的、有教养的、文明的、会讨女人喜欢的贵族。"杨慕初说，"到客厅坐吧。"

他们并肩沿着石子铺成的幽径向前走。

"你知道吗？现在你在上海滩已经成了一个'谜'一样的人物。"夏跃春说。

"是吗？"杨慕初淡淡一笑，说，"西方有句谚语：太阳底下没有新鲜事。

我并不想给自己贴上'装神弄鬼的标签',只有内心恐惧或者胆怯的人,才会这样做。我迫不及待地想让自己在阳光下站出来!我想等到那一天,我会告诉全天下,我是谁。"

上海,繁华的百货公司门口,车水马龙,穿着藕色旗袍的荣华,购完物从里面出来。她在门口,买了一张英文版的《上海时事日报》,然后,上电车离去。

在电车上,荣华不经意地翻阅报纸,她翻到广告栏后,略微失望地轻仰了一下头,广告栏依旧给了她一个苍白的蔑笑。

此刻,杭州的"皇冠酒店"里,衣冠楚楚的杨慕次从客人免费翻阅的"报纸栏"中,用手指浏览了一遍,然后,漫不经心地抽出一张绝少有人一顾的英文版《上海时事日报》。他哼着流行小曲,走向金色的扶梯。

杨慕次和辛丽丽是昨天晚上入住这家酒店的。他们经过了半年的残酷训练,终于,以优异的成绩毕业了。

他们离开的时候,学校给他们一人发了一个大信封。俞晓江告诉他们,这个信封里装的是一份重要文件,要他们按信封上的地址,准时送达。送达文件的同时,他们会领到一张新的工作证和毕业证书。

这个信封必须随身携带,不可遗失、不能拆阅,否则,军法从事。

由于信封上的地址是相同的,所以,杨慕次和辛丽丽约定同行。他们分别住进了酒店的26号客房和15号客房,位置和方向,首尾呼应。

挣脱枷锁,一身轻松的杨慕次回到了属于自己的世界。

他走进客房,拉开窗帘。突然,他觉得房间里气氛有些异常。纯粹是第六感。

他听见洗手间里水流如注⋯⋯

他猛地推开门。

辛丽丽在半透明的浴室里洗浴,水线流泻,化作螺旋形流动的美丽曲线环绕双峰,杨慕次在毫不知情的情况下,撞见了水乳交融的世界。他无意识地叫了一声,声音很闷。辛丽丽的大声尖叫掩饰了她脸上夹杂的复杂微笑。

"对不起。"慕次迅速关上门。

怎奈是，满腔春意关不住，门被辛丽丽重新打开。

其实，从杨慕次开门的一瞬间，水气底就冒出娇艳的花来，欲滴的春水张扬着通体的"柔媚"，诱惑漾起暧昧的情味，同伴"意外"施予自己的荣宠，意味着一定有事发生。

她站在那里，让慕次感到危机四伏。

淫心杀意，相汇相融。

慕次迅速地拉上窗帘。

感性的血液在慕次的血管里沸腾燃烧，慕次清醒地知道，他再不采取措施，自己的身体很快就会被煎煮成"肉欲"的"稀羹"。

"丽丽，克制一点。"

"你叫我克制？"

"对，当然，还有我，我们彼此克制一点。"慕次一边不自觉地后退，一边警告丽丽，"你不用演戏，我知道有人指使，我们会出事。"

"当然会出'事'，又不是出轨，你怕什么？我们寂寞了大半年了，难道不该全身心放松放松，享受享受一下人生？你不会告诉我，你从来没有接受过女人的爱吧？"丽丽温柔地走过来。

"等一等。"杨慕次说。

"我在等。"丽丽盈盈地笑。

"错了。丽丽，我们都错了。不是一个人的错。是两个人全错了。"慕次忽然明白过来，"这是他百玩不厌的把戏。"

"你说谁？什么意思？"

"我们钻进了一个圈套，设套的人就是杜旅宁。我们谁也没有毕业，我们还在接受考试。你老实告诉我，发生了什么事？是不是有人给你打过电话？或者送过新的指令？"

"你怎么知道？"

"从你脸上。你自己脸上的表情告诉我，你现在根本不想'做'。你照照镜子，我是从你脸上那些未感光的疲惫找到了怀疑的依据和答案。"慕次扔给她一件衣服。然后转过身去。"穿上衣服。'爱'应该出于爱情而不是命令。"

辛丽丽穿好衣服，穿鞋。

"好了没有?"慕次问。

"好了。"丽丽说,"我还以为,我的身体对你而言,并不具有吸引力。"

"少废话。我是男人。"慕次回过身来,把窗帘透开一丝缝。"你刚才是不是想'杀'我?'杀'了我,你以为你就能顺利毕业吗?蠢!"

"五分钟前,有人打电话给我,命令我'色诱'你,然后,'干掉'你,我就毕业走人,你将会被送回学校重新受训。"

"你也算对得起我。"

"你到底是怎么察觉我的伪装的?"

"你的激情不够。"

"你蓄意贬低我的能力,是吗?"

"我告诉你,我识破你的伪装,得益于平素间对你的了解。如果,今天换个人,你铁定成功。"

"安慰我?"

"恭维你。"

慕次从身上取出那封信,所谓的"党国机密"。他准备拆信。

"你疯了。"丽丽阻止他,"我们会被军法从事的。"丽丽说。

"我们的思维方向一开始就错了。你想,一份秘密文件,为什么发两个信封?还有,既然命令我们去领毕业证,为什么一路跟踪我们,然后,安排你'杀'我?既然已经毕业,为什么还要继续考核?错!他们事先设下陷阱,我敢说,无论你今天是否得手,我们两个都会被押解回去,重新'补课'。我们反'规则'的演习成功,仅仅是你我展示机智的一个侧面。它只是建立起我们绝对自信的催化剂,仅此而已。懂吗?而杜旅宁就等着我们得意忘形,自掘坟墓。"

"也许你的判断是对的。我们这一段时间的考核,取得了连续性的胜利。但是行走的路径一直都是间断性的,我们在猜疑中、圈套里艰难跋涉。"

"这些间断性的路径,已经对我们提出了建设性的忠告。"杨慕次毫不犹豫地拆开了信,他的脸色顿时铁青。"确凿无疑!"

辛丽丽接过信来看,上面写了一行小字:11月2日下午两点半,准时到我的办公室领取毕业证书,逾期不到,后果自负。杜旅宁。

两个人同时看手表。

现在是11月2日，上午十一点二十分。

怎么办？

从杭州市区到郊外的学校，仅车程就需要三个多小时，何况，还有一截爬山的路？如果，他们放弃，就此认输，大半年的特训付诸东流。

"跑！"慕次拉起丽丽迅猛地冲出门去。

两个人风一样席卷而下。

杭州的"皇冠酒店"的停车场上，辛丽丽妖艳地站在"值班室"门口，和护卫员说笑。慕次猫着腰，侧着身，钻进并排放置的车库。

他听见一阵轻微地钮锁声，原来是一个"偷车贼"，他的突然出现，让"偷车贼"吃惊不小。"你……"

慕次用食指放置在唇边："嘘……"

"偷车贼"笑了。"同行啊？"

"业余的。"慕次谦虚一下。他从口袋里掏出一只发卡。

"这管什么用？我借你工具。""偷车贼"要主动帮助他。

慕次不说话，把发卡伸进锁孔，轻而易举打开了车门，他迅速坐了上去，发动汽车。

"偷车贼"佩服得五体投地，猛地蹭过来，问"你怎么弄的？"

"专业的！"慕次笑着开走了车。

辛丽丽遥望车子过来，急忙和护卫员做出一个"飞吻"动作，飞奔过去，车子在没有熄火的状态下，打开了车门。丽丽飞身射进去，车门关上，急速前进。

阿初给韩正齐的印象是沉默寡言。

特别是在餐桌前。

大多数时间阿初是不讲话的，偶尔高兴了，也只是勉强说几句应酬话而已。但是，韩正齐清楚地知道，阿初胸中藏有万千丘壑，寂静的山峦并不能掩盖他脸上直露的锋芒。

"有人杀不死我，就想撑我走。"阿初把一份《新闻晚报》扔到餐桌上。

　　韩正齐不经意地瞟了一眼报纸标题，有：夫妻炒股失败，跳海自杀；玫瑰舞厅评选最红的舞小姐；荣家私生子放高利贷，导致养母遇难；等等。

　　荣初伸手把报纸拉到自己的面前，险些碰洒了汤碗。阿初放下喝汤的银勺，冷静地盯了他一眼，荣初畏缩地轻轻把报纸放回原处。

　　"杨家的银行跟哪家公司合作得最久、最紧密？"阿初问。

　　韩正齐答："东洋公司。"

　　"这家公司的实力怎么样？"

　　"很不错，东洋公司每年的销售总额非常高。"

　　"有多少？"

　　"大约七八亿法币。"

　　"东洋公司？日本人开的？"

　　"是的。"

　　"汉奸！家贼！"阿初奋力地敲了一下餐桌，碟、盘、刀叉、汤勺都有节奏地震动了起来，韩正齐和荣初都停止了进餐。

　　阿初往宽大的红木椅后背靠了靠，说："日本资源匮乏，傻子都看得出他们觊觎我中华之心，跟他长期合作，不是汉奸是什么！姓杨的连祖宗也卖！"他双眼冒着火星，溅得满室肃然。"九一八以来，日本人占领了我们的东三省，国人抗战情绪浓烈，抵制日货的声浪居高不下，为什么东洋公司还会有这么高的业绩呢？"

　　"他们贿赂政府要员，垄断市场，在奇货可居的情况下高价抛售股票，他们用五花八门的手段来笼络人心，最终百川归海，创造经济奇迹。"

　　"我不懂经济。"阿初说。"但是，把持着经济命脉的这些投机的商人、昏庸的官僚、买办资本家，他们也未必懂经济。特别是国家经济，国际经济。"

　　"先生的意思是？"韩正齐试探阿初的用意。

　　"我虽然反对急功近利的作风，但是，我太想在短时间建立起自己的经济王国了。分析敌方固然紧要，尽快进入实战更加重要。"

　　"这一点，我与先生不谋而合。"

　　"现在工商业、金融业的投资效率太低，同样，资本形成率也低，我们的第一桶金，要想靠投资来实现的话，无疑是天方夜谭。要重新组合一个金三角。

要知道，资金和人员的要素齐备，组合不佳，也无济于事。要想事半功倍，就得走捷径。我需要一个站在水银灯下'看得见的人'来隐藏住幕后'看不见的手'。"

"我就是那个站在水银灯下'看得见的人'。"荣初自告奋勇地说。

阿初淡淡蔑笑，对韩正齐说："你看见了？鱼跃龙门，自以为身价百倍了。"他不急不缓的态度，反令荣初有几分尴尬和畏惧，他惶然张望了一下阿初的神情，见有些不善，于是不敢轻举妄动。

"他太稚嫩了。靠他做我的左膀右臂不现实。"

"那么，我呢？"韩正齐问，他显然是想调解一下气氛。

"你说呢？"阿初不仅不领他的情，态度反而很严峻。韩正齐颇有城府地笑笑，阿初也就随和了些，补充地说："一个为了'从前的爱'甘心服苦役的人？"

韩正齐的心魂在暗中震颤，他始终觉得阿初话中有话。果然，阿初进入正题了。"听说，韩禹被调到海关去了？"

韩正齐手中的筷子掉了一只，不过，他没动，没去捡。

"您是不是太多虑了？"阿初低头用备用餐巾揩了揩手，根本不看韩正齐的表情。但这反而更令韩正齐心生寒意。

"假如我们社团因人事不和而分化解体，我一点也不会惊异。社团的利益，需要维护、建设，你需要对我有信心，而不是戒心。而我呢，需要了解你们的内心想法，不是去猜测，我没有时间和精力浪费在维持人际关系上。当然，如果你这样做，是因为你预感到某种危机会殃及子孙，你很害怕，无所适从，那么，我可以理解你。"阿初说话的声音异常柔和，但是，韩正齐的内心充满了恐惧。

"我只有这一个孩子，先生。"他说，他的语言苍白，完全没有力量。

"我知道。"阿初说。

"如果，如果发生什么事，请先生放过他。"

"会发生什么事？有我在，我不会让任何不利于我们的事发生！"阿初站起来。

"有些事，是迫不得已。"

"我也是,迫不得已。"阿初抛下一句意味深长的话,走出客厅。

留下韩正齐和荣初各怀心事,韩正齐感到一阵阵困惑和焦灸撕咬着心脏,他需要勇气去面对过去的错误,更需要背负良心的折磨顽强地走下去。

他祈求昔日恋人的在天之灵,对他网开一面,毕竟,他们曾经相爱。

"怜子如何不丈夫。"阿初凝视着化验室窗外的鸟巢说。

"自言自语,唠叨什么呢?过来看看。"夏跃春说,"是TNT炸药。"

"TNT?"阿初伸手搓了搓桌上的粉末。这些都是他从爆炸现场取得的证物,夏跃春专门请了一位英国留学回来的化学博士来做鉴定。阿初不想等待警察局的检测报告,他只相信自己,自己的事情自己办。

"是德国人发明的。"夏跃春说,"TNT是一种烈性炸药,其成分是三硝基甲苯。是甲苯跟浓硝酸和浓硫酸作用后,所得到的一种淡黄色粉末。还需要继续解释吗?"

"我记得,我的诊室里没有什么纸箱子啊诸如此类的东西,炸药会放在何处呢?"

"它的体积并不大,一个医药包大小就足够了。只要用雷管一引发,它在十万分之一秒内,能把自己体积变大几万倍。TNT爆炸的瞬时能产生几十万个大气压,足以摧毁山岩和坚固的房梁。"

"德国人造的?我记得'火药'最早是我们中国人发明的。"

"是啊,我们老祖宗在汉代就发明了火药,距今大约2000多年了吧。宋代的时候传到了欧州。外国人经过精心改良,把火药技术运用到战争中,他们发明了枪支弹药。船坚炮利,八国联军就是靠'科技'攻陷了北京,野蛮的掠夺,血腥的屠杀……而我们只知道用来做鞭炮。"

"西欧也不见得好到哪里去,你知道吗?他们最早发明蒸汽机是做什么吗?他们用来造歌舞伎。"

两个人同时笑了。

"不过,这种炸药,民间应该很少见。"阿初下了判断。

"对,多用于军方。"

军方?阿初再想。

"警察局到现在也没找到什么有价值的线索吗？"

"韩正齐心里有鬼。"阿初说。

"不会吧？你们不是合作的关系吗？如果他人不可靠，不如你们早点分道扬镳。"夏跃春打开水龙头，洗手。

阿初在摆弄窗台上的假山石竹，别看盆景小，它也是一个精雕细磨的工程。

"飞来峰是天然的，而金字塔是人工的。不过，他们有一点是相同的，那就是都是石头堆砌而成的，各有其妙，各得其所，各有所成，得看你怎么砌。"阿初说。

"不管你怎么砌，道不同，不相为谋。"夏跃春显然不同意阿初冒险。

"不，道不同，相与为谋，才有刺激呢。就像这些'寒山瘦石'，是鬼斧神工，还是匠心别具，还得看我们补缀穿凿的技巧。"

"我说不过你。"夏跃春说。

"不是说不过，是妙处难与君说。"阿初得意地笑起来。

"你这话，太过暧昧了。难道你？"夏跃春突然紧张起来，"你不是想利用韩禹吧？我警告你啊，一码归一码，做人要厚道些。"

"你这么紧张干什么？"

"韩禹是我朋友。"

"可见了。朋友尚且如此，何况父子天伦！"

崎岖的山路上，杨慕次和辛丽丽不得已放弃了汽车，因为，前面的路太险。他们不能冒险穿越丛林，于是他们选择了从栈道前行。他们前进的速度像风一样的迅捷，两个人飞身跳栈，相互调整方位，配合默契，动作干净。

栈道上斜生出来的枝节树干，散发着苦涩的幽香，湿润的空气浸透了两个人的心魄，他们彼此不说话，一直重复着枯燥的动作，直到两个人翻上绝壁。

为了抢时间，他们选择了唯一一条捷径，同样也是险境。从绝壁攀援过去，另一面就是学校的操场，近在咫尺的胜利，也生出万丈深渊失足的寒意来。

这是一堵几乎无法逾越的天然屏障。

杨慕次在做攀援的准备，他用布条把刺刀的刀柄缠在手上，解开缠在腰上的三角钢爪，钢爪下侧是用头发丝编成的绳索，这种经过特殊处理过的发丝绳

索,可以承载五百斤的重量。慕次瞄准山崖顶上的一棵坚硬的大树,往后退了数步,"嗖"地一下,把三角钢爪牢牢地定位在坚挺的树干上。

慕次把绳索套在自己身上,跳跃热身,一切就绪后,问丽丽:"赌不赌?"

丽丽此刻突然蹲下来,看看地势,看看慕次。

"选择吧。"慕次说,"没有时间了。"

丽丽站起来,紧贴上慕次的胸口,说:"我的命是你的。"

"来吧!"慕次全身往上一耸,丽丽的双手和双脚死死扣住慕次的肩和腰,耳鬓厮磨,两个人的身体挂在了绝壁岩缝间的间隙中,慕次的刺刀牢牢地镶嵌在岩缝中,借力上升。慕次的眼光朝上看,往前看;丽丽的眼光朝下看,往下看。他们不断地调整姿势,艰难前进。

丽丽的脸和慕次的脸越贴越近,她甚至可以数清楚慕次额边渗出的汗珠,她情不自禁地贴着慕次的耳朵,说:"我爱你。"

她的笑容挟带着初恋的甜蜜,她的情绪在微妙的感动中悄悄泛滥。她说出这三个字后,感到一身轻松,仿佛一瞬间放下了硕大的精神包袱,她觉得她像一只自由而美丽的小鸟,此刻正依附在雄鹰的怀抱。

慕次踩上一块坚实的岩缝后,说:"爱要两厢情愿。"

"不,爱是我自己的事情,我一个人说了算。"丽丽说。

慕次笑笑,不置可否。

"我当你答应了。"丽丽说。

"等我们活着上去,再说吧。"慕次的攀登速度显然加快了,丽丽紧紧裹挟着她的"爱",他们在悬崖峭壁中来回盘旋,在空气中慢慢飞翔,丽丽的头贴在心爱的男人胸口,屏气敛息地听着他不均匀的呼吸,她此刻感到幸福已然降临。丽丽不仅对绝壁之下的万丈深渊熟视无睹,她甚至想象自己和慕次在高空举行了一个浪漫的求爱仪式。

死神在爱神面前,终将退却。而得到爱神眷顾的情人,永远不死!

杜旅宁开着窗户,微风袭来,令他感到些许凉意。

俞晓江坐在他的办公桌前,敲打着一台德国的打字机。俞晓江不经意地窥视着杜旅宁脸上的表情,她知道,杜旅宁站在窗前,并不纯粹是为了看风景,穷山恶水的，只能看到一堵天然的翠峰屏障，杜旅宁看的，是人，是他的学生。他现在的心情应该是既焦虑又兴奋。

这巍巍的天然屏障能否转化为一扇通往成功之路的窗口，就要看学生的毅力是否顽强，判断是否准确了。

他们都很紧张。

因为，他们都不知道此时此刻两名高足是否能安全着陆，化险为夷。

彼此太了解，反而更担心。

他们能否顺利毕业？或者说，是否放他们一马，让他们毕业。实际上，杜旅宁也是踌躇再三的。主要原因有两个。一是，慕次和丽丽不折不扣属于谍报类的人才精英。别人一年也学不成的课程，他们两三个月就掌握要领，并且运用自如了。长期把他们关闭在学校里，等同于浪费资源。还有，这两个人都是精力过剩型，经常在学校里搞点实验。有一次，差点把学校的图书馆给炸翻了。二是，两个人的感官吸引力太强，视觉形象过于给人于美感。谍报学校里，男生时常找借口往丽丽房间跑，女生们又黏黏糊糊地跟慕次亲近，长此以往，慕次和丽丽给人留下的印象太深，不利于他们以后的工作。谍报这种学科，实际上，你就算穷尽一生也未必能领略真髓的，也没有什么固定的科学界定形式，所以，毕业的形式也就简单化了。

此时，时钟指向下午二点二十四分。

杜旅宁说："还有一分钟的时限……"

此刻，楼道里发出的沉重的脚步声。

"他们到了。"俞晓江的脸上绽出开心的光泽。

"你很开心啊。"杜旅宁调侃了一句。

二点二十五分。门被重重地撞开了……

精疲力竭的两个人仰面摔倒在地。慕次的汗水湿透了衣服，丽丽的头发也是湿漉漉的，杜旅宁有些哭笑不得。

"恭喜，恭喜二位，总算爬回来了。"杜旅宁一边说，一边伸出手去拉慕次，慕次顺势站起来，丽丽也喘着气站稳了，用手梳理头发。

"从哪里上来的？"杜旅宁问。

"从天而降。"慕次说。

"真遗憾。丽丽，我不知道究竟是你的魅力不够，还是他的定力太强。"杜旅宁饶有兴致地看着两个得意门生。

"老师，你怎么知道我们什么都没做呢？"慕次开始习惯性地挑衅。

"那么，你们做了什么？"

"该做的都做了。"

"是吗，那还有时间赶回来？"

"老师您没听过速战速决吗？"慕次立正说。

对杨慕次微带反讽的挑战，俞晓江忍不住笑出声来。

"不弃不疑，以命相许。固然难能可贵。不过，如果，我说的是，如果因此而贻误战机，就得不偿失了。"杜旅宁说。

"我们赢了，老师。这才是重点。"

"你们赢了老师，对吧？"杜旅宁开始挑刺。

"我没说。这是老师自己说的。"

"做人啊，要高瞻远瞩。不要鼠目寸光。这一次，算你们运气好。以后，就看你们还有没有这么好的运气了。恭喜你们，正式毕业。"杜旅宁的脸上恢复了光彩，"将来，战场之上，纵横驰骋，唯君所意，唯意所向了。尽快忘记这里所有的一切，从现在开始，你们跟这里再无瓜葛。我们也从来没有见过面，懂了吗？"

"是，老师。"慕次和丽丽高声回答。

很快，他们拿到了毕业证。

下午三点钟左右，他们正式离开学校，没有任何人相送，两个人默默地走出铁门。听到铁索放下的沉重声，他们两个人的心里都有一种奇特的感觉。慕次马上要去沪中警备司令部报到，而丽丽将去"白玫瑰"舞厅做舞小姐。

军车在等慕次，慕次穿着整齐的军装和丽丽道别。

"走了。"慕次说。

"不要走。"丽丽突然冲过来，抱住他的头。

"还会再见的。"慕次不想刺激丽丽。

"你会去舞厅看我吗？"丽丽问。

"去！一定去！"慕次说，"不过，舞票你可要给我打个折扣，我没那么多钱。"

丽丽笑起来。

"你还真当我是舞小姐。"

"做舞小姐好啊。男人忧愁的时候,可以去那里寻求精神慰籍,至少不会背着妻子去养情妇。而且舞厅的环境属于无烟工业,即辅翼道德,又救援经济。"

"去你的!"

军车的喇叭直响。

"走了。"慕次潇洒地向丽丽挥手,丽丽追过去,强吻他。她动作太快,毫无预警。慕次胸腔震动,他在拒绝的手势中被动地接受了丽丽的吻。暖暖的鼻息,荡荡漾漾地在两个人的心尖上化开,化成水一样的温柔。丽丽的衣摆在风里飘飞,慕次的帽子落在山谷下……

军车的喇叭拼命地响。

1932年3月20日,英文版《上海时事日报》广告栏里刊登了一则不起眼的寻人启示,内容大意如下:

19日,有一小男孩在法国公园"玫瑰园"走廊走失,身穿白色上衣,黑皮鞋,有知道该男孩下落的人,请速与林潭先生联系,有重谢。

法国公园,翠色逼眼,花气袭人。"玫瑰园"走廊的休闲长椅上,荣华正在等候"飘风"的到来。

一个打扮得像洋娃娃的小女孩跑过来,她穿了件花裙子,头上扎的蝴蝶结,手上拿着玫瑰花,花很香,她跑到荣华身边坐下。

她用手去掐花茎。

"小妹妹,小心花有刺。"荣华说。

小女孩用胖嘟嘟的手把花瓣摘了,捏在手心里,噘起小嘴往手心上吹,花瓣懒洋洋飞起来,小女孩笑嘻嘻地去追花瓣了。

这小女孩很像当年的荣荣。

荣华感觉这些飞扬的花片,宛如缤纷旖旎的流年,从她的发丝边划过。可巧,一片残落的花瓣含着沁凉的香,落在她高跟鞋的鞋面上,蓦然中断了她怀

旧的思绪,仿佛有第六感在预告自己,自己等的人,已经来了。

人,的确已经来了。

杨慕次一袭白色西装,黑皮鞋。手拿一份英文版《上海时事日报》缓缓从花径中行来。他就像一个游手好闲的公子哥,散漫地等待着自己的小情人。

慕次现在的掩护身份是上海沪中警备司令部侦缉处少校副官。

荣华和慕次几乎是同一时间发现的对方。因为他们手里都拿着一张报纸。

突然见到"阿初"的荣华,顿觉"异常"。留也不是,走也不是。而阿次神态从容,正远远注视着她。

慕次假装看蝴蝶在花上飞,眼光一闪,又转移到荣华的身上,隐隐带着一丝笑意,并期待她下一步的动作。

荣华却不想让"阿初"看见"自己的同志",将来干扰自己的工作。于是,她站起来,把手中的报纸折叠起来,放进小挎包,离开长椅。

她的举动,令慕次愕然。这是怎么一回事?难道自己身后有尾巴,慕次神经过敏地迅速搜寻,在确认无人跟踪后,他坐到了长椅上等待"时雨"。

荣华在暗处观察,见"阿初"赖着不走,只好"放弃"接头。

1932年3月25日,英文版《上海时事日报》广告栏里刊登了一则小消息,内容大意如下:

森林溜冰俱乐部,拟定于3月26日,在玉佛寺路"米兰"咖啡馆为潭先生庆祝生日,请诸位好友届时莅临。落款是:森林溜冰俱乐部。

"米兰"咖啡馆的门窗都是整块玻璃镶嵌而成的,荣华很早就到了,她把当天的《上海时事日报》放在桌上。一手托腮,双眼迅捷地观察左右。

荣华是靠窗而坐的,一尘不染的大玻璃有透视的妙用,大街对面、往来的行人通过这层玻璃一目了然。

她又看见了"阿初",这一次,她很惊疑,她恍惚起来,坐着没有动。

慕次手里攥着《上海时事日报》,步履轻盈地推门而进,他又一次看见了荣华,当然,他也看见了报纸。

他礼貌地向荣华微笑俯首,荣华几乎是机械地回应了一下慕次,她觉得这个人不是阿初，阿初如果看见她，不会保持这种矜持的态度。阿初的态度是和顺而又温良的。

咖啡馆里回荡着低迷靡靡的情歌。

他和她，彼此的眼光僵持了数秒。

他确定，此人是自己要找的人；

她确定，此人"切实无疑"的不是阿初。

他们两个素不相识的人仿佛一瞬间变成了即将"谈情说爱"的男女，一切都变得美好而又宁静。

服务生迎上问："先生，您预定了位子吗？"

杨慕次半开玩笑地说："预没预定，要看小姐的心情好不好。"他迎着她走过去，荣华依然没有动。

他从容自若地在她对面坐下来，说："您是林潭先生的朋友吗？"

"老余叫我问候你。"荣华的脸上漾起一丝笑意，"欢迎回家。"荣华的音线优美，隐约散发出幽美的气韵，如许温馨，让慕次感到十分亲切。

他们开始彼此认识，正是花雨漫飞的季节。

第十七章　各有经纬一片天

> 茶室的空气里，有几缕淡淡的茶香萦绕着，凝聚着，像阴沉的烟霭，散不去，解不开。

幽暗的灯光下，红漆木板地显得愈加深红，荣华和慕次在"华美书店"小阁楼上密谈。数张叠放的"军事秘密地图"的照片摊开在小桌面上，地图右上角标有"军事秘密，南支那五万分之一图，南昌料号"字样，左下角则标有"陆军测量部参谋本部"的字样。

"去年，日本帝国主义悍然发动了九一八事变。蒋介石下令'绝对不抵抗'，东北军一枪未发，即让出沈阳城。日军得寸进尺，4个多月内，辽宁、吉林、黑龙江三省全部沦陷。你看看这些照片，日本人吞噬我中华之心不死。他们不仅要我们的东三省，而且，还想吞并中原。"荣华神情严峻，把照片一张张理顺。

"这些地图的照片是哪里来的？"慕次问。

"是长期潜伏在我们国家的日本间谍绘制的。这些照片是我们的特工从特高科手中得到的。日本间谍机构'立洋社'很早就在上海昆山路建起东洋学馆。日本特务头子土肥原贤二派遣了大批日本间谍潜入我国，其中有许多女间谍。他把她们比喻成飘零到大陆的樱花花瓣和与日月同辉的璀璨明星。"

"哼。日月同辉？樱花终究是短命的。"

"说得好。你来看这张图。"荣华扶正一张照片,"这里绘有上海市主要街道和港口,地图十分清晰准确。"慕次细看照片,图纸上绘着:参谋本部陆地测量总局支那派遣军之帝国之花测量。昭和四年。

"昭和四年? 1929年。"慕次喃喃地说。

"上级命令我们从国家的利益出发,尽快将这些照片透露给国民政府,希望他们尽快将潜伏在上海的日本间谍一网打尽。还有,第三共产国际即将派要员到上海来参加中央特委的扩大会议,我们负责与会人员的接送事宜。中央特科书记向成发是我们这次任务的直接领导人。明白了吗?"

"明白。"慕次突然又回头看昭和四年这几个字,他很迷惑地说:"这笔迹,我在哪里见过?"

"不会吧?"荣华说,"除非你见过这朵帝国之花!"

上海法国租界,日本茶室。

茶室的摆设很精致,雅间和雅间之间用大而宽的黑漆仿唐屏风隔开,衔接得当,设计美观。屏风上描金飞漆,画的都是有关中国和日本茶文化的交流和发展故事。画风典雅,处处透着古香古色,古意盎然。

颇有日本特色的小磁壶,壶嘴呈倾斜状态水线流畅地浇在茶杯底,含蓄玩味的一双手,手指冰凉地举起杯,香艳的唇沾了沾碧绿的茶水,暧昧地伸出舌头来,试了试茶温,然后,平静地等待访客。

访客来了,尽管来得很不情愿。

韩正齐推开了茶房包间的矮门,躬身而进,浓烈刺鼻的香水味道放肆地充斥着整个房间,榻榻米上的光线很幽暗,橘红色的灯下是正襟危坐的徐玉真,他过去的女主人。

一个曾经救过他性命的女人。

茶室里,余碳微热,茶水温凉。

"坐。"徐玉真说。

韩正齐面无表情地坐下。

"还记得吗,夜来的茶香?"女人温存地问。

怎么不记得?那一夜的温软芳香,致使他痛悔了一生。

"你怎么不说话?"徐玉真专心留意地注视着他的眼睛。

他的眼底,她像一朵迟暮的昙花。以招摇的姿态,瑰艳的俗,引诱着自己。割弃了多年的噩梦开始重新露出邪恶的笑容,这是他的前愆,他的罪孽,他难以面对却不得不面对的魔鬼。

徐玉真替他冲茶,死气沉沉的瓷碗面上漾起春色溶溶的碧漪,仿佛死灰复燃。碾得粉碎的茶叶末漫上碗口边,被杯盖轻轻一刮,纷纷打旋,露出几分贪淫悦己的本相来。

徐玉真将茶碗转动一圈半,恭敬地递茶给韩正齐,并发出诱人的微笑。具有矫情意味的献媚笑容,淡淡溢出靡靡之色。

"我不是来寻花问柳的。"韩正齐一无旁视地喝了一口茶。

"我也不是人尽可夫的。"徐玉真正色分辩了一句,"茶味如何?"

"寡淡如水。"

"那是你的心太过寡情之故。"她点起一支烟,"你直愣愣地看着我做什么?"

"你,以前不吸烟。"韩正齐说。

"人是要变的。"徐玉真勉强地笑笑,"岁月改变人生。"

"你请我来,不会是单纯的凭吊旧事吧?"韩正齐板着脸说。

"你我之间,有既往可供凭吊吗?"徐玉真反问。

"那最好!"韩正齐说,"最近你做了很多事,与你身份很不相符。我很奇怪,一个为人之母的人,怎么会做出令人发指的'灭子'大案。"

"您不了解。我是最息事宁人的了。可是,是他们,他们不放过我。我没想炸死他们,我只是警告,警告而已。"

"死了三个人,其中有两个人是完全跟这件事情毫无关联的!纯粹是无辜被害!"

"是她们运气不好!"徐玉真身体僵直地挺起来,情绪激动,"我也不想的。"

"她们都是无辜的!!是你该死!你二十年前就该死!这一切的一切,都是我的罪!我罪无可赦!"

"该死的人不一定有罪,有罪的人不一定该死。"

"你杀了我的女人。"韩正齐双眼喷火,脸上的肌肉开始交错,齿牙欲裂,"二十年前你答应过我什么?你说过,永远不伤害我的女人。现在,你杀了她,杀了她！"

"事前预期的打算和事发后的结果，太不一致。这种结果，我们都不想看到。我要杀的人，根本不是她！是她，她自己鬼使神差自己找死！她死，她死总好过我们死，对吧？这种局面，你以为是我想要的吗？眼前的局势，对你、我双方来讲都很不利。"

"你不要，一口一个我们，我跟你没有任何关系！"

"你企图遗弃我？毁灭我？你以为你做了一个小小的警察局副局长，就可以遮天蔽日吗？你别妄想。当年如果没有我的帮助，你早就饿死街头了。你别忘了，你是一个什么样的人？你以为你的身上已经褪尽了江湖匪气和野蛮的下等人的气息吗？不，没有，不可能的。别做梦！新寡的孀妇，以为扇干了坟头上的土，就会变成刚出阁的新娘？背叛信义的人，永远不会重获新生。除非他死！我觉得我有必要提醒你，你欠我风月债！我是一个苛刻的债主，你在我身上榨取过多少快感，我都要原原本本从你身上讨回来。"

"我也告诉你，我不会再受你摆布。我不怕你狠，我跟你赌命！你把陈年流水簿子全翻出来，我也无所谓！二十年前在慈云寺，是你，你设下的圈套，你给我下了药。你用下三滥的手段害我道义全丧。是你，一夜之间，碾碎了我的自尊，我的人格。是你，亲手毁掉了我的幸福，我的爱情。"

"这是你的宿命。"

"不，你欠我的命债！"

"不，你因此而捞取了高官厚禄。"

"我得到的，原非我所愿。"

"得不到的，永远是最好的。"徐玉真笑了，笑得诡异而自得，"经纬万端，各得其宜。你不要贪婪得过了头，到头来，落得个死无葬身之地。"

"死无葬身之地的人，应该是你。"韩正齐突然站起来，戴上了雪白的手套，"这一次，我不会心慈手软。"

"你想干什么？"

"我想掐断你脖子，一了百了！"韩正齐几乎是扑上去扼制住徐玉真的咽喉的，事发突然，徐玉真瞬时落于下风，她拼命地挣扎，喘息。韩正齐不给她喘息的机会，他用力卡住她的喉管，"我现在轻轻一捏，就送你回老家。你知道

吗？你精明，会算计。我不跟你兜圈子，我要让你在空气中像水分一样蒸发，溶解，消失。我做得到，我不是二十年前的小卒子，我有生杀予夺的权利。你过来，过来看。"他五指冰凉地卡住她，往窗前拖。"哗啦"一声，窗帘被拉开，徐玉真看见日本茶室外全是清一色的警察站岗，自己带来的保镖全被押在茶室的墙角底下。显而易见，韩正齐是有备而来，有心杀"贼"。

可惜，他无力回天。

徐玉真的脸上挤出一丝难以捉摸的古怪笑容。这种笑，令韩正齐不寒而栗，这种笑，他二十年前见过一次，那一次，他终身难忘。

"你笑什么？"

徐玉真示意他放松自己的咽喉。韩正齐松手，徐玉真剧烈地咳嗽。"你，你真野蛮。"徐玉真自己给自己做喉管的解压、放松运动，"我不会轻易地死去，你知道吗？除非你肯牺牲掉你的宝贝儿子。"

"你说什么？"韩正齐忍不住心腔儿猛地瑟缩，"说什么？"他拔出手枪来，直指徐玉真的头，眼睛通红通红地吼，"你信不信我一枪打死你！"

"很好啊，一枪两条命。一个是被你'先奸后杀'的情妇，另一个是你的亲生儿子。我赌得起！你敢赌吗？韩副局长？"

"虚张声势啊？！你别诈我，老子不是吓大的。"韩正齐的气势已成强弩之末。

徐玉真眼光敏捷地捕捉到韩正齐脸上的微妙变化，绝对有机可乘了。"打个电话试一试。"徐玉真十分虔诚地怂恿说，"看是真是假。都二十年了，你怎么还是如此莽撞呢？你以为背水一战，就足以致我于死地吗？那你也太小看我了。我能够一无遮挡地走进来，自然也可以毫发无伤地走出去。把枪收起来，小心走火，两条人命。"

"你等着。"韩正齐收起枪，走到精致的仿古电话旁边，摇动电话的手柄。简短地说，"接海关总署。"

一会儿，电话接通了。

"请找韩禹接电话。"数秒之际，韩正齐的眼睛丧失了神采。他颓然靠在墙上，他的心很痛，像针扎一样，这种愁急煎心的痛，只有为人父母的人最能理解。

他的独生子韩禹，今天早上没去海关总署上班，同事在上班途中，发现了他的军装挂在一棵树上，韩禹失踪了。

"我儿子怎么样了？"韩正齐满脸是汗。他的神经濒临崩溃的边缘。

"他很好。只要我平安，他就一定长命百岁。你看你，急得一头汗。"徐玉真试图替他揩汗。

"你别碰我。"

"你太虚弱了。你需要我的帮助不是吗？你需要我的怜悯。不要急于摆脱我。你想想，当年不是我救你，你会怎么样？蓬头垢面？奴颜婢膝？粗茶淡饭？"

"你今天叫我来的目的是什么？"

"我需要你对我的回报。"

"我已经回报了。"

"是吗？"

"您还活着，不就是最好的证明吗？"

"这还不够。我要你旗帜鲜明地表明立场，不能让'金龙帮'借尸还魂。"

"帮会的事情，我无能为力。"

"您不怕失去您最心爱的孩子吗？您一定要做出一个明智的选择。就像二十年前一样。选我，或是选她。现在是，选一个过气的少爷，还是选自己的儿子。"

对于韩正齐来说，失去心爱的孩子的惊恐，远远大于失去男人的荣誉和信义。他的心在痛苦中翻腾。

"怎么样？"

"不。"韩正齐在喘息。

"不？"徐玉真很意外，她不想失去这个百试百灵的杀手锏，"你要知道，你铿然斩断的不仅仅是人间父子的恩情，还有，你韩家的血脉。"

"正因为如此，我拒绝选择。"

"你必须选择。"

"我不能选，二十年前你让我选，你用我最心爱的女人的命胁迫我；你用你的身体、你的美色勾引我，你逼我选择；你制造杀人现场，陷害我，你强迫我

选。现在，二十年都过去了，你依然要我选。不，我不会选，不要说我现在手上还有权利，就算我如今是一个凡夫走卒，我也绝不再选。大不了，鱼死网破，你死我活！"

"你以为你是谁？你只是杨家的一只狗。别把你自己当人看。你以为，你保全了他，他就可以宽恕你吗？你跟他父亲的女人上过床。"

"没有。"韩正齐矢口否认。

"你背叛了他的姐姐。"

"没有！"

"你欺骗他！"

"没有！！"

"他一定会杀了你！与其死在他手上，不如杀了他，换你儿子的命。"

"住口啊！"韩正齐断然喝止徐玉真咄咄逼人地进攻，"你住口！蛇蝎女人。他是你的儿子，不是吗？"

"不是！"

"他是杨先生的儿子！"

"他是冒充的！"

"他是'金龙帮'的领袖。"

"灭了他，他就什么都不是了。"

"你这个疯子。"

"我没疯。"徐玉真说，"疯掉的是你，自己儿子的命重要，还是姓杨的重要？"

"我不会一错再错！"

"你必须做出选择。"

"你杀了我吧。"韩正齐突然放弃了凶悍，他软弱无力地靠墙壁支撑着身体，"杀了我，放了我儿子。"

"你的命，不值钱。"徐玉真满眼都是鄙夷之色，"选择吧。"

"我不选。"

"必须选。"

"我来替他选！"清清朗朗的一句话，突如其来地从屏风后传来。

话音未落，韩正齐身后的黑漆仿唐屏风被大力地推开，韩正齐和徐玉真还没来得及眨眼，阿初素色长衫，仪态华贵地站了出来。

韩正齐惊惶失措；

徐玉真满脸狐疑。

空气出奇的宁静。

"毒蛇在握，不一定能控制全局。"阿初笑盈盈地说。黑漆仿唐屏风后，站着"金龙帮"的兄弟们，还有"洪门"的老大黄三元。

黄三元既是法国巡捕房的大探长，也是江湖上"洪门"的首领。脚踩"黑白"两道，权势熏天，在上海滩是一个炙手可热的大人物。

阿初在此时此地设此茶局，无疑是做足了准备工夫的。韩正齐脑海里一片空白，原来，阿初派人跟踪他不止一日了。

夏跃春和汤少一身黑色西服，站在屏风一侧，汤少烧着卷烟，说："杨太太，你的手段也太黑了，你知道吗，那天，我也差点被炸死。哇，你够狠。"

黄三元拍着胸脯说："杨兄弟，洪门里的规矩，淫人妻女者，五雷轰顶；红杏出墙者，死于乱刀之下。你要是下不了手，不用你撒钞票，只要你咳嗽一声，大哥替你做。"

"不用了大哥。这是我的家事，应该由我亲自动手。"阿初一边说，一边用力一拉，把黑漆仿唐屏风拉回原处，把黄三元、夏跃春和汤少等人隔开。雅间内恢复了短暂的平静，三人当面，各怀经纬，眼光精射，魔道争锋。

"你可看清楚了，这里是租界，是日本人的茶室，是日本人的地盘。你别想胡来。"徐玉真强做镇定地说。

"你可别忘了，这里是中国人的天下！"阿初上前，大力地把窗帘撕落。正是下午时分，红日高照，茶室外的警察早已不见踪影，全部换上了法国租界的巡警，还有"金龙帮"的兄弟。

"来者是客，品茗清谈，原是雅事。何必大动干戈，您说是不是，初先生？"徐玉真强颜做笑，脸色很难看。

"是杨先生。"阿初纠正道，"杨慕初。"

"真是巧合啊，杨先生的姓名恰与我过世的犬子相同。"

"是吗？不过，我听说杨太太原来的身份是个通房丫鬟，一个丫鬟出身的姨

太太,没有资格称自己丈夫的孩子为犬子,你应该叫他少爷,不是吗?"

"想不到,一个留洋的博士,观念却如此守旧。"

"我的观念守旧,你应该感到庆幸。我之所以还肯与你对话,因为你,曾经是杨羽柏先生的女人。不然,我就直接把对话降格为谩骂了。"

"我现在依旧是杨羽柏先生的女人。"徐玉真说。

"是吗?"杨慕次故意用异样的目光扫视她,绵里藏针地说,"杨羽柏先生的女人,据我所知,她在黄泉路上陪着先生,已经二十年了。你是出土文物?还是,死期将近?"

"出土文物也好,死期将近也罢。今日与你邂逅相遇,也算彼此有缘。我想借茶室请你品茶,联谊叙旧,不知初,不,不知杨先生雅意如何?"徐玉真临危不乱,倒有几分大将之风。

"这道茶你酝酿了二十年,我若是不饮,岂非不恭。"阿初一抖长衫,一撩袍角,干净利落地盘膝而坐。

"你也坐吧。"阿初招呼呆立良久的韩正齐。

韩正齐精力俱疲地走过来,说:"属下恭陪末座。"他心神不安地坐下。

徐玉真开始为二人沏茶。

眼见得碾得精细的茶叶在白天目茶碗里挣扎,嫩叶的肉在沸水的冲击下卷缩,一片片腻绿愁态,仿佛断云含雨。

"请用。"徐玉真恭敬地向阿初敬茶,她的心态在茶艺的展示中,渐渐趋于平稳。"滋味如何?"徐玉真问。

"索然无味。"阿初答。

"饮者无心,故而无味。"徐玉真说。

"沏茶者心不洁净,心不静,则茶无品。"杨慕初说。

"茶艺如何?"

"有'艺'无'道',有形无神,徒有其表。"

"黄口小儿,也懂茶道?"徐玉真实在忍无可忍了。

"你是中国人吗?"阿初突袭式地问。

"是,当然是。"徐玉真脸上的肌肉略微颤动。

"既然大家都是中国人,为什么要按照日本茶道来品茶?"

"因为这里是日本人的茶艺馆,我们入乡随俗而已。"

"可是,日本人的茶艺馆是在我们中国人的土地上做生意,应该是他们入乡随俗,而不是我们。"

"中国的茶道能与日本的茶道相提并论吗?"

"哼。"阿初冷嘲地笑笑,"知道茶道的创始人是哪国人吗?是中国人。唐朝的陆羽。不羡黄金罍,不羡白玉杯;不羡朝入省,不羡暮登台;千羡万羡西江水,曾向竟陵城下来。"阿初笑起来,笑得很骄傲。"中国的茶叶是被日本的遣唐使节带回日本的,中国的茶道和日本的茶道是师徒关系,是父子。你懂吗?弟子见师傅要懂得持弟子礼。"

徐玉真仰面冷笑。"嘀,口气忒大。我学习日本茶道工夫也有二十年的光景了。所谓:和、敬、清、寂,烂熟于胸。古代的日本武士,最重视茶道的尊严。同样的茶会上,同样的杯子里,喝不到同样的茶,你猜他们会怎样?他们会维护茶道的尊严,维护武士的尊严,而切腹自杀,血溅当场。不像你……不像我们中国人,随意糟蹋茶艺,大街小巷随处可见摆放的茶碗,茶水就像河水一样浑浊不堪。简直侮辱了茶道的精神。师傅自甘堕落,弟子有何可敬?"

"堕落?什么是堕落?日本武士因为喝不到好茶,就要自杀。这不是维护茶道的尊严,这是心理变态!是与茶道文化背道而驰的精神自虐。这才是自甘堕落!茶水,除了可供品尝外,一样有解渴的功效。茶艺是人的一种精神享受,是人类生活中的雅趣、情趣。决不是控制人精神的武器。日本茶道,从煮水到递茶,每一步都规定得死死的,活像死去的僵尸做着机械的木偶动作,没有生趣,没有意义,而且代代相传,不敢越雷池一步。我怀疑他们有偏执狂,精神病。"

"你……"徐玉真脸色铁青,冷静地克制着自己的情绪。

"中国的茶道,没有日本茶道的做作和虚伪。中国人的茶道讲究的是'天人和一'!"

"何谓'天人和一'?"

"天,天性纯正。人,所谓……"阿初端起一杯茶来,指杯而言,"杯托为地,杯盖为天,杯子为人。天大、地大、人为尊!"紧接着他"砰"的一声放下茶杯,抬头凛然地说:"和,和气春风,和颜悦色,以和为贵;一,一尘不染,

一妄不存。这就是中国人的茶道,以人为本,益思启智,返璞归真。"

"说得头头是道,不知茶艺如何?光说不练是假把势。"徐玉真公然挑战了。

"既然如此,我就小试牛刀。"阿初应战。

"不吝赐教。"徐玉真说。

"愿瞻先生风采!"许久不说话的韩正齐,开始搭腔。

阿初对徐玉真说:"我,一定让你满意地受教。"他高声喊了一句:"换茶具!"

马上有日本女招待低头哈腰地小跑进来,用生硬的中国话问:"先生需要换什么样的茶具?"

"什么样都好,只要是中国的茶具就行。"阿初铿锵有力地说。

"嗨!"满脸涂着白粉胭脂的日本女招待腰弯得更低了,头几乎低到膝下,躬身而退。少顷,日本女招待捧来了一套中国宜兴产的紫砂茶具一套,然后有礼貌地说:"请用。"随手关上了推拉门。

阿初挽起雪白的袖口,优雅自如地冲点、刮沫、淋罐、烫杯、滚杯、细水浮花、杯罐溢香。继而洒茶、低斟,几番"关公巡城",高冲低筛,来回"韩信点兵",斟出三杯同色同香同味同量的茶水。他动作准确到位,轻巧灵活,整套工夫宛如行云流水,一气呵成,给人的感官以精致、精美的享受,让旁观的两个人直看得目瞪口呆,不得不佩服之至。

阿初十二岁起,就在荣家替荣升买茶、烹茶,十五六岁在四太太的茶道熏陶下,可谓茶艺精进,纳茶、候汤得心应手,冲茶、沏茶随心所欲。荣升当年出国,除了四太太的坚持外,大少爷也执意要把他带在身边,有一大半的理由,也是他"茶"功了得。荣升精致的生活中,品"茶"的享受是必不可缺的重要一环。

所以,阿初的茶艺,非同凡响,只是他深藏不露罢了。

"中国茶道,博大精深;中华茶艺,源远流长。阿初不过浅尝辄止,略显中国茶道冰山一角而已。不过,微而显著,小而见大。师傅就是师傅,徒弟还是徒弟!"

"果然声色并茂。"韩正齐赞一句。

"怎么样,不合你胃口啊?"阿初对徐玉真说。

"临流自鉴，脱不了妇人之态。你终究只是杨慕莲调教出来的一只疯狗，你不是男人。是男人，就光明正大地跟我搏一场。而不是像现在这样，偷偷摸摸地在我背后做手脚，把我死死地困在这里。"

"你激我啊，怕死啊？"阿初爽朗地大笑起来，"呵风骂雨，抢不得机锋！"

"你别想借尸还魂，除非我承认你是杨慕初，除非我让你进杨家。否则，你一分钱也拿不到。"

"是吗？"阿初一步步逼近徐玉真，说，"我杨慕初今日在此指天誓日，我要堂堂正正地从杨家大门里走进去！我要拿回你们从我手中掠夺的每一分钱，记住，是每一分。还有，你们欠下的每一条命债，都必须用你们的血来偿还！我要从经济上、精神上、肉体上，彻底消灭你们。回去告诉杨羽桦，要他准备好三口棺材，我要把你们一家三口，一个一个撕碎了放进去，听清楚了吗？"阿初英俊的脸因为怨愤而略显幽暗。

"不，不是三口棺材，是四口，还有你兄弟，我儿子。我们四个人是一家人，死，铁定死在一起，埋，也要埋在一处。"

"是吗，这个世界有要埋自己儿子的母亲吗？你简直不是人。"

"这个世界，有没有要埋自己儿子的母亲，我不知道。但是，我知道，从古至今，在中国就不乏兄弟相残的例子。煮豆燃豆萁，豆在釜中泣。本是同根生，相煎何太急。"

"你放心，我一定会把那颗会哭泣的豆子，先从釜里捞出来。"

"那就再好不过了。"

"我一定会笑着回家！"

"回家路上，小心鬼迷魔障。"徐玉真冷笑。

"回家路上，逢鬼杀鬼！佛挡杀佛！"阿初冷漠的笑容凝固在阴郁的脸庞。

"那么，我回家去等着你，扫阁焚香，严阵以待。"徐玉真企盼自己可以顺利脱身了。

"好的，不过，你也不必铺张过甚，我喜欢删繁就简，你就安安心心地替自己办身后事吧。"阿初细长的睫毛上含着笑意和轻蔑。

"不，她不能走。先生。"韩正齐突然插话了，"我的儿子，在她手上。"

"不，你的儿子，在我手上。"阿初回过头来，两眼凝视着韩正齐，清清楚

楚地说，"韩禹在我的车上。我们的账，慢慢清算。"

韩正齐神情麻木，阿初的每一句话、每一个字，<u>丝丝缕缕寒彻骨髓</u>，他感到前所未有的恐惧和悲凉。

徐玉真仿佛鬼门关前开了一线天，她不失风度地向阿初俯首致谢。"后会有期。"就在她前脚跨出门的一瞬间，阿初说话了，"等等，杨太太。"他走近徐玉真，含笑说："我刚才忘了告诉你，你派去绑架韩禹的四个人，我已经帮你清理干净了。"

徐玉真的心被剧烈揪紧了，她震惊："你，你说什么？"

"我说，我帮你清理干净了。"阿初神情亢奋，清晰而缓慢地说，"今天早上，我派人接韩公子来这里喝茶，碰巧，你派去的人先到了。我的手下就请他们先到了舍下喝茶，他们告诉我，同济医院的TNT炸药就是你派他们送去的，他们都有分参与，我想，早也是做，晚也是做，就把他们先做了，尸体扔进黄浦江了。不好意思，忘了给您打招呼。不过……"他凑近徐玉真的耳朵，压低了声音。显然，这句话他不想让隔壁的夏跃春和汤少听见，"我叫人把他们的手和脚都卸下来了，做为见面礼送给你。"

徐玉真完全懵了，她的呼吸急促而又浑浊。

"来呀，把我给杨太太预备的礼物拿进来。"阿初吩咐门口站着的手下刘阿四和陆良晨。这两个人以前一直跟着荣初，以闯江湖为生。

刘阿四把一个黑色手提箱递到徐玉真手里，徐玉真的手在发抖，黑色皮箱里沉甸甸的，不断往外浸着血渍。浓烈的腥味渗出来，令人心胆俱裂。

"其中，好像有一个是日本人，叫酒井一郎。"

徐玉真吐出来，一地肮脏。

"我一向都是先礼后兵的，这件贵重礼物，请转赠杨羽桦先生，以示我回家的决心。并请姨娘转告叔父，末日即将来临，请尽情享受这最后的春光。谢谢您。您可以走了。"阿初格外有礼貌地躬身相送。

徐玉真自己都不知道是如何狼狈地离开茶室的，她手脚僵硬，宛如一具行尸走肉。刘阿四替她雇了一辆黄包车，把所谓的"礼物"搁置在她膝下，然后，放行。

徐玉真在哭。

她的手抚摸着黑色的箱子，这里面有她"初恋"情人的血，他的手，他的脚。他是她生命里第一个男人，他就这样不声不响、不明不白地去了。他为了她的事业，远渡重洋，他为了她的存在而存在。他的手曾经是那样温暖地摩挲过自己的手，他的脚尖曾经和自己的脚尖叠放，他们的血曾经交融过，他们唇齿相依，互相在黑暗里舔食对方的伤口，像狼一样在月华下嚎叫，彼此分享狂野的爱。现在，这一切，都成了过眼烟云。

昨天夜里，还在被底温存，今天下午，阴阳阻隔，一死一生。

她痛苦地呻吟，她的心痉挛抽搐，她的牙齿错错有声，就算她行将毁灭，她也要在毁灭前的一瞬间，毁掉这个城市。

徐玉真清白的面庞在风中显得更加晦暗和阴沉。

茶室的空气里，有几缕淡淡的茶香萦绕着，凝聚着，像阴沉的烟霭，散不去，解不开。

韩正齐感觉自己的身心已经无处可藏了。

阿初仿佛精力过剩，承载了二十年的冤气一下爆发出来，有些不能自制。他的内心颇有些疯狂。

被肆意拉扯开的窗帘病怏怏地倒在地上，阳光没了遮挡，咧开了嘴招摇，从明亮的窗子外，长驱直入，强而有力的光线霎时淹没了茶室里的阴霾。

黑漆仿唐屏风此刻被人轻轻地推开，两间狭窄的茶室变成一个长方形的雅间。黄三元、夏跃春、汤少等人纷纷走进韩正齐的视线。黄三元蔑视的眼光和汤少的讪笑令韩正齐十分难堪。

"伯父，没事的，我们和韩禹是好朋友，谁也不能伤害您。"夏跃春竭力地安慰韩正齐，他并不愿意这件事伤害同学之间的情分，尽管，他知道一些"江湖"的规矩。但是，他认为，所谓的"规矩"，也应该因人而异。

阿初知道，夏跃春这几句话，是说给自己听的。

夏跃春和汤少到这里来喝茶，有一个特殊的缘由。一个月前，夏跃春家开的"春和医院"接到政府征用地皮的通知。夏家的医院是属于祖产，夏跃春有一万个理由不能搬。他上上下下跑了几处政府的办公机构，说了不少好话，打点了不少钞票，陪了不少笑脸，总算在人情上有了一丝回旋余地。有人叫他跟

日本人搞合资,只要有日本人入股"春和医院","春和医院"就可以雷打不动地巍然耸立在原处。那话把个夏跃春气得当场就昏厥过去。汤少开车把他送到阿初的家,他一进去,抱着阿初就失声痛哭,不能自控,连自缢的心都有了。

汤少也弄得"兔死狐悲",要替夏跃春去拼命,满嘴地跑车,说要到东京去宰天皇,要灭了小日本,最后闹乏了,躺在沙发上吐白沫,要烟抽。

阿初的家,没有请佣人,通常是嬷嬷阿岳照顾饮食起居,有时候,阿初也是自己下厨,所以,并没有多余的人来伺候这位烟鬼。阿初免不了亲自动手,替汤少烧了两个烟泡。好不容易才让家里清静了一刻。

当天晚上,阿初拿了自己的名片,去了法国巡捕房,登门"拜码头"。由于"礼金"丰厚,黄三元很客气地接见了这位上海滩帮会中的"后起之秀"。不曾想,两人言语投机,互有惺惺相惜之意。于是,开香堂,拜了把子。

没过多久,夏家医院搬迁的事情忽然有了戏剧性的转机。政府土地管理局通知夏跃春,"春和医院"的地皮范围内的两棵香樟树属于"前明古迹",是急需保护的国家财产,所以,不仅现在不用搬迁,就是将来政府改建规划,也要绕道而行。

喜讯传来,夏跃春犹如百死中觅得一生,暗地里感激阿初,要分他一分股份,阿初辞谢了。不过,叫他一定要请"办事人"喝杯茶,夏跃春敢不欣然从命,一切均由阿初一手操办。

他们一行人是上午就到了"国际大饭店",交际应酬了两三个钟头。本来,就要散了,阿初提议到一家日本茶室来听一段日本"歌伎戏",大家乐一乐。夏跃春原本不肯去,被阿初给硬拖来了,来了才知道,原来阿初的这个建议不止于"助人为乐",其实"利己"的因素占了很大的嫌疑,他们安安静静听了一场"屏风后的大戏",完全被动地知道了阿初的家族隐私。

当然,如果阿初单纯跟他讲这件事,自己一定不信,太过"天方夜谭"。

不过现在,就算阿初一个字不说,他也大约知道事情的全貌了。

无论如何,他决不愿意阿初伤害韩禹的父亲,虽然他知道,韩正齐在阿初眼里积罪尤多。

"To err is human. My advice is that it's best to forgive and forget." 夏跃春对阿初说。阿初微笑,不答。"I hope you will give favorable consideration to my suggestion。"夏跃春继续坚持地说。"你不妨想想自己常说的一句话。To err is human, to forgive divine。"

"这不是错,跃春。"阿初说,"这是罪孽!"

"阿初有分寸的,我们别管人家的家事。"汤少过来打圆场,并客气地对韩正齐说:"祝您好运,伯父。"汤少就势拉过夏跃春,索性就往门外走。"阿初,我们在下面等你。"

"好的。汤少,跃春,替我送黄先生。"阿初貌似和蔼地安排汤少和夏跃春先送黄三元走。

茶室里再一次彻彻底底地安静了下来。

"先生,请您放过我儿子。"韩正齐憋在喉咙管的一句话,终于挤出来了,他的汗水一直不曾停止过。

"我没有蓄意绑架韩禹,是我的人,从徐玉真的人手底下把韩禹抢回来的。你不再受人胁迫,应该感谢我,而不是害怕我。"阿初平静地说。

"那么,先生的意思,肯放我父子一条生路?"

"我不是慈善家。"阿初冷酷地笑了,"自己的儿子,当然得由你自己救。"

"那么,先生的意思是?"

"真相!真相是什么?我要知道全部真相!"

"真相?我不是已经跟您说过了吗?唯一保留的,就是,就是,不堪入耳的肮脏的被人嫁祸的故事。"

"你、阿岳嬷嬷、我姐姐,包括徐玉真,你们所陈述的过去的故事,我从头至尾一遍又一遍、认认真真地梳理过去你们告诉我的每一个章节,每一个环节。坦率地说,你们每一个人都在撒谎!撒不同程度的谎!包括我最亲爱的姐姐。她在我面前也隐瞒了部分'真相'。"

"先生?"

"老实说,我无法平静,平静不下来。每当午夜梦回,睡意蒙眬之际,所有隐藏的画面都联翩而至。所有支离破碎的记忆都重新粘合在一起。你知道,我看见了什么吗?"

"什么?"

"出卖你的人往往是你最亲近的人。"阿初突然反手给了韩正齐一茶壶,他

动作狠毒,攻势凌厉。紫砂茶壶在韩正齐的额头上崩裂,他被打倒在地,"你最信任的人,寄予厚望的人,往往是在背后伤害你最深的人!"阿初的面色因过激而潮红。"你在穷途潦倒之际,承我杨氏恩惠,得以安身立命之所。我父亲待你不薄,你也亲随有年,你怎么敢跟我父亲的女人有染?一度春风,你就出卖了灵魂,默许罪恶发生,像一个路人一样袖手旁观!可怜我姐姐,只身突围,一路惊险。不得已,向死而生,下嫁朽木之夫,做人堂下之妾!可怜,她到死,到死心中仍然藏着对情人诚挚、热烈的眷爱;她到死的那一刻,也不知道情郎远在二十年前就背叛了她,选择了厚禄高官!你因循苟且,茕茕顾影,你到底是怎样的一个人?啊?"阿初酣畅淋漓地发泄,导致韩正齐脑海一片空白,心底一阵抽搐。

"先生!"韩正齐知道,一场不可逆转的噩梦终于变成了现实。这场梦,绝对不像午夜梦回后,你可以轻易地在脑海里删除掉、消灭掉自己所经历的一切触目惊心的往事,不,完全不可能,"您不了解,先生,有些事实,是无法说清楚的。"

"这个世界上,只有不想说的'事实',没有说不清楚的'事实'。您说是不是?您一直在撒谎!弥天大谎!你们给我编造了一个又一个的谎言,我诧异的是,你们居然当真以为我会全盘接受?你们考验我的耐性,以为我很有耐性!我现在告诉你,我是一个完全没有耐性一遍遍听谎言的人。"

"可是,可是真正的真相,是残酷的,是无法见光的,对您而言,不知道比知道要好一万倍。真相一旦揭发,您未必有心理准备啊,先生。"

"既然不能光明磊落地摆在桌面上说,自然有你们不敢说、不想说、不愿说、不能说的苦衷。这苦衷到底是什么呢?"

"我是走投无路,无以为计。"

"我要听一听,一个走投无路、无以为计的人,当年是如何背信弃义的!"阿初接近冷漠地说。

韩正齐知道任何徒劳的辩解,在事实明确、证据确凿的情况下,都会变得苍白无力。在这种力量悬殊的情况下,不激怒对方,以实言相告,是唯一解脱困境的办法。"我告诉您真相,所谓的真相,其实只有一句话。"他的喉管再次发出一种颤动的声音,"徐玉真是您的亲生母亲!"

讳莫如深，讳莫如深。

原来如此。

阿初轻蔑地讥笑。

这一次，韩正齐真真切切地感到阿初的可怕。他原以为，此言一出，山崩地裂。阿初的正常反应，应该先是震惊、继而震怒，或者进退维谷，或者惊心动魄。

自己的姐姐，拿他做复仇工具，要他亲手杀死自己的亲生母亲。虽然没有得偿所愿，但是，二十年姐弟亲情原是虚幻……他不应该难过吗？

自己的亲生母亲亲手杀死了自己的亲生父亲，为了一己私欲，连亲生儿子也不想放过，他不应该感到悲哀吗？

自己拼命想报复的人全是自己的亲人，他难道不应该感到痛不欲生吗？

无论如何表现，他都不应该是现在这样的无动于衷，这样的从容自若，除非这个人是个疯子。问题是，阿初不是疯子。

"你觉得我听到这个'真相'后的态度，十分反常，是吧？"阿初主动来解谜了，"原因只有一个，这个所谓的'真相'，只是一个幌子，一颗烟雾弹，真正的'真相'是'背叛'，是'谋杀'，是一个，从一开始就设计好的、精心策划的'骗局''阴谋'。"阿初迎着韩正齐走过来，低身俯就般蹲下，在韩正齐的耳边说："我要告诉你一个截然相反的故事。虽然故事结构还不完善，而且乍一听起来，仿佛荒唐难信。不过，我要告诉你，我说的每一个字都是事实，无可争辩的事实。"阿初缓缓直起身来，一字一顿地说，"我的的确确是徐玉真的儿子。我不否认。"

"先生？"韩正齐满脸狐疑。

"但是，我的母亲应该在二十年前就已经香消玉碎了。"

"二十年前？什么时候？"

"二十年前的某月某日某夜，就在你跟现在这个'徐玉真'上床的时候。我的亲生母亲失踪了，她不见了，被人残忍地谋杀了，她遇害了。"

第十八章　牵丝攀藤一条线

> 让儿子亲手杀死自己的母亲!
> 的的确确是一个非常解恨,但是必须耐心等待的复仇方法,带有明显的极端性和残忍性。

"您说什么？"

"我说什么？"阿初揶揄一笑，"我说的是被你们刻意抹杀的真相。让我们来回顾一下从前、过去、曾经流逝过的光阴吧。那些深思熟虑的谎言、循环不已的虚构，不仅没有扰乱我的视线，正相反，重重疑窦，为我开启了故事的机关。故事真正的情节，其实非常简单。"

阿初神态祥和，语气平静，正是这反常的祥和与平静，令人不寒而栗，杀气在他忧郁的眉宇间弥漫，离奇的故事从阿初的唇间舌底得以展开……

我从来没有怀疑过姐姐对我的爱，至亲至纯，致美致善。

直到你的出现。

我对家庭曾经发生的惨剧，原先是一无所知的，直到姐姐告诉我"全部的真相"，我权且把它称为第一个故事。

第一个故事，充满了黑暗，兄弟相残，叔嫂通奸，灭门惨祸等等。

第一个故事是我姐姐亲口讲述的，如同目遇。是我在茫然而不知所措的情况下被动地接受的。也是，第一个为我所认同的。你来了，带来了第二个故事，模糊的，不清晰的，残缺的。因为你来得匆忙，没有充裕的时间准备，不可避免地迷乱了故事的情节。而听故事的我，此刻却是清醒的，冷静的，绝对主动的。所以，尽管故事纷杂，我还是从纷杂凌乱的线索里梳理出主题，并给它下了定义，两个字：背叛。

反过来说，第一个故事就相当于一个实验室，第二个故事中的所有细节都将在第一个故事的框架内，鉴别真伪。

于是，障眼法无以蔽日遮天了。

真正的"真相"渐渐浮出水面。

"第三个故事"呼之欲出了。

到底是什么呢？

四个字：色欲无边。

第三个故事应该从我的生母谈起，也就是"徐玉真"，我父亲的小妾。

我记得，姐姐是这样描绘我的生母的，她说：我们的父亲因为精通洋务，很受太后的赏识和宠爱，所以，我曾蒙恩诏在金门献舞，我十六岁那年，母亲生下了一对双胞胎，我亲爱的弟弟们，你和阿次……来到了这个充满光明、又暗藏黑暗的世界。

还是那一年，太后心血来潮，赐给父亲一个十八岁的宫女做小妾，父亲不能拒绝太后的美意盛情，就将这个宫女领回了杨家，给了她偏房的名分，使她成为了我们杨家的新姨娘。

第一个疑问来了。

太后为什么要心血来潮，赐给父亲一个十八岁的宫女做小妾？而且是在母亲刚刚生下一对孪生兄弟的时候？这是不大合乎人情的。

一个女人在经过痛苦的分娩过程后，她需要的是男人的亲切关怀和问候，而不是眼睁睁地看着属于自己的男人纳妾。看着他在月光下搂着另一个女人进入香甜的梦乡，而自己孤零零对着月色和嗷嗷待哺的孩子。

太后是一个女人。

一个女人用这样一种近乎残忍的方式去虐待另一个女人的心灵，只有一种解释，她们之间有"深仇大恨"。

除此之外，还有一种解释。

我的姐姐撒谎了。

太后之所以要赐父亲一个小妾，那是因为中国人的古训"不孝有三，无后为大"。太后赐的这个宫女，是去给杨家续香火的。

她做到了。

她跨进杨家大门的第二年春天，我和我的弟弟，来到了这个美丽繁杂的世界。

我是徐玉真的儿子，一个庶出的孩子。但是，我是杨家的长子，杨家的合法继承人。

第二个疑问来了。

我的姐姐为什么要撒谎？

目的是什么？

她的目的很显然。

她曾经亲口对我说过：我为什么要处心积虑地这样做呢？因为，我要报复！我要你亲手杀死他们！亲手杀死他们！！我要和你，看着他们这对狗男女在眼前化为泡沫，挫成灰烬。

你也曾经告诉我，你说：大小姐曾经亲口对我说过，杨家的事，一定要由杨家的人来完成。我知道，你们一定都活着，二十年来你们一定朝着预定的轨迹在行走，我没有权利去干预你们的复仇计划。

到底是什么样的复仇计划？什么样的复仇计划要策划整整二十年？

让儿子亲手杀死自己的母亲！

的的确确是一个非常解恨，但是必须耐心等待的复仇方法，带有明显的极端性和残忍性。

女性往往喜欢选择这种复仇的方式，为了这一分钟的到来，她们可以忍耐、等待，在漫长的岁月里期盼"黑暗"的瞬间，一旦梦想成真，她们就会渴饮仇人的血，再告诉杀死仇人的人，这个人是你的亲人，她曾经给了你生命，你却凶狠地结束了她的生命！这就是命运！造化弄人。这种打击方式是毁灭性的！

可是，计划没有变化快。

姐姐精心策划了二十年的阴谋，出错了。

首先是我不肯就范。因为我天性善良，受过良好的教育，当然，这也是拜我姐姐所赐。其次，我的姐姐太善良了。她违背了自己残酷的初衷，她对我这个仇人的"孽种"自始至终恨不起来，她内心的慈爱关怀是真诚的，绝非伪装。在最后关头，她选择了放弃。

正因为她选择了放弃，以往所有潜藏在她内心的狰狞、恐惧、毒焰都消失于无形，善恶两极，瞬间分离。

她要杀徐玉真，是因为这个女人杀死了她的父亲，毁了她的一生。

她放弃了酝酿二十年的复仇计划，是因为，她不舍得毁了我，她认我是她的亲人，她的亲兄弟，她爱我。

正因为她选择了放弃，所以，我将终生怀念她、尊敬她、爱她。

这样一个善良的女人，却死得异常惨烈。

徐玉真杀了她。

她杀了一个不再威胁她的人，一个手无寸铁的人，一个曾经与她亲如姐妹的人。

可是，杀人的过程中，又出错了。徐玉真派人炸的是我的诊室，也就是说，她想杀的人是我，而不是其他什么人。

第三个疑问如期而至了。

一个母亲会杀死自己亲生的骨肉吗？

我开始费解了。

对于一个做母亲的人来说，二十年，二十年失子之痛，痛不欲生；二十年，二十年忆子之苦，苦不堪言。可是，她却要执意杀死一个离开自己整整二十年，失而复得的亲生儿子，为什么？

上不合天理，下不符人情。

这个故事讲到此处，无论如何，都走不通了。

好比一篇内容精彩、题名隐讳的纪实文章，刚一露面，就获得读

者的关注,一时间注家蜂起,众说纷纭,越说越玄,最后纪实文学演变成了科幻小说。

到底是哪里出了问题呢?

我在姐姐的遗物里找到了答案。

姐姐有一个习惯,她把自己认为是最珍贵的东西都一一保存起来,她的遗物里有一本小册子,是父亲闲暇时作的诗。有些是父亲的笔迹,有些是徐玉真用小楷誊写的。字迹清秀,字如其人。

这些誊写的诗歌,直到出事前的半年里,突然停止了。她没有再为父亲誊写了。是习惯改变了?还是字迹变了?

如果是因为字迹变了,不敢写,那么,人也就变了。

弃之不写,也就无迹可循了。

我又回忆起了姐姐的话,她说:她初来时,非常本分,也很活泼开朗,我和她因为年龄相近,很快成了最要好的朋友。我们彼此分享父亲不同的宠爱,同时也承担起照顾多病母亲的责任。

直到有一次,父亲从德国经商回来,他送给姨娘一双美丽的水晶鞋。我很嫉妒,我几次向她讨要,她却不肯给我,她说这是"爱"的礼物,她说她要永远珍藏。

我们的感情和友谊有了嫌隙。

此时的姨娘宁肯得罪姐姐,也不肯将父亲的爱分流。从这个角度去看,她的内心深处对父亲充满了爱。

可是,好景不长,姐姐说:姨娘为了讨好我,居然把那一双水晶鞋送给了我。她忘了自己曾经爱过的一切。她丢弃这双鞋子的同时,也丢掉了父亲给予她的"爱"。

是不是仿佛一夜之间有了一百八十度的大转变?事实不然。

事实告诉我,我的生母已经遇害了。现在这个徐玉真,是一个彻头彻尾的赝品。

第四个疑问需要你来解答了。

这个假的徐玉真是从哪里冒出来的?

我的生母是何时遇害的?

在阿初咄咄逼人的目光下，韩正齐快要崩溃了。"先生，我可以理解您的心情，可是，所有的这一切，都是您的推断。我发誓，我没有参与罪恶。我发誓，我从来就不认为夫人是假的。直至今日。"

"不，你知道，你知道所有的一切。"

"我不知道，我不可能知道。"

"你不可能不知道！一夜之间，一夜之间真夫人变成了假夫人，仿佛真古董换成了舶来品，天长日久，能骗过我的父亲吗？不可能。最亲密不过夫妻，容貌可以通过医学手段来完成，她可以整容，整到以假乱真。可是，只要父亲一碰她，真假立辨。怎么办呢？他们来的时候早就酝酿好了整个犯罪过程。他们需要一个帮手，不，应该是需要一个帮凶。他们选中了你。这个假'徐玉真'的确给你下了药。她要跟你做交易。用她肮脏的肉体来交换你对杨家的忠诚。她成功了。"

"先生。"韩正齐想分辩。不过，阿初没有给他讲话的机会，"毋庸置疑的是，你上了她的床！家养的猎犬，从此迷失了方向。白布落染缸，面目全非了。你不知所措了，以沉默换取生存，忘了恩情，忘了自己的责任。于是，更大的悲剧无可避免地发生了……"

"先生。我真的不知道夫人……可能是假的，如果我知道夫人被他们害了。我不会沉默到现在。我真的以为是……夫人一时失志，夫人曾经救过我的命，就因为这个原因，我放弃了自己做人的原则。"

"所以你真的该死！"阿初怨毒地说，"你在穷途末路之际，我的母亲救了你。我不去研究任何有关她救你脱难的细节，但是，我相信，是我的生母，她给了你机遇，给了你重生。而你对她也不仅仅是单纯的心怀感恩，你一定暗恋过她，你不用否认！

"你的确是一个十分优秀的军人，健壮的体魄，服从的天性，坚韧的意志，让你成为了我家庭里必不可少的成员。

"我那心地纯良、涉世不深的姐姐爱上了一个英俊体贴的军人，一点也不奇怪。因为，你给了她安全感，还有，一朵温室里的娇花所需要的恒温花棚施与她的温暖。你做到了。

"我不知道你有多爱我姐姐，但是，我知道，你一定很爱我的母亲！你爱她，

却无法得到她,你接近她,却不能亲近她。你的内心一定很痛苦,很受煎熬。

"我的姐姐反而在不知不觉中成为了你心目中'最爱'的代替品,做了你的'次爱'。

"终于,有一天,有一夜,你突然得到了你想拥有的一切。当你睁开睡意惺忪的双眼,看见温香软玉抱满怀的瞬间,你是怎样的惊诧?怎样的惶恐?怎样的紧张?

"她一定是预先准备好了一套动情的动作,哀怨缠绵的情话,她渴求你的爱,你的温暖,她一切一切的表演正好满足了你的虚荣心和潜藏在体内的欲火。

"你告诉自己,是她可怜,是她一时失志,是她行为不轨,是她'逼迫'自己上了她的床。

"道德和良心在谴责你,可是,同情心和爱情在帮助你,强硬的道德与脆弱的同情心之间的张力发生了微妙的变化,所谓柔能克刚,水能灭火。于是,你认定了你'背叛'有情,行为合理。你心安理得地原谅了自己。

"你再度沉溺。这一回,就不再是无意识的世界了,而是有高度刺激的狂欢,无度的狂欢,你为此而沉醉。

"我姐姐的乳娘,岳嬷嬷告诉我,姨奶奶在杨家'出事'的前几个月,曾经在慈云寺住过一段日子,据说是去吃斋还愿,回来之后,性情大变。

"我并不知道,这个假徐玉真来自何方。但是,我能想到,她极有可能来自东瀛。杨羽桦曾经留学日本,他们之间一定发生过什么故事,他们达成了某种默契,他们的阴谋也许并非只是图谋家产这么简单。

"他们利用了我生母信仰佛教的善念,在我生母虔心敬佛的时候,他们动了杀机!

"就是这段在慈云寺的日子里,我的生母遇害,假冒的徐玉真正式登场了。你和杨家的姨太太有了奸情,我母亲的声名从此被践踏、被凌辱,她的灵魂至今忍受着痛苦和煎熬。

"而我的姐姐依然被蒙在鼓里,幻想着她纯真的爱情。

"你很乐意和这个假的徐玉真保持这种主仆之间的浪漫爱情、危险游戏,这种浪漫让你有了征服的快感,当然,我不否认你曾有过负罪感,也许曾经深深忏悔过。不然,你怎么会同意和我姐姐双双私奔呢?

"但是，负罪和忏悔在整个阴谋形成的过程中已经显得微不足道了。

"因为浪漫，你已经把自己的身份和杨家的关系彻底搅乱了，当你突然发现徐玉真与杨羽桦之间隐藏着暧昧的'情人'关系后，你迷茫了。

"徐玉真在床上、月下，对你说过的所有情话，全部在瞬间颠覆了。就像是临时搭建起来的简陋工棚，经不得推敲。

"你从来没有想到我父亲的安危，这个时候的你，极力想逃，跟我的姐姐一起逃。

"结果呢？我父亲死了，死于谋杀！我的姐姐嫁人了，嫁做妾妇，犹如服鸩自毒！我呢，寄人篱下，为人奴婢！我弟弟，认贼作父！你逃了，全身而退！

"不过，今天，我还是要谢谢你，谢谢你亲口承认我姐姐是你最心爱的女人，尽管我不能判断你话里的真伪。我仍然感谢你，谢谢你今天的选择。

"你说，我不能选，二十年前你让我选，你用我最心爱的女人的命胁迫我；你用你的身体、你的美色勾引我，你逼我选择；你制造杀人现场，陷害我，你强迫我选；现在，二十年都过去了，你依然要我选。不，我不会选，不要说我现在手上还有权利，就算我如今是一个凡夫走卒，我也绝不再选。大不了，鱼死网破，你死我活！

"看起来，二十年前，他们曾经制造了杀人现场，陷你入局。杀人重罪，你是背不起的。不用说给你高官厚禄，光是替你移灾解罪，转祸为福，你就感激涕零了。

"故事讲完了，有什么出入，您可以补充。如果，没有什么大的出入，你知道该怎么做！"

韩正齐已经完全丧失了抵御的能力，当他听到徐玉真是一个冒牌货的时候，在精神上，他完全缴械投降了。他并不是屈服于阿初的黑势力，而是诚心服法。

他劣迹斑斑，严重地乖背了江湖道义。他已经跨越了江湖规矩的最底线。阿初的身影在他眼前无疑是一座难以飞跃的山峰，整个茶室安静极了，只剩下一个声音，那就是死亡的脚步。

"怎么办呢？"韩正齐喃喃自语。

"你说呢？"阿初走到窗前，看着天上的云彩。

"二十年前，如果我向您的父亲坦诚一切，他会原谅我吗？"

"我不知道。"

"他会杀了我。因为,他把家族荣誉看得比命还重要。"

"也许,他会这样想。"

"他会这样做。而且,他曾经做过,我亲眼目睹。"

"于是,我父亲死总好过你死,是吗?"

"我从来没有想让谁去死。我想让这件丑闻死掉,永远,永远死掉。我是应该受到您的谴责,并得到应有的惩罚。"

"我没有谴责你,也无力纠错。我只想告诉你,一个人应该为他的行为负责任。"

"您能指一条生路给我吗?"

"如果没有生路呢?"阿初发出的死亡的讯号。

"您肯原谅我吗?"

"求人原谅,原是求己心安。"阿初淡淡一笑,"一个背信弃义的人,永远不会重获新生。除非他死一次,死一次,我既往不咎!这是你毁约背誓的代价,你理该偿还。你除了以死谢罪外,别无救赎之道。"阿初的话讲得和风细雨,但是眼目嚣张。

怎一个"悔"字了得。

杨慕莲优雅与婀娜的影像,隐约又飘浮在眼前,既疏远,又亲近。二十年了,她并没有色谢容衰,她很年轻。她用期待的眼神看自己,没有忧伤,仿佛只有宁静的等待。韩正齐知道,这是死亡的感觉。

"你自裁谢罪,我就当你二十年前,忠于旧爱,蹈难赴死。怎么样?"阿初竟有些残忍地愿他继续保持这种即将丧失生命的感觉,并从中调剂出过世的姐姐对他寡情负心的恨意。

韩正齐掏出了枪,对准自己的太阳穴,面对阿初双膝跪下,"请先生照顾韩禹。"

"您跟我讲条件?"

"不是。"

"那就行。我不搞株连。"

"我愿意用我的血来洗清罪孽。"话音未落,扳机扣响。

第十九章　梅花一夜漏春工

> 小院很荒凉，杂草蔓生，月光下，草随风动，凭添阴森之气。不过，房子的结构很美观，梁、柱、壁都是仿古的艺术品。想必这院子的旧主人很讲究精致的生活。

自杀是需要血性的。

不仅需要血性，还需要勇气。

韩正齐就是靠着自己军人的血性和男人的勇气扣响了扳机。

他的身体绷得笔直，神经拉伸成一根即将断裂的钢丝，胸口裹挟着一团快要熄灭的热气。不过，他还活着。

子弹并没有射穿他的头。

他记得，来之前他检查过弹夹，弹夹里有子弹。

阿初冷漠地看着他，轻轻吐出一句话："还有勇气开第二枪吗？"

韩正齐面色苍白，抽紧了心。为了男人最起码的尊严，他必须开第二枪。可是，他手臂酸软，额头上渗出汗珠，他预感自己无能为力了。他再也恢复不了自杀的勇气。

眼前一片漆黑。

漆黑的世界里，他看到自己的魂魄孤独地徘徊在荒郊野外。

他看见自己一身湿漉漉的全是血。

他看见自己把枪口对准阿初，阿初的脸又变成了真的徐玉真。徐玉真盯着

他的眼睛，眼神空洞，是死人的目光。

自己真该下地狱。

韩正齐发现自己真正精神痛苦的根源，来自于对徐玉真的单恋。只需要手指轻轻一扣，自己就可以解脱了，他已经闻到了泥土的香味。

他开了第二枪，枪声响了，他应声倒下。

刘阿四和陆良晨打开了茶室的门，阿初举手示意他们在门外等候，韩正齐虽然机械地应声倒下，虽然他的太阳穴疼得厉害，但是，他明显感觉到，自己依然活着。

这是一枚空心弹。

"我原谅你了。"阿初平静地说，"我并不想用这两枪来羞辱你，我要你知道，从前所有的罪孽，你已经偿还了。你的生命经历了一次轮回。你有两次机会杀死我，你放弃了。你放弃了生命，承担了罪责，挽回了信誉。"阿初主动向韩正齐伸出手去，"我希望，我们的合作能够继续下去。再没有任何阻力，我需要你！社团需要你！"

这是一种姿态。

韩正齐感到惊异，又对阿初的宽容产生了敬意。他心情复杂地握住了阿初的手。两个人同时站到了阳光下。

"你枪里的弹夹，我已经叫你身边的人替你换过了。"阿初从衣兜里掏出装满子弹的弹夹，扔到茶几上，"韩禹在国际大饭店三楼306室，他被人注射了麻醉药，估计现在还没醒，你立即送他去医院，应该没有生命危险。这是306房的钥匙。"阿初把钥匙扔到韩正齐的手上。

韩正齐第一次真真切切地感到阿初的可怕和冷酷。

"先生，谢谢。"韩正齐揣了钥匙，飞奔而去。

阿初也走出茶室，他听见门外传来汽车声、警笛声和嘈杂的脚步声。韩正齐带着他的手下去国际大饭店了。

陆良晨给阿初披上外套，夏跃春的车子开到他面前。

"你怎么没走？"阿初问。

夏跃春笑笑。"等你啊。"

"等我？算了吧。你是怕我把韩正齐给做了吧？"阿初说，"现在放心了。"

"上车说，上车说。"汤少在车里面嚷嚷。

阿初回头盼咐陆良晨："你们先回去吧，我直接去白玫瑰舞厅。"说完，他上了夏跃春的车。

"先生，您需要的东西。"陆良晨贴着车窗，递给阿初一个大信封。

车开走了……

阿初打开信封，里面是私家侦探偷拍的一系列阿次的相片。

一张杨慕次的军装照印入阿初的眼帘。

"你弟弟很帅。"夏跃春斜睨了一眼。

"帅什么帅，又不是没见过，跟他一个德行。"汤少很不屑。

"我什么德行？"阿初问。

"不可一世。不，自以为是。"汤少说。

"你们长得太过相似。"夏跃春说。

"是啊，太相似了，有一种恐惧感。"阿初说。突然，阿初的手抖了一下，因为，他看见了一张阿次和荣华在一起逛街的照片，这一惊非同小可。他立即把照片装回信封。

原来如此。怪不得，老余会认错人，原来他们是一路人。

"你打算怎么跟你弟弟说？"夏跃春问。

"先请他喝茶。"阿初有些答非所问。

"还在这里？"

"不，这里太郁闷了，离他的工作地点太远，找个清静点的，离沪中警备司令部近一点的茶室。"

"那里有间英国茶室。"夏跃春说。

"不错啊，就选那间茶室，明天下午四点，请他喝下午茶。"

"不过，我听说令弟可是从日本财经大学毕业的，他是不是也要坚持喝日本茶啊？"汤少笑起来，"要不要，我提前赠送一篇'同室操戈'赋啊？"

"你看他幸灾乐祸的样子，想看你们兄弟争锋啊。"夏跃春从汽车的镜子里正好能观察到汤少得意洋洋的嘴脸，"听说你弟弟很傲气，他会俯首听命于你吗？"夏跃春问阿初。

阿初"嗯"了一声，说："自古来，长兄如父，父死从兄。由不得他不听。"

"令弟倘若不肯受教呢?"汤少问。

"那就打到他受教为止!"

"这么厉害。那当你弟弟惨了。"夏跃春说。

"开车吧,这么多话。"阿初把车前的镜子摁下来,懒得看汤少那张笑歪的脸。

白玫瑰舞厅。

伴舞女郎的大照片挂在舞厅的入口处,照片底下摆放着"某某公子赠送某某小姐的花篮",花团锦簇的,煞是热闹。

辛丽丽的半张脸在亮光里带着明媚的笑容,另半张脸隐藏在黑影里,让你捉摸不透她笑中的酸涩,她的额头、她的秀发、她流畅优美的鼻线恰到好处地映在明暗交界的地带,给人以美的遐想,令人回顾,流连忘返之,悠然向往之。

阿初和夏跃春、汤少一起漫步在舞厅狭长、明亮的走廊上,漫不经心地浏览着舞女们的照片和简介。

舞厅的化装间里,和雅淑像往常一样打开了胭脂水粉盒盖,她用粉扑轻轻沾着胭脂,朝自己的手心里点染,她专心致志地调着粉色,手心上的香粉点染成一朵雅致而又不失绚丽的花。

舞池里的音乐吹了进来,仿佛在催促雅淑上场。

雅淑心中积攒的薄薄的凄凉,渐渐地在靡靡之音中放散了,化成了嘴上涂抹的厚厚的胭脂。

她的红唇娇艳欲滴,充满了亮彩,活像夜里偷饮了蟾宫仙露的玫瑰花瓣,晶莹通透,色香合度。

她下意识地站直了身体,在化妆镜前扭了扭腰肢。她穿着一件白色玫瑰旗袍,胸脯丰实,线条突出。旗袍的丝料极其柔滑,手感极佳。

镜子里呈现出的华丽优美的形象,就是过去的雅淑另一面。

她做了舞女。

她不知道这算不算堕落。

她要上场了。

白玫瑰舞厅。三个月前已经成了杨慕初名下的产业了。阿初接手帮会后,连续关闭了三家财务公司，终止了高利贷的所有业务。他把有限的资金全部投入到餐饮、娱乐行业来，扩大经营规模，让从前见不得光的社团成员，衣冠楚楚地重新走到阳光下。

阿初做人、做事的原则是：诚以利己，信以待人。他脑子里根深蒂固的社会责任感，自始至终引导着他的行为。所以，他对社团里的人，择而用之，想方设法保住他们的饭碗，不再刀口舔血，同时也保证他们对自己绝对忠心，一有风吹草动，将士用命。

舞场大班知道老板带着贵客来了，一溜小跑地跑过来，一人送给他们一叠舞票。然后，恭身后退。

阿初走在玫瑰走廊中间，什么"黑玫瑰""黄玫瑰""红玫瑰"等小姐的照片在阿初游走的目光下，一幅幅暗淡下来。

突然，阿初听到了汤少的怪叫声。

"阿初，你完了，你完了。"汤少还在继续叫喊。

"怎么了？"阿初问话的同时，也赫然呆住了，难以掩饰脸上的惊诧。他看见了和雅淑的大幅旗装照片，色调华贵，仿佛油画。

雅淑高贵而清冷的神情笼罩着整个色彩，她高高在上，就像幽居在天庭的少女突然被谪下红尘。她并不具备妩媚与冷傲之间的平衡能力，以至于她的笑靥很僵硬。她与生俱来的贵族气至今尚未在浑浊的暗夜中淘洗干净，她的眼睛在暖光的刺激下，显得异常感性，而且无所顾忌。让人有一种想把她从画中剥离下来的欲望。

"阿初，你说荣家大少爷要是看到雅淑在你的舞厅里做舞小姐，他会怎么样？"汤少注视着阿初的表情。

"这个玩笑开大了。"阿初自言自语。

"所以说，我说你死定了。"

"这位小姐想必出身贵族？"夏跃春看着照片说，"这气质是学不来的，可惜流落了。"

"'流落'的极致必然是'堕落'。借助自己的姿色来拯救自己的经济，心甘情愿地向金钱献媚，也许这才是真实自然的她。不知夏兄和杨兄以为然否？"汤少兴致不减。

夏跃春心中已猜到八九十分,这朵盛开在舞池的白玫瑰与眼前的汤少、阿初一定有着某种微妙的关系,倒不好直言点破,恐伤了二人的面子。于是,微笑地应付了汤少一句:"汤兄所言,颇可细味。不过,小弟一言不敢赞。"

"虚伪。"汤少笑骂。

"情有可原。"阿初说。

"你说情有可原?"汤少表情丰富地怪叫一声,"你认为她宁可做一个荡妇,也不肯嫁给我……"汤少突然看见夏跃春的笑眸,果断地把话噎回喉管,吐出一口肮脏气来,说:"像我一样的上等人,是情有可原?"

"青楼女子不见得个个都是荡妇,遁入佛门的鱼玄机不一样艳帜高张?"阿初反驳汤少的话,"做舞女也是一种求生的方式,你以为人人都跟你一样,仗着父辈的福荫,成天票戏、吸鸦片、跑马、逛舞厅,做社会的寄生虫。"

"我票戏,是昌明国粹。"

"吸鸦片呢,也昌明国粹?"阿初不依不饶。

"我,鸦片是洋货,我吸鸦片是、是……"汤少脸通红。

夏跃春打个圆场,救驾说:"是融化新知。"

"对,融化新知,你懂不懂?"

"我不懂你们这些公子哥的闲情逸致,我只知道,一个人牺牲自尊,靠卖笑赚钱,也是需要勇气的。我为雅淑感到难过。"不仅仅是难过,还有一丝淡淡的忧伤。为雅淑的生存环境;为雅淑的屈尊降贵;为雅淑曾经的笑靥和泪水。

雅淑落到今天这一步,自己也是有责任的。所以,自己必须为雅淑做点什么,不仅仅是为了荣升的面子,也包含自己的歉意。

"舞票给我。"阿初对汤少伸出手来。

"干吗?"汤少愕然。

"给我。"阿初几乎是抢过来的,"从现在开始,她不做了。"他撕毁舞票。

"你滥用职权。"汤少不忿。

"就算是吧。"阿初说。

"上海是自由世界。"汤少不肯善罢甘休。

"你去请她跳舞,无疑是羞辱她。"

"她肯出来做,就会想到有今天。"

"己所不欲，勿施于人。"

"我不守伦理秩序，你的金科玉律对我不起作用。"

"你是不是想看她在你面前再寻一次死？"阿初这句话威力十足，汤少听了果然收敛了气焰，泄气地说："你威胁我？"

夏跃春主动把自己手中的舞票还给了阿初，拍了拍汤少的肩膀，说："你想跳舞，换一家。我陪你。"

"今晚的一切开销，我付钱。"阿初说。

汤少半推半就地在夏跃春的好话里下了台，阿初叫人送他们去了"百乐门"，自己顺着走廊，来到舞池。舞池底灯光暗淡，十几对男女在舞池翩翩起舞，舞女们身上的香水流溢在闪烁靡丽的华灯下，阿初看见了雅淑。他的心忽然有了刺痛的感觉。

和雅淑穿着高领旗袍，从脖颈到前胸裹得严严实实，雪白的胳膊却刺目地裸露在灯光下，她的眼神犹如梦一般凄迷婉转，带着落花的矜持，带着悲凉的自尊，踩着梦幻的节拍，肢体疲倦地重复着机械的动作，舞池中仿佛腻水染了花腥，萍飘蓬转，不时溅起凄美的浪花。

突然，阿初和雅淑四目相遇，刹那间舞池中的"玫瑰"开始颤抖，阿初甚至能听到她那颗簌簌颤动的心，阿初的歉意和雅淑的颤栗一瞬间糅合成哀怨的乐曲。

雅淑猛地垂下眼睫，晶莹的泪夺眶而出，一种从未体验过的惶恐霎时压迫住雅淑的心魂。她忽然又想到，阿初会是怎样的表情？她想知道，于是，她抬起头，几秒钟的工夫，她找不到阿初了。阿初仿佛是夜间过路的流萤，一闪而过，是梦吗？雅淑在想，她暗守着内心的孤独，残梦初回般地旋转下去，再旋转下去。

阿初刻意避开了雅淑的目光，他有些魂不守舍地走到后厅走廊，随意地推开了走廊拐弯处的一扇门，他听见有女人的尖叫和低笑。

"我以为你把我忘了。"辛丽丽对着穿衣镜正穿舞裙，一个小舞女正蹲在地上帮她理裙摆，她雪白的背正对阿初的视线范围，鲁莽的失礼和适意的娇羞浑然相聚，阿初条件反射似的转过身去。

"装什么蒜啊，姓杨的，难道你没见过我没穿衣服吗？"辛丽丽优雅地转动身子，向他就地屈膝，行了一个漂亮的欧洲宫廷礼，并娴雅地伸出手来。

阿初就势握住她的手，牵她起身。他没有亲吻她的手背，因为他穿着长衫，

自己总觉得不伦不类。

还有,就是因为丽丽的那句话,很明显,她认错人了。

小舞女拎着自己的长裙,躬身先退出去了。

"帮我拉上拉链。"丽丽说。

阿初有些尴尬,习惯地左右看看。

"你怎么了?"丽丽问。

"您很美,美得令人不敢轻慢。"阿初答。

丽丽笑了。"怎么你如今也学会恭维人了?"

阿初替她拉裙链,他的手无意间触摸到她的肌肤,他敏感地收回手去,不经意的躲避,反让丽丽感到他的异常,丽丽立即警惕地往后一撤,不信任的目光在阿初身上考量,大约半秒,她已经确定了眼前人不是阿次。"你是谁?"

"你在等谁?"阿初反问。

"我在等我的朋友。"

"我也是你的朋友。"

"你贵姓?"

"你猜猜。"

"杨先生?"丽丽也不清楚自己为什么要顺着他的意思猜。

"聪明。一猜一个准。"阿初坐了下来。

"在我的记忆里,我们并不认识啊,杨先生。"

"哦,做老板的来看看自己旗下最优秀的员工,好像并不需要提前预约吧。丽丽小姐?"

"哦?"丽丽调皮地拉长了声线,"原来阁下就是那位神龙见首不见尾的初先生,初大老板?小女子失敬了。"

阿初纠正一句。"是杨先生,杨慕初。"

丽丽秋波一闪,她对这个名字感到更加好奇。

"杨先生,斯斯文文,不像是做这一行生意的。"

"彼此,彼此。"

"什么意思?"

"我看您也不是吃这行饭的人。"阿初的这句话是带了省略性的暗示,丽丽缄口不答了。某种默契在半带试探半带调情的隙间蔓延开来。

"您是特意来会我的？"丽丽问。

"不是。机缘巧合。"

"您抽烟吗？"

"谢谢，我不吸烟。"

"是吗？"丽丽从烟盒里掏出一支烟，"您不介意吧？"

"随意。"阿初说。

辛丽丽笑着点燃了一支烟。"跳舞吗？我请您。"

"谢了，今天晚上我很累。"阿初突然想到和阿次见面的事，眼前不就是一个现成的联络官吗？"给他打个电话吧。"阿初直截了当地说。

"谁？"

"你的情人。"

"我的情人不止一个，您指的是哪一位？"辛丽丽吐了口烟圈。

"跟我长得很相似的那一位。"阿初说。

"跟您长得很相似，相似到什么程度？"

"一模一样。"

"您信吗？"

"你刚才不就是把我当成他了吗？不然，你干吗在我面前换衣服？"

"那是因为，我想勾引你。"丽丽依旧笑。

"你说，姓杨的，难道你没见过我没穿衣服吗？我的确是第一次看见你……"阿初停顿了一下，说，"换衣服。"

"您，干吗要见他？"丽丽很好奇，"您可千万别告诉我，您是因为嫉妒。"

"为什么不呢？"阿初随手从花瓶里取出一支红玫瑰，献给丽丽。彼此轻贴面颊，阿初低声说："您很迷人。"

"谢谢。"

阿初走到门口，说："明天下午两点，我在'英伦茶室'等他。不见不散。"

"您认为我一定会打这个电话？"

"是的。您没有理由拒绝我。"

"您到底是他的什么人？"

"亲人。"阿初出去,关上门。

喧嚣的音乐扑面而来……

阿初听见舞池里传来的放肆的笑声,他分辨不出来那笑声是否出自雅淑之口,他觉得很不舒服,他叫来舞女大班。

"先生,您有什么吩咐。"

"那个,和……和?"阿初突然有点别扭。

"您说,雅淑小姐?"

"对。"阿初定了定心神,"她做了多久?"

"两个月。"

"她自己来应聘的?"

"是的。"

"你,你跟她平常关系怎么样?"

"一般。"

"你试着问问她,有一家证券交易所需要一名工作人员,薪水不错,你问她有没有兴趣做。如果她愿意,你立即告诉我。"

"是的,先生。"大班欲走。阿初突然拽住他,说:"不要告诉她,是老板关照的。一个字也不要提。"

"好的,先生。"

"OK。"阿初松开手。

阿初的贴身保镖刘阿四走了过来,他看见大班离去。

"有事吗,先生?"

"没事。阿四,你上次说替少爷的朋友在梅花巷看房子,那地段还有空房子没有?"

"有啊,梅花巷很偏僻,不过,空气很好。"

"你带我去看看。"

"现在?"刘阿四很诧异。

"走。"阿初说着,径直向前去。刘阿四跟上几步,又退回来,从门口的服务生手上接过阿初的风衣和围巾,再跟出去。

宽阔的长街，黄色街灯闪烁，杨慕次开着一辆吉普车驶过，他把车停在"华美书店"的门口，熄了火。

"华美书店"的窗子半开着，荣华伸出半个头来，跟慕次打了个招呼。慕次下车等待，不到三分钟，拎着行李的荣华和第三共产国际的特使下了楼。

杨慕次从荣华手中接过行李，荣华替他们简单介绍。"这一位是共产国际的特使丛锋先生……这一位是负责您在上海会议期间安全的……"

荣华话还没说完，丛锋已经冲上来和慕次热情拥抱了。而且久久不愿松手，慕次异常尴尬。他用眼神提示荣华替自己解围，荣华一时也无所适从。

"阿初，见到你真高兴。"丛锋激动地说。

"您，您认错人了吧？"慕次说。

"你说什么？我是丛锋啊，你仔细看看。"丛锋终于松了手。"虽然我化了装，可是，你也应该认得啊。"丛锋脱了礼帽让慕次认，慕次摇头，丛锋忍不住给了慕次一拳。"不是吧？回来才一年多，连我都不认得了？难怪阿惠说，郎心似铁。哇，你帅多了。不过，少了几许飘逸和清雅。"

"我……"慕次不知道怎样跟他说，"很抱歉，我不是您说的那位阿初，您真的认错人了。我叫杨慕次，是这次中央特委扩大会议，专门负责保证您安全的。初次见面，不周之处，请见谅。"慕次伸出手来。

丛锋很诧异地伸出手来，两个人握手。

心情各有不同。

他们三人很快上了车。

"我们暂时把您安排在梅花巷五号居住，那里虽然偏僻一点，不过，交通很方便，四通八达，开会期间，我会装扮成您的太太，为您护航。我们不希望您在会议期间跟任何朋友联系或是交往，当然，这完全是为了您的安全考虑。您必须配合。"荣华说。

丛锋点头。

荣华伸手拍了一下慕次的肩，慕次专心致志地开车，头也不回地从副驾上拿了一包东西递给荣华。

荣华打开包，丛锋看了一眼，里面有美国永备牌电池、美人牌香粉皂、毛巾、牙刷、杯子，等等。

"我带了洗漱用品。"

"但是,你不能用,我们不能让人知道你是苏联来客。"

"洗漱间是私人地带。"

"不怕一万,就怕万一。"慕次插话。

"你们是情人吗?"丛锋锋芒一指。

"不是。"荣华回答得很干脆。

"你们很默契。"

"工作需要。"荣华说,丛锋淡淡一笑。他看着车窗外,一排残梅疏影,枯淡瘦劲,显得萧萧寥寥。

车子驶进梅花巷。

梅花巷七号。

杨慕初的车停在门口,他独自下车看房子,叫阿四在门外等。

小院很荒凉,杂草蔓生,月光下,草随风动,凭添阴森之气。不过,房子的结构很美观,梁、柱、壁都是仿古的艺术品。想必这院子的旧主人很讲究精致的生活。

阿初想租下这院子,稍做打理,这是一个很闲适优雅的住所,他想,雅淑如果换了工作,不如让她先搬到这里来住。

他穿过小径,看到一片绿油油的池塘,蛙叫虫鸣中,隔壁的灯亮了。

梅花巷五号。

荣华送慕次出来。

"他可真难缠。"慕次上车说,"祝你好运。"

"什么意思?"荣华拉住车门,不让关。

"你不觉得他像流行的彩色石印月份牌上的公子哥?"

"你对他有偏见。"

"我对他还真没什么偏见。"慕次笑了,"不过,他太感性了,又很情绪化,不适合我们这种工作。"

"我们这种工作,也难得遇到像他这样博学通识,对人又很热情的同志。"

"我已经领教过他的热情了。"慕次做了个模拟的拥抱动作。

荣华笑起来。"这也不能全怪他,你要知道,我也曾经认错过你。推其致误的原因是,你和阿初的确太像了。"

"貌似而已。"慕次说。

"不,不是貌似,而是一模一样,像,像兄弟,孪生的那种。"

"夸张。不过,有机会,我倒想会一会你们口中的这位初先生,看看到底我跟他有多像?"慕次看看天色,说:"快进去吧,免得他在院子里到处瞎逛。"

荣华替他关紧车门,目送他离开。

丛锋很喜欢月光下的庭院,他觉得英国的古典建筑和俄国的坚固堡垒都不如中国的庭院来得精致、优美。

他在一片低洼的矮墙下驻步,听隔壁的蛙叫虫鸣,十分有趣。

"我们回屋去吧。"荣华站在墙边说,"外面风大。"

"过去看看。"

"不太好吧。"荣华阻止。"隔壁很久没有人住过了。我选房子的时候,去过隔壁,很荒凉。"

"荒凉中才见凄美,去看看。"丛锋说。

"我要提醒您注意,现在,我们在从事地下工作。"

"可您现在是我的妻子,不是吗?"丛锋笑起来,"我们总得有一个认识的过程,去探探险,互相了解了解。"

阿初在池塘边站着,闻着空气中弥散的水木清香,他想起了阿惠,如此遥远,远不可及。

自己跟惠彻底结束了。

因为,自己的所作所为再也不能面对纯情似水的惠了。

自己可怜雅淑,谁来可怜自己呢?一寸愁心,百无聊赖。

突然,阿初看见地上凭添了两个斜长的人影,他抬起头,树荫滴翠,掩住了部分视线,人影在移动,他很快看清楚了来人。

第二十章　一笑相逢哪易得

> 他喜欢闻咖啡豆沸腾起来的醇美香味，每当他感觉自己很疲倦，负荷过重的时候，他就通过这种方式舒缓情绪。

丛锋一袭长衫，头发强硬地挺拔，他很精神，脸上带着久别重逢的笑容。荣华穿一件绣着梅花的湖色旗袍，窄身修腰，明艳动人。他们活像一幅水墨人物画，在夜色的掩护下，朦朦胧胧，如梦如烟般呈现在阿初面前。

阿初不由自主地向前挪动了一下，挪动始于内心的感触，他的心在震动。

丛锋没有过激的动作，他用手指了指阿初，再指荣华，那意思，是他吗？你的同志？荣华摇头，那么……他的手指向自己，我的朋友？他的眼神在询问阿初。

阿初的眼光感到一种说不出来的痛和悲凉，丛锋的世界里，自己应该是善良的、正直的、有朝气的、自信的，活在阳光底下的。而现在的自己活在阴谋里，暴虐、杀人、狂野，他相信，这是自己的精神遭受摧残后的一种变异。自己再也不是一个健康的人、正常的人，自己就像一个疯子。惭愧和怨愤一点一滴渗透到阿初的心灵，巨大的精神落差使他无法面对丛锋那久违的、亲切的、热情的、温暖的、包容的目光。阿初心中的酸痛渐渐化作充溢的泪花。

丛锋从阿初湿润的眼眶里找到了答案。

"阿初！"他向阿初走过来，舒展双臂，敞开怀抱。

阿初动作有点僵，不过，他很快适应过来，尽可能放轻松地绽放出英国式的礼貌微笑。他们紧紧拥抱在一起。久久地捶打对方的背，孕育了片刻的温情于瞬间爆发，阿初的泪终于夺眶而出。

"丈夫重知己。"丛锋深有感触地说。

"万里同一乡。"阿初有些哽咽。

"脱胎换骨了？"丛锋放松手臂，审视阿初。

"你也是。"阿初说。

"想我和惠吗？"

"深心挂念。"

两个人开心一笑，再次握手。

"我来介绍一下。"丛锋拉起荣华的手，"我太太。"

阿初笑得很幽默。

"我们认识的。"荣华干脆说穿。

"认识？"丛锋很意外。

"我们两个很小就认识。"阿初补充一句。

"哦。"丛锋理会了，"青梅竹马？初恋情人？"

"哥哥和妹妹。"荣华含蓄地笑。

"小姐与家奴。"阿初不避讳。

丛锋明白过来。"姓荣的？荣家的小姐。"

两个人不约而同地颔首。

丛锋爽朗地笑起来。"大水冲了龙王庙，一家人啊。"他伸开双臂搭在两个人的肩上。"走，到我屋里去谈谈。"

"这……不太方便吧？"阿初看荣华。

"这有什么不方便。家人团聚啊。"丛锋的兴致很高，浑然忘了所在之地。阿初再次用眼神问询荣华，荣华点头默许。

"麻烦你二小姐，门口有我的司机，您去告诉他，我今夜留在这里了。"阿初客气地说。

"好的。"荣华转过身去，微风中，听着两个久别的朋友讲话。

"你现在做什么？"丛锋问。

"实业。"

"怎么,不做医生了?"丛锋真的很惊异。

"医家要有割股救人之心。坦率地说,现在的我,做不到。既然做不到,何必勉强自己呢?你呢,还是政治?"

"政治和实业也不分家。"

"聪明人说的每一句话都是聪明话。"

"我觉得你变许多。"

"哪里?"

"这里。"丛锋指着自己的大脑,而后,注视阿初的双眸。"你的眼睛,像深不可测的大海。"

阿初故作惊奇地说:"哇,怎么开始读雪莱了?我一直以为你不喜欢他。"

"那你认为我应该读谁的诗歌?"

"普希金啊。俄国口味,最适合你。大海啊,你这自由的元素。"

荣华听到此处,觉得阿初的确深不可测,他在暗示丛锋来自苏联。什么意思呢?她抬起头来,皓月清盈,回转身去,阿初浅笑回眸,正好与荣华深邃的目光交汇。阿初在风中凝视她片刻,然后,随丛锋步入浓荫底的小径,茫茫尘寰中,阿初身若纤尘,消失在荣华的视线中。

杨慕次在沪中长官公署上班。勤务兵小吴告诉他,中午十二点,有个穿旗袍的女人来找他,说家里出了点事,约他下午两点到"英伦茶室"见面。

阿次想了想,心里有些忐忑不安,究竟是谁呢?他第一个想到了丽丽,因为荣华是决不可能大摇大摆地找上门来。除非,"家"里真出了大事。

下午两点过十分,杨慕次来到了"英伦茶室",茶室布置得古典而华丽,典型的英国风格。柔和的壁灯下,他看见了一张和自己一模一样的脸。

他有点难以置信。

不可捉摸。

"坐。"阿初说。

阿次异常诧异。诧异归诧异,坐归坐。

"你迟到了。"阿初拿起一张《英伦时报》来看,"你有迟到的习惯吗?"

"不。"阿次机械地回答。

"不用紧张。"

"没有啊。"慕次定了定神,反应过来了,"是您约我出来的?"

"你以为呢?"阿初一边翻阅报纸,一边说话,"喝点什么?"

"红茶。"

"Bellboy。"阿初放下报纸,吩咐闻声而来的侍应生,"一小壶咖啡,一杯红茶,再上一盘甜点,点心不要太腻。"

"好的,先生。"侍应生退下。

"初先生,是吧?"慕次微笑地问。

"杨先生,杨慕初。"

慕次的笑容凝固在阿初的话尾。"您喜欢开玩笑。"

"我不开玩笑,我为人很古板。"

阿次从烟盒里掏出一支烟来,递给阿初:"吸烟吗?"

"我不吸烟。"阿初说。

阿次从口袋里掏出打火机,正要点烟,他发现阿初盯着他看,有点不自在,出于尊重对方,阿次礼貌性地征询阿初是否介意他吸烟。"可以吗?"

"不可以。"阿初说。

"啊?"阿次以为自己听错了。

"我说,不可以。"阿初严肃地说,"以后在我的面前,你不可以吸烟。"

"我只是出于礼貌,征询一下你的同意,并不等于你可以替我做决定。"

"无论你处于何种立场,你征询了我的意见,你就应该尊重我的决定。"

"我跟你素不相识。"

"素不相识,就可以言而无信吗?"

"我没答应你什么啊?"阿次觉得自己很冤,负气地把烟掷在桌上。

侍应生过来摆咖啡、红茶、点心,然后,礼貌地请二人享用,退下。

"您叫我来,有什么事吗?大家开门见山吧。"

"好啊,我曾经救过你的朋友余先生。你应该知道是吧?"阿初漫不经心地说。

"余先生?我认识好几位余先生呢,您说的是哪一位?"

"你不记得,也无所谓,你还有位朋友刚从苏联……"

"初先生!"慕次立即打断他的话。

"我话还没有讲完呢,你这样肆意打断我的话,很没有家教。"

"你!"慕次长吁了一口气,低声问,"你到底要什么?"

"余先生上次忘了付医药费。"

"明白。明白了。"慕次准备掏钱,"您说,他欠您多少?我付钱。"

"一百万!"

"一百万?"阿次惊叫起来。

"怎么,听不懂吗?我想我说的话还算是通俗易懂。"阿初平静地说。

阿次觉得这个人简直不可理喻。"你知道,我一个月薪水是多少钱?"

"这是你的私人隐私,跟我没有任何关系。"

"我觉得你有必要知道,我一个少校副官,一个月的薪水是八十块。"慕次说。

"一百万,这笔钱的数目不算大,尤其是对上海杨家来说,简直九牛一毛。"

"初先生,您可能对我的了解还不够。我杨慕次不是一个可以令人随意挟制,而予取予夺的人。"

"予取予夺,也是与生俱来的,是父母赐予的恩惠。"

"真是笑话。您是叫我一个七尺汉子,去向父母伸手,索要钱财?"

"这一点,我们不谋而合。"

慕次忍无可忍,倏地站起来,冷冰冰地说:"中国人有句老话,叫自取其辱,不知道初先生听说过没有?"

"中国人还有句老话,叫做长兄为父,不知道杨先生听说过没有?"阿初不急不缓地说。长兄为父四个字,令杨慕次在惊愕之余坐下来。

"危言耸听。"

"不妨看看我们的脸。"

"人有相似,物有相同。"

"如果,你觉得是我信口开河,干吗还要坐下来?你大可以对我嗤之以鼻,拂袖而去啊?"

"你,你以为你是谁啊?"阿次放肆地冷笑,"你以为你叫杨慕初,就可以在我的面前摆哥哥的谱？我哥哥死了，许多年了。你认为你可以从坟墓里爬出来吗？"

"谁告诉你，你哥哥死了？你父亲？还是你母亲？"阿初问，表情阴恻恻，令阿次很不舒服，"我实话告诉你，我虽然不是从坟墓里爬出来的，却是令尊大人和令堂大人亲自从坟墓里把我挖掘出来的，值得庆幸的是，我埋藏在泥底深渊的尸骨，二十年了，居然没有寒透。我的残肢缝缝补补还可以用，哦，忘了告诉你，我是学医的，这方面很善长。"

"我觉得你应该去看看心理医生。"

"我跟你开个玩笑，吓倒了？"阿初笑起来，"昨天晚上，我呢，遇见一个老友，从国外刚回来，我们聊天聊到天亮。我告诉他，发生在我身上的故事，你猜他怎么样？他也被吓倒了。"

"你们聊了一夜，在哪里？"

"梅花巷。"

慕次依旧不动声色。"聊什么？"

"聊得多了。譬如，北高加索民族的解放运动，血与火的斗争，为了'被侮辱与损害的'人去夺取政权，纯粹的俄式革命观点。还想听吗？"阿初问阿次，阿次做了一个停止的手势。

"初先生。"阿次郑重其事地坐直了身。

"叫我杨先生。"

"好吧，杨先生，我知道，您的社会名誉一直都很好。"

"你错了。我的社会名誉一直都不好。荣家的私生子，来历不明的医学博士，忘恩寡情的小人，放高利贷的伪君子，等等，等等。"

"杨先生您曾经是一位医生，医者父母心，您绝对不是一个眼睛里只有钱的人……或许，你有什么特别的原因？"

"你用不着替我辩解。"阿初说，"我就是一个见钱眼开的人。"

话又断了。阿次喝茶继续想办法。

"我们……"

"什么？"阿初问。

"大家……"阿次的态度开始妥协。

"啊?"

"彼此……"

"你想说什么?想说什么就说,不要吞吞吐吐的。"

"我觉得你对我的态度过于霸道。我们大家能不能心平气和地彼此冷静冷静,再好好谈谈。"

"你跟我要'民主'?"第一次有人在自己面前要求"民主",阿初突然内心悲凉起来,自己真的变了。

"你不觉得我在你面前丧失了基本'民权'吗?"阿次觉得眼前这个人,应该有商量的余地。

阿初喝了一口咖啡,说:"我们中国,有五千年的文化。从大汉朝到前清,想鱼跃龙门的举子们,在参加考试的时候,都要写一篇'策论'。大家各说各话,从不交流。上司和下属也没有什么可以平等的对话。我跟你之间的关系,是'利害'关系、'利益'关系。我救了你朋友的命,替你保守秘密。你付出金钱来封我的口,天经地义!所以,我们没必要对话,我们之间如果有对话,那就是'讨价还价'。明明是一件共存获益的好事,我不想变成市场交易。"

"我之所以想跟你继续谈,是因为我从我朋友口中所知道、所了解的初先生,跟我现在所见所闻的您,差别太大,距离太远。我想你这样做,一定有你的苦衷。大家都是青年人,有困难、有问题,你可以提出来,我们可以互相帮助。何必要用'胁迫'的手段呢?"

"你从你朋友的口中……知道我?了解我?哪位朋友?荣华吧?"阿初笑起来,"你知道荣华是谁?我是谁吗?荣华是荣家的二小姐,而我是荣家的家奴。一个家奴在小姐面前永远都是和顺的、谦恭的。"

"水无有不下,人无有不善。"阿次给阿初续咖啡。

"你相信这句话吗?"阿初逼视着阿次的眼睛问。

"我相信你。"阿次直视着阿初锋芒凌厉的目光答。

阿初"哼"笑了一声。"我是一个可以'不计其功',但是,不能'不谋其利'的人。我跟你在一起浪费了太多的时间。我希望尽快地看到这笔钱!如果一星期后,我没有拿到钱,我就到上海警备司令部侦缉处去向你的顶头上司要钱!!"

"你敢！"

"我敢！"

"你不怕有命挣没命花。"

"这句话说得好极了。有点意思了。你知道吗？从头到尾，也就只有这句话提醒我，我和你是介于一种相互利用的关系。我差一点就被你伪装起来的君子情怀所迷惑，在过去，这是对付我的杀手锏。现在，不同了。"阿初站了起来，对咖啡馆的侍者说："结账。"回头对阿次说："你付钱。"不待阿次回答，阿初已经走到门边，他从容地笑看阿次，说："今天的谈话只是一场敲诈勒索的预演，精彩的好戏还在后面。"

"你为什么要这样做？"阿次被他激得心里冒火。

"为了杨家。"阿初严肃地说。

为了杨家？

"提防你的父亲和母亲。"

"你叫我提防自己最亲的亲人。"

"你没有亲人了。除了我。"阿初说完，甩手出门。玻璃弹簧门荡起来，荡得慕次心乱如麻。

夜九点钟。

自鸣钟叮叮当当地响个不停。客厅里开着悬吊的莲花灯，流光轻盈软美，阿初刚洗完澡，他穿了件宽松的猩红色睡袍，头发很湿润，他站在客厅的小柜前煮咖啡。

他喜欢闻咖啡豆沸腾起来的醇美香味，每当他感觉自己很疲倦，负荷过重的时候，他就通过这种方式舒缓情绪。

岳嬷嬷走进来，问："先生，您饿了吗？我去给您煮宵夜。"

"不用了。"阿初说，"岳嬷嬷，您过来坐吧，您喝咖啡吗？"

岳嬷嬷笑着说："我不喝那洋玩意，喝了，睡不着觉。"她的脸因为曾经烧伤的缘故，笑起来很可怖。

阿初贴着她的身子坐下，他从岳嬷嬷的眉眼中看出来她的忧伤和劳累，她从前的容貌一定是不差的。

"荣儿最近怎么样?"

"少爷啊,他每天都读书,学看那些西洋画。那些洋人的画很不雅,他们的神仙有的不穿衣服。我都叫少爷不要看了。都是您给少爷请的那位家教汤先生,满口的艺术、宗教的胡诌。还有啊,以前少爷很规矩的,现在经常去舞场、赌场……"

"他去赌场,输多还是赢多?"阿初问。

"这倒不清楚,好像不输不赢。"

阿初无奈地摇摇头。

"怎么了?"岳嬷嬷紧张起来。

"没事,没事。"阿初正说话间,荣初回来了。

"说什么呢?"荣初笑着走进来。他穿着黑色的燕尾服,黑领结,打扮得非常漂亮。他亲昵地弯下腰去和岳嬷嬷打招呼:"嬷嬷晚上好。"然后他直起腰,对阿初说:"晚上好,舅舅。很抱歉,打断你们的谈话了。冒昧地问一句,你们的谈话跟我有关吗?"

阿初用手一指荣初,肯定地说:"顺风耳。"

"你吃饭了吗?"岳嬷嬷问。

"吃了一点点。"荣初说,"您知道吗,那些贵族小姐交朋友的条件很苛刻,为了保持端庄的仪态,只有牺牲掉我的胃。"

"我去给你做宵夜。"岳嬷嬷好像找到用武之地般欢喜起来。

"谢谢嬷嬷。"荣初说。

岳嬷嬷出去了。

"最近怎么样?"阿初问。

"很无聊。"荣初陪阿初坐在小柜边的齐腰凳上,解开领结,"汤少的这一套生活方式,根本就不适合我。又枯燥,又没意义。"

"吃喝玩乐也会闷吗?"阿初倒咖啡,问他,"你喝吗?"

"不,太苦了。"

"嫌苦,我给你加点奶。"阿初打开玻璃酒柜,拿了一个空瓷杯出来,"前两天你好像有话要跟我说。"他倒咖啡,加奶。

"没,没有。"荣初接过杯子称谢,"我想为您做事,舅舅。"他说,神态很自负，也很诚恳。"我不想这样灯红酒绿地荒废下去。"

"你想为我做事，首先，你就要先学会做自己。我要你做的事，就是你必须在三个月内学会做自己，做荣家的小少爷。你要弄明白一个道理，你不是在伪装自己，你本身就属于这个阶级。"

"我很累。"

"我知道。我们有明确的目的，为达到这个目的，我将不择手段。"阿初说，"你知道吗？你到现在为止，仍然没有进入状态。你没有。我要你学会在酒会上高谈阔论，谈得云山雾罩，吹得天花乱坠。你呢，总是平平淡淡的，没有激情。我要你，习惯豪华赌场挥金如土的气氛，我要你，让人知道你一天输了三十万也不心疼，几十万的输赢对你来讲，是常事。可是你做不到。我要你学习贵族礼仪，学会做一个甘受女人气的男人，你依旧……依旧是不能胜任，我在你身上找不到一点点兰台公子的风流情韵，哪怕是唐璜式的采花气息。"荣初想解释，阿初食指和中指并拢轻摇："所有这些简明易晓的事情，你都疲于应付。荣儿，大战在即，你是我手中最后出的一张底牌，我需要你在关键时刻，做出对敌的致命一击！你不要让我失望。"

荣初手中的咖啡杯摇晃了一下，少许的咖啡水汁渐起，他掏出一条手绢揩拭，手绢很惹眼，绣的兰草，颜色幽蓝。

"你有女人了？"阿初冷不防地问一句。

荣初条件反射般地说："没有。"

"那就是有了。"

荣初的反应过敏，恰好证明了阿初的判断。"我希望你现在暂时放弃情缘，一心一意地为我做事。我不想看见一张简陋的床在浪漫的瞬间压垮我精心构建的大厦模型。你明白吗？"

"明白。"

"好。等这件事情结束以后，我会补偿你的。我会给你一个好的环境、干净的环境，让你过上一种安静、富足、平庸的生活。"

"谢谢舅舅。"

"少爷，来吃宵夜。"岳嬷嬷在门外说。

荣初应声："就来了，嬷嬷。"

"去吧。"阿初说,荣初正待转身,阿初又叫住他,替他整了整黑色领结,摁住他的双肩,意味深长地说:"学会骄傲!"

窗外淅淅沥沥地下起了小雨,桌球室里灯光幽黄,绿色球桌边上,杨慕次和父亲"杨羽柏"正在专心致志地对局。

"我们父子已经很久没有在一起打球了。"杨羽桦温和地说。

"是啊,有五年了,五年没在一起。"杨慕次击了一下红球,然后击蓝球,紧接着再击红球,最后击粉红球时又落了空,他负气地把球杆掷在台球桌上。

"你的注意力一直不集中。"杨羽桦俯身眯眼,仔细地注视着桌上嚣张的红球,他击了一下红球,把粉红球排列起来,一杆击中。

"宝刀不老。"慕次赞了一句。

杨羽桦对着桌子弯下腰,继续攻击。

"你这么晚了回家来,不单单是陪我打球的吧?"杨羽桦又中一杆。

"我……我想跟父亲借点钱。"虽然话很生硬,不过,慕次还是硬着头皮说了。

杨羽桦还在专心打球。问:"要多少?"

"我只是跟您借……"

杨羽桦问:"多少?"

"一百万。"慕次把头转过去,看窗外。

"啪"的一声,粉红球滚到一边,杨羽桦这一次没有击中。

杨羽桦放下球杆,走到白色的壁柜边,打开密码柜,拿出支票本来,掏出钢笔签名。当慕次轻轻转过脸时,一张一百万的兑现支票已经递到了他的面前。

慕次有些意外。他没有想到父亲出手如此爽快。

"您不问我为什么?"

"你长这么大了,第一次正式开口问我要钱,做父亲的没有理由拒绝你。儿子,其实,我等待这一天已经很久了。"

"为什么?"

"因为我爱你,儿子。"

慕次感动。"不过,爸爸,我一向节俭朴素,作风低调。这一次突然狮子大开口,您不觉得我的生活里出现了某种问题吗?"

"傻儿子,只要是能够拿钱解决的问题,就一定不是问题。"

"很精辟。"慕次说。

"你呢,多用些心思在事业上。一个男人什么都可以没有,但是不能没有事业。没有事业的人,他们做人没有目标,盲目地生活,本身就是可悲的。你呢,从政也好、从军也好、从商也好,爸爸都不干预,随你的兴趣去做。重要的是,无论你做什么,你都要做到最好。因为,你是我的儿子,杨家唯一的儿子。我希望在有生之年,看到你平安、幸福、快乐地生活,娶妻生子,继承我们杨家的香火。"杨羽桦言犹未尽,慕次却已深感父爱绵绵。

"对不起,爸爸。"慕次深怀歉意地说,"许多年来,我都自以为您很讨厌我,您很早就送我去了寄宿学校,就是节假日我也很少看到您的身影,您让我养成了孤僻、冷静、独立的习惯,最初,我不否认地说,我对您充满了畏惧和恨意。"

"后来呢?"

"后来,您为了我能读名校,四处奔波。为了我能出国留学,您花费了大量的金钱,让我顺利地读预科,在没有任何升学压力的情况下,获得了优异的成绩。"

"我为你感到骄傲,儿子。"杨羽桦大发感慨,"我记得你少年时,在学校里极不驯服,不肯依附老师与学长,你喜欢斗争,你一直在斗争,就像一匹脱缰野马,我总以为你会因此而断送前程,感谢老天,没有毁掉你。你是个非常优秀的人,孩子。不像你妹妹,整天只知道吃喝玩乐,长夜就是她的舞台,夜店就是她的天堂。这个时候,正是她狂欢买醉的时候,她挥霍无度,不懂得珍惜人生。当然,她自己很快乐。她快乐,我就开心。同样,你成功,爸爸也会感到很幸福。"

"这些年来,我在外面风里雨里火里水里磨炼,我学会了感恩,爸爸。请您原谅我过去对您种种排斥、疏远、不理智的行为。"

"如果我早知道一百万可以买回我儿子的心里话,我说什么也不会等到你今天向我开口,我就是硬塞强给,也要你收下这笔钱。"

"我会还您的,爸爸。"

"傻孩子,我的钱最终还不都是你的钱。"杨羽桦爽朗地笑起来。

慕次心中释然,拿起球杆,说:"胜负未分呢,再来。"

"怎么,刚才你故意放水啊?"

"我想让爸爸高兴,一渠流水两家分嘛。"

"怎么,你跟我不是一家人啊?"

慕次和父亲玩到夜里十二点半,父子俩都倦了,才去睡。他们互道晚安,在楼下分手。慕次的房间在二楼的右走廊后侧,他平常很少回家,他的房间每天都有女佣清洁,所以很干净。

他打开灯,脱了外套。

他在灯下反复地看着那张"一百万"的支票,支票上浮现出阿初的模样,脑海里又想起了那句令自己胆寒的一句话。"你没有亲人了。除了我……你没有亲人了。除了我……你没有亲人了。除了我……"他用力敲了一下自己的头。

外面仍在下雨。

他走到阳台上,深吸了一口气,伸开四肢,活动活动,在湿润的空气中洗涤自己的心肺。不经意地一抬头,他发现有一个黑色的影子在草地上移动。

他敏锐地感觉到情况的异常。

深更半夜,有谁会在雨地里徘徊?

他穿起衣服,蹑手蹑脚地出了门,下了楼。他很快地来到草坪上,他仔细观察了一下四周,确认黑影的方向,然后向花园走去。

花园里很幽暗,一株株梨花树两边分开。

慕次清晰地听到了电波声,尽管声音很微弱,很细微,但是,职业的敏锐迫使他在瞬间做出了最专业的判断。

自己的家里隐藏着电台,隐藏意味着有不可告人的秘密,自己家里有专业的谍报人员。他离声音越来越近了,他的心跳声吞吸着近在咫尺的电波声,慕次第一次对自己的判断感到紧张,前所未有的紧张。潜藏在大脑第三度空间的危险的信号,正式激活了。

他在冒险。

突然,电波声消逝了。

一阵冷风袭来。吹过梨花树的枝枝蔓蔓，层层细叶因为冷风的偷袭而发出"沙沙"的细微声响。风和叶的摩擦和着慕次的皮鞋"簌簌"声，让人感觉到寒从脚上起，冷由心底生。慕次感觉自己不像是这所庭院的主人，而是一个中途的闯入者。

　　风停了，花园里很安静，安静往往伴随着危机。

　　一只光滑的手臂像蛇一样蜿蜒攀伸，手影爬到了阿次的背上，冰凉的指尖马上就要触到他的颈……

第二十一章　千钧一发箭在弦

> 此刻，他听见船头有起火烧茶的声音，他起床了。他发现床下有一双新皮鞋，似乎是给自己预备的。

慕次走到花园通往佛堂的铁栅门前，铁栅门被一根铁皮条拴住，他正准备打开铁栅门，突然第六感告诉自己，自己背后有人。他从准备开门的动作中突袭式转身，他的手在要掐住来人下巴的一瞬间，停在半空中，他的黑眸凝住了，他险些失声惊叫，整个人被卡住般憷了。

他看见了他的母亲。

徐玉真穿着睡袍，赤着足，披着发。她眼球充血，眼神空洞，失魂落魄般直愣愣望着前方，她的眼里仿佛并没有阿次的存在，她茫然无助地向前走。

阿次半秒中清醒过来，母亲似乎是梦游。他闪身让路，他看见母亲机械地打开铁栅门，然后身体僵硬地向佛堂走去，阿次紧跟上去。突然，意外发生了，徐玉真晕倒了，她的身体蜷缩起来，嘴唇边泛出白沫……

"妈！"慕次跑过去，脱下外套，包裹住母亲的头。"妈妈，妈妈？您可别吓我。"他抱起母亲向主楼跑去。

雨还在下，丝毫没有停的意图。

"徐玉真"的头包裹在慕次的风衣下，她的脸紧贴着慕次温暖的胸膛，她冰凉的唇在黑暗中绽放出一丝阴森的笑纹……

风雨潇潇，河桥下，荣华的车子熄了火，关闭了前灯，唯有风挡上的擦拭器还在不懈地努力工作。

中央特科书记向成发披着雨衣从河桥上走下来。

荣华打开车门，撑开一把伞，下了车。雨点趁着风势迎面砸了过来，荣华伸手拂开唇边的几缕湿发。

"早来了？"向成发说。黑暗里，他嘴里镶的金牙熠熠闪光，他的布鞋却被雨水浸烂了。

"来了一会。"

"云南和广东的特委到了没有？"

"云南的特委还没有出发，我已经询问过了，回电是：病笃。广东的特委已经出发了，但是由于山体滑坡，造成火车不通，他们说只要能赶上海轮，就不会耽误会议时间。"荣华说。

向成发很焦虑。"我们不能再等了，再这样盲目地等下去，我怕会横生枝节。这么多的特委聚集在上海开会，这本身就是在冒险。我不明白中央特科为什么会同意这样做。难道仅仅是为了做给第三共产国际的人看吗？看我们有多么的神勇，势力有多强大？"

"老向，现在不是发牢骚的时候。"荣华并不是不同意他的观点，不过，她认为，中央特科在明知危险的情况下，决定召开这次特委扩大会议，一定有其特殊意义所在。"会议的地址订了吗？"

"暂订在大光明旅社。"风太冷，向成发在雨地里打了一个喷嚏，然后掏出手绢来，翘起他的断指在鼻下唇上擦拭。"我打算，明天晚上八点钟在中央秘书处开一个特委会议的预备会，大家商量商量一下会议的保障措施，你通知'飘风'密切关注敌人的动向。预备会嘛，'飘风'就不用参加了，这也是对他的保护。"

"好的。"荣华说。

"今天晚上太晚了，我就在河船上宿了。"所谓河船，就是私娼开的乌篷船，可以留客人借宿，流动性和隐蔽性较强。虽是如此，荣华依旧问了他一句："安全吗？"

"绝对安全。"

荣华和向成发在河桥下分手。荣华发动汽车,向大路驶去。向成发走进残枝掩覆的羊肠小道,很快消失在黑黝黝的夜底。

死寂的夜,杨家主楼的灯全部点亮了。

佣人们一趟趟地穿梭在走廊两侧,一会是送热毛巾,一会是递热茶,一会是端水盆,一会是拿保温瓶,忙得不亦乐乎。德国大夫一脸严肃地站在门口跟杨羽桦谈有关徐玉真的病情。房间里,杨慕次焦虑地握着母亲冰凉的手,一刻不离地守在她的病榻前。

"徐玉真"很冷静,很惬意地享受着棉被底、方寸中的温暖,这里不仅仅是她息眠止疲的地带,这里同样也是她攻城拔寨的战场,是她表演的舞台。

她没有输过,她告诉自己,自己是永远的赢家。

至少在此地此时此刻,她是。

慕次此刻相当清醒,他的精神世界刚刚遭遇了一次"雪崩",他在握住母亲枯瘦的手的同时,暗暗告诫自己,不可感情用事。

门开了,杨羽桦走了进来。

"大夫走了?"慕次问。

"是的。"

"什么时候的事?"

"很久以前。"杨羽桦点燃一根雪茄烟。

"为什么您一直瞒着我?"慕次的音调拔高了,"为什么?"

"我不想把你的母亲送进精神病院。"

"您宁可毁了她!"慕次的眼睛发出锐利的寒光。

"她早就毁了。二十年前,她就已经这样了。"

"什么意思?"

"记得你有个孪生哥哥吗?"

"记得。他两岁的时候去世了。"

"知道他是怎么死的吗?"

"病死的。"

"他不是病死的。他是被人害死的！"

慕次的眼睛睁大了！

"您说什么？"

"二十年前的往事了。"杨羽桦坐了下来，"二十年前，你的母亲还很年轻，喜欢浪漫，喜欢做白日梦。我呢，生意太忙，应酬过多。当然，我也不否认，我曾经也在外面沾花惹草、逢场作戏。你的母亲是一个妒嫉心很强烈的女人，她不允许自己的丈夫越雷池一步。于是，我们开始了无休无止的家庭战争。我很累，很不愿意回家。你的母亲和我们家里一个姓韩的司机……你应该听得懂我话中的意思，他们做了对不起杨家的事！"杨羽桦情绪异常激动，"我不能容忍，无法容忍。"他的双肩在颤抖，喉骨撕裂般的疼。

慕次走近父亲，他温驯地屈膝蹲下，伸出双手来攀住父亲的双膝。他温婉的目光，很好地控制住了杨羽桦激烈的动作，杨羽桦平静下来。

"本来，在情爱的世界里，谁也无法描绘出爱情的准确颜色，五彩缤纷，绚烂璀璨。无分对错，只有爱，或者不爱。你的母亲她是爱我的，她出轨的目的仅仅是想报复我的人，挽留我的心，分享我的爱。可是，情被欲所湮没了。二十年前的一个没有月色的夜晚，她和她的情夫点起了蜡烛，在老宅里幽会，他们饮酒作乐，大醉酩酊。然后，他们去了花园的佛堂，去寻求爱的刺激。就在他们走后不到半小时，老宅出事了。落地的烛火引燃了整个楼房，熊熊烈火吞噬了你的哥哥，还有你们的乳娘岳嬷嬷。儿子，你那天因为发高烧被医生留住在儿童医院，幸免于难！当我第二天找到你母亲的时候，她还在情人的怀抱里高枕酣眠。她醒来后，知道所发生的一切，她非常痛苦，很痛苦，但是，无法挽回。初儿下葬以后，你的母亲完全沉浸在悲哀里，她每日每夜都处于愁苦凄惨之状。从此，她患上了间歇性精神疾病。她发病的时候，会梦游，会撕咬，会疯狂。她曾经夜半三更半裸地走去佛堂，在梦里去企求菩萨的原谅，她的踝骨上全是草刮的血痕，她的人生彻底完了。这就是，我为什么让你从小就离开家庭的真正原因！我不想让你的容貌来刺激她的病。她的情人因此而抛弃了她，我没有足够的勇气和同情心去面对她，我恨她！"杨羽桦的泪水突然滴溅到慕次的手背上，"你是个懂事明理的孩子，所以我不想窜改你母亲的病因，这是一个永远无法回避的事实。你了解我的苦心吗？"

"爸爸。"慕次的心情很复杂。

"二十年前,一夜之间,可怜我,儿子死了,妻子疯了,老宅烧了。我当时真不晓得人生还有什么值得我留恋的。我心中的伤痕至今无法熨平。你的母亲也是如此,她的记忆里始终徘徊在佛堂这个晦暗的空间,她不肯原谅自己。二十年了,她深居简出,以泪洗面,活生生枯死在罪恶的阴霾里。"

"这也是您一直不肯原谅她的原因,是吗,爸爸。"慕次明白了,为什么父母长期以来分居,却不离婚的道理,原来,是因为曾经死去的爱子,彼此都无法面对对方,所以,造成了父亲冷酷地对待自己的妻子,母亲忧郁成疾的局面。

"如果,爸爸,我说是如果,现在有人告诉你,我哥哥没有死,他还活着……"

"谎言!"杨羽桦粗暴地吼叫,一张脸涨得紫红,像新切出来的猪肝,"谎言,无耻的谎言!荒谬!"

"爸爸。"

"我知道你想告诉我什么,荣家的私生子嘛,那位卑鄙无耻的初先生!"

"爸爸,您很早就知道这个人吗?"

"是的,他是一个表面斯文,本性贪婪的家伙。他曾经冒充荣家大小姐的男友来参加你妹妹的生日宴会。由于此人的行为粗鄙,在舞会中与汤家兄妹发生了争执,还大打出手,没有修养,不,应该说缺乏教养。他还是一个极不守规矩的人,他居然擅自闯入我们家的佛堂,偶然地发现了你哥哥童年遗照,你那不谙世事的母亲,因为他酷似你的容貌,而向他讲述了你哥哥不幸夭亡的悲惨故事。于是……"

"于是怎么样?"

"听说他现在,在社会上纠集了一帮亡命之徒,妄想利用他的容貌来大做文章。两天前,他试图绑架你的母亲……"

"他想要干什么?"

"他想取而代之。"

"谁?取代谁?"

"还有谁?我和你!"杨羽桦说,"他是一个奸邪的小人,他别指望从我这里得到他想要的任何东西……""徐玉真"认为杨羽桦说的话太多了,在慕次这种人面前，话说得愈少愈妙，她挣扎起来，脸色惨白。"啊！初儿！初！"她突然坐起来，"初儿！"

"妈妈！"慕次闻声坐到床畔，安慰她。

"你哥哥回来了。"

"妈妈。"

"徐玉真"抬头看见杨羽桦，杨羽桦转身出去了，"徐玉真"仿佛大梦初醒般嚎啕大哭起来。

"我有罪，罪孽深重。我害死了自己的孩子，害死了岳嬷嬷，害死了……"

"妈妈，没事了，没事发生。从来没有发生过，妈妈。"慕次把母亲揽到怀中，"没人怪你，没人愿意发生这种事。"

"可是，可是你父亲不肯原谅我。我有罪，有罪。我以为罪孽感会因为岁月的流逝而渐渐消失，可是没有，从来就没有，它整天都伴随着我，缠绕着我，就算我的生命临近终结，它也不肯放过我。"

"妈妈，你已经赎了罪了！这二十年来，你深居简出，虔心念佛，修桥补路，乐善好施，救济贫困，你已经尽了心了，妈妈。菩萨已经宽宥了你，哥哥他在天堂里睡得很安详，你放心，妈妈。有我在，没人敢伤害你。"

"你哥哥找过我，他说，他很快就要回家了。"

"哥哥的事情，我会处理。妈妈，不要胡思乱想，哥哥他是爱你的，他没有怪过你。"

"他跟你说的？"

"是的。"

"亲口说的。"

"是，亲口说的。"

"那就好，那就好。初儿不怪我……"她虚弱的身体再次瘫软如棉。"徐玉真"又昏睡过去。

阿次替母亲掖被子，抬起她的手放进被子的一霎那，他发现她指尖上细微的茧疤，这是长期从事发报工作留下的职业记号。但是，他没有丝毫犹疑地将母亲的手臂轻放入被，替她掖好被子，在她额上亲吻了一下。只不过，这个"吻"是他故意为之的。

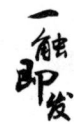

当他走出房门以后,他只对父亲说了一句话。
"这件事需要彻底解决。"

河船上。微雨,冷燕。

向成发早晨七点钟就醒了,听着水声和橹声,闻到了桂花年糕的香。他在河船上住了不只一个寒宵,只有昨夜感觉是最温暖的。因为,这家船妓用的棉被都是簇新的,枕头也柔软,女人也不粗俗,也不和他絮叨,静静地陪着他,让他在静寂和萧条的雨夜享受到片刻的舒适和安全。

此刻,他听见船头有起火烧茶的声音,他起床了。他发现床下有一双新皮鞋,似乎是给自己预备的。他才想起来,自己的布鞋已经不能穿了。这双鞋也许是其他客人留下的,女人拿来给自己换。他穿上了皮鞋,不肥不瘦,正合适。

他整理好衣襟,梳理好头发,摸摸口袋里还有十块钱,他想着,多给这个女人五块钱,也是应该的。

船头飘来一阵龙井新茶的味道。

他咳嗽了几声,从船舱里走了出来,潮红的初日冉冉升起,远处是隐隐青山和淡淡江树,带着斗笠的船家一声不吭地蹲坐在船头,女人面无表情地煮茶、滤水。

"怎么这么早就开始忙了?"向成发主动搭讪。
"要讨生活。"女人说。
"昨天夜里可真够冷的,风声一直没有歇过。"
"风声紧,您怎么还出来?"女人缓缓抬起头,眉宇间异常冷峻。向成发脸色寒下来,他感到了女人话中的力量,他强烈压制内心莫名的惊恐,勉强挤出一丝笑容,说:"你们喜欢这样待客吗?"他的身子不由自主想后退。

可是,他退不了了。

有人从他的身后袭击了他,一把锋利的匕首顶在了他松软的下巴上。"别动!动就干掉你!"那人手上一使劲,刀子陷入肌肤,一圈血痕浮现。

"我们等你很久了,向先生。"女人站起来,说,"正式介绍一下我的身份。在下是沪中警备司令部侦缉处二处少校,李沁红。"

"幸会。"向成发声音嘶哑。

"向先生不必紧张,我们对向先生的才识胆略一向是很钦佩的,只要向先生肯合作,您还有半世的富贵荣达可享……"

李沁红走近向成发的一瞬,一口浓酽的咸痰封住了她的嘴。向成发冷笑着看着她的窘态,李沁红不恼不恼地用手把溅在嘴唇上的痰沫甩掉,笑盈盈地说:"不要性急,我们有的是时间慢慢聊。"她猛地一拳狠狠地砸在向成发的腹部,向成发呻吟了一声,瘫软下去。

"立即清理现场,不要留下一丝痕迹。"李沁红说。

船家站直身子,说:"是。"

中午十二点。霞飞路的一家中型咖啡馆。

阿初如期赴约了。

杨慕次穿着挺拔的仿美式军装站在雅间门口等候他,他们没有多余的话,点点头,阿初昂首走进雅间,他看见了,在此时此刻,他不想看见的人,荣华。

阿初脸上透出一丝惶窘,不过,他马上就反应过来了,是阿次在"耍"自己,他要自己在荣华面前拨开"贪婪"的面纱,无地自容。

既来之,则安之。

"二小姐。"阿初不慌不诧,露出很自然的笑容。

"请坐。"荣华说。

阿初坐下,对慕次说:"杨先生很没有风度。"

"是吗?"慕次脸上挂着风趣地笑,"杨先生上次见面,说我很没有教养,这次当着女士的面,又说我很没有风度。我觉得很没面子,杨先生,不怕我找回来吗?"

阿初大笑起来。

荣华和慕次没有笑。

"你我男人之间的事情,应该有我们自己解决的办法,你请荣二小姐出面,是什么意思呢?"阿初的眼里射出严厉的寒光,"向我示威啊?!"

"不敢。"慕次亲手替他倒咖啡,"我想我们之间的经济账,应该有一个见证人,以免将来还有更加离奇不测的事情发生。"

"你威胁我?"

"不敢。"慕次的态度很轻松、声音很轻地说:"我提醒你。"

"钱呢?"阿初直奔主题。

慕次看了看荣华,掏出支票来,放在阿初的面前。阿初看了看慕次,说:"这就对了。以金钱妥协的方式平衡彼此所需,是明智之举。"

阿初伸手要拿支票之际,荣华突然伸手按住了他的手。

"你真的要拿这一百万?"荣华问。

"是的。"

"你知道我的心里在想什么吗?"

"搬家。"

荣华的头不由自主地向后一仰,阿初显然猜对了。

"阿初你知道吗?堕落并不可怕。可怕的是你习惯了沉沦,甚至爱上黑暗赋予你的权利,你在沼泽里陶醉,从而放弃自拔,永不自新。"

"狼在吞噬羊的时候,它并没有提前通知羊。"

"那么,我还应该感谢您,赐我们一线生机。"

"应该的。"阿初客气地笑。

"我真的看不透你了。"

"为什么您认为,您一定能看透我呢?太自信了?还是您认为,您在我面前有绝对的优越感?"

"阿初!"荣华被阿初的态度激怒了,"我姐姐是为你死的!"

"我很遗憾。"

"你!"荣华发出挫齿之声,"看来她是白死了。"

"谢谢你们的支票,我会严守诺言。"阿初站起来。"二小姐,您多保重。"

荣华看着阿初离开的背影,几乎气得手脚冰凉。"他居然真的变了。他居然真的要了那一百万。不是我亲眼所见,我根本不会相信。"

"你放心吧,我会让他全吐出来的。"慕次平静地说。

"现在不行,你不能轻举妄动。"

"我知道,所以,我暂时选择了给他钱。"慕次点燃香烟。

"我承认,我陋于知人心。不过我想,阿初决不会仅仅是为了钱。你相信你父母的话,还是相信阿初的话?"

"假象常常掩盖真实。这是我的老师杜旅宁常常告诫我的一句话。"阿次说,"我的所见所闻也许全都是假象,但是,有一点,我可以肯定。我的家里隐藏着秘密电台。"

"会不会是商业电台?"

"直觉告诉我,是谍报专用的秘密电台。直觉告诉我,我的母亲有问题,不仅仅是精神上的。直觉同时也告诉我,刚刚走出去的杨慕初,是我的亲兄弟!"

"阿次,你?"

"我没事。"慕次深吸了几口烟,说,"我心里很矛盾,我现在不知道这个杨慕初到底想干什么,但我可以肯定,他蓄谋已久。"

"你不要操之过急,也许,过几天,他还会找你谈。如果你们真是亲兄弟,我相信,他不会害你的。"荣华低下头,看表。

"怎么了,有事吗?"

"今天早上,向书记失约了。"

慕次一愣。

"这个咖啡馆是我启用的第二个接头地点,他又爽约了。"

"晚上怎么办?"

"现在还没有决定。"荣华看表,"如果今天下午五点钟以前,我还联络不到他,就取消八点钟的预备会。你不用参加会议,不过,如果,我说如果你那里有了向书记的消息,第一时间通知我,并准备撤退。"

这是暗示。如果慕次这里有了向成发的消息,向成发就有可能被捕。

"放心。"

"小心。"荣华补充了一句,"如果有什么事,你不要轻举妄动。你可以启动紧急应急方案。只要你把消息送出来,其余的事情我来做。"

下午三点半左右,杨慕次走进了沪中长官公署的大门。在弯弯曲曲的红砖墙过道上他碰见了侦缉处二处的同事明参谋。他们彼此打了一个招呼,就在明参谋与他擦肩而过时,他清晰地听到明参谋说了一句话。"真是运气来了挡都挡不住。"

什么运气?杨慕次的神经绷紧了。如果说侦缉处交到了"好运气",杨慕次

想,那就一定是"家"里闹了"灾荒"。然而,杨慕次没有想到的是,这一次遭受的几乎是"灭顶之灾"。

"你来了。"就在杨慕次胡思乱想之际,侦缉处的高队长走了过来。"我正想找你。"高磊很兴奋地说,"你知不知道,共党有一条大鱼落网了。"

杨慕次很感兴趣地把身子凑过去。"什么时候的事?"

高磊故做神秘地说:"今天早上,不,应该确切地说是昨天夜里抓到的。"

"有没有抓错?记得,上次……上次在法租界,你们把警备司令部的探子当共产党抓来了,害得处座到处去给人赔礼道歉。这一次……"

"这一次绝错不了,这个人有特点。"

"什么特点?"

"金牙、断指。他是中共中央特科的高级长官。"

杨慕次脸上露出极为惊讶的表情,肚子里却灯火通明,这个"金牙、断指"就是中共中央特科书记向成发。很显然,出大事了。

"你知道这一票是谁的杰作吗?"

慕次摇头。

"军统之花李沁红小姐。我们二处的王牌!"

"是谁允许你们在这里随意谈论机密的?"侦缉处处长熊自达不知何时已经站在了他们的背后。

两个人立即站的笔直。

"岂有此理!"熊自达满脸阴沉地从他们身边走过去。

杨慕次和高磊打了个手势,随即,紧跟上去。

"马上通知侦缉处所有的参谋、组长、队长到我办公室来开会。"熊自达一走进办公室就开始发号施令。

杨慕次毕恭毕敬地接过熊自达脱下的外套和军帽,说:"是。处座。"

杨慕次将熊自达的外套和军帽挂在衣架上,转过身打电话,通知下面的人上来开会。

"我刚才喝了一杯红酒,我觉得味道好极了。"熊自达欣欣自得地说,"你闻到什么气味了吗,杨副官?"

"我什么也没有闻到,处座。"其实,杨慕次已经闻到了,从今天下午一上班就闻到了一股强烈的血腥味。

"死亡。"熊自达笑得很阴险。"是死人的味道。"他大声笑起来,"向成发是个胆小鬼。他居然跟我谈条件,你知道吗？一个死人还想开口谈条件。你说,我应不应该答应他？"

向成发叛变了！

这对杨慕次而言,无疑是一个晴空霹雳。

昨天夜里被捕,今天下午就叛变。中共中央特科的书记叛变,意味着中共中央办事处、中共中央特委的住所、中共中央秘书处已经全部落进了熊自达的口袋,包括他自己。

第二十二章　截断众流大气魄

桌子上散放着零星的纸片，也许是毒性发作时留下的杰作，剩下的半杯牛奶白森森透着冷刃般的蔑笑和寒光，让人不寒而栗。

"你还没有回答我，杨副官。"熊自达说。

"报告处座，既然他即将是一个死人，我想，应该满足他的要求。"慕次机警地回答，"不过……"

"不过什么？"

"像他这样的胆小鬼，既要千方百计地保住自己的性命，同时又想保住自己的名节；既已变节，又想通过跟我们谈条件来捞取更多的政治资本。他已经是阶下之囚，有什么资格来妄谈合作？"

"不，不。"熊自达说，"你知道向成发在中共中央的地位吗？你不知道。你相信吗？他能够在一夜之间使中共中央的主要机关全部瘫痪、倾覆。他可以提供在上海所有中共高官的名单，懂吗？'他'对我们意味着什么？意味着'红色情报网'破网在即。准确点说，由于他的落网投诚，我们剿灭共党在沪的所有机关将有突破性进展。至于他所提出的条件嘛……"熊自达突然控制不住自己的兴奋而嘲笑起了对手的愚蠢，"他现在就算是提出天价，我也答应他。"

杨慕次的脑海里千流万溪地在湍动，还有机会，还有一线生机。

只要自己在向成发开口之前见到他，至多不过半秒钟，就可以解决他。慕次甚至想到了三个步骤，第一，找到向成发，开枪击毙；第二，杀死熊自达；第三，饮弹自决。

很干净，很迅捷，很有效地化解掉这场"灭顶之灾"。

但是，向成发现在何处呢？

"处座，您对一个共匪一味地让步，您不怕……"

"怕什么？"

"他在虚与尾蛇，拖延时间，故意夸大自己在共党的力量，虚张声势，以换取他自己的利益。"慕次用了很强调的口吻，"我认为，处座应该对他施加压力，利用强有力的有效手段，迫使他认清形势，竹筒倒豆子，而不是客客气气地等待，等待他一点一滴地挤牙膏。"

"他的如意算盘，我心知肚明。"熊自达注视着慕次的眼睛说，"可是，你知道吗？向成发之所以还没有开口，是因为他知道侦缉处里有内鬼！"

"是吗？那就应该先把内鬼给捉出来。"慕次抱定了必死的决心。

"说得对！"熊自达举起酒杯，一口干了。

大约五分钟后，侦缉处二处行动大队的队长高磊、破译组组长焦同顺、情报组组长徐诚和侦缉处少校刘云副官全部到场，唯有二处特情组组长李沁红缺席。

杨慕次到侦缉处工作已经三四个月了，他只见过李沁红一面，印象很深。因为第一面是在侦缉处的刑讯室见的，慕次亲眼看见她亲手掐死了一个有亲共嫌疑的疑犯。这是一个心狠手辣的女人，不，不应该叫女人，确切地说是：女魔。

"大家都知道，我们二处的军统之花李沁红小姐，在昨天夜里设局，于今天早上成功捕获了共匪向成发。向匪成发在中共特科担任极其重要的角色，他的落网，意味着我们已经撕开了共党在上海红色谍报站的神秘面纱，打开这一关键缺口，诸位，我们会将共党在沪的残匪一网打尽！"

熊自达的话音未落，掌声已经响起来。高磊一边鼓掌，一边讨好地四处领首。

"向匪成发已经决定向国民政府投诚。"

又是一片掌声。

"不过嘛。"熊自达话锋一转，阴森森地笑着说，"向成发也向我们提出了投诚的条件，第一，绝对保证他的人身安全；第二，安全地把他的女人陆阿贞送到这里，跟他会合；第三，等我们破获了共党的红色天网之后，他们夫妻要去美国定居。"

在熊自达说出第三点的时候，满座发出嘘声。

"还有最重要的一点，他透露给我们最重要的情报，今天晚上八点，共党特委将会召开一个预备会议，至于地点嘛，我想等我们满足他第二个条件后，他会给我们一个满意的答复。"

慕次知道李沁红缺席的原因了，她去接向成发的女人了。这个女人只要一跨进侦缉处的门槛，自己的真实身份就会暴露，阿次想，自己才应该是向成发向侦缉处交出的第一张满意答卷。

"全体起立！"

随着熊自达的一声口令，大家整齐地站起来。等待新的命令，奇怪的是熊自达并没有再发出新的指令，他只是阴沉沉地来回看着他们的脸，在他们身边踱步。

"刚才忘了告诉诸位了。向成发告诉我，他说，我的身边有共产党！"熊自达恶毒地扫视着在场的每一位同仁。长时间地扫视，长时间地凝视，长时间地冷眼。他不阴不阳的态度令在场的每一个人都不安，大家几乎同一时间处于窒息状态。紧张、出汗、不知所措。

熊自达在杨慕次跟前驻步。

"杨副官，你为什么不紧张？"熊自达问。

"我为什么要紧张？"慕次很从容。

"侦缉处里混进了共产党，你不应该紧张吗？"

"报告处座。紧张的应该是那个即将暴露的共匪，我不是共产党，所以我不紧张。"

"事不关己。"熊自达又走到刘副官的面前，刘副官被他阴冷地目光射得浑身不自在，"关己则乱。"

刘副官小腿微微发颤，吞咽着突然从口腔里多出来的唾液。

"刘副官，你为什么紧张？"熊自达问他。

"因为，因为侦缉处混进了共产党。"刘副官回答。

"你又不是共产党，你紧张什么？"

"报告处座，我是你身边的人，我怕受人诬陷，所以紧张。我觉得这是正常反应，不紧张，只能证明他定力强。"

"说得好！"熊自达走回桌子中间。"惊慌失措，未必就是嫌疑犯；定力强，也许是会伪装。我不相信你们的表情，因为你们都是训练场上脱颖而出的人。任何表情与姿态都可能是迷惑人的假象。我只相信证据。从现在开始，直到向成发开口，这间屋子所有的人，不准回家，不准打电话，不准交头接耳，不准离开侦缉处大楼。否则，以通共嫌疑，格杀勿论！听清楚了吗？"

"是！"全体异口同声。

"杨副官，刘副官。"

"处座。"慕次和刘副官立正。

"你们两个，从现在开始，交出佩枪，不准离开我的视线半步，互相监督，随叫随到，否则……"

"以通共嫌疑，格杀勿论！"慕次重复命令。

"好。执行命令。"熊自达说完，转身进了办公室的里间。

杨慕次掏出佩枪，放到高磊所站的桌面。高磊收了慕次的枪，说："不好意思。"慕次知道他话里的含义，于是转身靠墙，双手斜举抵住墙，这是请他搜身，以示清白。

高磊说声："得罪。"走形式一样搜了慕次的身。

刘副官骂骂咧咧地掏出佩枪，扔给高磊，转身靠墙，让高磊搜身。他对慕次小声说："等事情做完了，我第一个灭了向成发。"

"别胡说，找死啊。"慕次用眼神制止他的不满情绪。

"等着瞧。"

"对不起二位，改天兄弟请你们喝茶。"高磊笑着拍了拍二人的肩膀。

"少来这套。"刘副官不买账。

"走，门口抽烟去。"慕次拉着刘副官到门口吸烟去了。

"他以为他是谁？"刘副官气不顺。

慕次替他点烟。"不就是缴枪嘛，一会还不给咱们送回来。"

"送回来。"刘副官"哼"了一声,"咱们这位主,见过什么大世面?一个向成发,就把他给乐呵成这样。"

"向成发可是中共特科的书记。"

"顾顺章呢?顾顺章是中共中央的委员,特科红枪队的头目,又怎么样了?他叛变的时候,南京以为共党在上海的机构全部玩完,结果怎么样?一封密电,共党一夜之间消失了,出了这么大一个叛徒,中共在上海的秘密组织毫发未伤。向成发算个什么东西?就凭他?可以消灭红色情报网?鬼都不信。"

"少说两句,隔墙有耳。"

"怕什么,人正不怕影子歪。"

"枪都被人缴了,死鸭子还嘴硬。"慕次笑。

"枪缴了就缴了呗。咱不用那玩意,多血腥啊。"刘副官做了一个快速扭断人颈骨的模拟动作。"一秒钟,连声音都没有。干净。"

"那就不血腥了?残忍。"慕次一边聊天,一边观察楼道里出出进进的人。他知道,自己除了荣华一个上线外,还有一个下线,只是这个下线,他不到万不得已,决不能启用。他启用下线的那一刻,也就是下线完成任务后,撤离的一刻。

今天,是自己的死期。他必须启用下线,他要告诉下线,自己即将暴露身份,面临死亡。他希望下线能把消息传出去。

至于今夜的特委预备会,荣华说过,下午五点钟以前,她联络不到向成发,会议将自动取消。所以,特委应该没有危险,至少在今夜。

今夜之前,必须解决向成发。只要能让自己见到他,就像刘副官比的那样,他会扭断叛徒的脖子,只需要一秒钟。

慕次背转身去,用力扯断了军装上第二颗纽扣,这是他的"死"扣,他把扣子"遗失"在门前的走廊上。然后他回转身去,依旧和刘副官说笑。

悦耳的钟声响起来,荣华书店的挂钟指向下午四点半。

荣华心神不定地看着天色,她已经做好了"取消"预备会的决定。就在她要拨电话的瞬间,电话铃声响了。

"喂。"荣华接听电话。

"是我。"向成发的声音干涩。

"您在哪?"

"我今天上午身体有些不适,没能来。"这是指今天上午有特务跟踪。

"您的病好一点了吗?晚上家长会还开吗?"

"病好了。家长会准时开。"向成发挂了电话。

荣华挂了电话后,拨通了另一个号码。

"是我。我先生刚才打电话回来了,他说今天晚上,家长会准时开。"

"知道了。家长会准时开。"

两个人同时挂了电话。

荣华拎起早已准备好的手提包,准备出发,她下意识地看了看手表,又看了看电话,感觉不是很好。她想,慕次为什么到现在还不给自己打电话?

她决定,无论如何,自己要等阿次的电话,必须等。

与此同时。

参谋部派人来见熊自达。熊自达引来人入内,关上里间的门。杨慕次进来给二人泡茶。他倒了两杯龙井,端进里间去。

四点三刻左右。

杨慕次从里间出来,他发现自己"遗留"的"死扣"居然放在了自己办公室的窗台上。刘副官懒洋洋地靠在沙发上睡着。

勤务兵小吴刚刚打扫完办公室。

杨慕次看着小吴走出自己的视线,回头踢了一脚睡在沙发上的刘副官,让他别睡了。

五点一刻。

桌上的电话铃声骤响。

慕次和刘副官彼此看了对方一眼,都没接。

熊自达送走了参谋部的访客,回头来,电话铃声依然在响。

"为什么不接电话?"他质问二人。

"没您的命令。"刘副官低声嘀咕。

慕次抢上一步,接了电话。"哪里?"

"储……储藏室。"电话里一个男人的声音在喘。

"找谁？"

"处座。"

"处座。"慕次恭敬地把电话递到熊自达的手上,"您的电话。"

"哪里？"

"好像是说,储藏室。"

熊自达的脸色一下变了,对着话筒喊："怎么了？"

听到对方答案后,熊自达手上的听筒落地。

"怎么了？"慕次问。

"向成发死了！"熊自达不敢相信地喃喃自语。

向成发死了！

杨慕次一时也不敢相信。

刘副官第一个反应过来,他大声喊着："警卫排集合！高队！高队……"他冲到熊自达身边,"处座,赶紧的啊。"

"去现场。"熊自达黑着脸,疾步如飞地走出去。

刘副官、杨慕次紧跟着他的步伐,高磊截住他们,简单说了两句话,然后跑步下楼。只不过,杨慕次的脚步异常轻快,他甚至能感觉到内心的解放。

向成发真的死了。

死得很难看。

他的面部痉挛,手脚呈抽搐状,七窍流血,模样古怪地瘫倒在椅子上,已经断了气。很显然他是中毒死亡。桌子上散放着零星的纸片,也许是毒性发作时留下的杰作,剩下的半杯牛奶白森森透着冷刃般的蔑笑和寒光,让人不寒而栗。

有人闪电般地采取了行动。

直接的"谋杀"过程很简单,一个人在恰当的时机给另一个人送了一杯奶,轻而易举地杀进重围,在敌人的眼皮底下把该死的叛徒送上了黄泉路。

熊自达的脸色变得恶毒起来,一点也不逊色那剩下的半杯奶。

杨慕次从心底长长地出了一口气,他知道,自己幸运地和死神擦肩而过了。

不，不仅仅是自己，还有许许多多战斗在敌人心脏里的同志们得以死里逃生。

"谁？谁送的牛奶？"熊自达问。

看守们浑身都在抖。

"说话呀。"高队咬牙切齿地吼。

一个看守战战兢兢地说："他，他自己要喝牛奶，他自己要的。"

"谁送来的？"熊自达再问。

"勤务兵，您的勤务兵小吴。"

"人呢？"

"不，不见了。"

熊自达抬手一枪，毙了一个看守，吓得另外两个看守双腿发软，跪下去了。

"侦缉处里有鬼！"熊自达喃喃地说，"很快就会水落石出。"他发布命令。"掘地三尺，也要把人给我找出来。快！"

高磊带人开始行动了。

储藏室就在侦缉处大楼的地下室里，久已不用了，李沁红的特情组把这里改建成了二处秘密关押室，专门关押级别高的政治犯，因为杨慕次是新人，所以，他是第一次接触到这个特殊的关押地点。

高磊和刘副官他们在逐层搜查每一个房间。杨慕次紧跟在熊自达身后，熊自达怒发冲冠地朝他吼叫。"你老跟着我干什么？！"

"处座，是您叫我寸步不离的。"

"我现在不想看见你！明白吗？还杵在这里干什么？滚啊。"

"是，处座。"杨慕次用最快的速度，迅速消失在楼梯口。

五点三刻。

杨慕次偷偷回到办公室，迅速走入里间，他蹲在办公桌下，把电话拖到地上，冒险拨通了荣华的电话。

"喂。"

他清晰地听到了荣华的声音。

"是表叔吗？我一直在家等你的电话，表婶的病好了吗？"

"表婶心脏病复发，虽然她答应和'医生'配合，但还是回天乏术。家长会去不成了。"慕次挂断了电话。他听见走廊上的脚步声，迅即把电话放好，推开

窗子，手借砖缝之力，身子飘逸地挂了出去。

一分不差，熊自达走进房间打电话。"立即封锁沪中长官公署的大门，没有我的手令，任何人不能通行。"

慕次的身体下移，脚尖踩在砖缝上，身体触到另一层楼的窗棂，他的手准确无误地抓到窗棂，身子一跃，飞了进去。

"有没有发现？"

慕次听见刘副官在过道上叫喊。

他很自然地推开门出去，向刘副官耸了耸肩。

"去停车场。"

他们听见高磊在楼下喊，于是，他们对视一眼，二话不说，也向楼下奔去。对刘副官来说，抓到共党嫌犯，就可以洗清自己身上的嫌疑；对慕次来讲，找到小吴，或许能帮他死里求生。

两个人怀着不同的目的，朝着一个共同的目标搜索……

荣华在接到慕次电话的那一刻，就开始火速行动了。

她先给中共中央特科设在威海路的老家打电话，告诉他们，向同学的家长心脏病复发，向家长积极和"医生"配合（暗示向成发叛变），抢救无效，已经死亡，请求立即取消晚上的"家长会"。

老家告诉她，现在正式取消会议，但是，有许多学生家长外出，收不到消息了。请荣华竭尽全力，想方设法通知到学生家长。

威海路的特科总部在接到荣华消息的刹那，立即行动。通知设在云南路的中共中央特委、设在广东路清河坊的中共中央军委迅速转移。

但是，由于戈登路正值检修电讯线路，总部通知不到中央政治局会议室和机要处的工作人员，戈登路的恒吉里，正处在极度危险中。

荣华开着车，飞驰到"大光明旅社"，通知所有特委转移。但是，有些特委出于安全考虑，已经单独搬离，不知去向。

荣华急三火四地回到梅花巷，丛锋已经提前走了，给她留了一个便条：久违上海风光，先走一步，饱览海市，恒吉里预备会上见。锋。

六点三十分。

杨慕次和刘副官得到了一个准确消息，小吴找到了，他一直潜藏在一辆军用运输车中，企图通过军车的掩护，顺利走出关卡。

不幸的是，他被发现了。

束手就擒。

与此同时。

荣华开车来到了戈登路的恒吉里1141号。这里是中央政治局会议室和机要秘书处所在地。

家里没人，只有一个老保姆。

"您找谁？"保姆警惕地扫视着荣华。

"我是林谭先生的女朋友。"这是寻人的口令。

"您有什么事？"

"向先生出了车祸，不能来了。"

"可是，现在家里没主人。"这是告诉荣华，主要负责人不在。

"能通知到吗？"

"恐怕不能。"

"为什么？"

"他们事先约好了家长会上见。"

"家长会已经取消了。"

"我们没有接到班主任的通知。"

"我就是班主任。"

老保姆真的紧张起来。"不好。"

"怎么了？"

"伍先生，今天晚上会来。"

伍先生，指的是伍豪。中共中央特科最高负责人。

"不能让伍先生来，绝对不能。"荣华说。

"你放心，我来想办法。"老保姆说。

荣华离开恒吉里1141号的瞬间，恒吉里1141号的小阁楼上的晾衣架上晾

出了红色床单。预示着"禁止通行"。

六点三刻。

侦缉处的过道上吹着阴冷的风,仿佛刚下过一场雷暴雨,杀气覆盖着整栋大楼。

杨慕次、刘副官、高磊等人都站在二处的处长办公室里,大气不敢出。小吴被修理得很惨,身上、脸上都是血,衣服被揉成烂菜叶。他年龄只有十八岁,他很年轻,很稚嫩。

"我有108套刑具可以让你开口说话,就算梁山泊的硬汉全到了,也撑不住。"熊自达很急躁,很凶狠。

汗珠从小吴的额头上滴下来。

"我需要你的帮助!"熊自达在笑,他从小吴惶恐的眼神中看到了希望,"如果你拒绝帮助我,那么,我会帮助你。你知道我会怎样地去帮助一个人,在痛苦中帮助他改变一些愚蠢的想法,我需要你的答案。"

"我想喝杯水。"小吴机械地舔了一下干裂的嘴唇。

熊自达喘了口气,半坐在办公桌上,喊:"杨副官,给我们的小朋友倒杯水。"

阿次的步伐有些机械,当他把盛满水的杯子递到小吴手上时,他近距离感觉到小吴杂乱无序的呼吸。

他担心了。

担心他撑不住。

"我最后问你一句,要不要跟我合作?"

"要。"小吴开口了。

这一个字,回答得异常干脆,异常轻巧,却很直接地刺穿了杨慕次的耳膜及心脏。慕次的视线愈来愈模糊,头脑一片空白。

他想干什么?

他下一步要做什么?

不可逆转的形势,一触即发的威胁,都悄无声息地潜伏在了阿次四周。但是,有一点阿次很清楚,这个有可能叛变的人,没有资格知道中共特科的所在地，他唯一能出卖的人，只有自己。

"你想知道向成发是怎么死的吗？"小吴说。

"不，我对死人一向不感兴趣。我现在最感兴趣的是，一个勤务兵是怎么知道向成发被捕的消息的？"

"听人议论的。"

"谁？谁在议论？"

"高队长的手下。"

高磊的脸一下蒙上阴灰。

"他们怎么议论的？"

"他们说，他们钓到了共党的一条大鱼。"

"他们议论钓到一条大鱼，不等于告诉你这条鱼已经上岸。你也并不知道这条鱼是鲨鱼还是鲤鱼？也许是条不起眼的鲫鱼。你居然迫不及待地杀了他？！为什么？为什么？"熊自达几近扭曲的脸几乎贴上小吴的额头，居高临下地质问，逼得小吴脱口而出，"我在执行命令。"

"好极了。谁的命令？"熊自达转过身去，扫视房间里每一个人的表情。他突然大吼起来。"谁的命令？！"

没有声音。

确切地说没有回答。

房间里每一个人都仿佛被架在火上烘烤，因为，他们的命都系在这个平常不起眼的小勤务兵嘴上。

"谁的命令？"熊自达的语气突然缓和下来。

"上级的命令。"

"他的名字？"

"向成发。"

此刻，熊自达的脸泛起红色的斑，他大笑起来，小吴也跟着他笑，只有阿次和高队长他们不敢笑。

"你的意思是向成发自己要了自己的命？"熊自达满脸都是笑。

"这没什么可笑的，向成发是我的上级，他一旦被捕，就会对我产生致命的威胁。"

"如果他没有背叛你们的组织呢？你也要杀他？"

"你也会说是如果，如果他要出卖我呢？我当时真的很害怕。"

"怕什么？"

"怕他第一个把我供出来。"

"你和他认识多久了？"

"三年。"

"撒谎！"熊自达的脸因呼吸急促而变得狰狞起来。"向成发半年前才从江西转到上海，出任特科委员，我看过你的档案，你在这里已经干了将近四年。你怎么可能认识他三年。看来我们要换个地方好好谈谈。"熊自达大声喊道，"来人呀，把他给我拖出去。我不想再浪费时间。"

其实，不用叫，一屋子的人都想把小吴处理掉，怕他乱咬，受他无谓的牵连。高队长和刘副官两个拖一个，把小吴往外拽，小吴挣扎着喊起来。"向成发千真万确是我的上级，他知道我在侦缉处工作，但是，他不知道我只是一个勤务兵，他以为——"

"以为什么？"

"以为我是你身边的人。"

"不是吗？"

"你说呢？熊处长，我算不算是你身边的人？"

"你是不是我身边的人都不重要——"

"重要的是，我知道特科秘书处的工作地点。"

"等一下。"随着熊自达的命令，小吴被重重地摔在侦缉处处长办公室的门槛上。而杨慕次的心也被重重地摔了下来。熊自达径直走过去，俯下身子，低声地说："我现在给你一个机会，一个唯一活命的机会，你告诉我中共特科秘书处的所在地，我给你自由。"熊自达一把将小吴拎了起来。

杨慕次心里第一个念头，就是立即拔枪干掉他，他的手在靠近枪套时，他看见小吴的眼睛正注视着他，那是一双清澈明亮的眼睛。

没有道理。他为什么不立即把自己供出来？

他的供词在保护自己。

再等等。

一念之差。

他清晰地听见小吴说："戈登路。"

戈登路恒吉里是中央秘书处机关所在地。

"如果你们想要知道确切位置，我亲自带你们去。说到做到。"

慕次懂了。小吴一直都在保护自己，保护中央特科的安全，他还不知道，情报已经送出去了。小吴想带着侦缉处的特务们去"逛花园"，以期达到"预警"的作用，通过特殊的方式，把向成发叛变的消息送出去。

枪声响了！

子弹是从小吴背后射入的，他的头被打穿了。

他的血一汩汩地冒出来，慕次眼前一片漆黑。小吴牺牲了。他才十八岁。

"是谁？！"熊自达暴跳如雷地怒吼。

"是我。处座。"全副武装的李沁红出现在门口，她手上枪冒着淡淡的烟，她那一头蓬蓬松松的短发，轻曼地撒开。仿佛在藐视自己的顶头上司，又或是嘲笑。

"你！你在干什么？"熊自达的声调不自觉地调小了一个音阶。

"我在执行公务，处座。"她毫不示弱地走到熊自达面前，猛地把小吴的尸体拎起来，甩出去。然后冷冷地一笑。"处座，您要是听了这个小共匪的话，带着一帮人马去逛花园，别说抓捕行动会一无所获，还会打草惊蛇，到时候，您连共产党机关的毛发都碰不到。由于您工作上的疏忽，我们已经失去了向成发，我不想最后连一口残羹都吃不到。"李沁红朝后一招手。"带进来。"

特情组的特务们押了一个女人进来。女人畏畏缩缩的，神情慌乱，一双腿不停的发颤，眼睛里全是惊恐。

慕次知道，她应该是向成发的女人——陆阿贞。她不是共产党，她不会知道党的机密。但是，她可能会知道向成发常去的地方，她的供词一样会对党的机关住址造成致命的威胁。

"Gordon Road，南北走向，南起静安寺路，北至苏州河。全长2594米。"李沁红喧宾夺主地拉开了上海市的地形图，昂然地站在了处长的位置上。"那个小共匪，就是想带着你们这群废物去逛苏州河。"她略微停顿了一下，继续说，"戈登路66号是美琪大戏院，戈登路511号是英国巡捕房，戏院是最容易让鱼儿隐

藏的地方,而英国人的巡捕房也是我们需要避开其视线的地方。现在……"李沁红一把揪住陆阿贞的头发,把她拖到上海市地图前。"你来告诉我,你丈夫常去的地方,跟你曾经提起过的地方。你把它指出来,或许还可以捡回一条命!"

陆阿贞的手哆哆嗦嗦地指向了恒吉里。

李沁红用红笔把恒吉里圈了起来。

"为什么这么肯定?"

"他,他前两天告诉我,他这几天都不回来住,他要在恒吉里开会。"

"他经常去吗?"

"是。"

"恒吉里多少号?"

"我不知道。"

李沁红用枪顶住了她的前额。"恒吉里多少号?"

"我真的不知道!"女人完全崩溃了。

"最后一次,恒吉里多少号?"李沁红的手指扣紧扳机,突然女人的裤子湿了,她是真的不知道,李沁红毫不犹豫地开枪了。

女人的头裂开,身子仆下去,倒在李沁红的皮鞋尖上,血腥漫开……

屋子里所有的人为之一震。

"现在是七点一刻。据可靠情报,共党特委今天晚上八点钟将在戈登路恒吉里召开特委预备会。我们就在这里!"她的枪指向地图上红色的圈,"拉网似突袭,力求捕获今天晚上在恒吉里出现的所有共匪。"

李沁红走到熊自达的身边,和风细雨地说:"处座,下命令吧。"

接下来,慕次满耳都是熊自达发布命令的声音。

"侦缉处全体集合。"

"请求参谋部部队配合行动。"

"目标:戈登路恒吉里。"

"要快。快。"

眼前的一切发生地太快,楼道上到处是奔跑的脚步声,楼下是汽车发动声。杨慕次完全被动地加入在步履匆匆的人群中。

侦缉处办公室的挂钟指向:晚上七点二十分。

刘副官把吉普车开过来，熊自达坐了上去，杨慕次迅速靠过去，熊自达突然想起了什么。"我的包。"这个公文包里有参谋总部送来的密件，他必须随身带。

"我去拿，处座。"杨慕次说完，迅速地向侦缉处大楼跑去。

阿次拿到公文包后，正准备走，办公室电话响了。

他愣了一下，习惯性左右看看，接了电话。

慕次不说话，电话那端先说了。

"我找李沁红组长。"

"她不在。"

"熊处长呢？"

"出去了。"

"请您务必转告他们一句话。戈登路恒吉里1141号。"电话挂断了。慕次的脊梁骨透着寒冰，中央特科里也有"内鬼"。

他听见底下车子的喇叭声骤响，他知道，熊自达在催自己。他不再迟疑，飞奔而下。

慕次几乎是冲刺的速度跑到熊自达的车前。

"处座，您的包。"

"阿次，你坐前面的军车吧。"刘副官说。他用眼神暗示，吉普车里已经预留了李沁红的位置。

"好的。"慕次说完，朝前面跑去，所有准备出发的军车全部蒙上了黑色的幕布，伪装成民用长途运输卡车。慕次跑到第一辆军车前，坐了上去，把原来的司机赶进了卡车。

发车之前，李沁红照例巡视。她发现了慕次坐在第一辆军车的驾驶室里，她停住了步。

"高队！"李沁红高声喊着。

"到！"高磊跑过来，脸上堆着笑。

"你来开第一辆车。"

慕次很不满，说："怎么，李组长信不过我开车的技术？"

"你说呢?"李沁红在笑。

"我连飞机都能开。"

"我信。"李沁红点头,她的笑容很快凝成水,"执行命令。"

慕次坐到副驾上,高磊握住了方向盘。

"小心驾驶。"李沁红说。

"您放一百个心。"

"砰"的一声,李沁红亲手替他们关紧了车门。她左手轻挥:"出发!"车队浩浩荡荡地向戈登路进发。

晚上,七点四十五分。

荣华的车从戈登路66号美琪大戏院开出来,她已经顺利地送走了几名特委。因为不放心的缘故,她始终没有离开戈登路的地段。

她想再回恒吉里1141号去看看。

恒吉里1141号是一幢二楼二底的石库门房子,前后有门,四通八达,只要危险信号一发出,很远的距离都能看见,来开会的特委,亦包括丛锋,只要发觉异常,就会很快离开。

可是,出错了。

荣华看见二楼晾衣架上晾出的红色床单不见了,取而代之的是蓝色窗帘,这是安全信号,代表一切照常。

天啊!荣华的血液霎时凝固了!

恒吉里1141号的阁楼上,老保姆平静地躺在床上,她的胸前被人刺了两刀。红色的床单被扔在地上,像血。

蓝色窗帘在微风中召唤着聚会的人们,像幽灵。

慕次坐在军车上,想着荣华一定会安全把情报送出去的,现在,离自己送出情报的时间已经过了两个小时。

按常规推断,荣华自己都应该全身而退了。

可是,半秒钟不到,结论被推翻了,慕次清晰地看见了荣华的汽车。

荣华看到了慕次的脸,她知道,伪装的军车到了,侦缉处的特务们到了,毁灭性的袭击到了。同样，没有接到临时通知的特委们也到了。

七点五十二分。

没有时间了，没有任何回旋余地了。

荣华看见了丛锋，他正欣欣然夹了张报纸往前走……

东西南北每一个方向、每一个角落几乎都有来自全国各地的中共特委夹杂在车水马龙的人流中前行……

他们的目的地：戈登路恒吉里1141号。

荣华没有退路了。

大约两秒钟时间，荣华做出了她人生最后的抉择。

她神情坚毅，稳坐如山，猛踩油门，加速、加速、再加速，她的车狂飙飞驰，横冲直撞地朝即将进入恒吉里路口的隐蔽军车扑来。

阿次懂了。

自己的战友在用"生命"向通往"陷阱"的同志们预警。

荣华在危机关头选择了"死亡"。

只有在通往恒吉里的路上，制造一场严重的车祸，引起交通极度混乱，让隐藏在卡车上的特务连全部暴露。让租界的军警、巡警全都搅和进来，堵住恒吉里的交通要道，才有可能截断前往恒吉里1141号开会的同志们，使他们趁乱逃生。

荣华的车速疾若飞鹰，迅如闪电。

高磊措手不及，一边大甩方向盘，一边恐慌地高声咒骂。"神经病！""疯子！""疯了！"他在闪避的同时，自然而然地把最危险的撞击甩给了副驾的位子。

慕次在第一时间内接受了荣华的选择。同生共死的瞬间，卡车和小汽车相撞的刹那，他们从玻璃车窗里都清晰地看到了彼此脸上的表情，荣华神态从容、镇定，眼睛里透着永生不灭的大无畏精神、裹挟着义无反顾的豪迈、撼动人心的刚毅抉择……呼啸而来！

他们都没有眨一下眼，彼此含着一丝笑容，迎接那悲壮的瞬间。

血火迸溅！

第二十三章　恶氛弥天血火焚

没有人知道他的存在了。
"飘风"难道真的要随风飘逝吗?
问题是,他活过来了。

一股浓烟撕裂铁皮般窜升,小汽车像出鞘的利刃扎进了卡车那坚硬的铁壳。小汽车保险杠支离破碎,车体肢解。

生命如火似的燃烧。

生命的音符随着烈焰升腾后戛然而止。

巨大的冲击力撞击着阿次的身体,阿次的头撞上了挡风玻璃,他的头部、脖子、胸部遭到正面袭击,双腿的膝关节处仿佛断裂般疼痛。血从他的额头漫出……

他有知觉,但是,动不了。

高磊只受了轻伤,他跳下来大声喊叫。

车上隐蔽的特务全都被撞得七荤八素,纷纷下车。车祸现场一片狼籍。

丛锋在拥堵的人群里,眼睁睁看到了荣华撞车的一幕,他悲愤地转过身,挤进人群,很快穿进小巷,消失在夜幕中。

无数个特殊身份的人,都默默转过身去,从街角拐进小巷,绵长的石板路上,留下他们斜长的身影和无声的泪水。

风摇曳着大街上的法国梧桐。

火燃烧着。

人疏散了。

警笛声，风声，火势，人喧，乱作一团。所有声浪骤然轰响，草木皆腥。

李沁红大声地斥责高队长，高磊也在发脾气，慕次的身体被卡住了，高磊想尽办法才把他给弄出来，阿次昏迷了。所有侦缉处的车无一例外地被挡在了恒吉里路以外。

拉网袭击，彻底破产了。

丛锋穿过小巷后，沿着大街全速奔跑，他的目的地是荣华的"华美书店"，他必须抢在特务前面去焚毁隐藏在那里的电台或是机要文件。

恒吉里路口上，李沁红正和闻风赶来的租界巡警交涉，警察局副局长韩正齐也带着人手在第一时间赶到事发现场。

熊自达气哼哼地从吉普车上下来。韩正齐是曾经在一次市政府会议中认识熊自达的，当时他只是配合侦缉处处理一些复杂管区的人口调查，包括租界地段的人口户籍普查。他对熊自达的了解不多，但是，他知道，侦缉处历来有"秘密逮捕""秘密枪决"的特权，他们今天如此大规模地卡在恒吉里路上，一定有特殊的原因。所以，韩正齐主动走过来，礼貌地和熊自达握手。

"熊处长，你们是不是有秘密任务？"

"已经不是秘密了。"熊自达一边取手套，一边用手驱赶烟尘。

"您需要我们做什么？"韩正齐公事公办地问询他的意见。

熊自达没好气地说："你什么都不做，就帮忙了。"

"不，处座。韩副局长来得正是时候。"李沁红跑了过来，"韩副局长，我们需要你立即替我们查出这辆肇事小汽车的来历。在上海拥有汽车的家庭并不多，请您马上配合我们的工作，谢谢。"

"好的，没问题。"韩正齐说完，立即去办事了。他叫人抄小汽车的牌号，自己亲自打开了乌黑的车门，里面的人已经不复容颜了……

"是个女人。"他说，"应该很年轻。"

同时，在另一处卡车旁，高磊和刘副官两个人满身大汗地就地抢救人事不省的慕次。刘副官用力按压慕次腿上的出血创口，他的手帕已经被血浸湿透了，

高磊撕了上衣替代绷带,替慕次包扎伤口。

李沁红再一次来催促高磊带人去沿街搜捕可疑人员,这一次,高磊不买账了。"你眼瞎了,阿次伤到动脉了。会死的!你到底是不是人啊!"他无所顾忌地高声咒骂。

李沁红伏下身子来看。果然,杨慕次脸如白纸,呼吸困难,他左腿的伤口处血势凶猛,鲜艳的红色呈喷射状涌出。

高磊费力地按压住慕次的股动脉,以免失血过多。"该死!我根本无法松手!"

"你叫手下来做。"

"你以为谁都会做吗?阿次是杜先生的爱徒,他要不明不白地死在我手上,你认为杜先生会放过我吗?"

"你怎么知道他是杜旅宁的徒弟?阿次告诉你的?"

"是杜先生打电话告诉我的。他要我看着他!"高磊在吼。

"叫担架!"李沁红终于妥协了,"最近的医院在哪里?"

"春和医院,就在附近。"一个小特务说。

"快,送医院。"

一辆军车很快掉转头,开过来。高磊、刘副官等人亲自把杨慕次送上车。李沁红见高磊包扎得太狠,怕缺血引起股头坏死,亲自上车给慕次松止血带,两三分钟松一次,她和高磊换着来。他们两个跟着车走了,刘副官留下来,带了一队人,挨家挨户地盘查可疑人员。

韩正齐从另一侧默默地看着那一边的混乱和焦虑,他看不清伤者的脸。这时,他的一个手下跑来了。

"报告局长,车子查到了。"

"谁家的?"

"上海荣家。"

"荣家?"韩正齐愣住了,"车主的姓名?"

"荣华。"

"好,我知道了。你去吧。"

"是,局长。"

"回来。"韩正齐叫住了他,"这件事,不要再告诉第二个人。"

"是。"

韩正齐走到自己的汽车前,他来回巡检一遍,悄悄地钻进一个临街的绸缎店,柜台上,有一个醒目的红色电话机。

晚上八点半左右,正是华灯初上之时,阿初正准备出门去梅花巷。他已经买下那套荒芜的小院,并请人去打扫干净了,野草也除得差不多了。岳嬷嬷提议在院子里挂上红灯笼,喜庆。她说,杨家很久没有什么喜事了,不如借着买新房,放放炮仗。

阿初知道岳嬷嬷误会了,她以为自己有了女人了。阿初不解释,他喜欢保持沉默。

阿初的贴身保镖刘阿四进来,告诉阿初车子已经准备好了。就在阿初出门之刻,客厅里电话铃声大作。

"喂。"阿初接电话。

电话那边是夏跃春的喘息声:"阿初,你弟弟出事了。"

阿初心里猛地"咯噔"一下。他稳住神,问:"什么事?"

"车祸。"

阿初的手不自觉地抖了一下。凝住气,再问:"人还在吗?"

"在。"

阿初心口顺了一口气。"在哪里?"

"我的医院里。"

"清醒吗?"

"昏迷。"

"有没有生命危险?"

"有。"跃春又补充了一句,"很危险。"

"出血吗?"

"大出血。"

"静脉还是动脉。"

"动脉。"

"血压?"

"测不到。"

"他需要血浆,你知道,他和你一样是 Rh 阴性 A 型血。我已经把你预存的血浆全部取出来了,先给他用。估计不够,你必须来。"

Rh 阴性 A 型血,是稀有血型,在国内的比例是:千分之三。阿初是学医的,他知道自己的血液属于稀有类,所以,为了预防万一,他在夏跃春的血库里,预存了自己的血浆,没想到救了慕次。

"我马上来。"阿初刚挂电话,电话铃声再次响起。阿初拿起电话,说:"我马上到。"

"先生!是我。"电话里传来韩正齐的声音。

"有事吗?"阿初隐隐约约地感觉到要出大事,或者说,已经出了大事了。

"荣家二小姐没了。"

"没了?怎么死的?"

"车祸。"

阿初下意识地一跺脚。

"荣二小姐开车撞了警备司令部侦缉处的军车,现在,他们正催着我查这辆车的主人是谁。我正在拖延时间……"

"做得好!"阿初说,"半个小时后,你告诉他们答案。"

"好的,先生。"

"还有,韩禹在家吗?"

"在。"

"你马上给他打电话,叫他立即到春和医院,我需要他帮忙。"没等回答,阿初就挂了电话。他一边疾步如飞,一边吩咐刘阿四。"带上几个弟兄,马上到'华美书店',二十分钟内,烧掉那家书店。"

"烧?"刘阿四愕然。

"烧!"阿初全速行进,走到车门处,说:"全烧掉,要烧得一干二净。这样才能保证二先生绝对安全。告诉陆良晨立即找到少爷,送少爷到春和医院,越快越好。"

阿初坐上车,急驰而去。

春和医院。手术室的走廊上，散坐着高磊和几个侦缉处的小特务，他们窃窃私语，大约在讨论撞车事件的蹊跷。李沁红抽着烟，想着前前后后发生的事。

阿初到了。他行色匆匆、满脸乌云。

高磊吓了一跳，他不自觉地转过身子，看手术室的灯，灯光依然明亮，说明手术还在进行。

阿初一看他们，就知道他们是慕次的同事。

"谁开的车？！"阿初厉声问。他的眼底闪着寒光，锋芒足以杀死在场的每一个人。

其实，不等他开口问，高磊已经反应过来，杨家兴师问罪的来了。他主动站出来，以示歉意。

阿初走到他面前，两眼冒着火星，逼得高磊不自觉地退缩到墙角。

"大……哥，有话好说。"

"谁开的车？！"阿初居高临下地逼着高磊问。

"我……对不起。"

话还没讲完，高磊已经被迎头痛击，阿初动手打人了。侦缉处的人一下子围拢过来，连李沁红都觉得非常意外，虽然阿初一进门，她就知道此人会茬事，但是，敢动手打侦缉处的人，她还没见过。

"干什么？"

"想打架啊？"

"有话好说啊。"

"不想活了！"

虽然有一帮兄弟撑腰，但是，高磊始终觉得自己在阿初面前腰硬不起来，因为，同一辆车坐着，一个重伤，一个连头发丝都没断，说不过去。

"大哥，冷静点，冷静。有话好说。"高磊的鼻子虽然出了血，但是"认错"的态度很端正，没有逃避责任的意思。

"我没话跟你说。"阿初的话很有力量和棱角。他一把揪住高磊的衣领，一字一句清晰地说："我告诉你，我弟弟没事，万事皆休！我弟弟要有个三长两短，我要你全家陪葬！说到做到！"他猛地松开高磊，高磊一个趔趄，站稳

了脚。

阿初大跨步，推开手术室的门，径直走了进去。

"他……他怎么，进去了？"高磊等人都很诧异，为什么，他可以横冲直撞地走进手术室，而护士不阻拦。

正好有个小护士出来，高磊把她截住了。

"刚才进去的是谁？"

"杨先生。"

"他为什么可以进去？"

"他是医生。"护士的回答直截了当。

医生？

高磊怎么看，都不觉得他像医生。

李沁红走过来，问他："刚才那人是谁啊？"

"还有谁，阿次他大哥。"

"你怎么知道是他大哥？"

"你看他的脸啊，说实话，他刚进来的时候吓我一跳，我以为……"高磊用手一指手术室，"我以为里面的人死了。"

"胆小鬼。怪不得刚才脸都吓得煞白。"李沁红讥笑，"阿次哥哥是干什么的？"

"医生？不，不知道，好像不是好惹的那种人，性格也比阿次狠。我当侦缉处行动队大队长以来，他是第一个敢当面威胁我，要灭我全家的人。"

"我看他不像开玩笑。"

"什么意思？"高磊很不自在。

"我跟你开玩笑。"李沁红说完，大跨步走进手术室。

"您不能进去。"小护士喊。但是，小护士很快不吱声了，因为李沁红的枪在护士眼前摇晃。

李沁红透过白色的帷幕看过去，她看见阿初在洗手消毒，听见医生与阿初的谈话。

"怎么样？"阿初问。

"胸骨断裂，左膝骨折，玻璃片伤及动脉，轻微脑震荡，幸好颅内没有出血迹象。不过由于动脉血管破裂，失血过多，输血后，血压回升。"

"收缩压？"

"10.8 千帕。"

"脉搏？"

"每分钟 120。"

"呼吸？"

"每分钟 15 次。"

阿初走到手术台前，突然，回头望了一下白色的帷幕，喊了一声："是韩禹吗？"

"是！"果然，韩禹跑来了。李沁红缩到角落里。

"我需要你做助手。"阿初说，他的眼睛仍然盯着白色帷幕。

"我两年没碰手术刀了。"韩禹在换衣服，戴医疗手套。

"你比她们强。"阿初泛指这里的护士们。

李沁红用枪拨开帷幕的隙缝，看见白布上一片殷红。

"钢丝。"夏跃春的声音。他和阿初两个人合作，用钢丝缠绕胸骨，扭紧对合。

"针。止血钳。"阿初开始缝合皮下组织和皮肤。

"血浆快用完了。"韩禹提醒阿初。

"我在这里，把输血针管直接接过来。"

李沁红感到恶心，她没想到自己杀人都不眨眼，为什么看见做手术，她会有晕眩感，她不理解。她径直跑出了手术室，脸色煞白。

"怎么了？"高磊问，"没事吧？"他就担心杨慕次死了，让自己一个人背黑锅。

"没事。"李沁红大口地呼吸了一下新鲜空气，"阿次的哥哥，绝对是个医生。"

"高队！"一个小特务跑过来，"高队，警察局来电话了，肇事汽车的主人是华美书店的老板荣华。"

"华美书店？"李沁红来劲了，"立即去华美书店，快，要快！"

高磊也看到了抓捕共党的新线索和新希望，顾不得还躺在手术台上的阿次

了,说声走,便跟着李沁红的脚步,带着人往外冲。

他们几乎是和狂奔而来的杨思桐擦肩而过的。

"哥!大哥!"杨思桐冲进手术室。

"你不能进去,小姐。"小护士在阻挡。

"我大哥在里面。"杨思桐的声音里夹杂着哭腔。

阿初不说话,简单地给夏跃春做了一个截断的动作,然后继续工作,夏跃春把手中的医用剪和镊子移交到韩禹手上,韩禹接着继续缝合,夏跃春转身出去。

"哥……"杨思桐是在家里接到的侦缉处的人打来的电话,说她哥哥出了车祸,叫她家里人马上到"春和医院"来,她心里一急,连父母都来不及通知,一口气跑来了。

"杨小姐。"夏跃春神情严肃地截住了杨思桐的去路。

"我大哥呢?大哥怎么样?"

"他在做手术,这里需要绝对安静。"

"我要见他。"

"现在不行。"

"他,他现在怎么样?"

"他失血过多,生命体征很危险。"

"失血过多?"杨思桐情绪更加不稳定,"我,我可以输血给他,我是他妹妹。我曾经验过血,我是O型血,万能输血者。夏先生,您帮帮我。"

"您帮不了他。"夏跃春说。

"您什么意思?"

"他是Rh阴性A型血,您输血给他,无疑会要了他的命。"

"Rh阴性A型血?你们有没有搞错啊?我是他亲妹妹。"

"您要相信科学。"

正说话间,陆良晨带着荣初赶来了。荣初神色严峻,一边走,一边脱外套,他是来为慕次提供血液的。

"您是荣先生吗?"门口的小护士主动迎上来。

"是。"

"您知道来做什么吗？"

"知道，我是 Rh 阴性 A 型血。"

"您请跟我来。"护士说。

荣初把外套递给陆良晨，从杨思桐的身边走过去，在杨思桐眼前，荣初就像是一个英雄，救自己哥哥的恩人。

"他？"杨思桐指着荣初的背影。

"他是我在英国认识的一个朋友，我知道他也是 Rh 阴性 A 型血，特意打电话请他过来的，他完全是出于自愿来帮助您的哥哥的。所以，请您稍安勿躁，耐心等候。"

"夏医生，韩先生请您进来。"小护士在里面喊。

夏跃春礼貌地请杨思桐在走廊的长椅上等候，自己匆匆走进手术室。

杨思桐担忧地看着手术室的灯光，脑海里却浮现出荣初英俊的相貌和雅致的风度。陆良晨站在走廊的尽头，观察着来往的医护人员。

他的目光无意中与杨思桐的目光交融，杨思桐居然回敬了他一丝笑容。

"华美"书店，烈焰熊熊，霓虹灯碎裂，凶猛的火势殃及了连街的无辜店铺。

二十分钟前，丛锋像旋风般冲进了书店，迅捷地焚烧文件和砸毁电台，就在他在毁灭痕迹的时候，刘阿四带人也赶到了，他们强行将丛锋绑架到车上，然后彻底放火焚毁书店。

"你们是什么人？"丛锋对他们的行为大为不解。

"我们是杨先生的人。"刘阿四说，"杨先生不希望这家书店留下任何有关二先生的痕迹，懂吗？"

"谁是二先生？"

"您说呢？"刘阿四不回答。

丛锋大约知道阿初的意图了，毕竟是学医的出身，阿初要毁掉所谓二先生在"华美"书店曾经留下的指纹、脚印，甚至头发。

不惜，殃及鱼池。

二十分钟后，李沁红和高磊到达现场，火灾现场一片混乱，消防局的灭火

队正在扑火救灾。

李沁红气得一拳砸在汽车盖上。

车盖闷声微凹,像泄了气,没了劲。

慕次的手术做得很顺利,很成功,夏跃春、阿初、韩禹彼此合作得很好,虽然他们三个人是临时组合的"铁三角",但是,娴熟的技术、冷静的判断、准确的配合,是得益于五年来的医学院的学习和临床经验。

当阿初看见自己的血和荣初的血与阿次的血互相交融的时候,他对阿次的感情有了微妙的变化。身世的隐秘从血的渗透中展现端倪,失而复得的血亲骨肉,第一次深深地牵引了阿初的顾怜之心。

阿初第一次对慕次有了心疼的感觉。以前从没有过,他甚至只是顾及兄长的责任而已,没有真心要疼他,或是顾怜他,帮助他,不过,现在,阿初觉得自己很在乎阿次的生死存亡,也许,这就是血浓于水的浅显道理。

"阿初,你还真行。"夏跃春摘了口罩。

"怎么?"

"人都说,医生不敢给自己的亲人动手术。这几乎成了金科玉律了,你是例外。"

"不。"阿初说,"从今夜起,我也在例中了。"

"是吗?"夏跃春不信。

"是的。"阿初神色诚恳,"我现在真的对他有感觉了。他是我弟弟。"

荣初也出来了,他脸色惨白,脚步有些飘。

"冷吗?"阿初关心地问。

"很冷。"荣初回答。

陆良晨站在门口,手里拿着荣初的外套。

"照顾好少爷。"阿初把荣初交到了陆良晨手上。

"我哥哥怎么样?"杨思桐从走廊的长椅上站起来,神色紧张地注视着三个医生。

"过了今天晚上,就没事了。"韩禹说。

"真的吗?"

"您不用担心。"夏跃春宽慰地说。

阿初暗中掐了荣初一下，荣初明白过来，一下栽倒在地。众人"呼啦"一下围过去。

"他怎么了？"杨思桐问。

"他失血过多，他没事，过一会儿就会恢复的。"夏跃春说。

"我来照顾他吧。"杨思桐脱口而出。几个人都有些意外，思桐连忙解释了一句，"他是为救我哥哥才这样的。"

"好吧。"夏跃春看着阿初默许的眼神，答应了杨思桐。

一夜之间。

杨慕次的下线和上线牺牲了。他的最高领导人向成发叛变革命，被处死了。阿次一夜之间，成了无主的孤魂。

没有人知道他的存在了。

"飘风"难道真的要随风飘逝吗？

问题是，他活过来了。

他幸运地睁开朦胧的双眼，东升的旭日从窗子的缝隙中微笑着挤进来。

慕次完全清醒了。

又一次在晨曦中礼叩光明。

第二十四章　风雨未肯收余寒

> 最奇怪的是,自己对他,有一种说不清的畏惧感。想来想去,总算是受了人救命之恩,怕是一生一世要看他脸色了。

"您好!杨慕次先生。我们彼此认识一下。我是你的主治大夫夏跃春。"夏跃春面色和蔼地替慕次拉开白色的帘幔,"你不要讲话,也不要试图讲话,起码在一周内,我希望你能够静养,并绝对保持安静,以免胸骨创伤再度迸裂。"

极少受疾病之苦的慕次,这一次真正体会到了什么是身心之痛。身体的创伤是其次,他难以忍受的是失去战友的悲哀。

荣华在血与火中涅槃。

自己却在血色中得以重生。

他内心的痛楚比身体上的疼痛来得更加猛烈,泪水悄然滑落在白色的枕巾。

"麻药过去了,是会很疼的。"显然,夏跃春把慕次的泪水看做是忍耐痛楚的表现,"你年轻,很快就会挺过来。"

慕次的手举起来,向医生致谢。

"不用谢。我和你哥哥是老友。"夏跃春很突兀地讲了一句话,慕次的目光锁住他的面容。当然,是疑问。

"把你从鬼门关拉回来的,就是你的亲哥哥。你要谢,留着精神谢他。你知道吗?你的血型是 Rh 阴性 A 型血,是稀有血型。没有他及时给你提供血液,你的身体早就冰冷了。我想，你应该懂我的意思。"

慕次无语。

"你哥哥叫我代为转达你几句话：最近外面的空气很阴冷，悲风满路，天气也变得动荡不安。多事之秋，善自保养。"

慕次突然想说话，夏跃春制止他。"他过几日来看你，有什么话，你直接跟他说。现在，你需要绝对的安静。"

慕次尊重了医生的建议，渐渐平复心态。

"对了，忘了告诉你，你的妹妹昨天守了你一夜，今天早上，她回家替你去拿换洗的衣服了。你好好休息吧，记住，绝对安静。"

杨慕次在医生温馨的提示中，合上双眼，他真的想就这样睡过去，如果，自己永不清醒，是否会换回荣华那灿烂美丽的笑容呢？

如果是，他情愿以身相替。

荣华冰冷的尸体躺在"春和"医院的太平间。

荣升眼前漆黑一片。他是接到警察局韩副局长的电话后，一个人出来的，他没有告诉母亲和三太太。

他不知道自己是如何走到医院的。

荣升在来医院的路上，他满脑子都想着荣华小时候的模样，眼尖心亮，不爱讲话，她喜欢玩水，拿他的皮鞋当小船，放到大浴盆里看皮鞋摇晃、左右摆渡。"船"如果倾覆了，她会发出很认真的尖叫。她喜欢玩火，拿他的墨迹未干的诗稿往炭火盆里扔，看火苗子烧卷香笺，还傻乎乎地一个劲地笑。当时，大太太说：这女孩儿在学"黛玉焚稿"，将来准有些才气。没算到，她不仅有了黛玉的才情，还兼了黛玉的薄命。

荣华生性含而不露，不善于讨好长辈，周旋姊妹，很容易受到大家庭家长的冷淡和遗忘。父辈对子女多多少少都会出现不合理的偏爱，就像十指伸出有长短一般。

荣华没能出国留学，因为，父亲不愿意栽培女子；荣华一直没有嫁人，因为，母亲不想把过多的精力放在一个庶出的女儿身上；荣华不常回家，因为，家人从来没有重视过她，包括荣升自己，从没有真心关心过她。

他感到惭愧和悲凉。

当荣升看到荣华面目全非的尸体的时候,他不能接受。他不愿意接受这个残忍的事实,他恸哭。他蹲下去,哭得像一个大孩子。

"为什么?这是为什么?"荣升哭泣的声音在空旷的太平间里回荡。

"为什么呢?"同样的问题,李沁红也在问自己,自己哪里出了纰漏?天衣无缝的计划被凭空撕破,而且,警察局拟出的事故报告分析原因居然是:地处交通事故多发区,由于单方面操作不慎,遂酿成惨祸。生命可贵,须认真吸取教训。云云。

简直就是一篇措词搪塞的官样文章。

李沁红想:如果荣华撞车是偶然,那么,华美书店的火灾也是偶然吗?一天之内,在同一个人身上,会有两次致命的偶然发生吗?

不可能。

除非,她是故意造成一次"偶然",所以,焚毁书店就成为"必然"。

一个女人用生命去制造一次"偶然"的车祸,必然有她非撞不可的理由。她在保护她的同党,或者是,她在挽救一次足以"灭顶"的危机。

那么,她应该在侦缉处出发前,就已经得到了她所需要的情报。

为山九仞,功亏一篑。

侦缉处里有"内鬼"。

谁都知道有"内鬼"。

谁都不知道,谁是"内鬼"。

这个"内鬼",现在还逍遥法外。

李沁红站在侦缉处处长办公室的窗口,凝视着窗外的风光,突然,她发现窗沿下的红砖有一截非常干净,仿佛有人曾经从这个窗口跃下,这样好的身手,在侦缉处没有几个。这时,高磊和熊自达垂头丧气地走进了办公室。

他们是去租界和英国巡捕房交涉的,"车祸"那天,他们在戈登路逮捕的几名共党嫌疑人,全都被英国巡捕房的巡警截获了,说他们无权在租界抓捕犯人,想要人,可以,先办引渡手续。

"怎么样?"李沁红问。

"什么怎么样？"熊自达气愤地把帽子摘下来，扔在桌上，"水泼不进。"

"共匪在上海经营多年，这一次，他们铤而走险，聚精英于会，也绝非仓促行事。"李沁红说，"处座，且释烦躁，垂钓的乐趣，就在于耐心等待，等待鱼儿咬钩的瞬间。"

"鱼钩在您的手上，我和处座，只有临渊羡鱼的份。"高磊朝天花板上吹了一口气。

"你什么意思？"

"什么意思？每次行动，你都是事先保密，疑神疑鬼。还不是怕我们抢了你的头功吗？你在共党那里安插了卧底，为什么也不提前知会我们一声呢？"

"每一个人都有自己的通途。你没有情报来源，证明你无能。"

"是呀，我无能，你能干。逆风逆水，你把唯一的船开走了，叫我和处座无舟可渡。"

"你别把自己和处座相提并论。"

"是啊，我是不敢和处座相提并论，哪像你啊，你不一直就盼着和处座，双峰并立，二水分流吗？"

"你！"

"好了！"熊自达发话了，"吵什么。有这闲工夫在这里争鸣竞胜，不如抓两三个共党回来给我看看。"

李沁红听出处长话里透着辛辣的味道。她看不起熊自达，是因为她认为自己的能力和智力高出熊自达数倍。熊自达应该听命于自己，自己怎么也不肯在熊自达面前俯首帖耳。就在短暂的沉默中，电话铃声响了。

李沁红和熊自达都下意识地伸手去接电话，熊自达的手压在了李沁红的手背上，李沁红在高磊略带调侃的眼神中，尴尬地抽回手。

熊自达接听电话。

李沁红伸展五指，故意欣赏自己修长的指甲。

高磊哼起江南小曲。

"喂，你找李组长？"熊自达看了看李沁红。李沁红示意熊自达继续，"她不在。你有什么要紧事，可以直接对我说。对。我是侦缉处处长熊自达⋯⋯什么？你再说一遍⋯⋯什么时候？大约几点？⋯⋯如果，让你再听一次他讲话的

声音,你是否能够识别……准确率?"

"100%。"对方说,"我从电话里辨别声音,准确率是100%。"

"好。我来安排。一个一个过筛子。"熊自达面色阴沉地放下电话。

"什么事?"李沁红问。

"你的'铆钉'说,他曾经在事发前一小时之内,给我们侦缉处打过电话,并明确告知共党集会之门牌号码,恒吉里1141号。"

"谁接的电话?"高磊和李沁红异口同声地问。

"共党。"熊自达说,"谁接的这个电话,谁就是埋在我们内部的'铆钉',一定要把这根钉子找到,拔除它,剿灭它。侦缉处所有人员,下午集体集合。我要通过一部电话。"熊自达拿起电话的话筒,"让白骨精现出原形。所有的人,包括我自己,进行逐一筛选和淘洗。我就不相信,这一次,他能安然无恙地过关。"熊自达重重地搁下话筒,"传我的命令。"

李沁红和高磊立正。

"立即将恒吉里1141号、梅花巷5号进行严密监控。放长线,钓大鱼。"

"是。"

"报告。"刘副官在门口喊。

"进来。"

"处座,刚才警察局派人致函,说恒吉里1141号发生命案,一位老年保姆死于非命。因命案所发生的时间、地点,跟我们追捕共产党的时间、地点相吻合,所以,韩局长把这个案子移交侦缉处处理,如果我们不受理,他再派探员去接手。"

"韩正齐做得不错。"李沁红习惯性地越俎代庖,她伸手接过了文件,又忽然自觉失仪,一个漂亮地转身,立正,把文件恭谨地送给熊自达,"处座,我想加派人手在恒吉里一带强行搜查,给共党一个错觉,我们还在盲目地、无目的地寻找他们的机关。这样,一来,可以保护我们的'铆钉',不招致共党的怀疑。二来,他们很可能重新启用梅花巷5号做为联络点。这三,共党的特委会议没有开成,他们必然还会选择新的可靠地点举行会议。那时候,我们的'铆钉'会带给我们真正的惊喜。"

"说得不错。"熊自达之所以肯对李沁红再三忍让,是因为李沁红曾经是杜旅宁的地下情人,而自己与杜旅宁是同窗,还有最重要的一点,侦缉处需要有"两军对垒"之势,他才能从容不迫地控制全局,何况,李沁红确是一名"干将"。出生入死,也替自己挣过军功。虽然太跋扈,不过,有本事的"孙悟空"总比没用的"沙和尚"好。

"去恒吉里1141号勘测现场的人员,我建议,交由警察局比较妥当。可以迷惑共党的视线。"高磊说。

"就这么办。"熊自达说。

"不过,处座,我想电话辨音的事,还有一个人也不能漏掉。"李沁红说。

"谁?"

"杨慕次,杨副官。"

"你不会吧。"高磊替慕次鸣冤,"他都撞成那样了,你还怀疑他?他要真是共党,那女共党会撞得这么狠?"

"那个女共党是怎么知道这辆伪装的运输车上坐的是侦缉队里的人?"李沁红反问。"答案只有一个,她认识你们其中的一个人,她知道这个人是侦缉处的人,当然,她也知道这个人的真实身份是共、产、党。"

"你干脆说,我就是那个共产党。"

"不排除这种可能性。"李沁红得意地笑起来,"也许,两个都是。"

"要说高队是共党,我不信。"刘副官说。

"你言下之意,杨副官的嫌疑最大?"熊自达问。

"我没说。"

"我想起来了,阿次曾经回来替我拿过公事包。"熊自达自言自语地说。

李沁红的嘴角绽放出诡秘的笑容,她预感自己要抓住谜底了。"我们应该去看看这位小朋友了……"

梅花巷7号。

雅淑穿着一件中式立领带小坎肩的绣花旗袍,夹着一个款式新颖的皮包从院门里出来,阳光灿烂,闲云几缕,正好映射了雅淑现在的心情。

自从那天"白玫瑰"舞厅的大班主动找到自己,问自己愿不愿意去一家证券交易所工作,而且工资从优,仿佛命运向自己打开了另一扇关闭很久的幸运

之门。

雅淑情愿相信这是"神"赐予的福音。

她的父母由于疾病的困扰和经济的负债,已经先后辞世了。一个孤女在孤立无援之际,选择了出卖笑容和舞技。

她曾经想过去找荣升,但是,每当自己走到荣家大门口,她那可怜的自尊立即就来侵扰她的心脏。自尊告诉她,谁都可以找,不能去求荣升,他会更加看扁你,他会施舍钱财,但是,他的眼神一定是蔑视的,冷淡的。

她在梦中,唯一梦见的男人,就是阿初。还是那么阳光,还是那样笑容可掬,还是那种若即若离的感觉……

她从来没有想过去找阿初。无论是在现实里,还是在梦里。

换了工作的雅淑,工作很勤奋,很受老板"赏识",上班不到一个星期,老板就替她在梅花巷租了房子,说是朋友空出来的闲房,给自己暂住,一来,离上班的地点近,二来,还可以替朋友看房子。

雅淑感觉自己无意中撞了大运,来年,说不准还要交好运,遇上真正属于自己的好姻缘。真正地去恋爱,真正地去建立属于自己的美好家庭。而不是,为了良好的生存环境,去奢求富贵因缘。

她走在阳光底,充满了自信和幻想。

突然,雅淑看见了阿初。

阿初西装革履,焕然一新地出现在雅淑面前,他的身后是一款名贵的汽车,雅淑的神情多少显得有些惊奇。阿初在蓦然回首间,也感觉到,自己眼中、心底的雅淑现在非常阳光,行走在黑夜、刀尖上的自己,倒有几分自惭形秽。

"您好,雅淑小组。"阿初迎着阳光走过去。

雅淑口齿有些不清晰地敷衍了一句:"你好,初医生。"

"很久不见了,您现在身体还好吗?"阿初态度依旧恭敬如初,这多少让雅淑的心里感到一丝安慰,毕竟,阿初是留过洋,见过世面的,不是那种得势便猖狂的小人。

在雅淑的心灵深处,一直对阿初的"家奴"身份感到耿耿于怀,可是,她又一直迷恋阿初的"才华"和容貌。

他们又简短地说了说别后的一些经历,当然,彼此都隐瞒了部分他们认为必须隐瞒的故事。

阿初明知雅淑的"工作经历"属于天马行空，他还是做出一副"赞叹""欣赏"的姿态来，他自己对自己的行为感到惊讶和不可思议。

也许，自己变了？阿初十分洞悉己身，自己的目的已经背离了自己的初衷，从感情的追求渐变为生活上的需求了。

雅淑在阿初面前始终保持含蓄、凝重和端庄。这是她显赫姓氏仅存的一缕芳香。

"您去上班吗？"简短的寒暄后，阿初决定暂行告退，毕竟，感情需要培养，任何事情都不能急于求成。

"我今天休息，去市场买菜。"

"您需要我顺风搭您一程吗？"

"不麻烦了。你不是在这里等你的朋友吗？"雅淑微笑致谢。

"那就改天见。"阿初说，"改天，我请雅淑小姐喝茶。"

两个人在阳光底分手，雅淑迈着碎步，依旧娴雅无双。

雅淑刚走，阿初就坐上了车。吩咐刘阿四去"春和医院"。汽车从另一条弄堂穿过，原来，这次见面，是特意为之的。

中央警官学校。

杜旅宁办公室的电话响了。杜旅宁正在看文件，侍立在侧的俞晓江接了电话。

"您好，找哪位？"

"我是高磊，找杜老师。"

俞晓江掩住话筒，轻声对杜旅宁说："高磊，找您。"

"你问他有什么事？"杜旅宁漫不经心地说。

"处座问你有什么事？"俞晓江听完高磊的话，对杜旅宁说："他说，有要事。"

"喂，我是杜旅宁。"杜旅宁安安静静地听完了高磊的叙述，他一个字也没说，挂了电话。

"有事吗？"俞晓江问。

"如果说阿次是共产党,你信不信?"杜旅宁高深莫测地反问。

"我信。"俞晓江毫不犹豫地回答。

"哦?"杜旅宁的话慢了一拍,问,"为什么?"

"只要有足够的证据,证明他的真实身份,我信。"

"如果,有人告诉你,我也是共产党,你也信吗?"

"我信!"俞晓江坚决地回答,"还是那句话,只要有足够的证据,我会信。"

"如果,证据作伪呢?岂不滥杀无辜?"

"委座训令:宁可错杀一千,也不放过一个!宁枉勿纵!"

"好!说得好。"杜旅宁把文件搁置在案,冷然一笑,"如果杨慕次是共产党,我会亲手处决他。如果,他不是共产党,谁要是借机挑衅,欺负我的人,不要怪我心狠手辣。"

春和医院。

杨慕次的病房里,洋溢着暖暖的温馨,杨思桐送来的鲜花插在花瓶里,发出阵阵幽香,天蓝色的窗帘卷起,阿初漫步走到慕次的病床前。

"怎么样?"

"很好。"

"我看不大好。"阿初说。

慕次勉力回应。"谢谢。"

"什么?"

"我说谢谢。"

"谢什么?"

"您救了我的命。"

"怎么谢?"这一句问得刁钻。

"还要钱吗?"不知为什么,慕次讲出这句话后,自己都觉得可笑。于是,浅笑盈腮。

"好笑吗?我不觉得可笑。"阿初正色说。

"就是你这表情可笑。"慕次的笑牵引到伤口地疼,他皱眉,呻吟了一声。

"为什么会选择这样一种激烈而又极端的自杀方式?"阿初的确无法理解,

这是他最想问阿次的第一句话。

"因为，别无选择。"阿次的声音很低沉，但是很肯定。

"再选一次呢？"

"结局是一样的。"

"为了你们的将来？"

"为了全中国人民的将来，也包括您。"

"于是，你们不惜以生命为代价，去殉你们共同的理想。"

"您可以这样理解。"阿次平静地说。

"可是，做母亲的未必能够理解。"阿初低声自语。

"您指的是……"

"荣二小姐的母亲。她会为此崩溃的。"阿初由衷地对三太太生出怜悯之心。"我完全不敢想象她得知噩耗的瞬间会是怎样的悲痛欲绝。她的两个女儿的死，都跟我们俩脱不了干系。荣荣是在我的诊室里被炸死，她很无辜，做了我的替死鬼。荣华又是跟你的车相撞而……而去的，你说，如果我们面对她的母亲，如何心安呢？"

慕次没有接话。

"你所谓的父亲来看过你吗？"阿初突然转变了话题。

"我们能不能，避免谈我的父母？"慕次说完这句话，又看到了阿初寒厉的目光。慕次为此大惑不解，他们两个人的关系非常奇怪，即相亲又相拒，又对立又和谐，阿初在他面前总是这样凛然、严厉，给自己一种无形的压力。最奇怪的是，自己对他，有一种说不清的畏惧感。想来想去，总算是受了人救命之恩，怕是一生一世要看他脸色了。

"你不认为，你父母的所作所为，有违常情常理吗？"

"每一个家庭，都有不同的生活方式。您今天来看望我，不会是专为指责我的父母而来的吧？"

"我今天来的目的，有两个。"阿初的语气很庄重，"第一，关于我们的兄弟关系，我想在今天，能正式确立下来。"

"仅仅是通过您给我输过血吗？"阿次是一个很冷静的人。

"对。"

"同样血型的人很多。"

"Rh 阴性 A 型血呢？"阿初冷峻地质问。

明显的"认弟"态度，通过隐性的血液暗示，真实地传递到杨慕次的面前。看得出来，阿初这一次是来"真"的。

可是，阿初的形象在阿次的心目中是多样化的，至少是"异化"的。如果，阿初仅凭一次"输血"之续命之恩，就要摆布他，或者企图操纵他，是完全不可能的。

阿次希望阿初也能明确地知道这一点，不要一味地挟恩发威。

"关于血型，我很抱歉。所谓 Rh 阴性 A 型血是你一家之言。"

"医生的话呢？"

"我谁都不相信。"

"我们救了您的命。"阿初说。

"谢谢。"

这一句"谢谢"，客气十足地打掉了阿初试图在阿次面前建立威严的第一步。那么，第二个目的，还讲不讲呢？

"您的第二个目的，是否想告诉我，有关我家庭的秘密？"慕次的眼底闪出精明而又狡黠的目光。

"我讲了，你会信吗？"阿初决定不说了。还不到时候。应该让对方想听，自己不能开口求他听。

"您不说，我怎么知道，我会不会信？"

原来，很想听啊。阿初淡淡一笑。"可惜你刚才的态度，让我失望了。看客不肯捧场，说书的自然就没兴趣了。"

"所以呢？"

"所以决定，告辞了。"阿初说出这句话的时候，清楚地看到慕次脸上一瞬闪过的落寞表情。

"杨先生。"慕次开口挽留阿初的脚步，"再次真诚感谢您的救命之恩。如果，我刚才的话有冒犯您的地方，请您原谅。"

"阿初！"门被人重重撞开。夏跃春神色慌张地跑了进来，随手关紧了病房的门。

"出了什么事？"阿初问。

"不知道。"夏跃春喘息未定，"但是，事情很紧急。"

"镇定，保持镇定。"阿初缓解夏跃春的急躁。

夏跃春看了一眼躺在病床上的阿次，说："刚才，侦缉处又来电话，询问阿次的病情，他们打算马上派军医过来，可能要把他接走。"

"接走？去哪里？"

"不知道。也许是陆军总院，也或许……"

"什么？"

"监狱。"

阿初和阿次同时感到震惊。阿初觉得自己已经帮他做得很干净了，阿次想的是，中央特科是否已经安全脱险？

"为什么你会这样看？"阿初问跃春。

"从今天早上开始，医院门口就加派了特务的流动岗哨，病房的走廊上增加了不少不看病的所谓病友。侦缉处也好，警察局也好，他们每次从我的医院带走病人前，都有这种先兆。"

"这是经验之谈。"

"正因为有经验，我才下判断。"夏跃春说，"你信我，不会错。还有一件更奇怪的事，今天中午，有两个人自称是电讯局的工作人员，要义务帮我们医院的重症看护室装一部电话。"

"装了吗？"

"已经装好了，就在隔壁。"

阿次隐隐约约知道了侦缉处的用意了，敌人要通过一部电话，识别自己的身份，他们早有预谋地安排下香饵，就等鱼儿上钩了。自己今天恐怕凶多吉少，在劫难逃。

他稍做挣扎，不想由于身体过于虚弱，汗流通体。

阿初捕捉到阿次眼睛里微妙的变化，问他："你知道他们要做什么，是不是？"

"你帮不了我。"阿次说。

"你告诉我，他们要做什么？"

"这是一个我无法逃遁的陷阱。"

"权且接受你的假设。不过,聪明的狐狸可以设法避开猎人的陷阱。告诉我,他们要装一部电话来干什么?"

"他们要分辨我的声音。"阿次说,"有个人,曾经听见过我的声音,在今天,只要他从电话里辨别出我的声音来,就足以使我致命。你明白吗?你帮不了我。如果,今天下午,或者晚上我出了什么意外,请您转告,您的那位苏联朋友,如果,他还在,您告诉他一句话,风、雨俱已不在,请他另择一路。小心家贼。"

阿初凝视阿次片刻,清晰有力地告诉他。"你现在这条命,是我给的。如果,你要求死,必须经过我同意。"他转身对夏跃春说,"立即送他走。"

"不行!"阿次不知哪里来的力量,居然伸手拉住了阿初的胳膊,"我不走。我走了,等于不打自招。"

"你不走,你的声音一样出卖你。"

"可以搏一搏。"阿次说,"他未必就能,肯定地识别出我的声音。"

"音线是难以改变的。不要低估了对手,理智一点。"阿初言语温和。

"等等,还有一个办法。"夏跃春插话了,"我们可以让他突发性失音。阿初,这是我们做医生的强项。"

"你是说让他……"

"癔性失音,也就是功能性失音。怎么样?"

"不行。"阿次再次推翻建议,"我不开口说话,等于开口告诉他们,我就是……"阿次不说了,"我看这件事,您力所不能及。"

阿初目不转睛地看着阿次,突然,他的眼睛里放射出奇异的光彩。

"你有准主意了?"夏跃春问。

"虽然很冒险……但,值得试一试。"阿初说。

第二十五章　退步原来是向前

> 此时此刻，诊疗室的门突然打开了。一缕温暖的阳光投射进来，一股清新淡雅的薰衣草香气弥散开来。

　　春和医院，重症看护室的过道里沉沉寂寂的，再柔和的灯光投射到这又深又窄的走廊上，都回荡着阴森的气息。

　　侦缉队的队员们，踩着幽暗的水泥地，裹挟着杀气，跟着李沁红大跨步地走来。他们藏在衣袂下的手枪，在阴冷的风底肆意招摇。

　　很快，他们来到了"杨慕次"的病床前，不过，"杨慕次"的病势好像并没有很大的改善，相反，夏跃春等医生、护士正借助医疗仪器，准备替他吸痰。

　　李沁红和高磊凝神敛气地站在了医生的背后，夏跃春和护士们一律戴着白色口罩、穿着白色大褂、套着白色医用指套，全神贯注地工作，没提防，夏跃春退步时踩了李沁红的脚。

　　"对不起。"夏跃春偶然一回头，看见了李沁红等人，他皱了皱眉头，很不欢迎的神态，埋怨说，"你们怎么进来的？这里是重症看护室，病人身体很虚弱，容易感染病菌……"

　　"我想，我来的时候，已经跟您打过招呼了。而且，我也很尊重您这位医学博士的意见，耐心地又等了两天。我已经让步了。"

　　"您搞错了。您不是对我让步，您的让步，跟我一样，同样是出于对病人的

关爱。如果我没有弄错的话,杨先生应该是您的下属,而不是您的犯人。"

"夏医生。"李沁红很难得地对夏跃春露出一丝微笑,"我们不会耽误您很多时间,我们只需要跟阿次讲几句话……"

"几句?"夏跃春咬住她的话。

"三句。"李沁红肯定地说,"就三句。"

"然后呢?"

"然后啊?"李沁红目不转睛地盯着夏跃春的眼睛,"看他的表现了。如果他的回答,令我满意,我立即就走。如果,他的回答,不能令我满意……"李沁红的目光恶毒地回荡在"杨慕次"的脸上,她在寻找谜底。尽管"杨慕次"呼吸很急促,脸色很难看,但是,李沁红仍然敏锐地感觉到,病人在有意无意之间,刻意回避她那咄咄逼人的凶光。她笑了,她认为,"杨慕次"自认"末日将临""困兽犹斗"。"那么,也许,我会替杨副官重新找一个适合他住的医院。"

此刻,重症看护室的电话铃声响了,整个看护室里的人都为之一震。

"高队长,让他听电话。"这是命令。

高磊接起电话,简要说了几句:"我是。对。你听仔细了,他马上和你通话。"紧接着,高磊很不忍心地走近"慕次",说:"兄弟,对不起啊。处座的意思……你也懂得,出了这么大的事,每个人都得过筛子。"

"杨慕次"的眼睛没有光泽,他迟疑了片刻,艰难地点头。伸出右手来……

他的手背红腥腥的一片,夏跃春急步上前,用早已准备好的棉纱布裹住他的手背和手心。

"喂。""杨慕次"的喉咙干涩,但吐字依旧清晰。

"我找李沁红组长。"电话那边的声音很闷,显然,对方的声音进行了伪装。

"她在。您要她听电话吗?""慕次"回答的时候,刻意看了李沁红一眼,这一眼,镇定得反而令李沁红有些不自在了。

"熊处长呢?他也在吗?"电话那边继续问。

"他不在。""慕次"说话的同时,及时有效地收回了自己的目光。

"请您务必转告他们一句话。戈登路恒吉里1141号。"

"好的。戈登路恒吉里1141号。""慕次"神色自若地重复了一句,然后,将电话递给高磊。高磊正要接电话,被李沁红抢先拿去,李沁红的手在接触

"慕次"手的瞬间，她感觉到"阿次"指尖冰凉，凉得令她犹如过电般闪惊了一下。

"怎么样？"李沁红问。

"报告组长，可以确定不是他。"

"哦？"李沁红的眼神开始游移不定地扫荡其他手下了，"你这么肯定？"

"是。绝对是两个人。我对声音非常敏感，不会错的。不是他。"

就在李沁红说话间，"慕次"的喉咙里发出很难受的声音。夏跃春趁机把高磊、李沁红等人隔开。"到隔壁诊疗室去。"

"等一下。"李沁红制止，"为什么急着走？"她质问夏医生。

"因为，这里是看护室，而不是什么诊疗室。我的治疗仪器全在隔壁。为了他能接你们这个该死的电话，我把病人像皮球一样踢来踢去，现在电话已经接了，我希望他立即回到诊室继续治疗。你是否愿意看到他因肺部感染，或是剧烈咳嗽造成他的胸骨再断一次？"夏跃春虽然戴着口罩，仍然可以使房间里的人感觉到医生的愤怒。

"好吧，医生。我尊重您的建议。"李沁红表面妥协地说，她看着病床从她眼前推过，"杨慕次"似乎因痰而堵，完全丧失了讲话能力。紧接着，她听见隔壁房间重重的关门声。

"怎么办？"高磊问。

"把电话接到诊疗室，我要再试一次。"李沁红面无表情地说。

"再听一次？"高磊愕然。

"执行命令。"李沁红说。

诊疗室里，灯光明亮。

杨慕次双眼朦胧地望着天花板上令人眩目的挂灯。今天的"春和医院"仿佛是一个不设幕的舞台，暗景的转换，灯光的布控，全在杨慕初的掌控之中，井然有序地进行着。

他看见了李沁红的脸，阴晴不定。

他看见高磊的脸，堆着歉意的笑。

医用器械不断的碰撞声，令李沁红听来很不舒服。不到一刻钟，高磊的手

下已经把电话接到了诊疗室。

"怎么样,杨副官,我们再听一次。"

"如果,您不信任我……"阿次费力地说,"您叫他来,当面对质。"

"你知道他不能来。"李沁红说,"再听一次,就可以完全排除你的……嫌疑。我想,这也是你所希望的。"

慕次无语。

李沁红拨通了电话。说:"再听一次。"她主动地把电话递到慕次冰凉的手上。

杨慕次接过电话:"喂。"

"我找李沁红组长。"电话那边的声音很脆。

"你不是刚才跟我通话的人。"慕次平静地说。

"你的声音好像也在变。"

"人的声线很难改变,不过,人的记忆多多少少会有误区。"

"你不觉得,你不应该跟我说这么多的话。"

"我心怀坦荡。"

"知道为什么要你接这个电话?"

"不知道。"慕次喘起来。

"好了,够了。"夏跃春发怒了,"够了。"

李沁红从阿次手中接过电话,问:"怎么样?"

"……无法确定。"

"什么?"李沁红大声嚷嚷起来。

"可能……我自己的听觉记忆有些混乱。或许是我太紧张……有点像。"

"刚才你斩钉截铁地告诉我,不是。现在你小心翼翼地说,有点像。我问的是答案!到底是,还是,不是。"

"我……不能确定。"

"混蛋!"李沁红狠狠地摁下话筒。

"我来告诉你答案。"夏跃春摘下口罩,说,"虽然,我不明白你们这样做的目的是什么。但是,我可以告诉你,所谓分辨人的声音,是靠人的听觉记忆来完成的。听觉记忆虽然没有情绪记忆那样深刻,但是第一次所刻意记住的声音,应该是很强烈的。但是，这种记忆属于听觉线索，而不是视觉线索。也就是说，记忆中的主观因素往往会破坏整个认知的过程。就像你们一进门，就认定了病床上躺的是杨慕次先生。你们不会去苛求他的声音，因为视觉线索，给了你们一个明确的答案。中国人有句古话说得好：耳听为虚，眼见为实。如果，你们对杨先生有什么疑问，可以请那位朋友亲自过来，彼此见见，也许很快就会得出最正确的结论。"

李沁红是属于多疑的、苛刻的人。不过，对夏医生的说法，她还是比较认可的，毕竟夏跃春是英国留学生、医学博士。

可是，她偏偏有些信不过眼前这个躺在病床上，有气无力的人。

"还能讲话吗？"她有些虚伪地低声安抚着杨慕次。

"能。"慕次很配合。

"不能！"夏跃春倔强地高举左手，"我反对！"

杨慕次示意医生情绪不宜过激。

"她是我长官。"慕次说，"您说……"

"现在的情形显然比刚才好多了。"李沁红说，"我想问你几个小问题。我们在拉网行动前，你是否单独返回过熊处长的办公室？"

"是。"慕次回答得异常干脆。

"那么，你出入熊处长办公室的时候，是否听到电话铃声响？"

"是。"慕次面不改色地说。

所有特务的目光都因这一个"是"字，锁定在阿次身上。空气霎时凝固般安静，"你有没有接听电话？"

"没有。"

"为什么不接？"

"因为我……当时拿了熊处的公文包后……刘副官一直在底下……按喇叭催我，所以，我跑得很快，我跑到走廊的尽头时，才听见处座办公室的电话铃声响了。我第一反应，就是……是……谁的电话也不接了。可是，当我继续往下跑的时候，……我听见电话铃声依然响……个不停，我怕有事，又折回，刚走进走廊……电话铃声就断了。"

"然后呢？"

"我就下楼了。"

"还记得那个开车撞你的女共党吗？"

"不记得了。"

"为什么？"

"很恐怖。"

"她漂亮吗？"

"不知道。"慕次很痛苦。

"你当时怕不怕？"

"来不及害怕。不过，现在很害怕。"

"夜里做噩梦吗？"

"是。"

"她对你说什么？"

杨慕次摇头。

"她一定对你哭过，你们认识？很久以前就认识！你们彼此信任！"

"不！"慕次发自内心的痛楚发泄出来。他的手用力抬起，拉扯到输液的针管，血浸出来。"不！"他激动，而且愤怒！"她在笑！她冲我笑！她笑我们的愚蠢！愚蠢！"一口血痰喷射出来，几乎溅到李沁红略有扭曲的脸颊。

"安静！"夏跃春和护士强行摁住狂躁的"病人"。

"过分了啊，太过分。"高磊一边指责李沁红，一边安慰慕次，"甭理她，她就是一神经病。"

"你怎么反应这么强烈啊？"李沁红脑海里灵光一闪，突然想到了阿次的哥哥。她浅笑起来。"你是不是心虚？故意矫情，做给我看啊，杨先生？"再诈他一诈，"你是不是，因为必须改变声音，所以，连人也一起变了？"

这句话一出口，任谁都听出了弦外之音。高磊安抚慕次的手突然缩在半空中，医生、护士的眼睛开始发虚，慕次虽然竭力控制自己的呼吸，似乎也掩盖不住他的紧张情绪。

"我们是不是需要重新介绍一下彼此的身份啊？"李沁红掏出了手枪。

护士大声地尖叫，打翻了手上的医药盒子。

此时此刻，诊疗室的门突然打开了。一缕温暖的阳光投射进来，一股清新淡雅的薰衣草香气弥散开来。

一双璧人，迎着众人惊讶的目光，光彩照人地走了进来。

杨慕初身穿一套流线型的时尚西装，显得清逸典雅。和雅淑却是一件素色旗袍，衬着含蓄、矜贵，手腕上的翡翠绿镯子，张扬着她家世的显赫。

傲人风采，温婉的笑容，令所有的人侧目。

火药味消失于无形中。

杨慕初的出现，显然毋庸争议地告诉了所有在场的人。

杨慕次的的确确是"货真价实"。

"怎么了？"杨慕初微笑地走进来，"这么多人来看舍弟啊？真是不敢当。"

"杨先生？"李沁红眼里的敌意略为消散，"您来得可真是时候，就像彼此约定了般。"她话里带着玄机。

阿初仿佛没有听懂，他和气春风地主动向李沁红伸出手来："李组长是吧？常听舍弟提起您，侦缉处的巾帼英雄。"

李沁红的手握住了阿初的手，阿初的手十分温暖，这使李沁红对阿次的怀疑降到零度。

"杨先生，您不介意我问您一个问题吧？"

"请说。"

"我看过阿次的家庭档案。"李沁红的眼睛发出暧昧的光。

"嗯？"阿初大度地请她继续讲。

"我没有看见有关您的任何资料。"李沁红挑明了。

杨慕初低头，含笑，说："您要知道，每一个大家族总会有两三个孩子，无法光明正大地登上族谱名册。就像皇室，做了储君的，不一定就是真龙天子的血脉。不过呢，像我这种旁行斜出的不肖子，我想，家严和家慈是不屑在外人面前提及的。"

李沁红完全明白了，照阿初的说法，他应该是杨氏家族的私生子，这种事情，在大家族里是屡见不鲜的。

"如果，刚才我的问题，令您感到难堪……"

"不，不，我已经习惯满足他人的好奇心了。"杨慕初爽朗地笑起来，"李组长如果有空的话，不妨到院长室去坐坐。"

"不了,杨先生。我们打扰了很久,夏医生早就想下逐客令了。"

夏跃春从鼻子里"哼"出一口闷气。

"那么,改天,我请大家到'白玫瑰舞厅'去跳舞。"杨慕初掏出了自己的名片,递给李沁红,"兄弟们,有一个算一个,费用我全包了。"

"谢谢杨老板。客气了。"李沁红具有矫情意味地对阿初微笑,笑容里居然淡淡地溢出女人的香。

高磊的心底在蔑笑。女人啊。

"高队,是吧?"杨慕初向高磊示意。

"您好,杨老板。"

"那天,不好意思,事关舍弟的生死,鄙人莽撞了。以后,舍弟还需您多多关照。"

"言重,言重。"高磊客气地拱手。

"这位是?"李沁红的注意力转移到了和雅淑的身上。

"哦,忘了介绍了。"阿初轻捷地走到两个女人的中间,"我的未婚妻和雅淑小姐。"雅淑的脸上陡起一层红晕,心底洋溢起幸福的感觉,"李组长。阿次的长官。"

"您好。"和雅淑礼貌地致意。

"和小姐好漂亮。"李沁红说。

"谢谢。"和雅淑大方得体地回应。

"从舞厅过来?"

"不。"雅淑说,"我们去兰心大戏院看了绍兴文戏,想着时间还早,过来看看阿次。"

回答得详尽。

高磊走近李沁红,贴着她,低声问:"还问吗?"

"收队。"

看着李沁红等人离去的背影,整个诊疗室里的人都松了一口气。护士们默默无言地离开了诊疗室,夏跃春浑身上下瘫软如泥,活像脱了层皮。

阿初请和雅淑先到院长室等自己。

屋子里只剩下三个人。

"只此一次。"夏跃春说。

"最后一次。"阿初表示真挚的谢意,"再次感谢。"

"太冒险了。你知道吗?我一直在出汗。那女人一看就知道是个嗜血的魔鬼。如果,今天她拿枪指着我的头,我不能保证我不会出卖你们。"

"你做得很好,很勇敢,也很聪明。"阿初说,"你前天能够说服他们的军医,为阿次赢得了一线生机,证明你口才很棒。"

"见鬼。你知道吗,我用了多少我自己都还弄不懂的医学术语来糊弄他。感谢上帝,那位军医并不具备这方面的技术才华。"

"是啊,我也领教了你优秀的医学才华。你原来还选修了心理学课程。喜欢 Sigmund Freud 还是 William James ?"

"弗洛伊德。"夏跃春低头整理医学器械,"那女人?"

"谁?"

"你带来的女人,是舞女?"

"不,是情人。"

夏跃春的手停止了动作。"情人?两天之内确定的情人?"

"是。"

"你不觉得草率?"

"我很实际。"

"阿惠呢?她怎么办?"

"怎么,你认为,现在的我,一个手上沾了血,心灵蒙受污垢的人,还配拥有纯真无瑕的爱情吗?"

"我为你感到难过。阿初。"

"护士们怎么安排的?"阿初显然不愿意继续前面的话题。

"已经说好了,下个星期去英国'仁爱'医院做见习护士。为期一年。"夏跃春说,"现在最棘手的问题是,那个打电话听音的人,你必须找到他,否则,前功尽弃。"

"找到他,我就做了他。"阿初黑着脸说。

夏跃春听见这句话,心里很不舒服,用眼睛瞪着阿初。

"对不起。"阿初反应过来,开玩笑地说,"我向您忏悔,尊贵的先生。"

"你应该向上帝忏悔。"夏跃春说。

"上帝与魔鬼同源。"阿初说。

阿次人虽然躺在病床上,却一直很仔细、很认真地听着这两个人的对话,他真心地感到这个"哥哥"一心一意地维护着自己的生命和安全。

杨慕初到底是一个什么样的人呢?阿次陷入深思。

有人敲门,阿初打开门,刘阿四走了进来。他向阿初耳语数句,阿初点头。

"怎么了?"夏跃春头脑里的弦绷得很紧。

"没事,没事。"阿初说,"杨羽桦来了。"

杨羽桦?阿次疑惑地想着这个名字。

"从密道走。"夏跃春恢复了常态。

"等一下。"阿初走到阿次面前,关注着他的眼睛,说,"我现在以长兄的身份跟你说话,你仔细听。无论你站在何方立场,用什么角度去观察事件,你要记住,我是你最亲的亲人!我可以毫不含糊地告诉你,我对你的关心和爱护是绝对的,毫无企图的,毫无保留的。我希望你,能够珍惜我对你付出的亲情友爱,而不是,把失而复得的亲情当作抵御我的武器!如果,我说如果有一天,我发现你在利用我对你的关爱,并以此要挟我,或是做出对我不利的事情,我将毫不犹豫地……"

"……杀了我?"慕次的眼睛发出挑衅的光泽。

"管教你!"阿初的话,严厉有力,"阿四,我们走。"阿初和刘阿四,进入诊疗室的另一个秘密通道。

其实,所谓的"秘密"通道,原来是以前修建的,由重症室通往停尸房的道路,这条路的出口是停尸房的入口,不过,穿过停尸房的天窗,可以直接到达医院的花园,从花园的一条蜿蜒小路,又可以重新回到医院的门诊大楼。

李沁红等人来的时候,也观察过医院的地形,他们认为,只要把守住门诊大楼的所有通道,杨慕次就无法逃脱。杨慕初的脸与阿次几乎一模一样,所以,李沁红相信自己的手下,是绝对不会漏掉他出现的任何一个时间。

她唯一没有想到的是,老建筑通常都有迂回的密道。看似倒着行进的路线,目标却同样向前。

这也就是，杨慕初和夏跃春敢于冒险尝试"移花接木"的途径所在。他们巧妙地运用了人的视觉线索绝对性的压倒听觉线索的原理，先入为主地让假的"杨慕次"最先粉墨登场。李沁红等人并没有从一开始就置疑阿次的身份，他们把辨别的希望寄托在一部电话上，从而忽视了对阿次声音的甄别。

当他们开始意识到要注意阿次的声音时，真的杨慕次登场了。于是，他们失去了甄别的机会和能力。

同样的道理。那个企图通过电话辨音的人，从一开始就进入了"听觉"的圈套，杨慕初的声音强而有力地打掉了辨音人的自信。紧接着，他再听到杨慕次的声音以后，无论是前意识，还是潜意识，都同一时间跳出来，干扰了他的听觉。

人一旦瞻前顾后，他就失去了果决的判断力。

这种道理，说出来人人都懂，平淡无奇。但是，没有渊博的科学知识铺垫，也是很难实施成功的。

李沁红输在此理。

阿初赢在自信。

阿初吩咐刘阿四去院长室把雅淑引领下楼，他在医院大门口等待雅淑。

和雅淑是前天夜里接到阿初的正式邀请的。当时，她很困惑。因为，她不知道阿初有什么意图。可是，强烈的好奇欲望驱使她如期赴约。

那天晚上，他们在国际大饭店的豪华雅间，共进晚餐。

雅淑是天生的享受型女人，无论她的地位处于优势还是劣势，她都会把握住机会，充分利用自己所擅长的温柔和妩媚，去征服对手的心灵。她把每一个曾经向她示好的男子都当作自己的"对手"，认真交往，区别对待，就是自己所"爱"，也不能免。

她对阿初的探奇还不深入，但是，她的芳心总是背叛她大脑的指令，而对阿初情有独钟了。

雅淑夜来也想过几回，虽然阿初曾经是一个"家奴"，自己不也做过"舞女"吗？

而阿初在非正常的"工作"状态中，身心疲惫，他非常渴求有一个对自己

没有负担的女人，来满足自己的正常欲望和感性的需求。他希望，自己在残酷的现实中，能够寻找到一点点生活乐趣，也可以弥补自己对爱的向往。

他心灵里纯真美丽的"爱情"世界，已经无情地被冰封了。他的生命里，再也不需要如水般的纯情了。

他们的会谈很欢畅，当然，彼此都触及了一些有关婚姻的敏感话题。雅淑几次试图告知阿初，她曾经"诬陷"过他，都被阿初善意地化解了。

阿初告诉她，每一个人都有"自择其途"的权利。

至于今天的戏剧性表演，都是阿初一手安排的。雅淑无条件地接受了他的指挥，还他一个实实在在的人情。她一个人待在停尸房等他，为他准备了两个捂手的热水袋，她惊奇地发现自己一点也不畏惧死人的阴气，她就像在等待自己的丈夫一样，内心充满幸福和温馨。

雅淑想留住阿初的身体，她知道，阿初的心灵地带，她也许永生难以进入。但是，留住他的身体，其实，就是自己爱情的胜利。

一念所至，欣欣动情。

汽车顺着大路，开往"梅花巷"七号。

雅淑留阿初吃晚饭，阿初同意了。晚饭吃得很简单，青菜豆腐，梅干菜，小份鸡丁，大碗鸡汤。鸡汤是昨夜炖的，汤面有金色浮油，很腻，很香。

晚饭后，雅淑提议带阿初参观她的小院，阿初欣然做陪。

小院内外三层，靠里屋最后面是池塘，中间是书房兼卧室，有雕花窗子，晚上能看月亮。最外面是花径，有盆栽。花是阿初精心挑选的，雅淑并不知情，她一味地夸赞原主人的雅致和浪漫。

阿初一边踱步，一边微笑聆听她的细语柔声，很惬意。

他们从花的种类，谈到花的类型，花的气质和性格。

"梅花巷前面的梅花树，还没到冬天，倒有了新气象。听街坊说，到了冬天，整个巷子里都透着暗香。"

"喜欢梅花吗？"

"喜欢。"雅淑说，"梅花有傲骨。"

"是呀，梅花有傲骨，比人强。"

雅淑止步，说："你的心底是否曾经嘲笑过我，莠穗妄称良稻？"

阿初止步，认真地说："阿初不敢，自与雅淑小姐相识以来，从未生此心此意。"

"腹诽心谤也没有？"

"没有。"

雅淑继续往前走，她的眼底有些迷离。"喜欢散步吗？"她问。

"喜欢。"

"喜欢一个人散步，还是两个人？"

"看对方是谁。"

雅淑面色潮红，心潮浮动。

他们走到池塘边，无路可走了。

"此路不通。"雅淑笑着说。

阿初其实比雅淑更加熟悉道路，他牵着雅淑的手，一起穿过树荫深处，来到房檐下。

"你好像比我还熟悉我家的路径。"雅淑说。

"男人有随机应变的能力。"

"你的意思是，女人缺乏自信心？"雅淑不服气。

"你为什么总是在我的面前要强呢？"阿初意味深长地说。

雅淑的表情极为惊讶。

阿初的这句话，几乎是赤裸裸地表达，他要自己在他的面前顺从、服从，只有一个男人想拥有一个女人的时候，他才会提出这种类似的要求，这句平平淡淡的话，浸透着情意，暗示着结合。

雅淑的心底急流跌荡，起伏不平。

"前唐·布袋和尚有一首咏农夫插秧的诗：手把秧禾插稻田，低头便见水中天，顺其自然方是道，退步原来是向前。"

雅淑明白了，在情郎面前的退步，就是确定彼此关系的第一步，这一步，至尊至贵，推动感情的前进。

"在我曾经住过的地方中，我最难忘的就是在英国卡迪芙那一段平凡的日子，仿佛我人生中最美好的时光，宁静、幸福、祥和、温暖，我深切地怀念那

些简单而又充满生活乐趣的岁月。我希望这个梅花巷能够成为我人生中第二个避风港,而你,就是这个避风港唯一的女主人。"

"我不是天使。"雅淑因为激动而脸泛红晕。

"我知道。"阿初平静地说。

"为什么选我?"

"一定要回答吗?"

"是。"

"我需要一个女人。"阿初凝视着雅淑的眼睛说,"我的生命里需要一个女人,一个可以给我身心带来愉悦的女人,而且,她对我始终能够宽宏大量。最重要的是,我跟她在一起,没有负罪感。不知道这个答案有没有伤害到您?"

"继续。"雅淑鼓励他。

"如果您同意,您将成为我形影不离的伴侣,我在您面前将永远温顺如羔羊。"

"如果我辞而不受呢?"

"我自信您不会拒绝。因为,我不会在同一个女人面前,讲两次相同的话。"

"做你的女人,有没有任期?"

阿初不提防雅淑有此一问。

雅淑"噗嗤"一笑。"如果有任期,我想连任。"

阿初会心地笑了。"如果你要连任,就没有报酬了。"

"倒贴也干。"

"这句话可不像出自名门闺秀之口。"

"那你是答应还是不答应呢?"

"我想这个问题,应该用行动来回答。"阿初的胸口贴紧了雅淑那丰盈饱满的胸脯,他的手轻轻捧起雅淑的头,雅淑的双唇在月光的照射下泛起一层透明而柔软的光泽。他的唇主动去温暖她的唇,她的手情不自禁地搂紧他的腰,爱欲的流水潺潺不懈地渐次灌注在彼此心田。

雅淑希望用这种最简单、最原始的方式来确定自己在阿初心目中的地位。那亲切而又持久的香吻,自然而然地将阿初导入至尊无上的人性佳境,欲海情舟。

"我们是前缘,还是孽缘?"雅淑喃喃地问。

"是因缘。"阿初不让她讲话,继续缠绵。

"今天晚上,留……"

阿初轻轻用手指堵住她的唇。"这句话,留给男人说。"他把她打横抱起来,走向房帷深处,飘浮的步履,靡丽的月色,两个清丽的人影,被勾画得越来越清晰。

月光下,阿初第一次露出了男人粗犷的美,雅淑一味地守而不卫,须臾一瞬,共赴巫山。

第二十六章　白云可杀不可留

> 一个极不起眼的小餐馆里，坐着一个戴着大礼帽的男人，围巾缠绕着脖子，遮盖了半个脸。

冷秋，寒色。

月亮阴森森地露出惨白的脸，阴凉地抚摸着大地。

一座年久失修的庙宇里，风雨剥蚀的红漆大圆柱底，聚集着几个神情凝重、内心悲伤的人，他们默默地站在空旷、冰冷的内殿，为牺牲的战友送行。

荣华的追悼会，没有灵位，没有骨灰，没有遗照，没有墓碑。中央特科"红枪队"的成员们将泪水与悲壮深深掩埋在心底，复仇的"星星火种"随悲风而燎原。

风声有节奏地敲击瓦檐……

"红枪队"的副队长钟云迪冷峻地听着风声，眼里含着对战友诀别的深情，声音低沉地说："'时雨'同志，一路走好。'飘风'同志也来为你送行了。"

众人诧异地往外看，什么也没有，还是风声，悲风呼号。

大家都明白了，低头默哀。

"为千百万劳苦大众求解放而奋斗！革命者的精魂生生不息！！"钟云迪慷慨激昂地说，"'时雨'同志，请安息。"众人掏出枪来，由于不能鸣枪致敬，所以，改为对天举枪示意，完成整个悼念仪式。

"同志们，由于叛徒出卖，中央特科现在身陷险境，为此，中央特科重新启动最新方案，唤醒了冬眠的蛇，由他直接接替'时雨'的工作。换句话说，'时雨'同志牺牲以后，新的'时雨'已经到位。'时雨'同志向我们发出一级警告，即中央特科内部潜伏着军统的特务，代号'铆钉'。"钟云迪说到此时，眼角的鱼尾纹深深塌陷，脸若秋霜。

"中央特科领导伍豪同志命令我们！"

全体肃然，立正。

"第一，铲除内奸；第二，保护特使；第三，严惩叛徒。为全国中共特委工作会顺利召开，扫清障碍，保驾护航。"

"保证完成任务。"众人异口同声。

夜幕深垂，夜光惊慌失措地跑进黑沉沉的山峦。

荣府大院，三太太的房间里十分温暖，丫鬟杏儿受了荣升的特别嘱托，精心地照顾着三太太的饮食起居。

三太太并不知道荣华已经随风雨而去，荣家上上下下都把这不幸的噩耗埋藏在眉尖眼上，对三太太格外的低眉顺眼。因为可怜三太太，大太太也就依了儿子的意思，把荣华的死讯瞒得密不透风。

三太太识字不多，不喜欢看报纸；三太太讲究排场，不喜欢亲自去逛街买东西，想买什么，多半叫店主派伙计送来。这些习惯，都暂时成全了荣升的一片苦心。

杏儿强装着笑容，替三太太熏香，她把翠笼搬到三太太的身侧，一股沁香窜上来，直逼肺腑，三太太却突然感受到腐朽的味道。

"杏儿。"三太太懒洋洋地伸着腿，说，"我前几日病怏怏的，怎么你二小姐也不回来看看我？你没叫大少爷给她打电话吗？"

"打了。"杏儿依旧清脆干净的口吻，"二小姐忙着呢。她的书店要在南京开分店，她去了南京，忙得什么似的，你这点小病小灾，别打扰二小姐赚钱。怎么，你嫌我伺候得不好，想着法子挤兑我啊？"

"我的杏儿。"三太太亲热地伸出手来，掐了一下杏儿的脸蛋，"牙尖嘴利。看以后谁敢娶你。"

"我还不肯嫁呢，我伺候您一辈子，好不好？"

"傻话。"三太太坐起来，"我不是那黑了心的妇人，买了丫头来，呼来喝去的作践，都是爹妈生的。你放心，将来你的终身包在我身上，什么穷小子、村夫、赶马的，咱都不嫁。等将来，我们荣华嫁到豪门去做少奶奶了，我把你陪嫁过去，做二房。"

"得得，我呀，不稀罕。"杏儿背转身，眼睛里有泪花。

"怎么了？"

"熏到眼睛了。"杏儿笑着说。

三太太笑。

"大太太说，前几日，她到绸缎庄上去，给二小姐定做了几套衣服，今天送过来了。大太太叫您给挑挑，看合适不合适？"杏儿镇定自若地一边说话，一边把新做的"殓装"铺开，让三太太亲手挑选。

三太太皱着眉，说："颜色不鲜艳。平白无故的，干吗给她做衣服？"

"听说二小姐的生意做得好，给府里赚了钱。大太太给她做几件衣服，也算是褒奖褒奖。"

"哼。要说做生意，谁有我们荣华精明啊。"三太太来了兴致，"别说现在大太太管着家业，到将来，能指望上大少爷吗？不能！还得靠我们荣华。"她认真、仔细地挑衣服。"旗袍啊，总要铺翠、缀金才好看，华美，时髦……"

杏儿低着头，一阵风偷袭而来，把殓装吹得冰凉。

"梨云阁"灯光昏暗，荣升手里捧着荣华的遗照，痴呆呆地坐在雕花木椅上，他双眼深陷，头发凌乱，神情黯然。丽水陪着大太太唉声叹气地抹眼泪。

"儿子打算明天夜里，替二妹下葬。"荣升脸色晦暗地说，"就埋在大妹旁边，她们彼此好有一个照应……"荣升痛苦地说不下去了。

大太太心底很难过，尽管她对三太太十分鄙弃，尽管她与三太太永远都不属于同一航道，但是，她做为一个母亲、一个女人，她对三太太的不幸遭遇，大为同情。

"你现在瞒着她，将来她要知道，她连自己的亲生女儿最后一程都没有送，她会怎么想？"大太太考虑得很远。

"现在告诉她，等于现在就杀了她。"荣升说，"我想，妹妹在九泉之下，也不希望看到她的亲生母亲痛苦绝望的一幕。"

"将来，可怎么好？"大太太说，"瞒得了一时，瞒不了一世。"

荣升无法作答，他把头深埋下去，前额触到冰凉的相框上，泪水顺着眼角溢出，洒落在遗照上。

"我倒有个法子。"丽水说，"二妹不是一个很左倾、很新潮的人吗？现在，有许多大学生都往延安跑。我们就说，二妹啊，到延安去了。"

"去延安？"大太太很狐疑。

"当局不是抓共党，抓得很厉害吗？抓到是要枪毙的！仅这一条，三太太就不敢闹了，大家三缄其口，这个谎啊，可以一直撒下去。"

大太太和荣升互相看看，几乎同一时间说："成吗？"

"成！"丽水拍胸脯。

"那就这样吧，人，只要有希望，就会活下去。"大太太意味深长地对荣升说，"书店的事情处理得怎么样了？"

"韩局长说，是有人蓄意放火。"荣升说，"损失惨重，儿子打算把书店重新修复起来，算是对二妹的怀念。"

"需要一大笔钱啊。"大太太在心底默算重建书店的开销，"而且，书店开起来，也需要有可靠的人经营。"

"儿子想……"荣升抬眼瞄了一下母亲，说，"让荣归来做，他一定会经营得很好。我们母子需要为他做点事，您说呢？"

大太太脸色很黑。

"随你的便吧。"大太太的眼皮终于低垂下去，算是答应了。

清晨，雅淑从温暖的被窝里醒来，身边的枕头巾上，留有阿初的头发丝，雅淑确定这美好的良宵并非是一场华丽的春梦，而是，真实可信的美梦。

她披衣下床，听见外面有搁置杯盘的清脆声音，当然，还有情人的脚步声。

她心满意足。

她的目光从门缝里伸展开去，一直流连在情人来回走动的皮鞋上。

门被轻轻推开，梳妆已毕的雅淑，仪态端庄地出现在阿初面前，她的身上

弥漫着淡雅的香气,敞袖短袄,宽袍窄腰,高跟鞋系着情色的足,眼里含着绵绵情意,向阿初轻盈地走来。

"早。"阿初说。

"早。"雅淑说。

"我做了早餐。"阿初微笑地替雅淑搬开椅子,殷勤地让雅淑坐下。"不知道,合不合你的口味。"

雅淑的眼里看不见佳肴,只有陶醉。

阿初宛若秋水的关爱眼眸荡漾在雅淑心底,经过这么多年的等待,爱情旅途中所有强迫终止的记忆又婉转回到自己的眼前,压迫着自己脆弱及敏感的神经。

"怎么了?"阿初关切地问。

"谢谢。"雅淑感觉失态,再一次对情人报以最甜美的微笑。

"你笑起来很美。"阿初在她对面坐下,替她倒了大半杯牛奶,"你知道吗?像你这样优雅娴静的女人,很难寻觅。"

"优雅娴静,也许只是外表。"雅淑说,"现在社会上有许多女孩子都很优秀,她们衣着华美,吸收西洋人的时髦,懂得把握人生的幸福。"

"欧风美雨的确造就了一大批社会的新女性。不过,有很多骄傲的女孩子并没有学到先进的思想,只学会了包装。"阿初说,"她们穿穿名牌,化化妆,学学仪态,有时还能造造假。唯独不能开口讲话,一旦开口讲话,高低雅俗就立竿见影了。"

"你喜欢怎样的女性?"雅淑问。

"进亦不喜,退亦不忧。"阿初答。

"我好像不是这种类型。"雅淑平视着阿初的眼睛,一点也不含糊。

"我欣赏你的眼光。"阿初平静地说,"其实,你自己也不见得就真正了解自己。你知道吗?你无论是在家族的显赫,还是家庭式微时,你都做到了进亦不喜,退亦不忧。只是你自己还没有意识到而已。"阿初放下手中的餐具,说,"你很坚强。"

"坚强,好像是你的专利。"雅淑说。

"你喜欢用相同的话来报复我吗?"阿初笑。

电话铃声响了。雅淑很诧异，她扭过头去看，客厅里的墙壁上，挂置的一个老式话机在振动。

"真没想到……"雅淑说。

"没想到什么？"阿初走过去，接电话。

雅淑用餐巾揩了揩嘴，跟了过去。"我一直以为，这部挂机是装饰品。"

"艺术品。"阿初说，"不过，很适用。"他拿起了话筒，说："喂，哪位？"

"先生，是我。"话筒里传来韩正齐的声音。

"什么事？"

"有关二先生的事。"

"你在哪里？"

"警察局。"

"过十五分钟，在警察局路口的小餐厅见。"阿初挂了电话。

"要出去吗？"雅淑问。

"是的。"

雅淑去衣架上替阿初取外套，她站在门口，让阿初第一次感到"家"的温暖。他情不自禁地想拥抱她，可是，他没有把想象付诸于行动，他只是接过外套，在她的耳边轻声细语。"我会对你好的。"

雅淑的气血又一次上升，她点头微笑，这微笑发自内心，再没有丝毫粉饰的味道了。

阿初出门了。

他身后，阳光满地。

阿初离开梅花巷不足半小时，李沁红就接到了在梅花巷设伏特务们的详细报告。他们详尽地描绘了阿初整夜的流连住所，还有那女人的详细资料。

当这些材料一一摆到李沁红的桌前时，李沁红几乎在第一时间内做出了最明确的判断：这个阿次的哥哥，绝不会是共产党。

因为，如果他是共产党，决不会把自己的情人置于险境；如果他是共产党，事发之后，他能够若无其事地自由出入梅花巷吗？他连一丝一毫的嫌疑都不肯回避，原因只有一个，他根本就不知道，他情人的隔壁就是共党的一个联络点。

所以，杨氏兄弟的共党嫌疑，应该排除。那么，谁是那个神秘的接听电话人呢？

李沁红为人极端敏感，她像一只灵敏的猎犬，沉溺于对中共特科的"捕杀"游戏。她之所以没有去荣府搜查，一来，荣华不可能把电台等机要放在家里，荣华书店的焚毁，其实就已经证实了她的推断。二来，认可荣华的车祸是出于偶然，而不是肆意破坏，可以达到麻痹中共特科的作用，使他们相信，由荣华租借的梅花巷，还可以继续使用。她可以放长线，钓大鱼。更何况，她的"铆钉"已经牢牢地钉在了敌人的心脏里，她相信，只要共党不放弃这次全国特委扩大会议，她就一定有机会，把他们一网打尽。

一个极不起眼的小餐馆里，坐着一个戴着大礼帽的男人，围巾缠绕着脖子，遮足了半个脸。

钟云迪在这里等人，等第三个要谈话的人出现。

人来了，穿着宽大的绸褂，生意人打扮。坐在钟云迪对面。

"早来了？"那人打招呼。

"是的。"

"这么急把我叫出来，有什么特别的事情发生吗？"

"组织上决定，临时征用你的住所，为临时联络点，负责特委的分组讨论。"

"我的家在四马路，合适吗？"

上海四马路极为繁华，人流纷杂，地形复杂。

"闹中取静，险中求安。"钟云迪说。

"好吧。什么时候？"

"今天。"

"今天？"

"对，现在。"

"我家里还有老婆、孩子。"来人显然有顾虑。

"时间不长。"

"为什么不启用梅花巷呢？"

"梅花巷将用做中央特委会议的正式会场。"钟云迪说，"你还有什么不明白的？"

"没有了。不过……"

"什么？"

"上次恒吉里的事件，我怀疑，我们内部出了问题。"他迟疑了一下，"当然，我本人是会议的书记员，又是那天最后一个离开恒吉里的人，我的嫌疑最大……"

"组织上是明察秋毫的。"钟云迪说，"你不必背思想包袱，相信组织，等待调查、澄清。很快就会水落石出。"

"我相信组织！"他的神情很激动，伸出手来紧握住钟云迪的手，说声："保重。"他很快离开了小餐馆。

钟云迪看看手表，注意观察周遭并无异样，他依然等待着，等待第四个必须要谈话的人。自从中央特科遭到破坏以来，组织决定把所有参与"特委扩大会议"筹备会的成员梳理一遍，特别是将事发当日曾在恒吉里出入的中央秘书处人员，列为怀疑重点。钟云迪对他们进行专门约谈，讲相同的话，观察不同的表现。他们信以为真，当然潜伏在内部的"铆钉"也会放松防范，只要"铆钉"认为"梅花巷"有极高的利用价值，那么，暂时和组织失去联系的共产国际成员，如果冒进"梅花巷"，至少不会被当场逮捕。这几个约谈的人里，只要谁的住所附近突然有"特务"出现，或是冒出许多不明身份的人员，包括突增的小贩。谁是"铆钉"即将一目了然。

钟云迪等了一刻钟后，他的内心浮起疑云。

第四个人，为什么一直没有出现呢？

就在他决定离去之际，他看见了匆匆赶来的女交通员田秀芸。钟云迪站起来往外走，田秀芸在小餐馆门口卖香烟，钟云迪掏钱买烟，付钱递烟的瞬间，他们进行了简单的交谈。

"雪狼不能来了。"

"为什么？"钟云迪问。

"被成群的猎犬咬住了。"

"能让猎犬松口吗？"

"可以试一试。我已经叫阿春出门了。"

阿春是田秀芸的丈夫，特科外围成员，掩护身份是"包打听"，长期混迹在上海滩跑马厅一带，在租界巡捕房和警察局里有认识的弟兄，凡有特科同志意外被捕，多半由阿春出面保释。

雪狼是中央秘书处的秘书之一，也是钟云迪等待的第四个人，对于雪狼的意外被捕，钟云迪很警觉。

他在想，为什么偏偏是在这个时候被捕呢？被捕的原因是什么呢？

田秀芸告诉了他答案。"恒吉里保姆遇害事件，经各大报纸渲染，给警察局刑事科带来很大的压力，他们四处撒网，希望尽快缉拿凶嫌到案。雪狼因为曾经频繁出入过恒吉里，被邻居指认出来，警察局即以杀人凶嫌之名义，予以逮捕。"

"能顺利保释吗？"

"不清楚。"

"好，我知道了。"

钟云迪和田秀芸很快分道扬镳。

天色忽然暗淡起来，天空中乌云低飞，钟云迪绕了几圈小路，确认无人盯梢后，走进一家服装店。一刻钟后，钟云迪西装革履地走出来，他手里拎着一个公文包，穿街过巷，最后走进了一家外观十分精致的小型咖啡馆。

他按照事先约好的方法，坐在了靠窗第二个位子上，这是他预定的位子，位子上还有一张报纸。侍者送上咖啡，他刻意地观察了一下左右，突然，他发觉自己椅背后坐着一个女人，她正有意地将头微微后仰，她头发上的香气肆意散发在钟云迪的耳垂边。

"不要回头。"女人开口讲话了。

钟云迪没有回头，他背对着她，很镇定。

"您约我来，有事吗？"

"你迟到了。"女人说。

"雪狼落入陷阱了。"钟云迪展开手中的报纸，遮住脸。

"所以，你必须尽快铲除铆钉。"

"我们的调查已经进入实质性的阶段。"

"有发现吗？"

"需要时间。"

"没有时间了。特委会议的召开，已经迫在眉睫。"女人喝了口咖啡，钟云迪清晰地听到银匙搅动咖啡的声音，显然，新的"时雨"情绪异常焦虑。

"我们调查内奸总不免立足于组织以内的成员，往往会忽视一些外在的因素。"女人说。

"什么意思？"

"我的意思是，我们现在考虑问题的时候，需要突破人的思维定势，铆钉不一定就是我们核心部门的人。但是，我们不能保证我们每一个在核心部门工作的同志都有完美可靠的社会关系。"

"网撒大了，对我们不利。我们不可能对每一个核心成员的社会关系进行监控。那样做，不但与事无补，而且人人自危。"

"制造紧张效果，铆钉会比任何人都敏感，在攻守俱怠之刻，他会丧失正确的判断能力。"

"怎么做？"

"用梅花巷作饵，吸引特务的注意力。"

"可是，我们一直无法联系到共产国际的特使。万一，他？"

"鱼与熊掌，不可兼得。"女人似乎下了决心，"你手中报纸的第三版，有一条新闻：杨氏实业社成功收购祥和纱厂。"

"我看见了。"

"杨氏实业社的老板是飘风的哥哥。"

钟云迪很意外。"以前，没听荣华提起过。"

"我也是才知道。这一次多亏他出手相助，飘风才顺利度过难关。他可以利用医院来拯救自己的弟弟，我们也可以利用医院作为掩护，完成我们的使命。"

"他肯配合吗？"

"他必须配合。"女人回答得很自信，"我给你留下一个信封，我走后，你再看。"女人站起来，向外走，手不经意地一抖，一个信封正好落在钟云迪的脚尖，女人迅速离开。钟云迪拣起信，里面是一张很旧、很薄的纸。

当钟云迪看清楚纸上的内容时，不觉大吃一惊。

那是一张叛徒的"自首书"，内容是：1927年，女共匪白云在闸北区被捕，

在政府感召下，决定自首，主动脱党，并将积极配合政府，捉拿共犯，以求立功以赎前愆，云云。

自首书写得很凌乱，纸上有血迹的旧痕迹，下面附有白云的照片。

白云就是田秀芸的化名！！

警察局的第二层办公楼里，有许多警员进进出出，其中，也包括来警察局请求保释犯人的家属，阿春正在给"雪狼"出具保释所需的保户证明。

隔壁房间里阿初正沉浸在深度忧虑中，就在二十分钟前，他通过韩正齐的帮助，在审讯室的窗口下，窃听了警员对恒吉里保姆遇害案中的凶嫌问话。阿初很失望，这个人的声音实实在在地证明了，他并不是自己要找寻的人。

自从阿初有了认弟的念头后，他就过得异常辛苦。居然在毫无利益的前提下，不自觉地，不，应该说是主动地与阿次风险共担。

自己对阿次所从事的事业知之甚少，却不得不在关键时刻出手相助，阿初几乎天天面对"生存的挑战"，说句良心话，他对自己如此呵护一个只有血缘、而没有感情的弟弟而感到迷惑不解。

那个打电话辨音的男人，一天找不到，阿次就多一天的危险。

阿次的生命在毫无保障的前提下，自己精心炮制的"复仇"计划也将再度搁浅。一环紧系一环，每一个环节都不容出错。

"我需要他！无论从哪一个方面来看，我都需要他。"阿初说。

"您说需要。"韩正齐说。

"是的。"

"您指的是二先生。"

"对。"

"先生您完全可以采取另一种方式，转移他，然后送他出国。"

阿初淡淡一笑。"你认为，他会听从我的安排吗？不，不会的。他为了他的事业宁肯去死，他不会选择逃避，因为逃避会使他变成懦夫。你知道吗，我也错了。从一开始我就很在乎他的祸福荣辱，结果呢，我随时随地都在帮他自救！一直在自救。"阿初长长地吁了一口气，"他逼得我不得不高瞻远瞩，陪着他一起踩雷铺路，背水一战。"

"先生。我会找到那个人的。"韩正齐显然是在宽慰阿初。在大上海,要找到一个隐蔽在黑暗中的人,无疑于大海捞针。

"报告。"门外有警员喊。

"进来。"韩正齐坐回自己的位置。

一名青年警员走了进来。"有人来保释恒吉里凶杀案的凶嫌。"

"保人是谁?"

"巡捕房的一个包打听。"

"手续齐全吗?"

"齐全。"

"那就照规矩办吧。"

"等一下。"阿初插话了,"我想再听一次。"

阿初不死心。

灯光很暗淡,阿初和"雪狼"单独见面了。

"雪狼"的掩护身份是一家商行的职业会计,他面目温良,修养良好,穿一件黑色的西装,他的面孔幽暗、平静。

"您一点也不惊慌?"阿初的目光在他的身上游移。

"我,我是被冤枉的。"

"进来的人都这么讲,能不能换个方式方法?"

"你不像警察。"

"好眼力。"

"你既然不是警察,就没有权利在此对我进行质询。"

"我知道你是什么人。"阿初压低了声音,"仁兄是姓'共'吧?"

"雪狼"笑起来。"您真富有想象力。"

"你经过了50多个小时的监禁和问讯,一点也不惊慌失措,对答有据,心态平静,尤见你的功夫素养,无论如何,你也不像什么商行的会计。"

"你认为,我应该怎样表现?无所适从的恐惧,还是一把鼻涕一把泪地求饶?"

"你跟那家保姆是什么关系?"阿初突然进攻主题。

"主顾关系。""雪狼"回答得很快、很机械。

"你雇佣过她?"

"是。"

"什么时候?"

"两年前。"

"事发的时候,你为什么会出现在那里?"

"我是特意去找她的。我家里有病人,想请她去帮忙。"

"你怎么知道她的家?"

"我们一直有联系。先生,我要纠正你的一句话。恒吉里1141号不是她的家,而是她所帮佣的新主顾的家。"

天衣无缝的托词。阿初笑了。"你准备得很好,不过,我不是来看你表演的,我是来听你的声音。你的声音很纯净,的确不是我要找寻的人。你放心吧,你很快就会被保释。"

"谢谢。""雪狼"虽然没有完全听懂阿初的话,但是,他从阿初的眼睛里解读出"善意"二字,于是,他向阿初有礼貌地致谢。

阿初低着头走出审讯室。韩正齐和刘阿四都站在门口等他,他脸上没有表情,韩正齐知道,阿初很失望。

"尽快放了他。"阿初说。

韩正齐点头,他们走向走廊,韩正齐打算送阿初出去,当他们走近刑侦科门口的时候,里面正好有人点头哈腰地出来。

来人正好挡在阿初等人的前面。

"谢谢,谢谢。"阿春已然拿到了保释文件,正一边跟警员出来,一边殷勤道谢,"麻烦兄弟们了。"

"以后啊,别揽这么多事。"一名跟出来的警员说,"他们给你多少钱啊?这些人水深着呢。"

"是,是。小弟也是受人之托,终人之事……"阿春正说着话,就和阿初面对面了。

这真是踏破铁鞋无觅处,得来全不费功夫。

"你?"阿春有些疑惑。

警员立正。

韩正齐挥手让警员离去。

阿初此刻心情大好，仿佛拨开云雾见了青天。"还记得我的声音吗？"阿初问。

阿春神色大变，拔腿就跑，刘阿四像脱了缰的野马，飞身窜廊，死死地卡住了阿春的去路，阿初的情绪突然亢奋起来，韩正齐看得出来，阿初又要杀人了。

警察局的一间久弃不用的杂物室里，成了"铆钉"最后的人间。

"我们就不用绕弯子了，你应该知道我是谁？"阿初说。

"杨副官，我们前世无仇，今世无冤。"

"可是你差一点要了我的命。"

"这是误会。"

"不是误会。我不是什么杨副官。"

"可是，你的声音？"

"你果然对声音很敏感。"阿初觉得这个人决计不可留。

"杨副官，我没有陷害过你。你大人有大量。""铆钉"哀求他，"我是特情组的成员，是侦破向匪一案的功臣，李组长可以为我作证。"

"我只问你一句话，事发当日，你是否去过恒吉里1141号？"

"去过。"

"去做什么？"

"为侦缉处赢得行动的时间，我铲除了一名女共匪……"

"就是那老保姆。"

"保姆是她的掩护身份，她是共匪。她向共党的特委们发出了撤离警告，我铲除她以后，把警告撤换成安全信号。如果不是突发的那场车祸，共匪特委早就被我们一网打尽了，而我，也可以归队了。可惜，功亏一篑。""铆钉"拉住阿初的手，说，"你相信我，我说的都是实话，至于电话辨音一事，是李组长安排的。出了这么大的事，内部甄别也是惯例啊，杨副官。"

"我告诉过你，我不是杨副官。"阿初撇开他的手，冷淡地说，"我是杨副官

的哥哥。"

"什么?""铆钉"仿佛当头挨了一记闷棍。

"你是聪明人,知道我为什么迫切地要找到你了吧?你不死,我弟弟就会没命。"

"怪不得……怪不得,那声音?不,你不能杀我。他们知道我进来过。"这是"铆钉"最后的希望。"我要是不明不白地没了,你们都免不了受怀疑。"

"只是怀疑而已。"阿初说,"你要是出去了,怀疑就变成了铁的事实。"

"铆钉"开始颤抖。

"你放心,我会让你走得悄无声息。"阿初冷静地说。

时间仿佛霎时凝固。

阿初久久地凝视着他,寒气从他的脚底渐渐升腾,他感觉自己整个身子都在颤栗,眼睛里充满了恐惧。"我会守口如瓶的。"他说。

"没用了。"阿初说,"你做这行,早该想到会有败露的一天。我相信,你有足够的心理准备去迎接死亡。"

"铆钉"完全失控了,他的眼珠几乎要崩出来,因为绳索勒得太紧,无论他怎样挣扎都无济于事。刘阿四用黑色的布条封住他的眼睛和嘴,他的脸开始扭曲,可能是因为恐怖,他的脸色变得异常惨厉。

"来世投胎,做个好人吧。"阿初对刘阿四做出了"立杀"的手势。

第二十七章　踏破冰火九重天

> 那束光若隐若现反射在金属轮椅的扶手上，慕次冷峻地朝窥视点看去，那是一幢靠医院住院部很近的楼房……

房间里的空气异常沉重，紧接着是垂死挣扎声混杂着蹬腿声和行刑者的喘气声，随着声音的消逝，房间里沉闷下来。

阿初亲自确认了"铆钉"死亡，他的心里如释重负。

"得尽快处理尸体。"阿初说。

"这个容易。我来想办法。"韩正齐说。

"其实，我知道不该在这里动手。是我过于急切，连累你了。"阿初言语诚恳，"谢谢你。"

"先生？"韩正齐觉得自己现在真正地和阿初站在了同一条战线上。

"不过，我坚信，一个杀死了手无寸铁的老妇人的人，决非善类。"阿初说，"他刚才说得对，有人知道他进来过。所以，他必须从这里走出去。"

"放心吧，先生，他会从这里走出去的。"韩正齐微笑着保证。

半个小时后，一个穿着"阿春"衣服，戴着旧毡帽的男人大摇大摆地领着"雪狼"走出了警察局的大门。

当然，"阿春"从走出警察局的那一刻起，就无声无息地"人间蒸发"了。

他生命的痕迹像暮秋的残叶，被秋风扫得一干二净。

　　出了狱的"雪狼"很快和钟云迪取得联系。没过多久，侦缉处的人才发觉他们的"铆钉"失踪了，不仅如此，三天后，在黄浦江里，他们找到了白云的尸体。

　　李沁红的神经却异常敏感地推断出，中共特委的会议召开在即了，就在上海，就在租界，就在最为繁华的地段，就在自己的眼皮底下……

　　这一段时间里，阿初的心境大好，他一方面与雅淑保持亲密的交往，另一方面密切地关注棉纱市场的股指交易，他恢复了一个普通商人的正常生活，所有的天风海雨、惊心动魄都化做云烟飘散了。

　　这天，汤少和夏跃春很早就来了，阿初陪他们聊天饮茶，岳嬷嬷做了一桌丰盛的午餐，让汤少吃得赞不绝口。

　　不过，细心的跃春发现岳嬷嬷用餐盘盛着番茄炒鸡蛋和酥肉果饼上了二楼。这两样菜是丛锋最爱吃的。

　　"叫他下来，一起吃吧。"跃春对阿初说。

　　阿初脸上的笑意泛起一丝不悦，不过，他假装什么也没听见。汤少正吃在兴头上，顾不上分析他们的神态。

　　"跃春，你这个人什么都好，就是观察力太敏锐了。"阿初说。

　　"我想见见他。"跃春很平静。

　　阿初不说话了。

　　"就五分钟。"跃春坚持。

　　"见谁？想见谁？"汤少终于问话了。

　　"想见……"跃春的目光在阿初和汤少的脸上回扫之后，说，"我想见见阿初的女人。"

　　阿初淡淡地一笑。"你怎么知道我有女人了？"

　　"凭直觉。"

　　"阿初有女人了？"汤少来了兴趣，"什么样的女人？阿初看上的女人一定是个木头美人。"

　　"那不一定。"夏跃春的眼光一直锁定在阿初的眉间眼底，"有的人表面很道学，其实骨子里透着轻浮。阿初，你说我说的话，对不对？"

阿初感觉到他话里辛辣的味道，低头说："我想你误解我了。"

"跃春，你不必这样认真。"汤少出来解围了，"女人也分很多种。她们就像鲜花一样，早晚市价不同。"

"是吗？"跃春口气很不善。

"当然啦。打个比方，一朵牡丹养在深闺，富贵绝伦，男人要摘了它，得捧在心窝里供养着；可是，一旦它落在尘埃里，沾了灰，哪怕是一丁点尘迹，男人再把它捡起来，很可能就随意地插在西装口袋里，做了装饰品。柔媚的体态，花样的年华，可怜巴巴地成了取悦男人的资本……就像当年的和氏姐妹。"

"怎么，你对和家两姐妹依然耿耿于怀？"阿初探问。

"岂止耿耿于怀，简直于心耿耿。"

"你是不是还打算娶她？"阿初截住汤少的话。

"娶她？娶谁？"

"和雅淑。"

"我疯啦！"汤少瞪眼。

"那从今往后，在雅淑的事情上，请您保持缄默。可以吗？"

"凭什么？"汤少不服气。

"因为，我、要、娶、她！"阿初几乎是一个字一个字递送到汤少耳里的。

汤少手里的刀叉掉到盘子里。他尖叫："你疯啦！"

阿初不说话，夏跃春依旧进餐，其实，阿初和跃春心里都明白，他们说的是丛锋，不得已话锋中途转道了。

"什么时候的事？"汤少的好奇心又来了。

"关你什么事？"

"上床了？"汤少狡猾地笑起来，"道学家也要吟风弄月？"

"道学家也要吃饭。"阿初笑着堵了他一句。

"会娶她吗？"汤少想知道雅淑在爱情旅途上最后的结局。正在此时，岳嬷嬷慌慌张张地跑下来。

"先生，先生……"

"怎么了？"阿初和跃春异口同声地问。

"那位先生，不见了……"

夏跃春和阿初几乎是同时往楼上跑去，跃春的速度显然比阿初还要快捷，汤少一脸茫然地看着他们的背影。

楼上的房间里，床铺凌乱，窗户半开着，书桌上的咖啡，还有余温。

"他没走远。"阿初说。

"他会去哪？"跃春想，"去医院？"

"有可能。"阿初和跃春同步往楼下跑，"跃春你去医院，我去梅花巷，务必截住他。"

"你为什么不早告诉我？"

"他就像颗定时炸弹，我不想再连累你担惊受怕。"

"是炸弹，就一定会炸……你以为你藏得住？"

"什么事啊？"汤少还在吃，张着嘴问他们。

"没你的事。"阿初一步不停地往外走。

跃春紧跟着出去。

汤少继续吃，叫岳嬷嬷坐下来陪自己。

春和医院，杨慕次的病房里，暖意浓浓。杨思桐和荣初双双来到慕次的病房探望他。思桐在上海最昂贵的陈氏温室花房里购买了一束富贵牡丹。牡丹色泽艳丽，娇美无双。思桐把花插在宝蓝色的花瓶里，让花上的露自然地滴落，花香和水气带给慕次新鲜的气息。

杨慕次坐起来，兄妹俩亲热地靠在一起。

思桐银铃般的笑声，驱除了慕次心底的寒气。他喜欢思桐，她调皮撒娇、任性胡闹，这个妹妹在哥哥面前，永远纯如白纸，晴朗如月。

荣初穿着价格不菲的黑色天鹅绒礼服，文质彬彬地站在慕次床前，他斯文、安静。不过，当慕次第一眼看到他时，心里就感到难以名状的不安。

他认识荣初，在去杭州的船上，他们曾经同船摆渡。

荣家的小公子？英国留学生？那么，阿初又是谁呢？这个人这个时候走进思桐的情感世界，难道是偶然？

尽管思桐介绍荣初的身份是英国华侨，可是慕次在荣初身上只闻见了大上海的市井气，丝毫没有欧洲的贵族气。

"喜欢我送的花吗？"杨思桐问。

"你送的，我都喜欢。"慕次笑着说。他刻意回过头来看荣初，目光温煦地问："你帮她选的？"

"哦，不是。"荣初腼腆地笑笑，"牡丹是富贵之花，锦屏人所爱。我生性淡泊，倒喜欢寒松翠竹。"

"你错了。"杨思桐说。

荣初愕然。"哪里错了？"

"牡丹虽是富贵之花，却也是天生傲骨。传说唐朝则天皇上曾于冬夜醉酒颁诏，命百花盛开。百花神主不敢违抗天子之令，于雪夜盛开春秋之花，唯有这牡丹不从圣命，抗拒天威，被则天皇帝发配洛阳，到了洛阳以后啊，牡丹盛开，千里花香，才留下这洛阳牡丹甲天下的千古佳话。你说，这牡丹比及寒松翠竹来，有何逊色？"

慕次和荣初看她一脸认真的天真模样，都禁不住笑起来。"是我才疏学浅，实在是不堪小姐一驳。"荣初说。

"思桐啊，麻烦你请护士小姐把轮椅推来，我想去楼下晒晒太阳。"慕次说。

"好啊，一会我推你。"思桐笑嘻嘻地去了。

病房里只剩下荣初和慕次。

"荣先生，还记得我们初次见面吗？"慕次神情忽然严肃起来。

"记得。在船上。"

"当时，你的身份并不是什么英国华侨。"

"当时，您告诉我，您是一名失业的职员。"荣初微笑地看着慕次。

"也许我们彼此都有彼此的秘密。不过，我要告诉你，你跟我妹妹交往，是要花很多钱的。"

"物有所值。"

"你倒一点也不避讳。"慕次说，"不过，我可以告诉你，我妹妹曾经交往过很多男朋友，不消三两月，她就对他们厌倦了。所以，你也不必抱太大希望。"

"事事岂能尽如人意。不过，两三个月的时间，足够了。"

"足够什么？"慕次眼底射出寒光。

"足够我这一生对'爱'的回忆。"

慕次从荣初的眼睛里读出了"复杂"的心绪。

"我越看你,越觉得你像一个人。"

"如果我告诉你,我是荣华的弟弟,你信吗?"

慕次摇头。"我倒觉得你跟我很……很相像。"

荣初借助慕次的推断,说:"那么,如果我说,我是你的外甥,您信吗?"

"无论你是谁,如果你的所作所为伤害到了我的妹妹,我决不饶你。"慕次说,"直觉告诉我,你被某些居心叵测的人所操纵。"

"被血缘所操纵。"荣初补充了一句,"您忘了,我们是同一个血型。连枝连叶,打断骨头连着筋。"

荣初优雅的气度,令阿次难以情测。

门被推开了,一束暖光刺入眼帘,慕次突然意识到了什么,有人在用望远镜窥视自己的一举一动。

他异常警觉起来。

杨思桐和小护士推来轮椅,荣初帮忙扶他上去坐好。

慕次看见思桐对荣初抱以甜美地微笑,感觉到妹妹的眼底荡漾着浓浓的爱意,他开始紧张了。

荣初亲自推了轮椅往外走,慕次低低地说:"我劝你一句话:回头是岸。"荣初笑盈盈地做俯首受教状,只在慕次耳边低声回答了一句:"小侄回长辈一句话:水到渠成。"

"你们嘀嘀咕咕地说什么呢?"思桐问。

荣初直起腰来,说:"说你很可爱。"

杨思桐开心地笑起来,这让荣初感到了她的另一面,涉世不深。

那束光若隐若现反射在金属轮椅的扶手上,慕次冷峻地朝窥视点看去,那是一幢靠医院住院部很近的楼房……

"他发现我们了,处座。"俞晓江放下了望远镜。

杜旅宁没有讲话,他们已经在医院监视慕次三天了,据他自己估算,他早该发现他们了,不然,岂不是白做了自己的学生。

"处座,我觉得阿次并没有什么值得怀疑的地方,倒是……"

"说下去。"

"那位李沁红组长好像对阿次很有成见。"

"是偏见。"

"按说他才去没多久,李组长不该这样对他持有偏见,除非是……有什么嫌隙,宿怨?"

"这话对。"

"处座?"俞晓江诧异地望着杜旅宁。这个人从来都很隐蔽自己的内心,几乎无人能走进他的精神领域。俞晓江知道他和李沁红曾有过一段短暂的"爱情",但是,杜旅宁每每回首往事,都会咬牙切齿。

"你知道吗?一个失控的妒妇远比一个出了轨的火车头还要可怕。"

"那是因为她爱您,处座。"

"爱?你知道她曾经做过什么?"

俞晓江摇头。

"五年前,她曾经以'爱我'的名义,杀了我的学生。一个比丽丽更有潜质的女孩子,仅仅是因为妒嫉。"

俞晓江无语了。

"我不杀她,已经是仁尽义至了。"杜旅宁站了起来,在房间里踱步,"她对我的学生一直采取远而避之、用而防之的态度。事事凌人,样样占上风。"

"为什么呢?"

"因为我曾经警告过她,我的学生再要死在她手上,我就杀了她。"杜旅宁拿起望远镜,向外观望。

一切如常。

杨思桐、荣初和慕次在绿荫底下愉快地交谈,只不过,慕次的目光有意无意地朝监视点回荡,这让杜旅宁的嘴角泛起一丝得意的笑容。

"共党的特委会议即将召开,李组长却一味地把力量集中在医院,监视一个病人,一个自己人,这岂不是让真正的敌人安心舒意地躲过罗网。"俞晓江在暗示杜旅宁,"处座,我想我们不能这样等下去了。我建议,从今天开始撤消对阿次的监控,集中精力搜捕'共匪'。"

"上海这么大,你从哪里下手?"

"处座。上海这么大，要集中搜捕共匪的确殊非易事。但是，开会就需要人员集中，开会就会选定一个会址。找到这个会址才是至关重要的。"

"说下去。"

"如果，我是共产党特科负责保卫这次会议安全召开的人，我来选定会址，我会有三个必选的条件。第一，会址必须在租界；第二，会址必须在大上海最为繁华的地段，交通四通八达，易于隐藏，易于撤退；第三，会址必须能容纳一百多人的食宿，能达到这个要求的，有酒店、舞厅、戏院、麻将馆、私人会所。"

杜旅宁满意地点头。

"处座，事不宜迟，我想从今天起，开始对符合这三个条件的地方，进行大搜捕。"

"我同意。"杜旅宁说。

"要不要和李组长沟通一下？"

"不需要。"

"处座？"

"我需要一个跳梁小丑在明处吸引住'共匪'的目光，而你在暗处将施与对手致命一击。每一个角色、每一个位置都必不可缺。"

"您的意思是让阿次在明处？"

"阿次？"杜旅宁笑起来，把望远镜递给俞晓江，"你认为，阿次会一直让李沁红监控吗？"

俞晓江半信半疑地接过望远镜朝外看，浓荫处，阿次依旧坐在轮椅上。杨思桐和荣初已经走了。

晓江没有发现异常。

"他习惯单兵鏖战，这是他的优点。"杜旅宁说。

"可是处座，我发现了一个更有趣的事。我们的小青蛇，不肯冬眠。"

杜旅宁的脸黑下来，他知道，一定是辛丽丽来了。

辛丽丽穿着红地绣银花高领、窄袖长袄姗姗而来，她的眼波迅捷地观察着医院的地势，为了来探望阿次，她特意打扮成了一个十足的富家少奶奶。自从在学校里和阿次分手后，两人就很难见面了，辛丽丽的相思欲望愈来愈浓烈，由于军统的"家规"森严，一条被命令"冬眠"的蛇，无法在光天化日下和组织里的任何人保持任何联系，她对慕次的爱恋永远无由消解。她在得知慕次受伤的消息后，五内如焚，备受煎熬，她无论如何都得要见他一面，哪怕是远远地看他一眼。

辛丽丽的痛楚在于她还有爱，还有梦。

"阻止她。"杜旅宁说，"已经够乱的了，我不想再看见无味的儿女情长，我需要她长远的效力，她这样做，等于把自己的身份暴露给侦缉处所有的人，也包括共产党。"

"丽丽是性情中人。"

"这不是她渎职的借口。"

"我去吧，处座。"俞晓江郑重地说，"我是女人。"

"好吧，注意分寸，小心点。"杜旅宁说，"李沁红，她不是女人。"

杜旅宁吩咐完后，起身出门，随从替他披上风衣，他们匆匆下楼，上了吉普车，很快消失在繁华的马路上。

俞晓江从楼的侧门走向医院的住院部。

李沁红的确不是一个简单的女人，她凭借着女人敏感的直觉，认定春和医院有问题，虽然她没有任何证据。

她有她的理论根据。

"电话辨音"一事刚刚了结，"铆钉"就神秘的人间蒸发了，这不可不谓一疑。共产党召开特委会议，必须要有一个固定的会址，去酒店，明目张胆；去舞厅、麻将馆不宜保密，更无安全可言；去私人会所，哪一个社会贤达会冒这种风险，把私人会所租给一些来历不明的人；那么，去医院呢？

她曾经消除过对杨氏兄弟的怀疑，可是现在，她疑窦丛生，怀疑又起，她不肯撤回对杨慕次的监控，并以此为诱饵，孤注一掷钓大鱼。

事实证明，她的判断是正确的。

丛锋来了。

丛锋在阿初的家里憋了将近一个多星期，他完全和地下党失去了联系，荣

华已经牺牲了,唯一能联系到的同志就是杨慕次,特委会议召开在即,他如果再无法和地下党取得联系,他将无法完成使命。

阿初警告他,说医院里到处是特务的暗哨,如果冒险前往,很可能掉进陷阱。但是,时间紧迫,容不得自己再等了,他先是去了梅花巷,犹豫再三,没有进去,转身就坐黄包车到了春和医院,丛锋横下一条心,今天一定要找到联系人。

纵是刀俎在前,游鱼也视死如归了。

可是,他万万没有想到,拉他的黄包车夫就是侦缉处特情组成员。丛锋同一时间段出现在两个敏感地点,他的可疑之处,已经不容置疑了。

当李沁红接到特务的消息后,喜出望外,这真是一个出乎意料的收获。

"通知侦缉处的高队,立即到春和医院配合抓捕行动。只要这个嫌疑人跨进杨慕次的病房一步,就立即逮捕。"李沁红发布命令。

"也,也包括杨副官吗?"特务问。

"当然。"李沁红声音脆冷,"我会亲自逮捕这个共党,到时候,我要拎着他的人头,去问问他的老师,这个人该不该死!"

小特务一脸茫然。

夏跃春返回医院后,直奔慕次的病房,他没有看到病人,自然,也没有找到丛锋。他仔仔细细、认认真真地私下里把医院翻了个遍,也没有找寻到丛锋的踪迹。

他万分疲惫地回到院长办公室,桌子上的电话铃声响了。

"喂。"跃春有气无力地说,"阿初啊,我这里没人。"

"你再找找,他肯定到了。"

夏跃春放下电话,把院长办公室的窗帘全拉下来。他像匹骆驼躬着腰在窗子面前来回走了两圈,拿起电话:"绝对没来。我保证!……他来了。"

"什么?"

"他来了。"夏跃春的目光凝聚在窗外的草坪上。

"截住他,我就来。"电话断了。

夏跃春扔下话筒就往外跑。

此时此刻的杨慕次与丛锋的距离只有咫尺之遥，怎么办？

丛锋此际就像一枝风标，他走向哪里，几股风就会在瞬间合股冲袭而至。危险已然降临。

"阿次。"辛丽丽看见了慕次，她跑过去。

慕次的手心沁出冷汗。

"丽丽。"

"怎么了？"丽丽半蹲下来，仰视他。

"帮帮我。"慕次决定冒险了。

"你说。"

"你向前看……"

丽丽抬头向前看，冷不防从身侧走来一人，扬手就是一记耳光。"叫你好好看着少爷，你没听见吗？"一个女人把慕次的轮椅来了一个一百八十度的大转弯。

丛锋狐疑地看着两个女人的背影，从慕次身边走过……

俞晓江推着轮椅走向另一僻静处，慕次的脑海里浮现出无数个问号？无数个关键词。俞晓江到了，那么，杜旅宁也就到了。丛锋现在的目标，一定是自己的病房，他去了自己的病房，自己还回得去吗？

正思想，没提防，俞晓江用力一倾，慕次直接从轮椅上跌落，倒在草地上。由于地势低，树荫浓，外面根本看不到里面发生的事。辛丽丽咬着自己的手指，禁止自己出声，她也没敢去扶慕次。

"说，谁约的谁？"俞晓江问。

"我。"慕次说。

"不是的。"丽丽欲解释。

"不要解释。"慕次制止丽丽。

"那就照规矩来。"俞晓江冷酷地说。她扶正轮椅，向丽丽伸出手来："你的枪。"

丽丽看着慕次，慕次把左手背平放在轮椅的扶手上。丽丽从精致的皮包里取出一只镀金小手枪，她交枪的时候，恳求地说："老师，他身上有伤。"

俞晓江面无表情，直接把枪柄砸在慕次的手背上，这一次，丽丽喊出来了。

血从慕次的手背上渗出……

"没有下次。"俞晓江把枪扔还丽丽,"别忙着出售自己,设身处地为他人想想。"

两分钟后,丽丽脸色苍白地离开了草坪。

俞晓江却推着慕次走向住院部,慕次的病房。

慕次的衣襟下藏了丽丽的枪。

丛锋镇定自若地走进医生休息室,过了一会儿,他穿着白色大褂、戴着口罩,走出来。护士站内,两名护士正在低头配药水。

丛锋走过去,看了看挂在护士站里病人的名字和床号,他清晰地看见慕次的床号主楼右旋处二楼十九床。

他顺手拿了桌沿上的听诊器,继续往前走。

楼道里,有一名护士从房间里出来,她轻轻关上门,步履轻盈地跟上了丛锋。丛锋上了二楼,护士也不紧不慢地跟上去。

丛锋走到十七床至十九床的走廊上,突然停止了步伐,而是转过身来,向护士走来。护士礼貌地对他微笑。

"您有什么需要吗?"李沁红主动开口,一脸温情。

丛锋迅速打量了护士,她大约三十七八岁,没有化装,穿一件白色护士服,腰带平整,戴着蝴蝶结头花,仪表端庄。

是自己多心了。丛锋想。

他大大方方地走到李沁红跟前,说:"你的内衣领边和袖口露在护士服外了。"

"哦。"李沁红下意识地开始整理衣襟。

"护士应该给病人留下整洁、干净的印象。下次注意。"

"是。"李沁红低下头。

丛锋低头看见她穿的鞋子,那是一双还没有来得及换的皮鞋,鞋皮铮亮,闪着光。

"你应该换上护士鞋……"

"我的护士鞋昨天洗了,还没晾干……"李沁红微笑。"您请……"她有礼貌地请丛锋先走。

丛锋不再犹疑。

他走到了病房门口挂着的十九床的门牌前。

李沁红瞬间有一丝不祥的预感，又觉得哪里不对劲，又说不出是哪里出了问题。不过，她还是相信自己的判断，眼前这个人一定就是她要找的人。

她没有看错。

丛锋的手已经握紧了十九床病房的门把手。

李沁红的手伸进了护士服的口袋，等待他推门的动作。

第二十八章　间不容发生死际

所有的一切来得太快,犹如暴风骤雨。所有的一切又显得格外冷寂,简直风平浪静。

"等一等。"夏跃春气喘吁吁地跑过来,"等一等。"夏跃春由于奔走的速度过激,整个人在过道上滑倒了。

丛锋回头一望,他望见了护士小姐手里握的枪,黑洞洞的枪口正对准着自己的胸膛。

"把门打开,特委同志。"李沁红逼近一步。

"您误会了……"夏跃春有些狼狈地爬起来。

"没用了。夏医生,他已经打开了一扇他不应该打开的门。"李沁红说。"还有,夏医生,你并不擅长表演,你这样鲁莽地冲进是非之地,非常不明智。"

"您听我解释。他是我同学。英国同学。他……"夏跃春突然打住了话头,因为告诉李沁红,来人是英国同学,无疑是告诉她,来人刚从国外回来。错了,不该这样讲的。

"夏医生,谢谢您对我提供新的、有价值的线索。"李沁红说,"那么,我应该称呼你一声,特使先生了?"

"我听不懂你说什么。"丛锋说。

"把门打开。"李沁红下命令,"你会懂的。"

丛锋此刻别无选择，他机械地打开了门……

李沁红没有进一步的动作，因为她还是有不详的预感，直到她看见杨慕次的脸，她脑海里紧绷的弦总算松了下来。

"进去吧，特使先生，杨副官已经等不及了。"李沁红一把将丛锋推了进来，然后，用枪口示意夏跃春也进来，随后，她关紧了门。

"谁？"她发现病房内木制屏障里有动静。"出来。"

木制屏障被推开，她看见了俞晓江。

俞晓江穿着整齐、洁白的护士服，脸上漾着一抹笑意，当然，笑意里渗着某种莫名的寒意。

俞晓江的出现，令李沁红大感惊异。

"李组长，久违了。"俞晓江说。

"意外，真是意外。"李沁红肆无忌惮地笑起来，"你们的手也伸得太长了，杜旅宁没有教过你吗？强龙难压地头蛇。"

"我想你误会了，我是来帮助你的。"俞晓江很从容。

杨慕次冷静地坐在轮椅上，他现在已经无能为力了，他私藏的枪，此刻正握在俞晓江的手上。

他之所以冷静，是因为他有了"新发现"，虽然他不能确定俞晓江是何意图，但是，他选择暂时沉默。

"临危不惧，临难不苟。"李沁红围着慕次的轮椅转了一圈，"杨副官，你叫我说你什么好呢？你到底是勇敢？还是愚蠢？你不想跟我解释一下吗？解释一下，这位共党特使怎么会在你的病房里出现？"

"请等一下，请允许我讲话。"夏跃春抢着说话，"这一位是英国华侨丛锋先生，他是医学博士，是我的同学，是我请他来给杨先生会诊的，是的，就是这样。你们都误会了。"

"误会？夏医生，你知道，你这位朋友在来医院的路上，还去过哪里吗？"李沁红说，"梅花巷。你知道梅花巷是什么地方吗？是共党的一个地下联络点。"

"我想你真的误会了。"丛锋终于开口了，"我是去过梅花巷，不过，我去的地方并不是你说的什么党的什么点，而是，我朋友的住所。"

"是吗？那就太凑巧了。世上有这么巧的事吗？"李沁红把目光锁定在俞晓

江身上。"你信吗，俞少校？哦，听说你升上校了。你总是求功心切，太想出人头地了。"李沁红轻蔑地摇头，"你知道吗？我的人离这里只有二十米，这间房子全掌握在我控制的视线中。"

"未必。"

"你说什么？"

"我没打算跟你抢功劳。"俞晓江说。

"那你干吗拿枪对着他？"

"我拿枪对着的不是他，而是，你！李沁红组长。"枪响了。

"噗"的一声，很闷，很沉，显然枪口上是装了消音器的。李沁红睁着诧异的双眼，张着惊怪的嘴巴，看见殷红的血一泪泪从胸膛喷发出来。她失去知觉，"噗"的一声倒在慕次的脚下，停止了呼吸。

一枪毙命。

俞晓江以迅雷不及掩耳之势杀了李沁红。

接下来，俞晓江又补了两枪，这是军统杀人的一贯作风。

所有的这一切，完全在一瞬间发生，而且出乎慕次意料之外，慕次心中"轰"然一声明亮起来，半秒种的冻结，只有半秒钟，他所有的猜测被证实。

"照计划进行。"俞晓江对夏跃春说。

夏跃春对丛锋说："你从右边走廊下去，出住院部门口，有人接你上车。"他迅速拉开房门。

"等一下。"丛锋迟疑半秒，夏跃春明白了，他说，"先生，你读过英文版的《中国哲学简史》吗？"

"读过，是麦克米伦公司出版的。"丛锋显得异常激动。当然，情绪激动的还有杨慕次，因为他知道，这是组织规定的，如果荣华发生意外，启用的第二套接头暗语。这套暗语是荣华自己制定的。

"照我说的做。"夏跃春严肃地说。

丛锋不再有任何犹疑，迅速穿越走廊。

"交给你了。"俞晓江戴上口罩，紧随丛锋而去。慕次知道她是假扮李沁红"活"着从监视人员的视线里消失。

丛锋以最快的速度走出住院部大楼，一辆不起眼的小汽车突然驶到他面前，门打开后，丛锋迅速上车。

他们例行公事般对了事先约定的口号。

"雪狼"热情地向丛锋伸出双手："您好，我是雪狼，是负责这次特委会议的秘书长，我们等您很久了。"

"您好！"丛锋的情绪高涨，"我是共产国际远东情报局负责人丛锋。这次来的任务就是恢复和上海地下党组织的联系，打通和莫斯科联系的通道。"

"欢迎您的到来，您的到来象征着我们的'红色丝绸之路'重新开启。"

"会议召开了吗？"丛锋问。

"今天上午正式召开，地点在四马路的一家酒楼。我们用办寿酒的名义，租用三天，楼上楼下全是自己人。今天晚上的会议日程，安排您做'共产国际联盟'的报告。"

小汽车飞速前行，很快消失在茫茫人海。

此刻，夏跃春已经把李沁红的尸体拖到了木制屏障内，地上依旧血迹斑斑。

"我们回病房。"夏跃春推动慕次的轮椅。

"这里怎么办？"慕次问。

"你大哥会帮忙处理。"夏跃春走出门来，反手把门口挂着的十九床的门牌翻转一面，上面写着：解剖室。

杨慕次终于明白了组织实施计划的整个过程。

大约十分钟前。

他在俞晓江的胁迫下交出了丽丽的枪，随后，他们回到住院部二楼环形走廊上。慕次并没有回到自己的病房，而是逆向走到比较偏的右侧回旋走廊。他亲眼看见俞晓江把"解剖室"的门牌翻转到另一面二楼十九床，他狐疑了。

所以，他开始保持沉默，并下意识地配合俞晓江。

"春和医院"的住院大楼是典型的欧式建筑，呈环形，仿佛回旋针，杨慕次的病房在左回旋处地带，阳光充裕，视野开阔，同时，也很容易被人监控，李沁红小组和俞晓江小组的监视地点都放在了住院部左回旋处对面的大楼里，所以，杨慕次的一举一动都逃不过特务的眼睛。而住院大楼右回旋处，荫凉一片，有两棵巨大的香樟树遮挡住阳光，据说那树是"前明古迹"，枝叶曼生、横行无

阻地将右回旋处两个房间死死包围住。

夏跃春和俞晓江大胆、合理地运用了这个最佳"盲点"做案。当然,这其间也有"撞运气"的成分,因为,谁都无法保证丛锋会不会把李沁红引向盲点,值得庆幸的是,丛锋做到了,他在夏跃春预先设计在护士站床号位置的指引下,顺利地将李沁红带到了她应该去的地方。

这就是为什么李沁红总觉得不对劲,总觉得哪里出了错,却又不肯放弃捉拿丛锋的最好时机,所付出的代价。

当然,整个行动过程中,如果没有夏跃春穿插其间分散李沁红的注意力,没有杨慕次那忧郁的目光吸引李沁红进入死角,没有俞晓江那神秘莫测的微笑让李沁红放松了警惕,也不会顺利完成接送特使的任务。

慕次想到此处,不觉精神大振。断了线的风筝,重新接上了头。

"你还有些低烧,炎症还没好。"

回到病房的夏跃春开始履行他做医生的职责。

"夏医生。"慕次说,"您是我的上级吗?"

"我和你之间,没有任何关系。"夏跃春命令他躺下。

慕次不再提问了。

他其实已经知道了答案,自己的上级,应该就是俞晓江,她是新的"时雨"。

门外有小护士喊:"夏院长,杨先生来了。"

杨慕初面色凝重,脚步沉稳地走了进来,他带来的人都站在病房外。

"人呢?"阿初问。

"走了。"夏跃春答,他随手关上门。

"安全吗?"

"安全。"

"我来晚了。"

"不算晚。"

"你有麻烦吗?"

"有。"

"在哪里?"

"解剖室。"

"我叫人去。"阿初说。

"阿初。"夏跃春叫住他。

"什么事？"

"你得亲自去。"

"好。"杨慕初深沉地看着夏跃春的眼睛，说，"你放心。"

所有的一切来得太快，犹如暴风骤雨。所有的一切又显得格外冷寂，简直风平浪静。在监控室里待着的小特务傻傻地在窗前张望。他们明明看到组长跟踪一个男子上了楼，不到十分钟，又看见组长跟那个男子下了楼，还没有摸清楚具体状况，他们预想不到的事情发生了，医院的火警铃声响起来了……

医生、护士组织人员将病人疏散开，一副副担架抬出来，小特务们顾不上监视，全都往下跑，像无头苍蝇一样乱窜。

春和医院的后门小巷里，阿初的车飞驰而去，车尾盖里装的是李沁红的尸体。

半个小时后，春和医院恢复了正常秩序，原来是火警铃声出了故障，纯属误报。

三天后，查到蛛丝马迹的俞晓江带领国民党宪兵、军警等闯进了四马路的一家酒楼。人去楼空，过道上还有明显焚毁文件资料的黑色痕迹，酒楼里保温瓶的水依旧是滚烫的……

俞晓江表现得万分沮丧，一个多星期以来超负荷的工作量换来的竟是一无所获。以至于杜旅宁不得不出言抚慰，以定军心。

又过了一个星期，杜旅宁接到了沪中长官公署侦缉处熊自达呈上来的有关李沁红组长离奇失踪的报告。这让杜旅宁陷入一种焦灸状态，他的感觉异常微妙。

李沁红曾经疯狂地爱过杜旅宁，她对杜旅宁狂热的崇拜，让杜旅宁感到"无比厌恶"，这个疯女人，就像是一双他曾经试穿过的鞋，无论他把这双鞋丢弃在哪里，这双鞋里依旧存储着他脚上的气息，甚至是脚上的温度。

不过，当李沁红真的失踪以后，当这双鞋将永远不复存在的时候，杜旅宁心中突然有一种莫名的伤感，他甚至开始回忆那双鞋的款式、色彩，还有他当年试穿时的随意和散漫。

"处座。"

就在杜旅宁冥思遐想之际，俞晓江敲开了杜旅宁办公室的门。

"处座，我们在这一带发现不明电波。"俞晓江指着杜旅宁铺在办公桌上的上海市地图说。

"以前监听过没有？"杜旅宁关心的是这部电台是否从前存在过。

"有，不过是在一年前。"

"也就是说，这部秘密电台曾经静默过整整一年。"

"是，处座。"

"熊自达到底是干什么吃的！"杜旅宁气愤地把手中红色铅笔用力掷向地图，一点猩红蘸上颜色灰暗的地图。很刺眼，也很显眼。

"你认为，这部秘密电台应该是哪方面的？延安？远东？日本人？"

"日本人。"俞晓江回答得十分干脆。

"日本人？为什么你这么肯定？"

"是直觉。"

"女人的直觉往往很可靠。"

"处座，自从九一八，日本关东军炸毁南满铁路柳条湖段路轨，继而炮轰东北军驻地，攻占沈阳。今年又成立伪满，妄图独霸东北，局部抗战的格局已经拉开序幕。上海是中国最为繁华的城市，也是世界情报汇集之所，日本人在上海安插谍报人员应是蓄谋已久。"

"辽宁、吉林、黑龙江，还有，北平？"杜旅宁深深吸了一口气，"大厦将倾。"

"局座？您很悲观。"

"我很现实。"杜旅宁说，"查，查下去，看能不能抓住这条毒蛇。"

"是，处座。可是，共产党？"

"也不能放松，他们的会议虽然结束了，他们的人还得分批出上海，监视所有的港口、火车站，严密监视，不能放过一丝一毫的线索。"

"是，处座。"

此际，天空灰蒙蒙的，下起了绵绵细雨。

黄埔江上，海轮即将起航。

丛锋穿着海员的工作服，他和轮船上的工作人员一起拎着随身行李，从内部员工通道走向海轮。

随即登上甲板，进入船舱。

"雪狼"撑着一把黑色的伞，目送他离去的身影，听着海轮起航的声音，"哗！哗！"的汽笛锐叫，在他听来很是悦耳动听。

他默默地转过头来，上了钟云迪的车，汽车与海轮几乎是同时缓缓驶离了码头。

雨渐渐停歇，雨痕透迤在走廊上，透着几许清凉，春和医院的住院部里弥漫着香樟树浓郁的香气，这种常绿植物，一经雨水洗涤，显得格外精神。慕次的病房里很清静，慕次睡着了，因为天气好，他的心情也好，所以睡得十分香甜。

夏跃春和阿初都靠在窗台上看天色，看表。他们彼此心照不宣，因为，丛锋的海员差事，是阿初叫韩正齐从海关朋友那里办妥的。

"好了，你放心了。"阿初说。

"这话说得蹊跷，他不是你朋友啊？"夏跃春抗议了一句。

阿初脸上做出一种奇怪的笑，夏跃春只当看不见。

"你听过一个古老的波斯传说吗？"阿初问。

夏跃春摇头。

"有一个国王和他的臣子赌棋。既然是赌，就一定会有输赢。那么，输的一方会答应另一方的一个请求。结果，国王在对弈中败北。臣子的请求是，在棋盘的六十四个方格中以指数放上米粒。第一格放一粒米，第二格放两粒，以此类推。当放满六十四个方格时，已达一万亿米粒。"

夏跃春知道他要表达什么含义了，他在指责自己以"欺瞒"的方式来获取他的帮助，利用他的"亲情"来达到自己的目的。

"等等。"夏跃春说,"我不是你说的那位臣子,你说的那位在床上。"夏跃春朝病床上的慕次努努嘴。

"不,你才是那个真正得胜的臣子,站在幕后的人。你用我弟弟的生命做筹码,赌我的性命。我就是那个国王。在不知不觉中迈进你所设下的圈套,沿着你指定的方向前行。说穿了,我为你工作。愿赌服输。"

"口才很好。"夏跃春说。

"判断能力强。"阿初很自得。

"我是一个重友尽责的人。"

"同时也是一个敲响战鼓的人。"阿初说。

"在这个喧嚣、战乱的世界里,我们不应该寻找自己的出路吗?"

"那么,你承认?"

"承认什么?我没杀过人,从来没有。"夏跃春显然在纠正阿初的某些异想天开的想法,"我信耶稣。"

"我信自己。"

"你跟他是一家人。"夏跃春反复强调阿次和阿初的血缘关系。

"我看,正相反。"

"你疑心病太重。"

"你敢说你跟他……"阿初的手指向慕次,"没有任何瓜葛?"

"我跟你有感情。"夏跃春在笑。

"轻描淡写的混不过去。看看他最近对你的态度,他尊重你。"

"我是他的主治医生。"

"同时他开始敬畏你。"

"那是因为你的缘故,他对我有了兄长般的敬意。"

"扯淡。"阿初嘴角有了一丝不屑。他伸出手指,比出一个"三"来,"我弟弟对你的敬意,也许就来自这……三枪。"

"你数着来的?"

"你在现场。"

"大家……各自打扫门前雪吧。"

"你是叫我……不管他人瓦上霜?"阿初从衣兜里掏出三枚子弹壳。

"这只是工作中发生的一点瑕疵。"夏跃春说。

"我在工作中力求完美。"他把子弹壳硬塞到夏跃春手上,"物归原主。"

"你把她埋了?"

"我不喜欢干体力活。"阿初偏了偏头,"也许过十天半个月,她会飘上来。"

第二十八章 间不容发生死际

第二十九章　欲披荒草访疑尘

漆黑的冬季，夜幕低垂，阴冷的月色投下几丝血腥味，居高临下地凌逼着杨家花园里的树木都卷缩在萧瑟的寒风中，一个鬼魅般的身影从残雪中走进花园的小佛堂。

1932年，冬天。

沪中长官公署侦缉处处长熊自达的办公桌上，叠放着几张报纸和一纸公文。

窗外是冰花乱滚，大雪纷飞，路上的行人深一脚、浅一脚地艰难行进，活像熊自达此刻的心情，冷透了。

他的副官刘云小心翼翼地在替他收拾公文包，整理需要交接的文件，刘副官手脚很轻，动作很麻利，当他的手触摸到桌上的报纸时，熊自达"哼"了一声。

"放下。"熊自达说。

那堆报纸里，有一份是苏联出版印刷的《真理报》，还有一份是中国共产党出版的《新中华报》，报纸上都刊载了毛泽东的文章"和平、民主和抗战"。同时还刊发了"中共中央在上海顺利召开了全国特委工作会议"的大标题。

这些报纸就是导致熊自达下台的直接原因。

"我犯了一个致命的错误。"熊自达说。

刘副官很疑惑。

"我太轻信人了。我的身边都是姓杜的安插的手下。"

刘副官低下头。

"不是吗，刘副官？"

"处座……"

"不必解释。"熊自达长出了一口气，"我不相信杜旅宁能够在这个位置上坐上三年。他的下场，会比我更糟糕。"

刘副官狐疑起来。"您的意思是……您还要回来？"

"不，不是我。是共产党。共产党会令他寝食难安。"熊自达冷冷一笑，推开了窗户。

雪花飘进来，风刀刺骨。

街道上远远飘来报童的吆喝声："中国民权保障同盟在上海成立，要求国民政府释放政治犯，保障人民抗日的民主权利……"

"你听！"熊自达说，"不是每份报纸都开天窗。"

"处座？"

"听见了吗？这就是共产党的声音……你无法控制，他们像风、像流动的云彩，变幻莫测，无处不在，无孔不入……所谓冰冻三尺，非一日之寒。"

"您说，我们能抓住他们吗？"

"你说呢，你能抓住震电惊雷吗？"

刘副官心中一震。

"这些话，你就不必向你的新上司汇报了，他是不屑一听的。"熊自达接过了刘副官手上的公文包。意味深长地说："我走了，这些报纸留下，给杜旅宁提个醒。"

熊自达走了，他的背影在侦缉处的走廊下，显得十分衰疲。

俞晓江来了，她坐着军用摩托车，显得英姿飒爽。这一天，也恰好是杨慕次康复后上班的第一天。

杨慕次看见俞晓江跳下摩托车，立即原地立正，向她敬礼。

俞晓江的脸上，第一次对杨慕次露出了明媚婉转的微笑。

一日急雪，天气陡冷，街道两边的梧桐树都披上银装，杨慕次和俞晓江并肩漫步在街头。雪花散漫地飘落在二人的耳际发间，清新的空气盘桓在左右，

两个人的心底都洋溢着淡淡的"春"的暖流，仿佛有一种久违了的亲切感。

"你一直就知道我吧？"慕次问。

"你说呢？"俞晓江反问。

"我在你面前有些气短。"慕次笑着说。

"这很正常，毕竟我做过你的教官。"俞晓江说，"组织上也是考虑到，你我有师生关系，接触起来，方便一些。"

慕次点头。

"组织上对你和荣华同志在这次'特委会议'中的英勇表现，给予高度评价。你们用自己的生命，换来了全国特委的安全。组织上决定追认荣华同志为革命烈士……"

杨慕次突然停住脚步，俞晓江诧异地抬起头，她顺着慕次的目光看过去，马路的对面，挂着"华美书店"的招牌。

门面是重新修缮的，显得焕然一新。书店的店堂里像是很清静，一个穿着淡青色薄棉袍的青年男子在门口躬着腰送读者出来，这个人头发梳得很整齐，面貌也有几分和荣华相似，只是他脸上多了些卑微的笑，这让慕次感到有些不舒服。

"你很怀念她吧？"俞晓江说，她感觉得到慕次心中起伏回荡的痛楚。

"是的。我宁愿相信她还在那里。"

"你想进去走一走吗？"

"不，华美书店对我来说，依旧是一个雷区。"

"看来你的警觉度强于你的感性。"

"得益于你的教诲。"

"这次向成发叛变，对党组织的地下联络网是一次重创，为了情报通讯的畅通无阻，我们需要尽快恢复我们的秘密电台。"

"我来想办法。"慕次点燃烟。

"有一个非常特殊的情况，我想向你征询答案。"

"你说。"

"军统电讯处最近在愚园路一带，侦测到不明电波。"

愚园路？慕次心中一怔。

"你是指……"

"对，我怀疑你家里藏有秘密电台。"

慕次不说话。

"你一点也不诧异。"俞晓江的表情很诧异。

"我发现过，但是不明确。"慕次说。

"你认为嫌疑最大的人是谁？"

"我母亲。"慕次回答得既冷静又干脆。

俞晓江短暂沉默。

慕次鼓足勇气地问了一句："你认为，这部秘密电台应该是哪方面的？"

"日本人。"俞晓江回答得很肯定。慕次的烟灰烫了手指，他心口很堵。

"假如我的假设是正确的，那你的处境就很艰难了。"俞晓江说。

"杜旅宁怎么看？"

"他的态度很暧昧。你也知道，他十分推崇汪精卫的所谓'曲线救亡'政策。他对日本人抱有幻想，或许，他另有打算。"

另有打算？慕次停下脚步。

"怎么了？"

"他还不至于要投靠日本人吧？"

"很难说。"俞晓江低头看着雪地上走过的足迹，历历可辨，"我们无法推断他到底会走多远。"

"如果说，我的母亲居然是一名隐藏很深的日本间谍，我觉得匪夷所思。"慕次说。

"你是她的儿子，你对她了解多少？"

慕次沉默了。

他对自己的母亲的确不甚了解。

童年时期，母亲的冷漠；少年时期，长期的寄宿生涯；青年时期，不回家的"叛逆"，使自己和家庭永远处于若即若离的状态，所有这一切，都让慕次感到对母亲的生疏和茫然。

"也许，我应该去拜访一下，我的……那位神秘的'哥哥'。"慕次说，"或许他能告诉我一个答案。"

"问题是,你对他是否信任?"

"对于一个曾经救过自己命的人来说,他应该赢得信任!"慕次说。

漆黑的冬季,夜幕低垂,阴冷的月色投下几丝血腥味,居高临下地凌逼着杨家,花园里的树木都蜷缩在萧瑟的寒风中,一个鬼魅般的身影从残雪中走进花园的小佛堂。

"徐玉真"在佛堂的蒲团上跪了下来,双手合拢,万事皆空般地俯身低头。

她仿佛在忏悔。

她不是一个普通的女人。

她原名小山缨子,是日本参谋本部陆地测量总局支那派遣军的一名帝国之花,自从她接受任务起,无论是在心灵上,还是在肉体上,她都遭到了重创。

她的脸被手术刀割裂成另一个女人的模样,她的贞操给了一个她不爱的中国男人杨羽桦。在她的内心世界里,帝国军人的荣誉是高于一切的!她不惜牺牲个人情感,甚至可以不惜侵犯自己的肉体来保护自己的身份,毫无善恶感地杀死杨家的妇孺,毁灭证据,以达到长期潜伏,并消除内心恐惧的目的。

她像一个人尽可夫的妓女,麻木不仁。

她失去了自己心爱的男人,她的心却越来越僵硬。

而这些都是一个日本帝国军人为了能占领中国的领土所付出的基本代价。

小山缨子为此感到"光荣",她彻夜想的都是如何在这场战争中表现自己,以更多的中国老百姓无辜的血,为自己铺垫登上帝国之花的花中之王的宝座。

每当她想到这里,她就会神经质般的兴奋,仿佛见到了高贵的日本天皇,匍匐在天皇脚下,天皇将赐予她"神"的宝剑,从此名垂东瀛。

小山缨子从蒲团上站起身来,她扭动了那隐藏在婴儿照片底下的地下室开关,黑暗的门龇牙而裂,一条阴森斜长的地下通道展现在小山缨子的眼前。

她熟练地打开手电筒,走了进去,关紧暗室的门。

她走进地下室后,正好是午夜时分,她架起了发报机。

整零点时,她发出了安全呼号:"帝国之花的呼唤……"数十秒后,接收站做出回答。

"帝国之花有关上海军事调配、军需调动,以及上海近期经济走势的报告,报告如下……"她用熟练的指法，快速地发送每一份情报，发送完毕后，她收到了新的指令，她取下耳机，把发报机、密码书、码底都推到另一侧，神情冷酷，她给自己倒了一杯酒，借助红酒的暖意，思考下一步的行动计划。

小山缨子打开一个木制小盒子，那里面珍藏着她许多少女时期美好的回忆，她用过的梳子、恋人的头发、枯萎的樱花，突然，她脸色大变，盒子里少了一样东西，她少女时期的一张朴素的学生照，这是她刻意隐瞒上司，私自存留下来的唯一的一张保存着自己面孔的照片，她心中惊骇不已，是谁？是谁闯入了禁区？是谁拿走了这张照片？一个谍报人员一旦暴露行踪，预示着她谍报生涯的结束，也暗示她生命的路程即将终结。

她顿时感到沦肌浃髓的恐慌和痛楚。

她要立即行动起来，有效地控制住事态的发展，否则她将死无藏身之地！

此时此刻，有一个人跟小山缨子一样，内心充满了焦灼和难以置信的恐慌，这个人就是拿到小山缨子照片的人。照片上的脸虽然很陌生，但是，她的眼睛是十分熟悉的，眼睛是心灵的窗户，是很难掩饰的，何况这是一张纯情朴素的学生照。

杨慕次心潮翻滚，难以置信。

他是在午夜前进入佛堂，搜索到地下室机关的。他发现了秘密电台，以及密码本。他用微缩胶卷记录下他所发现的一切，他无法合理解释母亲诡秘的行为，直到他看见一张保存在盒子里的照片。

他感到恐惧！

因为这双眼睛属于自己的母亲！

他感到恐惧！

因为这张脸属于另一个陌生的女子！

天底下没有比这更令人匪夷所思的怪事。慕次心底的寒气从头直灌脚心，他脑海里已经有了一个大概的故事框架，他需要"求证"，他一定要弄清楚答案，他要用证据来"引证"事实。

慕次开车直接来到"梅花巷"七号。

"梅花巷"异常宁静，幽然。慕次此刻的心情居然又渐渐平复、镇定下来。

他把车熄了火,然后点燃一支烟,把头枕在驾驶椅背上,想着前前后后发生的所有事情,他已经初步有了一个较为清晰的判断:住在自己家里的这位"母亲",一定不是自己的亲生母亲。那么,自己的亲娘去了哪里?

他打开车门,贴近"梅花巷"七号的墙根,攀援而上,由于残雪的覆盖,墙面很滑,他险些踩滑踏空。

慕次动作偏大,倾斜度过宽,跃墙而下的时候伤着了墙角的小盆景,发出清脆的响声。慕次觉得自己的确乱了方寸,连最简单的穿越院墙也会出错。

果然,院子里的灯亮了。

"进来吧,不要鬼鬼祟祟的。"屋子里传来阿初的声音,声音平和,不似有恼怒状。慕次很尴尬,索性站在院子里跺跺脚,搓搓手,呵了口热气,说:"深夜造访,多有得罪。小弟杨慕次蒙先生数次援手搭救,未敢忘记,时感不安,特来相谢。"

门打开了,杨慕初气度闲雅地站在门口,只淡淡地说了一句:"想来就来吧,不必找借口。"

慕次笑笑。

阿初看见了墙根下踏落的残叶,说:"你弄坏了我的雪竹,明天你去陈氏温室花房买一株来替我栽上。"

"哦。"慕次被他说得有些不自在,回头看看盆景的惨状,忙应一声:"我赔你。"话说出口,依旧觉得别扭,敷衍地微笑。

"你很爱笑?"阿初一边说,一边往里走。

阿次紧跟上来,说:"你很严肃。你一直都这样严肃?还是仅限于在我的面前,故意摆出'高姿态'?"

阿初停下脚步。

"你不爱听,当我没说。"阿次说。

"杨先生,我没有邀请你到我家来做客,是你不请自来。你私闯民宅,我可以报警的。"

"杨先生。"阿次说,"我是诚心诚意来拜访先生的,请你相信我。"

"你不叫我初先生了?"阿初问得很刁钻。

"我的血管里流淌着您的血。"阿次答得很巧妙。

"进来坐。"阿初颜色渐缓，语气温和。

杨慕次第一次走进了阿初的书房，书房陈设简单，书架上摆满了各类书籍，其中以医学、哲学为主，墙上挂着典雅的水墨山水画"翠竹春晓"，书桌上摆放着文房四宝，砚台里的墨还没有干，透着香气。

"喝茶还是喝酒？"阿初问。

"有红酒吗？"阿次在看画。画上的竹枝竹叶，深浅有致，笔力委婉，有脂粉气息。

"有。"

"来杯红酒。"

"好啊。"阿初打开书柜低格，这里储放着几瓶酒，他随手开了一瓶，斟了两杯，"这杯酒的颜色跟你今夜的情绪很相配。"

"我不认为自己很激动，相反，我认为自己很冷静。"

"是吗？冷静到要连夜翻墙而来？"阿初走到"翠竹春晓"的画轴前，说，"这幅画是内子画的。"阿初把酒杯递给阿次。"我不太懂画，以前跟着荣家大少爷的时候，跟他学过几笔，不过我在书画上的资质平平，仅以悦目为美吧。"

"嫂夫人兰心慧质，才华横溢。"

"可惜她选择了我。"阿初内心复杂地说。

"嫂夫人？"阿次正欲说，可容拜见嫂夫人的客气话，一想到现在大约凌晨一点，又把话缩回去了。他婉转地说，"今夜恐惊扰到嫂夫人了吧？"

"没事，她已经睡了。"阿初说，"说说你今夜来访的目的吧。"

"我有三张照片，想请您一同鉴定鉴定。"慕次单刀直入了。

阿初打开台灯，示意阿次出示照片。阿次从口袋里取出三张照片，依次摆放在书案上。第一张照片是徐玉真在梨花庭院里追逐蝴蝶的照片，拍摄于1910年的初春；第二张照片是"徐玉真"在大上海照相馆拍摄的旗袍装艺术照片，时间是1922年的夏天；第三张照片就是那张来历不明的女学生照片。

"您能看出什么端倪来吗？"阿次问。

"你自己感觉呢？"阿初反问。

"人鬼莫辨。"

阿初仔仔细细地看了几遍照片，他把第一张照片挪了上来，说："母亲。"

阿次瞪大眼睛看他，惊讶阿初在自己的面前，直言不讳地称自己的母亲为"母亲"，阿次的思绪有些混乱。

阿初指着第二张照片说："易了容的假'母亲'。"指着第三张照片说："假'母亲'的真容。"

"为什么这么肯定？"

"眼睛。"阿初说。"你看她们的眼睛，不要看她们的脸。自然就知道孰真孰伪了。这张学生照片哪里弄来的？"

"家里，佛堂底的地下室。"

"你有危险了。"阿初说。

"我要知道真相。"

"我所知道的真相，也不过是东鳞西爪。你知道吗？你要调查的是一桩二十多年前的悬案，案情复杂，盘根错节，我们所缺乏的是，我们没有一个有力的当事人来提供当年的线索，所以我们无法追溯此案的来龙去脉。我所知道的所有故事，也是推测而来。"

"这样，你把你所推测的所知道的故事，原原本本地告诉我。我可以接下来做……"

"做什么？"

"核对案发的时间、地点，推理细节，寻找枝蔓。如果幸运的话，我们可以重演故事。"

"你很自信。"

"需要我们共同努力。"

"我现在想知道，我在你的心目中，是你的什么人？"阿初认真地问。

"朋友！"

"我是你的亲人。"阿初强调了一句。

"我们先做朋友。"阿次态度很诚恳。他举起酒杯，说："希望在以后的岁月里，我们能够相互了解，友情能够渐进为亲情。先干为敬。"慕次饮完杯中酒后，酒杯朝下。

阿初随即响应，喝完了杯中的红酒。

随后，阿初向阿次详尽地讲述了一个比较完整、可信的故事，也就是阿初讲给韩正齐听的故事。杨慕次的表情时而诧异，时而惊奇，时而愤怒，时而心悸。阿初发现，自己的弟弟在自己面前，没有掩饰心态，没有克制喜怒，他感到由衷的欣慰，毕竟血脉相通，骨肉相亲。

"在听完这个离奇而悲惨的故事后，你有什么心得？"阿初问。

"母亲和韩正齐是故事的关键人物，而慈云寺是一个关键地点，不，应该说是案发地点。"阿次说，"所有的这一切，都是为了'李代桃僵'而开辟道路。"

"所以呢？"

"所以，我们需要去慈云寺勘探踏探。"

"什么时候？"

"现在。"慕次站起来说。

"好的。"阿初穿上外套，说，"等一下，我打个电话。"

阿初拨通了电话，等了一会儿，有人接听了。阿初说："岳嬷嬷吗？告诉荣儿，我去慈云寺了。"他挂了电话。说："走"。

慕次突然停下了，说："我也要打个电话。"慕次直接拨通了警备司令部侦缉处的值班电话，他给杜旅宁留了一句话："老师，我去了慈云寺。"

"你为什么要通知侦缉处的人呢？"阿初问。

"正如你要通知你的人一样，预防不测。"阿次笑答。

两个人一同出来，慕次坐上吉普车，阿初站在车门前问："你认识去慈云寺的路吗？"

"我知道大概方向。"慕次说。

"坐我的车吧。"阿初径直走到自己的汽车旁，打开车门，坐了进去。阿次只好跟过来，坐到副驾上。

兄弟俩对视一下，不约而同地产生了一种莫名的亲切感，尤其是阿初，他对亲疏远近异常敏感，以至于有些不习惯近距离和慕次相处。

"我们太像了。"慕次突然间冒出这句话来。

"还记得第一次见面吗？"阿初发动车子。

"当时吓了我一跳。"慕次说，"以为看见鬼了。"

阿初用力一甩方向盘，汽车一个急转弯，闪得慕次身体倾斜，一仰一荡，慕次叫起来，车子此刻却又平稳地驶向洋灰马路，慕次从车子的观后镜中看见阿初眼中倏忽闪现出一抹笑意。

慈云寺依水而建，野草萋萋，清幽安静，由于此地空气新鲜，香火绵绵，所以，以前有许多达官贵人都喜欢来这里避暑。但是，二十几年前该寺曾发生过一次火灾，据说，当时烧死了十多名香客，慈云寺一下变成不祥之地，少有香客往来。当初岳嬷嬷就是利用人们对慈云寺的惶恐心理，长期在此隐居。

阿初和阿次于凌晨三点到达慈云寺山门。阿初把车停在了山门前，由于阿次是第一次光顾慈云寺，所以，他一下车，就开始缜密地观察整个寺庙的构建。

慈云寺山门是朱红色的，门槛下一片湿润的青苔，由于寺庙的年代久远，红烘漆柱子长期未经粉刷，漆皮脱落，露出惨灰色的面孔，有些凄凉。山门外有一棵巨大而怪异的古树，枝蔓横生，树干和树叶都很幽暗，感觉色彩很不正常，连树叶都给人一种僵硬的感觉。

"走吧，我们进大殿去。"阿初拍了拍阿次的肩膀，先推门而入。

阿次跟在他身后，习惯地回头看寺外有无动静，然后倒退了几步，才走进大殿。

大殿里居然点着好几盏油灯，殿内的主要内部装饰就是满墙的神仙壁画，有些画上的神仙是点了金箔的，壁画和神台都和山门一样，在无情的岁月中剥蚀了神仙光彩，残留下斑驳的厚重的黑灰色。

"你看见什么了？"阿初问。

"这里是神仙住的地方，也是鬼魅活动的场所。"慕次说，"这里刚刚有人来过。"

阿初不自觉向后退了一步。

"不用紧张。"阿次说。

"是你过于紧张。"阿初说。

"这是什么？"阿次发现神台的帷幔下挂了几块牌子。

"祈福用的吧。"阿初顺手扯下一块木牌来看，上面写着：驱逐妖魔。

慕次忽然有了一种不详的征兆。

阴风瑟瑟，寺庙的佛幡伸展阴凉的幡角舞动起来，慕次警觉地拉住阿初往神柱下靠拢，他们听见了细微的脚步声。声音很慢，脚像踩在碎雪中，慕次从大殿雕花窗户望去，他清晰地看见一个鬼魅般的披发人影在黝黑的窗外漾动，轻飘飘地，又仿佛是一件纸衣挂在窗外招惹过路的亡魂。

慕次突然担心身旁的阿初，怕他失声叫出来，他刻意回头去安慰阿初，却见他很镇定，阿初用眼神跟慕次交流，大意是：不用担心我，全力捉鬼。

风声从窗户的缝隙透进来，大殿里的油灯在风底摇摆，火焰忽小忽大，整个大殿在灯火的摇曳下显得恐慌，连壁画上神的面孔也变得森然可怖。

一个女人的呜咽声从大殿深处传来，阿次的视线从窗外迅速转移到神龛深处，阿初与阿次形成背靠背的姿势，他们无意中形成了互相保护的意识，尖厉透骨的哭声围绕着整个神龛渗透到大殿的每一个角落。

杨慕次很快判断出哭声来自神案之下，他暗示阿初一起走近神案，慕次挪开桌子，蹲下来，听动静。

这一次，他们听见了女人的歌声……

"这里应该有一道门。"慕次按着神案底铺设的青砖低声说。

"也许是门，也许是陷阱。"阿初提醒阿次，"底下有人，也许窗外也有人。"

"窗外是诱饵，底下是机关。"慕次轻轻敲击地面上的青砖。

"你这么肯定？"

"我是专业人士。"慕次微笑。他指了指地面上一块光滑、洁净的青砖，说："这块砖就是敲门砖，它与其他的砖面不一样，没有一丝污迹。"

"你确定？"

"我确定。"慕次说。

"试一试。"阿初说。

慕次直起腰，往后退了两三步，他巡视大殿左右，拾了一根挂佛幡的长竹竿，然后走回来，试探着将竹竿的一头用力一敲"开门砖"，意想不到是事情发生了，只听"轰隆"一声，阿初和慕次脚下踩的青砖塌陷，头顶上挂油灯的横梁横腰断裂，直砸向阿初的头面，厄运当头，避之不及……

第三十章　同生共死亲兄弟

奇怪的事情发生了。

水珠漾起了波纹，水面溅显花蕾，水是活的！静静的深水潭，粼粼涟漪，水底流淌着一条通往新生的门。

千钧一发之际，慕次眼到手到，大叫一声"卧倒"，直扑过来，抱住阿初，猛力扎向青砖塌陷处，连人带砖都直落深渊，而那根致命的横梁被还没有来得及塌陷的部分青砖支撑住，摇晃了几下，耷拉下狰狞的面孔，无力地滚落在大殿上，溅起灰尘。

氤氲泛白的烟灰袅袅升腾在潮湿的空气中。

一片寂静。

窗外，轻飘飘地纸衣滑落在地，一双雪青色的绣鞋轻轻地踩在纸衣上，一个披头散发的女人把早已准备好的炸药放在所需的炸点上，连好引线，她细心地把导火索牵引至殿门外，她伸手关紧了大殿的门，月色下，那双手显得像蛇一样邪恶和妖媚，她用这双柔媚的手，凶残地点燃了引线，然后，转身离去。

她像鬼魅一般走出山门，就在她迈出山门的瞬间，"轰"的一声巨响，大殿内发生了剧烈的爆炸，整个大殿坍塌下来，山门也因爆炸的波及而摇摆。

万籁俱静，一团漆黑。

剧烈的震荡之后，杨慕次睁开双眼，他的视线有些模糊不清。但是，他很清楚自己目前的处境，他被死死地困在了泥潭。

自己没有死，那么，阿初应该还在。因为临落地的瞬间，慕次将阿初紧拽胸前，自己用血肉之躯替他支撑了一个平安软垫。所幸的是，泥潭的泥沙救了自己的命。

他听见了咳嗽声，那是阿初的声音，就在他附近。

"你怎么样？"慕次问。

"我的膝盖陷在淤泥里，拔不出来。"阿初回答，"你怎么样？受伤了吗？"

"我跟你情形差不多，我泡在水沟里。"

他们彼此寻声，找到对方的影子，慕次艰难地向阿初的方向移动，他先把阿初的腿拽出来，扶着他沿石而上，一股股熏人的霉气直窜向阿初的脑门，阿初喘息了几声。

"这里怎么会隐藏着一个地下岩洞呢？"慕次说。

"这不奇怪，从前的寺庙啊，大家族啊，都挖掘了一些地道，用于躲避土匪、灾难。"阿初说，"不过，这岩洞像是天然的，有人利用了这个天然的洞穴，做不法勾当。"

"谢天谢地，我们没砸在石头上，拣了条命。"阿次爬到阿初身旁坐下。

阿初还在咳嗽。

慕次说："这里又湿又滑，你往上坐一点，安全。"

"跟你在一起，没法安全。"阿初说。

慕次笑起来，他知道阿初在责怪自己的莽撞，所谓的"专业人士"判断出现了严重偏差和失误。

"还笑。"阿初嗔怪了一句，"身上有伤吗？"

"旧伤口，有点撕裂的疼。"

"要紧吗？"

"不要紧，你呢？"

"我没事。"阿初说，"怪了，这么高掉下来，居然没受伤。"

"其实高度并不高，主要是黑暗，黑暗令人恐惧。"

"你怎么确定高度？"

"声音。当时地下的所发出的声音，那歌声。她离我们很近。"

"你还认为那个鬼在这里？"

"是啊。我不否认?"

"那么,上面发生的爆炸是怎么回事?"

"上面?上面还有一个鬼!"慕次下结论,"上面的鬼和下面的鬼,没有直接联系,所以,上面的鬼封死了出口,把下面的鬼和我们一起置于死地。"

"那下面的鬼呢?"

"走啦。"

"走?"阿初四面望望,四面全是石壁。"往哪里走?"

"从何处来,往何处去。"阿次合掌做参禅状。

"施主何处来?"阿初问。

"来处来。"

"何处去?"

"去处去。"

"十二时如何行走?"

慕次模仿坐禅开悟,答:"小弟是步步踏着。"

阿初被他假模假势的样子逗乐了,忍不住"噗哧"一声笑出来。

"这就对了,笑笑多好。"阿次坐直身,跟阿初靠得更近。

"我在荣家长大成人,所有的上下规矩,将我死死地扼制在封建大家庭的制度下。我从来没有大声笑过,或者放肆地哭过。一直都是小心翼翼地做人。"

"一直?持续了多久?"慕次问。

"出国以后吧,阅历丰富了,开了眼界。在英国的时候,我有一段很开心的日子,恣情地享受人生的快乐。"

"有过爱情吗?"

"有过,流星般的爱情。"阿初说到"流星"时,眼角挂着温馨的暖意。

"现在呢?"

"有女人。"

"仅此而已?"

"仅此而已。"

"我为嫂夫人感到难过。"慕次从口袋里掏出打火机,打燃火苗,从石头上站起来,仰望四周和坍塌的洞口。他发现了墙体夹缝间斜插着一个废弃的松油火把，他顺着碎石走过去，点燃火把，地下道有了光明。

"你童年生活怎样？"阿初问。

"很压抑。"阿次说。他开始敲击墙体。

"是吗？"阿初神情很奇怪地看着他，"你的性格并不是很反叛啊，而且个性也并不张扬。"

"也不见得，我上中学的时候，盛气凌人，锋芒毕露。老师和同学都不太喜欢我。"

"大学生活呢？"

"很美好。"慕次微笑，笑意很深沉，"在你眼里，我是怎样一个人？"

"至柔至刚。"阿初下了极好的评语。

"这四个字，像是评价你，而不是我。"慕次一副不敢当的面孔。

"至刚易折。"阿初说，"我是一个很有韧性的人。"

墙体很牢固，慕次重新坐下来。

"有一个问题，一直很想问问你。"阿初说。

"请讲。"

"你和你现在的父亲感情怎么样？"

"不错。"

"不错？不错是什么意思？好？还是不好？"

"好。"

"你住院的时候，他表现如何？"

"他坐在我床头哭，哭得很伤心。"

"鳄鱼的眼泪。"

"也不尽然，我们也是二十几年的父子了。"

"你爱他吗？"

"爱。"慕次回答得毫不犹豫，这让阿初非常失望。

"你爱一个杀死了你父亲的人？爱一个杀父仇人？你不觉得你的回答非常可悲吗？"

"正确地说，应该是很矛盾。"慕次低下头，"你口中的父亲，我很生疏，而他在我的心目中是一位慈父。"

"一个凶手！"

"你爱荣家的四太太吗？"慕次反问。

"爱。"

"她养你的目的，也是想利用你。"

"我知道。"

"你知道，你还爱，你跟我不是一样矛盾吗？"

"我跟你不一样！"阿初站起来。

"哪点不一样？"

"本质不一样！四太太养育的是仇人的孩子！杨羽桦却亲手杀死了自己的哥哥！"阿初激动地说，"姐姐本性善良，以至于对仇人的孩子也无法施展仇恨，最终放弃了复仇。"

"你能保证四太太没有欺骗你吗？你所有的推测，本身就来自她半真半假的谎言。常言说得好：假作真时真亦假。"

"你怀疑她？"

"我怀疑一切。"

"那你也怀疑我？！"

慕次不说话了，因为他知道阿初的情绪开始焦灼。

"关于这个问题，我们出去后再讨论吧。"慕次取下火把，示意阿初跟他走。

阿初余怒未息。

慕次跟他也接触过一段时间，知道他脾性了，过去拉他。"走啦，要打要骂，出去再说。"慕次以柔克刚地把阿初拽住了。

"放手。"阿初口气软下来，"走不稳，两个人一起滚下去。"

"那才好呢。"阿次笑着说，"有缘共死，不枉同生。"这一句话巧妙地将阿初的心再次拉拢。

两人漫步踏道，沿着幽暗的地道缓行，不多久，他们发现一条及其狭窄的入口，慕次走过去，用手触摸入口处的青苔，很干净，没有长年淤积的绿泥。

"就是这里，有人时常进出过。"慕次说。他把火把递给阿初，自己准备先进去探路。

"嗳，小心点。"阿初说。

"放心。"慕次攀援而上，进入到狭小的空间，他尽量蜷缩身体，向前爬行，他越往里前行，感觉脊背上的凉气越重，甚至呼吸都感觉困难，他的身体被潮湿和黑暗所包围，等他爬到尽头时，他发现出口竟是一堆青砖，显然，这是慈云寺大殿的某一个不起眼的角落。他正要有进一步的动作，没有任何征兆前，顶上突然有碎裂的青砖落下，慕次赶紧用手背护住头和脊椎，砖头砸在他手背上，他立即做出了"撤退"的决定。

慕次从入口处下来，异常狼狈，血迹污了衣领，阿初很紧张，扶了他一把，问："怎么了？"

"这里一定有两个空间。"慕次说。

"什么？"

"两个通道口，一实一隐，我们需要找到那个隐蔽的出口。"

"你的意思是，这个入口，出不去了？"

"对。这个洞口被废墟淹没了，我们没有这个力量去掀开通往自由的门。"

"那么，另一个出口在哪里呢？"阿初目光呆滞，自言自语，"让我想一想。"

"你说什么？"慕次很诧异，"你的意思是……你曾经……来过？"

"我觉得自己脑子有问题。"阿初面色苍白地说，"你上去以后，我就开始祷告，向上帝祈祷，向上帝忏悔。可是，我闭上眼以后，我的头很疼。我每次摔跤以后，或是跌落，我都会产生幻觉……"

幻觉？慕次凌乱不堪的思路一下触到了兴奋点。

"不要抗拒，你感觉到什么？说出来。"

"那恐怖的铁锹声，还有黑屋子，黝黑弯曲的道路，那里面有灯，有床，有一个女人……"

"还看见什么？继续，继续想，不要停。"慕次忽然从阿初迷惘的眼神里看见了揭开谜底的希望。

"看见，看见有吃的东西。"

"什么？"慕次继续追。

"海蜇、有鱼……酒。"

"门，门在哪里？"

"在里面。"

"在哪里?"因为慕次站的方位本身已没有退路了。"你指给我看。"

阿初抬起手指向慕次的脸,慕次下意识地回头看,背后是坚固的石壁,他贴着墙走过去,脚下踩着了一些亮晶晶的碎渣子,他正欲俯下身去,阿初突然喊了一句:"是镜子!镜子很宽、很亮。"

"镜子?"慕次指了指墙壁,"如果你从镜子里看见门,那么门的方向应该在……"他的手指向阿初的脸。

"我不知道。"阿初说。

"不着急。"慕次倒走几步,以镜子悬挂为中心视线,退到阿初背后的墙角。阿初没有回头,他整个身子陷入记忆的沼泽。他很难受。

"你怕吗?"慕次继续问,因为他怕阿初记忆的锁链突然中断。

"怕得要命。"

"你感受到恐惧?"

"是,被幽闭,很恐怖的幽闭。"

"你看见自己有多大?"

"很小,三四岁左右,不,四五岁,不太清楚。"

"你身边有人?"

"是,一个女人。"

"她在干什么?确切地说,那女人在干什么?"

"给我吃药。"

"看得见她的脸吗?"

"看不见。"阿初很沮丧。

"你再想想,她身上有什么东西?她身上一定会有某种特别的东西,你想想。"

"带子!"

"什么?"

"有一根带子,很特别。"

"颜色?什么颜色?"

"青红二色,筒状。"

"有花纹吗?"

"看不见。很艳丽。"

"名古屋带！"慕次的脑海里跳动起了这种日本桃山时代，女性常用的色彩艳丽的和服腰带，"还有什么？"

"看不见了。"无情的记忆在挤压阿初的神经。

"再想想！"

"你不要逼我！"阿初无法忍受了。一瞬间，幻觉像旋风般消失了。阿初的身体瘫软下来，慕次抱住他。

"好了，没事了。"慕次低低地安慰，"没事了。"

"我想我患了妄想症。"阿初说。

"没事的，你很正常。"慕次扶阿初坐定，他感到阿初的身体在湿润的风中颤栗，他脱下外套，又迟疑了一下，因为外套湿漉漉的，他索性把贴身的棉背心脱了，给阿初穿上。自己再穿上那湿漉漉的外套。

风怎么会如此湿润呢？甚至带着一点新鲜的泥土味。

慕次检查过坚固的墙壁后，没有发现一丝的破绽，没有空心砖的踪影，他又重新回到了起点。

门在哪里？

他的手上捏着粉碎的玻璃渣，这些碎渣子，不是玻璃镜片，而是水晶制作的饰品，也许是女人头上戴的水晶珠花。那么阿初所说的，宽而亮的镜子在何处呢？

慕次的眼睛从岩石上，回顾到水潭底。

奇怪的事情发生了。

水珠漾起了波纹，水面溅显花蕾，水是活的！静静的深水潭，粼粼涟漪，水底流淌着一条通往新生的门。

慕次站起来，因潮湿和寒冷，他打了一个冷颤。但是，他的心不冷了。

镜子，阿初口中的镜子，不在石壁上，他应该指的是水！二十年前的水潭，也许是宽而晶莹透明的。

慕次俯身就水，试了试水温，水温冰凉，表面浮有碎雪渣。

"你发现什么了？"阿初关心地问。

"镜子。"慕次回眸淡淡一笑。

"镜子？"虚弱的阿初，神情依旧很恍惚，"什么镜子？"

"等一下告诉你。"阿次脱掉皮鞋和外套。

"你干什么？"

"我去探探路。"

"你知道哪里水深水浅？"

"凭感觉吧。"慕次说。

"你是专业人士，你应该下判断，而不是凭感觉。"

"你是权威人士，你曾经从这里走出去。"慕次说，"是你的幻觉，引发了我的直觉。相信我，没事的。"慕次潜水而下，他的脚踩到了水草，水下静谧而又安宁，飘过一个岔口，他发现了水下的岩石洞口，岩石洞是天然的，洞里堆积的石块阻塞了水流的前行，成功地分流而下，洞里应该没有积水。他爬上岩石洞的天然石阶后，发现了血迹……

他看见了微弱的光亮和一扇开启的木门。

慕次相信自己找到了真正的出口。

他深呼吸一次，两次，心态平和，石阶上的点点血迹，滴滴嗒嗒地引领着慕次走向木门，木门的把手上有一个清晰的血手印。血是腥的，证明有人刚刚路过。

慕次想，深不见底的谜底就要被揭开了。

自信敢于决疑。

慕次不急不缓地推开了门。

阿初坐在岩石上，看着慕次堆放在岩石上的外套和皮鞋，注视着水潭里不时泛起的浪花，他隐约感到内心的忧郁和恐惧，正无休止地在黑暗中放散，弥漫。

阿初一直很自信，他认为自己能够有效地控制自己的情绪，可是，此时此刻，他的心却向神灵祈祷，他感到神的威慑，他甚至想到自己父母的亡魂应该出来救阿次，他第一次看到自己内心的懦弱，他怕失去阿次，也怕自己枉死在此！

人间和冥界只有一步之遥。

水面激荡起数朵浪花,他看见阿次浮出水面。阿初的心一下踏实了。

"怎么样?"

慕次浑身是水地爬上来,他甩了甩湿润的头发,口里呼出白色的气,从腰间取下一个白色塑料包。

"什么东西?"

"防水布。"慕次答,"特制的。给你用。"

"我会游泳。"

"我知道,底下太冷,你听我的,跟我来。"阿次言语简洁,语气却很有分量。

慕次把防水布拉开,像是一个透明的小睡袋,阿初在阿次的授意下,睡了进去。阿初没有跟慕次谦让,一切都仿佛事先演练过一样,阿初相信慕次有能力把自己顺利带出绝境。

慕次把自己的的皮鞋和外套也塞进了防水布袋的下方,然后他涉水而下。慕次在水底全力托举着阿初,游向目的地——岩石洞口。

很快,他们到达了洞口的石阶。两个人爬上石阶后,慕次扶阿初小坐。

"我想,我也许找到了出口的捷径。"慕次说。

"谢谢。"阿初在喘息。

"谢谢逝去的亡灵吧。"慕次低头说。

"亡灵?"阿初的神经敏感地颤动起来,"你发现什么了?"

"可能,我发现了谜底。"慕次穿上皮鞋。

"在哪里?"

"在木屋里。"慕次说。

阿初站起来,很严肃。

"你看见了什么?"

"一副骸骨。"阿次说。

阿初沿着石阶前行,走到木门边,他清晰地看见了血手印,血很腥,味很重,他推开了木门,里面很窄,很冷。他走进去,一步一个寒颤,只觉得四周阴霾重重,鬼影幢幢,不似人间。

逝去的光阴重现,黑色的帷幕撕裂开……

　　阿初看到有一张床，床头上挂着一件日本和服，大约是粉红色的，很喜气，虽然岁月的痕迹将和服的色彩磨灭，却依然有某种暧昧的欲念在和服上流动。仿佛冥冥中有人暗示，暗示这件衣服的主人，是一个日本女人。

　　床下有一个被废弃的铁皮桶，桶里有一个空酒瓶。

　　"是日本清酒。"慕次说。

　　床上有一副凄凉的骸骨，孤零零地躺在冰冷的床上，阿初不知怎的，忽感一股分辨不清的莫名哀怨扑面而来，泪水夺眶而出。

　　杨慕次不说话，他的心底大约描画出了二十年前的某个细节，他用手按住了阿初抖动不止的肩膀，说："不要太难过。"

　　"你知道我为什么要难过？"阿初哽咽。

　　"你猜测到了母亲遇害的真相。"

　　"说来听听。"

　　"这件和服想必就是母亲、母亲遇害时元凶所穿。一个居心叵测的日本女人，通过复杂的易容手术，悄悄来到上海。她蛰伏在慈云寺的地下室里，伺机而动。在这个阴暗、潮湿的洞穴里，她嫁给了她所爱的人。"

　　阿初的头抬起来，显然，他从自己所了解的事件中，没有解读到这一段细节。

　　"这件和服是日本少女的花嫁服，做工精致，色彩艳丽，粉色樱花代表春天，振袖代表少女，花嫁新娘装是日本女性一生中最美丽的时刻。而她却把花嫁服丢弃在阴暗的洞穴里，她一定是在这里完成了她少女的心愿。她的情人却被她残忍地永远地留在了这里……"

　　"你错了。留在这里的不是她的情人，而是我们的母亲，亲生母亲。"阿初情绪有些失控，他心中压抑、隐藏很久的痛楚骤然间引爆，悲苦之情一泄千里，"这副遗骨，是一名年轻的女性，她是被人用非人道的、极端残忍的杀人手段所杀害的！她是被虐杀的！她是被人腰斩的！这些变态的畜生！我要他们付出这一生最惨痛的代价！"

　　阿初的瞳孔开始放大，几乎绽裂。

　　当慕次听到这副遗骨是一名年轻的女性，而且是被人惨无人道地杀害后，他的内心深深震动，无法平静，不管这女人是否是自己的生母，她都死得可怜、凄惨。

"二十年前的某一个夜晚，母亲带我夜宿于慈云寺，有人密谋、策划好了一套谋杀计划，她们一定是扮做寺庙的女尼，诱骗母亲落入陷阱。然后，这个日本女人在这张肮脏的床上，与她心爱的男人云情雨意了一番，她告别了这个男人，去冒充另一个女人，进入这个女人的家庭，她剥下了母亲的衣服，从里到外，她脱下和服后，就彻底伪装起来，她穿上母亲的衣服，踏上归家的路，夺取这个女人所拥有的一切幸福人生。包括她的孩子、她的骨肉。而我们的母亲被他们残忍地杀害在这永不见天日的黑暗巢穴。这就是真相。"一直困扰在内心深处的谜团，得以霎时揭开。然而，阿初和阿次的心态再次向"怒"与"疑"之间互动、挣扎。

"这只是臆断、猜测。"慕次说，"我们需要证据，更需要先从这里走出去。"

阿初冷笑。

慕次知道，由于两个人的生活背景和成长环境相差太远，所以，他们面对过去的悲伤投影，不免会掺杂着自己的感情色彩。

"她刚来过。"阿次把话题巧妙转移到"女鬼"身上。

阿初不说话。

慕次继续说："你觉不觉得这里空间很高，声音很空，房间的形态也很畸形。地板是木头的，为什么墙也是木头的呢？我们就像走进了一个烟囱。"

忽然，慕次头顶感觉到了小水滴，他抬头望顶，顶高而黑。

"江南多雨啊。"阿初喃喃自语。

慕次恍然大悟。"原来如此。"慕次说："怪不得，如此潮湿，却没有一丝霉味，空气很新鲜，知道了，花非花，雾非雾……鬼非鬼，树非树……"

"想好怎么从树心里爬上去了？"阿初问。

"想好了，距离树干并不高，大约九米，徒手就能攀上去。我背你？"慕次提出建议。

"你行吗？"阿初仰望着密匝匝的奇特的枯树干。

"你肯吗？"慕次眼睛里习惯地挑衅。

阿初开始脱外套，慕次明白，阿初想减轻自己身体的重量，换而言之，阿初在为自己减轻负担。

"不用脱了,上面冷。"慕次说。"来吧。"

黑暗深处,慕次背着阿初开始徒手攀援,阿初的气息不均匀地低喘,慕次隐约感到阿初有恐惧感。"不要往下看。"慕次温情地提示。

"你不要讲话。"阿初说。

慕次低声笑笑,信任和真诚在彼此的患难中互相渗透到对方的心中。就在慕次接近树干的时候,他听到了树干的抖动声,这种抖动和风声无关。

他敏锐地嗅觉准确做出了判断,头顶上有人。

一支黑洞洞的枪口对准了慕次的头⋯⋯

杨慕次机械地抬起头,他看见了"母亲"接近扭曲的一张脸。

小山缨子笑起来,森然地笑起来⋯⋯她的笑声远比她的哭声更可怖,活在地狱中的小山缨子重新闻到了她渴望闻到的血腥味。

"阿次⋯⋯"

"妈!"慕次的声音很恳切。但是,他已经将阿初转移到胸前。摸出腰际的铁钩,死死插入树皮深处。"妈,我是你带大的,你不能这样对我。"黑暗中,慕次的口气像是在哀求。

这两声"妈",让小山缨子的手颤抖起来。"阿次,不要怪我啊,我是看着你长大的,我似乎情不自禁地喜欢过你,疼过你,我送你去日本留学,就是希望你能成为半个日本人。我这样疼爱你,你不珍惜,是你,是你自己来寻死路的。黄泉路上,不要怨我。"

在小山缨子说话的时候,阿次已经成功的让阿初紧紧地挂在铁钩上。

"妈!你疯啦!"慕次说。

"我不是你妈,你妈在下面。"

"我不信!"阿次拖延时间,为自己脱困做准备。

"你不信?你不信,你会骗我来?"小山缨子在喘。

"我没有!"这一句理直气壮。

"你骗我来也就算了,你还想炸死我。"

"我差一点也被人炸死!"慕次抬头逼视"母亲","我差点被活埋了。"

"是你干的!我养了你二十年!"

"你养了我二十年,你还拿枪对着我的头?!"

"你想活是吧？"小山缨子阴冷地说，"我给你机会，你把那个人扔下去，你把他扔下去，我让你活。"

"我要不肯呢？"

"你去死吧。"小山缨子握紧了枪。

"我死之前，要你告诉我，你到底是谁？"

"我不会告诉你的。"

"我求你告诉我！"

"不要求她！"阿初怒吼。

"你看看，你想救的人，他利用你，他害你，他是一个魔鬼。你信任他，不然你怎么会背着他往上爬？你就跟你那该死的大哥一起去做鬼吧。"

"思桐！"慕次大叫。

枪声响了。

第三十一章　游鱼见食不见钩

素来在商场上纵横无敌的"父亲",是怎样阴沟底翻船了的?难道真是天网恢恢,疏而不漏。

杨慕次一声"思桐",搅得小山缨子方寸大乱,手眼不一,枪口一晃,慕次飞脚重踢,正中小山缨子的手,她像一匹受了伤的野兽嚎叫一声,手上的枪跌落到枯树底,慕次爬上树干,才发现树干和树叶几乎都是用木条伪装的,小山缨子迅速撤离险境。

慕次眼睁睁看着她在绳索的帮助下,穿梭而去。

慕次想着阿初的安危,不敢去追。他复又返回,把阿初拽了上来,然后,两人凭借小山缨子离去时所抛弃的绳索,依次下到地面。

慕次看了看表,时间是早上六点二十分。

紧接着,他们听见了杂乱的脚步声和山门外的汽车声。慕次掏出手枪,准备防御。

"舅舅,舅舅……"

阿初听见了荣初的声音。

"我的人。"阿初用手制止慕次。

朦胧的雾霭中,阿初看见荣初领着刘阿四和陆良晨等一干人匆匆赶来,趁着曙色,他们很快看到了对方,并快速跑了过来。

"没事吧，舅舅？"荣初第一个跑到阿初的面前，关心他的安危。

"没事。"阿初一边回答，一边走向自己人的包围圈，一群人上来问长问短，慕次被无形的冷淡抛在孤独的风中。

"先生，侦缉处的人已经到山门了。"刘阿四说。

"我们从后山走。"阿初说。

"杨先生！"慕次不知怎的，突然叫住阿初。阿初停下来，以为他要说什么要紧话，可是，慕次并没有下文。

"还能再见吗？"慕次问。

"那要看你的表现。"阿初的话很硬、很冷，没有一丝和缓。慕次突然意识到阿初对他的依赖和信任霎时冷却，他变得从容有度了，他身上那种无声的威慑很自然地放射出来，让慕次感到自己突然之间被他有意地疏远了。

"你很势利，杨先生。"慕次说，"你现在不需要我了，是吧？"

"你为我做过什么？"阿初的口吻陡然厉害起来，"你身上有枪，刚才为什么放她走？母子情深，还是，刻意让她回去报信，好救你心目中的慈父？对了，还有你那位跋扈成性的好妹妹？"

慕次哑口无言。

显然，自己的某种莫名的举动，刺激到了阿初敏感的神经。

"你没有切肤之痛！"阿初话里有话。

阿初从慕次身边走过，仿佛眼前这个人并不存在，一群人紧随他的步伐。

"先生，你的车还停在山门。"刘阿四说。

"是吗？"阿初停下来，有意无意地侧过身，说："那车开不了了。"然后大跨步向后山走去。

慕次看着他们的身形逐渐在眼前消失，想着阿初临去的一句话。那车开不了了？慕次突然反应过来，危险！！他快速向山门冲去。

慈云寺山门前，杜旅宁带着两三个手下正在勘探地形，杜旅宁仔细观察了一下停放在山门前一辆黑色汽车，他走过去，沿车的外围踱了一圈步，没发现什么特别的，于是，他的手准备试着去开车门。

车门一线之间，杜旅宁听到了"滴答"声。敏锐的嗅觉警告他，是炸弹？！

"危险！"慕次扑过来，杜旅宁就势一滚，好在两个人都是训练有素，迅疾地翻滚，协作般地保护，抵挡住"死神"的脚步。他们身后"轰"的一声巨响，汽车炸开了花。慕次听到有人的惨叫声，一个小特务被炸伤了，挂了彩。

杜旅宁站起来，脸色铁青。

"谁要致你于死地？"杜旅宁问。

"我想，应该是我家里人。"慕次没有掩饰。

杜旅宁好像并不感到特别意外，他说："我要一份详细的报告。"

"是。"

"你不要回家了。"

慕次没有答话。

"你回家会很危险。"杜旅宁指了指身后焚毁的汽车，危险的后果已经初见端倪了，"立即搜查愚园路上的秘密电台。"

"是。"慕次答。

"就你一个人？"

"……除了我，夜半三更谁有胆子敢到这荒郊野外？"

"这车是谁的？"

"……我的，私家车。"

"可惜了。"杜旅宁惋惜地说。

"您喜欢？"慕次说，"我送您一辆。"

"算了吧，你有钱吗？"

"家里有啊。"慕次笑。

杜旅宁眯缝着眼睛看了看慕次，说："最近没看报纸？"

"什么？"

"杨氏银行快倒闭了。"

"啊？！"慕次惊讶。

"买份报纸，自己看。"杜旅宁说。

"啊哟！"慕次的脚踝扭了。

"怎么了？"

"脚扭了，还有……好像旧伤复发了。"慕次说。

"严不严重？"杜旅宁俯下身去看，慕次裤管里渗出血来，他是在地窖里受的伤，"怎么搞的？"

"我想，我得去医院。"

"把我的车开过来，送杨副官去医院。"杜旅宁吩咐小特务。

"处座，阿九伤得很重。"小特务在喊。

"一起吧，一起去。"慕次朝小特务努嘴示意。

"随你。"杜旅宁说，"别弄脏我的车。"

慕次表面点头微笑，心中万马狂奔。颇难想象，一夜之间，精心构建了数十年的杨氏大厦将要倾覆了？可能吗？

杨慕初到底干了些什么？

素来在商场上纵横无敌的"父亲"，是怎样阴沟里翻船的了？难道真是天网恢恢，疏而不漏。

上海证券交易所外雪风扑面、空气清新，交易所内却是乌烟瘴气、人声鼎沸，股市在战争的阴影下，股票震荡性狂泻，经济停滞，造成通货膨胀，国家还在试图开辟新税源，增加了股票、期货外汇交易税，股市的杠杆被变本加厉地倾斜，股市里随处可见一夜暴富的新贵和一夜之间破产的资本家，来来往往寻求运气的人中，有一个走路跌跌撞撞的人，踉踉跄跄走进了证券交易所贵宾室的大门。

"情况很糟啊，杨老板。"明堂说。

明堂，三十八岁，是明氏企业的掌门人，家族生意是经营矿产，同时也是上海证券交易所的负责人之一。

此刻，他正对着满脸愤慨之色的杨氏银行的总裁杨羽桦讲话。

"比想象的还要糟。"杨羽桦坐了下来，"东洋公司的高价棉纱严重积压，没有了市场，进口棉纱的行业完全崩溃，完全崩溃。"当然，令杨羽桦感到惊慌和恐惧的，却远远不止这些，"有人设计了一个高水平、高水准的骗局。欺骗了我，我把一大笔东洋公司存放在我银行里储蓄的钱，投入到棉纱期货市场，全完了……"

"是啊，现在全民抵制日货，囤聚日本棉纱，无疑纵火焚身。"明堂一边说

话,一边敲了敲秘书小姐的门。"两杯红茶。谢谢。"

少顷,和雅淑端了两杯红茶进来,她轻轻地把茶杯放到书桌上,步履轻捷地离开。

"我现在是腹背受敌。"杨羽桦说。

"你可以和东洋公司摊开来谈谈。"明堂说,"你也帮他们不少了,他们不会见死不救吧?"

杨羽桦听懂了明堂的暗示,自己一直替东洋公司洗黑钱,明堂多多少少知道一些,何况他以前通过明堂用投资的手段也洗过黑钱,但是,这些通过各种合法渠道洗干净的钱,并不是归杨氏企业独有,而是源源不断地流进了日本人的口袋。

"你得帮我。"杨羽桦说。

"怎么帮?你现在资不抵债。"明堂的口气很冷峻,"杨老板,我们都是打开门做生意的,生意场上无父子,杨氏企业破产已经迫在眉睫了,依我之见,你不如把手上所有不动产变成现金……"

"你逼我卖房、卖厂?"杨羽桦只觉得一股血腥气直冒脑门,他脸上的青筋暴出来,眼珠子迸出火花。

"你没有时间考虑了,杨老板。"明堂没有丝毫怯意,"你不听我劝告,一味和日本人合作,导致投资决策一错再错,还有,你开虚假汇票欺骗政府银行……"

"你说什么?"杨羽桦一头雾水。

"我们之间就不必绕弯子了。"明堂显然对杨羽桦的表情极不满意,难道是自己在诬陷、栽埋他吗?

"你把话讲清楚。"杨羽桦很激动。

"回去问问你儿子。据说,他用你开的假汇票,到处兑现大笔现钞。"看见杨羽桦呆若木鸡状,明堂索性敲他一敲,说:"挥霍钱财、浪费资金是小事,盗取国有资产、非法牟利、洗黑钱,可是要坐牢的。说老实话,我也不希望看到你苦心经营的大厦化作一片废墟,老来受罪。我的杨老板。"

杨羽桦此刻的心中五味杂陈,从明堂的"恶劣"态度上来看,他已经被"某人"收买了,也许自己也走到绝境了。

明堂有一句说得很对，自己没有多余的时间了。如果银行一旦宣布倒闭，自己的所有不动产都将在一瞬间化为乌有。

从东洋公司对自己不问不顾的态势上看，自己对他们已经没有用处了，是什么促使东洋公司对自己的安危如此漠视呢？原因只能有一个，自己的真实身份暴露了，缨子这个恶毒的贱人在背后做了手脚！

也不对啊，自己暴露了身份，缨子不也就完了吗？

那么，是阿次在对付自己，他利用自己开的汇票做诱饵？不会，阿次为人重情意，纵有存疑，以他的性格，他会直接来找自己寻求答案。

杨慕初呢？就功底来讲，他不是学经济出身，而且，他也没有强大的经济实力来吞食整个棉纱市场。

杨羽桦实在想不通。

"杨老板？"明堂在催。

"你刚才说的，的确是救急之计，不过，我还需要想一个久远之图。我不能死得不明不白。"

"你的意思呢？"

"你找一个买家，他必须吃掉我手上所有的棉纱，我把所有不动产卖给他，决不食言。"杨羽桦知道，如今要解决目前的危机，只能依赖眼前这个无耻的投机商。

"可以。"明堂回答得很干脆。

"我要现金。"

"多少？"

"杨氏企业的招牌值多少？"杨羽桦反问。

"至少三千万。"

"我要七千万。"杨羽桦说。

"你干脆要一个亿。"明堂冷风透骨地说，"你自己开价自己买吧。"

"五千万。"杨羽桦说，"这是底线，东山再起的底线。"

"好，成交。"明堂说。

"等一下。我要和买家见面。"

"可以。"明堂回答得异常爽快，"我来安排。"

"要快！"杨羽桦心中已经酝酿好了另一个"金蝉脱壳"的计划，如果自己能够借此"死亡"的危机，摆脱掉自己的身份，甚至是日本人，他将获得永远的"新生"。这是他梦寐以求的，他不想"死"于杨羽柏之名。

"你放心吧，我做事效率第一。"明堂说。

杨羽桦眼帘下垂，仿佛这一生所有的事业付诸于东流。他不知道自己是如何离开交易所"贵宾室"大门的，他像一只流浪狗一样，惶惶不安。他走到证券交易所的门口时，听见里面"炒金"的浪潮，一浪比一浪高。他惶惑，仿佛回到二十年前的某一天，一不留神，撞翻了交易所门口的绿色盆栽。

"杨先生，留神走路。"一个音容笑貌异常熟悉的男子，映入杨羽桦的眼帘。这一惊非同小可，他看见了衣冠笔挺、风度翩翩的杨慕初。那个做"鬼"都不肯饶放自己的冤家对头。

"是你？"他咽了咽口水，令自己恢复威严。

"是我。"阿初满面春风地说。他身后停放着一辆豪华小汽车，汽车的漆水十分耀眼，甚至明亮到过分招摇。"怎么样？杨老板听说你最近走背运哦？你积压的棉纱会不会全扔进黄浦江？想到解决危机的办法了吗？需不需要我帮帮你啊？"

"你懂经济吗？"杨羽桦反唇相讥。

"是啊，我是不太懂经济。不过，我这个人有一个很好的优点，就是决不'不懂装懂'，我请了两个经济顾问和一个法律顾问替我打理生意，还好，他们没您'聪明'，做事也不敢蛮干，所以，生意上还算是井井有条。"

"你教训我？"

"怎么会？"阿初笑得阳光灿烂。不过，杨羽桦很快从他笑意里读出了仇视和永远无法消弭的敌意。

"祥和纱厂是你开的？"

"是。"

"你一直和我作对。"

"生意场上无父子，这个道理，不用我来教你了吧？"

"你无耻地把手伸进别人的口袋里，拿了别人的金钱，还以胜利者的姿态出现，你不觉得自己的行为很恶心吗？"

"这一句骂得真是很精彩，'你无耻的把手伸进别人的口袋里'，仅此一项，我就望尘莫及。我只想拿回原本属于自己的东西，决无与你一争长短之心。"阿初说。

"什么是你的？我的财富是靠我的奋斗得来的，我为此付出了人生最惨痛的代价。"

"你口中所谓的代价，就是牺牲亲情，杀埋骨肉，彻底剥却人皮，丧尽天良！有时候，我觉得跟你讲话都是我的一种耻辱。我的叔叔。"阿初居然还在笑。

"是你？你和卖方市场勾结，合谋出卖杨氏企业。你这个下三滥的败家子。"杨羽桦咬牙切齿地骂。

"出卖杨氏家族的人是你，你长期和日本人合作，打压国内棉纱市场，高价抛售日本棉纱，垄断经营，发国难财。你在卖国啊，叔叔。"阿初藐视地说。

杨羽桦的额头渗出汗珠，他听见了他这一生中最忌讳听到的话。

"你到底想怎样？"

"我要你缴一份人世上最惨痛、最惨烈的账单。"阿初微笑如常。

"我已经缴纳了。"杨羽桦喃喃自语。

"No。"阿初否认。

"我失去了一切。一夜之间，财富、金钱……就像二十年前，我失去了我最心爱的女人……我的嫂子……"

"你住口。"

"你母亲。"杨羽桦显得很冲动，"她会原谅我的，我是你的亲叔叔。"

"你罪有应得！"

"你的意思呢？"

"斩草除根！"

杨羽桦的脸第一次剧烈抖动起来。"我的女儿，是你堂妹。"

"她是一个逆种。你知道，中国封建大家族是怎么对待逆种的吗？她会被人浸进猪笼，活活呛死，淹死！"

"她是无辜的！"杨羽桦疯狂地大叫。

"她才是你最心疼的人，她的命才是你所缴纳的最后一份账单。这是你毁家灭门、杀人偿命的最痛快的一份账单。"

杨羽桦的眼神阴森得可怕。"你特意到这里来，向我挑战？"

"你太高估自己了,你也配?"阿初嘴角又挂起一丝讽刺的笑纹,他抬头看见了什么,反手打开车门,伸手拿出一束鲜花来,朝上走去。

杨羽桦回头看去,他看见一个粉妆旗袍女郎娴雅的笑容,也就是他在明堂办公室看见的秘书小姐。

和雅淑没想到会在下班的时候,看见阿初。而且,阿初还亲热地献花、示爱,这些举动很不合阿初的性格,不过,雅淑还是举止得体地接受了他的"爱",他们并肩走下台阶,十分亲密无间。

杨羽桦走了,他记住了阿初所"爱"。这朵平素里美得很有档次,养眼怡神的花,只要运用得好,花也会变成钩人肺腑的利器,这就是生活的另一面。

杨羽桦还没有绝望,他还有生路可觅。

阿初成功地放下香饵,接下来需要把鱼钩磨得更锋利。阿初俯身打开车门,殷勤地让雅淑坐进去。

"今天想吃什么菜?"阿初亲昵地问,"川菜好不好?够辣。"

"你转向了杨先生?"杨慕次不知什么时候从车尾站出来,"你想吃辣的,一个人吃好了,何必硬拉人下水呢?"

阿初直起腰,皱了皱眉头。

"你跟踪我?"

"我关心你。"慕次说。

"你想说什么?"

"我不想跟你说。"

"那你想跟谁说?"

"嫂子!"慕次俯身到车门另一端,"嫂子,我想单独跟你说两句话。"

阿初敲了敲车顶,说:"你也知道叫嫂子了,小叔子别跟嫂子走得太近,保持距离。"

"多少?"

"五米。"

慕次夸张地退后一步。"嫂子,你是姓和吧?"

"是。"和雅淑机械地回答。

"你很面善。"慕次说。

"很多男人第一次见她，都会讲这句话。"阿初补充。

"和雅姗是你什么人？"慕次突然点题。

"我姐姐，你认识我姐姐，她在哪里啊？"雅淑的情绪波动起来。

"我是你姐姐的朋友，我现在以你姐姐朋友的身份告诫你，千万不要相信这位杨慕初先生，他的所作所为，都是极端自私的，他在利用你、欺骗你……他从来就没有爱过你，放弃他，保护好自己。"

"你说够了没有？"阿初用力关紧车门，大跨步走到慕次面前。"我看你是羡妒交加，跑来胡言乱语。"

"我只是在履行一个好朋友的委托。"慕次解释，"她姐姐授权给我的，叫我好好照顾她妹妹。"

"授权书？"

"口头嘱咐。"

"口说无凭。"

"我跟她姐姐真的是同学。"

"同学照？"阿初伸手要证据，"立照为据。"

"没有。"

"那就是无凭无据了？"

"和小姐，你要相信我。"慕次侧身喊了一句。阿初下意识推了慕次一把。慕次马上抗议："你干吗？过分了。"

"谁过分？"

"你无药可救。"慕次说，"你要对付杨羽桦，你自己真刀真枪地去干啊，你干吗利用女人？"

"你说什么？"

"你故意的，你故意为之。欲将取之，必先予之。你专程跑来看杨羽桦的惨状，然后激怒他，再叫他看见你所'爱'的女人。只要杨羽桦动这个女人，绑架也好、谋杀也罢，你就可以用法律制裁他，公开地、合法地杀死他。你不觉得这种行为很卑鄙吗？很下流吗？"

阿初猛地抬起手来，慕次的头下意识地偏向另一侧。但是，阿初没有动手，他硬生生把手撤了回来。

阿初使劲地搓揉着拳头，拳头落在车顶上。他吞咽了一口气，慕次却没松口。

"你是七尺男儿，一个有血性的男人。你怎么能用我妹妹的命去激怒你的仇人？用自己女人做诱饵，你有没有顾及、考虑到无辜性命的安危？"慕次的眼睛瞪着阿初。

"我告诉你，我就是要公开地、理性地、冷血地、合法地杀死他！至于用什么手段，跟你没关系。"阿初低头看见地下的血滴，"还有，该看医生尽早去，我身上没有多余的血再给你。"

慕次不答话。

"要不要我送你去医院啊？"阿初冷冷地说，"哦，我忘了，大家冰炭不同炉。"

慕次眼睁睁地看见阿初开车，载着雅淑远去，他恨恨地跺了一脚，疼极了，才反应过来，自己的腿脚伤得不轻。

阿初的心情十分恶劣，慕次的话像刀片一样割着他的心，自己到底在干什么？自己到底要做什么？自己到底是哪种人？到底还是不是男人？

他不知道。

他拒绝去想、去思考、去辩白、去证明。

阿初的车像风一样飞驰在马路上，雅淑不说话，静静地坐在阿初身边，静如止水。这种平静的对抗远比大哭大闹更具有杀伤力。

阿初感到窒息，他难以控制好自己的情绪，但是，他清楚地知道雅淑的感受，她需要释放，不然，雅淑的心也会在窒息中死亡。这是阿初所不愿意看到的结局。

"说话啊。"阿初冷冰冰地说。

雅淑低下头，她手上紧紧地捧着阿初送的玫瑰花，温室里培植的花朵散发着诱人肺腑的缕缕清香。

阿初回头看看她，猛地一脚踩住刹车。雅淑没防备，险些扭了腰，她忍着心痛、忍着眼泪，不抬头，不说话，不看他。

阿初长叹一声，说："对不起。"

雅淑的眼泪像珍珠一样滴洒在湿润的花瓣上，阿初的心突然有了"痛"的感觉。

"下车。"阿初的脸色寒透了。

雅淑一动也不动,鲜花和美人像一幅静止的画面。

"下车吧,我们分手……"阿初的心弦为之撩动,声音渐有愧意。

雅淑突袭式地香唇紧紧地贴在了阿初的唇上,她疯狂地吻着她的心上人。阿初不自觉地配合着她狂野般的爱抚。

直到雅淑肯放手。

"我爱你,我知道你不爱我,可是,从现在起,你心里有我,不然,你干吗要我离开?我不介意做棋子,我不介意做诱饵。如果,如果上天把你赐给我,我愿意为你做任何事情,包括去死!"

"你不觉得自己很傻吗?"阿初替她揩泪。

"跌进爱河的人,没有一个不是傻子。"雅淑含着盈盈泪光,越发楚楚动人,"我承认自己是一个愚蠢的女人,我以前不懂得什么是爱,什么是珍惜眼前人,我试图用容貌和家世去获取一份属于贵族女性的生活方式,我输了,输得很惨,输了你对我的所有信任,输入了你对我所持有的偏见。可是你错了,你和我都错了,你的音容笑貌反复出现在我梦境里,每一次都是你离开了我,尽管你的心并不属于我,包括在梦里。可是我已经全身心投入去爱你、尊敬你、疼你、恨你、怨你,我相信这个世界上没有任何一个女人像我这样疯狂地爱着你,不管你接不接受,无论你当初接近我、亲近我是何种目的,你在我心中,就是我的男人,唯一的男人。我不想一个人在孤独、乏味中度过一生,我不能再次失去我所爱的人,尽管我无法驾御你的感情,但是,我决不会让你再离开我,除非我死!"

阿初没有料到自己已经完全占据了雅淑的精神世界,他显得束手无策,应对无方。

"雅淑,我不会让你死的!你信我!"阿初说。

"我信!"

"这件事情办妥了。我娶你!"阿初口气很坚决。

"初,你知道吗?咬住香饵的鱼就是你,我才是鱼钩,美丽的鱼钩,永远不会放弃的鱼钩。"雅淑眼底的泪花终于释放成了点点心花,心花开了,爱情还会远吗?

第三十二章　醇酒美人鸳鸯剑

> 他认为他选对了。他一直信奉尼采的话：树和人一样，它越向高处生长，它的根就越往黑暗中伸展。

一张止血消肿的药膏涂在慕次的伤口，慕次的嘴里发出低声的呻吟，医生并没有因为病人所发出的痛苦信号而放慢动作，夏跃春娴熟地将一卷纱布一层层裹挟住慕次受伤的腿，颇具耐心地、细致地替慕次进行了简单的包扎。

"夏医生，我的伤势怎么样？"慕次很客气地问夏跃春。

"旧伤复发，值得庆幸的是骨头没裂。放心吧，调养休息几天，身体就可以恢复了。"夏跃春回到医生的位子上坐好，准备给慕次开药。

慕次坐起来，穿鞋子。

"夏医生，你怎么不问我，旧伤为什么会突然复发呢？"慕次别有居心地挑话题。

夏跃春抬眼看了看慕次，说："有话直说。"

"我昨夜跟你的那位老友去郊外探险了。"

"找到宝藏了？"夏跃春以开玩笑地口吻回应。

"找到一具骸骨。"慕次说。

夏跃春一愣。"没出什么意外吧？"

"你指的是我？还是你老友？"慕次穿上外套。

"怎么你们还分彼此吗？"

"坦率地说，我们……"慕次系了系领结，"我们刚刚成为朋友。"

"那太好了。"跃春微笑地说，"恭喜了。昨天晚上，你们？"

"我们去了慈云寺，夜遇鬼魅，误入陷阱，好在，昨夜老天也肯帮我们，有惊无险。"

"你煞费苦心跑到我这里来，就是特意来告诉我，你们昨夜发生的探险故事，有这个必要吗？老实说，我跟你不熟啊，杨副官。"

"因为，我觉得杨慕初先生一味的刚愎自用，不过，他好像很重视你的意见。"慕次索性坐下来，说，"昨天晚上所发生的故事，太过诡异，先是我们两人被困，而后又被人炸毁出路，误打误撞地，突然又找到一具二十几年前的女性骸骨，紧接着，雨水指引我们新的出口，我们想知道某人的真实身份，而这个人居然就自动送上门，就差自报家门了，你说奇怪不奇怪？而且，我始终觉得太顺利了，从头到尾都仿佛有人指引，不可思议。"

"你想告诉我什么？"夏跃春问。

"我想告诉你的那位老友，尊敬的杨先生，他忽略了一个事实，忽视了一个潜在的威胁，他身边一定隐藏着一颗定时炸弹。不知道什么时候就会'砰'……"

夏跃春脸上的微笑凝住了，眼睛里透出严厉的光泽。慕次感到不自在，不由自主地站起来，他在夏跃春咄咄逼人的目光下站得笔直。数秒凝视之后，跃春忽然展眸，厉色严眉居然化做淡淡一笑。他语气温和地说："好，我知道了。去吧。"

"是。"慕次得了赦令，马上就走。

"等一下。"

慕次转身，立正。

"欢迎下次复诊。"夏跃春站起来，顺手把药方递给慕次，"别拘谨，不合彼此身份，自然点。"他拍了拍慕次的肩头。

"谢谢，医生。"

送走杨慕次以后，夏跃春陷入一阵沉思，他回到院长办公室，拨通了阿初的电话。

"哪位?"阿初问。

"跃春。"

"有事吗?"

"我今天整理书柜,发现少了一本书,不知道在不在你那里?"

"哪一本啊?"阿初大约是站起来了,"有可能,上次我在你家里,借了几本过来,我叫雅淑找找。"

"是柏拉图的书。"

"柏拉图?我拿了吗?"阿初坐下来了。

"你想想,就那本,记载有泰利士观星象的一段。"

"哪段?"

"就他掉井里那一段。"

阿初突然不讲话了。

因为他听懂了跃春话里有话。

同时,他也想起这个哲人的小故事了。

泰利士夜来观星象,一不留神,掉到井里,被他自己的色雷斯婢女所嘲笑,说:主人你急于知道天上的秘密,却忽视了身旁的一切。

阿初的嘴角溢出淡然的微笑。

"跃春,阿次来过了吧?"阿初声音很轻。

"病人复诊很正常啊。"

阿初"嗯"了一声。"好,我知道了。"

夏跃春挂了电话。

"莲子糯米粥。"雅淑穿着一件粉红色棉袍,端着一个大的漆盘推门走了进来,香浓可口的莲子糯米粥和清蒸龙眼肉飘入阿初的视觉神经,他的嗅觉神经同时也开始了迷梦般的享受阶段。

阿初上前,亲热地用手揽了美人腰,身贴身地靠沙发坐下。

"很香啊。"阿初说。

"你尝尝。"雅淑亲自喂他,酥手银勺,令人魂销色迷。阿初对雅淑的态度有了很大改变,他不再有意识地抗拒美色诱惑,而是放纵自己的情欲,尽情地享受美食。

阿初尝了一口，果然清香润滑。"哇，功夫到家。"

"那当然。"雅淑自得，"我的配料极佳。莲心去肉，加糯米，加荷叶，清香得很。"

"昨天的汤也煮得不错。"

"昨天啊，昨天是猪心芪参汤。我特意加了党参、丹参、北黄芪……"

"我老婆很能干。"阿初赞一句。

"谁叫你喜欢吃呢。"

"那么，是谁告诉你，我喜欢吃这些呢？"

"不告诉你。"雅淑笑。

"送你一样东西。"阿初变戏法式地从雅淑腰际摸出一串光彩夺目的珍珠项链。

"好漂亮。"雅淑也赞一句。

"我给你戴上。"阿初温柔体贴地给雅淑戴上项链，雅淑含情脉脉地把头倚在他怀底，十分娴静可爱。

"最近看什么书？"

"《简爱》。"

"哦，百看不厌啊你。"阿初用手轻捏雅淑的粉鼻，雅淑快乐地浅笑，像一个幸福的孩子赖在大人怀里撒娇。

"还看什么？"

"多了。《傲慢与偏见》《乱世佳人》《莎乐美》……"

"哇。"阿初怪叫一声，"不得了，了不得，连《莎乐美》也看，那么血腥的爱，你不怕吗？"

"不怕。"

"为什么？"

"因为爱的神秘远远大于死亡的神秘。"

"这句话一定是从谁嘴里偷来的。就像这些厨艺，一定也是偷来的。"

雅淑抿嘴笑。

"喜欢看书是好事。"阿初说，"明天去书店帮我买几本哲学新书吧。"

"好啊。"

"我替你开个书单子……"阿初掏钢笔,雅淑扑过去,调皮地说,"直接写在我心上好了。"

"别闹,小心弄脏了袍子。"

"弄脏了,再买。"

"你以为我开银行的?"

雅淑把头枕在阿初腿上,说:"写额头上,一定不会忘。"

"不会忘?上次我叫你替我去买本《文野三界之别》,结果你一到书店,抱了一大包'鸳鸯蝴蝶梦'之类的书回来,害得我的书柜变成文学'垃圾'站。"

"你不喜欢鸳鸯蝴蝶吗?"雅淑坐起来,"人生要是没有鸳鸯蝴蝶梦,那人生还有什么意思?"

"说得有几分道理。"阿初自嘲地笑。

"本来有理嘛。"

"有理!"阿初袭击般把雅淑抱起来。

"啊呀,你干吗?"

"做鸳鸯蝴蝶梦啊。"

雅淑的手紧紧搂住阿初的脖子,说:"你不怕雌蝴蝶咬死雄蝴蝶?"

"我怕。怕你不咬……"初情不自禁地去咬雅淑的耳朵,雅淑笑得花枝乱颤。正当阿初欲亲吻雅淑时,他的耳边突然响起那美丽的色雷斯婢女所说的话:主人你急于知道天上的秘密,却忽视了身旁的一切。阿初的脑海里却闪现出几个模糊不清的人影,岳嬷嬷、荣初、刘阿四、陆良晨……

到底是谁呢?

闻着莲子糯米粥的香,想着糖水百合汤、猪心芪参汤……有人想自己在温柔乡中沉睡,沉睡到老?可是,这个人忘了自己是个医生,出色的医生。

这可是对手的重大失误。

此刻他眼角的余光扫描到雅淑美丽的睫毛上,他宛转一笑,继续他的温存,他感到雅淑的爱,对于孤独的自己是一种力量,一种关怀。

阿初太需要有人爱,太需要一个温柔的港湾了。

杨家豪华客厅的挂钟此刻指向下午三点钟。

杨羽桦刚刚签署完一份合约，卖掉杨家股权、银行、洋房的合约，买家是一位风度翩翩的华侨少年，汤家少爷亲自陪同前来。据汤少说，此人一直在英国生活，不久前，随其娘舅从欧洲旅行回国，准备在国内发展金融业。来人很谦逊，举止得体，很有教养，一看就是出自名门。当然，还有更重要的一点，促使杨羽桦下最后的决心是一张《上海新闻报》，报纸上刊登有名门淑女杨思桐和归国华侨荣少爷热恋的照片，这张照片无疑换了个方式告诉杨羽桦，自己卖掉的产业，将来很可能有女儿一份，他对自己女儿的魅力，充满了自信心。

明堂很热心地穿针引线，杨羽桦知道，他在其中一定牟利颇多，但是，自己顾不得许多了，只要拿到现钱，他打算从此消逝在茫茫上海滩。

这是他梦寐以求的。

长期以来，小山缨子对自己的监视、压迫、威胁像一座大山一样，压在他胸口，使他倍感焦虑、窒息，现在，没有人能够束缚自己了，不，应该是没有人在乎自己了。小山缨子自顾不暇，自己对日本人已经失去了任何作用，他们在经济上抛弃他，就是明证。

跑吧，他对自己说。

没有什么比成堆的钞票还要亲了。

他化了装，装扮成一个普普通通的学者模样，他戴上金丝眼镜，拎着一个不起眼的旧公文包，换上一双并不名贵，但表面很干净的皮鞋，他揣上精致的怀表，准备出远门了。

"你想逃跑？！"一个阴沉的声音灌入杨羽桦的耳膜，"我不会让你跑的。"杨羽桦转过身去，他看见了乌黑的枪口。

"缨子……"

"不要叫我。"

"你放过我吧，缨子，我们不是同路人。"杨羽桦的声音很伤感，很富有感染力。

"我们不是同路人，可是，我们是一条船上的人。"

"船已经翻了，不是吗？缨子，我和你都被抛弃、被出卖了。"杨羽桦向枪口迈步，"二十多年前，我曾经求你放过我，你不肯。好，我听从你的安排，又

怎么样呢？到头来，我们一无所有。"

"我有任务。"

"任务已经中止了，你不觉得你像一张过期的汇票，一钱不值了吗？"杨羽桦的身体贴在枪口上。

缨子流泪了。

"我们走吧。"

"不可以，我是帝国的军人。"小山缨子拼命地喊叫。

"那么，一枪打死我吧。"杨羽桦说，"不要像二十年前，让我再受折磨……是你诱惑我，一步步走进泥潭，你得帮帮我，二十年了，还记得富士山邂逅吗？我们徘徊在夕阳底一同赏樱花，成片成片的美丽的樱花，被夕阳染得通红，像葡萄酒……"

小山缨子的防线彻底垮了。

宣统元年，1909年5月上旬。

日本，富士山脚下，一个古色古香的小酒馆里，年轻的中国留学生杨羽桦喝得醉意迷蒙，美丽动人的艺妓唱着古老的日本民歌，扭动着如花的腰肢，像一幅上了色彩的古画在屏风上流动，线条优美，挑逗得杨羽桦心猿意马，兴致勃发，他提起酒壶，跟随简朴的音乐悠哉起舞。

直到他和那不知名的艺妓展开肉搏战，数度狂欢过后的杨羽桦睡在了一个酒店艺妓的脚下。

他睡得很香，他不知道，有一张相片从自己怀里滑落出来，那张相片是他兄嫂的合影。几天后斜阳西下，在樱花树下，他和小山缨子邂逅了。

"先生，您喜欢樱花吗？"

"不太喜欢。"落日下的樱花像血一样飘洒。

"为什么？"

"生命太短暂了。"

"生命短暂才显得美丽啊。"

"是吗？"杨羽桦笑笑，"可是，我很怕死。"

"怕死是人的天性。"缨子笑咪咪地说，她的话和容貌，让杨羽桦感到很不舒服，所以，在短暂的交谈后，他们分开了。

但是，命运不肯让他们分开，因为阴谋正在等待杨羽桦入瓮。

"你要告诉他，诚恳地对他说，羽桦君，我对你一见钟情。"小山千野几乎是机械地对妹妹重复着自己的命令。

"我的心已经给了酒井一郎。"小山缨子在表白自己的爱情。

"你不是已经宣誓为天皇效忠了吗？你知不知道我们陆军测量部参谋本部又失去了五名优秀的谍报人员，他们被当地驻军发现，秘密处决了。他们都是我们日本军部的精英，为了我大日本帝国能称霸亚洲，不惜以死犯险，以血殉职。缨子，我们需要你，日本军部需要你。"

"可是，我狂热地爱着酒井君。"

"你难道认为爱情比帝国的荣誉更重要吗？爱情在对天皇效忠的大前提下是多么的渺小，多么的微不足道，缨子，你应该让自己成为一台为帝国服务的机器，永不生锈的谍报机，你是我一手栽培出来的奇才，而那个杨羽桦是我发掘的一个金矿，如果，你放弃军人的荣誉，你将后悔终身。"

缨子的脸异常苍白，她的手颤微微地抚摸着和服上艳丽的腰带。

"宽衣解带，对一个美女间谍来说，应该是一件很容易的事……"小山千野说，"终结你所谓的爱情，无限虔诚地为帝国效忠！你会得到杨羽桦的信任，我们会帮助你，成功进入他的家庭、他的社交圈，你会脱胎换骨，你会……变一张脸……"

小山缨子仿佛在镜子里看到另一个女人的脸，她惊恐地捂住自己的眼睛。

"为什么？"

"因为杨羽桦并不是我们的最终目的，杨羽桦有一个大哥，在上海很有势力，也很有财富，他们两个人的容貌非常相似，非常非常的酷似。他完全可以以一种和平的方式取代他的哥哥，而你，将成为他的女人，永远牢牢地控制住他，他将为我们帝国去赚取无数的金钱，你将为帝国勾画出进攻上海的路线，你们将成为日本军部的一颗螺丝钉，牢牢地钉死在敌人的心脏里，绽放出猩红色的光彩。你是帝国的骄傲！樱花的魂魄将永远萦绕你的梦境，你要战斗到死为止！天皇与你同在！帝国与你同在！"

小山缨子的手缓缓放下，在她的视线里模模糊糊看见镜子里另一张极具扭

曲的面孔,她在颤栗。

她仿佛听见一个来自天外的女人声音,声音很惨、很阴森。"看看我的脸,你会永远活在我的阴影中,死在我的面容底,你会变成一具行尸走肉,我腐烂的气息将永远滞留在你的脸上!"小山缨子竭尽全力大声嚎叫,和服袖子扫荡掉梳妆台前所有的饰物,包括一张女人的照片。

"易容手术安全吗?如果失败了,怎么办?怎么办?"缨子在不停地问。

"易容技术,日新月异,你放心吧,我们会安排全日本最优秀的医生,为你单独会诊。你在改变容貌之前,还有一件事必须放手去做。"

"什么事?"

"得到杨羽桦的身体,获取他的欢心,利用他的贪欲,拉他下十八层地狱。"

"他肯就范吗?第一次见面,他对我并无好感。"

"自古来醇酒美人鸳鸯剑,是男人,就不会有意外。"小山千野摁住缨子的肩膀,"为帝国、为天皇、为大日本皇军去拼杀、去孤军奋战、去流血吧。"

5月下旬的日本,东京的樱花依然开得很茂盛,但是因为东京流感蔓延,所以很多人都足不出户。杨羽桦流连在繁华的街市,他向上海的大哥发电报,继续伸手要钱,因为他在日本除了学会欣赏艺妓表演,说一口流利的日语外,学业上毫无建树。杨羽柏给他去信,说自己在上海商务会馆替他谋了一个翻译的差事,催他回国就职。他哪里肯乖乖回去,他一想到自己回家后,又将受制于人,不得花天酒地的潇洒,心里一万个不痛快。于是回信告诉杨羽柏,自己在日本的财经学院攻读国际商务学,希望能够圆满完成学业,将来为国家效力。做兄长的觉得弟弟有此大志,也就听之任之了。

小山缨子巧妙地扮做一个迷路的游客,意外地和杨羽桦异地重逢了。

依旧在樱花树下,他们再一次漫步斜阳底,她鼓足了勇气,告诉他,自己对羽桦君情有独钟,因为羽桦君身上有着浓郁的东方古典魅力。这一次,杨羽桦没有抵触,也没有讥笑她,他带她回到自己的住所,他也没有拒绝美人的诱惑,他们痛快地享受了巫山云雨。

杨羽桦以为这个女人会像流感一样,过一段时间就会远离,谁知,她不但不走,还要求他尽快回国。

杨羽桦才发觉自己从一开始就错会了意。小山缨子远非他想像中的单纯、善解人意，她的眼睛里老有神秘莫测的东西闪烁，她一定另有目的。他不愿意受这个女人的纠缠，一天夜里，他抛弃了缨子，离开了东京，躲避到了乡村。

他想，一个身无分文的女子，被情人抛弃，应该熬不到多久，就会自动离去。谁知第二天，他一睁眼，他就看见了缨子那阴晴不定的微笑。

鬼魅缠身，鬼魅缠身，杨羽桦当时感觉自己快疯了。

他的确快疯了。

他被人秘密带到日本军部的刑讯室，他的罪名是诱拐良家少女，他被人殴打，打得他头昏目眩，打得他胡言乱语，直打到他承认自己的罪行，刑罚才得已暂时终止。

像做梦一样，他被告知，自己将在异国的监狱里度过余生，除非，他肯背叛，背叛他的兄长、背叛他的家庭、背叛他的祖国。

是以杨羽桦之名坐牢到死？还是以杨羽柏之名享受荣华富贵？

他选择了后者。

他认为他选对了。他一直信奉尼采的话：树和人一样，它越向高处生长，它的根就越往黑暗中伸展。

很快，杨羽桦以优异的成绩毕业于东京财经学院，并顺利回国。

小山缨子的阴霾，很快在他脑海里消失。他一心一意等待接收他哥哥所拥有的一切，他在等，他万万没有料到的是，他等来了小山缨子的另外一张面孔。

所有罪恶的阴谋至此得以全部浮出水面。

回想到此，杨羽桦心底充满了罪恶感。

"是你害了我，是你。"杨羽桦的手握住了小山缨子的枪，"我原本可以做一个永远游手好闲的公子哥，是你，你把我推到了风谷浪尖。你，是你，让我背叛了祖国、毁灭了杨家，断送前程……"

"没有我，你就是一个十足的乞丐。"

"正因为有你，我变成了一个十足的恶棍。"

小山缨子蔑视地说："没有我们，哪有你坐享其成？"

"我一直在夹缝里求生存，二十年前的秘密不再是深不见底的秘密，它被人故意曝光了。为什么？因为日本军部抛弃了你，当然，也抛弃了我。"

"不可能！我为帝国献出了一切。"

"是吗？"杨羽桦显得很激动，"也包括你的爱情！你从来就没有真心爱过我，你鄙视我、利用我，你和自己的男人在地窖里鬼混，你有没有想过我的感受？玉真死后，我二十多年没碰过女人，我是一个灵魂被阉割的无耻男人！"他的身体在颤抖，声音在咆哮，他的手突然用力反转，枪口对准了缨子，他什么也没说，死命地扣动了扳机。

枪响了。

"为你的帝国去死吧。"

小山缨子瞪着双眼，嘴角流出鲜红的汁，像葡萄酒。

杨羽桦神经质地喃喃自语。"这应该是最完美的结局。这才是最最完美的结局。一切都结束了。噩梦终结了。女人，为什么杀人的时候也喜欢多嘴多舌，如果，你一言不发就开枪，死的人将是我，活的人将是你。"他把小山缨子的尸体向客厅内的壁柜拖去，他打开壁柜，再回头，他看见一双女人美丽的脚。

紧接着，客厅里传来女人惊恐、惨厉地尖叫……

第三十三章　假做真时真亦假

> 他低头看见了被遗忘在门槛上的蓝色绣花书包，他把书包捡起来，书包里散发出新鲜花朵的泥土清香，他很诧异。

杨思桐瞪大了眼睛，站在疯狂的父亲面前，不，不如说她此刻正站在母亲的尸体旁边，她惊恐万状，由于通宵达旦地荒淫娱乐生活，她那张缺乏精神的脸，顿时变成死灰色。

她惨厉地尖叫，止不住地尖叫。

"思桐，你听我说。"杨羽桦完全不知所措。女儿，是他生命中唯一牵挂的亲人，是他致命的弱点。

他不能失去女儿的爱。

"思桐！"

"不要过来！不要过来！"杨思桐发了疯似的朝楼上跑去，她一边跑，一边拼命喊叫，杨羽桦听不清女儿嘴里在喊什么，但是，他知道女儿的大脑里，此时此刻，应该是一片空白。自己没办法跟她解释，就算跟她解释，女儿也未必能听得进去，她毕竟亲眼看到父亲正在处理母亲的尸体。女儿能不能原谅自己，已经不再重要了，重要的是自己必须面对"流亡生涯"了。

他长叹了一口气……

突然，杨羽桦的心绷紧了，因为他清晰地听到了杨家庭院里开进了大卡车

的声音。他预感事情不妙了,有人要"赶狗入穷巷"。

杨羽桦急忙从客厅窗帘看过去,看大门的佣人正和一个女军官说话、交涉,一大队侦缉处的人马已经从卡车上跳下来,长驱直入了。

他没有看到杨慕次的身影。

客厅里一片猩红,院子里一片嘈杂。

来不及打扫了。

如果此刻不逃,现场活捉,杨羽桦将以杀妻的罪名入狱。

仅此一项,足以致死。

杨羽桦跑了。

他从后花园一个狭小的窄门仓皇地逃了。

华美书店里很安静,因为客人稀少的缘故,打理生意的荣归无精打采地双手勾着肩无聊地站在柜上,一缕缕阳光从窗外洒进来,照得冰凉的厚木书架暖洋洋的,只不过由于店主人的形象很颓废,连累得整个书店都很灰色,书架上的图书也显得极不精神,好像满书室弥漫的不是淡淡的墨香,而是陈旧的书本受了潮所发出的郁闷气味。

一个面貌清雅的女学生,手里拎着一个蓝色绣花书包,站在书架旁痴痴地看书,她已经看了很久很久,没有要买的意思,也没有要走的迹象,她一直静静地、悠悠地站在那里看书,荣归不时抬头瞄一瞄,女子有时也在书架上换着翻书。

"您需要我帮忙吗?"荣归实在是忍不住了,想借此干预一下这个白看书的女孩子,哪怕她自己觉得不好意思,掏腰包好歹买一本呢。

"谢谢。"女学生很稳重地把手上的书放下,荣归看了看,那本略为卷曲的书皮,书名是:《爱丽丝漫游奇遇记》英文版。

"小姐喜欢这本书?"荣归说。

"看看而已。这本书多少钱?"

"一元五角。"荣归说,"您喜欢,不如买下来。"

"可是,你,你这本书上的插页很模糊,你看。"女子用手摩挲着书页,很不舍的样子。

"像这种手工蚀刻铜板上压印出来的书籍,并不是每一本都清晰可读的。"一个稳重而沉闷的声音飘了过来,荣升不知何时走了进来,他声调不高,很慢、很温和,算是替荣归解释。

"可是,可是我的钱不够。"

"哦,你差多少?"荣升问。

"我身上只有五角钱。"女学生低下头。

荣升笑笑,对荣归说:"替小姐包起来吧,我替她买了。"他从口袋里掏出二块钱来,正准备递给荣归,谁知那女学生满脸通红,摆手说:"我不要了。"竟慌慌张张放下书本,逃也似的向外走。由于她走得过于急促,不提防在门口撞到一个新进门的客人。只听"哎哟"一声,荣升向门口望去,蓝色绣花书包翻了个身,跳进门,可知女学生跌得不轻。

荣升和荣归都不约而同地向书店门口走去,荣升一抬头,他竟然怔住了,眼前有一个衣着华丽的少妇,正皱着眉头,扶着左手胳膊,大约被撞在左胳膊上了,她淡淡地嗔怪那女学生走路如此不小心,那女学生说声对不起,一溜烟地跑了。

那少妇不是别人,正是和雅淑。

旧情人当面相遇,四目环顾,雅淑的气血霎时不流畅了,显得异常尴尬,荣升很大度,他主动上前打招呼。

"很久不见。"

"是。"雅淑很局促,很不自然。

看穿着打扮,一定是钓到"金龟婿"了,荣升心里想。

"来买书啊?看我能不能帮你。"荣升说。

"谢谢,我替我家先生来买几本书。"雅淑平静地说。

"您要买什么书?这边请。"荣归很高兴地引领客人入店。

荣升看着雅淑进店,依旧雍容华贵,气质脱俗,不仅没有了当日的装模作样,还平添了几许妩媚。

他低头看见了被遗忘在门槛上的蓝色绣花书包,他把书包捡起来,书包里散发出新鲜花朵的泥土清香,他很诧异。

荣升把书包打开,里面有一个笔记本,丝质封面,上面用钢笔写着:"明

轩"两个字,笔记本里滑落出一张名片:陈氏温室花房,订购鲜花,代送花篮。

他听见书店里荣归讨好客人的笑声,随手把名片揣到口袋里,复又走进门去,看雅淑正娴雅地端坐在椅子上,荣归跑前跑后地照书单取书,忙得不亦乐乎。

荣升心里很不自在,他想,男人真是一个奇怪的动物,明明是自己主动放弃的"饰品",为什么,这"饰品"一旦别在了其他男人身上,自己仿佛就是有一口气舒不下喉咙,连胸口也感觉有些堵塞,鼻尖上隐隐冒出酸气来。

"《文史通义》《一七六九年游记》《柏拉图精神哲学》《社会改良各面观》《欧洲木刻版画册》,哦,还有一本新到的《西学博览》,您看看,是不是齐全?还差一本罗素的《算理哲学》,我把书名记下了,改天有了,替您留着。"荣归陪着笑,很热情。

"谢谢。上次梁启超先生那本……"

"您说那本《文野三界之别》吧?最近缺货,这样吧,您可以先付一块钱的预付额,等书一到,我连《算理哲学》一起亲自送到府上去。"

"好吧,我给你留个地址和电话。"雅淑站起来。

荣归急忙把纸和笔送上,雅淑把薄薄的信笺掂在手心上写,不得力,荣归立即拿了本书给她掂着写。

写完地址和电话号码,雅淑把信笺递给荣归,赫然发现手上这本书是《乐府》,她翻开扉页,上面引用了一段《铙歌十八曲·上邪》,她微微一颤,心里做了一个决定。

"麻烦你,把这本书也包起来,今天下午五点钟以前,送到长乐街18号,我加倍付你钱。"雅淑说。

"谢谢。我一定准时送到。"荣归满口答应。

荣升心里很狐疑,他自认还是比较了解雅淑的喜好,那些书,并不是雅淑爱读的,倒像是……他脑海里隐隐浮现出阿初阳光般灿烂的笑容。

他的眼睛有意地下放到那张薄薄的书单上,熟悉而流畅的笔迹几乎以招摇而炫耀的姿态闯入眼帘,准确无误地告知了自己,雅淑的男人,就是阿初。

不可思议。

一时间,咸酸冷暖涌上心头,几乎碾压不住荣升内心的波澜。他的脸色很难看，就像刚刚吞食了一块脆冷坚硬的薄冰，凉凉的、滑滑的，说不出的滋味。

这时，荣归似乎察觉到大哥心里的不快，他以为是自己招呼客人，而慢待了这位神仙，赶紧跑过来致歉："大哥，您上次要的《楚辞校补》和《诗经通义》，我已经包好了，您要不要带上？还是晚上我给您专程送过去？"

"带上吧，你也够累的，不用两边跑。"荣升淡淡地说了句体恤话，荣归很高兴地答应了。

雅淑买完了书，从书店里出来，招手叫了辆黄包车。

荣升几乎是同雅淑一道出来的，他看见了阿初，愈发困惑不解了。

因为阿初穿了一身笔挺的德式军装，坐在一辆军用吉普上。阿初大约也同一时间看见了荣升，他微微一怔，随即像陌路人一样收回目光，从容地发动吉普，不紧不慢地跟着雅淑的黄包车，从荣大少爷的眼皮低下开过去。

不致一句问候，不多看旧东家一眼，甚至连车都懒得下，大摇大摆穿梭而去。荣升只觉得手脚冰凉，他认为自己被故意轻慢了。

"小人得志。"他说。

"大哥。"荣归是赶着送他出来的，他也看见了阿初，虽然有些疑惑，但是并没什么感触，"是不是认错人了？"

"你认为，我会认错他吗？"荣升冷笑。

"可是他开的是军用车。"

荣升不说话了，倒不是他对自己的判断犹疑，而是，他奇怪为什么雅淑和阿初会一前一后地离开？

不太正常。

一阵急促的电话铃声响起。

一只白皙的手拿起了电话。

"喂？"

"鱼咬钩了。"

"什么鱼？"

"鲨鱼。"

"比目鱼呢？"

"在证券交易所。"

"继续监视。"

电话挂断了。

客厅里自鸣钟响了,时针指向三点半……

与此同时,一辆黑色的汽车缓缓驶进一座幽静的宅院,长乐街18号,也就是最早韩正齐给阿初找的房子,离市区有一段距离,好处是没有喧嚣,没有通宵达旦营业的酒楼、宾馆。阿初有段日子没过来了。

自从他搬到梅花巷后,他也就断断续续地过来喝过几次岳嬷嬷炖的汤,每次都是岳嬷嬷打电话叫他去的,不过,今天特别,阿初是一大清早就亲自打电话过来,说是想喝岳嬷嬷熬的粥,下午趁空闲回家。

岳嬷嬷很高兴,买了许多食材,什么莲子、龙眼、百合、大枣堆满了灶台,她一直在厨房忙碌,香喷喷的一锅莲子龙眼粥,色香味俱全。

"先生回来了。"听见脚步声的岳嬷嬷和颜悦色地迎进客厅。

刘阿四正服侍阿初脱皮袄。阿初显得异常疲倦,打着哈欠,神情倦怠。不过,他的头发好像刚梳过,十分整齐,发丝上还滞留着水滴。

"先生,你洗过头了?"岳嬷嬷问。

"啊。"阿初应声,慢慢转过身来。"最近也不知怎么搞的,睡眠特别好,无论往哪里一靠,都会糊里糊涂地睡过去。刚才发困,干脆洗个头,算是自己给自己提提神。"

他脚下穿了一双布鞋,是岳嬷嬷亲手做的,鞋面上绣着江梅雪景,虽说带着乡气,不过也很别致。只是,今天阿初鞋面上的冰雪梅花,仿佛有些膨胀。

"先生,您的脚?"岳嬷嬷关心地俯下身去看。

"没事,没事。"阿初有些不好意思,"我不是说发困嘛,在证券交易所门口跌了一跤。"

"厉害吗?"

"没事,没大碍。"

"先生,我扶你进去坐吧。"刘阿四说。

"不用了,有岳嬷嬷在呢,你去吧,我有事再叫你。"阿初很自然地把手伸过来,搭在岳嬷嬷肩膀上。

岳嬷嬷忙伸手扶助阿初的腰，服侍他坐下。刘阿四转身出去，顺手带上门。

"岳嬷嬷。"阿初说，"您今年有多大年纪了？"

"我是小姐的乳娘，大太太的陪嫁丫鬟，今年啊，六十二岁了。"

"六十二了？您辛苦一辈子了，没想过回老家养老吗？"

岳嬷嬷笑起来。"我是家生子，哪里有亲人、故里？"

"对不起，我的错。"阿初似乎想站起来，又困顿地陷在沙发里。他很烦躁，自己压了压情绪，咳嗽了几声，说："岳嬷嬷，我想喝点粥。麻烦你。"

"好的，先生，您等等。"岳嬷嬷脚步轻巧地出去了。

阿初的头往沙发上一仰，客厅顶上悬吊的莲花灯，毫不吝啬地将柔和的流光投射在阿初脸上，阿初在享受梦幻般的光影时，嘴角浮现出诡异的微笑。

岳嬷嬷端着精心熬制的"莲子龙眼粥"走到阿初面前，阿初还在闭目养神。

"先生，喝粥吧。"岳嬷嬷说。

"谢谢。"阿初睁开蒙胧的双眼，看见热气腾腾的粥碗，他伸双手接过去。

岳嬷嬷在他的身边坐下。

"先生，你很累吗？"

"是啊。"阿初一边喝粥，一边回答。

莲子龙眼粥的热气升腾成雾状的白烟，阿初觉得有些恍惚。从恍惚中好像看见一块发亮的木符，距离自己大约不到10厘米，他很奇怪，木符怎么会有如此奇妙的光泽呢？他控制不住自己去凝视那个在眼前晃来晃去的发亮物体，发亮的木符像一块铁磁石，而阿初像一粒铁屑，他被牢牢吸住了。他感觉周围安静极了，眼睛一团模糊，思想一片空白。

"先生，这里没有打扰你的东西……除了我说话的声音和时钟的滴答声，你什么也听不见……是吗，先生？"

"是。"阿初答。

"您感觉到什么了吗？"

"很暖和。"

"您指的是身体上的感觉吗？"

"是。"

答话的人处于静止状态，问话的人处于引导状态，神秘的空气渗透到客厅里每一个角落，一块平凡的木符诡异地传递信息。仿佛形成第三种空间，无边无际，虚无缥缈。

"阿初"被人"成功"地催眠了。

因为不是第一次催眠成功，所以催眠的人有十足的把握和耐心。

"你需要我吗？"一只温暖的女人的手，握住了阿初的手。

"我需要帮助。"阿初的手软绵绵的，没有力气。

"我会给你帮助。"女人说，"你夜里还经常做噩梦吗？"

"是，很恐怖的梦，铁锹声、水声，挥之不去，我想抓住他，却又瞬间即逝。"

"也许是前世的梦。"

"天空很低。水在流淌，不停地流。"

"看得清水的颜色吗？"

"很脏，像墨渍，乌贼的汁掉进烂橘子的筒里，混浊，液体很稠。"

"有风吗？"

"风很大。铁锹声没有停过，声音频率很快。"

"铁锹声是你噩梦的焦点，你要摆脱它，其实很容易。我会帮你，不要再让噩梦带你回去，不要强迫自己回忆二十年前的旧事，就算记忆的碎片漂浮在眼前，只能意味着罪恶还在蔓延，它会不自觉地勾起你残留在体内的伤痛，消除他，消除你大脑的记忆碎片，竭力清除。"

"怎么清除？"

"忘记它，你跟着我来，你会忘记一切烦恼，你会知道另外一些秘密……"

"秘密？"

"是的，你要提防你身边的人，他们每一个人都在暗地里算计你，你的弟弟，很危险，你要设法远离他，尽管远离亲情对你来说很痛苦。你要信任你身边的女人。"

"所有的？"

"当然，女人会使你远离罪恶。"

"徐玉真？假母亲？"

"她当然一定要死,不要放过她。她曾经腰斩过你的亲生母亲,那具骸骨,记得吗?"

"记得。"

"那具骸骨很年轻。"

"是吗?当时,觉得不对劲。"

"你只要记着那具骸骨是你的母亲,就够了。"

"好。"阿初越来越机械。

"忘记噩梦,你所谓的铁锹声根本就不存在,它是虚拟的,是幻觉。"

"是幻觉。"

"你要借机在上海滩掀起腥风血雨,杀一批人。"

"什么人?"

"当年害过你的人,害过你父亲的人,你要心狠手辣,将来,你会有很好的前程。"

"我不想再杀人。"

"慢慢来,你会习惯的。我会慢慢引导你,你要绝对信任我,每当你握住我的手的时候,你会感觉到很温暖。"

"是。"

"我的手温暖吗?"

"不止是温暖,我感觉肤质很细腻。"阿初的声音突然变得很奇怪,"岳嬷嬷,你的真实年龄只有四十多岁吧?看来我说准了。"

岳嬷嬷张着大嘴,一阵笑,一阵貌如憨厚的傻笑,丑陋的眼睑因笑声而凹陷。

"先生,你……你醒了?刚才你做梦了。"岳嬷嬷的手依旧镇定自若地握着阿初的手。

"行了。"阿初站起来,目光如电,"你真够本事的,应该不是第一次,你催眠的功夫不错,什么时候教教我?"

岳嬷嬷的脸色黑起来。

"站着别动!"岳嬷嬷掏出了手枪。

阿初纹丝不动地站得笔直。"岳嬷嬷,你要杀了我,二十几年的罪,不就白

受了?"

"别忘了,我手上还有一个砝码,荣初。他完全可以代替你,掩护我。"

"荣儿?"阿初肆意地笑起来,"你认为,他有这个能力吗?不如,继续跟我合作,我相信,你一定会达到自己的初衷,你这么想假'徐玉真'死,你一定恨透她了。你,应该是日本人吧?住在江户吧?"

"你是怎么知道的?"岳嬷嬷的脸因紧张而扭曲得更加厉害。

"江梅雪景,很像富士山顶的风光。"阿初突然开口说日语了,"富士山顶雪飘飘,此景五分属江户。"他指了指鞋面花样。

"你,你是谁?"

"多此一问。"

"你不是杨慕初?!"岳嬷嬷声音尖利刺耳。

"你找我吗?"客厅的门打开了,穿了一身笔挺军装的杨慕初站在门口。

岳嬷嬷惊惧地刚一回头,假扮阿初的杨慕次迅速出击,动作娴熟地打掉她手上的枪,将岳嬷嬷制服在地。

"你们?你们是怎么知道的?怎么知道的?!"被压在地的岳嬷嬷拼命嚎叫,很不甘心。

"冷静点,冷静点。"慕次以最快的速度把她铐起来。"留点职业风范。"他捡起地上的手枪,用力把岳嬷嬷往沙发上一扔。

"你怎么样?"阿初走进来问。

"你的鞋小了一码,不合我穿,我的脚疼死了。"慕次跳着脚说。

阿初矜持地笑笑。

"你演得不错。"阿初说。

"谢谢。"杨慕次的枪依旧指着岳嬷嬷,说,"中文不错,很流利。"

"怪不得,怪不得……"岳嬷嬷挣扎着说,"怪不得,你要洗澡。"

"他身上有烟味。"阿初淡淡地解释,"你知道,我不吸烟。"

"你们?你们是怎么知道的?怎么知道的?"岳嬷嬷苟延残喘地反复问着同一句话。

"中国有句古话:若要人不知,除非己莫为。岳嬷嬷,你应该算是一个中国通了,你应该懂这个道理。你求功心切,犯下致命的错误,你不停地给我下催眠的药膳，你忘了，我是一个医生，优秀的医生。"阿初说，"你经常叫刘阿四载你去梅花巷，殷勤地教雅淑所谓'御夫'之道，其实，你是别有用心。你教她做药膳，目的就是让我无论身处何地，都能准时'服药'，以便你一有机会，就对我实施催眠。"

"在整个催眠过程中，你会把预先设计好的情景再现，你会强加给被催眠者某种你所需要的'暗示'。就像刚才你对我讲的那番话一样，你一步一步，牵我入陷阱。"慕次说。

"就算我给你吃些催眠的食物，并没有妨害到你的身体，你们怎么会知道我是日本人？"岳嬷嬷显然很不服输。

"很简单，你的动作，你的手经常叠放在前，你的腰不自觉地有弧度的弯曲，你的脚步很碎，但很有节奏感。"慕次微笑地说。

"仅凭这些？那么，'徐玉真'呢？"

"凭良心说，她在这一点上，做得比你好。"慕次说。

"你表现得也很不错，差一点就成功了。"阿初接过话头，"你外表冷静，对任何事都不闻不问，实际上呢，你内心异常焦灼，你不想老是处于一种被动的地位，你想掌控全局，于是你甘冒风险，对我实施催眠。你很了解二十年前的那一夜的惨烈祸事，你参与了阴谋，但是，你是被动的，你的脸就是最好的证明。我相信，没有一个女人愿意把自己的容貌毁成妖魔鬼怪。你一直都站在危险的边缘，你在玩火，你的催眠术可谓得心应手，你的高明之处，就在于你在'整理'我记忆碎片的时候，虚实兼备，虚中有实，实中有虚，幻觉是最不受人制约的，你可以从容不迫地用隐秘的语言，曲解我脑海里残存的记忆，不留下任何痕迹。殊不知'物极必反'，记忆的碎片同样也是不能过分强加的，一片弹簧怎么绷得住千条溪流，你最大的败笔，就是你想方设法地把我引上一条羊肠小道，当你把一副骸骨的年龄从四十岁减到二十几岁，当你以心理暗示的方法成功地传递到我的大脑时，你就开始出错了。因为，我是一个医生。我承认，当我刚一开始就看到这副骸骨时，我完全没有思考，就认定她是我的'亡母'，我的潜意识积极地配合了你的催眠。实质上，等我冷静下来，再次往返之际，骨龄是无法欺骗人的。我得出了清晰的结论，这个惨被腰斩的女人，实际年龄有四十余岁，她才应该是二十年前遇害的岳嬷嬷。我唯一想不通的……就

是你为什么要千方百计地除掉'假徐玉真'？为什么？难道你们不是同船过渡来的？"

岳嬷嬷彻底瘫软如泥。"我一直认为自己可以成为帝国之花，我一直认为自己是一颗埋得最深的定时炸弹。"

"你是一颗定时炸弹，只不过被我们准时拆除了，你的威力、你的破坏性已经减到最低了。"阿初说，"现在，我想请你告诉我，你的真实姓名，你为什么要处心积虑地进入杨家？目的何在？我母亲的遗骨现在何处？"

"你认为，我会告诉你吗？"

"会的。"

"为什么？"

"我这里有一个刑讯逼供的专家。"阿初双臂环抱，神情幽幽地看慕次。

"我是一个女人，手无缚鸡之力的女人。"岳嬷嬷嘴角泛起轻蔑。

"你们为了达到自己的罪恶目的，把可恶的魔爪伸向无辜的妇孺，视人命如草芥，杀妇孺如鸡犬！你，已经不是人了，是禽兽！对禽兽我没什么可顾虑的。"阿初说，"阿次，交给你了，你的强项。"

岳嬷嬷开始颤抖。

慕次大声咳嗽起来。"岳嬷嬷，我劝你实话实说吧，如果我动手，你煮的一大锅粥就会无一遗漏地灌到你肺里，你不愿意，我也不愿意。"

慕次开始从口袋里掏出橡胶手套，他慢慢地戴上手套，拿起半碗剩羹，说："要不要先热热身？"

阿初背过身去，他大约不喜欢刑讯逼供的场面。

慕次猛地用力掐住女人的喉管，岳嬷嬷眼珠子几乎迸裂，大口喘息起来。慕次手指一松、一紧，一紧一松，作势要将拿半碗粥灌下，岳嬷嬷绝望地大叫起来。"我不能全告诉你们……"

第三十四章　反客为主深造次

> 梅花巷很幽静，花香迤逦，清新舒畅，满树的梅花开放，点点红心，悠悠荡荡，美不胜收。

"好！"慕次说。

慕次重重地放下碗，他注意到阿初的背影，阿初似乎长长地吐了口气，慕次的心底不自觉想笑。

"你只需要回答，我们想知道的问题就行了。"阿初稳重地转过身，他看见慕次忍俊不禁的样子，严厉地瞪他一眼。

"这件事，说来话长……我叫百川惠子，在江户是一名出色的歌舞伎。"惠子嗫嗫地说。

1909年，二月初春。

我在东京的"樱花大舞台"表演歌舞，我出色的技艺，优雅的舞蹈，吸引了很多观众，其中就有日本军部陆军测量部参谋本部的小山千野。

他单独约见了我。

他告诉我，我的身上具备了所有色情间谍的要素，他要求我应征入伍。作为一名艺妓，能为帝国服务，真是我无上的光荣。我没有任何犹豫和考虑，就满口答应了他。他对我进行了简单的培训，五月中旬，他就把我安排在富士山的一个小酒馆里，我的任务很明确，我要利用美色来勾引一名中国留学生——

杨羽桦。

我做到了，不仅做到了，而且，我做得很好。

我拿到了他家人的照片，陆军测量部参谋本部及时嘉奖了我。我知道，杨羽桦仅仅是一个幌子，我们是要利用他酷似其兄长的容貌，来达到李代桃僵的目的。

我主动请缨，愿意牺牲容貌去冒充"徐玉真"，我要做一朵当之无愧的"帝国之花"。

可是，小山千野变卦了。

他为了让自己的妹妹能够当上"帝国之花"，他专营、走门道，他扶他妹妹从我身体上爬了上去。那个不要脸的女人小山缨子，就这样从我手里抢走了任务，抢走了帝国赋予我的使命和荣誉，她成功地做了整容手术，而我则被遗忘了，被军部无情地抛弃了。

原来，我从头到底都是一个微不足道的小角色。

我的主动请缨，在陆军测量部里被当作"笑柄"，他们讥笑我的愚蠢和狂妄，从那时我才清醒地意识到，一个没有经过正规特务训练的歌舞伎，根本不可能完成特殊的测绘任务，就算我到了上海，我也会茫然失措。

但是，我不甘心，不甘心失败。不甘心……

百川惠子居然哭起来。

"所以，你也潜入了上海？"慕次说。

"是。我通过关系，来到上海，我的任务是配合小山缨子杀掉徐玉真……也就是你们的母亲。我潜伏在慈云寺做了假尼姑，趁你母亲来庙吃斋，我把她骗到密室里……"她停止了叙述。

"你杀了她？"阿初问。

"没有！她是自杀的！"

"自杀？"慕次和阿初几乎同时诧异地叫出声来，显然，他们两个人都没有预料到母亲的真正死因。

"为什么？"慕次追了一句。

"女人，为了维护女人的尊严。"惠子低下头。

不用问了，密室里隐藏着男子。

"能告诉我细节吗？"慕次突然用日语问话了。

"可以，如果你愿意承受……痛苦。"惠子用日语答，"她死得很惨烈，她很不幸。我们原本计划先将她绑架，然后从她嘴里得到一些杨家生活上的习惯和日常规律，甚至，我们想从她身上得到，她在床上……的一些私人细节。可是，我们失手了。"

"说中文！"阿初忍无可忍地呵斥起来。

杨慕次用日语说："你继续……否则，你会死得很难看。"

"她宁死不屈，趁我们不防备，她撞了墙。由于她抱定必死的决心，所以，她的头颅碎了。到处都是她的血、她的脑浆、她的愤恨，她选择极端的方式，让我们第一次认识了中国女人的刚烈。"

慕次低下头，心里很难受。

"她说什么？"阿初质问。

杨慕次抬头看了看阿初，说："她说，我们的母亲死得很英勇，她是被绑架后，奋然自戕的。她没有受到任何侵犯，因为，她的刚烈，令绑架她的人也感到钦佩。"

"我母亲的遗骨在哪里？"阿初问惠子。

"在慈云寺枯树底下，埋得不深，应该还在。"惠子恢复了中文答话。

阿初一拳砸在茶几上，茶几并没有裂开，只是受了些震荡。血却从他指缝汩汩流淌，滴滴飞溅在茶几上。

"那铁锹声，恐怖的铁锹声，就是那一夜在慈云寺底给你留下的恐怖回忆。当时，你很小，跟你母亲一起来进香，夜底，你睡不着觉，你听见了那至今也挥之不去的声音，你一个人跑出来，还好，小山缨子截住了你，她牵着你的手，回到房间。那天夜里，我们怕极了，我们不知道你到底听见了什么。我们还曾经商议过，连你一起杀了。可是，如果你死了，事情可能会闹大了，所以，我们放弃了，让缨子带你回了家。"

"你怎么又冒充岳嬷嬷呢？"慕次问。

"因为小山缨子。"惠子说，"她得了势以后，对我颐指气使，还要我立即返回日本，她想独占帝国之花的美誉。我实在咽不下这口恶气，于是阳奉阴违，迟迟未走。总算天从人愿，岳嬷嬷为了躲避追杀，居然带着年幼的杨慕初，来慈云寺避难。她是来送死的，不能怪我。"

"你给我服过药？"阿初说。

"是，我定时给你服安眠药、镇定剂，你很小，很温顺，很听话。"

"够了。"阿初的头感觉有些炸裂地疼。

"你杀了岳嬷嬷，然后，你自毁容貌？"慕次继续问。

"是的。为了将来，我值得拼一次。我用滚油烫烂自己的脸，这样可以避免灼伤眼睛，我用面纱裹住丑陋的容貌，在慈云寺长期潜伏下来。就连小山缨子也不知道。"说到此处，她面有得色。

"我姐姐从来没有怀疑过你？"阿初说。

"没有。她在荣家做四姨太，我在慈云寺做尼姑，我们一年也见不到两三次。何况我的容貌，成了掩护我的天然屏障。"

"你这样做的目的，岂不是跟小山缨子作对？"慕次有些不解，"为什么？"

"因为她所有的荣誉都是从我手上抢夺的，我要把属于我的荣誉抢回来。"惠子说，"我要她去死！我相信，如果杨慕莲的计划得逞，我将以杨家忠仆的面目永远留在杨家，我也会为军部工作，我会做得比那个贱人更好！"

杨慕次听了这番话，感觉百川惠子的确是个疯子。

"你做到了？"阿初冷讽地说。

"差一点就做到了。"

"你跟日本军部联系上了？"慕次现在关心的不只是家族的仇恨。

"刚联系上不久，因为杨慕初的强势复出，日本陆军测量部决定放弃小山缨子，全力扶持我上位。"

"你原打算炸死我们？"慕次说。

"是，不仅仅想炸死你们，也想炸死小山缨子。因为我觉得荣初更容易控制，我是他的奶娘，他的性格我了如指掌。"

"你不觉得冒险吗？"阿初说，"如果我不死，第一个怀疑对象就是你，因为那天晚上，我给你打过电话。"

"我知道。也许我太自信了，我曾经给你做过三次催眠，催眠非常成功，我认为你永远都不可能怀疑我，因为，我在你脑海里，无数次灌注了你对我的绝对信任。"

"世上的事情没有绝对的。"阿初说。

"我能告诉你们的，全告诉你们了，你们会把我怎么样？"

"我想，把你移交给沪中警备司令部的侦缉处，他们也许会对你的其他问题感兴趣。"慕次说。

"不必了。"阿初说，"我已经通知警察局了，她将以二十年前的绑架罪和谋杀罪被起诉，我更愿意看到她被公开处决。"

"先生，能进来吗？"刘阿四在敲门。

"进来。"阿初坐下。

刘阿四推门而入。"先生，韩副局长带人到门口了。"

"请他进来。"

"是，先生。"

约摸一会，韩正齐带着手下来了，他们依照程序，简单地询问了百川惠子，然后，押她出门。

惠子走到阿初身边的时候，突然停住脚步，说："我想见一见荣儿。"

阿初的眸子黯淡下来，他说："没这个必要。我会告诉他，他生命中最亲的乳娘被日本间谍百川惠子给杀害了。我不希望看到，我的家人，再为仇人伤心、落泪。"话是说给惠子听的，可是，眼睛却看着慕次。

慕次却端起半碗残羹，说："你还吃吗？我去厨房。"他转身向内走去。

惠子被警察带走了。

韩正齐这才跟阿初耳语了数句。

"好，我知道了。总之，今天的网，我一定要收得干净利落。"阿初说。

"是，先生。"

"确保雅淑的安全，靠你了。"

"先生放心。"韩正齐说完，匆忙离去。

阿初叫刘阿四简单清理一下客厅，他发现茶几上少了什么东西，一时也想不起来，他想到慕次还在厨房，于是，顺着边门走过去。

杨家的厨房离客厅很近，方便主人晚上做宵夜，由于阿初不请佣人，所以，厨房里的活，基本上是"岳嬷嬷"和阿初自己干。

厨房里热气腾腾的，慕次正在热"莲子龙眼粥"，他把粥盛进雪白的瓷碗，用瓷羹舀来闻了闻香气。

"你很饿吗?"阿初靠着厨房门问。

"不,只是想尝尝她的手艺,味道不错,要不要来一碗。"慕次主动盛了一碗,双手递给阿初。

阿初微微一怔,他大约有些不习惯阿次的殷勤。

"不好意思,我是不是反客为主了?"慕次浅笑。

"不,你随意。"阿初接过粥碗来喝,"你知道吗?杨羽桦出事了。"

慕次的手略微往下放了放。

"可能我们要多控告杨羽桦一项罪名了。"阿初说。

"什么罪?"

"杀妻。"

杨慕次的确没有料到这个结果,他表情很复杂。

"你的现任'母亲'被你的现任'父亲'杀害了。我们都没预料到,算是个意外的'惊喜'吧。检察官可以多控告他一条杀人罪了,不过,我并不打算让他活到明天。"

慕次被"震"住,有些难以名状的难受。

"你怎么了?"

慕次知道阿初是明知故问。

"你想不想知道,杨羽桦的真实想法?我是说,一个人到了临终的时候,也许他会忏悔。"慕次咳嗽起来。

"那就让他到九泉下跟爸爸、妈妈去忏悔吧。"阿初漠然地说,"总之,我不想再看见他的尊容,不,遗容。"

"叔叔曾经养育过我,这是无法绕开和回避的现实。"

"同情心不能过滤罪恶,同样,养育恩不能抹杀杀父之仇。"阿初把粥碗放下。

"杨先生。"慕次突然从口袋里掏出一样东西,"你见过这块木符吗?"

木符?

"你知道吗?我第一次到慈云寺就发现那寺庙有古怪,因为,我发现大殿里挂着'驱逐妖魔'的木符,这些木符是日本寺庙里常挂的,你仔细看这木符,做得很精致,刻工一流,有时候,它会起到关键作用,譬如,让人产生幻觉。"

阿初的眼睛锁定在阿次手里握着的一块发亮的木符上,他们彼此距离很近,木符有节奏的摆动，像时针，左右安静极了，阿初的感觉开始恍惚，他的眼睛有些发虚，他的意识渐渐模糊……

杨慕次用最快的速度把沉睡的阿初平放在厨房的地上，他解开阿初的衣扣，换上自己的军装，穿上皮鞋，顺手把自己脱下来的衣服，盖在阿初身上。而后，他不慌不忙地来到客厅，客厅很安静，刘阿四已经出去待命了，慕次机警地拿起了电话。

"请接春和医院院长室。"

"喂，我是夏跃春，您哪位？"

"我是杨慕次。"

跃春怔了一怔。"有事吗，杨副官？"

"我在长乐街18号，请您务必来一趟。"

"长乐街18号？你怎么会在那里？阿初怎么了？"跃春声音有些着急。

"我给他服了点巴比妥，没关系，深度睡眠而已。您过来照顾他，我比较放心。"

"你想干吗？"

"我不想杨羽桦死得太难看。"

"杨副官，你千万不能造次。"

"对不起，这是我的家事。"慕次准备放电话。

"阿次！你真的不了解阿初，你这样对他，他会轻饶了你？"

"那怎么样？家法伺候？"慕次毫不在意地笑起来，"总之，我把他交给您了，谢谢。"

"阿次！"

电话挂断了。

上海愚园路杨公馆的主楼内，侦缉处的特务们来来往往，俞晓江沿着主楼的迂回通道，来到二楼右侧杨慕次的房间，她推开门，看见了杜旅宁。

杜旅宁捷足先登了。

他戴着一双雪白的手套，轻轻地拂拭了一下桌面，桌面很干净。

"听阿次说，他不是经常回家住，但是，他的房间每天都有佣人打扫。"俞

晓江说。

"他的生活很节俭。"杜旅宁在观察了慕次的房间后,得出了结论。

慕次的房间布置得简单、舒适。光线很明亮,,一张床、一个书柜、一个书桌、一盏德国进口的台灯。

"他生活得很随意,也很浪漫。"俞晓江戴着手套的手拿起了慕次床头柜上摆放的一座水晶冰山。"90%纯水晶制做的,价格不菲。"这座水晶冰山似乎一下就推翻了"生活节俭"四字评语。

"处座,我们在杨家花园的佛堂底下,找到了秘密电台和密码本,还有一些没有及时销毁的图纸。"

"上海地图?"

"是。上海街道图,路标很详尽。"

"你能否告诉我,杨慕次是否知道他的父亲或母亲是日本间谍?"

"他不知道。"俞晓江回答得很自信。

"为什么?"

"直觉。"

"又是女人的直觉?"杜旅宁笑起来,"如果,他不知道父母是日本间谍,面对突如其来的家庭灾变、父母形象的彻底颠覆,你说,他是否还愿意承认他的家庭?"

"阿次对感情的态度,表面上看很洒脱,其实,他是一个感情深沉的人。"

"如果他的父母都是日本间谍,他会不会是……"

"不会!"

"为什么?"

"如果阿次是日本间谍,他不会主动打电话,揭发慈云寺的秘密,也不会亲自探险,更不会告诉我们,他家的佛堂底有秘密电台。"

"做为一个儿子,怎么忍心亲手把自己的亲生父母逼到绝境呢?"

"如果不是亲生父母呢?"俞晓江说。

"这句话……有点意思了。"杜旅宁愈来愈感到有趣了,"不过,我们换个思路替他想想,常言道父子连心,就算他们不是亲生父子,二十年的养育恩情,难道说断就断了?"

"处座的意思是,阿次想救父出逃?"

"那倒未必。阿次可能想先找到他父亲。"杜旅宁又忽然想到了什么,"他妹妹情绪怎么样?"

"很不稳定,我叫佣人一步不离地陪着她。"俞晓江说,"据她说,她父亲杀死了她母亲,她快要崩溃了。"

"阿次现在,人在哪里?"

"他最近请了病假,说要去医院复诊。"

杜旅宁的嘴角挂起一丝不屑地笑容:"高磊呢?他在哪?"

"在总部待命。"

"叫他马上过来。"杜旅宁一边说,一边走出慕次的房间。

"是。"俞晓江紧跟其后,随手带上门。

"报告处座,我们在杨家的花园池塘里发现了被人丢弃的手枪。可能就是凶手故意扔掉的杀人凶器。"刘副官出示寻找到的手枪。

杜旅宁接过手枪来细看,很明显是女性常用的枪支种类。

"男主人有可能是正当防卫。"俞晓江说。

杜旅宁耸了耸肩,不置可否。他们顺着主楼的走廊下到客厅。俞晓江用客厅的电话跟高磊联络,杜旅宁背着手在客厅踱步。

"处座。"俞晓江面有难色地放下电话。

杜旅宁一挥手,说:"你不用说,我也猜到了,阿次一定把高磊拉走了。"

"还不止,阿次把高队的一组人全借用了。"

杜旅宁"哼"地笑起来,一副全在意料之中的表情。

"等着吧。"杜旅宁说。

"等?等什么?"

"阿次的电话。"

"这么敏感的时间段,他会打电话回来?"俞晓江不解。

"你不是说他感情深沉吗?难道他不关心,他妹妹的生死存亡?"话音未落,客厅里的电话骤响。

杜旅宁和俞晓江对视了一眼。

电话铃还在响……

杜旅宁拿起了话筒。他不主动讲话，对方居然也不讲话，显然，对方有意识地等他先开口。

"阿次，你在哪……"

俞晓江很注意地观察杜旅宁的表情，她看见了杜旅宁自嘲而又尴尬的笑容。

"胆子不小！"杜旅宁说。

"怎么了？"

"敢挂我电话。"

俞晓江笑起来。"那真是要造反了。"

杨慕次挂了电话，从一家五金商行跑出来，高磊身贴着汽车门，嘴里衔着香烟，等他。

"怎么样？"杨慕次跑过来，询问高磊。

"兄弟们都出去帮你找了，现在整个上海黑、白两道，都在找你父亲。各个码头、宾馆、火车站都张贴了杨羽桦的通缉令，他走是走不出去了。"

"你等等，你是说，警察局的通缉令早就发下去了，难道他们算准了他会'杀妻'？"

"通缉令通缉他的不是杀人罪，而是盗窃罪，你父亲涉嫌盗窃祥和纱厂和明风矿厂的五千万现金。这些钞票都是连号的，而且失主事先报了警，他一旦要使用这些现钞，就会立即被发现。所以，他身上等于是一分钱都没有。"

"有人让一个千万富翁在瞬间成为一个穷光蛋，真够厉害的。"慕次由衷地发出感慨，"高队，你说，如果你是他，你怎么做？"

"当然是报复那个害我倾家荡产的人啊，你想想，又没钱，又无路逃，我不拼个鱼死网破才怪呢。你说，到底是谁跟你父亲有仇？"

"我哥。"

"啊？就医院那个？整个一宫廷政变嘛。"

"上车。"慕次说。

"什么？"高磊张着大嘴还没合拢，身子却不由自主地缩到副驾位置上。

"我知道他在哪！"慕次说。

杨慕次一边驾驶汽车，一边止不住地大声咳嗽，由于这两天的连续奔波，水里火里的煎熬，他身体十分疲劳，他从包里掏出烟来，高磊摸出打火机，替他点燃一支烟，烟到嘴里，算是给慕次提了提神。

他车速极快，几乎是"直杀"到梅花巷的。

梅花巷很幽静，花香透迤，清新舒畅，满树的梅花开放，点点红心，悠悠荡荡，美不胜收。

梅花巷七号门口，到处都是便衣警察。

"他已经到了。"慕次说。

"是呀，太安静了，静得反常。"高磊表示同意，"警察局这帮人没什么实战经验，抓个贼还凑合。"

"你下去，帮我把看门狗引开，我进去。"慕次说。

高磊一把拽住他。"阿次，你父亲身上有武器。"

"我跟他二十几年的父子了。"慕次静静地说，"理该相送一程。"

高磊注视着慕次淡淡的眸、森森的脸，松开了手："自己当心。"

"谢谢。"

高磊下了车，他快步走向两个便衣警察，出示证件后，他把警察集中起来询问。慕次趁这空隙，像蛇一样悄无声息地钻进了梅花巷七号小院。

杨慕次是第二次走进这所幽雅的小院，基本上轻车熟路。小院分内外三层，前院布置得像一个小花园，花径绿草，自然清香。中间是书房兼卧室，慕次隐蔽身形，从雕花窗子看过去……

他看到一双女人的脚悬在半空。

一双因美丽而充满情色的玉足，在烟雾中摇曳，香风袅袅，云烟漫漫，祥云朵朵，阿初在漫天云海中飘荡，一双绣着金莲的红鞋在浮云中陡现，阿初认得那双鞋的主人是四太太，他很想念四太太，犹如想念慈母，他沿着云阶奔跑过去，他在喊："四太太！四太太！"那双鞋没有停止飘动，阿初始终碰不到鞋边，他突然想起来，四太太原本是自己的姐姐，自己叫错了，他在云端喊：姐姐……

那双鞋果然静止了，金莲花绽放出无限光环，从鞋面上腾空跃起，一个时髦的旗装小姐站在阿初面前。

阿初细看她的容貌，仿佛有些像荣荣，又有些像荣华。阿初不敢莽撞，从

头仔细打量到脚,发现她足下登着一双高跟鞋,这双鞋是雅淑的,怎么会是雅淑的呢?

阿初愈发惶惑不安,他突然想起:四太太、荣荣、荣华已是故人,于是大骇,嘴里念念有词:观音菩萨救命!观音菩萨,难道我的雅淑遭遇不测了吗?

他大叫一声:雅淑,快跑!

猛地睁开双眼,他看见客厅顶流线型莲花灯,灯光明亮,自己躺在柔软的沙发上,四肢乏力,不觉噩梦初醒,大汗淋淋。

"你醒了?"

阿初看见夏医生温和中略带俏皮的脸。

"见笑了。"阿初坐起来。

刘阿四过来扶了阿初一把。

"阿次走了?"

"是。"刘阿四低下头,"对不起,先生。"

"没事,很久没有这样沉睡过了。"阿初说,"你去准备车吧,我们就出去了。"

刘阿四应声去了。

"深度睡眠对你的身体有好处。"夏跃春说。

"你替他辩解吗?"阿初反问。

"关我什么事?"跃春在准备注射的针剂。

"不关你事,你来得比兔子还快!"

"你们贤昆仲'同室操戈',是你技不如人,落马入瓮,我赶来救援。你不谢我,还怪我?"夏跃春一半玩笑一半认真地说。

"我谢你谢得还不够?"阿初话里有话。

说话间,跃春替他注射了一管针剂,推得急了点,阿初"哇"地叫疼。

"你公报私仇啊。"阿初说,"难怪古人说:朋友厚往而薄来。"

"你学经学出身?"

"这是儒学精神。"

"哦,我忘了你是中西合璧的。"夏跃春笑,"你刚才做噩梦的时候,又是观音菩萨、又是雅淑快跑,你梦见什么了?"

"我梦见……"阿初有些紧张,"我看我得先打个电话。"

阿初穿好衣服，拿起电话。"请替我接梅花巷七号。"

梅花巷七号的电话一直占线……阿初有了不祥的预感，他放下电话。

"怎么了？"跃春问。

"我设了局，杨羽桦入了局。"

"大功告成，有何忧虑？"

"破局的人变了。"

跃春知道，他说的是慕次的强行破局，于是劝慰他。"同样的题目，不同的解题方式而已。"

"因为他与杨羽桦的特殊关系，我想他很难控制住全盘。"阿初说，"看来我不得不承认我预算有限。"

阿初拿了大衣，往外走。

跃春跟上去。"需要我帮忙吗？"

"拿好你的药箱回医院，就是帮大忙了。"阿初走到汽车旁，刘阿四迎了上来，"先生，刚才华美书店的老板，给您送了一本书来，他说，雅淑小姐已经付过钱了。"

阿初接过来看，是由一张艳丽过俗的蝴蝶包装纸，包装起来的一本薄薄的书。他亲手拆了包装纸，是一本装潢精致的《乐府》。

他略为一愣，小心翼翼地翻开书的扉页，上面印刷着漂亮的仿宋字体。"上邪！我欲与君相知，长命无绝衰。山无陵，江水为竭，冬雷震震，夏雨雪，天地合，乃敢与君绝！"

这是一段《乐府·铙歌十八曲·上邪》，雅淑买这本书的目的，无疑是要告诉阿初，她明知此去会有凶险，而毅然遵从阿初的指令，雅淑在用性命表达自己对阿初的爱。

除非天崩地裂，雅淑对阿初的爱永远不会改变。

阿初顿时感到鼻酸，只觉得肝肠寸断，辜负了佳人深恩。他原以为雅淑"浅于情、重其金"，自己可以在她的灵魂里来去自如，谁知，她如此重情，自己反做了"爱河"中的溺水者。

救雅淑，就等于救自己。

第三十五章　一举锄奸雁归行

慕次知道，阿初是用另一种方式来告诉自己，这两天来上海滩上所发生的大事件。赫然醒目的大标题，一个又一个夸张的惊叹号，纷纷闯入慕次的眼帘。

雅淑的身体有如撕裂般疼痛，从来没有过的恐惧感游走在她的三魂六魄中，她的思绪飘飘荡荡仿佛在三界上下竭力挣扎，她无法解脱困境，她感觉"死神"的脚步离自己愈来愈近了……

大限将至，她在想，她替他买的书，他看了吗？

阿初应该看到她的心了吧？

自己原来是可以替他去死的！

雅淑终于想明白了，自己最爱的人是阿初，自己可以为了最爱的人去死。原来很久以来，自己的爱一直被自己所谓的世故、虚荣心所蒙蔽、所欺侮、所驱使，逼迫自己在寻找爱情的道路上走了无数弯路，直到今天，死到临头，雅淑才得已明白，自己对阿初的爱是不沾半点尘埃的。

雅淑心曲未终、心恋不绝、心思难续、心潮起伏、心魂渺渺，想自己与阿初今生今世恐不能再见，共谐百年姻眷，终成人间憾事。

突然，雅淑感觉到自己悬吊在半空中的身子，被人轻轻一碰，她的身体自卫般蜷缩、痉挛。由于她的双眼被黑色的布条蒙住，嘴被毛巾堵住，她根本无法抗拒外来的侵扰，也不可能判断出来人是敌是友。

"我是阿次。"阿次轻轻地说。

雅淑的心霎时安静下来。

慕次把书桌搬到雅淑脚下,让她先省力,果然,双足落地的雅淑,一下子连人也安静了不少。

"嫂子。你放心,你会没事的……"这句话刚出口,慕次就哑口了,他清晰地听到了"滴答、滴答"计时器的声音,他终于知道雅淑为什么会吓得全身痉挛了。

"别紧张,没事的……"慕次低声安慰雅淑,他用刀片轻轻割破雅淑的旗袍,他看见雅淑的左腿上绑着定时炸弹,计时器的分针告诉他,离爆炸的时间还有十分钟。

慕次的神经瞬间绷紧了,紧接着,他清晰地听到卧室里断断续续传来的祈祷声,他听见了杨羽桦的声音,什么"圣父、圣母、圣子、圣灵……阿门"。

杨羽桦不是基督徒,他很明显是临时抱佛脚,他的意图已经很分明了,他想自杀,却又没有自杀的勇气,于是,他采取了另一种极端的方式,他把炸药绑在雅淑身上,然后把雅淑吊在书房中间,书房离卧室只有十五米的距离,炸弹的爆炸范围是二十多米,卧室也在破坏范围之内,于是,杨羽桦选择躲在卧室里,向神灵做最后的忏悔和祈祷,祈祷自己能够随着雅淑的灰飞烟灭而飞身天堂。

确切地说,他利用雅淑身体的毁灭,达到自己自戕的目的。

典型懦夫的行径!

"没事的,离爆炸的时间还有半个小时,我先把你嘴里的布条取出来,你镇定点,好,不要叫,好,做得好,深呼吸,好,好极了。"慕次鼓励雅淑,雅淑十分配合,为了避免彼此的尴尬,慕次并没有替她拿掉蒙眼布,慕次仔仔细细观察了炸弹结构,所幸的是,这只是一枚很普通的炸弹,三根引线连接,慕次小心翼翼地选择引线,然后切断……计时器停了下来,此刻慕次的额角和鼻尖才有少许冷汗渗出,他把雅淑放下地,解开她的蒙眼布,把自己的上衣脱下来,包裹在雅淑腰间,说:"走吧。"紧接着,他把雅淑推了出去。

得了命的雅淑,一瘸一拐地向外跑去。

她跑得异常慌乱,几乎是踉踉跄跄、跌跌撞撞向前奔,在靠近院门的一瞬

间,她还担心地回眸一望,脚下被石子一绊,重心失衡,整个人摔向两扇院门,破门而出。

雅淑像刚从峡谷里飞出的一只蝶,羽翼飞张,她娇弱的肢体重重地扑在尘埃。

她的胳膊大约是被摔伤了,血渗出了袖子。就在她浑身疼痛的刹那,她看见了许多双鞋子向自己飞奔而来,很快,她看见了阿初的鞋,闻到了自己男人的味道。

阿初迅捷地将雅淑抱起来,雅淑的眼泪犹如脆冷的薄冰遇春而化,尽情地倾泻在阿初怀中。

"没事了,没事了。"

"阿次……阿次救了我……他在里面……危险……"雅淑断断续续地说。

"好,我知道,你放心。"

雅淑两眼一黑,耳际风声阵阵。

"阿次在里面。"阿初说。

"注意二先生的安全。"韩正齐吩咐手下。

"杨先生,我是高磊。"

"高队,您好。"

"需要帮忙吗?"高磊问。

"家务事而已。"

"开车门……开车门……"有人在喊。

雅淑感觉有人把自己抱进了汽车后座,她完全松懈了下来,她知道,今生今世,情有所钟、人有所恋、爱有所归了。

再无遗憾。

杨羽桦蜷缩在黑暗的角落里,他面目仓皇地不停地颤抖。死亡,对于他来说,仅仅只有一步之遥。

他在等,等炸弹爆炸,还有三分钟……

杨羽桦在流汗。他很害怕,害怕一个人孤寂凄惨地踏上黄泉路。

他一定要杨慕初付出代价,惨痛的代价,既然自己决定结束自己的生命,死也要拉上个垫背的。

而这个垫背的女人会用破碎的身体,为他奏响前往天国的乐章!

50秒,40秒,20秒……杨羽桦的心脏随着秒针而颤动,他突然感到死神的手已经触摸到他的头顶,他的毫发,他胸口不停地喘气,口中念着"天使,来吧,带我去见上帝"。

三秒、两秒、一秒!"砰"的一声,卧室的门被撞开了。杨羽桦下意识的动作是举双手护住头,他以为炸弹爆炸了!一秒钟后,他突然意识到了什么,炸弹没有爆炸,而自己依然痛苦地活着,他突然后怕起来,也就是这一秒,他感到了生命是如此可贵,如此脆弱,如此值得依恋。

他睁开眼帘,朦胧中他看见了阿次,他的儿子。

"神是创造宇宙万物的主宰,是全能、公义、圣洁、慈爱的代表。您说,他能否接受一个满身血污、杀亲弑兄的罪犯升入天堂?"慕次说。

"圣灵能使人知罪、悔改、重生……"杨羽桦喃喃地说,他的眼神呆板、迟钝。

"您知罪了吗?爸爸。"慕次的话很冷。

杨羽桦沉默了一会,说:"你恨我是吧?孩子。"

"是的。我恨您。恨、痛苦、怨,都堵在我胸口,您明白吗?我甚至不知道该叫你叔叔好呢,还是叫爸爸?"慕次说。

"你都叫了二十几年的爸爸了,还是叫我爸爸吧。"杨羽桦说。

"爸爸,我自始至终都不明白,你为什么会做出那些丧尽天良的事。我亲生爸爸,他是你大哥,我亲生母亲,她是你嫂子,你怎么能为了自己所谓的荣华富贵,杀嫂诛侄、害兄焚宅、变节求禄、通敌卖国?"

"孩子,我自始至终都是爱你的。"杨羽桦答非所问地说,"你知道吗?孩子,那可怕的夜晚,一直萦绕在我心底,挥之不去。噩梦,噩梦如影随形,我每天夜里都翻来覆去地睡不着。我想也许时间能够冲淡一切,包括罪恶感。我不断地拒绝回忆,我对你就像……就像亲生孩子一样怜惜。儿子,我想,只要你健康地活着,我们杨家就算有了后,总可以减少我的一分罪过,我想救赎自己的灵魂,我想洗刷自己身上的血腥。"

"你的罪,不仅无法洗刷,也没有可能救赎。"慕次冷静地说。

"我曾经想过杀死你。可是,我每一次都放弃了,包括对你哥哥的追杀。"

"你炸毁了他的诊室。"

"那是那个贱人干的。"

"可是你执行了她的命令。"

"是的。其实,这是我们的最大的败笔!"

"为什么?"

"因为,他太强悍。我们自己给自己树立了一个强悍的敌人。"

"你们没有估计到,我哥哥的能量。"

"是的,我们万万没有想到一个下贱的家奴出身的人,会如此果决、睿智,并且具有强大的攻击力和杀伤力。"

"您后悔了?"

"是的。"杨羽桦说,"所以,我想到了死。死亡,是最好的镇痛剂。"

"您想自杀,却选择了在一个无辜女人身上绑炸弹,人怎么可以无耻到这步田地?"

"当双方人马厮杀殆尽的时候,没有人会在乎谁是否无辜。孩子。"

"您承认自己有罪,却不肯悔改?"

"我无路可逃,孩子。"

"你可以选择去自首,去承担罪责,去向全社会揭露二十年前杨氏家族毁家焚宅的事实真相,让日本人侵略的野心暴露在光天化日之下。纵是以身受死,你的灵魂还可以安息,那些屈死的亡灵才能安眠于九泉之下。"

"不可能。"杨羽桦脸色灰白。"不可能,阿次。'真相'是我永远无法面对的。孩子,你要救我,救我,孩子。二十年来,我对你不薄啊,孩子。你忍心眼睁睁看我去走绝路吗?"

"不可能。"杨慕次说得很坚决,"不可能,爸爸,您需要面对,面对您所犯下的罪行,您要给、给我被害的父亲、自戕的母亲、被炸死的姐姐、被烧死的亡灵一个公道。"

"我养育了你二十多年,我们二十多年的父子啊,阿次……"

"爸爸!"阿次正色地一字一句地说,"如果我亲生爸爸、亲生妈妈还活着,他们也会养育我,栽培我,爱我,珍惜我。是你剥夺了他们爱我的权利和义务，是你残忍地分开了我们的亲情天恩。如果他们在，我相信，他们会做得比你好。"

慕次决绝的表态，让杨羽桦感到万念俱灰。

"孩子，你知道，人总归是惧怕死亡的。就在半个小时前，我鼓足了勇气，去迎接死神的臂膀，却被你给破坏了……其实，自从玉真死后，我一直郁郁寡欢，你母亲很美，我说的是你的亲生母亲，她是世上少有的美人，缨子无论怎么样的刀刻精描，毕竟是'赝品'。你说，我死以后，能否再次见到她？"

杨羽桦的意思很明显，他准备自杀。

"孩子，你帮帮我。"杨羽桦说。

"怎么帮？"

"你开枪打死我。"

"你会向我开枪吗？"慕次反问。

"不会。"

"这也是我的答案。"慕次说。

"或者，你把枪给我。"杨羽桦的态度十分真诚。

慕次看着杨羽桦的眼睛，一秒、两秒、三秒，他把身上的手枪拿了出来，背转身递了过去。

时间仿佛静止，慕次以耳代目，他仔细地听着杨羽桦不均匀的呼吸声。

三秒、两秒、一秒！

"慕次。"杨羽桦说，"对不起。"

杨羽桦果然变卦了。

杨慕次回头望去，乌黑的枪口对准了自己的胸膛，慕次很失望。

"我哥哥就在外面。"慕次说，"枪响之后，您想过自己的下场吗？"

"我没想杀你，儿子，不过，你给了我重生的机会。杨慕初是不会让你死在我的枪口下的，我有你做筹码，也许，我还能有一条活路。"

"杨慕初连自己的女人都会拿来做诱饵，他会在乎一个认贼作父二十年的人吗？"

"会的。兄弟如手足，妻子如衣服，他会救你的。"

"二十年前，你不是为了一件衣服，亲手剁了手足吗？"

杨羽桦的手开始哆嗦。

"你手上根本没有任何筹码,你听我一句忠告,或者,跟我去自首,或者,自行了断。除此之外,别无它途。我保证,看在您二十年来抚养的'恩情'上,无论您选哪一条路,我都尊重你,你死后,我给你戴孝扶棺。"

"这两条路都是死路!"

"人一生下来,就在死路上走。不要走得太难看。"

"不,我现在不想死了!"

"那也由不得你了!"慕次不退反进,突袭似的右手一把握住了杨羽桦拿枪的手。杨羽桦大惊失色,大汗淋漓地扣动了扳机。

枪里根本没有子弹。

杨羽桦的脸色仓皇至极。

杨慕次的左手掌松开了,五颗子弹从他手心里滑落。

"我们的父子情分尽了。"

"阿次,你听我说——"

阿次转身就走,没有任何意识地往前走,与此同时,一群人与他擦肩冲过,身后传来杨羽桦深嘶力竭的哀嚎声:"阿次,照顾你妹妹——""求求你,阿——"排枪响过。阿次浑身颤栗,阳光底下,整个庭院显得幽静美谧。满身披着夕阳碎影的阿初迎面走来,几米外,阿次也能感觉到阿初身上的杀气。

阿次走到阿初面前,身子一软,仆地倒下去,阿初抱住他。

阿次浑身滚烫,面无血色。

"放过我妹妹。"这是阿初最不想听的一句话,也是阿次昏迷前说的最后一句话。

天花板上悬吊的莲花灯,灯色柔和,满室的梅花香气混杂了中药的气息,充溢着家庭病房的温馨氛围。

慕次睁开了眼睛,他感觉自己的身体酥酥软软的,应该是高烧才退,他抬头看了看四周摆设,知道自己又回到了阿初在长乐路的住所,他支撑着向床头斜靠,往床头柜上瞄了一眼,上面居然放置着一座水晶冰山。

慕次紧张地掀开被子坐起来。

这座水晶冰山是慕次十五岁那年，妹妹杨思桐送给自己的生日礼物。这座水晶冰山一直放在自己的卧室里，怎么会突然在阿初的家里出现？

紧接着，他看见了床头柜上整齐地摆放着一叠报纸，他伸手取来阅读。报纸的种类很多，有《申报》《上海新闻报》《申报月刊》《东方杂志》《奇闻报》《新闻月报》，等等。

慕次知道，阿初是用另一种方式来告诉自己，这两天来上海滩上所发生的大事件。赫然醒目的大标题，一个又一个夸张的惊叹号，纷纷闯入慕次的眼帘。

"上海滩金融界大亨杨羽柏杀妻真相揭密""杨氏银行易主，疑为'宫廷政变'""杨羽柏开枪拒捕被当场击毙""杨羽柏、杨羽桦兄弟照""二十年前杨家老宅焚毁之谜""日本间谍百川惠子在监狱内自戕""杨家新主人探秘""杨氏千金杨思桐行踪成谜"……

慕次的神经绷起来，急忙忙穿上鞋子，站起来往外走，他的身体轻飘飘的，脚步也飘忽不定。他推开门的一刹那，听见楼下客厅里传来阵阵欢畅的笑声。

客厅里灯火辉煌，阿初正陪着汤少、跃春、韩禹三人闲话，四个人俱是春风满面，大约刚用过晚餐，饭后纵意而谈，全没题目，只不过绕来绕去，都落在阿初的头上，一个个妙语连珠，不断诱发"有色"谈资，笑语声四彻。

慕次站在楼梯上，忽然看见一个素花旗袍的倩影，隐身在楼柱侧，不用说，他也知道是雅淑，雅淑身上特有的淡淡香气熏染在楼道上，楼道的面目也幽馨不凡了。

"阿初如今扫荡阴霾，重掌乾坤，通杀股市、银楼、工商制造，前途未可限量。"汤少说。

"岂止商场得意，阿初情场也得了意了。"跃春说。

"此话怎讲？"韩禹问。

"阿初决定娶妻了。"跃春说。

"谁？"汤少明知故问。

"哎呀，这件事说来话长了。"跃春说，"那位有姿有色的格格跟汤少也有过瓜葛。"

"和雅淑。"韩禹答。

"阿初，你是一贯崇尚儒家传统的，按儒家的说法，娶妻娶德，娶妾娶色，

阿初你究竟是娶德呢?还是娶色?"汤少问题刁钻。

"照你的说法,有德的女子都没有姿色了?"阿初抗议,"断章取义嘛。"

"汤少,不要被他中途改了题目。你只问他,'朋友妻,不可欺'?"夏跃春提醒。

"对呀,平常一副封建卫道士嘴脸,换做自己就另当别论。"汤少说。

"活天冤枉。汤少可曾明媒正娶?"阿初不依。

"我家下过聘金,她家收过彩礼。"汤少笑。

"你横刀夺爱,不合传统。"跃春说。

"儒家传统,用于自勉。"阿初不得已虚晃一枪。

"大家都听到了,他自勉不自律啊。"跃春一味地凑趣起哄,"你们还没有深察其心,原来从前都是违心话。现在,对付这种口是心非的人,只有一种办法,我们把雅淑小姐请下楼来,要他当面表白,下跪求婚。"

"你文明戏看过头了你?"阿初笑着推搡跃春。

"我们锄强扶弱,责无旁贷。"汤少支持跃春的建议。

"对呀,若要汤少不追究,少不得请雅淑小姐下来,讲讲你们的自由恋爱史。"韩禹在一旁帮。

"你们简直'党同伐异'嘛。"阿初故意怪叫起来,"小心我报复!"

"哇!你还敢报复?你如今是强弩之末,还敢嚣张?"跃春说。

"跃春,今天就你兴风作浪。"阿初说。

"这是你说的?小心我讲出点故事来……"

"有故事听?"汤少来了兴致。

"故事多呢,有异国风情、雨夜夜奔、玉镯遗情、舞场邂逅……"

"夏院长,夏院长,夏公子,夏老爷。"阿初一迭声地叫,笑着站起来作揖。

"我们不管,总要雅淑小姐下来救你。"跃春笑。

"雅淑面薄,夏老爷您包涵。"阿初说。

"我看阿初将来一定是个惧内的。"汤少怪笑。

"他倒不是惧内,只不过,爱深情重,百炼钢也要化做绕指柔。"跃春说。

慕次听到此处,默默朝雅淑望去。

只见雅淑嘴角咬着丝帕一角,两只手拽着丝帕两角,淡淡浅笑,无限幸福之意流溢于眉间眼角，一缕春魂，绕着丝帕低回婉转，满腹深情眷恋。

"你婚期订了没有？"韩禹问。

"下个月初六。"阿初作答。

"阿初，在你结婚前，我想让你有个最后的选择。"韩禹说。

"什么意思？"阿初问。

"阿惠从法国来信了。"韩禹从口袋里掏出一封信。

阿初微微一怔。

"新欢旧爱，看你怎么选？"跃春说。

三个人默默注视着阿初的表情。

"阿惠的信不是寄给我的，所以，我没必要看。"阿初说。

"阿惠的信虽然是寄给我的，可是，她叫我转交与你。有道是受人之托，终人之事。"

"受人之托，终人之事。好吧，你给我。"阿初从韩禹手上接过信，"麻烦你，汤少，打火机。"

汤少递打火机的同时，说："你可想好了，一个是瑶池仙葩，一个是红尘落英。"

"我是个庸人。"阿初打燃火机，焚毁书信，一纸香笺，霎时化为烟尘。

客厅里居然传来稀稀落落的掌声。

"果然郎意已决。"汤少说。

"应该说原来郎心似铁。"跃春补充。

"我输了。"韩禹垂头丧气地说。

"都叫你赌注不要下得太大。"跃春说。

"掏钱，掏钱。"汤少催韩禹拿钱。

"好啊，你们什么不好赌？拿这个来赌。"恍然大悟的阿初嚷嚷起来，"怪不得，今天一个阴阳怪气、一个附会诡随、一个无中生有。"他拿纸灰泼韩禹，韩禹笑着躲。

汤少笑岔了气。

"我来说句公道话，信虽是假的，人心却是真的。看来，雅淑小姐真的是阿初的真命天女。"跃春说，"所谓从前情事烟尘里……"

"愿君怜取眼前人。"汤少接话。

"但须珍重怀中璧……"韩禹指向阿初。

"我说过,我是庸人,我就续一句最俗的话:花好月圆满堂春。"阿初说罢,三人喝彩。

雅淑此际,百感交集,阿初这句话,在雅淑耳里,字字情长。从这一时、这一刻起,她不仅得到了阿初的爱,也得到了他的心。

爱,从今不再分流;心,是一颗完完整整的心。

从此恩爱一生,永不相负!

雅淑想着想着,出了神,慢回眸,突然发现慕次的目光,不觉满脸绯红,转身而去。

"阿初,你打算什么时候正式回家?"汤少问。

"等阿次身体好些吧,这两天他烧得厉害。"阿初说。

"荣儿呢,怎么不出来?"汤少很关心他的学生。

"我送他出国了。"阿初说。

"什么时候走的?"汤少很惊讶。

"前天。我想出国散散心,对他有好处。这孩子心机颇深,居然在什么芸香阁藏了一个女孩子。"阿初的话里透着对汤少的不满。

"关我什么事?"汤少不乐意了。

"我叫你教他些贵族风范,你倒好,尽教了些风月无边。"阿初说。

"他走了,那杨思桐呢?"汤少问。

慕次的注意力全部集中在这一瞬间。

"杨思桐关我们什么事?"阿初说。

"她毕竟是慕次的妹妹。"跃春说,"你权当做善事。"

"对啊,她疯疯癫癫的,难不成真把她送到精神病院去?"汤少说,"你大气点,收留她,你也得个好名声。"

"谢了诸位,我不喜欢追求廉价的名声。"阿初说。

"这句话像他说的了。"汤少说,"阿初就这犟脾气讨人厌。"

"我妹妹在哪里?"

客厅里一下子安静下来,所有的目光都聚焦在慕次身上。慕次缓缓从楼梯上走下来，他的身体明显还有些虚弱，他的脸色很难看。

"我妹妹在哪里？"慕次还是那句话。

客厅里鸦雀无声。

"你在跟谁讲话？"阿初威严地说，"你不要告诉我，你长这么大，杨羽桦没教过你上下尊卑。"

三个人都看着兄弟俩的表情，慕次的嘴唇干裂，他下意识地抿了抿嘴唇，阿初有意识地坐稳身形，注视着慕次。

"我说过，我们先做朋友。"慕次说。

"朋友？哪一种朋友？背信弃义的朋友？还是可以利用的朋友？"阿初问。

"我想知道我妹妹现在哪里，有错吗？"慕次的音量大起来，着急造成他激动。

"谁是你妹妹？"阿初的声音低而沉。

"算我求你。"慕次说。

"不敢当。"阿初说。

慕次从小到大，从不肯受这等气，何况当着他最看不起的汤少。他二话不说，转身欲走，却听得阿初低沉地一声严呵。"哪里去？"

"回家。"慕次说。

慕次刚说完"回家"两个字，身背后就传来汤少的讥笑声。

"忘了告诉你，杨公馆已经被我买下来了。"阿初很平淡地说，"现在正在装修，你去了也进不了门。"

慕次止步不前。

场面彻底僵持住。汤少仗着自己和慕次从前相熟，也就过来打圆场："兄弟如雁行，有什么话坐下来好好说。不要针尖对麦芒的……你做弟弟的，当知长兄如父。何况你现在一贫如洗，你才死了个有钱老爸，又来了个富翁大哥，你有福气啊。难道你现成的少爷不做，去做乞丐？"真真绵里藏针。

慕次冷笑。"做乞丐也比做瘾君子强百倍。"

所谓打人不打脸，骂人不揭短。汤少很讨厌被人称为"瘾君子"，何况当着自己的朋友们被人奚落。

"你说什么？"汤少很是气愤地咆哮起来，"你以为自己很了不起吗？认贼

作父……"

"算了汤少。"韩禹在劝,"人家可是侦缉处的人,有特权。"

"我杨家的家事,轮不到你们枭叫狼嚎!"慕次说。

"谁是枭?谁是狼?"阿初冷冷地质问。

慕次不作声。

"我问你话呢。谁是枭?谁是狼?"阿初静静地等待,"指给我看。"

慕次高烧初退,心中又急,身上又冷,被阿初不冷不淡地冷呵严追,气得耳根通红,只觉双膝酸软,止不住虚汗淋淋。

"阿初,算了。"跃春发话了,"慕次也是兄妹情深,何必逼他难过呢?"

"不是我不给你面子,跃春。"阿初说,"这房间的每一位都是我杨慕初请来的客人,包括你。阿次是我弟弟,他可以不尊重我,但是不能不尊重我的朋友。"阿初转向慕次,说:"我现在告诉你,这里在场的四个人,包括我,其中有三个替你做过手术,救过你的性命,还有一个人,收留了你口中所谓的'妹妹'杨思桐。你家倾覆之后,你妹妹所有的朋友都对她避而不见,只有汤少开车把她接到了汤家暂住,现在,她和汤少的妹妹住在一起。"

慕次悬在嗓子眼的心终于瞬间落地。

"我现在给你两个选择,第一:马上道歉;第二:离开我家,从此有如路人。"

慕次很尴尬。不过思桐有了下落,他也宽了心,放眼望去,座中之人与自己都颇有渊源,自己何必固执地与阿初较劲,更何况,阿初原本就是自己的兄长。于是,他回头走近汤少。

"对不起,汤少。"慕次说。

汤少"哼"了一声,算是搭腔了。

"来。"跃春主动过来拉了慕次一把,他顺手把茶几上的茶杯送到慕次手上。"到底是俩兄弟,汤少说得对,兄弟如雁行,过来,给你大哥敬杯茶,叫声大哥,有什么要紧。"

慕次几乎是被跃春推到阿初面前的,他机械地把茶杯递了过去,他没说话,阿初也没动手接,场面陡然冷下来。

慕次犹如骨鲠在喉,十分别扭地叫了一声:"大哥,喝茶。"

阿初原本不是作惯威福的人，看到慕次在自己朋友面前，对自己所持的谦恭姿态，反有些心痛。他嘴里没说，动作温和地接下慕次手中的茶杯，就势下台。

"好了，从今兄弟和睦，莫存芥蒂。"跃春说。

"明明敲的是'武场'锣鼓，被夏医生改成了'文场'，害我们少看了一场好戏。"汤少说。

众人会意，皆开颜一笑。

第三十六章　冷风热血洗乾坤

> 乐队奏起华尔兹的舞曲,两人带头漫步舞池,华丽的旋转、美妙的舞姿、绝佳的组合,引得众宾客纷纷侧目。

春光破冰,万物复苏。

上海愚园路的花街上,修缮一新的杨公馆正式敞开大门,仆人们整齐地站成一排,列队迎接新主人的到来。

当洋楼里的西洋挂钟敲响九点整的时候,六辆黑色的汽车首尾相连地有序地缓缓驶入公馆大门。

此刻,天空下起绵绵细雨,雨丝风片轻拂梨花庭院,格外幽美、宁静。

仆人们纷纷上前打开车门,替主人打伞。杨慕初、杨慕次穿一身崭新的黑色西服,神情肃穆地走下车。

紧接着是韩氏父子,上海警察局副局长韩正齐和上海海关总署缉私处处长韩禹;上海沪中警备司令部侦缉处处长杜旅宁、情报组组长俞晓江;春和医院院长夏跃春;法国巡捕房的大探长、江湖上"洪门"的首领黄三元及上海名门汤氏兄妹。

几把黑色的雨伞罩住上海滩黑、白两道几位风云人物,缓缓向杨家花园行进。

杨家花园满树梨花开放，雨洗草坪，空气分外清新。

梨花树下，放着两把系着黑绸的铁锹，杨慕初和杨慕次一左一右，挥动铁锹，开始松土、刨土，细雨洒落在二人头面上，铁锹泼洒的泥土挥向绿油油的青草，不到两个小时，松动的泥土中现出森森白骨……

二十年前沉冤莫白的冤魂，重见天日。

时任《上海新闻报》的记者汤少棋举起早已准备好的相机，拍下了这一瞬间。

1933年，元月初九，《上海新闻报》刊登了"杨羽柏沉冤得雪"的大幅标题，配有杨氏两兄弟在慈云寺、杨家花园起坟驾灵的图片。

1933年，二月初六，杨公馆张灯结彩，一片喜气洋洋，杨慕初在上海国际饭店大摆婚宴，与雅淑共谐百年好合。

当月，《东方杂志》的封面上刊登了杨慕初与和雅淑的婚纱照。

人的变化实在是太快了。

荣升想。

他放下手中的《东方杂志》，杂志封面上和雅淑一脸幸福甜美，阿初的气度愈来愈优雅华贵，眉宇间英气勃发，从前的和蔼谦恭一扫而尽，凭添了几许世故深沉。

也许这才是阿初的本来面貌吧。

荣升过惯了书香浸润的日子，自从阿初走后，大太太把丫鬟红儿派到了荣升身边，红儿虽然尽心服侍，但毕竟难与少爷有什么语言交流，荣升的生活原是很精致的，现如今在书房里，茶不像茶，墨不是墨，没有一事是如意的，自觉欢少苦多。不过，他性格阴郁，很难有所发作，多半隐忍心中，天长日久，积了多少不快。

大太太一心要替儿子续弦，荣升原本是持反对态度的，可是近来思想上也有了转变，想着，也许自己的生活中有一个知书达理的伴侣，生活也不至于如此苦闷、单调。

于是，他在大太太送来的一叠相亲的照片中，选了一张，他曾经在书店里邂逅的一个清纯的女孩子——明轩。

在荣升模糊不清的记忆里,明轩身上隐约透着前妻的影子,那些渐渐淡忘的情愫,由于一丝春漪牵惹了荣升灰暗的心。

当大太太和三太太看到荣升选的照片后,都有些惊诧。

"似乎年龄偏小,身体偏弱了。"大太太说。

"是呀,这个女孩子太瘦小了……"三太太附和着说。

"我也这么说来着。"丽水说,"可是表弟说……"

"升儿怎么说?"大太太问。

"他说:简单。"丽水答。

"简单?"大太太笑了,"那就是她吧。"

"不过姑母,这个姑娘虽然出自名门,却是庶出的。听说她母亲姓陈,是卖花女出身。她配表弟会不会……"

"庶出的怎么了?庶出的怎么了?"三太太不愿意听了,"我说丽水小姐,不是我吹,那庶出的女儿聪明着呢。"

丽水脸热起来。

这时,红儿拿了个小包袱进来,说:"大太太,少爷要我把这个交给您,说是连同聘礼一起送过去。"

大太太打开来看,见一个蓝色绣花书包、一本英文书。大太太有些疑惑,问丽水,这是一本什么书?

丽水说:"是《爱丽丝漫游奇遇记》。"

"爱、爱丽丝?"大太太不解。

"我说呢,大少爷为什么偏偏选了个女学生,原来有故事了。"三太太笑。

1933年,九月,《上海新闻报》刊登了"荣氏药业公司继承人荣大少迎娶陈氏花房的女公子明轩"的消息。

当月,杨慕次送思桐赴日本江户治病。

同年十二月,和雅淑在春和医院顺产一对双胞胎男孩,阿初喜出望外,孩子分别取名为爱中、爱华。

四年后……

1937年，8月13日，日军大举进攻上海，扬言"3月亡华"。

同年8月14日国民政府发表《自卫抗战声明书》。

同年9月22日，国民党中央通讯社发表了《中共中央为公布国共合作宣言》。第二次国共合作正式开始。

1937年11月12日，大上海沦陷在日寇铁蹄之下。

"各地战士，闻义赴难，朝命夕至，其在前线以血肉之躯，筑成壕堑，有死无退，阵地化为灰烬，军心仍坚如铁石，陷阵之勇，死事之烈，实足以昭示民族独立之精神，奠定中华复兴之基础。"

杨慕次关掉收音机，拉下天窗。

军统局上海站最后一次公开例会在霞飞路的一幢洋房里举行。这幢洋房是杜旅宁购置的私人居所，地处繁华租界，也有"险中求安"之意。

"现在局势艰难，环境复杂，为了保存实力，局座命令我们就地潜伏，尽数转入地下。"杜旅宁神色冷峻地说，"我们要尽量避免和敌人正面交锋，减少目标，化整为零。"

杜旅宁走到屋子中间。"在没有接到任务指令的时候，一律'沉睡'，接到任务后，必须马上出击，明白吗？"

"明白。"众人答。

"最后重复一次行动口令。"杜旅宁说，"家有急。"

"国有难！"众人答。

"好，家有急，国有难，诸位同仁，当仁不让，勇挑重担。莫负家国……马上撤离，各自转移到安全地带。解散。"

刺耳的空袭警报声拉响全城。

一年后，一个晴朗的早晨。

杨家客厅里的老式留声机里传来"咿咿呀呀"的平剧唱腔……

"说什么花好月圆人亦寿，山河万里几多愁。金酋铁骑豺狼寇，他那里饮马黄河血染流。尝胆卧薪权忍受，从来强项不低头。思悠悠来恨悠悠，故国明月

在哪一州？"

杨慕次强打精神从床上爬起来，用冷水洗面，平素里听不惯的平剧，此时反倒成了最具民族精神的呐喊的武器，十分悦耳动听。

客厅里挂钟打七点整，他赶紧穿好衣服，下楼吃早餐。

杨家的早餐很特别，特别就在于时间的准时。阿初最不喜欢夜不归宿、早上贪眠的人，所以，他从一开始就给家里人立了规矩，杨家无论大人、孩子，每天早晨七点准时用早餐，过时不候。这样做的同时，也保证了无论自己有多忙，也能每天看到家人，不致生疏。

慕次因为长期赋闲在家，饿过几回后，变成了一个谨守家规的人。

"大哥，早。"慕次走到餐桌旁，跟阿初打招呼。

阿初在看香港的《南华日报》，没说话。

"大嫂，早。"慕次在自己的位子上坐下。

"叔叔早。"雅淑正带着一对粉雕玉琢的儿子吃饭。

"二叔，二叔，我鱼缸里的小金鱼死了。"小爱中说。

"是，是昨天晚上撑死的。"爱华抢着解释。

"是吗？"慕次笑起来，"你们怎么知道它是撑死的？"

"哥哥一直在喂金鱼，金鱼一直吃，一直吃，吃好多。"

"那可不行，下次不能这样喂了。"慕次说。

"二叔，我们明天去香港，你去不去？"爱中问。

"哦，去香港啊？"慕次抬头看了看雅淑。

"上海太乱了，就算是租界也不保险，昨天在法租界日本人枪杀了一名中学教员，听说还是个女的。孩子们太小，我们准备带他们去香港换个环境，你没见满街都是日本人的烂膏药旗，看着都堵心。"雅淑说。

"香港也不是避风港……"慕次说。

"奴颜媚骨！"良久未出声的阿初突然深恶痛绝地把《南华日报》掷飞，孩子们吓了一跳。

"我不吃了。"爱中从椅子上梭下来，跑回自己的房间。

"我吃好了。"爱华说。

雅淑领着爱华去找爱中，母子俩轻手轻脚地离开客厅。客厅里只剩下慕次和阿初，慕次拣起报纸来看。

"重庆中央党部，蒋总统，暨中央执监委员诸同志均鉴：今年4月，临时全国代表大会宣言，说明此次抗战之原因，曰：'自塘沽协定以来，吾人所以忍辱负重与日本周旋，无非欲停止军事行动，采用和平方法，先谋北方各省之保全，再进而谋东北四省问题之合理解决，在政治上以保持主权及行政之完整为最低限度。在经济上以互惠平等为合作原则。'自去岁7月芦沟桥事变突发，中国认为此种希望不能实现，始迫而出于抗战。顷读日本政府本月22日关于调整中日邦交根本方针的阐明：第一点，为善邻友好。并郑重声明日本对于中国无领土之要求，无赔偿军费之要求，日本不但尊重中国之主权，且将仿明治维新前例，以允许内地营业之自由为条件，交还租界，废除治外法权，俾中国能完成其独立……汪精卫投敌了！"慕次读完了"汪"的"艳电"说。

"说什么恢复和平，明摆着大竖降旗。亡国之耻，民族之恨，竟全然不顾了。还为善邻友好？为共同防共？为经济提携？"阿初情绪很激动。

慕次把报纸叠放好，放回原处，继续吃饭。

"你最近好像很忙啊？"阿初不满地问。

"我跟几个朋友聚聚会而已。"

"要聚到半夜三四点？"

"我还兼职做经济……"

"兼职，做经济？做舞男吧？"

慕次心里一惊，表面无事，连眼睛也没有眨一下，笑着说："大哥耳朵很长嘛。"

"你答应过我什么？"阿初说，"你说你不做这行了。"

"亡国之耻，民族之恨，难道竟全然不顾了？"阿次借力打力。

"你明天跟我们一起去香港。"阿初说。

"大哥？"

"我的生意有一部分已经转到香港了，我精力有限，该你帮帮忙了。你是学经济的，与其在外面做，不如在家里做。"

"大哥。"

"就这么决定了。"阿初撂下话,离开客厅。

"大哥……"慕次摇摇头,继续加餐。

大门外,有人在按汽车喇叭。慕次站起来,用米饭包裹了两根油条,拿报纸一裹,走出客厅。

一辆银灰色的汽车停在杨公馆门口,慕次打开车门,坐了进去。汽车迅速驶去。

阿初在阳台上默默注视着这一切,刘阿四问:"先生,今天去银行吗?"

"不去了,我们去海关办理托运的行李,明天,离开上海。"阿初说。

高磊和慕次在汽车里彼此交换了座位,慕次开车,高磊吃早餐。

"谢谢啊。"高磊说。

"有罐头。"慕次从口袋里摸了一听罐头,上海牌的凤尾鱼。

高磊津津有味地吃起来。

"你家里伙食开得不错。"高磊说。

"我在家里有麻烦了。"慕次说。

"怎么了,你哥嫌你吃多了?"

"胡扯。"慕次笑起来。

"你家里怎么了?"

"我哥叫我明天去香港。"

"去香港?"高磊大笑起来,"你哥有先见之明,佩服,佩服。"

"说什么呢?"慕次不解地问。

"刚接到站长通知,明天我们第三行动组全体去香港。正好,少买你一张票。"

"有生意了?"

"大生意!"高磊吃完油条,随意地用浸满油的报纸揩手。

"那,今天晚上?"

"小生意照做,今晚,我做清道夫,你做屠夫。"高磊点燃香烟,用烟头烫穿《南华日报》上的一个"汪"字。

"玫瑰玫瑰我爱你，玫瑰玫瑰最娇美，玫瑰玫瑰最艳丽，玫瑰玫瑰我爱你，玫瑰玫瑰情意重，玫瑰玫瑰情意浓……"

情意绵绵的情歌回荡在"米高梅"舞厅，上海滩最红的歌女辛丽丽正为舞客献唱。

一曲终了，掌声四起。

杨慕次白色衬衣，黑色领结，一身舞女大班的打扮走到舞池中间，邀请丽丽共舞。辛丽丽应邀走下舞池，她一袭绚红的低胸舞衣，媚眼飘逸，在华丽璀璨的灯光下，显得更加妩媚动人。

乐队奏起华尔兹的舞曲，两人带头漫步舞池，华丽的旋转、美妙的舞姿、绝佳的组合，引得众宾客纷纷侧目。

"目标出现。"慕次状似缠绵地贴在丽丽耳边说。

丽丽向舞池外的"猎物"钱大麻子抛媚眼，"今晚上到我家去吧。"丽丽面带春风笑容，展示腰肢的柔美。

"不行。我接到新命令，明天去香港。"慕次一个漂亮地回旋。

"我呢？"丽丽旋转。

"一起去。"慕次把她带入怀中，"你是我的妻子！"

"什么时候动手？"

"马上。"慕次向丽丽保持礼貌地微笑。

"你做清道夫？"

"屠夫。"

"狗很多。"

"你掩护。"

"好。"丽丽轻轻地搂住慕次的腰。

"行动。"

优美的乐曲终止，慕次和丽丽行礼致意。

钱大麻子，日本特务机构"梅"机关第四处副处长，专职捕杀抗日志士，

他身边有五六个配枪的保镖。

"钱大爷,我还以为您不来了呢?"丽丽娇笑软语,牵引钱大麻子走下舞池……

慕次用洁白的餐巾包裹香槟酒瓶,穿梭在客人中间,殷勤地给客人斟酒,他的视线始终没有离开过钱大麻子和他的几个保镖。

丽丽和钱大麻子在舞池里缠缠绵绵,丽丽伏在钱大麻子耳边,低声细语,慕次知道,她在色诱钱大麻子带她"走",这已经是丽丽第三次向"猎物"发出邀请了,可是,狡猾的猎物一直以种种借口推诿掉美人的好意。钱大麻子似乎更乐意于舞池中的打情骂俏,而不是消魂帐中的喜雨春风。

但愿这次能够例外,慕次想。

慕次悄悄退出舞厅,走到"米高梅"大门前,他一边招呼新到的客人,一边观察周围的进出车辆,一边送客上车,他俯首哈腰,殷勤倍至,唯有一双鹰犬般的猎眼死死地盯在舞厅门口。

约莫一支烟工夫,他听见丽丽近乎放荡的笑声,丽丽的信号已然发送出来了。他精神抖擞、笑容可掬地迎上去。

"钱先生,您这就走?"慕次躬身对钱大麻子等人说。

"你们的阿丽小姐真是黏人,想丢也丢不开。"钱大麻子拧了拧丽丽的小脸蛋,"不过,今天晚上我还有应酬,就不耽搁了,丽丽,再会!"

"再会!"丽丽媚气十足地笑。

慕次明白了,丽丽的魔力没有施展开,只有执行第二套方案了。

一辆"凯迪拉克"高级防弹轿车开了过来,这辆车是日本人为钱大麻子配备的专用车。慕次抢在保镖的前面去开车门,献殷勤,丽丽装做不注意在台阶上滑倒,几个保镖笑着去扶她,她和他们趁机打趣搭讪。

就在钱大麻子俯身进车的一瞬间,慕次手上的"掌心雷"响了,他连发两枪,将钱大麻子被当场打死。

司机吓得踩油门就跑,尸体顺着车门甩出来。

丽丽尖声惊叫!!

等那五六个保镖反应过来往下冲的时候,慕次早没影了!

丽丽大声喊着："在那里！凶手在那里！！"

保镖们匆忙回头看，高磊提着枪从黑暗的拐角处冲出来，对着保镖们的后脑勺一阵狂扫，几个保镖被当场射杀。

丽丽检查现场，负责给钱大麻子补枪。

此刻，枪声引起了舞场内的骚乱，舞客们纷纷夺路而逃，他们听到了警笛声。

车开过来了。

"上车！"慕次一边喊，一边将一幅写着红色大字的黄绸扔在钱大麻子的尸体上。

丽丽和高磊攀在车门上，枪口对着警笛声的方向，慕次猛踩油门，车像箭一样射向茫茫黑幕里。

黄色大绸在晚风中飞扬，上面红心点点，写着：当汉奸者杀无赦！

1939年1月17日，香港。

慕次随阿初到香港大约半个月了，他每天在杨氏银行开设的香港分行上班，看看报纸，喝喝咖啡，有时也送送两个侄儿去学钢琴，总之，闲散中度日，无所事事。

阿初倒放心了。

慕次表面清闲，心里却很凝重。

因为他知道，暴风雨就快来了。

"先生，买份报纸吧，先生。"

在香港的横街小道上，一个卖报的小贩不知从哪里窜到了慕次跟前。

他嘴里嚷嚷着："看花边新闻，大明星黄曼珠与神秘富翁同居……"

"不要。"慕次说。

"先生，家里有急用，您帮衬帮衬。"

慕次停下脚步，说："国家有难，谁还有心思读这些花边新闻。"

"先生，您权当消遣买一张吧，先生。"小贩把报纸递过去的一瞬间，他的身体靠近慕次，低声说："红都酒店，207号房。"

"红都酒店，207号房。"慕次重复了一遍，他交了钱，从小贩手上接过报纸，很快消失在熙熙攘攘的人流中。

红都酒店，207号房。

慕次在房门外敲了暗语。"家有急！"

里面回敲了："国有难！"

门打开了。

慕次看见了杜旅宁！

"进来。"杜旅宁迅疾地朝左右看了看，关上门。

慕次走进房间，他看见了高磊、辛丽丽、俞晓江、刘副官，他们这一组特情人员几乎全部到场。

杜旅宁打开酒柜拿杯子，俞晓江过去帮忙。

高磊靠在沙发椅上，翘着二郎腿哼黄色小曲。

"有任务吗？"杨慕次低声问高磊。

"紧急任务。"高磊声音很大，似乎一点也不在乎有长官在场。慕次明白了，这次任务一定"成功率"很低，极有可能有去无还。

"什么任务？"慕次问。

"刺杀我们党国的副总裁汪精卫！"高磊说，"不，应该是曾经是党国的副总裁，现在是大汉奸的汪精卫！"

"我们马上动身去河内。"俞晓江拿着几个空酒杯走过来。

"汪精卫在越南？"杨慕次很诧异。

"是，自从'艳电'事件以来，汪精卫怕党国锄奸，一直隐居在越南河内。越南是法国人的地盘，法警对汪精卫实行二十四小时严密保护，我们的任务就是立即进入越南境内，成功地锁定汪精卫的住所，展开刺杀行动。"俞晓江说。

"我们都去吗？"慕次问。

"是的，不光我们，军统分了五个刺杀行动小组一起出动，我们仅仅是其中一个小组而已。"俞晓江说。

"这么多人，以什么借口过境？"慕次问。

"旅游观光客。"刘副官答。

"做生意啊，投资商。"高磊眯着眼睛说。

"蜜月旅行怎么样？"一直都在化装的辛丽丽突然停下手，抬头对慕次温婉地微笑。

"好啊，提议不错。"慕次答，"不过，武器怎么办？"

"问到点子上了。"高磊一下坐直了。

"武器自己想办法。"俞晓江说。

"什么意思？"慕次觉得事情越来越棘手。

"什么意思，处座的意思，就是叫我们去偷、去抢。"高磊很激动。

"聪明。"俞晓江说，"我们就是要到河内去搞武器，因为，我们携带武器根本就不可能过海关。慕次，开保险柜你很在行，这次开启河内的枪械库，全靠你了。"

"处座简直疯了。"慕次说。

"是局座疯了！"杜旅宁拿着酒瓶走过来，开始给大家斟酒，这是杜旅宁前所未有的尊重下属，所有的人都站立起来。

"坐。"杜旅宁说，"这次锄奸行动，由戴局长亲自指挥，刺杀小组一分为五，我们只是整个刺杀计划中的一步棋子。局座有令，刺杀行动，只许成功，不许失败。如果失败，各行动组组长将以身'殉法。'"

殉法，就是所谓执行军统的家法。失败者自戕。

"所以，我杜旅宁以你们上司的名义、以你们老师的名义、以你们同行的名义、以你们兄弟的名义，拜托诸位全力以赴，刺杀汪逆。我与汪逆的性命，现在就握在诸君的手心里，有他无我，有我无他。"

"处座放心，我等全力以赴，不杀汪逆，誓不回程。"众人举起手中的酒杯，一饮而尽。

越南海关出入境安检口，扮做一对新婚夫妻的杨慕次和辛丽丽正在配合海关安检人员打开行李箱。

"是新婚吧？"安检人员说。

"是。"辛丽丽满脸幸福甜蜜,"我们是去河内蜜月旅行的。"

"这个天气去游河内的西湖再好不过了。"

"是啊,剑湖烟水西湖月,据说最美不过桃花红呢。"丽丽笑。

"还有独柱寺,历史悠久。"慕次说,"我们向往了很久了。"

"贤伉俪真是旅游的行家,去独柱寺祈福吧,菩萨会保佑你们早生贵子。好了,祝你们一路玩得开心。"安检人员交还了他们的行李箱。

"谢谢。"慕次说。

"这个箱子里装的是什么?"隔壁检查柜上,一个法警正用怀疑的口吻,用很生硬的中国话发问。

"是枪。"装扮成商人的高磊满脸堆笑。

"枪?!"法警紧张地大喊,"有武器。"

许多法警和越南的安检人员迅疾向高磊包围过来,气氛急骤般凝聚。慕次拉着丽丽从容地走过检查大厅,他们的耳后冲斥着杂乱的吼叫声和脚步声。

"他会怎么样?"丽丽气息有些不均匀。

"他喜欢冒险,我们要尊重他的选择。"慕次替丽丽打开玻璃门,双双走下台阶。

"会被抓进监狱吗?"

"不会。"

"为什么?"

"因为他是'玩具手枪经销商'。"慕次朝停在路边上,车头上捆扎着黄丝带的第二辆马车招手。

"先生。"马车夫是当地华人,同时也是军统局发展安插在河内的线人,"去哪里?"

"哥伦比亚路,高郎街。"慕次答。

丽丽和慕次坐上马车,开始一路颠簸,由于马车没有车蓬避风,丽丽感觉春天的寒冷一样的劲烈。不过,她仍旧感到开心和愉快,毕竟这是她期待以久的"蜜月旅行"。她一路留心回览,曲折斑斓的小路上野花摇曳,十分悦目,悠然散发着迷人的芳香,自然的香息令她心旷神怡,她仿佛真的变成了一个蜜月旅行者，没有任何目的，没有任何任务。她的眼底只有爱情，还有生命所赋予自己的无穷活力。她突然从马车上站起来，大声喊叫："我要活着！活着享受生命的快乐！像野花一样，像自然的风……"

慕次赶紧掩住丽丽的嘴，强制她坐下，并保持安静。

"你很专制。我的先生。"

"专制可以减少危险。"

"你不觉得愉快吗？我亲密的爱人。"

"得寸进尺了。"慕次严肃地说。

"你生气了？有什么好生气的？人生本身就是一次最大最危险的旅行。谁都不知道下一秒会发生什么事情。很愉快，很愉快大家都活着，像这样一个战火缤纷的乱世，活着，本身就是一个奇迹。"

"所以，我一定要把这个奇迹坚持下去。"慕次说。

马车从幽深的曲径中转入一条石子铺砌的小路，河内哥伦比亚路，高郎街。马车缓缓而行，慕次目光锐利地观察整条街的结构和路线。

"注意看。"马车夫不再保持沉默，"高郎街27号，朱培德夫人的住宅。"

"看见了。"慕次低声答，"前面有一大片草坪，视野过于明朗化。一栋三层房，围墙大约三米。"

"注意房间的窗户。"车夫说。

"是。"慕次应声，"窗户朝南，房间一大一小。"

"我送你们去宾馆，祝你们好运。"

马车突然加速，像风一样驶离了高郎街。

第三十六章 冷风热血洗乾坤